U0895445

華文出版社
SINO-CULTURE PRESS

图书在版编目（CIP）数据

撤单 / 刘海亮著. -- 北京 : 华文出版社, 2016.4
ISBN 978-7-5075-4501-2
Ⅰ. ①撤… Ⅱ. ①刘… Ⅲ. ①长篇小说—中国—当代
Ⅳ. ①I247.5

中国版本图书馆CIP数据核字(2016)第064296号

撤　单

著　　者：刘海亮
出版策划：蔡荣建
责任编辑：潘　婕
出版发行：华文出版社
社　　址：北京市西城区广外大街305号8区2号楼
邮政编码：100055
网　　址：http://www.hwcbs.com.cn
电　　话：总 编 室 010-58336239　　发 行 部 010-58336267 58336238
　　　　　责任编辑 010-58336197
经　　销：新华书店
印　　刷：固安县保利达印务有限公司
开　　本：710×960　1/16
印　　张：26.5
字　　数：424千字
版　　次：2016年6月第1版
印　　次：2016年6月第1次印刷
书　　号：ISBN 978-7-5075-4501-2
定　　价：48.00元

引　子

加州的春天好像永远不会落幕，都进入七月了，汉密尔顿山上还是粉香脂浓。午后的阳光漫不经心地洒向山坡，也洒向那棵舒枝展叶的老橡树。在它的绿绒大伞下，一个华人男孩直直地戳在那里，以最大的仰角定定地盯着树冠。他这是在临摹基尔默膜拜大树，还是在践行王守仁格树致本？或者，是在用仰视法治颈椎病？

这男孩名叫Hugo，刚从圣何塞州立大学新鲜出炉。下午他约了女友Aimee来跟老橡树告别，晚上得赶回学校参加告别派对，再过几天，他就要回国了——不知从什么时候起，中国学生回国就业渐成主流。年初他搞了个人生优选模型，用于评估自己的选择，结果是读研大比分胜出。他的本意只是想让模型支撑一下回国就业这个选项，但没想到它会这么不智能。据说做预测的都是这个套路，先打靶再画环，这些环就是各种华丽的模型和指标。

回国后就可以用回自己的本名了。这对他也算是一个福利，因为在这里华人同学都叫他黑狗，无视他多次义正词严的纠正。他用这个英文名字的本意是想蹭点儿雨果的灵气，谁知国内来的那帮熊孩子，据吹都是英语比汉语还溜，但却文盲到直把雨果当黑狗。

黑狗就黑狗吧，谁叫自己交友不慎呢。其实当条看家狗管管家族资产也不错，目测这是多数富二代同学的不二选择。在圣何塞学了四年软件工程，虽然成绩可称佼佼，但他的终极领悟却是照这种进化节奏，最后不过是只老程序猿，太返祖太有确定性了。当年选专业时信息技术是他的唯一，当时的想法，除了能有一技傍身外，还有就是能借研究之名行打怪夺宝救公主之实。

使他移情金融的推手，是逾越节前一家基金量化团队的校园招募。就这半天的工夫，他心中的圣地硅谷就被颠覆成了码农公社，从此他都懒得再去看它一眼了。之前的占领华尔街运动也触动过他，他对此运动的评析是，金融出土豪而且豪得招人恨。学金融的同学说，这个世界的财富太多了，多得实体经济都无法容纳，所以金融才是永远的朝阳行业。同学又说，投资的发展方向是量化，程序猿的基因在投资领域有良性突变的大概率。同学又又说，国内投资者大都亲自操刀股票期货，煞是过瘾，不像老美那样喜欢把钱交给机构。同学又又又说，国内股市创富能力已甩老美几十条街，例如一家种猪公司更名为量子高铁，股价立马一飞冲天。中国人的创新劲儿太猛烈了，留美一族不期然间倒成了井底之蛙，他心里满是感慨。在推特上他看到，美国股民如果亏了钱，政府还会帮他们买一部分单，这是在鼓励什么呢？所以他觉着还是中国资本市场最接近原教旨，内憋一口气外伤筋骨皮，练的都是抗击打的真本事，看来真心是介入的时候了。

当他把这个想法告诉老爸时，老爸说他心里“咯噔”了一下。他想破了脑袋也没弄明白，一向英明的老爸怎么会为这事犯咯噔。次日一早微信滴滴响起，是老爸指示他看几则分享，标题很是惊悚——“大佬遗训：凡吾后人永不得染指投机市场！”“股票亏一户，期货赔全村！”“股指期货暴跌，期货传奇人物刘强跳楼！”迅速浏览了一遍，他知道老爸想传达的信息是，国内股民大都是被骡子亲过的。为验证起见，他立即请教谷歌。谷歌展现的却是另一个平行世界，比如说投资行业金领云集、期货成了合法提款机、从杨百万到李百亿，等等，不一而足，目测正面远大于负面。该信谷歌还是该信老爸呢？作为市场上的胜者，老爸怎么会如此差评这个行业呢？是因为国内愈演愈烈的股灾吗？

这两年，他对老爸开始有些微词了，特别是其先给出结论再举例支持的套路。不过这些微词都止于腹诽，自己当然不会二到像美国孩子那样口刃长辈。他很想反驳说例子不但不是一切而且还会掩盖真相所以不严谨不科学不足以服人。再者，为支持预设立场人们都倾向于选择性举例，东方人更是如此。为此他想，大数据应该是消除按需举例这个毛病的终极方案，只是，这些数据的可靠性该由谁来评估呢？是更大的数据吗？

国内证券市场发生了踩踏，无数股票在十几天内惨遭腰斩，老爸前天在微信里说自己应邀参加了救市国家队："我都洗手几年了，可他们一定要拉我进团队，算是预备役参战吧。"

"救市会速胜吗？"

"有困难。这次基本上是暴力救市，我们团队几百亿都砸进去了，今天下午证金的子弹也打完了，但效果并不明显，说好的流动性支持也总是在路上。刚才大领导再度召开协调会，要求救市政策必须落地，钱必须到位，子弹必须打出去。"

"恶空到底是谁？抓着没有？"

"空头的成分很复杂，有些甚至就是券商机构。券商中有人猛拉也有人狂卖，一时间有些互不信任。"

"政府这么强势，就控制不了股市吗？"

"政府的控制能力的确很强，但部门间相互推诿的现象也是存在的，这导致决策行动缓慢。中国人太好赌，在一个全民参与的大赌场里，监管不当会酿成大祸的。"

"老爸，不要太放在心上了，损失点资金没问题，保重身体最要紧。"

"我的股票是永远持有的，对仅在山顶上看过一眼的钱，我怎么会介怀？"

正冥想间Aimee的电话来了，这对他才是真正的大事。你到了吗？在等我吗？他回答说是的，可这电话为什么这么大回音？她说不知道啊，可能是灵异吧。她说完这句就更灵异了，明明听见她在说，但听筒里却是嘟嘟的断线音。他一惊，赶紧把手机移到眼前，但眼睛却被捂上了。宝贝是你啊，你要吓死人啊！她嘴里发出一阵驭兽女魔般的怪笑，手一松顺势搭在了他的肩上。两人腻了一阵子后，他问你回国工作的事情妈妈同意否？她说我已百分之八十决定了，为什么得妈妈同意呢？妈妈的建议早就说过了，是I just wanna see you are happy no matter where you are！他说那好，北京欢迎你！她说，你是不是还要说在黄土地刷新成绩有梦想谁都了不起？他说你都成中国通了，这么深度的歌词都会！不过，Aimee我告诉你，虽然你回国工作我会尽力帮你，但并不意味着我有这义务！她说谁要你帮了，在中国我至少可以教教英语的，好吧！他揶揄道，教英语在中国已是夕阳行业了，君不见中国高考压缩英语分值，英语教育大牛已转行传销？更何况，在中国工作也得有许可才行啊。她说这都没问题，至少我可以到妈妈的四川老家看看，可能会找到比你更优秀的男友呢。他学着她妈妈的口吻说了那句英文，她轻轻地耸了一下左肩，不知道是高兴还是失望。

他赶紧做了个鬼脸算是安慰，因为他怕这般欲擒故纵被香蕉人误解了，就会节外生出不确定性。他的如意算盘是，只要她能跟自己回国，就等于nowhere to run了，这样不但对得起作为媒婆的老橡树，而且还能为国内的某个弟兄腾出一两个指标，真可谓一石数鸟，善莫大焉。

目录

第一章　从工地到大学

在这条支线铁路上，汝水算是大站。站台不长，两旁堆着煤和其他货物，间或也堆着乘客。今天张长弓和送行的几个人就堆在这里，明天，是这个新生报到的日子。

九月的天空像一幅巨大的球幕，清爽而辽远。在初秋阳光高高的投射下，墨绿的庄稼和点缀其间的白杨仿佛印象派构图，黑亮的煤堆和斑驳的货场简直就是国画墨宝。当然，这只是张长弓头脑里的镜像，正在巡逻的制服大叔一定不这么想，因为他此时满脸的愤世嫉俗，似乎谁都欠着他半斤黑豆钱。虽然现在连火车的影子都没有看到，他却出其不意地照着张长弓的行李就是一脚，并厉声呵斥他退到白线后边。张长弓赶紧连声称是，同时还举手敬了个礼，制服大叔白了他一眼，继续挥着小旗边走边呵斥。小裴见状，一边骂制服是神经病，一边照张长弓举着的胳膊就是一巴掌："你这都啥动作，连民兵都不如，今天咋就这么讲文明懂礼貌了？"张长弓说声看招，顺势捉住他的手腕"唰"地一把反剪到背后，再用力一拧同时压着嗓子说："咋了，伙计想消遣一下？"小裴龇牙咧嘴地大喊：

“白老板救我！”张长弓说：“还是我救你吧。”说话的同时松开了手，顺势把他推出几步远。小裴站稳后揉着手腕说：“好啊，你今天逮住谁都敬仨礼，可咱革命群众提点小意见你就使用暴力，老天啊！真主啊！上帝啊！这大学招生怎么就只看分数？”

张长弓听到这话，装势又要去捉他，白老板“哎”的一声打断了他们。两人顺他指的方向一看，弯道处一辆火车刚露出头来，黑烟白雾编成的独辫傲骄地飘向车后，巨大的轰鸣声挟着气浪，一派的摧枯拉朽。不一会儿，随着“哐且哐且”的节奏不断趋缓，火车沉着地停在人们面前，独辫朝天。制服大叔满脸庄重地一挥小旗，车门随之哗啦啦打开，人流立刻倾泻而出，像装满黄豆的布袋被戳了几个大洞。候车的人堆开始涌动了，有人试图逆流而上，有人试图钻进车窗，这让没坐过火车的张长弓有些不知所措，只好愣愣地看着上车的人和下车的人挤作一团。眼看时间不多了，白老板忽地一把抓过行李塞进车窗，同时大声喝令小孟帮助张长弓进窗，果断如工地抢险。张长弓这才如梦方醒，抓住窗框就手足并用往里钻，小裴和小孟则在外面用力推。他上半身刚钻进去，开车铃声就刺耳地响了起来。当制服大叔呵斥着赶过来时，张长弓的半条腿还孤悬在窗外，火车轮子却不管不顾地开始转动了。

铁轮和铁轨合唱的重低音开始出现节奏，车头上的独辫也渐渐歪向脑后。当然张长弓是看不到这条独辫的，此时的他正以一种奇特的姿势委身车厢，体悟着立锥之地这个成语的内涵。偶尔，他还能越过别人的头顶瞟见窗外的杨树阵和庄稼地，当他意识到能看到这些不只是因为自己身材够高鹤立人群时，一股莫名的优越瞬间浸润全身。

时下是1990年，中国改革进程中的一个重要节点。

是年，上交所开业，深交所试营业。这两家证券交易所都是由中国人民银行总行牵头设计，并由当地分行管理的。在此以前，已经有北京天桥和深发展等公司发行了纸质股票，深圳还成立了证券公司，用原始的交易手段形成了连续曲线。这一年，郑州粮食批发市场开业，新中国期货市场就此诞生。这一年，一场不期而至的经济危机，终结了美国长达八年的经济增长。这一年，日本皇宫地块的价格相当于美国加州的总和，东京都的地价相当于美国全国的总和，但股市泡沫已经开始破灭了。这一年，伊拉克入侵科威特，国际油价飙升。这一年，台湾股市人声鼎沸，有人挤不到柜台，就用钓鱼竿把单子绑着伸进去下单，大厅外面的股民则人手一架望远镜，趴在窗台上看行情。

机械工程专业新生张长弓并没有关注过这些，因为过去四年他基本上都在白氏建筑公司当钢筋工，直到一个月前收到中国大学的录取通知书。娘坚持要来送他，而且说好要送到车上的，但来到进站口时突然不想进去了，任谁劝也没有用，所以只好临阵换帅，由白老板接过站台票充当送站总指挥。这位临时总指挥是白氏建筑公司的老板，和他一起进去送行的，是张长弓的工友小孟和高中同学小裴。当张长弓的背影消失在站内的时候，黑叔对张妈妈说嫂子你哭啥哩，长弓他前几年出去干苦力也没见你这么心疼过！张妈妈并不答话，只是腾出一只手冲他摆了两下，随即又配合另一只手继续抹起了眼泪。黑叔见状眯着眼轻轻地摇了摇头，因为他发现老嫂子流泪的时候嘴角还向上翘着，脸上的皱纹也比平时浅了一大半。一起来送行的两个姑娘赶紧走过来一左一右地挽住她，吉芬帮她拢拢头发，高丽春递上了纸巾。

当火车的独辫完全消失后，送行的三个人才慢悠悠地走出了车站。站外面候着的，除了张妈妈和黑叔、吉芬和高丽春外，还有黄老师和马超汉。黄老师是张长弓的班主任，另一个身份是连续四年的高考落榜生。吉芬、高丽春、马超汉都是张长弓的同学，而且都参加工作了；小裴是张长弓从小玩到大的老伙计，此人名义虽是务农，但却是个十足的民科，据吹在本地根本找不到对话的人。这黑叔之所以被称作黑叔，不仅是因为长得黑，更因为他本姓黑。在本县，黑叔可算得上名震江湖的人物了，此公虽无品无级，却是乡里的三朝军师，连县上的各路神仙都得买他的面子。

白老板出站的时候，不但小裴和小孟亦步亦趋地跟着，站外还有几个人相迎，一时间他觉着自己是下来检查工作的大官，于是就挥手叫道同志们好！几个年轻人回答首长好。白老板这下高兴了，这一高兴，就要请大家吃饭。到饭馆里坐定后白老板对张妈妈说：“听黑哥说你刚才还哭了呢，老嫂子你这是喜泪啊！大家今天都是沾了你的喜气了，你看长弓这孩子多出息啊！”

张妈妈不好意思地抹了一把眼角说：“还出息呢，你看人家马超汉都大学毕业当上工程师了，他才刚考上。其实吧，这孩子也不笨，以前吃亏就吃在太毛躁。他大（爸）死得早，那时我一个人带两个孩子，家里除了欠债什么都没有，差点没让他上成高中。”黄老师说：“他平时成绩可好了，但应届那年高考时，他每门课都是不到一个小时就交卷，说是答完了卷子没事干，干等着太难受。后来才知道他答题省略了太多步骤，作文就更气人了，他连题目都没看明白就敢写，结果得了个零分！”

张妈妈说：“这些我都不知道，我只知道分数出来后，长弓一句话也不说，哑巴了几天后才说考不上就算了，复读太丢人，一定要出去打工挣钱。我也劝不住他，都是因为家里穷啊！”说着说着她又泪水涟涟了。高丽春赶忙帮她捶后背，一会儿她缓过劲儿后接着说：“后来他就一头扎到了白老板的工地上，除了寄钱基本上不跟家里联系，只有小裴才找得着他。这一晃就是四年，我和他妹妹都以为他就要这样过一辈子了，所以就托媒人给他找媳妇。没想到天热的时候他捎信说要考大学，我想他就是说说而已，谁知道还真考上了！”

小裴接道：“长弓的水平当然得上最牛的大学！他这几年一边打工一边复习，吃了不少苦。不过他说，习惯了也就不苦了，只要心里想着一个忍字就够了。他还吹牛说，这还真有用，刚忍出一点儿门道，就考上大学了，看来忍功真是无敌。”黄老师接道：“长弓说的隐忍看来真是落实到位了，考试的时候，因为他手心里写着‘隐忍’二字，还差点被赶出考场。”

黑叔接过话头说：“那是长弓听我的话写到手上的，没想到差点耽搁了孩子高考。长弓从小就是个聪明孩子，要是考不上大学，还真是个好军师的材料儿。你们别笑，平时我装神弄鬼的那一套他听得多了，基本上能倒背如流。我对他说过，我根据你的命理卜了三卦，爻辞分别是初九潜龙勿用，九四终日乾乾，九五或跃在渊，都是隐忍。我还告诉他，孩儿你是成大事的命，不过得吃苦坚持，才会等到好运。”

张妈妈对几个年轻人说：“你们几个孩儿看看，恁黑叔厉害吧！长弓这孩子听不进去别人的话，只听恁黑叔的。”

“老嫂子你就别表扬我了！其实我是瞎编了这一套东西说给他听的，算是激将吧，谁知道这一激把他激到了工地上，当时我想工地也好，年轻人吃点苦才知道天高地厚。其实，易经那一套我也是听别人说的，听多了就记住了，我不识字，哪会研究啥爻辞，只是当戏文唱唱罢了。说实话，我在说出算卦结果以前，都会先套上几卦几爻天地人君，因为说大白话没人信。我的算卦结果都是我编出来的，不过也不全是胡说八道，因为我能看得懂人。我也不瞒你们，反正我是这样用易经的，别人可能是先起卦后算出结果，我就不是。”

黄老师拍手道：“大军师终于说实话了吧！我还记得，前几年您说我没有上大学的命，算得还真准，现在才知道您是根据咱的水平起的卦啊！”黑叔狡黠地眨了眨眼说：“黄老师，俺可没有说过这话！”黄老师朗声大笑道：“没啥关系，咱就这水平嘛！虽然连续四年没考上，可咱感觉没啥丢人的，长弓不论如何总还是咱的学生嘛。你们别笑，教练未必有运动员跑得快，但不能因此就否定教练吧，是不是？对了，你们知道吧，前年咱还推荐长弓在黄村初中代过一段数学课呢，可惜没多久他就被人家劝退了。”

白老板和小孟同时问：“为啥劝退呢？”黄老师自己先笑了一阵子才说道：“说来笑死人！长弓数学很好，肯定比我的数学好得多。他精力也很旺盛，所以自告奋勇地同时带两个年级的课。有一次他贪玩和村干部们打了一晚上麻将，到最后一个海底捞到手，离上课只有3分钟了，他来不及收账就直奔一年级教室。到了教室一看，黑板上密密麻麻的都是字，就生气地问黑板怎么没擦？看大伙都不说话，就提高声音问道：‘谁的庄？’同学们都绷住不敢笑，也没有人上前去擦。张老师见状也不多问，一边让同学们打开课本第几页，一边准备亲自动手去擦。可是，他看了一圈也找不到黑板擦，于是生气地提高声音问道：‘色子呢？’全班同学再也绷不住了，几乎都笑了个半死。笑完擦完后，开讲了。由于长弓对教材极熟，一夜不眠也不影响他口若悬河，不过，讲了半小时后他发现有些不对头，学生怎么都是一脸迷茫，连课代表也没有像平日一样频频点头呢？他于是问课代表：‘你听懂了吗，有什么问题吗？’课代表回答说没听懂。为什么你也没听懂？课代表不敢答话。连问几遍后才有个大胆的同学说您讲的东西课本上根本就没有！张老师一激灵醒悟了过来，原来他给一年级学生讲的是二年级的内容！可长弓是谁啊，他是永远不会错的。只见他略加思索后，镇静地告诉同学们说：‘我这是有意让你们先了解一下高年级课程！’校长后来听说此事，先笑得前仰后合再想起该责备他。此事发生后，他不但不引以为戒，而且还经常讲些无关教学的东西，例如告诉学生们说青少年应该多玩耍，在娱乐中提高心智，所以不必过于努力学习。还有，他常常会借数学原理讲打牌的技巧，并且下课后常常直奔牌场，作业也不认真改。校长对他又爱又恨，不得已只能把他劝退了，虽然全校师生对他都有些不舍。他那时太年轻了，率性而为，当老师还真的是不合格。”

白老板听罢恍然大悟地说：“长弓这孩子从没有提起过当教书先生的事，只是说家里有事要请假，看来他是在骑驴找马啊。有一次我还错怪了他，那是因为我发现他有个传呼机，心想你一个打工的怎么会有这么高级的东西？一定是来路不正。我逼问时，他先是露出惊讶和暴怒的神色，但马上又咬着嘴唇沉默了。半晌后他才轻轻地说，老板你冤枉我了。我是什么人大家都知道，我这传呼是干正经事用的，以后你会知道的。”

小裴接茬道：“那个传呼机是我从我爸那里骗来的，借给他联系高考的事儿。长弓这家伙太可恶了，在我18岁生日时别人都祝福我，他却打电话跟我说，你小子18岁了，终于到了要自己承担犯罪责任的年龄了。”

“长弓前几天和几个老同学闲聊时说，高考要想得高分，就必须得放弃自己的主见！他还说自己今年的作文虽是得了满分，其实呢写得最虚伪了。应届那年写得那么好，却得了零分，找谁说理？他还找到了一个‘雰’字，代表零分，说这是自己最喜欢的汉字。我跟大家讲一个他的光荣事迹吧！他是个平时学习不很用功，但成绩一直很好的学生，上课不听讲不发言，所以老师们虽然不喜欢他但都不得不认可他的成绩。有一天早自习，老师让背诵刻舟求剑，背不会就不让吃早饭，他看躲不过去了，赶紧找到课文临阵磨枪：‘楚人有涉江者，其剑自舟中坠于水，遽契其舟……舟已行矣，而剑不行，求剑若此，不亦惑乎。’猛读几遍，轮到他背了，当背到‘楚人有涉江者，其剑自舟中坠于水’时卡住了，他憋了老半天，才接着背道：‘坠于水咋弄呢？那个楚人急中生智，在船上刻个记号。船到岸后，他从记号处跳到水里去捞剑。真笨！这怎么能捞得到呢？’学生笑倒了一大片，老师气得拂袖而去……”高丽春说。

马超汉马上附和：“我作证，这是真事儿！不过丽春，咱村多少年才出了这一个重点大学的，还是中国大学，你们就别揭人家老底了，行不行？”

白老板摇了摇头说：“什么涉江者，俺听不懂，不过我觉着吧，还是‘跳到水里去捞’好懂！读书人就爱把大白话整得让人听不懂！”

张妈妈马上声援道：“白老板说得有理！你们快别说啥生姜了。我说啊，那天有人说长弓的通知书送到村里了，我们都不敢相信，后来小裴打了传呼让他回来。对了，白老板，长弓说他那个月只干了十几天，你就给他发了整月的工资！他说白老板是好人，是有本事的好人！”

白老板摆了摆手：“没那么好，但咱不坏吧，给他多发几块钱，算是送个路费吧。”

看着吉芬一直没有说话，黄老师点名道：“吉芬，长弓在学校扰乱金融秩序的事，你还是帮凶，今天跟大家坦白一下如何？”

吉芬有些意外：“黄老师，我可是好学生啊，做过那么多好事你都不记得，偏偏记得我当过帮凶？”黄老师笑道：“你还是坦白一下吧，张妈妈可能还不了解真相呢，只有你能解密了。”

吉芬本不想提这事，但既然黄老师下命令了，只好有些勉强地说：“那我就遵命解解密吧，长弓哥要是知道了怪罪了，大家作证这可是黄老师逼的。当时学生的饭票大都是家里拿粮食到学校来换的，刚换了的学生手里都是一大摞饭票，而有时候个别学生偶尔还会青黄不接，这时他们就会找人借，遇到忘还或还不起的现象，就会影响到同学关系。于是长弓就主动要求替大家保存饭票，谁需要借了也可以直接找他。这算是给同学们做了件好事，后来账目多了，我就帮忙记记账，这就是他们说的帮凶了，我冤啊。后来由于借饭票的同学太多，所以他就试着收一点手续费，同时也给存饭票的同学一些‘利息’，他算是从中吃了些差价，这就是同学们说的饭票银行了。后来饭票银行被挤兑，老师和校长都知道了，闹出了很大的风波。但学校终于没有舍得处分他，因为他是全年级成绩最好的学生，在学生中威望也很高，况且风波很快平息，参与挤兑的同学后来还有不少站出来为他说话的呢。”

白老板忍不住问道：“后来呢？他毕业时，账目清楚吗？”

“之所以他还能继续当银行家，是因为群众基础好，这说明民间的创新是压抑不住的。同学们都知道，这饭票银行也不是谁都能搞的，他能搞成一是因为威望高，别人信任，不但安全而且还能生出小饭票来；二是因为他一身蛮劲，所以没有人敢当老赖。其实同学们私下里对这事还是持欢迎态度的，所以毕业时，他顺利地把这个业务交给下一届的同学了，当时账上还有几百斤的亏空，但人家还是愿意接盘。”

听到这里，张妈妈瞪大眼睛说：“怪不得他上高中二年级后就不让家里给粮食了，有时还往家里捎吃的，原来他是在投机倒把啊！你们不说，我还不知道他还干过这坏事呢！”

黄老师接道：“姨，您可别这么说，什么投机倒把啊，他是聪明孩子，为大家做好事的同时自己得了一点点，这好处不但应该得，而且还很了不起，真是人小鬼大有头脑！现在他考上了中国大学，发展的空间就更大了，您就等着吧，这孩子以后会有大出息的！”

张妈妈用疑惑的目光看了看黄老师，又看了看黑叔。黑叔提高声音说：“黄老师说得有理，咱村要出人物了！”听到这权威总结，张妈妈满脸的皱褶被瞬间熨平，眼角的鱼尾巴更像鱼尾巴了。

第二章　校园新鲜人

对大学的期待，被车厢的促狭一点点地抬了起来。

张长弓踮着脚尖在人浪里漂移了20分钟，终于移到了靠着座位的地方，算是不再腹背受敌了。再一个20分钟过去的时候，他发现这座位下面是空着的，于是他有主意了。之后他挤着去了一趟卫生间，这个过程用去了两个20分钟。挤回来后，按照预案，这个大个子在乘客们诧异的目光下坦然地蜷曲到了座位下面。不知又过了多少个20分钟，他被一阵喧嚣声吵醒，睁眼一看，无数只鞋子在向车门移动，原来是终点站北京到了。他从座位底下钻出来的时候，一旁收拾行李的老太太被吓了一大跳。用力揉了揉眼眶，他才想起失控了一路的行李，赶快俯下身子扫视，很快就发现行李安然地躺在前两排的座位底下忠实地等待着主人。他点了点头，心里说当然不会有人拿他这几本破书的。是的，这些还真是破书，因为他的书很少，而且都是真的破到韦编三绝。快走到车门口的时候，他才发现自己只穿了一只鞋子，于是赶紧返回去找，此时列车员已经开始打扫了，在他的央求下，列车员帮他搜遍了整个车厢，最后才在垃圾袋里找到了一只类似的鞋子，不过颜色较浅而且还小了一号，他只好将就着穿上。拎着行李走出站，不远处就是一条中国大学欢迎新生的横幅，他走过去掏出了信封，一位学长说："欢迎欢迎！"同时拍了拍他的肩膀，然后接过行李把他领到校车上。

校内新生接待处人山人海，他在行李山的沟壑之间的小桌上填表交照片办完手续，又领了托运的被褥，这才攥着房号卡直奔宿舍。去宿舍的途中他一直在左顾右盼，看到有大大的图书馆，有高高的教学楼，有粗粗的法桐，有静静的湖水，还有大片大片茸茸的草坪，这一切都超过了他对大学校园的想象。路过在建的国际交流中心时，他觉得很是亲切，于是驻足观望。他发现，工地的材料摆放凌乱，地上有管子在空流着水，还有两个工人靠在脚手架上抽烟，不知是没有施工规范呢还是对规范熟视无睹。更可气的是，那个钢筋工拿钳的姿势像是媳妇教的。看到这些他忍不住皱了皱眉，心里还琢磨着该不该管这闲事呢，腿却不由自主地迈进了工地，几步就跨到一个年长的人身边，问谁是经理。那人说我就是，不过不好意思，我们现在不招工，你过一两个月再来试试。张长弓说我是本校的学生，不是找工作的，是来给您提建议的。经理飞快地看了他一眼，目光立即就出溜到他的脚上，当发现他的解放鞋上不但沾着水泥点子而且还是一大一小一新一旧时，口气立马就不耐烦了："老弟你别逗了，我这忙着呢。"一边说一边抬脚就走，把他晾在原地。张长弓吃了个没趣，正想追上去解释时，一个保安模样的人走过来说这里是施工重地请你离开。他自嘲地苦笑了两声，心里说真不该来拿别人的耗子。

没多远就是自己的宿舍楼，上楼走到写着自己姓名的房间，四张上下铺都很有耐心地空着，看来运气还不赖，有八选一的权利了。先来嘛，当然有资格选个好的位置，黑叔说过，这得避开横梁压顶，得避开南方，这是因为自己命理忌火。另外，自己的文昌位在西北方，又得避开角煞冲射，就是窗外那个哥特式尖顶，所以正解就必须得是西北方上铺了。好，就是这位置了！于是他一把将行李卷掼到床上，自己跳上去就靠着眯了起来，那个美啊。多年后回忆起这场小寐时，他用成本收益法做了分析，结果发现这个收益有两大成本：一是蜷曲在火车座位下的一路苦旅；二是打工加高考的四年苦修。

小寐的上半场没力气做梦。下半场的美梦，始自一个怯生生的女声："喂，同学！"他下意识地哼了一声，没有理会；不多一会儿，喂喂的女声复又响起。他一个激灵醒了过来，狠狠地掐掐左手合谷，又用左手揉揉眼睛：居然美梦成真，梦中美女真真实实地玉立在面前，身上还全副武装着大包小袋！只见她满是疑惑地看着张长弓，那神态，似乎他多长了一个鼻子：你是送人的吧？她问，还是那么怯生生的。因为突然被扰了好梦，所以张长弓没好气地回答：我还学生家长呢！你是送情郎入伍的吧？当然，这只是设计台词，嘴上说这是我的宿舍，你没敲门就进来了呢？她更是疑惑了，低下头认真地看了看手上的纸条，又看了看门上的名字，反复确认之后她换了一副警惕的眼神审视着他，人已由怯生生变成了硬生生："同学，这是女生宿舍，你到底是怎么回事，请正面回答我的问题！""正面回答？给，这是我的通知书，瞧，这是我的房号卡，看，这门上写着俺的名字，你看准了，俺叫张长弓！还有……这还不够吗，我怎么啦我？你没事吧？"看他真急了，她赶忙收起了生硬的语气道："哦，没事，没事，这肯定是什么地方搞错了，没事没事！不过请你再认真看看室友们的名字吧。"她一边说着，一边解除了身上的武装，慢悠悠地坐在对面床上。他赶快把目光从她身上移到门上的名单，嗯，怎么回事？室友的名字怎么都是翠红莺燕的。他一下子明白了，立即收起猖獗的口吻，爬起来说幸会幸会得罪得罪，然后跳下床抱着行李鼠窜而去。得亏咱穿得还算囫囵，否则岂不更惊着了她，下楼的时候他想。这女生叫吴小苏，他们第二次见面是在新生碰面会上，她一见他就大叫Roommate（室友），张长弓先是一怔，然后回叫过去。从此，他们就互称室友。吴小苏后来告诉他，按规定男生是不让随便进女生楼的，但那一天新生报到，送人的多，所以才特许男生出入的。

张长弓抱着行李一口气逃了几百米，才在一棵大树下停住了脚步，心里竟有些流氓未遂的不安。带着这种不安深思了半分钟，他觉着最优选择还是回接待处投诉。管接待的老师听完他的艳遇后，慢慢地摘下眼镜，又揉揉眼睛，将他上下扫视了几遍后，才若有所思地开口："你是男生？"张长弓有点不解了："这还带假冒的？要验明正身吗？"听到这话老师突然仰头大笑，同时一拳捶在桌子上，震得眼镜和茶杯嗒嗒作响："记得，记得你这名字！排宿舍时大家还纳闷呢，这女生怎么叫个男生名儿呢！”说着拿出花名册翻了几页递给他，张长弓发现自己的大名屈居吴小苏之后，性别栏里不著一字，只有两个点，表示同上。看到这一幕，一边帮忙的男女学生集体狞笑了好一阵子，才记得说不好意思不好意思，刚才给房号时忘记核实了。老师和油子们商量了一会儿，决定把张长弓调剂到10号楼。一个团内中层模样的家伙主动帮他拎着行李去宿舍，算是赔罪。

这栋楼果然没有叽叽喳喳的女生。房间里，已经有两个家伙在恭候了，大家见面少不了自报家门，基本语序是姓甚名谁仙乡何处芳龄几许，外加考了多少多少分。三人正说得热闹呢，一个猴里猴气的小子晃了进来，合起猴掌问各位老大好，算作报到。这就是后来被称为老六的家伙了。天黑以前，名单上的成员悉数到齐，按全国通行的办法，大家当晚就以年龄为序排了座次，曰老大老二……老N，这种排法，不以上山先后为序，也没有石碣天书的预设，公平公正又公开。不用说，有过四年闭关经历的张长弓高居第一把交椅，其他六人于是山呼大王万岁万万岁，表示永世拥戴，如需巡山可随时吩咐。

老二叫侯通，但人却是安安静静的，没有一丝猴气；老三叫潘训可，就是后来闻名校园的潘高干；老四是北京本地人，从小在中国大学校园里长大；老五叫杨末，是个满脸挂着精明的湖北佬；老六是山东人，不过却全然不似大汉，想必不是武二之后；老七虽然年龄最小，却是个高高大大帅帅气气的湖南人，真是南人北相。

晚饭后，全屋成员结伴在校园里溜达半圈后回到宿舍，不约而同地开始写信。他靠在被垛上写了三封，一封给家里，一封给黑叔，一封给白老板。其实还有第四封，那是写给吉芬的，但只写了一半就没词儿了，改天再接着写吧。还有，给黄老师和小裴的也少不了。

他还想写一封信给死去多年的大。大，就是父亲。他本想写一封信寄回去让娘拿到坟上烧了，但终于没有下笔，怕会引起娘的伤心。大死得很蹊跷，头天晚上去给队里看粮库，第二天早上就被发现死在半路上了，从现场看是他杀的。娘和妹妹哭了几天，他却哭不出来，因为他不信大就这样没了。后来他相信了但也不哭，只是时常把牙咬得咯咯响地对娘说：我一定得亲手宰了那个凶手。他上初中后就渐渐不说这话了，但还是一本一本地看破案书，看完一本就去坟上握着拳头转两圈。领到录取通知书的次日，他对娘说要把通知书拿到坟上烧了，算是感谢大在天之灵的护佑，并说没通知书也不影响报到。娘不同意，他就偷偷地去城里复印一份，还是把原件拿到坟上烧了，同时还烧了几捆纸钱和一摞高考模拟卷，并放了一挂万字鞭。娘多年没在坟上哭了，这次却哭得拉都拉不起来。他跪拜后站起来挥着双拳仰天长啸，震得树上乌鸦扑棱棱地四散逃命。娘止住哭后对他说，别再想着报仇的事了，都十好几年了，恶人早就遭报应了。你要好好上大学，以后有了出息，才算对得起你大。他点头的时候，一阵旋风吹来，把纸钱灰旋了他一身。他并不理会，一任纸灰包围着他，刻在心头的大的形象仿佛更清晰了。

虽然给吉芬的信没有写完，但他心里却是有很多话想说，因为他一直喜欢她。年少时喜欢上一个人，哪会有什么理由。他喜欢吉芬不知是从哪天开始的，反正她无意中的浅笑，偶然间的小性子，都会驻留在他心中，长年赖着不走。还有，她那件蓝底白碎花的上衣，那双永远不会弄脏的白网球鞋。还有还有，他特别喜欢她走路的样子，真不知道该用什么词儿去形容，款步姗姗？不达意；摇曳生姿？更不达意；轻盈飘逸？倒是有些接近，只是这词儿太俗。他为此翻了不少书，好像只有孔雀东南飞里说的有些神似：纤纤着细步，精妙世无双。不对不对，这句子当然不能表达她的动感于万一，她的样子是轻盈中透着沉稳，婀娜中也有自信，还有……他不知道还有什么，反正不是那庐江郡的兰芝姑娘能比的。

黑叔今年满60了，身板清癯眉目疏朗，一副乡绅模样。他很随和，说话头头是道，不管是谁，只要跟你谈两分钟，你准会把他当成自家亲戚。黑叔的祖上是光绪爷的时候从邻县迁过来的，这家外来户后来不知怎么就发了。在他这一辈之前，黑家一直是村上的大户，颇有良田几顷，口碑也还过得去。后来社会变迁，他家自然就成了被专政的对象，全家的人品于是被普降八级。村上的老人说，老黑这人不简单，听说“文革”时曾偷偷组织过保命团，目的是保护地主富农，谁欺人太甚就收拾谁。

张家虽不是大户，但为了庆贺这件给祖宗脸上贴金的大事儿，张妈妈还是出钱包了一场电影。电影开演之前，村长讲完贺词，张长弓就接过话筒。感谢的话说完后，他突然板起脸来说：“有一件事儿我不能忘记，就是有人欠我父亲一条命，这个人可能就是咱村里的。日后我不拿住这个畜生，誓不为人！”观众们先是沉默，继而窃窃私语。前支书说，这案子是我任内出的，我有责任想办法调查。现任村长支书也都表示这案子一定得弄清楚。

那几天，村里有头有脸的人家都送来了红包，从几块到上百不等，唯有黑叔什么也没有送。在张长弓临走的头一天，黑叔打发儿子捎信说让晚上去一趟他家。饭后如约到他家时，夕阳照得院子金灿灿的，他跨进大门喊了一声叔，上房屋里立即应了一声让他进来。他走进去问好，黑叔并没有吱声，一边歪了歪下巴示意他坐下，一边站起身来从一个大罐子里倒出两杯啤酒，两手各端一杯叮当一碰，递给他一杯，自己喝了一口后就开始自顾自地抽开了烟。张长弓有点拘谨地坐了十多分钟，黑叔才慢条斯理地起身把电风扇调低了一挡，咕咚一口喝光了杯中酒后说道，你觉得这啤酒好不好？这是从城里送来的扎啤，你看好大一桶呢。张长弓不假思索地说好好好，但其实他以前并没有喝过几次啤酒，扎啤还是第一次喝到，好的孬的对他没有什么区别。这一问一答后，黑叔又不说话了。张长弓心里当然知道，黑叔提到从城里弄来扎啤，是让他明白这次招他过来的不同寻常。

扎啤被喝掉大半桶后，黑叔才换了个坐姿说：“长弓，我有三件事要跟你说。第一件，我这里有本书，叫墨子，是祖上留下来的。我虽然不识字，但一直当宝贝留着，‘文革’时家里很多东西都没有了，我冒险把这本书装在坛子里埋在地下，因为这是我老父亲传给我的。你叔我不识字，所以就想把这书给你，你抽时间把它熟读了还得照着做，有好处。第二件，你前几年考大学失败后我跟你讲的话你还记得吗？我当时说的是你太毛躁了，所以得吃一吃苦，磨一磨性子。叔高兴的是，你很听话并且还做得不错，今年干着重活还能考上中国大学，叔高兴啊。一个人，不管是什么身份，如果能修炼得任何小事都做得认真可靠，自然就会成大事，学问还不是最重要的，所以呢以前才会有很多文盲宰相。这第三件嘛——”他把“嘛”字拖得长长的，同时起身去柜子里拿出了录音机，示意他认真听。黑叔郑重地按下键，播出一句唱腔“可不能把文化当成包袱背”，这是《朝阳沟》里的唱词，张长弓以前也听过。但奇怪的是，整个录音带里就这一句唱词翻来覆去的，看来是专门剪辑的带子。听完后，黑叔领着他又唱了一遍，然后猛喝了一口啤酒，把杯子往桌子上一蹾，正色道：“孩儿啊，你要上大学了，叔高兴！不过孩儿你给我记住，有文化很好，但会做事更好！光会读书的人，在我看来就是半残疾，你要保持健全啊……”

回到家里，娘和妹妹还坐在黑漆漆的院子里等他，他知道这是舍不得费电。他把黑叔的话给她们学了一遍，娘说：“我听不懂这些，不过你黑叔的话最应该听了，他没有文化，可是能耐比谁都大。他让你唱朝阳沟，你累了就唱着解闷，不过这不如女驸马好听。”妹妹说：“娘，让哥买个随身听，学几首港台歌吧，还有杨钰莹、成方圆也好听，别老让哥听什么朝阳沟女驸马了，哥还得找媳妇呢！”娘拍了她一把说：“愿听啥就听啥吧。不过，你叔说的光会读书的人就是半残疾，我可不同意！文化人最好了！”

校园还没有走熟呢，传说中的军训就开始了。

除了张长弓，新生连里好像没有一个喜欢军训的。因为别人都是从课堂里走来的，唯有他是从工地里走来的，所以来军营摸爬滚打，他正好可以松松筋骨解解痒。学军体拳，他的动作虽然难看，但气势汹汹，让人又想笑又不敢笑，生怕他一拳砸来。投手榴弹，他漫不经心地扔了51米，把个教官都给惊着了。而那些男女花骨朵们，大多都是要炸死战友的扔法，这同样也惊着了教官。晚上躺到大通铺上，别人都哭爹喊娘地喊着浑身疼，只有他像没事人一样看小说。这是憋着要和同学们拉平知识结构，因为他这些年看过的书完全是语数外理化，武侠言情什么的一点儿没沾过。他们有时会谈论教官的年龄，因为这基本上是测不准的。目测至少30出头的赵排长，其实才24岁；满脸老谋深算的指导员竟然与张长弓同年同月同日生。

班里有不少来自高干家庭的，陈希希就是其中一个。她是班上唯一的女生，1比33。入学没几天，老七就对她赞赏有加了，说她虽是公安部某局长的千金，但为人豪爽热情、直率感性，和谁都能处得来。张长弓一直没有注意过她，到了军营才了解到她是那种大大咧咧的可爱，说话不屑于顾及他人感受，有时当着男生的面也会脱口说出脏话。他因此问班长，陈希希是高干出身，可怎么没有知书达理的样子呢？班长说，其实她也有温文谦和的时候，但即使这时候也隐隐会有藏不住的随性和傲气，这倒不是因为她看不起人，而是本性使然。

这天男生方队刚踢完正步，女生方队已经在树荫下休息了，只有陈希希一个人远远地在太阳底下踢着正步。一个路过的女生说，陈希希的动作不达标，赵排长罚她加练20分钟。正当大家都在欣赏这个高挑漂亮的女生一步三摇的正步秀时，她忽然停住脚步，指着赵排长发飙。大家正围过去时，她捡起一块石头砸向赵排长，他一侧身，左臂被削了一下。他这下子急了，扑过去一把扯住她的袖子，她大喝松手。他不但不松手，反而说再不听话就关你禁闭！她才不吃这一套，而是大声说道："你几次约我单独辅导我没答应，今天就找碴儿报复！刚才你跟我说的什么话，敢重复一遍吗？"赵排长满脸通红地说："你再胡说，看我不收拾你！"说着一把将她的手扭到了背后。班长见状拉住他的胳膊说，松开她！赵排长没想到有人敢挑战自己的权威，一掌就把班长推了个趔趄。老七大吼你怎么打人？僵持了几秒钟后，张长弓拨开人群慢悠悠地走过去说："你必须得道歉！"赵排长二话不说，一脚就踢了过来，但他没想到这一脚像是踢到了电线杆，震得他龇牙咧嘴，张长弓却是纹丝不动。赵排长急了，忽地往前跳了半步，一记直拳就砸了过来，张长弓头一偏，伸手抓住他的手腕一带一掰，对方疼得双腿打弯差点蹲了下去。人群中有人鼓掌，有人喊揍他揍他！张长弓对大家摆了摆手，轻轻地放开他的手腕说："教官同志，我这人并不擅打架，只是你的军体拳太软了，我劝你还是道个歉吧。"话音未落，陈希希从后面冲了过来，照着赵排长的腿肚子就是一脚，他扑通一声跪倒在地上，陈希希正要再上脚，却被张长弓喝住。她张了张嘴正要说话，一个班的军人冲了过来，二话不说就把他们三人带离了现场。

三人被带到连部，一阵问话后，指导员宣布三人各关禁闭一天。

宣布完毕正待执行，带队老师气喘吁吁地跑了进来，把指导员拉到门外嘀咕了起来。不一会儿，指导员回来吩咐对赵排长立即执行禁闭，然后对张长弓和陈希希说："你们可以归队了，记住，下不为例！"

路上老师虽然没有讲他对指导员说了什么，但俩人知道，老师一定是说这女生是公安部领导的千金，你们还是悠着点儿。

老师走后她说谢谢你了，你是少林武僧出身吗？这么经打。他笑笑说咱可没练过，只是在工地上窝过几年钢筋，那小兵的胳膊腿儿不会比钢筋硬吧？

她嫣然一笑，下死手猛拍两下他的肩膀：“够哥们儿！”

次日他们换了新教官，大家相安无事，直到军训结束。

原以为军训后都成威武之师了，谁知道这帮小书生逃也似的离开军营时，一个个的还是弱风扶柳。老二甚至说：“早知要受这洋罪，还上什么大学？我哥哥只是初中毕业，可人家去年炒股票赚了十几万呢。家里逼着我考大学，说读书才是正道！现在才知道，这正道里还包括这活受罪的军训！”

炒股票就赚了十几万？张长弓以为自己听错了。

工科一年级的课程像是大杂烩，专业课以外还有外语马哲、法律基础之类的公共必修课，基本上每天的时间全都被摁住填鸭。课余时间大家慢慢地不再谈论军训了，而开始谈少年糗事推理武侠，还有哲学社会新老三观，至于金钱美女呢，这些毛头小子还没有开窍。他们全屋就一个本地人，就是老四。老四新得雅号老毕，虽然他并不姓毕，也没有姓毕的姥爷，他得此雅号的历史背景是这样的：一个月黑风高的晚上，在猫儿凄厉的叫声伴奏下，这厮打着侃老舍作品的旗号，绘声绘色地讲起了旧时的风月场所，内容之艳俗，听得山里来的老六一口剩粥半天没咽下去。当讲到那地方的领班，就是所谓老鸨时，老四的发音是“老毕”，平声，听来很是传神。看来秀才认字读半边啊，老潘笑得人仰马翻，连连说贴切贴切、达意达意，你就叫老毕吧！自此“老毕”的昵称不胫而走，他倒也乐于答应。也许人家认为，管他老鸨还是老毕，毕竟算是高管。后来不时有女生打听不姓毕的人何以叫老毕，究竟典出何处？大家每每以坏笑作答，女生们于是就不敢再问了。不过后来女生们还是知道了这个典故，不知是哪个叛徒出卖的情报。

大学生活慢慢成习惯了，张长弓上课做做笔记写写信，下课饥则食渴则饮，并无不满之处。他的暴得大名，是从食堂开始的。由于经历特殊，所以他身上还保留有不少纯体力劳动者的风范，例如不习惯坐下吃饭，所以得站着吃，甚至有几次还尝试过蹲姿。但蹲着用膳在大学食堂太令人发指，所以他慢慢就以站式为主了。站着吃就算了，但有一天晚饭前吃了西瓜，他竟端着西瓜瓢去打饭，师傅迟疑了一下，还是给他打了。张长弓喜欢吃面条，还必然得有蒜泥相佐，可学校食堂哪里会有这种配置，所以他就自己备着大蒜。这本也无可厚非，只是他吃大蒜的动静实在骇人：先是把蒜抛进嘴咔巴咔巴嚼碎了吐到面条上，然后搅和几下再端起饭碗呼哧呼哧地嗅上几嗅，最后才悠悠开吃。他这套流程煞是销魂，现场观摩者，往往能省二两饭票。

他一进食堂，有时还会想起高中时的饭票银行事件。他当时的初衷并不是为了赚钱，更不是什么投机倒把，而只是想为同学们做件调剂余缺的好事。他家里穷，按说不该上高中的，因为这么大了该挑担子了。是娘坚持让他上高中的，说是不管再苦也得上学，因为大活着的时候说过，长弓这孩子不上学就真可惜了。学校知道了这个情况，就主动免去了他所有的学杂费，但这也无法解决根本问题。当年他的饭票银行无疑是成功的，事实上养活了作为高中生的他，家里穷，他又饭量如牛，这倒算是个办法。饭票银行的事情让出身银行世家的老七感叹了好几次，说银行这东西真是简单，一个中学生无意间就重新发明了一遍！

还有一件事情让他出了风头，就是在全校秋季运动会上得了5000米冠军。其实他事先并没有料到会有这个结果，只是跑到第八圈时发现自己竟然是第四名，顿时就得陇望蜀了。跑最后一圈时，他离第一名只有几步的距离，正当他咬牙发力越追越近时，不知是不是故意，那小子一个猛力的后甩腿，钉鞋一下子踢到了他的脚脖子上。他眼看着血流了出来，就大声喊道："你怎么踢人？"对方回头看了一眼也大声喊道，"谁爱踢你啊，一点小伤就这熊样！你来啊，追上我才算本事！"张长弓被激怒了，拒绝了老师要他包扎的手势，心想：一定要追上踢那小子一脚！还剩小半圈的时候终于追上了，不过他却没有踢过去，心想妥妥地当上冠军才是真正的解气。发奖的时候，他得意地拍了拍那个小子的脑袋，想不到对方还凶巴巴地翻了他一眼，他大度地扬了扬头，没跟他计较。这个冠军不但有奖状，还发了一套运动服，他很是喜欢，整天穿在身上招摇过市。

元旦前的几天，他路过国际交流中心工地时，看到了招临时工的广告，每小时一块钱，他一时技痒，走进去报了名。他熟悉行情，知道这个待遇算是不低。面试官还是报到的那天见过的经理，不过该经理显然已不记得他了，他也乐得不提这茬儿。几天下来，见他的活儿干得有板有眼，经理就开始喜欢他了，把他的工资涨到和"正式工"一样高。正式工们纷纷问他，你是正经的大学生，怎么比我们还能出苦力？

这天晚上收工后刚走出工地，迎面就碰到了陈希希。他说怎么这么巧？

“巧个屁，我就是专门来逮你的！”他说了声谢谢，心想这妞也太直接了。

“怎么老躲着我？”

“谁躲你了？你没看我天天上课和干活吗？”

“喂，哥儿们，知道我为什么找你吗？”

“不会是看上咱了吧？”

“看上你？瞧你那德行！”

“该不会是来请我吃饭吧？”

“这个真可以！我倒想看看农民工兄弟的饭量！”

他赶紧说是开玩笑的，刚在工地上吃过了。她却不依了，连推带拽把他弄到了一家自助餐厅，12块钱一位。她什么也不吃，只是拿了一杯饮料，他却是既来之则吃之，连续拿了三大盘鸡鸭鱼肉，干了两瓶啤酒，最后还消灭了一块煎饼两个面包。她看呆了：“你确定你在工地上吃过了？”他点点头，又去装了满满一盘水果。

真是酒壮尿人胆。在餐厅外面的大树下，她说你身上怎么这么臭啊，说着把脸凑过去作势要嗅，他却趁机抱住她在脸上啄了一口。就这半秒钟的工夫，他感觉像是触电了一般，头脑空白全身发软，除了一个部位。他觉着自己太可耻了，于是赶快蹲了下去。她有点儿吃惊，问这是怎么了，他只好谎称是吃多了肚子疼。这肚子疼了好几分钟都没有消退，看她急得要拦车了，就只好弯着腰跟着她走了。

这么走了百十米的样子，他的腰终于直了起来，说话也恢复了常态。她问，你干吗要打工，多影响学习啊，你爸也不多寄点儿钱给你。他说父亲十几年前就含冤而死了，为父亲申冤是自己人生的一大使命。她又问了许多细节，还赔上了不少眼泪。

这以后他就真的躲着她了，因为“肚子疼”的窘态让他深感不堪。

第一学期快要结束的时候，他才蓦然发现，自己并没有怎么认真学习。因为他习惯性地听不进去老师讲课，作业也基本上是应付差事，大部分时间都花在了看小说上。到了快期终考试的时候，他才有些慌神了，于是赶紧丢下小说突击复习了两个礼拜。幸运的是，他不但混过了考试，而且分数还不低。

在图书馆备考时，他偶尔会翻翻报纸，知道了上海证券交易所1990年12月19日正式开业，这是新中国第一家证交所，朱镕基市长亲自为开市敲锣。还有，深圳证券交易所1990年12月1日开始营业，不过和上交所不同，深交所是试营业。

不知道为什么，他对这两则消息特别在意，多年以后，他还记得两市开业的具体日期。

第三章　股份张

第一个寒假如期而至，这是新生最盼望的日子了。因为名校学生放假回家，约等于衣锦还乡。

对张长弓来说，假期这东西很是陌生，因为在工地上的几个春节他都只是大年初一在家待上一天。学校放假比企业和机关都早，而老同学们上了大专中专的，基本上都工作一两年了，所以刚回去还见不到他们。这几天，他和小裴形影不离，喝酒抽烟昏天黑地，很是开心。当然，黑叔是一定得拜见的，他俩聊了几句闲话后，黑叔就换了严肃的语气说："长弓，你现在见识多了，叔很高兴。不过叔还是要强调强调，只想着读书的人，如果不能成为学问家，就基本上是怪人一个了，这种人其实还不如文盲庄稼人对社会有用。"

张长弓点头称是的当儿，忽听到高青春喊门。高青春是从深圳回来过年的，他是高丽春的哥哥，当兵转业安置到深圳工作几年了。他带来的礼物是两袋广味香肠，一瓶洋酒，还有两个麦当劳的汉堡。这些东西村里人基本上都没有见过。黑叔把汉堡给大家每人分了一块，自己也认真地尝了尝："青春啊，谢谢你让我们开眼界了，这么远从深圳带回来的。不过啊孩儿，都说美国人很有钱，他们咋都吃球点儿生菜叶子凉面包呢！”小裴对张长弓挤了挤眼睛说：“就是，美国人天天吃凉面包喝凉水，不但没有春节，而且咱们睡觉了他们还得干活，还得是头朝上！”黑叔拍了他一巴掌说：“看把你小子能的！叔以前问过你为啥美国人不是头朝上，你也说不清楚啊孩儿，就这还敢笑恁叔？”小裴说：“这样吧叔，让大学生跟您解释！”张长弓斜了他一眼说：“人家黑叔这是在考你呢，你有空再补考吧，别拉上我陪考。”黑叔笑了笑说：“青春，你来谈谈深圳的新鲜事吧。别光听他俩瞎说了！”高青春这下子来了精神：“深圳现在可好了。这个地方吸引了全国的精英，时髦领先，只有置身深圳才能感受得到。麦当劳这么贵，还是有人排着队去吃，有时还会绕着大楼排上一圈还多，我还见过在麦当劳过生日办婚礼的。不过，深圳现在最有意思的事情就是炒股票，只要买到股票就能赚钱，我认识的人就有赚几万几十万的，我自己也赚了一点点，主要是上班没时间去排号。有的赚了大钱的都用上了大哥大，香港叫手提电话，能随身带着，想打电话就打。”

小裴插话说：“长弓啊，初中的时候我就给你谈过无线电话的想法，你看现在有人都用上了。当时要是不上学，专心研究的话，咱就是大哥大的发明人了。”张长弓说：“你还提这个啊？你当时想的不就是背上个报话机，跟望风的人喊着黄河黄河我是泰山，好瞅准机会偷点儿歪瓜裂枣吗？移动通信技术几十年前就有了，只是成本太高罢了，你还拿自己当发明人！”小裴剜了他一眼，咕哝了一句就你能。高青春接着说：“你们不了解，现在深圳有钱人都是胳肢窝下夹着大哥大，随时可以打电话遥控指挥生意，烧包得很呢！我只是羡慕别人，自己用的还是传呼。不过深圳大街上到处都是长途直拔电话，回电话可方便了！”小裴有点疑惑地问：“青春哥，你说是直拔电话？直ba电话？”“是直ba电话啊，你没使过吧？”

“直ba电话！直ba电话！”小裴乐得站起来好一阵子手舞足蹈，然后捂着肚子靠在窗台上，差点把酒瓶子碰掉下来。高青春知道是自己读错字了，于是站起来踢了小裴一脚：“看你笑球成啥了！可能是直拨电话吧，我识字不多，比不了你这个科学家，拨不拨的，就那意思嘛！”张长弓也笑了，其实他也没用过直拨电话。黑叔没有笑，不知是认为不好笑，还是没有听懂。高青春接着说：“现在深圳炒股票都炒疯了，你们有时间都了解一下吧。因为市场太火爆了，所以前一段时间政府出台了涨停板制度，而且还要打击场外非法交易。”张长弓说：“我听说现在有些领导是不支持股票的，说这是资本主义泛滥，希望关掉股票市场，不知现在怎么样了？”不等小高回答，黑叔就抢过话头说：“这股票肯定是资本主义的东西，你们不要去炒啥球股票，炒来炒去也创造不出东西来，这买空卖空不就是投机倒把嘛。”

三个年轻人赶紧闭嘴，因为不光是他们，即使是村里的干部和老师，也没有敢反驳黑叔的。

直到大年初三，在洛城当服务员的吉芬才回到了张疙瘩村。初四马超汉在家里请客，请的大都是上了大学的同学，但她也得到了马超汉猛烈的邀请。这吉芬虽说没考上大学，长得也并非国色天香，但这么一个当服务员的说起话来温婉而有见地，做起事来干净利落有章法，按马超汉的说法，她让人感觉滋润透彻，提神醒脑，很像是艺术生扮演的村姑。张长弓认为，这都是因为她腹有诗书且善解人意。上高中时，因为她写的作文清新质朴，连外班的语文老师们都争相品评，而且他们赞美的角度又各不相同，竟是横看成岭侧成峰。张长弓好不容易才借到了她的作文本子，打着手电读了几篇后，直接起床把自己偷偷写了一半的小说撕碎丢进茅坑。后来他对她说：“可惜啊，你是女的我真不知道怎么评论，如果你是男的，我一定在你的后脑勺上猛拍一掌大喝一声——你这狗日的脑瓜子是咋他娘长的？”

县作协主席闻讯后，把她的全部作文调过来通读后，给出的评语是：“吉芬小同学笔触精当清奇，既可薄如新蝉之翼又可厚似极地寒冰，但她既不炫富又不藏拙，既不夸张也不感伤，却总是不由分说地洞穿你幼小或老大的心灵。”在他评论的最后，又狗尾续貂地耍了一个无赖：“反正全县师生都喜欢读，我更喜欢！”该主席曾有一次当面说过要破格吸收她进作协，但直到她当了几年服务员后，也没见动静。她慢慢明白了，人家说这话时是真心的，但自己一个既没有背景又没有学历的乡下妮儿，一定要进作协那也是难为人家主席。虽然由于严重偏科而与大学无缘，但打工的她却常常是一脸灿烂，一副比大学生还大学生的样子，真像是“艺术生扮演的村姑”，马超汉这评价很有味道。这几天，张长弓总想找个时间把入校第一天写的但没有寄出去的信当面给她，可一场接一场的集体活动占去了所有的时间，一时还真找不到合适的机会。直接上门找吧太唐突，央人捎信叫她出来吧又没有合适的信使。心里忐忐忑忑地这么一拖，假期就没剩几天了。

初八的上午是个难得的空当，他早上一睁开眼就想到了那封信。他还想到，前年在工地上干活时，她还去看过自己，虽然一见面她就说是路过，顺道来看一下老同学的。想到这儿，他猛然抬手在墙上拍了一巴掌。路过？她怎么会路过一个鸟不拉屎的建筑工地！太不开窍了。嗯，今天一定得去找她，再等下去就真没时间了。于是他匆匆穿衣起床，脸都没洗就揣起那封信直奔村西头。说是村西头，其实她家的宅子完全坐落在村外，孤零零地独立于张疙瘩村的版图，像是一块飞地。一出村西口，远远地看到这块飞地的时候，他想自己好像没有理由再往前走了，所以只好靠在一棵大树上，抱定了待兔的决心。可不，她还真的是属兔。说来也怪，他坐下没多久，心想着这么大冷天站在村外很是荒诞时，一个完全没有设想过的画面出现在了面前：她竟然推着自行车从大门里出来了！看到她后他本能地想躲开，但已来不及了，她显然已发现自己，所以只好远远地冲她招招手，心想自己真是笨得可以，牵到市儿上反倒没驴了，这会儿竟然还有想躲的念头。于是他在裤兜里狠狠地拧了一把大腿作为惩罚。在她快骑到面前时，他才迎上去说道：“你这么早就出门啊？”她倒是很直接：“我不来，你岂不白受冻了？”他没想到她会这么回答，一时没有话接，只好呵呵地干笑了两声。她看了看周边没人，就直接把自行车顺到他手里说你这么个大个子戳在这里，不觉得显眼吗？我在家里都看得一清二楚，再不出来的话半个村子的人都看到了。他机械地接过车子推了几步后问：“你去哪儿？”她扬头看了看天，并不答话。他意识到自己的愚蠢，马上改问说我们去哪儿？她瞪了他一眼，扬扬下巴示意他骑上车子。骑上后她麻利地偏坐在后面，并不说话。张长弓这才明白自己不用再问什么了，于是一脚比一脚猛地蹬着车子，朝小河边骑去。到了河边下得车来，二人相对无言，你踢踢河边的小树，我看看天上的飞鸟。不一会儿太阳出来了，慢悠悠地晒着河岸晒着冰面，也晒着他们。过了两三分钟，他突然想到了什么，赶紧把那封信掏出来交给她，说这信是开学时写给你的。她愣了一下接过来打开看了看，说你这还真是开学时写的啊？他说那是当然。她说怎么你买不起邮票吗？他搓了搓手，耷拉下脑袋算是回答。她看完信后呵呵一笑："看来你没有骗人，这信还真是当时写的，为什么呢，因为有新生的幼稚哦！"他干笑了两声，算作默认。又沉默了一会儿，她轻轻叫了一声长弓哥："你现在上名牌大学了，作为老同学我只有崇拜羡慕，并真心希望你前程远大。"张长弓一向是会说话的，但这次却是心口不一了："你快别这么说，我不是来了嘛，天气真冷……我还是张疙瘩村的孩子嘛，咱还像以前一样嘛，这么冷还叫立春！"她拿脚踢开一颗小石子："咱还像以前一样？以前咱是什么样？"他干笑了两声说，就那样呗。俩人沉默的时候，周边静得连呼吸声都很明显，这声音加上鸟鸣声，还有不时传来的冰裂声，河边的这个早晨更显寂静了。他想说这就是古人说的鸟鸣山更幽吧。但他又怕这个才女不以为然，所以就憋了回去。话虽憋回去了，他的头脑却像一块高速硬盘在运转：要不要说喜欢她呢？她穿得那么少，万一说冷怎么办呢？是不是给她来个谜语？或者是帮她看看手相？要不，给她讲个笑话？……

就这么怔怔地站着想着，忽听吉芬开口说："长弓哥，快中午了，要不咱回家吧！"这句话让杂念纷飞的他如梦方醒。他心里想说再待一会儿吧，但脑袋却不听支配地点了两下。她于是一偏腿骑上车子，同时说你上来啊，我也很会带人的。到了岔路口，他跳下车子说再见，她赶忙刹住车回过头说："再见再见，谢谢你出来受冻！"然后做了个鬼脸后摆摆手骑车而去。正当他木木地站在原地盯着她的背影发呆时，却见她忽然减了一下速，同时回过头来大声问："长弓哥，你返校时在洛城换车吗？"他一边回答说还没有定呢，一边又紧张地搓起了手。吉芬大声说知道了多保重！径直骑车而去。看着她家大门关上后没什么动静了，他开始责备起自己，这就算约会了？今天咋这么笨嘴拙舌？不过呢，好像本来就不应该来找她，如果她说出什么，自己接得住吗？算了不想这个了，中午得去找高青春了，他说的股票的事儿很有趣，趁这个机会得多问问他。

中午吃饭时高青春告诉他："深圳的证券交易所到现在都还是试营业，正式批文还没有下来。其实早在两三年前深圳发展银行的股票就开始柜台交易了，成交量还不小呢。为了及早开业，深圳试营业用的是手工方式，就是口头报价、白板竞价，不像上海有电脑交易系统。我们做股票都是直接带着现金去的，我还见过有用麻袋扛现金的呢。”张长弓问股票行情你们是怎么看到的？他说我们没时间去营业部，所以主要是打电话问，也经常听证券广播节目，“其实呢，因为柜台交易不方便，很多人都是在黑市上买卖股票，深发展股价就从16元被黑市炒到了120元。不少人赚了大钱，吸引了更多的人争相入市，我看呢，股市发展的前景太大了！”

股市这么赚钱，是赚谁的钱呢？为什么上市公司收了股民的钱，就永远不用还了？这炒来炒去的，有什么意义？他听了半天也不明白，高青春似乎也不明就里。

快乐的时光总是过得飞快，三周的寒假一下子就哧溜滑过，任谁也无法把它拉回来。临走时娘在他的包里塞了一大包干花儿，这种小吃食，其实就是炸面片儿。娘说，咱这儿没有啥出名的吃食，只有粉皮最好，可是你们这些傻小子又不会做，所以还是带点儿干花儿吧，回学校给同学们尝尝也算是咱的心意。

走的那天是正月十一，雪零星地飘着，风很大。走到村口的大路边上，他一边搭着小裴的肩膀上摩托车一边对娘挥手说回去吧！娘说好，但却没有挪动脚步。摩托车过了小桥该拐弯的时候，他一回头，透过隐隐的雪幕看到娘还站在原地，频频挥手。他忽然鼻子一酸，很想喊小裴掉头回去。

火车上照例是挤得半死，好在很快就到洛城了，他得在这里换车。出站后签完中转，他百无聊赖地坐在广场边，心想着得找个地方吃碗洛城浆面条儿时，一抬头，一个熟悉的身影出现在面前，正是吉芬！

“啊！你怎么会在这里？”他问。她反问道：“应该是我问你啊！”他说我换车啊！她说我今天休息没事儿干，就随便溜达过来的。“你来这里等不到我怎么办？”“谁说要等你了？我就是来溜达溜达，再说，谁知道你来不来。”“正好，我要转的车还有三个小时才开，要不我就陪你视察一下？”她点了点头说那就恩准了吧。

他亦步亦趋地跟着她走，过了两个路口后她才说：“有件事想跟你说一声，我的老板炒股票上瘾了，为了便于炒股他决定去深圳开餐馆，叫我也去深圳。”他有点儿吃惊：“你同意了吗？”她说基本上同意了。“什么时候走？”“还得几个月吧。”“这是好事啊，去深圳了你也炒炒股票，赚了大钱就自己开个馆子。”“炒股票得要钱呢，我哪里有……”话没说完，一辆小车忽地冲了过来，她下意识地一把抓住他的手，把他拉退了两步。他还没有站稳，车子就“唰”的一声擦身而过。她赶紧松开他，在扬尘里尴尬地背过脸去。他的脸开始发热，心里突突地跳着，整个手臂都有些麻酥酥的感觉。

三个小时很快就溜达过去了。临进站时，她忽然从包里拿出一个塑料袋，他一看，里边是像云朵一样的吃食。她直接把东西塞进他的书包里，同时用极快的语速说：“这叫‘云头儿’，是洛城过年吃的东西，是店里大师傅专门做的。这是用面和柿饼合成两层，然后下锅炸出来的，象征着青云直上。”他说谢谢你，她说应该谢谢大师傅。两个人在进站口告别后，他被人流推着来到车门口，挤到一边拿出云头儿咬了一口，心里诧异柿饼原来也可以弄得这么好吃。直到开车铃声响起，列车员要收起上车的踏板了，他才如梦方醒，大呼小叫着冲上了车。

火车离站了好半天，他还是觉得麻酥酥的，而被牵过的那只手，明显比另一只要热一些。

轰轰隆隆的一宿，火车把他带回了属于自己的世界。

走进寝室后，他才明白带点儿特产小吃是多么的必要。返校的同学们一见面没别的，都是咋咋呼呼地串门拜晚年，还有就是分享吃食儿。他们房间桌子上摆着驴打滚、红肠、松子、榛子，还有玫瑰糖、辣椒酱和临武鸭、东江鱼，桌子下面还躺着两个硕大的榴莲。怪不得老生们都说，开学的头两天不必去食堂，你足不出户就有各地美食送上门来。他尝了榛子和玫瑰糖，正待发表权威评论时，忽见班长的身影经过，他赶忙出去打招呼。班长说正要找你呢，你快过来开开眼界吧！说着就把他拉到隔壁寝室。这个寝室成员来源复杂，桌子上摆的东西更是稀奇古怪。他挑最古怪的尝了两样，都是说不上来的奇香，他点头说哟西哟西。有人告诉他这是老鼠干，他不信，向班长投去了求证的目光。班长权威地点了点头算作肯定。不承想，他这点头相当于给张长弓的嗓子里捅进去一条老鼠尾巴，他一阵反胃，连叫快来点喝的压压，快快快！班长立即递给他一个小杯子，说是老北京酸豆汁，他咕咚一口灌了下去，却是一股发馊的酸臭，于是就更想吐了。这时不知是谁伸手递过来一小块面包，他抢过来一口吞了下去，才算没有当场喷薄而出。班长说，这里还有血蚶和鸡仔胎，要不来两口试试？他大叫着饶命饶命，举起双手逃将出去。回到自己房间时，老三正在控诉内蒙古奶酪，说这东西伪装得细腻鲜嫩奶香醇厚，可吃起来腐烂酸臭真是活要人命，怪不得台湾人管这东西叫气死。一会儿老六回来了，他说在女生那里吃了湖南的槟榔，满嘴血红像食人兽不说，就连呼吸都感觉困难，全身血管好像都开始收缩了。老七说，别人的美食可能是你的毒药，你相信这话了吧？幸好自己带的干花儿和云头儿没有被控诉。当然，云头儿他只拿出来了一小半，因为这里边有吉芬的祝福，这祝福需要缓释。

就像所有的繁华都得成为过往，所有的激动都得归于平淡一样，过年的气氛这么苟延了几天后，终于沉寂了下来。

小半个学期过去后，张长弓发现自己对机械工程其实并没有兴趣。没兴趣了，就是有人逼着也深入不进去，况且官方逼的手段也仅仅是考试，而应付考试正是他的强项——历史不断证明，给他两三个星期时间复习，不管什么课程准能考过。那次《材料力学》临考前十几天，他翻箱倒柜找课本未果，就只好去图书馆借。课本虽是借到了，但版本却不一样。就这条件，他还是毫无悬念地考了80多分，这让老毕很是佩服，说他是应试之神，是文曲星和武曲星转世合体。不过他这事迹在班里还不算最神，因为还有更神的——考高数的时候，那个成功混入校学生会的老潘，就是后来被唤作潘高干的，竟是连突击复习都兴趣缺缺。那天开考前，他对张长弓说，老大你的考卷先别写名字嘛，张长弓问为什么？他说干部的指示你照办就行。开考了，潘高干悠悠地在演算纸上推演着国计民生周易六爻，等到张长弓答完考题，正准备检查答案的一刹那，惊世骇俗的一幕出现了：潘高干趁老师不留神，神速把自己的白卷丢到张长弓桌子上，同时一把抓过张长弓的试卷，认真地签上自己的大名后，面无表情地扬长而去！张长弓当时就惊呆了，又不敢声张，只好一边骂着老潘一边重做，但题没答完时间就到了。后来公布成绩，他这门课才得了不到70分，这是他入学以来的最低成绩了。事后，潘高干请他喝酒时埋怨说，你这个应试的快枪手，这次咋就那么磨叽，让我等得好生心烦！张长弓说，谁让你不早说明白了？你也不怕我答的卷子不及格？潘高干拍了拍他的肩膀道，你是谁啊，不及格还有天理吗？我连这点识别能力都没有，能当上高干吗？张长弓摊了摊手，承认自己遇到大神了。

虽然不怎么听讲，但张长弓绝不是一个偷懒的学生，他怠慢了自己的必修课，省下的时间并没有用于招猫惹狗，而是去读课外书了。他先是读了几十本小说，然后又读起了经济管理。他认为，学工科将来当个工程师，并不是自己的兴趣所在，如果能做“让工程师发挥作用”的事情，才能算作大事。要做这种大事，就得学经济和管理。吴小苏也跟他说过，市场化是中国发展的必然方向，所以经济管理才是经世致用的学问。他跟老六说，要想做大事，只学技术是远远不够的，我们学工科的还是得补充些经济管理知识才好。老六反驳说，如果经济学那么厉害，经济学院的岂不都牛得不像话了？张长弓说，也不能这么说，我认为有技术背景的人更能理解经济和管理，经济科班的人反而没有这种优势。老六点头表示认可。

有了这个认识后，两个人就常常去图书馆借财经书，还不时去经济学院蹭课。他特别感兴趣的是投资理论，包括黄金、外汇、股票、期货，老六和他学得都很上心。几个月过去后，老六有点儿扛不住了，所以又苦读专业课做回好学生了，因为他自知没有张长弓那般不听课也能考高分的神功，也没有潘高干那般不爱学就干脆不学的狠劲儿。

这一段时间的猛学，使他认识到经济学就像所有的人文学科一样，谁都可以在短时间内入门，但真能学出头的人却少之又少。老六不陪他学了，他就常去找吴小苏，他们两个是“室友”，找她也算是师出有名。她告诉他，得多读些经济学基础理论，入了门上了道了，再认真读些经典，慢慢你就能用经济学的视角来理解世界了。按照她开的书单，他读宏观经济学，读投资理论，读行为经济学；读厉以宁，读吴敬琏，也读亚当·斯密，读凯恩斯和曼昆。

通过读书和蹭课，他对“公司”这个耳熟能详的词儿有了深入的认识，认为公司制度是个了不起的发明。他还认为，商业比科技更能推动社会进步，如果一定把这两种不搭界的东西放在一起比较的话。他知道，古希腊人早已发明了蒸汽机的原型，但当时没有成熟的企业制度，所以该项伟大发明就沦落成了一个奇妙的玩具，直到18世纪，随着股份制的成熟，瓦特的冷凝器才使蒸汽机具有了实用意义。

就这样，张长弓成了股份制的崇尚者，认为它是“人类有史以来最伟大的智慧”。对于股票的炒买炒卖，他认识到这是证券市场对流动性的需要，要不这些股票转让给谁。吴小苏跟他说过，目前股份制的理论权威是北大的厉以宁教授，人称厉股份。其实之前他也读过厉老师的书，但只是泛读而已，没能弄明白老师的思想体系。巧的是，五一过后厉老师要来讲学，这是吴小苏告诉他的。因为入场券不易搞到，他一急就放出话来要抢吴小苏的票。她说，你这太不讲规则了吧，不过为了拯救你的堕落，我可以帮你找找。奇迹的是，她班上一个讨厌本专业的同学把票让给了张长弓。有点儿讽刺的是，那哥们喜欢的是物理学，他认为经济学的基本前提都是违背人性的，那些貌似高妙的理论其实都是沙滩起高楼而已，所以经济类学科中，会计和统计还算实用，别的都是瞎掰。这讲座给他留下了深刻的印象，厉老师的高明之处是能把枯燥的理论讲成大白话，在讲的过程中还善于用小故事解释大道理。自此，他言必称股份制，班上的同学也开始叫他“股份张”，就连科班的吴小苏也承认他读过的财经书挺多。

作为编外室友，张长弓和吴小苏见面的次数比恋人还多，说不上是谁爱主动找谁。不过两个人更像是哥儿们，她喜欢听他讲乡下和工地上的事情，也总是能给出角度独特的点评，常常让他备受启发。有时她会笑称要嫁给他，他说也好我正想吃天鹅肉；有时他会作势说要抱抱她，她说正好我也需要一个熊抱。她虽然一贯以温婉知性示人，但在他面前却常常是没心没肺：有一次她忽然说自己从小就担心男生骑车会伤着某部位，问他是这样吗？他惊得下巴都快掉到裤裆里了，脱口撒谎说自己不会骑车所以不知道，她放肆地笑道你不招就算了，反正以后会有人告诉我的！就这样，两个人在一起无话不谈，但却是只述不作，只说不练，淳朴却不简单，黏糊而不暧昧。迷上经济学以后，两人谈论的话题就更多了，双方都觉着患上了某种依赖症。他们这算是纯友谊的男女同学，还是可以忽略性别的中性朋友？或者是可以相互激发潜力或者交流能量的异性玩伴？他不知道，反正他觉得和她相处时，自己不需要情商也不需要智慧，往往是两个人胡扯一通道别之后，自己打道回府的路上都想哼朝阳沟。他不想知道未来，只知道有她相伴很开心。

不过自诩理性的他，时常会警告自己只能和她自由行走，不能在某个地方驻足停留，因为还有吉芬呢。不过，吉芬又是自己的谁呢……这算是脚踏两只船吗？当他把自己的担心讲给老潘时，这小子笑得岔了气，说你这连半只船都没有踩上呢就矫情成这样，你这小子真的真的真的只是虚长我两岁，白活了白活了，马齿徒增而已！

徒增就徒增吧。反正他觉得和她在一起就是自在随性，很有些亲人般的默契和鱼水情谊……他知道鱼水不是形容这个的，但他很是想用这个词儿。闲下来的时候，他也会想起吉芬，但她那么远，来往两地的鸿雁又帮他们传不了几片尺素，而且他连一个情字也写不进信里去，按老潘的说法，这叫思春马达在空转，又费脑子又费电。

空转的日子过得飞快，一个学期短短四个多月，读几本书，吹几场牛，应付几次考试就出溜过去了。

第四章　弄一下试试呗

暑假，悄然而至。

火车路过洛城，他有点儿想下车去看她，但转念又想：去看她，以什么名义？自己又不敢承诺她什么，这不是误人家嘛。火车停靠五分钟，他下到站台上溜达，想到吉芬就在不远处，他的手心儿就有些发热。对了，我真糊涂了，她不是已经去深圳了嘛。

啊，这不是吉芬吗？你没有去深圳？你怎么知道我今天路过洛城？大热天的你怎么还穿着冬天的衣服？吉芬并不答话，只是抿着嘴歪着头，一副让他猜的样子。他见状又问，你是专门来等我的，是吧？……没等她回答，就听到乘务员大喊那小伙子发什么呆，要开车啦！他一惊，两三个箭步蹿到车上，对着窗外揉了揉眼睛：哪里有什么吉芬的影子。

虽说只是一场白日梦游，但不知为啥右手明显比左手热多了。

直到回到家里，右手心还是热热的，所以他不时会伸出双手，比一比有什么不同。娘看在眼里，走过来拉着他的手说，孩儿啊，你的手变嫩了，不像干活人的手了。他心里说，不但手是这样，内心恐怕也是这样吧，因为他已不想跟在家务农的同学们见面了，怕没有共同话题。

娘并没有张罗做饭，只是给他拿来了两大块西瓜，咦，怎么还是冰的？娘说："还不是小裴送来的嘛，村长家里才有冰箱，不过这孩子送了西瓜后就干活去了。今天的晚饭，你得去黑叔家里吃，村长也去，正好县里的郑局长也在黑叔家里，听说你回来了，他就多留了一天，说是要跟你喝酒！"

西瓜刚吃一小块，手上脸上都是黏黏糊糊的时候，小裴冲了进来，这小子总是能赶上自己最狼狈的时候。两个人见面，相互擂了一拳算是打了招呼，小坐片刻后小裴就拉着他向黑叔家走去。

黑叔院子里有一棵大槐树，古老而苍劲，密实的伞盖遮住了小半个院子。伞盖下放着两张方桌，七八个人正围坐喝茶，其中只有一个生人，那人想必就是郑局长了。他们两个人一进来，大家都起身寒暄，郑局长也随着大伙站起来表示欢迎，当然小裴知道，人家这是欢迎张长弓呢。只有黑叔纹丝不动，等大伙坐定后，才对着身边的郑局长说：这个大个子就是张长弓，小个子是裴村长的公子。局长点了点头说，小裴我见过的，张长弓我也知道，你是咱们县里的传奇人物啊！张长弓说，不会吧，领导您可别这么说！

两个人坐定后，郑局长又继续讲刚才的话题："刚才我说到咱们县敢为天下先，你们知道吧，1984年咱县搞的股份合作企业在全国都有很大影响，所以1985年《人民日报》曾在头版发表过一篇农村股份合作的文章，就是说咱县的事情呢。当年，咱县经济在股份制的推动下发展很快，财政收入连续几年位居全省第一！长弓你可以多了解一下，这是咱县对股份制做的贡献啊！"

张长弓有点儿吃惊，因为他没想到自己的老家竟然是一个全国性的股份制标本。他于是来了精神，揪住这个话题对郑局长问东问西，然后又主动说起全国股份制发展的现状，郑局长听得频频点头："长弓这孩子虽是学工科的，但对股份制也这么熟悉，我得多请教你啊！其实呢，乡亲们哪知道啥子股份制，他们都是带着自家工具设备去上班，既是员工也是股东，每到月底都能拿到分红，所以大伙干活的积极性都很高，这就是解放生产力啊！"张长弓插话说："这算是原生态的股份制，乡亲们这么干就真的成了企业的主人，这种模式有意义，怪不得

《人民日报》都报道了。股份制的精髓是……”

看着大家包括郑局长都在认真地听自己说话，他忽然感到喧宾夺主了，于是赶快刹住车把话题一转说：“局长，这些早期的股份制企业大部分都没有生存下来，原因是啥啊？”郑局长答道：“这类企业最大的问题就是对大股东和经理人的约束不够。人的天性都是自利的，企业经营时间一长，有些人就会有意无意间损害小股东的利益。这方面的例子太多了，也没有好的解决方案。所以，一些生存下来的企业，反而都是当初看似不怎么规范的家庭企业。”张长弓说：“局长这是说到了要害上，我想，要经营企业就不能假设人之初性本善，对大股东和经理人的约束，一定得从法律法规开始。局长在这方面是专家，我这可只是随便说说！”黑叔接过话头说：“郑局长是专家更是领导，但长弓还是懂得不少书本知识的。所以孩儿啊，叔建议你以后多学这些有用的，有机会呢也给咱县的发展帮帮忙，这样郑局长就更高兴了。”

几个人相谈甚欢，至夜深方散。

在家里住了三四天后，张长弓就打电话联系到了白老板，说是想去工地上干活。他这样做，一是为了听黑叔的话接接地气，二是为了赚点学费。到了工地，他谢绝了白老板的关照，执意要像去年一样干重活，白老板只好同意。开始几天他还真的有些吃不消，皮肤晒起皮手上打了泡。几天后他就适应了，他很高兴，因为自己的体质还是经得住考验的。干活还有另一个好处，就是大脑可以得到休息，收工后思考起问题更有效率。期间他思考的是办股份公司的计划，还把想到的东西随时记下来，慢慢地小本子都快写满了。

返校的前一天，他一回到家里娘就说：“好奇怪啊，你父亲的事情，十几年了没有人管，这阵儿猛然间公安局来人调查了。听说在村里问了很多人，当然也问到我了，问了一个多钟头呢。是不是因为你上了大学，政府就管咱的事儿了？”

他摇摇头说：“上大学的人多了，政府哪能管得过来！娘你别去想这个了，有人帮助破案，当然是求之不得的。”

时值1991年，中国证券市场的管理者正在河里摸着石头。当时的证券市场很封闭，在沪深以外基本上没有网点，所以买卖上交所股票就得去上海，买卖深交所股票就得去深圳。初期的赚钱效应吸引人们蜂拥而入，老八股构成的上海股市无法满足需求，所以每只股票都是热门，天天都得涨停，后来就成了有价无市。这年的深市则是另外一番境况，由于印花税和个税的问题，还有政府干预、干部炒股等一系列利空，从上年底深市就掉头向下，大跌9个月，市场一片恐慌。期间，深圳证券市场甚至出现过全天零成交纪录的奇观，那是1991年4月22日，当天全交易所没有一张有效的买单。

作为工科生，大部分人当然都是“长大要当科学家”的，但张长弓入学不久就打消了这个念头，他认为虽然学好专业课并不难，但做工程师却不是自己的兴趣所在。他私下里对老六说：“学好专业其实还是为了找工作，反正我是当不了科学家的，所以我想现在就尝试搞个服务社，算是股份制试验吧。暑假期间我想好了，做这个事情，成则放大，败则算交了实习费。老六担心他没考虑到办公司的复杂性，让他再想想。张长弓说可能许多环节没考虑清楚，但不去做就永远不会清楚的，管他呢，弄一下试试呗！”

一着手办执照，才知道弄一下没那么简单。吴小苏有点儿担心地说：“先不说得花多少钱，光这手续就多得很，你得提交一系列文件，大概有设立登记申请书、公司章程、验资证明、法人资格证明、法定代表人任职文件和身份证明，还有就是公司住所证明，然后呢，还得去预先核准，核准完了再办正式注册手续。”张长弓听得头都大了：“再然后呢，再然后我们都该毕业了！室友啊，咱这是草莽起事，管不了这么多程序，不如两横一竖开始干！弄一下试试呗！”

半个月后，“长弓商社股份公司”成立了。这个公司没有任何注册手续，反正学生经商工商局也不好批。开始时张长弓自己拿了2000块钱，老六拿了600块，潘高干拿了1000块，另外几个同学各拿几百不等，共募集了近5000块。本着有限责任的原则，张长弓在作业本上写了一个协议，大意是亏赚都按比例分摊。达成一致后，他们张罗着借了些设备买了些辅料，几个人在校园里贴上广告，在路边支上摊位，就开始了租赁相机、冲洗照片、买卖旧书这些容易上手的生意。吴小苏虽然不赞同无照经营，但看到生意挺火，也主动请缨拉上自己班上的同学卖零食和日用品。当时学校只有几家校办小卖部，无证的小摊点也不多，所以长弓商社一开业就挠中了校园生活的痒处，一时忙得应接不暇。

试营业的第八天，他刚下课，班长就通知说校保卫处郑副处长找他。他一路小跑找到了郑副处长，对方说刚才我们扣了一批货物，经调查你是乱摆摊的头儿，你说该怎么办呢？

他有些蒙了："这点小事儿保卫处也管啊？"

"这是扰乱校园秩序，我们怎能不管？你别不当回事儿，这事情一得没收非法所得，二得停业！"

"我们刚干这个，还请处长您多包涵，我们也是因为经济困难才出此下策的。"

"经济困难可以申请助学金，对你的处罚是没商量的！"

回到班上一说这个事儿，包括班长在内大家都束手无策时，没想到陈希希突然开口说："多大个事儿啊，我去想想办法！"

她的话大家都没当真。但没想到第二天下午课后，缺课的陈希希突然出现在教室，手里晃着一张纸，当众宣布说事情解决了，还要来了一张校园经营许可证！

幸福来得太突然了，他连声说谢谢谢谢，真想拦腰抱住她抡上三圈。

抱住她抡上三圈的机会还真来了。周五下午最后一节课后，他径直走向她说："说吧，让我怎么感谢你？"

"去酒吧。"

"酒吧？我还真没去过呢。"

"所以就去开开荤嘛！"

酒吧就是另外一个世界，靡乱的歌舞，迷离的酒香。鸡尾酒的颜色还分几层，不同颜色层界线明显，这是用公式 $\rho=m/V$ 先求出各类酒质的密度，然后再对照密度表决定先加哪款酒？他正冥想间歌手登台了，陈希希拿脚尖点了他一下："别装了，放胆看美女喔！"他吐了吐舌头，夸张地盯着淡妆白裙摇曳生姿的女歌手。当她那及腰的大波浪缓缓旋转，淡淡的嗓音弥漫开来时，陈希希起身朝洗手间走去。正当他沉浸在女歌手的轻吟浅唱和高跟鞋碰撞的声音时，陈希希慌里慌张地跑了回来："有人欺负我！"他还没回过神来，就被她一溜跟头地拉到一个卡座前，那里歪着一个醉眼蒙眬的小青年。

"就是他，刚才把我当成服务员，我解释说我是客人，他开口就骂，还动手拉扯我！”

“这事儿啊，这人可能就是喝多了，算了吧？”

没等她说话，小青年双手按着桌子撑了起来：“你是她男朋友吧？这么孬怎么搭上的美女？来，喝一杯壮壮你这孬人胆！”

“这位老板可能是喝多了，请坐下休息吧。”他说完拉着她说，“别为小事儿动怒，我们走！”

“走什么走？先喝了再说！”小青年蹬鼻子上脸。

见他不吭声，小青年伸手拽住他的袖子说：“看来你是不给兄弟面子了？”

“既然说是兄弟，还不快点儿松手？”

“松手？老子松给你看！”说完手一松，端起一杯酒就泼到了张长弓脸上。

他用手抹了抹脸，一把抓住小青年的手腕：“你必须道歉！”

“就你这老冒，也配道歉？”

张长弓瞬间失控了，抡起右手猛地扇了过去！只听啪的一声脆响，小青年就被打到了桌子底下。

陈希希见状拍起了巴掌：“打得好，打得……”

第二个好字还没喊出口，一个光着上身的小伙子跑了过来，一酒瓶子就砸向了张长弓的脑袋！他下意识地一捂，血就顺着指缝流了出来。

酒吧一下子就炸了窝，一群保安冲过来挡在他们中间。

在诊所包扎时，听到她在外面带着哭声打电话，他就知道一定是她要求老爸派兵抓人了，于是立即推开护士冲到外面压断电话：“嫌事儿小？想让学校知道吗？”

看着他头上缠了一半的绷带和凶神恶煞的样子，她只好把听筒放下了。

“这小事儿，还要惊动公安？帮你爸省点心好不好？”

她不接这话，只是含泪抚着他的头，连声问你没事吧没事吧？

“我没事儿，破了点皮儿，其实不包扎也行的。我就不明白了，醉鬼误认你是服务员，这屁大的事，你干吗小题大做？”

“我……我只是想看看你出手的样子，班上的那些人都太弱了……”她拉着他的袖口怯怯地说，了无美女学霸局长千金的影子。

为了和同行竞争，他们计划推出赊销政策，由张长弓拟定政策草案。多年以后，吴小苏还清楚地记得，这草莽造反的“基本法”是这样的：凡本校同学，凭学生证均可在本公司赊账消费，以200元为限，免息一个月；一个月后不还者，需交纳滞纳金，每天万分之二，最长半年期限；半年到期不还者，商社将在墙报上公布名单；公布后半个月仍不还款，通知班长；班长督促后仍不还款并确系暂无偿还能力者，可部分以工抵债。

这套“基本法”一经推出，一时捧场者众。吴小苏事后评论说，这叫小额信贷，在一定程度上创造了消费，属于瞎猫撞上了信用经济学。由于消费信用的放大作用，一个多月后，他们的营业网点就增加到四个。这样手忙脚乱了一阵子后，商社的业务基本上有了章法，算是稳住了阵脚。快到元旦的时候，经临时股东大会通过，公司进行了第一次分红，每股3毛，股东们大都是第一次赚到钱，很是高兴。不久，由于赊销政策造成了流动资金紧张，商社进货的钱眼看就不够用了，张长弓想引进新股东来缓解资金压力，但吴小苏却认为这样会摊薄利润，不如去找供货商想办法。经过一番谈判，他们成功说服了供货商给他们赊货，条件是押下两人的学生证和身份证。事情办妥后从供货商那里出来，张长弓赞赏吴小苏出的主意好，成功解决了目前的现实问题。她答道：“你别太高兴了，人家同意赊货，并不是因为你长得帅！”张长弓笑道：“这个我早就知道，是因为你长得漂亮！”吴小苏说：“我想提醒的是你要长长脑子，总结一下经验，发现其中的必然性！今天成功地说服供货商，从经济学的角度来说，有以下原因：其一，我们的进货量达到了老板心里的某个标杆；其二，他估计我们赊账也就在万把块钱左右，如有意外他也能承受；其三；我们是中国大学的学生，学校的招牌客观上为我们做了背书！”张长弓接道：“还有其四，就是咱这张貌似忠厚的脸是吧？我说吴小苏啊，你们这些人怎么老是喜欢把简单的东西包装成学问的样子吓唬外行？”吴小苏嗔道：“什么呀，经济学是用来活用的，对微观经济行为就应该认真观察，并试图总结出某种共性，然后升华成规律来指导实践。你怎么就这境界啊，还读了那么多经济书籍呢，还是摆脱不了工地思维。”张长弓佯装生气：“工地思维就工地思维，没有咱这工地上练来的功夫，谁来搬货？你来？”吴小苏拿包砸了一下他的手：“看把你能的，真是个识字的文盲，无法沟通的草莽。”张长弓憨憨地笑了两声，算是停战。

时间就这么刷刷地过着，几个月的小贩当下来，寒假就不期而至了。这次寒假张长弓没有回家，写信跟娘说是要搞社会实践。其实这个假期，除了计划如何发展，他大部分时间都用在盘点和算账上了。没想到，这小贩的账目还真复杂，里面细节千头万绪不说，由于还有其他股东，他就不能以肉烂在锅里为原则算糊涂账。

一算吓一跳，在他自己设计的账簿上，除去负债，竟有近两万块钱的净利润！这就赚到钱了？

寒假过后，商社生意果然更是繁忙，真有点儿财源滚滚的意思，看来假期牺牲的时间没有白费。开学一个多月后，商社购买了四辆三轮车，装了四部电话，还在物化楼里租了个仓库，员工也发展到了50多名。不过，这生意红火的代价是他常常逃课，辅导员为这事还找他谈过两次话。

被辅导员约谈后没几天，更麻烦的事情来了。税务局接到举报说他们偷税漏税，经查证基本属实，所以部分货物被暂扣。

当时他刚上完下午第一节课，告诉他这个消息的，是专程赶来的辅导员老师。老师神情凝重，语速缓慢：“张长弓同学，你涉嫌逃税，不但货物被查封，还会面临处罚，你要有心理准备。”他愣了半晌后才机械地点了点头，老师又说：“你也别太担心了，必要时你言语，我们大家都可以帮你想办法。不过呢，只怕学校会处分你。”

处分算个啥，他才不怕。可是，商社如果因此倒闭，几个月的辛苦付之东流也就罢了，问题是，会不会有更严重的？好像逃税还是犯罪啊。想到罪这个字，他心里开始发毛，于是赶忙离开教室，向物化楼走去，他的仓库就在这座楼的地下室。

仓库门上果然贴着封条，旁边还有处理通知书。虽然已经知道了这个事实，但当这场景真实呈现在眼前的时候，他的头脑还是轰了一声，然后腿一软就坐在地上。盯着昏暗的过道和鬼火般的顶灯，他还是不愿相信这是事实。

许久，楼道里传来脚步声，原来是老潘来了，手里还拎着饭盒。看到老潘他立刻站了起来，一副若无其事的样子：“这小事一桩怎么还惊动高干了呢？”一边说一边接过饭盒，老潘并不说话，只是拍了拍他的肩膀。后来老六来了，班长来了，紧接着吴小苏和她的两个同学也来了。他机械地重复着：“这才多大事儿啊，我会很快处理好的，大家都别担心。”说话的同时，还故作轻松地吃起了饭。离开地下室走到操场时，他说想静一下，让大家先回去了。他一个人坐了下来，头脑里满是混沌，传呼响了几次他看都没看，后来索性关了机。一个小时后，操场上就只剩他一个人了，他忽然觉着有些冷，该回寝室了。寝室明明就在几百米处，可他转了几圈也没找到，后来巡更的保安盘查一番后把他送了回去。他蹑手蹑脚地进了寝室，大家都已酣然入睡。他爬到床上和衣躺下，一闭上眼睛就看到角落里麇集着作势要扑过来的怪物，睁开眼睛看到的却是窗外飘飘忽忽的树影。这使他有些惧怕。对这件事，他其实是有过预感的。是谁举报的呢？根据刑侦原理，事件的结果对谁有利谁就可能是嫌疑人，那么说就是做生意的同行，或者是看不惯自己的某个学生？算了不去推测了，反正无证经营是事实，这也是“弄一下试试”的必然代价。辗转反侧到天亮时，他心里忽然敞亮了一些——这才多大个事啊，不就是无证卖点小商品没纳税，能怎么着啊。所以当老潘的闹钟响起来的时候，他打起精神说声同志们早上好，下床蹬上鞋就直接出门，说是要出去跑步。

他的目的地是税务所。这衙门离学校并不远，不到一个小时就走到了。税务所还没有开门，他在路边溜达了几个来回，终于等到了人家上班。管这事儿的是秦副科长，简称秦科长。秦科长一上来就问：“知道偷税漏税的后果吗？”他说知道错了。秦科长说知错就好，你先写个自检材料吧！说完后扔给他纸笔就忙别的事儿去了。他写完后一直等到中午，秦科长才过来看了看材料说：“你还真能干啊，这几个月的时间，营业额就有一百多万，相当于一家小百货公司了！”张长弓一听这话，才猛然意识到自己写的数字太实在了。

秦科长严肃地看着他说：“这事嘛，说大不大说小不小，我先告诉你一个可能的处理结果。第一是补税，第二是罚款，第三勒令停业。当然还会有学校的处罚，这我们说了不算，不过这事儿有开除学籍的。”他问要罚多少钱？秦科长说：“这得看调查结果和你的态度，态度知道吗？”说完后，他把检查材料折叠两下装到自己口袋里，同时递给张长弓一张纸条说："你先回去等候处理吧，这是我的联系电话！"

张长弓怏怏地回到学校，把情况跟老毕说了，老毕说还好，只是钱的事嘛。张长弓说："也不一定，你想，人家一罚，咱股东们的钱全都没有了不说，如果没钱交罚款，就可能被行政拘留，这样的话事儿就大了，还真的有可能开除学籍！"

老毕想了想说："这种可能倒是有，但这只是最坏的情况，我想不至于吧。"

下午上课时他一直在左想右想，老师提问时，他当然是答非所问，这引起一场哄笑。好不容易熬到了下课，他决定去找辅导员老师说说。

辅导员认真地听完，又问了不少细节后说："其实呢，这种事情在税务所就是小事一桩，副科长是先拿大棒吓唬你呢！他为什么把你写的材料折叠后装到自己口袋里，你想过没有？"

"他是想私了？"一句话点醒了张长弓。

"这也不能叫私了，不过就这意思。"

"老师，您的意思是，秦科长是在索贿？"

辅导员摇摇头说："我可没有这么说哦！"

张长弓有点蒙蒙地问道："不过，贿赂也是犯罪啊！而且我也不愿干这种事儿，更何况，如果行贿不成，那就更恶心了。"

辅导员点了一根烟，慢慢地抽了两口说："张长弓同学，我只是帮你分析一下，并没有引导你去行贿的意思，你别想太多了。"

张长弓马上说："不会的，老师怎么会让我去犯罪呢！"

辅导员表情复杂地说："另外，我想提醒你思考这样一个问题——为理想卑微地活着，还是为正义慷慨就义？这是个单选题。我的话只能说到这里了。"老师说话时一直在盯着他，眼神意味深长。

他把辅导员的话告诉老毕，老毕说："老师其实说得很明白了，人家科长是给你表现的机会呢！"

张长弓茫然地摇了摇头说："老毕，我宁愿被罚干罚净也不让秦科长得逞！"

老毕的目光陡然变得锐利起来："问题是，这事远不是你倾家荡产那么简单！你是知道的，弄不好，你可能得欠同学们一堆钱，学籍也没了！"

张长弓心里一阵天塌地陷。良久，他抬起头来面无表情地说："没事，天无绝人之路，如果真被开除了，我大不了做生意还大家的钱，虽然我不必承担无限责任。没问题，我会做生意了，只要给我时间，我就能赚回来！"

老毕很有些意外："你真想引刀成一快不负少年头啊，问题是这么做值不值？你天天读经济学，应该明白成本和收益的关系吧！"

张长弓故作镇静地问："那你说怎么办呢？"

"让陈希希找她爸帮忙吧，这老爷子一句话就过关了。"

"这个真不行。"

"你是怕欠人家什么？也罢，我托人打听一下吧，多大个事儿！"

次日，在老毕的怂恿下，满脸不请愿的张长弓给秦科长打了电话，问事情的进展。秦科长说正忙呢，等会儿给你打传呼。他赶快找了个公用电话候着，心想这科长还真和气。半小时后传呼响了，电话里秦科长说："你这个案子吧，我们正准备上报到科长那儿，等老大的处理意见一出来，就谁也帮不了你了。你自己想好了再说吧，我还忙着呢！"说完就直接挂了电话。他死死地拿着话筒听着滴滴的断线音，似乎被什么魔法定格在那里，直到公话老板连说三遍有人要用电话。

老毕听到后说："科长是什么意思，已经很清楚了。我刚打听了一下，像这种案值的，给个几千块钱就可以过关，而且还不留案底。"老毕是本地人，他打听来的消息应该是可信的，况且万儿八千的也出得起。可是张长弓不愿意去干这事，因为这是行贿，行贿不但违背了自己的底线而且也是犯罪行为，还不如等候发落，爱怎么着怎么着。老毕说："哥们我想吧，现实社会就是这样，咱要做生意，就必须得懂事儿，要是一根筋地坚守什么底线，付出的成本就太高了，况且还有可能节外生枝。"两人为此争执不下，只好找来老潘和老六。不用说，两个人都是支持老毕的，老潘还说："做生意嘛，首要的是会算账，必要时甚至得不择手段！这是生存法则，在生存面前，别的什么都不值得一提！"张长弓还是坚持要直接面对："如果这次靠行贿过关了，不但内心受到玷污，而且别人以后还会继续勒索你，不如来个痛快的，大不了这学籍我不要了。"眼看没有办法说服他，老潘建议临时召开个股东会。

会议一表决，所有人都站在张长弓的对立面，他只能接受了。当天下午，老毕从公司支了5000块，晚上通过熟人约出了秦科长。几天后，结果出来了：“考虑到当事人是在校学生，而且案值较小，决定罚款2000元，并勒令停业整顿、补办手续。”

事情是解决了，但在张长弓眼里，好像比倾家荡产开除学籍还要难受，他在日记里写道：

股东会决议必须得执行，即使这个决议是去犯行贿罪。决议内容不合法的话，决议应该是无效的吧。唉，生存好像更要紧，老潘说的似乎也对。这都什么事儿啊，肥了科长便宜了公司好像也无损税务所，这就是规矩吗？这就是会算账吗？

有个成语叫墨子泣丝，意思是说，人变成什么样子，跟环境的影响关系极大，所谓“见练丝而泣之，为其可以黄可以黑”。社会大染缸这个说法，可能是自墨爷始吧。置身现实社会，谁也逃不出被染的命运。有人说，黑夜的精灵之所以美丽，是因为精灵在黑夜中找到自己的色彩。一个人能够在染缸里发现自己的色彩，就算成熟吗？

第五章　投怀送抱的原始股

补办执照和税务登记的过程并不顺利，中间屡次发生被冷落被索贿的事儿，他只有请老毕去面对了。由于在校生不能经商，还是万能的老毕找了个名义法人。这样折腾了近一个月，他们的公司算是合法了。合法的公司当然不能只靠约法三章了，这是吴小苏说的，他也没有理由再反对了。于是他花了几天时间做出了股份制改造的设计，当然，其中细节还是请吴小苏做了优化，虽然他老说她的文风是三纸无驴。

股份制改造无比复杂，他们能做的也就是股份登记，对其他事项都是流于形式。他设计的登记原则是每一元算一股，不论投资的先后。吴小苏认为："对新股东应该溢价发行，就是说每股价格得高于一元，甚至几倍几十倍，以体现公司此前经营的价值。"不过老六认为这么做是歧视新股东，老毕说咱这破股票卖高价是凭空想象。吴小苏很是无奈："既然你们都这样想，那就先这么贱卖着吧，你们明白之日就是后悔之时。"

有了执照和税务登记虽然增大了经营成本，但公司的生意却越来越好了。生意一好，主动找上门的供货商就多了起来，这供货商一多，批发价就压低了，账期也拉长了，公司收获了意想不到的规模红利。如此良性循环下，公司的资金积累不断见涨，周转用不了就趴在账上，没有人过问具体数目。作为大股东和实际经营者，张长弓有时候会想，如果不是自己亲自经营亲自管账，谁能保证经理人不借机谋私呢？如果公司做大了，还能用现在的办法管事吗？

1992年年初，邓小平视察深圳时指出“坚决试，不行可以关”，为股市作了强大的背书。不久后B股推出，这是中国首次向境外投资者发行股票，张长弓这才知道，我们炒的普通股票叫A股。5月，沪市全面放开股价，取消停板，大盘直接跳空高开在1260点，一天之内翻了一番多，5只新股狂涨，最高的涨了3000%，他看得心里痒痒的。对邓小平的南方讲话，不同的人有不同的认识，对他来说，就是坚定了办好商社的信念。还有，就是得认真了解上市公司的架构，同时还得炒一炒股票。

做股票，当然得去证券营业部开户，可打听了几个人谁也没听说过，所以只好暂时作罢。没想到的是，不久他就触股了，由于一个偶然的机会。

那天潘高干找他喝酒，说有事要请他帮忙。当晚，两人坐在商社一个网点的台阶上，每人手握一瓶啤酒对瓶吹。第二瓶喝了一大半的时候，他拿酒瓶子跟张长弓碰了一下说：“老大，有一件事情，或者说是一宗生意，你判断一下能不能做。”张长弓一边嚼着花生米，一边唔唔两声示意他说下去。

潘高干说：“就是我爸所在的单位，一个大型国企，要进行股份制试验，准备发行股票了。股票是按面值发行的，没有溢价，而且还保本保息保分红、到期偿还。”

“这哪里是股票，不就是债券嘛！”

“差不多吧，他们单位是自办发行的。因为大家都不懂这个，所以领导就把股票发行当成任务。这些天正动员党员干部认购，可是效果不好，领导都有点儿急眼了，命令党员干部要带头完成一定的数额。”

张长弓一听来了精神：“老爷子任务多少？”

“3万股，也就是3万块钱，可是，他手上只有几千块钱，正着急呢。”

“3万股？嗯，我知道你的意思了，让我想想吧。”

“我就这意思，我爸是老党员了，他说完不成任务就没脸混了。”

次日午饭后，潘高干追问这事儿，张长弓想了老半天才说：“好吧，那就用我们公司的钱买了吧，也算是帮老党员完成革命任务了！”潘高干没想到他会这么爽快，一个劲儿地说你真够意思！张长弓说：“这不是够不够意思的问题，而是买这种原始股很安全，在成熟的市场经济国家早没这事儿了！这次我就赌上了，我敢说，以后再买就得溢价了！”

潘高干激动了：“太好了，我爸正发愁怎么完成任务呢！难得你有这样的见识，真是孺子可教啊！张董事长就是有高度，比我爸单位的老工人境界高多了！真好，我也不用费口舌花工夫跟你解释了，有你这样的土财主朋友就是好！”

张长弓捡了个小石子“啪”地砸到了他的鼻子上：“土财主就不能懂股份制了？咱们自己的公司就是股份制呢，土财主总归也是财主嘛！不过我说啊，光有认识有什么用，资金和胆略，才是成功的关键因素哦！”潘高干笑道：“你就美吧你。不过说实话哥们还真得感谢你，什么时候我老爸来了，我让他请你喝酒！”张长弓装作讥笑道：“你真够鸡贼，难道不可以先代老爸请了？”潘高干说：“你这么急于兑现啊！好吧，掌柜的再来两瓶啤酒一袋香肠……记张总账上！”

没想到次日召集大伙讨论时，张老板的建议竟遭到多数人的反对。老六说：“这么好的事情干吗要当任务完成呢？”吴小苏说：“毕竟是大额交易，得调研清楚才行。”老二说：“国企现在日子不好过，哪天它倒闭了，这钱岂不是打水漂！”大家七嘴八舌，大有否决的意思，张长弓和老潘面面相觑，不敢让大家举手表决。

散会后，老潘摊摊双手说：“其实不买也没啥，只是我嘴快告诉老爸了，我会没面子而已。”

张长弓想了想说：“要不这样，我们分头做工作，私下争取过来几个人，然后再开会表决？”

“干吗，拉票还是贿选？”

“别说那么难听，这经济民主也有乱哄哄的毛病，私底下运作怕是少不了的。”

“都私底下运作了，还民什么主？”

“扯淡，不如专制一次算了！这事咱也事先知会过大家的嘛！”

“你的意思是？”

“讨论个球，先买了再说，也免得老爷子为难了！”

“不经大伙同意不好吧？”

“你要婊子和牌坊兼得吗？”

“……”

下午，没经其他股东同意，他们就去银行汇了3万块钱给老爷子。张长弓事后说，群众都是无知的，这种大事非独裁还真办不成。两个礼拜后收到了3万股的纸质股票，他把它们锁到抽屉里，慢慢就忘掉了。奇怪的是，一直也没有人过问这事儿，直到一年多以后，这只股票上市了，几天就涨了三倍，作为原始股股东，这些股票回报得毫无悬念。当然，这是后话。

就这样，股票以投怀送抱的姿态走入了他的生活。这段时间正是中国证券市场发展的初期，市场上可供交易的股票少，所以只有两种走势，上涨和暴涨。在这种赚钱效应下，越来越多的人相信一夜暴富，同时报刊上也不断刊文论述致富不一定得靠勤劳，投机收益也是正当收益。作为校园小有影响的“股份张”，张长弓虽然身不能至，但内心的蠢动却无法压抑，这种蠢动驱使他常去图书馆翻报纸看消息，还认真分析个股和大盘指数的走势。他了解到，上证指数1991年7月开始发布，以1990年12月19日作为100点，发布的当日以133点报收。1991年年底，上证已逼近300点，涨势十分凶猛。1992年5月，上海股市全面放开股价，像西方主要股市一样，取消了涨跌停板限制。这样一来，上证指数就像牢笼里的怪兽忽然间被释放，“嗖”的一下逃了出来，一天之内就从623点冲到1334点！如此神话让没买股票的人懊丧莫名。此后几个月，上海股市凯歌高奏，豫园商城从每股800多元蹿到10500元，生猛到没人敢信。

第二个暑假到来的时候，他曾想过暂停营业休息两个月。不过这只是想法而已，现在摊子大了，库存又多，有些商品放两个月就会过保质期，况且货物没人管也不安全，所以不能是说停就停的。后来他想了个折中的办法，停掉了一半的网点，加薪留下几个同学维持经营，自己每天只是巡视几趟完事。这样一来，时间就相对宽松了，于是他找来下学期的课本提前看了一遍，因为一开学他就没多少时间学习了。

这天正当他懒洋洋地倚在货架上预习时，陈希希忽然出现了，她说跟老妈去了一趟喀纳斯，在那里累了个半死，回来后又闷得快发霉了，所以来看看你是否还活着。他说来了就好，赶快帮我守店吧，店里的东西你可随意享用，记我账上就得！她撇撇嘴说道，谁稀罕你这地摊货。

此后连续几天，她天天下午都来帮忙。这天下午他们聊得太热闹，结果错过了食堂饭点，他说要请她去校外的馆子里吃，她却坚持要吃方便面。到寝室泡好吃完后，两人坐在床上喝着可乐穷聊，聊到开心处她每每仰面大笑，同时还会拍拍他的肩膀踢踢他的小腿。不知第多少次拍他肩膀时，他一时把持不住，一把就抓住了她的手。她并不挣脱，于是两人拉着手说了一大堆废话，后来不知怎么的就滚到了床上，一阵连亲带摸。她哪受得了这个，很快就瘫软得丧失了反抗能力，没滚几个回合外衣就被他扒了下来。正当他得陇望蜀之时，她忽地清醒了过来，一把推开他说，不能这样，坚决不能这样，我跟妈妈承诺过的！他只好收手，同时讪讪地笑了两声，像两百迈时的急刹，轮胎被折腾得难受。

她穿上衣服后，看着他满脸的憨态说："你敢娶我吗？"

"这还真是个勇气问题！你这诈尸一般的急刹，太吓人了！"

"不急刹还不掉沟里了？"

第六章　股舞禁果

夏天是个慵懒的季节，闲下来的时候他经常想，商社在经营中除了潘高干和老六以外，吴小苏给他的帮助是最大的了。不但业务上帮忙，而且她有事儿没事儿的也经常找他胡吹一通，这使他感觉不可或缺。时间久了他也觉着，她好像不仅仅把自己当成编外室友和生意伙伴。不过他不敢去深想这事儿，因为他心里还惦记着吉芬，虽然他们之间联络不多，虽然她……只是个服务员。

吉芬打小就喜欢和他一起玩，因为她觉得和他在一起就谁也不怕，包括二孬这个坏孩子。两年前张长弓考上大学了，她的第一反应是要疏远他，为此她偷偷地流了不少泪，这心思只有高丽春知道。她心里清楚，张长弓考上名牌大学了，自己还只是小服务员一个，除了疏远好像并无它途。其实她内心并不自卑，她觉着自己这么年轻，前面的路长着呢，现今社会容许人有多种选择，怕啥。她能这样想，还因为黑叔给她算了一命。当初她要外出打工，黑叔半真半假地告诉她，你这个人的命贵不可言，虽然当中会有些曲里拐弯。她信了。其实在四里八乡谁不信黑叔呢？是啊，自己好歹也是高中生，人又不丑不笨，不会永远当服务员吧！

那年张长弓在工地干活时她去看过他，说是顺路。现在他上了大学，她就不敢再去顺这个路了。其实张长弓也不敢跟她来往太密，这真有点儿叶公的味道，喜欢的不是真龙本身，而是某种似龙非龙的东西。他不敢想象两人之间会发生些什么，毕竟她……只是个服务员。每次想到这里，他都会扇自己一个嘴巴，但每次扇完后他转眼就忘了疼，关于她的种种又会在思绪里打起秋千。

七月底的时候，他从广播里得知上海深圳正流行“股票认购证”，就是在一级市场申购新股的凭证。股票的一级市场就是发行市场，要申购新股，就得先有认购证。在正式上市交易前申购到了新股，上市后都会赚钱的，因为当时二级市场是见票就炒，不赚都难。股票认购证最早出现在1992年的上海，当时上海只有供不应求的“老八股”，扩容成了当务之急。由于人气太旺，所以新股票一发行都会被抢购，上海“兴业房产”发行新股时场面失控，还差点闹出人命。面对这种状况，当时的证券管理部门人民银行做出规定：先发认购证，凭认购证摇号中签认购。

放假前，吴小苏也跟他讲过福建发认购证的事情。六月份的时候，厦门有四家公司募股上市前，也是从发认购证开始的，当时只要排一宿队，花50元买来认购证这么一张“纸”，第二天可以卖500元。没几天消息就传遍了全国，人们纷纷赶来收购认购证，很多认购证从100、200、500，几天后竟然飙到上万元。很快，厦信证券门口就形成了一级半市场。这是因为在正式上市交易前有人想变现，也有人想入手，特殊环境造成了特殊的供需关系，促成了上市交易前的私下交易市场。一级半交易过程很是简单，双方议价签约，然后就是一手交钱一手交货。钱是现金，货是纸质股票，这种交割煞是过瘾。奇怪的是，主管部门居然默认这种原始交易方式，可能他们觉得这也算是在河里摸到的一块石头吧。后来的福耀玻璃也是这样的，它的原始股发行价为1.01元，当时每股赢利大概六七毛，市盈率初步估计为五六十倍，所以有机构估值30元以上。这个估值还算是保守的，后来正式上市交易时，开盘价高达44.44元。后来才知道，福耀股票的首次发行，在“溢价”方面，还有一段乌龙往事。福耀发行股票前评估的资产约为6000万，考虑到股票一般都是溢价发行，可谁都不知道溢价多少才合适。神奇的是，不知是听了哪位专家的建议，公司把6000万股折算成4000万股，然后每股可按1.5

元发行。这看起来好像是溢价了，其实每股相当于折算前的1.5股，还是按净值1比1发售的，他们只不过搞了个算术游戏——提这建议的专家一定是来自乌龙茶的故乡。更可乐的是，如此乌龙的“溢价”，当时却被广泛质疑，面值1元的股票，为什么要卖1.5元?

为了了解深圳市场的情况，他写信打电话给吉芬，因为她已经跟老板去深圳了。吉芬很快就回信了，说是她不懂股票这些东西，但已经开始找人了解，有消息就马上告知。

前些天，他还参加了马老师办的股票学习班。这个学习班是免费的，条件是帮老师抄写稿件。马老师是管理系的年轻讲师，喜欢追踪经济热点。课间马老师告诉他说，其实你不必读那么多的理论书籍，你又不搞这个专业。现在你可以关注一下，深圳规定一张身份证可以购买10张认购表，所以不少人借身份证去深圳买认购表，据说每人最多可用10张身份证。马老师还说，当然这规定是有问题的，每人持10张身份证虽然对减少排队有好处，但却违反了身份证管理条例，应该被质疑。不过呢，我这质疑也就是说说而已，过多的质疑可能会误事。所以有些胆大的人屡借屡买，屡买屡赚，真的让人眼馋。

眼馋有什么用，应该行动啊！张长弓心想。现在自己手里有些现金积累了，公司的周转也暂时用不着这些钱。但是，怎么去买认购表？上什么地方买？正好这天马老师说到深圳马上要卖新股认购表了，问他敢不敢去?

当然敢!

去图书馆找来证券报一看，上面果然登着新股认购抽签发售公告。他先是扫了一遍然后又仔细看了两遍，内心已然沸腾。早听说新股上市后至少可以翻10倍，这必然得弄一下试试!

晚上回寝室时，他在信箱里发现了吉芬寄来的航空信，迫不及待地拆开一看，正是新股认购抽签发售的印刷资料，吉芬在信里不但写出了具体的时间地点，还画出了交通路线图。信的结尾，她说自己不懂股票所以没有建议，这些东西只是供你参考，能不能干你还得自己决定。

自己决定？这还用说嘛。“决定了，决定了！”他在床上忽地坐起来大声喊道，吓得躲在对面蚊帐里听英语的老二摘下耳机，诧异地看着他。张长弓笑道:

“秀才，吓着你了吧，我是在下决心做一单大买卖呢。”他把想去深圳的事情说了一遍，老二摘下眼镜想了半天才说：“这步子迈得有点太大了吧？”

迈得有点太大了？这就对了，众口一词的好事情，往往已经过了气。

行动的第一步是收集身份证。他先是把留守在商社的10多个人的身份证拿到手，又让他们赶快帮忙去借，一个证给50块钱。这样在两天之内，他总共收集到了30多张。当天晚上他专程去找马老师，说是要去深圳干一场。马老师想了想，拿出了自己的身份证给了他，叮嘱他要多加小心，相机行事。

北京站售票处人并不多，但去广州的票早已售罄。买站台票混上车后不一会儿，他就钻到座位下面并一直躺到广州，中间只挤着去过一次洗手间。广州站广场摩肩接踵，当他满身大汗地赶到售票处时，却被告知去深圳的火车票早就没了。他转身跑到大巴站，发现票已被炒到了500元一张。由于没有特区通行证，他花了600块钱才坐上了去深圳的大巴，此车据说是上面有人罩着，可以绕过进入特区的检查站。大巴上，好像所有的乘客都在谈论认购证。有人说，全国现在已经有一百多万股民涌入深圳买认购证，他们带来了两千多万张身份证，有人带得多，就用麻袋装着，这就是所谓的“麻袋账户”了。听到这些他稍感紧张，因为这么多股民涌进来，势必会造成供求失衡，看来一场恶战在所难免了。

天刚亮大巴就开到了深圳，车站的电子钟显示今天是1992年8月8日。深圳果然不同于内地，街道整洁高楼林立，各色人等行色匆匆。他徒步去找旅馆，却发现大小旅馆酒店招待所全部爆满，连家庭旅馆也找不到。正当他不知所措的时候，一辆的士在他身边“吱”的一声停下，司机告诉他蛇口有住的地方，他看了看吉芬寄给他的地图，发现蛇口离自己要去的营业点太远，就谢绝了司机。这时又有人过来搭讪，说是自己在宾馆有床位，可以挤着住，两人分摊房租。不行，这种住法还不如露宿呢。其实以自己在工地练就的功夫，睡大街也没有问题，只是有点儿担心身份证和现金的安全。算了，解决不了的问题先放下不管吧，去发售网点看看要紧。

他这一步算是走对了。到了吉芬帮他标示的网点，他看到人们像蚂蚁似的挤作一团，据说这就是排队了，而且还是在武警虎视眈眈的监督下。听说今天或明天要发售，不少人前天就来排队了，他们或坐或站，有带小凳子的，有带席子的，更有带着折叠床来安营扎寨的。他绕着人群走了一圈，实在想不出什么有效的办法，就只好乖乖地排在队尾，不，应该说是站在人群的边缘。想不到没几分钟，他所在的边缘就又被镶了一圈，他伸长脖子往前望了望，依稀还有队伍的脉络。置身在这怪诞的空间里，空气中弥漫着烟味、汗味、狐臭味，使他感到兴奋也感到窒息。不久他意识到事情远没有兴奋或窒息这么简单，因为发售的时间没有明确通知，如果没有个同伴照应，自己就等于被焊死在这里，即使能坚持不吃不喝，但总不能不上厕所吧……哦，还好，旁边的那位手里拿着大哥大，张长弓踌躇了一小会儿，还是开口央求人家帮忙打个电话，话费照付，那人爽快地同意了。

打电话给谁呢，当然只能是吉芬，虽然高青春也在深圳，但人家是公务员，不好贸然打扰。电话里他直接说了自己的困境，没等她回答他又说："如果你没时间，就帮忙请一位保安大哥过来吧，工钱从优。"其实他很是盼望着吉芬能来，当然不止是帮忙排队。

吉芬听完后就一句话："别说了长弓哥，我马上就到！"说完后问了排队地点和好心人的大哥大号码，就挂断了。吉芬就要来了，他得构想一下见面的台词。约莫过了半个小时，台词还没有头绪呢，吉芬就忽然出现了，没有打电话，直接就挤到了他的面前。张长弓没想到她找人的本事这么大，惊得一时语塞，好半天才说辛苦了，然后就短路似的直着眼睛看她——一年多不见的吉芬笑意盈盈，长发盘着塞在太阳帽里，肤色如粉但了无脂粉痕迹，长长的睫毛在阳光下尤其触目——她再也不是张疙瘩村的那个土妞了！看他半天不说话，她拿折叠伞轻轻地捅了他一下："看什么呢？说话呀！"

他如梦初醒地朝她点了点头，直愣愣的眼神中挤出了一丝动感。她递过来一瓶水："你是被挤傻了吗？怎么现在才联系我啊？"

张长弓搓着手说："主要是怕麻烦你……你今天打扮得这么得体，是不是专门去香港置办的行头？"

吉芬笑道："什么行头不行头的！你怎么这老土啊，餐馆的工装你也能看成行头。哎，你是要人帮忙了才想到我的吧？"

她这调侃的口吻，一下子激活了张长弓："可不能这么说啊吉芬同志，咱这是想老同学了！"

吉芬抿了抿嘴，伸手从包里摸出了几张身份证，朝他晃了晃说：“一听就是假的！你是想这个了吧？大知识分子怎会想咱这村姑？”

张长弓伸手捂了下胸口：“咱说的可都是真话，你不信就只能作废了。哎，你还带了这么多身份证，也想搭车买认购证吗？”

吉芬把身份证往他手上一递：“我知道现在很多人都在找身份证，所以临时在店里抓了几张，算是支持你吧。听说有个能人一下子搞来七八千张身份证呢！我心想，大知识分子来了，咱也抓住机会顺便跟着学学呗！”

张长弓朝他挤了挤眼说：“谁是大知识分子了？你要学，还是先学学排队吧。”

听到“排队”两个字，吉芬才抬头环视了一下四周。从出租车下来时，她看到的似乎是一片黑森林，置身其中呢，又像是进入了罗汉阵。这里大呼小叫是主旋律，烟味、馊味是主香型，痰迹、纸屑、破砖头把地面遮盖得严严实实。为了保护自己的位置，男女老少前胸后背地紧贴着，甚至有不少人伸手抱着前面素不相识的人——在或然的暴利面前，个体的隐私和尊严都只能先收藏着了。吉芬插到他前面站着，两人努力保持着一拳之距。可忽然间，一个大吨位膀爷从两人中间滑溜溜地挤了过去，他们都被蹭了一身臭汗，张长弓赶紧在裤子上蹭了蹭胳膊，她也皱着眉回头看了看他。

为防止再有人挤过，他试着从后面抱住她，她并不躲闪，还很自然地伸手揽住前面的妇女。张长弓的背后贴着一个面目黝黑的壮小伙，他晃了几次身子都未能摆脱这种体贴，无奈只好更紧地贴着吉芬以转移注意力，活像一只顾前不顾后的螳螂。谁知无意间的这一紧贴，世界忽然就不存在了，他觉着手臂麻酥酥的，心怦怦乱跳，身子一下子轻了很多。这感觉当然是来自吉芬的体温和气息，他努力忍住不去多想，但奈何某个部位蠢动不已，于是赶紧腾出右手插进裤兜里去约束。这种约束虽然避免了难堪，但却加剧了其血脉贲张。一会儿他就觉着不对劲了，下意识地往后撅了一下，不想他的约束机制在这刹那间崩溃了，被约束对象猛烈爆发，就像几天前的梦中一般。爆发的后果是下身满是融化的冰激凌，右手也被洇湿了，这也和梦中一样。这之后，大脑皮层开始产生抑制，一股突然袭来的疲惫使他说话的声音都有些含混了。几秒钟后他用力睁大眼睛，同时抽出手来在裤子上蹭了几蹭，呵呵干笑了两声。吉芬似乎并没有察觉到异常，仍然语速极快地说着小时候的鸡零狗碎，似乎并不在意听众的感受。说到高兴时她会回头瞟他一眼，他也会及时挤出应景的笑容，不过心头却越来越发窘和促狭了。十几分钟后他就释然了，因为疲倦慢慢退去，满是汗渍的裤子上也不怕增加这一味。于是，他偷偷地笑了，像干了坏事的小孩侥幸过关一般。

也许是要考验股民们的诚心，下午三四点钟时突然大雨倾盆。幸好她带着伞，他也顺理成章地钻到了她的伞下。后来雨越来越大，小小的阳伞已挡不住汹汹大雨，他的后背和她的前胸分别成了半只落汤鸡，他说："要不你去大楼下躲躲雨吧，两人都淋湿了多不值。"她说："我一个人可不敢去，要不你去，要不我们一起去。"他说："咱还得排队呢，你这意思是我们一起挨淋吗？"她说淋就淋吧，为了你的革命事业嘛。无奈他只好说，你先原地坚持一小会儿，我去去就来。

没多大一会儿他回来时，头上顶着一块折叠起来的塑料布。他说买不到雨衣，这塑料布还是花三十块的高价买来的。她并不说话，只是一歪头把伞柄夹在肩上，伸手接到塑料布，扯了几下折成了一个大袋子，哗啦啦地罩到了他的头上。他还没反应过来，她又在袋子上面撕了两个透气孔，自己麻利地一撩袋子也钻了进来。在里边两人保持一拳头的距离，听着水珠砸在头顶的声音，不时地相视而笑。好在不久雨就停了，温度虽是降了些，但太阳很快就回来上班了，环境一下子就转换成了蒸烤模式。想不到的是经过这一突变，前面排队的人少了一些，他们得以往前挪动了几大步。"上天帮我们淘汰了一些对手哦！"他得意地说。

脚下积水消去的时候，西边的天空慢慢地斑斓起来，看看传呼，已是八点了。吉芬若有所思地看着从云中露出半个脸的太阳，忽然问他可有纸笔。张长弓一边掏纸笔一边说："都说晓看天色暮看云，才女你这是诗兴来了吧？"吉芬说："我就写几个字，你先别看。"

不大一会儿，她把纸递给他，上面写着寥寥几行字，还有几处修改的痕迹：

暮色跟着疲惫的夕阳，

召唤清早溜出来的玩家，
唤回了孩童，唤回了老人，
再把日历提前撕下。
我该置身在哪个角落，
才能读得懂这暮色的表达？

张长弓连读了三四遍，若有所思地想了好一会儿才说：“吉芬，该上大学的是你，我这都白上了。”吉芬说：“我就是写两句玩玩罢了，你这么表扬我可受不了！再者，我听人说过，写诗跟上大学没有关系，诗是心里野生的，大学的温室里反而长不出青枝绿叶。再说，诗又不能当饭吃，还是日常的工作生活最实在。”他说：“也是啊，咱就来点实在的吧！”说着掏出半袋饼干，她吃了几块后若有所思地说：“就是，现在饼干就比诗顶用多了！”

虽然有诗和饼干，但在这样的环境中挤着，还是会渴得嗓子冒烟。幸好有小贩穿梭在人缝中卖矿泉水，是五块钱的打劫价。吉芬说：“这水贵不贵你得比较啊，当年北宋的城池被西夏大军所围时，城里一两黄金才能换一杯水呢。”

晚上十点左右的时候，拿大哥大的说是想回家一趟，请他作证自己是一直排在这里的，张长弓点头同意，并再次感谢他的大哥大。说话的时候他看了一眼大哥大排队的位置，发现那里戳着一位将近两米高的小伙儿，头发板结得一缕一缕的，黑色短衫上结了一串盐花，极像一幅险象环生的K线图。张长弓说这人真像是闯入人群的长颈鹿，吉芬说这长颈鹿好像刚在死海里游过泳。他们说话的当儿，长颈鹿从包里拉出一张手绘图表，和一个比他低两头的女子口讲指画，样子很是敬业。其实人群中敬业的远不止长颈鹿一人，有人在谈论过往的战绩，有人在谈论财富故事，有人在谈论投资心得，有人在憧憬抽签表和新股。从偶尔闯入耳朵里的话语中，他知道有些排队的其实是雇佣军，他们替人排一晚上可以赚几十块钱。想来自己还是赚了，因为天生的皮糙肉厚使他不必花钱雇人，更何况，要是雇人来排队，哪会有机会跟吉芬说这么多话。他于是感慨地对吉芬说：“今天受这点洋罪是值得的，越有价值的东西，获得的过程就越艰难。”吉芬附和道：“你说得对，要想成事，就得受常人受不了的苦才行，你很能吃苦，所以会成事。”这话使他有些飘飘的：“你就别给我灌迷魂汤了。今天这事连累你了，真得感谢你，因为有你在，我才觉得不算受苦！”他这话说得倒是实话，因为通宵排队这样的苦差事，竟然因为有她的存在而成了莫名的美好。

这个集体的不眠之夜，注定要被载入中国证券史。整个晚上，他们除了偶尔挤出人群上上厕所透透气外，一直贴在一起穷聊。几百箩筐的话说过后，天边出现了鱼肚白，不一会儿就蒙蒙亮了。前边的女士拿出镜子准备梳头，吉芬无意间从镜子里看到自己的样子被吓了一跳，于是就说要去上厕所。她这次出列的时间有点长，张长弓正着急时，她带着一袋子牛奶面包钻了回来，脸色早已恢复正常。她说刚看到武警牵着狼狗巡逻，还看到了一个晕倒的股民被抬出人群。

刚吃了半片面包，正要打开牛奶时，忽听有人喊开始卖了，这引起了一阵人浪。他赶紧摸了摸身份证和现金，做好战斗准备。谁知靠近窗口的人们刚涌动了不大一会儿，队伍还没有怎么向前挪动时，就有人大喊抽签表卖完了！排了几十个小时的人们先是面面相觑，然后是诧异，刹那就愤怒了：“这也太他娘的神速了吧！”有人大声质疑，有人挤到窗口和工作人员理论，还有人拿雨伞敲打窗玻璃。张长弓站着没有动窝，紧紧地拉着吉芬以免被冲散，同时飞快地心算了一下：“这500万张表格至少得卖给50万人，50万人啊，才这么两三百个发售网点，刚这么一会儿就卖完了？摆明了是有问题的！”吉芬也说其中必有猫腻应该去揭穿，但接着又说你千万不能轻举妄动！说话间突然听到有人喊“别愚弄股民了，我们找市长去！”“已经发现了他们舞弊的证据！”“定价100一张的表，现在有黄牛以600块的价格兜售！”

感觉被愚弄的股民开始骚动，愤怒的情绪不断升温，仿佛一点火星儿就能引起爆炸。张长弓说要去前面看看，吉芬则死死地拉住他，大吼不准乱动！几分钟后有人带头去市政府请愿，大批人跟着往前面挤，他们也被动地往前蠕动着。一个多小时后就被人流卷到了市政府门口。这时，交通已被愤怒的人们封锁了。“我们要公平，我们要股票！”人们激动地喊着涌着，一些性急的人开始动手，有烧报纸的，有砸车的，还有跟警察和工作人员动手的，一时间市政府门前犹如战争大片。

吉芬紧紧地拉着他，嘴里一直重复不许出手。就这么观望了两三个小时，街上有人发传单了，呼吁再没有说法就组织罢工罢课罢市。整个下午在喧嚣中过去了，天擦黑的时候他说这事儿一时也不会有结果，我们先吃饭去吧。

一顿饭的工夫事态就扩大化了。他们挤回市政府门口时，看到有不少人在冲击政府大门，后面有人扬言要放火，还有些人脱掉上衣躺在马路中间。其间不断有官员劝大家回去等候通知但没有人愿意走开。这样一直僵持到十一点多，市长助理出来宣布了市政府的决定，内容除了要严查失职行为外，就是立即增发500万张抽签表。请愿的人们似乎并不满意，吵嚷到了十二点左右，几个性急的股民与警察撕扯起来，有警察已挥起了警棍。张长弓见状再也按捺不住了，趁吉芬一不留神，忽地挣脱她的手就往前面冲去。吉芬大惊，大喊回来回来你给我回来！边喊边扒拉着人群往前挤。身材不高的她就像鹤闯人群，前面竖着一堵堵人墙，没多大工夫就看不到他的影子了。

当吉芬再一次看到他的时候，他正和一个警察撕扯，显然占下风的警察掏出一个手电筒似的东西，指着他吆喝再不走开我就放催泪瓦斯了！张长弓不但不躲而且一把夺过了催泪枪，几下就把警察喷得掩面蹲下。吉芬大喊快跑时，另一个警察手执警棍跑过来断喝："站住！你敢袭警？"张长弓撒腿就跑，警察挥棍猛追。眼看警棍就要打上他脑袋的瞬间，吉芬披头散发地冲了过来，一伸腿就把警察绊倒在地。张长弓看到这一幕愣在了原地，吉芬则扑过来一把将他拖进人群。他不明白她怎么会有这么大力气。刚钻进人群挤了几步，忽听得一阵惊呼，人们哗啦啦四散奔逃。他一回头，一条水龙迎面袭来，这就是高压水枪了！张长弓见状赶紧拉着吉芬逃离，敏捷如脱兔。吉芬一边喘息一边说："你现在怎么不逞能了，你的英雄气概呢？""我只是气不过警察打人，咱又不是来当英雄的，当这种英雄有什么价值？"吉芬愤愤地说："你说话倒是进退自如，刚才你把我吓死了！"好不容易跑到河边的安全地带，他安慰她说："我是有点儿莽撞了。不过呢，进退自不自如，那得看是什么事儿，如果是你需要营救，我就是豁出小命也不会退缩半步！"他这话原本有点儿应景的意思，谁知吉芬竟停住脚步掩面而泣。他不确定自己这话是太感人还是太混蛋，一时不敢再开口了。好一会儿，吉芬偏过脸揉了揉眼睛说："哎，别说得那么悲壮，咱哪值得你豁出小命呢！"张长弓一边说当然值得一边搂住她的腰，两人相视一笑。这一对视，他才看到她脸上有两处擦伤，一绺头发披散下来几乎遮住了眼睛。他心疼地帮她拢了拢头发，说赶快去药店买点红花油。她走到路灯下拿出镜子照了照说："这三更半夜的去哪儿找药店啊？擦破一点点皮没事的，上了药反而就破相了！"他心里满是愧疚，连声说都怪我都怪我。

他正在责怪自己时，吉芬忽然惊讶地说："你手里拿的什么？"他一惊，才意识到催泪瓦斯枪还紧紧地握在手里："这可是抢夺警械啊！"吉芬说着一把夺过来，"唰"的一声扔到了河里："什么警械不警械，还不一走了之！"碰巧有一辆黑出租经过，她赶紧招手拦下，两人上车离去。

车子停在她住的楼下，她说宿舍里应该还有两个人在睡觉，她想把这两位安排到旅馆去住，让他住宿舍，因为怕他住旅馆被警察发现。他说什么也不同意半夜三更打扰别人，坚持要拿张席子到院子里的树下睡，说自己怎么可以睡到女工宿舍呢。吉芬拗不过他，就拿了席子被子安排他睡下。醒来的时候天已大亮，他看到身旁有两盘点燃的蚊香，枕头下还有一张纸条，上面写着我们帮你买股票去了，你千万不能过去，就在原地等着!

他知道她是为他的安全考虑的，因为自己又袭警又夺警械的。可是她自己不也袭警了吗?

他收拾起东西靠树放好，自己在上面靠了一会儿，不知不觉又沉沉入睡了。再次醒来是因为有人叫，一睁开眼就看到吉芬和高青春二人笑眯眯地望着他。他赶快站起来说高哥不好意思，高青春说你来深圳怎么不告诉我呢，得亏吉芬通知我了。吉芬说，我自己不会买股票，只好把青春哥叫过来了，他是开了车来的，一会儿就送你去坐火车。

高青春告诉他，今天政府遵守承诺发行了新股认购抽签表兑换券，秩序比昨天好太多了，我们雇人排队买了两张，吉芬我两个也各买到了一张。增发的这500万张抽签表，由于来不及印刷，我们买到的只是新股认购抽签表的"兑换券"，规定到下月每一张券可兑换抽签表10张。这500万张新表，其实是预支明年的新股指标。

上了车以后，高青春一直沿着大路往西边开，张长弓开始没在意，后来感觉不对时已经开到城外边了。吉芬说长弓哥你下来原地等一会儿，我们马上就回来接你。张长弓虽是纳闷，但也只好下车等着。二十多分钟后车子回来了，他一上车高青春就告诉他，吉芬说昨天晚上你和警察推搡了几把，怕在深圳上车有意外所以得送你去东莞赶火车，前面有个检查站，她说为安全起见我们先过去踩踩点。张长弓心里一阵暖意，但感谢的话到了嘴边却变成了你们是警匪片看多了吧，咱有那么重要？高青春大笑，吉芬则恶狠狠地剜了他一眼。

事后他才知道，闹事那天按计划500万张认购抽签表每人限购10张，所以共有至少50万份，当时排队人数据统计有120万左右。这些数字表明应该有一半的人可以买到，但现场买到的股民却是寥寥无几，这就是股民们的怨气所在。

他回去后对室友们说，之所以能买到这么些认购表，自己皮糙肉厚也是个重要原因，许多事情，到最后拼的都是体力。老五说，最后要拼体力的说法不错，可是没有事前的谋划，也轮不到你去拼体力啊。

对，最后必须拼体力的事情，也得用智力去争取参与的资格。

他没想到，自己亲历的这件事情后来被称作“深圳8·10事件”，是中国证券发展史上的一件大事。后来查明，这些抽签表大部分都被提前私分了，其中金融系统内部私分几万张，执勤和监管人员私分几万张，给关系户留了几万张。最后被处理的9人中，一个证券部副经理居然截留了5000张。“8·10事件”使深圳股市受到重创，指数猛跌元气大伤，就连此前一直高歌猛进的上海股市也受到拖累，两天暴跌了近两成。

这个事件的一个历史意义，就是直接推动了中国证监会的成立，首任主席刘鸿儒有央行和国家体改委背景，是在莫斯科大学啃过《资本论》的副博士。他在莫大读研的时候，毛泽东对刘鸿儒为代表的留苏研究生说了那段著名的话：“世界是你们的，也是我们的，但归根结底是你们的……”

新学期的课程还是一如既往的沉闷，他还是一如既往地缺课。量子力学老师发现他即使来上课也不听讲，所以有意提问了他几次，奇怪的是他总是反问一遍问题后就能应答无误。老师课后找侯通问这是怎么回事。侯通就是他们寝室的老二，课代表。老师于是知道了张长弓平常就这样，谁都拿他没辙。老师后来还知道了他是学生公司的老板，自己还是他店里的常客。老师很是有些想不通：逃课学生，门门全优，公司老板，业余股民，同时还是个体壮如牛能干重活的人！

没等老师弄明白，这个特殊学生又得去深圳了。这次去是买认购证。上月吉芬高青春帮忙弄来的只是兑换券。去深圳的票只有软卧和无座，他毫不犹豫地买了无座。虽然现在并不缺这点儿小钱，但他觉得还是睡座位下面好，既省票钱又省吃喝，现金的安全也不成问题，这也契合了墨家“节用而为”的原则。

深圳没有上次那么热了，也没有那么壮观的队伍了，所以买认购证只用了小半天的工夫。后来的抽签结果，他中了5张，可以认购5000股。再后来，用这些认购表买入的股票在二级市场上为他带来了三四万的收入。赚这笔钱的具体细节，他很少跟别人讲，因为“方式太初级了，基本上是体力活”，后来他对吴小苏说。

深圳的住宿也不再紧张。他办完事住下后，立即在宾馆里买好了后天的回程票，这一天多的时间是留给自己的，因为他想看看深圳，更想看看吉芬。为感谢她的帮助，他出门买了个传呼机，准备送给她。给吉芬打电话时他故意说自己还没来深圳，吉芬说骗人你明明是在深圳的！他只好说是开玩笑的。她是怎么知道自己在深圳的？他没有想通。

吉芬来了，一见面他就拉住了她的手，设计好的台词已忘得一干二净。怎么有这么大的胆子，他自己也不知道，上次拉手那是工作需要。吉芬不但没有抽手，而且还笑嘻嘻地说你这是要和劳动人民比手劲吗？他好像得到了鼓励，用劲捏了两捏，并直视着她挑衅般地笑了两声。这算是干笑还是坏笑呢？他不知道。松手的时候他说：“你的手劲真不小，上次把我拉得一溜跟头的，看来是有功夫的嘛。”吉芬笑嘻嘻地看着他说：“我当时是在挽救将要失足的青年，古人曰急中生劲嘛！”他笑道：“你这还古人曰呢，看来这古人近在眼前嘛，让我看看有多古！”说着用力抓过她的手像把玩宝物似的摩挲着，同时嘴里还嘟囔着自己都不明白的话。没嘟囔几声，吉芬就“哎呀”一声抽出了手：“都要被你捏骨折了，你多年四体不勤，这手怎么还像老虎钳啊没个轻重！”他讪讪地笑道：“就这还自称劳动人民呢，好了，就算我没轻没重，这样吧，我拿一件东西补偿你！”说罢拿出传呼机递给她，说是专门为你买的。她并不推让，大大方方地打开盒子：“谢谢谢谢，我的劳动报酬还真不低呢！不过我不喜欢黑色的，你陪我去换个粉色的，好吗？”

去换传呼机的路上，她主动拉起了他的手，他则顺势搭上了她的肩，这个动作并没有得到大脑的授权。她下意识地耸了几下肩膀，又歪过头来瞟了他一眼，轻轻地抽出了手。他有些尴尬地缩回手，脑袋不由自主地耷拉下来，像一条偷吃东西等待责骂的大狗。不过她不但没有责骂，而且还拍了他肩膀几下，然后就开始说她们餐馆里的事，什么老板炒股不管经营啦，一个服务员嫁给有钱老头啦，老板娘喜欢找碴儿自己可能干不长啦，什么有个香港老板自己家有餐馆还常来她们这里吃饭啦，等等。她说得极快，他虽然也听得极认真，但却像听哲学课似的不得要领，她好像也没有想让他听懂的意思。在这说和听的过程中，两人的手不知啥时候又黏在了一起，后来不知怎么着他又搭上了她的肩，她这次好像没有察觉，继续快节奏地往外吐着音符。是的，只是音符。

回到房间后，她把玩传呼机良久，忽然说怎么这么巧，这号码会是我的生日？他笑而不答。她飞快地抱了他一下，然后就抓起电话通知狐朋狗友自己有传呼机了。他搭着她的肩膀，听着她唱歌似的广味普通话，满是迷醉。后来他的手在未经大脑授权的情况下用力揽了揽她，她则顺劲儿半倒在他的怀里，嘴里还继续对电话说着广普，这音符让他有些恍惚。不知过了多久，休止符出现了，那是因为发音位置被他堵上了，这个动作好像也未经授权。她唔唔了两声就没有声音了，手却不由自主地搭在他的腰上。忘情的他开始有些缺氧，嘴巴里似有涓涓清泉，头脑里却没有半点意识。不知过了多久，他恢复了意识后睁眼一看，不对，她怎么没动静了？他吓了一跳，赶快拍了拍她的脸蛋。被他这么一拍，她鼻子用力地翕动了两下，嘴里喃喃地说：“你真下流，嘴都快被你咬破了！”他这下放心了，二话不说又扑上去重复那个动作，心想你说下流就下流吧。这次下流用时更长，并且还磨蹭着压在她身子上。当感觉到她柔中带坚的胸峰并用力蹭了几下后，她的身子几乎瘫软，连推他一把的力气都没有了，而他的力气却越来越大，大到连大脑都不敢来约束。她试图招架，但全身却像一堆泥巴似的不听使唤。没多大工夫她就一败涂地，像一只本来捆扎得妥妥帖帖的粽子，被粗鲁地扒了皮，然后又不由分说地浇了一身蜜汁，对，只是浇上而已。这猝不及防的浇蜜汁动作太失败太出丑了，他很有些难堪，连说几声对不起。二十出头了，两人都是童真初识欲望，无法言表的紧张，无法言表的迷醉，无法言表的自责。紧张、自责很快过去，迷醉却怎么也按捺不住，于是他扑上去又是一阵手忙脚乱。这一次又是很快败下阵来，他很无奈她很无辜，当他满脸通红地谴责自己时，很快就被她捂上嘴巴了。她的力气似是瞬间恢复，捂嘴的动作很迅速很有力。

此后他平躺在床上一动不动，也不说话了。他在心里问自己："我这算是要流氓吧？她会原谅我吗？有人说情可以包括性，由情而性则虽性亦情，可自己这算是由情而性吗？"而她更是自责："自己在关键时刻怎么就瘫软了就虚脱了？就这样忽然间就沦陷了？自己真的不是故意就范的，但怎么就没有反抗的力气呢？红楼梦上说'情既相逢必主淫'，这事算是淫吗？和他连句表白的话都没有，怎能算是情既相逢？古人说'既悦其色，复恋其情'，如果真是这样，他会不会认为我是想利用既成事实？"

在这短暂的暂停中，两人心里想的似乎都是自我批评。虽然如此，迷醉却是没有休止符的主旋律，在这主旋律的策动下，两人不觉又滚在一起。滚了几个来回后，他终于在正确的位置做了正确的动作，此动作使她发出了梦呓般的呻叫，是惊恐还是沉醉？他无从知道。

此后的一天一夜，两人只出去吃了一次饭，其余的时间都以白粽子的姿态黏在一起，不知人间凡几。其间两人反复说着傻话做着傻事，个中细节古今中外基本类似，请参阅高人手笔，这里不去细表。

内容是省了，可事情还在发展着。回校后，他马上给她传呼留言报了平安，然后又写信给她，一是说说股票再是写写傻话。那次经历后，他是真格地天天想她了，但想只是想，他却不敢把这种想写进信里，因为她毕竟只是个……

她的回信是满满的六页纸，里面并没有哥长妹短的思恋，只是些家长里短老诗新词，他对这几句话印象深刻：

> 长弓哥，你是这个世界上最了解我的人了。高中时你见过我上课时画小人儿，见过我数学不及格被老师骂，见过我贪吃东西弄得满身油渍，见过我对着镜子挤痘痘，见过我偷看黄鼠狼扔给我的纸条，见过我伤心的时候痛踢老榆树……你，你知道得太多了！

半夜在被窝里他又展开信纸，读完第二遍时，他忽觉上面的字一个个地幻化成石块砸到自己的胸口。明知不可以，可为什么偏要这样念她这样想她？如果我们两个没有明天，她该会面对一条怎样的路？自己真是太浑太愣，又太随性太幼稚了。过了一会儿他又想起老毕的话，说这种事是可以被原谅的堕落。老毕这话虽是无良但却智慧。于是他笑了，笑得很是猥琐，因为他又想到了白粽子。

他的回信只有一页多纸，只是谈谈趣事说说生意。她很长时间没有回信，他觉着她可能是失望了。没承想一个月后，吉芬突然打传呼说要来学校看他。来学校？这事情有些突然，可他好像也没有拒绝的理由，只好说欢迎欢迎。

这回该不会是顺道吧？他心里有点犯嘀咕。

三天后，火车喘着粗气把吉芬带到他的面前。一身简约的她浅浅一笑，更像是艺校生扮的村姑了。他接过行李说你一定累了吧，我给你接风，请你吃大餐！她似乎坐车太累了，点了点头又摇了摇头，并不说话。沉默了片刻后，她忽然一下子重重地扑到他身上，他赶紧抱住她，有点不情愿地说好想你。在车上他问："你为什么突然决定来的，你是休假了吗？"她像是没料到他会问这个问题，迅速扫了他一眼又犹犹豫豫地转头看着窗外，轻声说道："最近不忙，看你炒股票要发大财了，就想来沾沾你的好运。"他认真地看着她侧过去的脸，同时用力捏着她的手，满脑袋都是问号。

他安排她去师大一个女生那里住了下来，这女生是老乡。转眼三天过去了，关于为什么来，她还是黑不提白不提。这几天，虽说她还像以前一样大方率性地和他谈天说地，但眉宇间偶尔会出现个小小的疙瘩，里面似乎藏着一朵不易察觉的愁云。周六晚上看电影时她忽然掉了泪，他觉得颇有些莫名，因为这香港烂片里并无让人动容之处。她察觉到了他的不解，一边说没事没事，一边拿手背擦了擦泪。快到结尾的时候她突然笑了起来，这和剧情也太不同步了吧。女孩子心里在想什么，你永远不会知道，这是老潘前几天说的。

看完电影后她说这次只请了一周的假，所以得提前订回程票。他说买卧铺票，她说不行不行太浪费了，但他坚持要买，说是你这么远来看我，必须得犒劳犒劳你。那就买吧。之前，她一直不认为卧铺跟自己会有什么关系，他也是。

票是周一晚上的。一大早他去师大接到了她，说还有一整天的时间，我带你去城里走走吧。午饭后，他说走累了想开个房间午休，她不置可否。一进房间她就紧紧地抱住了他，他则急不可耐地脱她的衣服，她虽是配合，但比之在深圳时的迷醉，判若两人。他虽有些不解，但也没时间去琢磨，因为饿虎还是得先捕了食再说。事后他有点缺心眼地问："吉芬，这会不会把你搞怀孕？这些事我不懂啊！"听到这话，她忽地光着身子坐了起来，下死眼盯着双目微闭的他，几秒钟后突然抓住他的手死命地掐了一下，他"啊"的一声睁开眼，发现她的泪水已扑簌簌地掉在了他的身上。

他脑袋里"轰"的一声，全身一下子木了半边，嘴唇嗫嚅半天却说不出话来。她见状收住了啜泣，鼻孔翕动了几下，然后用几乎听不到的声音说："这次怕什么，因为我已经……怀孕了。"张长弓全身的血好像一下子都涌到了脑袋上："别……别怕，吉芬你别怕，别难过，有我呢……"她拍了拍他的手打断他的话："长弓哥，我这次来只是想见你一面，当面告诉你这件事，因为我担心……其实我没有别的想法，真的，你别想多了。你放心，这问题我会自己解决的。我只是有点儿害怕，所以……所以想当面跟你说，我真的只是这么想的，真的……"

张长弓大脑彻底短路，好半天才回过神来："吉芬别怕，要不我马上娶了你，孩子生下来咱养着！"她轻轻地摇了摇头："别傻了，你不上大学了？我本来是不想告诉你的，但又想到这毕竟是咱两个人的事儿。你别说娶不娶的，你还是学生呢我哪能拖累你……我没事的，你放心！"他说："要不你先别走了，我陪你处理好这事儿再说，我不会逃避的，相信我！"她指了指桌子上的车票说："不不不，没事的，你好好上学就行了，不用管我，再说你现在也没有条件管啊。我又不是小孩儿了，当然知道该怎么办，你就放心吧！"

直到走进车站，他脑袋还是木木的，她倒是恢复了常态，有说有笑的，还安慰他别太担心了，学习要紧。

火车沉着地离开了，带走了心里不知有多委屈多纠结的她。

当他出现在寝室时，满脸都是沮丧和严肃。除了已睡死的老七外，每个人都问他这是怎么了，他故作轻松地说没事儿。只有细心的老六发现他装出来的笑比哭还难看，于是就硬拽着他去了球场。两个人在球场边站定，他不说话老六也不问，于是就都这么傻愣愣地戳着。最后操场上连情侣都走光了，他才开口说老六你去弄瓶酒行吧。不一会儿酒买来了，是老白干。两人对着瓶子轮流吹，他大口喝老六小口品。瓶子空了一半的时候，酒精怂恿着他把吉芬的事儿抖搂了出来。老六听完后说："乖乖，你真行啊，哥们儿羡慕死了，不过你得处理好啊，这种事情闹大了会被学校开除的，已经有先烈了。不过哥们儿还是佩服你，太实干了！"

"佩服个啥啊，唉唉唉！"他接连叹气。一会儿，老六突然想到了什么，用力一拍他的肩膀："哎，老大，孩子到底是不是你的，你要搞搞清楚，别当冤大头啊！"张长弓正满肚子火药呢，一听这话就炸了，话音未落就抄起酒瓶狠狠地磕到长椅上，玻璃瓶子"哗"地四散炸开。老六本能地往后一躲，张长弓则握着半截瓶子指着他的鼻子吼道："你真他娘的混账，你安的什么心？"老六一下子被骂蒙了，下意识地再退后两步，大气都不敢喘了。张长弓扯着嗓子连吼带骂，老六也不吱声，等他骂够了才小心翼翼地走过去把玻璃屑从长椅上扒拉下来，并试探着拉了拉他。张长弓忽然变得像一只泄了气的皮球，"扑通"一声瘫坐了下来。

当晚回去后他打着手电写了封信，次日一早发航空信给她，同时还汇去了3000块钱。他在信里说："吉芬，无论用什么话也表达不了我的内疚和自责，我太混蛋了！我知道对你的伤害已无法挽回，所以我愿意承担全部，我愿意为你做一切，只要你需要，只要我能做得到……"不几天吉芬就回了信，在这只有半页纸的信里，她说："没事的，我能处理好的，你不用为我操心，用心珍惜你的大学生活吧，真的。"

收到信的第三天，他约老六去城里的德国啤酒屋。这间啤酒屋以自酿著称，作为学生，他们还没有这么奢侈过。张长弓举杯为那晚上的粗鲁道歉。老六说："虽说你当时的样子太吓人，其实也算是我的不对，我不应该在这时候说风凉话。不过呢，都是成年人了，有点儿男女私情也算正常，我说哥们儿，你要是真心喜欢她，就收了她嘛。"

"可是……"

"你不用说了，我明白的。"老六挥手打断他的话。

"你觉着我这事算不算流氓无耻啊？"

“就这行为本身来说吧，肯定是有些问题的，但你别想太多了，只要你对她是真心的，就还说得过去。”老六答道。

“真心倒是真心的，只是我还是不敢对她承诺什么，何况她也没有提这个要求。”

“她心里一定有这个要求，只是不愿说出来而已。”老六盯着他的眼睛说。

张长弓有点不敢接话了，愣了老半天才小心翼翼地说：“老六，你说我该怎么办啊？”

老六呷了一口酒，慢悠悠地说：“这个谁都不能替你拿主意，你就顺其自然吧。其实呢，我说了你别不高兴——有些事情不能太较真。许多爱情都是从懵懵懂懂开始的，都是从玩玩开始的，甚至有些还真是从耍流氓开始的。但这并不妨碍修成正果。”

张长弓瞪了他一眼：“你这都什么怪话，怎么一点儿正经都没有！”

“张董事长你可别生气哦，你不要太纠结了，如果你能承诺她，那就皆大欢喜了。如果不能，何妨看透些，设法弥补她但也别太作践自己。”

张长弓用力拍打着自己的后脑勺说：“我恨我自己，我真是太怯懦，太没有担当了。”

老六说：“我明白你的意思。我刚才说的不是怪论，也不是信口开河，也是站在前人肩膀上总结出来的。你看，祝英台十八相送时装疯卖傻调戏梁兄；七仙女挡住董永的去路；牛郎趁织女洗澡拿走她的衣裳，这些行为不都是那么正经吧？我想说的是，任何伟大爱情的开始，总得有一方先耍流氓。一个人如果耍流氓的境界太低，得到爱情的机会就低得多。你别笑，老六俺就是境界太低所以找不到媳妇。我认为，男人在这种事情开始时，或多或少都会有些游戏心态，这一点毋庸讳言。你想，要是一开始就山盟海誓生死相许的，那也太吓人了吧。哎，我今天下午学打字，发现山盟海誓和雕虫小技这两个词是同码，这说明，山盟海誓本来就是骗人的雕虫小技嘛！”

张长弓摆了手摆说：“你也太能联想了，拿这个说事。”

“难道不是吗？”

张长弓没好气地说：“五笔同码字多得很呢！你敲个GO试试，打出的字是‘来’，那么来和去就是一回事了？还有，觉醒和沉醉，也是同码，你怎么解释？”

“这个好理解啊，现在我们两个的状态，不就是既觉醒又沉醉吗？哎，你还知道这么多好玩的重码啊，佩服佩服！”

“还有呢，蛮不讲理和义正词严也是同码字！”

老六心里窃喜，因为张长弓终于被他逗得愿接茬说闲话了。于是两人以此为开端，从王码谈到计算机应用，从商业逻辑谈到机械工艺，从啤酒的历史谈到甲醇、乙醇、甲基、戊烷。两人就这样醉意朦胧地喝着扯着。十一点多的时候，不知从哪里冒出个女孩，说是想借杯酒喝，于是三人又是一通猛灌。后来姑娘问要不要出去唱会儿歌，他俩同时说可以。不过，姑娘带他俩去的地方不是歌厅，而是一个有着许多小隔间的处所，灯光迷离暧昧。他俩分别被招呼到隔间里，张长弓半醉半醒间与一女子做了苟合之事，完事后酒已完全醒了，看着身边躺着的裸女，明白自己这是嫖娼了。于是他赶紧付钱，拉上老六逃也似的离开这是非之地。得亏现场没遇到什么麻烦，但别人会偷偷拍下照片吗？会抓到他们治罪吗？说到这里时，两人面面相觑，心惊肉跳。

更让他心惊肉跳的是，学生证偏偏这时候找不到了，是丢在那个地方了吧？他不确定，当然也不敢回去找。

吉芬半个月没有消息了。他很是担心，于是就到校外打长途电话。电话是别人接的，说是她请假了。他想呼她，但又怕她回电话不方便，所以就想到让传呼台留言。传呼台的电话通了，他一时又不知道留什么言，于是就说祝她工作生活都顺利吧。晚上回寝室时，他意外收到了她的信，内容很简单，只有几行字，大意是事情已处理，目前状态很好，你不必找我也不必担心。

他赶紧回了信。但等了十多天也没有回音，又写几封，还是石沉大海。电话找不到人，传呼也没人复机。这样忐忑了近一个月，他意外地收到了餐馆老板寄来的一个大信封，把他写的信原封不动寄还给他，并附信说她已经不在这儿工作了，新联系地址不详。

他的脸色“唰”的一下变得苍白，担心她会出什么事，于是立即打电话到餐馆。老板回答不知道，还诚恳地说他自己也很着急找她。

不急不慢的火车把心急如焚的他带到了深圳。那个素未谋面的餐馆老板告诉他：“我在电话里说过的，吉芬的行踪我真的不知道，其实我也想找她回来的，真的。”张长弓听得腿软了几软，很想给老板跪下来求他帮忙，这是他长这么大第一次有了跪求的冲动。不过他终于没有跪，而是留下了自己的传呼号，求人家有消息时告知一声。告别老板出门后，他忽然想到了什么，于是赶紧买了两条万宝路回去塞给老板娘。老板娘有些意外，建议他去找吉芬的室友打听。他立即跑到了女工宿舍，由于没有到上班时间，所以宿舍里几个人都在。她们的答复是吉芬可能去香港了，联系方式谁也不知道。你要去香港找？一个女孩说，那里和外国差不多，不让随便去的。你就是去了，找一个人不也是大海捞针！

离开女工宿舍后他买了一瓶米酒，坐在马路牙子上怏怏地看着瓶子，也不喝。不一会儿，刚才和他说过话的一个女孩路过，关切地问他是否需要帮助。他尴尬地笑笑，给她写下了自己的地址，求她留意吉芬的行踪。

直到太阳晒得皮肤发疼的时候，他才慢慢起身向火车站方向走去。路上他忽然想到一句古话：心如死灰之木，身如不系之舟。

还有20分钟就到北京站的时候，他收到了陈希希的传呼，说是有要事，请立即复机。他想难道是祸不单行？是什么祸呢？心里一急，他就满车厢跑着想借个大哥大回电话，跑了四节车厢才有一位光头大叔同意借，但拨了无数次都打不通。大叔说是车上信号不行。

心急火燎地下了车，他一路小跑找了个公用电话，回过去后陈希希说：“你让我好等啊！不过没事儿，我去公交站接到你再细说吧。”

什么公交，他招手就拦了一辆面的。

一见面她就说：“你其实不用这么急的，反正现在没事了。现在看来你不在场是对的，否则还不羞死你！”

“我怎么了？”

“看看这个吧！”她说着递过来一本学生证。他一惊，这正是自己前些天丢在“那地方”的。

“你光顾过的那地方被端了，有位美女咬出了你，这就是物证。不过算你命好，我和保卫处郑副处长熟悉，是他告诉我这件好事的，我已在分局通融过了，不会留下案底的。”

张长弓窘得直想找地缝，她反倒若无其事地说：“男人嘛，犯这点小事儿算什么！我保证此事仅限你我知道。喂，我刚看一个中篇，里边有句话，说这事儿是上帝都可以原谅的罪恶，所以你就释然吧！”

他什么话也说不出来，捂脸低头老半天，然后转身就跑。

哈哈哈哈！望着他狼狈的背影，她好一阵子大笑。

快放寒假的时候，他突然收到一封没有寄信人名称地址的信，邮戳显示寄自深圳。他一眼就看出是她的笔迹。信中她说自己还好不必挂念，还说那个传呼号已经停用了，有事会主动联系你的。你能诚心待我，我就很知足了，结果并不重要。你能力强学历高，以后必然前途无量，我祝福你。虽然希望你好，但我并不希望你爬得太高，因为学问扬名，江湖立万，远不及平安二字。信的结尾她莫名其妙地来了一句：“你去年是在外面过年的，城里的烟花，比乡下的好看吗？”

知道她还好，他的心稍稍放下来一点。虽然这样，他还是打电话问了小裴和马超汉，但没有得到任何消息。

心神恍惚的时候，他会翻出以前的信翻来覆去地看。她的信都是用钢笔写的，字迹不算工整却也十分娟秀。这些信看得他心里越来越不是滋味，就这么短短的几个月，曾经朦胧的迷醉竟变成了无言的苦涩，真是悲喜轮回，造化弄人。

在一封信里，她还抄了一首诗给他，说此诗系外国诗人的手笔：

一天下午，
咱们俩坐在公园里，
长时间地倾谈。
说的是有情人不能成眷属的往事，
桩桩件件催人肝胆；
一颗泪珠顺着你的面颊流下，

落到了咱们脚边。
第二天，
我回到了那个地方，
心中还痛苦得不停地打战；
但我无意中却惊喜地看到，
一枝鲜花正在破土争艳……

当时读这诗的时候，他仅仅把它当作一首诗。现在再读，发现此诗竟是彼此的真实写照。这就是谶吗？

寒假到来得很准时，没有顾及任何人的心乱如麻和昏天黑地。他本来是计划留守学校的，一来想想自己的事儿，二来春节前还有一个小旺季。阴历十九的下午，他从供货商那里结完账回到寝室，坐着发了一会儿呆后，就习惯性地把吉芬的信给翻了出来，看着看着他忽然间一拍桌子，对自己说得回老家过年。这个念头一产生，他立马就打电话把生意上的事情草草安排了，然后往包里塞几件衣服就往火车站赶。时值春运高峰，窗口当然是买不到票的，幸亏有敬业的票贩以三倍的高价向他兜售，他连价都懒得还，直接买票上车。他的意外归来把娘给惊着了，也高兴坏了。和娘的兴高采烈不同，他心事重重地说了几句不咸不淡的话后，就推说路上累了想早点睡觉。

次日一早他出现在裴家门口时，小裴着实吃了一惊："你不是说不回来的吗？怎么……也好，我有件事得告诉你，你回来了就不用花长途费了。"张长弓自顾自地说："先给我来支烟吧！"小裴带他进屋后，一边帮他点烟一边迫不及待地说："我刚听老爸说吉芬结婚了，前几天领的证。"张长弓一愣："真的？"小裴说："当然是真的，不过她不在村里办婚礼了。她爸说要暂时保密，所以大家基本上都不知道。我老爸为啥知道呢，因为领证得要村上证明。"张长弓听罢猛吸了两口烟，呛得咳了几声后，猛地把大半截烟摔到地上猛力踩碎。然后，他就闭上眼扬起脸定格在原地，宛如一尊蜡像。

小裴没想到他会有这反应，迟疑了老半天才轻声说道："她结婚了也好，反正你也挺矛盾的。”张长弓长叹几声后说：“你不懂。”小裴说：“我就是不懂所以找不到媳妇啊，不过我觉得你还是该拿得起放得下，她愿意跟别人结婚，就由她去吧，多大事儿啊。”听到他说多大事儿，张长弓闭了半天的眼睛直接就瞪圆了，像一只即将发招的斗鸡。小裴见势赶快闭嘴，半天不敢看他。良久，小裴发现他的眼睛又闭上了，才拿手背碰了他一下说：“走，咱俩出去转转吧！”张长弓摆了摆手，并不答话。小裴见状也不再言语，而是直接到院子里发动了摩托车，同时连按几声喇叭。张长弓木呆呆地走出屋子，慢悠悠地上车，直愣愣地坐在后座上，一言不发。摩托车很快开出村口上了大路，小裴没有告诉他目的地，他也不问，一任寒风在耳边呼啸。不知过了多久，摩托停了下来，原来是一家小饭馆。这里是县城吗？他不确定，也懒得去问。

落座后几杯二锅头下肚，他才开口说：“喂，你讲讲细节。”小裴答道：“她嫁的是个香港人，叫胡龘。这龘字很是生僻，你肯定不会写，也不会认识。这是三个繁体龙字叠在一起，读作大，意思是飞龙在天。”听到这里，张长弓忽然笑了：“什么胡大，还是叫胡龙的好，叫胡三龙也可以。”小裴说：“胡龙就是糊弄，你看，这个胡龘比她大20多岁，看来香港人就是会糊弄。”

张长弓收起苦笑，木偶似的点了点头。小裴知道他心里一定是五味杂陈，有酸有苦有痛惜也有解脱，还有其他无法辨析的味道。一瓶酒见底的时候，张长弓的脑细胞被激活了一些，开始感觉自己对不起人家胡龘；还有，他这个名字真有文化，属于能考倒老师的那种。胡大，胡龘，糊弄吉芬。这些东西在头脑里转了几圈后，他忽然间觉着鼻子酸酸的，等他意识到失态时，泪珠已啪嗒啪嗒地摔碎在桌子上。小裴惊讶地看着他，心想这小子还会哭啊。更使他惊讶的是，张长弓不但会哭，而且还会哭得打嗝，这让小裴有些不相信自己的眼睛。只一小会儿，张长弓的牛仔裤就被洇湿了一片，浅蓝背景上点缀了一片深蓝，像一只古怪的眼球嘲讽地直视着自己。他被它激怒了，心里骂道你他娘的还敢瞪老子，于是一拳砸上去并用拳头支撑着身子晃悠悠地站起来，眼里的泪水瞬间凝固，眼神空洞而绝望。小裴绕过桌子过去扶他，他一把摔脱了小裴的手：“小裴啊，咱兄弟俩好不好？”小裴答道：“老伙计了，这还用说！”“那小裴你听着，我现在就告诉你吉芬的事情，不过你得保密，要不老子不认你这狐朋狗友。”小裴连说保密那是当然，那是当然。于是借着酒劲，他把这半年来两人发生的事情原原本本地说了出来，说到紧要之处还几次捶桌顿杯，声泪俱下，招得老板娘也伸长耳朵偷听。这样一直痛说到饭店打烊，小裴也没能插上一句话，直到走到摩托车前掏钥匙的时候，他才有机会安慰了一句："算了，忘记她吧，人家找了个有钱人过上好日子，比跟你小子强。"不想话音未落，张长弓一脚就踢到了小裴身上："你混蛋！"小裴本能地接住他的脚推了一下，虽没怎么用力，但张长弓却是"咚"的一声摔了个嘴啃泥。他倒下后并不急于站起来，而是一翻身成四脚朝天状，扯着沙哑的嗓子大喊："混蛋混蛋！我张长弓就他娘的是个混蛋！"这一句把小裴逗得酒醒大半，俯下身来用力拉他，可试了几次都没拉动。于是他干脆不去拉了，直起腰大声喊道："我是混蛋，你是混蛋，咱们都是混蛋，生活更他娘的是大混蛋！"

子夜时分，那辆醉醺醺的摩托车，把两个混蛋拖回了张疙瘩村。次日早上一觉醒来，他感觉头痛口干，伸手找水杯时，发现床头新买的杂志封底上写满了大字，抓起来端详了一下，竟是自己的手书！"如可赎兮，人百其身！"这八个字被重复写了多遍，填满了封底，有正楷也有行书，更多的是狂草醉体。他拿着杂志呆了半天，忽然间想回学校了。自己干吗要回来，干吗要过早听到这些混蛋的消息！混蛋的小裴，混蛋的胡鸁。

午饭后，他跟娘说得提前返校，因为学校里还有生意，况且这时候车上人也会少一些，路上也可以少受些罪。本来娘是不愿意让他这就走的，但听说路上能少受些罪，就说好吧，你说该走就走吧。他拿出1000块钱交给娘说是自己打工挣的，娘执意不收，说你一个学生哪来的钱，你可不要投机倒把啊。

傍晚的时候，小裴骑摩托车去帮他买明天的票，他则抓紧时间去看了看黑叔。他对黑叔说自己在学校办公司赚了些小钱，因为忙所以一直没回来看您。黑叔说在学校里干点事儿好，比死读书强。他没敢提股票的事儿，因为上次电话里黑叔跟他说的话，他一直记在心头："听说股票市场成立了，很多人都忙着炒股票了，我就不赞成这个。咱们得干活挣钱才对，辛苦钱万万年。炒股票不是劳动，买空卖空的有什么用，炒得不好，还会逼死人的。这话不是吓唬你的，因为我大伯就是民国时炒股票破产跳海河的。"对黑叔的这些话，他只能点头称是。这么一个不识字但靠本能小有所成的人，你让他明白股票市场对资源配置的意义，让他明白股份制的伟大之处，几乎是徒劳的。再说，黑叔在这一带有绝对的权威，他不习惯被质疑。

临走的时候，他偷偷地把钱压在床单下面，交代小裴自己走后再告诉娘。

时值1993年，股市大熊之年。年内上证指数被腰斩，深圳指数跌去三分之一。前两年股市的赚钱效应使人们把股市当成了提款机，还批量生产出了无数股神，今年的狂跌明白无误地告诉股民，这个世界上没有股神。这段行情把张长弓看得目瞪口呆，庆幸自己没有进入二级市场。

新学期他没有扩大公司的规模，因为他知道校园市场容量有限，同时也因为他没有这个心思。规模虽然还是那么大，但利润率却提高了不少。到5月底一盘点，连钱带货竟然有十几万的净资产了，还不包括他的那些股票。这个消息不胫而走，一时间想合作的、想入股的学生来了不少，张长弓俨然成了校园焦点。

这天吴小苏告诉他，她们班上也有人想入股的，非常想和张董事长谈谈。他并不以为然："有人要入股那是看得起咱，可咱现在不需要那么多资金啊。"

"这么跟你说吧，有人想入股，你不想接纳，这就是一个供需的失衡。解决这种失衡，书上说得清清楚楚，那就是提高价码。"

"提高价码？都是咱的同学，还能来这个？"

她换上严肃的口吻："当然可以！亏你还号称股份张呢，这都没搞清楚？以前是每股一块钱，现在公司经营状况好了，公司净资产增加了，咱的股票当然就更值钱了，这没问题吧？所以是不是考虑每股卖3块？这多出来的两块钱叫溢价。"

他瞪大了眼睛："这道理我在书上也看过，可是一下子就三倍啊，这叫不叫……剥削？"

吴小苏斜了他一眼："这我得批评你这大董事长了。你不但没有资本家的狠劲，还缺乏基本的金融常识，你的书都白读了。这溢价卖股票跟剥削根本就扯不上关系，这叫供求决定价格。股票能卖出高价，就是对资本家才能的回报！"

张长弓睁大眼睛看了她老半天，然后用手指着自己的鼻尖说："我？我还有资本家才能？"

"你这人啊，平时那么能吹，这该看得起自己的时候倒没自信了！"

被她这么一激，张长弓挺了挺胸，双手叉腰摆出了一副大佬的架势：“既然这样，咱就试试赚点黑心钱？人家要是骂我剥削，我就说你是军师。”

她被逗乐了：“看你那点出息！不过，我这军师可不是白帮忙的，也得讲究回报。我有个要求，股票溢价卖出去后，你按比例奖励我如何？”

他没想到她会提这个要求：“那好吧。你们学经济的就是会算计！”

“什么算计，这是合理报酬，佣金你听说过吗？”

张长弓往树上猛拍了一掌说：“好吧，佣金就佣金吧，你去推销吧，能得到多少佣金，得看你的真本事了。”

二人“啪”的一击掌，算是成交。

一个星期后，吴小苏以3块钱的价格卖出去了5万多股，这让他大喜过望。就这几天的工夫，账上又多出了十几万的现金，她则得到了3000多的佣金。经历了这一番从理论到实践，张长弓更加深了对股份制的直观认识，所以他深有感触地在日记上写道：没有实践，读书永远是浮在面上的。

吴小苏事后说：“我得给你科普一下。新股东溢价购买股份，溢价部分要计入资本公积，这部分溢价不需要交企业所得税。”

“书上得来终觉浅啊！我光记住些原理，但没有认真去想过。经你这么一说，原来盘剥还可以如此有理！”

“我得建议你学点会计学。会计嘛，不仅仅是记账那么简单。”

第七章　欺人的货

公司吸收了新股东的资金后，一时找不到用途，这使张长弓烧得难受。他知道，现在没有谁认真监督自己，他完全可以自主决定用钱。细想这事他自己都有些怕，设想，如果请一个不能严格履行“信托责任”的人来当家，出乱子是早晚的事。

正发愁资金的出路呢，他无意中得知了老辛炒期货的事情。老辛搞小食品批发，是他的供货商。其实去年他蹭课时就听过期货的内容，他知道，期货是商品市场的高级形式，在西方已有一百多年的发展历史了，国内期货市场目前正在布局之中，还没有正式开业。老辛说：“现在做的都是外盘期货，我知道有个公司在搞代理，你有空可以去看看。”吴小苏知道后说：“我听老师说过，现在做外盘期货的都是地下交易，因为政策不允许。所以还是等国内期货市场开业了再说吧。”张长弓坚持说：“地上地下的先不管，我想去了解一下，投不投资另说。再说国内期货快要上了，先多学点东西没坏处吧。”

地下期货并不在地下，而是在富丽堂皇的利顺大酒店。几百平方米的大厅，上百台电脑一溜溜地排列着，墙上还有跳着数字的大屏幕。

老辛叫来了客户部经理。这是个年轻姑娘，一身职业装，微笑得体。老辛给双方做了介绍，没有透露二人的学生身份。双方一阵寒暄后，切入正题。

“你看过期货方面的书，应该是对期货有大致的概念了。期货表面上和股票差不多，都是买卖赚差价。但期货可以先卖后买，就是做空；另外期货交易只需付10%的保证金即可，就是小本钱做大生意。”接着她又讲了开户和交易的流程，并叮嘱他们不要急于入市，要先看看别人是怎样操作的，也可以多向AE请教。AE就是经纪人，香港的叫法。

当问到哪位是AE时，经理指了指老辛。哦，老辛原来是兼职经纪人啊，怪不得他这么积极。张长弓看了看屏幕上显示的价格，问老辛远期月份的都比近期的高不少，这是为什么？才差一两个月，同样的商品价格就有这么大差别吗？老辛说，这是市场把它炒成这样的，其中自有说得通的原因，以后我会告诉你的。不过，如果你觉得价格差太大，就可以去跨期套利嘛。什么是跨期套利？简单地说就是在不同的月份一个买一个卖，到差价缩小的时候，你就稳赚了。张长弓听了个半懂不懂，老辛说其实简单，你慢慢就明白了。

三天后，他带着五万元现金去开了户，手续很简单，有钱就成。开完户老辛帮他安排好座位后就说有事先走了，他便向旁边坐的人请教，对方耐心地告诉他什么是开仓平仓，怎样填写单子，怎样算赢亏。第二天他一到，老辛就殷勤地跟他讲操盘的大致套路，并对着电脑分析了东京红小豆的走势。他听得很是不得要领，心想这和书上说的期货交易根本就不搭界，看来事事都得实践才行。讲完后老辛去忙他批发站的生意去了，张长弓一个人坐在电脑旁边左看看右看看，就是无法下手。下午又这么待了一会儿，心想自己这可是逃课出来的，一整天的时间总不能无所作为吧。正寻思间，忽听旁边有人在议论行情，说是棕油的产量大幅预减，是做多的好机会。张长弓一听来了兴趣，虽然不很明白，但他心想，反正行情这东西就是一涨一跌，不如买它两手，弄一下试试呗！

盘房的姑娘帮他填了单子，他郑重地签上了自己的名字。棕油期货是马尼拉的品种，这个交易所实行的是静盘制，就是说每半天分成四个小节，每小节只产生一个价格，不是连续交易。所以下完单子后，就得等着半个小时后出来的成交价。这半个小时真像是等着开宝，他在座位上发了一会儿呆，然后站起来溜达了几圈，正想着怎么才能玩转期货呢，突然盘房的姑娘叫住了他："你的单子赚了16个点，平仓吗？"张长弓一阵惊喜："这就赚钱了啊？好好，平仓吧！"下平仓单后惴惴不安地等到了下一节，成交回报过来了，他的平仓单子成交了。"我赚了多少钱？"盘房姑娘笑道："看样子你是个不爱学习的老板吧，这算术都整不清楚？"他回答说，"我没概念啊，所以不知道怎么算，麻烦你！"一会儿结果出来了："除去手续费，这一单净赚1200多。"

"啊？这么快啊，填个单子就能赚这么多？"他很是有些意外。

原本只是想试试手，了解一下期货交易是怎么回事，但这突如其来的一千多块钱把他的兴致给激发出来了。回到寝室他立即翻看期货公司发的资料，认真揣摩什么是标准化合约？什么是追补保证金？什么是反手？什么是套利?他越看越后怕，这么多基本的东西不明白竟然还能赚钱！真是新手赢钱，臭手牌壮。

第二天早上老辛帮他领了结算单，当看到上面清清楚楚地打印着这笔交易，他满心高兴地坐下来，在赢利的数字上画了个圈儿，又端详了好一会儿，方才觉得这一千多块钱真就属于自己了。

接下来的一个星期，张长弓每天都至少来半天，棕油行情不好了，他就试着做其他品种。由于他头脑里没有做空的概念，只知道先买了再卖，刚巧这几天各品种都以升势为主，所以几进几出后，他很快就赚进了8000多块钱。

这8000多块钱让他从着迷升级成了着魔。接下来的半个月，他不问生意也很少去上课，一有空就看期货方面的书，交易也慢慢频繁起来。谁知越是上心反而越是赔钱，没几天就把赚的钱吐了出去，还倒赔3000多。老辛安慰他说："别灰心，慢慢来，亏这点儿钱在期货上根本就不叫个事儿。"

开户后的第四个星期，他因为时间紧连续几天没来期货公司。周五，在老辛的强烈要求下，他一大早就赶来听香港专家的行情分析会。会上，专家推荐做多红小豆。专家就是专家，人家讲的做多的理由充分得挑不出任何毛病，好像不买就是莫大的罪过。听完课后他立即买了10手，虽然一同来的吴小苏警告他说，专家那么肯定，自己闷声发财不就得了？他回答不了这个问题，反正得买了再说，明显的涨势嘛怎么可以错过！老辛自己也买了两手，他说，还没见过这香港专家明确看涨，当然是难得的机会！

虽是这么说，但下了这么多单子，他心里还是有些毛毛的，所以这个周末他做什么事都心不在焉，看谁的眼珠子都像是红小豆。

心不在焉的代价是，他巡店时把日记本落在三分店里，是老七给带回来的。老七说，我向润之老乡发誓我没有看，别人是不是看过，我就不敢保证了。他心想坏了，里边有不少关于陈希希的，如果传到她耳朵里，还不得吃了我啊。

周一有吴教授的课，这课是逃不得的，因为以严厉著称的吴老先生最近好像盯上他了。上课时期货也开盘了，老辛给他发传呼，说行情一直在盘整。好不容易熬到中午，他给老辛打电话说，如果有不利的情况，你随时做主卖掉吧。盘中老辛几次传呼留言，说是牛皮行情。周二他还是没去，因为经济学院有个讲座一定得去听。课间老辛传呼留言告诉他，行情有点儿反复，单子虚亏了七八千。他并不太在意。周三他赶到期货公司时，行情已是急转直下，他有点不知所措，犹豫了几分钟就错过了斩仓出逃的机会。下午继续大跌，算了算虚亏都快4万了。他于是更不忍心认赔了，只是目不转睛地盯着电脑到了收盘。收盘一个小时后，追加保证金通知书送到了手上，他扫了一眼该追加的数字，脑袋登时一紧，3万啊。老辛说，要想保住现在的单子，就得追补这3万块钱，否则明天早上一开盘，人家就有权强制斩你的仓！

3万块钱没问题，只是擅自动用的资金如果真亏了，该咋给大伙交代呢？

顾不了这么多了，救单子要紧。第二天早上他带着现金赶到时，不少客户已经在候着了，一打听，原来都是来追补保证金的。大伙众口一词，都说是狗屁香港专家害死人。看到这么多人都被套了，他心里才稍感平衡。开盘价一出来，有骂娘的也有庆幸的，不少人眼睛溜圆地盯着盘面，恨不得把脑袋伸到电脑里去。由于追补保证金的人太多，他一时没有排上队，索性就坐下来看盘，心想等人少了再去交钱。开盘又是小跌，到第二节价格出来时，资金只剩下不足两千了，他咬了咬牙，想直接下市价单子平仓。谁知要斩仓的人太多，连单子都递不进去。无奈他回到自己的位置坐下，心想爱怎么着就怎么着吧，反正就这点钱了。正当他心如死灰打算引颈就戮的时候，交易大厅经过一阵喧嚣：涨停板了！没斩仓的在庆幸，斩了仓的在骂娘，还有几个人瞪着电脑呆若木鸡。涨停板对张长弓是好消息，因为他的单子幸免于难了。

涨停板一直维持到下午收盘，他自己都不知道是该哭还是该笑。如此大难不死，真的会有后福吗？

不过他想得太简单了。

次日一到期货公司他就收到了结算单，上面清清楚楚地写着他的单子已被平仓，只剩下不足一万的资金了。这怎么可能，昨天行情明明涨上来的啊！他去质问，结算部的人说你没有追加资金，所以被强制平仓了。他一听火冒三丈，但还是用尽量平静的口吻说："是你们忙不过来才没有收我的钱，我昨天带现金来的，大家都可以作证！"结算部说这我们可管不了，你找老总吧。

当然得去找老总。关键时刻，老总一般都是不在，也问不到联系方式。于是他跟老辛说，你是AE，你也了解这事儿，所以我得请你帮忙，这钱也不是小数啊。老辛答应帮忙，可他忙了个一溜够也联系不到老总。

气鼓鼓地一直到收盘后他才想起了行情，一看电脑，又是一个涨停板，他的单子眼看就要解套了。但问题是，这单子还存在吗？

到了下班的时候，别人都走了，只有他和老辛还在苦等老总。保安说你们明天再来吧，我得锁门了。老辛说那就走吧？张长弓淡淡地说："这样吧老辛，你先走，我在这里等着，我今晚一定得见到老总，要不然就住这儿了。"老辛无奈，只能陪他坐在大厅里回忆排队追加保证金时的细节。经仔细回忆，老辛确定没交上钱的原因是公司财务忙不过来，并愿意为此作证。到七点多的时候，保安实在不耐烦了，说这么晚了，你们必须得离开。看到两个人都不搭理他，保安有点急了，上来就要拉张长弓。他一把抓住保安伸过来的手腕："别来横的啊，赶快帮我找你们老总，要不你就别想关门！"保安用力挣脱，他一松手并顺势送了一把，保安"咕咚"摔倒在地。老辛赶紧过来扶保安起来。保安气哼哼地说："打人的事儿我就不计较了，但是你们如果再不走，我就报警了！"说完就拿起了电话。

保安是不是报警了，他没注意，也没兴趣知道，反正警察真来了也不敢怎么着，所以就直挺挺地继续坐着。约莫半小时后，只听保安叫了一声老总好，张长弓一抬头，看到一个中年男子出现在大厅里。

听张长弓说完后，经理答道："你说的也有道理，但我们公司有规定，你说排不上队，老辛也说能证明，可是，这嘴巴证明不好作数吧，当时你干吗不让财务给出个证明呢？"

张长弓一时语塞，心想自己还真的也有过错："可是，财务那么忙，哪有时间给我出证明啊？后来行情上来了，我想单子没事了，在这过程中没有任何人给我说过这事，算不算财务部失职啊？"

经理说："不管怎么说，我们强平了你的单子，在程序上是没有任何问题的。不过你既然认为我们有失误的地方，所以我答应你再复核一下，一有结果就会尽快答复你的。"

连续几天，张长弓都没有时间来期货公司，他让老辛问了财务几次，但都没有结果。

一个星期后他终于得空，所以一大早就赶了过去，发现整个公司就老总一个人在。没承想老总一见到他，就说你的事情已复核了，为了照顾新客户，公司破例不算你强制平仓，你还可以接着持仓，恭喜你，你已经赢利了！

真是大喜过望！他回到座位上算了一下，账户已经转亏为盈，净利润3万多。

这几天他又忙得去不了期货公司了，但从老辛报的数字来看，行情是先盘整了两天接着又往上蹿，周五下午收盘时他一算，乖乖，赢利接近6万，账面上连本带利已经有10万出头了。

这意想不到的收益使他兴奋不已，所以当晚就请全寝室到小食堂吃饭，每人两个小炒，一瓶啤酒。老三说，我生日都没有舍得吃这么好啊，真是跟着老大有肉吃！

生日？他一下子想起来了，星期天是吴小苏的生日。去年的这个时候，他去找她吹牛，却意外发现她们在为她庆生，他还不由分说地被抹了一脸奶油。要不，他跟老毕说，咱们商社给她办个生日派对吧！公司这些年多亏她了，不但出钱而且出力，可以说没有她的股份制设计，公司就没有今天。老毕点头，并说这事就交给我办吧，你只要设法周日晚上八点以前缠住她就行。为什么要缠住她？张长弓有些不解。

周日下午是吴小苏当班，说好七点半由老五接班。

好不容易熬到了七点半，老五却总也不来，快八点了都还没有个影子。寝室的姐妹们还等着自己给蛋糕剪彩呢，要不就锁上门先走，给老五留字条让他去取钥匙吧！谁知她正想走的时候，顾客却是络绎不绝，后来都排起了队，连写字条的时间都没有。她寝室的老小来催了，说吉时马上就到，你必须得按时出现啊！

出现个头啊，她现在连喝口水的时间都没有，急得心里直骂老五。

八点钟刚过，老五和老毕慢悠悠地赶来了，她正要骂老五，老毕抢先说老板有令，公司全体去学三食堂。那怎么能行？全寝室都在等着她这个寿星呢。老毕说少废话，必须得先去了再说！

张长弓这是玩的哪一出，也不提前说一声！她气呼呼地跟着老毕来到了三食堂，一进门就意外地撞见室友们。她正吃惊时，里边一男一女哗啦啦地扯开了一条横幅“吴小苏二十寿辰大趴”。她一下子明白了，刚要开口，张长弓突然走过来不由分说地给她戴上了后冠，同时生日歌合唱开始。正要开口说谢谢大家时，她寝室的老小捧着蛋糕走过来了，吹完蜡烛刚好合唱也结束了，歌手们马上变换队形，呈一字阵挨个过来献生日礼物。

送罢礼物吃完蛋糕，又一通胡吃海塞瞎说八道后，张长弓拿过一大摞信封交给她，然后大声说道：“现在我们借寿星之手为各位同仁发红包，庆贺咱们的营业外收入，就是期货赢利！”

热闹过后回寝室的路上，陈希希拦住他说：“你是能耐见涨啊，把日记公开是想展示自己的魅力呢，还是想让本姑娘出丑？”

“怎么会呢，我是忙糊涂了落在店里的，对不起对不起。”

“你真是太扯淡了，你喜欢吴小苏就喜欢你的去，干吗要把我搭上？投名状吗？”

“我真的不是成心的，况且日记内容也没有对你不利的地方，真的！”

“我没兴趣探究真相，但我会调低对你的评级！”

这个周一还是没法逃课，他人在课堂心在期货公司，所以不时地翻看着传呼。老辛怎么老是不给发行情？

正纳闷时，收到了老辛的信息：速速回电话。他预感不妙，趁老师板书时，猫着腰溜出了教室。“怎么，跌停了吗？”他在电话里着急地问。“比跌停严重多了，你快来吧！听说，听说老板跑……跑了！”老辛急得话都不会说了。

“不会吧，卷款跑了？”

“你快过来看看吧，他如果真跑了，能不卷款吗？”

打的直奔期货公司。现场没有见着老辛，只见愤怒的客户和被拖欠工资的员工情绪激动，有打砸办公物品的，有抢电话机、桌椅、电脑等财物的，有围住出纳质问的，还有打报警电话的，场面像极了国军指挥部。

张长弓铁青着脸静观了几分钟后，老辛出现了。听完老辛抓狂的描述后他淡淡地说：“这钱看来是找不回来了，抓到老板也没有用，他有钱的话还会跑吗？我们就别跟着闹了，走吧！”下楼时他对老辛说：“不过呢，你是我的代理人，所以你得负责跟踪案情的进展情况，有事请随时告诉我。”老辛点头称是，拉张长弓来到这个骗子公司，他满是内疚。后来他突然冒出一句话，让张长弓哭笑不得：“我自己的资金也在里边呢。不过呢，这里的客户大都是要亏的，我们的钱这样亏了，也算少受点折磨！”老辛的意思很明白：你只要来这里做期货，亏损基本上是必然的。

他想过请陈希希的父亲出面督促破案抓骗子，但转而又想，即使抓到了，钱也是收不回来的，所以还是算了吧。

这个诡异的结局，除吴小苏外，他不敢告诉别人。商社还在正常运转，他的情绪也没有人察觉，亏钱的事似乎没有发生过一般。吴小苏内心也很不是滋味，因为没有强力制止他参与地下期货。所以她说：“我理解你，这个商社是你搞起来的，现在亏了点钱，又不是贪污了，所以大家会理解的。我想，对这件事情公开解释和道歉，才可以翻过这一篇儿，安心去做其他事情。”他认可了她的建议，于是找了个时间当着全体股东反思了自己的失误，并说这笔账得记在自己头上。

“期货，你给我等着，我既然来了，就不会放弃！”

两个月后，国债期货对个人开放了，他虽然没有参与交易，但却观察得很是上心。国债期货是1992年年底在上海证交所推出的，当时只对机构开放。到了

1993年10月底，上交所向个人开放国债期货。年底，北京商品交易所、广东联合期货交易所、武汉证券交易中心等也推出同样的品种，国债期货一时风靡全国。

这期间，股票交易数据已实现卫星传播了，大部分城市都有了证券营业部，他也开始在二级市场炒股票了。不过，1992年后入市的算是第二代股民，运气比不上第一代股民。这一时期股票发行实行额度制，1993年股市扩容，融资额从1992年的50亿元扩大为276亿元。扩容把市场拖入了低谷，1993年上证指数最高点为1558点，当年年底收在833点，所以第二代股民分化严重，有一夜暴富的，也有倾家荡产的。

毕业实习结束后，在返校的火车上，大家的话题主要是就业。大多数人的第一选择当然还是留京，从往届的情况来看，可能只有十几个名额。陈希希一直在看小说，没有参与这个话题，别人也不问她，因为谁都知道，即使只有一个名额也得非她莫属。张长弓只有一个书包，而她却带了两大箱子土特产，所以一下火车他自然得帮她搬东西。等他把两个箱子提上接她的车子后，她用力拍了拍他的肩膀一脸严肃地说："你得留京，我给安排。"

没等他表态，她就拉门上车绝尘而去。

一整天他都在琢磨她说的话。当然，留京是自己求之不得的，但她这么帮忙摆明了得有要求。她的要求他当然明白，但他不敢去满足，因为他怕，他担心。一夜未眠后的他想跟老潘说说，但几次张口前就把话咽了下去，弄得老潘直骂他有毛病。

次日晚上她打传呼把他约到校外散步，一见面就问你想好了吗？他说想好了，我想去外地工作。

"为你那什么芬呀芳的？"

"不是的。我想，我这么老土，真的配不上你的高干家庭，真的，我决定了。"他轻轻地，一字一句地说。

"你能再说一遍吗？"

"不用再说了，真的对不住你的好意，真的。"他说着，同时把脸背了过去。

她沉默了老半天后，甩下一句话转身就走："你混蛋！"

这段时期，纽约、香港股市迭创新高，台湾股市下挫后在低位挣扎，三年大熊的日本股市终于出现了反弹。1993年年初流行扫盘，就是见啥买啥，因为当时是T＋0交易，也没有停板限制，所以一只股票日内能上涨60%。紧接其后的下跌简直就是太空速度，大盘两周就跌去三分之一，惊呆了一众股民。

1993年10月，上海股市出现了延中事件，该股票从7元暴涨到80元。张长弓都看呆了，因为他的延中卖早了所以只能帮着别人数楼层。他入市的时候，大众出租将近20元，深宝恒11元，申能10.5元，这些票的平均市盈率达到50倍，但谁都认为还得大涨。年底大盘攻占了1000点关口，证券公司人满为患。有一天他去听讲座，发现大门都被挤破了。可是没过多久，大盘跌出了天量，股灾就这样来了。不久他的大众出租跌到7.5元，深宝恒跌到4.8元，他只好减仓一半。到年底，他的市值已缩水60%，后来跌得麻木了，干脆盘也不看了。

这年年初，管理层宣布当年新股发行额度为55亿元，比上年的195亿元低了不少。但市场却并不买账，上证指数很快击破700点，然后又跌到全年最低点325点，此时，他的资金只剩下不足30%了。

市场持续低迷，眼看着毕业临近，他无心恋战，索性清盘出场。清盘后他算了算自己的战绩，结果是原始股赚了9万多，二级市场却亏损了7万多，两者相抵，只净赚了一两万块钱。如果考虑期货上被卷走的，总和就得为负，真是个彻头彻尾的送财童子。

股票清盘的当晚，他和吴小苏一起吃饭，庆贺无票一身轻。饭毕两人在校外小公园里溜达了一圈，吴小苏破例地一路沉默，回到校园里却突然冒出一句没头没脑的话，然后扭头就走：

“我们俩的事儿，只有我们俩不知道！”

第八章　就这样被肄业

吴小苏话中所指的事情他当然明白。两个人虽然只是准情侣，但这些年来和她已成习惯了，一想到毕业后的劳燕分飞，他心里还是有些酸酸的。之前，老六曾不止一次地跟他说，你干吗不收了吴小苏？你难道要为吉芬守节吗？

他不知道该怎么办，但他知道的是，得赶快把公司转让出去。

他当然希望像上市公司一样转让股份，这是股份制公司的优点，方便退出。公司的股份怎么定价呢？他算了算，去年每股收益8毛，如果以5倍市盈率计算，转让价就是4元左右。吴小苏则认为至少要给8倍的市盈率，价格就应当是6块多。张长弓和大伙议了一下，决定自己先拿出1000股试转让一下，以免大家卖亏了。

可是，转让的消息发出去一个月了，连个意向买方都没有。他有点不耐烦了，心想实在没人接盘的话，就把值钱的东西都卖了，然后分钱拉倒。不过他当然知道，这样清盘就相当于饭锅卖个生铁价。

正在犯愁的时候，他在公告栏看到了马老师的股票讲座，心想应该去请教马老师。他对马老师说，其实自己只是想实践一下股权退出，至于能卖多少钱，倒不是很在意。马老师建议搞一次股权拍卖，为了保证拍卖成功，可以把拍卖所得的10%捐给助学基金，这样一则做了公益，二则也能吸引人气。拍卖意想不到的顺利，最后以每股5.6元全部成交。拍卖结束后，他给助学基金捐款两万多，为此校报上还报道了一个整版。

五月底吴小苏就已确定了接收单位，是如日中天的中经开，但张长弓的工作却一直没有着落。他拒绝了陈希希的帮助后，去了几次校园招聘会，也寄过不少自荐信，但都没有下文。主动上门要人的几家单位，都是长在深山老林，以一串数字为名称的神秘工厂，没有几个人愿意去。

他倒并不急。他心里想的是，再等几天如果还没有好机会的话，就随便找个离老家近的深山老林混一混算了，反正自己也不是做技术的料。

但有人却不准他去深山老林，这就是陈希希。眼看离毕业大限没多少日子了，她情急之下找到了吴小苏："姐们儿，问你个事儿。你的那个'室友'老张的工作定了吗？"

"你们同班，还用问我？说实话我也不知道，可能是没找到哦，你的意思是？"

"我说说我的想法，你可别生气。"陈希希笑嘻嘻地说，"你和老张到底有没有可能？你给个准话，如果有可能，我绝不坏你们的好事儿；如果不可能，我就得出手，不能看着他找不到单位。"

"我和他没什么，你当然可以伸出援手哦！"

"好，姐们儿！"

听着她高跟鞋敲击水泥路面的咔咔声渐渐变弱，吴小苏才如梦初醒。

几天后的一个中午，他正在食堂吃饭时，吴小苏突然跑来说："三机部研究院要人，单位领导也是咱的校友，这些天他正好来学校了，我可以请领导给个面试机会。"他当然明白，能够直接见领导，一定是她厅长老爸的神通。他有些动心但也感觉怪怪的，因为人家动用这么大的关系帮助自己，一定不是为了学雷锋，况且雷锋更不应该走后门吧。

约好的见面时间是次日晚上，这由不得他犹豫了。在去见领导的路上，他老是想到“半推半就”这个词。和领导的见面很简单，领导看了看他的简历，问了几个小问题，说了几句鼓励的话后，就说在同等条件下会优先考虑你的。

两天后吴小苏告诉他，三机部研究院已经决定接收他了！

原来找个好单位竟然会这么容易？他很感慨，原来关系才是最大的生产力。他给娘打了电话，也给黑叔小裴马超汉他们打了电话，大家都为他将要进京城的衙门而高兴。

他当然想象得到她是如何说服老爹出马的，他更想象得到，这下自己该被吴小苏收去了，这使他心里有些怪怪的。虽然，在所有人看来，被吴小苏这样聪明伶俐又有厅长老爸的女孩收去，算是祖坟上冒了青烟。不过他的耳畔却有一个忽隐忽现的声音，提醒他这样就离吉芬越来越远了，虽然他知道吉芬已远嫁胡三龙。

离校已是倒计时，各寝室都是鸡飞狗跳。老毕喜酒，不时会从家里顺上两瓶，仗着自己的酒量每次都得放倒一个才算高兴。是不是他的酒量大到不会醉？湖南人老七很是不服。张长弓说，其实弄醉他也容易，酒量虽拼不过，但我们可以智取。怎么智取呢？张长弓分析道：“我们常玩的抓酒鬼，就是三个人同时出拳，如果两个人所伸指头一样多，第三个人就喝。既然这个规则是一定的，我们就能配合起来整他了。在每次出拳前我说一句话，这句话里有几个字咱们就同时伸几个指头，说‘开始吧’就伸三个指头，‘喝’就伸一个指头，其余类推，这样我们就总能伸一样多的指头，他岂不束手就擒？”老七连连点头：“对对对，这是个好办法，他也不容易识破。不过操作中偶尔也得给他一次机会，就是说超过五个字的话，大家机会就均等了，要不然人家起义了，反倒无趣！”当天晚上，由于措施得当执行到位，再加上老毕的轻敌，没多久他就被灌得烂醉如泥，达到了自言自语满楼乱窜的境界。次日他才明白这是上当了，揪住老七威逼利诱一番，这个叛徒就把猫腻说了出来。几天后老毕如法炮制，把班长灌了个大醉。班长是个实在人，只怪自己手臭而已，没想过别人会设计自己。

这天晚上，正当张长弓和老毕合计收拾副班长时，陈希希把他叫了出来，说你别去那个狗屁研究院了，我可以在公安部给你弄个名额，你不是想穿警服吗？你不是想抓杀父仇人吗？

张长弓听罢酒醒了一半，赶忙说：“谢谢你的好意，但我实在是不敢从命，我还是去那个研究院将就一下吧。”

“你确定？”

“我确定。”

次日下午三点多钟，陈希希领着一个高高大大的男孩回到自己家里。见面的气氛很是客套，只是硬指标的一问一答，两杯茶的工夫他就窘得起身告辞，她爸妈也不留饭。把他送到门口，她一个人回来就关起门生起了闷气。

妈妈敲门进来：“希希，他是个外地人，家世平平，谈吐又没什么话锋，你图他什么呢？个子挺高？”

她嘤嘤地哭着：“我就看上他了，怎么着？至少他人不错！我们全班就只有那个姓张的算条汉子，可就是不知好歹！全班就我一个女生，33比1我都找不到一个，我还活不活了？”

“傻丫头，都到这时候了，哪里还有留京指标？”

“留京指标让我爸想办法！”

“让你爸违反组织纪律啊？看得出来你和那男孩之间根本就没有默契，这么突如其来的，哪会有什么感情基础！”

“这个不用你管！”

六月的阳光明艳得晃眼，中心广场草坪上挤满了毕业生。再有几天就该离校了，他们全班同学抱着学位帽学位袍和流苏垂布，嘻嘻哈哈地挤在广场上，计划着等学位证书和毕业文凭一发到手，就穿袍戴帽摆上一大堆Pose，让相机留下与学校、与青春告别的特殊一刻。

张长弓试了试学位袍，发现又紧又短，好像一迈腿就会开线似的。不过他的兴致并不因此而稍减，反而夸张地迈着旗袍步，把大家逗得乐不可支。10点钟，老师宣布开始发毕业证书和学位证书。

想不到正在此时，两个警察忽然出现在他们面前，严肃地问谁是张长弓。

大家都不知道发生了什么事儿，所以纷纷把目光投向他。

他镇静地举了举手：“我叫张长弓，请问有事吗？”他感到奇怪，这么多班级这么多人，警察怎么会精确地找到这儿?

一个警察出示了证件："请你过来一下，我们需要你配合调查。"

他诧异地跟着他们离开广场。走到一辆警车前面时，警察向他出示了一张纸说："请你看一下这个。你涉嫌犯罪，需要跟我们走一趟。"

他头脑立时"嗡"了一声，是哪件事情抖搂出来了？行贿，袭警，还是……嫖娼?

被拘留的当日狱警就提审了他。审问一开始，狱警就严肃地问，你知道为什么被抓吗？你要主动交代问题，争取宽大。

是把这三件事情和盘托出争取从宽，还是装装糊涂再说呢？他想了又想，三个犯罪场景不时在他面前切换着，像三只铁锤夯击着他的脑袋。

还是装糊涂吧，看看时间能不能换来空间。其实他还心存有一丝侥幸，因为这些烂事儿都是没有证据的。但没有证据为什么抓他，他就不知道了。狱警见两次提审他都装糊涂，所以就不再管他了，说是有耐心等他想明白了再说。

看守所真是个神奇的地方，能促使人迅速转变观念。到了第三天晚上，因为同监舍老大的威逼，再加上饥饿和缺乏睡眠，他突然间万念俱灰，心想干脆一股脑儿招了吧，过一天算一天。

陈希希家。

"留京指标空出来了，因为姓张那小子被抓了。"她一进家门就对爸爸说。

"是你举报的吗？我正要找你问话呢！都三天了，你吴叔叔实在顶不住了才刚给我说的。"爸爸大吼道。

"什么举不举报，他身上的事儿多了，咎由自取！"

"你闯大祸了！吴叔叔说不定得受处分。"

"他受啥处分？"

"越级办案，无证据抓人！你真不让我省心！"

"反正，反正他那些烂事儿也不是假的嘛。"

"你胡闹！"

"你们做家长的就是不顾我的死活！我不胡闹的话，哪来留京指标，没有留京指标，我男朋友怎么进公安部？”

虽然有了一股脑儿全招的念头，可狱警总是不提审，他连个坦白的机会也没有。这天晚上，因为跟老大顶嘴被一班喽啰乱拳揍了一通，他觉着自己快要活不下去了。次日早上，彻夜未眠的他被通知提审。

“想明白为什么抓你了吗？”

“我交代，我偷税漏税，贿赂税务干部。”

“偷税漏税多少？”

“3万多吧，具体数字记不清楚了。”

“贿赂哪个干部？”

“上城税务所的，反正是个管事儿的，姓名记不得了。”

“还有呢？”

“还有去德国啤酒屋喝酒认识了个女孩，然后酒后乱性，就有了一次不正当关系。”

“还有呢？”

“还有就是，那次去深圳买股票，混乱当中我有过袭警和抢夺警械。”

“还有呢？”

“只有这些了，真的没有了，还请政府宽大处理。”

他在笔录上摁上了手印。回监舍的路上，想到了宁死不屈的革命烈士，他自卑得直想一头撞死。

其实不用撞，有了这些罪名他也是死定了。

学校保卫处。郑副处长对班长说，他刚进去时什么都没招，刚才看守所通知说，他现在招出了嫖娼和袭警！他真有这么烂？班长看了看老六老潘老毕，三人也只是摇头。郑副处长想了老半天说：“嫖娼和袭警是很严重的事情，我相信张长弓没这个胆，他可能是被吓坏了，或者被逼供都不一定。这样吧，我设法去通融，你们分头去找他不在现场的证据，看谁能作个证吧！”

从保卫处出来的路上，班长反复看着老六老潘老毕，几个人面面相觑。

许久，老潘挺了挺胸脯，用低沉的声音说道：

"我作证！"

在自卑和绝望中挣扎到下午将近五点，他被几个喽啰逼得正要以死相搏时，狱警通知提审。想不到在去审讯室的路上，狱警悄悄地告诉他："注意，你上午的笔录是在神志不清的时候说的！你当时出现了幻觉，你知道的！"

"幻觉？"

"你饥渴失眠又被整，所以出现了幻觉。"

他似乎明白了什么。在审讯室，当民警问到是否有新的问题要交代时，他一口咬定不但没有新问题，而且嫖娼和袭警的事情也都不存在，是当时心里太紧张，产生了幻觉。

"谁能作证？"

"幻觉确实是存在的。嫖娼和袭警的事情，真的没有。证据嘛，我得再想想。"

"你可以提供证据证明你不在现场。"

"这个……"

看守所打电话到校保卫处，郑副处长说有人能作证。作证的过程简单得出乎想象，老潘写了材料，说是嫖娼和袭警这两个事情，张长弓都没有在场的可能，因为自己碰巧和他在一起。证词虽是粗糙，但老潘心想警方也不可能有证据证明张长弓在场，所以只要张长弓扛得住就没事儿。

老潘还真判断对了。证明材料交上去的当天下午，对张长弓的结论就出来了，是偷税漏税和贿赂国家工作人员。而且，考虑到他是学生且情节不严重，可以交保释放，并限期补交税款。一出看守所大门，迎面就看到了老六、老潘、老毕和班长他们，还有校保卫处郑副处长。大家先是击掌相庆，然后相拥而泣。他们哪里知道，要不是陈父这尊大神，他们和张长弓哪会这么快见面。

人是出来了，钱却没有了。两天后他才知道，钱没有了还是小事儿，他的毕业证和学位证都被扣了下来。两天后学校决定只给他发一张肄业证，他没有说什么，心想肄业就肄业吧，大难不死就该知足。

更要命的是，三机部为此也不愿接收他了。得到这个消息时，他很平静，甚至还想到也好，这样就不用被吴小苏给收了。当天管分配的老师告诉他，经研究拟改派到贵州一家国企，问他愿意否。他答道，自己已经是戴罪之身了，还挑个啥，能有个单位就算烧高香了！于是他默默地领了派遣证，准备尽快离校去贵州报到。

此时已进入七月份，毕业生大都离校了。晚上他们几个人喝散伙酒时，老六说吴小苏刚报了到就赶回来营救你，其间还急哭了好几次。她现在在哪儿呢？老六说我们都不知道，因为有些事不方便告诉她，所以就没让她参与。晚上大家睡觉后，他一个人偷偷跑了出来去寝室找她，门卫说毕业生的房间都已腾空，正在维修呢。他去几幢女生楼窜了一大圈，一无所获后只好坐在篮球架子下面抽起了烟。这是他平生第一次买烟，在自己亲手创办的小店里。经历了这一连串的变故，他的大脑像是被清空了一般，什么也不想，只是呆呆地盯着烟头的一明一暗，偶尔也瞟一眼路人。

这人怎么老站在这儿不走呢？他用烟头在空中画了一条水平向外的直线，示意对方离开。不想画了几次并不奏效，对方不但没走，反而突然开口说："这点事儿就能让你学会抽烟？"

原来是吴小苏！

"你……我到处找你，你怎么会在这儿？"

她并不接他的话茬，而是径直走过来伸手打掉了他的烟，以命令的口吻说："抱抱我！"他小吃一惊，但还是伸出手臂环住了她的腰，轻缓呆板如机器臂，并在完成规定动作后立即松开："是我自己不争气，辜负了你的好意，算是罪有应得……"他用几乎听不见的声音说。

"你知道为什么出事吗？是因为有人举报你！"

"举报的动机是什么？是争留京指标吗？"

"当然是。不过你也应该想得开了，因为你自己真的有把柄。可是，举报这事太颠覆我了，都是同学，还能这样不择手段！对了，你知道那个留京指标给谁了吗？"

"谁？"

"你们寝室的老七。"

“他？凭什么啊？成绩一般，也没什么特长！”

“就凭一条——他是陈希希的新男友！”

他扭头避开她的眼睛，拿手轻轻拍了几下脑袋，静默了许久才说道：“我没事儿了。我们都是社会人，先接受一次世道人心的教育也许是好事，只是我太对不住你的心意了！”

“别说这没用的了。你还是跟我在北京工作吧，没留京指标就先飘着呗，天无绝人之路。我会想办法再帮你找工作的，不过正规单位可能不好进了。要不，你去复习考研？”

他一时不知道怎么回答，只好把头扭过来看了她一眼。昏黄的路灯下，依稀能看到她的蕾丝内衣在起伏，这使他联想到夜郎国连绵的山包，那里，才是能够包容肄业生的地方：“我只是肄业生，怎么考研啊，我想我还是去贵州算了。”

她拉拉他的衣袖：“你执意要去贵州，那我也跟你去。”

“别瞎说，你要是跟去深山老林，你爸还不打死我！”

“你就不能为我在北京混混吗？现在社会多元化了，不进正规单位也有的是出路。”

“别犯傻了，我必须得服从分配。”

“我让你待在北京的事儿，你得认真考虑，别急于答复。哎，我问你，你知道我喜欢你什么吗？”

“不知道。”他有气无力地答道。

“我喜欢你的手，粗粗大大的会干活的双手。”

他下意识地伸出左手，迟迟疑疑地看了老半天后，慢慢地抬起来搭在她的肩上。她有些意外，但还是用双手握住了他的右手摩挲了两下，又赶忙松开。这个动作使他恢复了知觉，忽感浑身麻酥酥的，空气中也有些酽稠和暧昧。

“实话说，我要感谢你的太多了，这些年你处处事事帮我忙，真的无以为报。”

“是你不想报吧？”

他嗫嚅了好半天，终于狠了狠心说道：“只是我不愿意连累你，因为我身上事儿挺多，比如在深圳袭警夺警械。”

“啊？还有呢？”

他本来想说出嫖娼的事，好让她彻底断了念想，但话到嘴边又被咽回去了：“其实也没有什么，可你的家庭背景毕竟不同，真的会受不了我这些烂事儿的，而且，我还可能继续整出烂事儿来。所以我决定去贵州。”

“……”

老六老潘老毕和班长他们都已先后离校了。老六和老潘都分回了本省，班长分到了教育部，老毕留校读研。

要对校园说再见的时候，张长弓觉着自己就是一条丧家犬。行李总得收拾，幸好屋里留有四个破纸箱，用胶带一缠还可以用。于是一番手忙脚乱后，这四年的所有日子、所有悲喜都被压缩进箱，那些装不下的，就随手丢在地上，让它们随缘吧。

进站口。她惘然的样子使他有些不忍，于是有抱她安慰她的冲动，所以手伸了几伸。她赶紧用阳伞遮住了脸，也遮住了惘然和无措。他用脚尖在地上画了几百个圈圈后，把烟头一甩决绝地挥挥手说：“我上车了，再见，常联系！”她连说了几声保重，同时从包里拿出一本书塞给他，然后举起手来僵硬地挥了几挥。他迈着滞重的脚步上了车，落座后无意间往窗外一看，竟然下雨了。低头一看，自己的衣服上也沾着雨点。往窗外一瞅，被雨丝模糊了的站台上，吴小苏竟默默地站在那里！她是怎么进到站里来的？她怎么有伞不打？他猛力托开窗户大喊时车已启动了，她似乎并没有听到，仍然伫立原地，一任细雨飘在身上和没有张开的伞上。

雨丝轻轻地抚着每一扇车窗，这座生活了四年的城市顷刻间模糊起来，渐渐地只剩下了抽象的光和影。

当车窗上的雨水被慢慢风干后，他才想起她送的书。刚一翻开，里面就哧溜滑出一张书签，捡起来一看，上面写着：

前世的狂奔，留不住匆匆的邂逅。传说中的缘分，原来只是事后贴上的标签？

他木然地读了几遍才夹回书中，又对着封面盯了许久。

直到把书塞进包里，他也不知道书名是什么。

第九章　从铁饭碗到铜饭碗

硬座车厢里大包小裹，犹如难民营。过了两个晚上，吃了三次方便面，火车带着满身馊味的他出现在了贵阳车站。睡眼惺忪地走出去，迎面看到两个年轻人举着欢迎自己的牌子，于是趋前握手，然后被领到一辆面包车上。车整整开了一个上午才来到了单位，人事科科长热情地起身握手，并陪他办了报到手续。给安排了一个小单间，生活用品一应俱全。

这个单位的名称挺长，直到上班了他才弄清楚。他的工作是给赵副总工程师做助手。他虽然在校没有认真学技术，但做这个助手还是称职的，因为日常工作主要是核对数据，整理领导讲话，再就是看看文件读读报告，这些似乎和专业不怎么搭界。

虽然这是个玩技术的单位，但赵副总工并没有安排他去做技术活，也许是考虑到他是肄业生吧。但作为一个新人，他还是很受肯定的，因为他听话肯干，不但认真完成赵副总和肖主任安排的事情，而且还主动去干份外的脏活累活，领导和同事们都慢慢开始喜欢他了。看来，有时候人缘比能力更重要——在这个单位里，甚至一些高中学历的资料员，都一副高知的样子，好像都不愿意干一丁点儿体力活。

他和吴小苏有时会打打电话，她每一次都问他真能在山沟里混一辈子吗？他当然是不置可否。九月中旬的时候，她说已了解清楚同等学力考研的程序，让他认真备考，并寄来了一个邮包，里面都是考研资料。老毕老六也说他该考，只有老潘说不考也罢，先混混再说呗！

这份工作挺清闲，所以他有的是时间，但这时间他不愿用来备考，而是用在翻报纸了，其中读得最仔细的是证券版。1994年7月29日，连跌了一年半的上证指数从1558点下探到325点，市场极度萧条。在此背景下，政府出手救市，措施包括暂停新股发行、严格控制配股、组织养老基金入市等，所以上证立即井喷到千点以上。

看他老是对着证券版出神，肖主任问他懂股票吗？他说炒过。于是肖主任一有空就和他谈股票，几次交流下来，肖主任发现他对股票不但有一定的操作经验，而且理论方面懂得更多。后来，肖主任提出了让张长弓帮忙炒股，他当然是求之不得。那天趁领导不在，他和肖主任一起去了证券营业部。在这个小地方，股票网点仅此一家，里面烟熏雾罩，大屏前座无虚席，还有一大堆人挤在门口伸着脖子往里看。看到这阵仗，他对肖主任说，还是电话委托吧，来这里交易几乎是不可能完成的任务。

帮肖主任做股票，他哪敢大意，所以基本上把仓位都控制在三成左右。1994年的行情是超级过山车，他接手这个账户时上证指数处在低位，照理是该重仓出手的，但因为是领导的资金，他心里终究还是有些怯怯的。不久，在大盘探低325点后，政府出手救市了，当天沪深两市上涨超过30%。面对这大牛行情，他却不敢满仓，而是仅加到半仓就不敢追了。即使这样，几个月下来资金仍然翻番。肖主任很高兴，但张长弓却因为浪费了行情而有些不甘。后来行情节节攀高，他眼睁睁地坐失良机，心里直骂自己恐高后遗症。直到后来两市暴跌，他因为空仓而避免了被套，肖主任更高兴了。都说会空仓的是师爷，咱这辈分就这么涨上去了吗？

自此以后，两市便进入下降通道。股票空仓的日子，他的心里也是空空的。

常常是，领导安排一周的事情，他一天的工夫就能完成，其余时间只好看看报纸喝喝茶。有时报纸的中缝广告都读完了，还没到下班时间。

在这无声无息的日子里，他不但认真读报纸上的证券版，中午还会溜到会议室看电视上的股市新闻，晚上熬更守夜地读财经书，一副专业股民的样子。看他铁了心不考研，吴小苏也慢慢地不提这茬了，她可能已经以为，他这块铁终究是无法成钢的。

快到过年的时候，关于国债期货的新闻越来越多了。

刚过春节，他就收到了吴小苏的信，信写得长长的，但只字未提考研的事儿，而是说她经历的国债期货“327”事件。

这一段时间，国债期货出大事了。因为出事的品种是327合约，所以叫作327事件。这个事儿愣是把中国第一个金融期货品种搞夭折了。多方主力就是我们中经开，魏东操盘真凶悍，愣是把空方主力万国证券玩进去了，上交所创始人尉文渊也因此辞职。

炒国债期货的门槛其实不高，现在也对个人开放了。由于和本职工作有些关联，我拿自己的钱偷偷地炒了些。我算是运气好的，在涨跌停板的惊涛骇浪中赚了两万多。我知道的个人或机构，在这次国债事件壮烈牺牲的很多，有一个经理还寻了短见。我认识一个15万的户，在亏得只剩2万多时，听信了我的谗言坚定做多，几个月下来，已经赚了30多万，而我自己却没有那么好的运气，事后分析，可能是自己生性寡断，不敢坚守吧。

经过这次事件，我虽侥幸赚了一点点，但看到大户室里接二连三的爆仓，客户人走茶凉的情景，我想，期货真是不好玩的，尤其是国债期货。投机市场不好把握，我们学经济专业的也一样，在市场里没有什么优势。这段行情太诡异，想用市场规律去操作，你就输在起跑线上了。

一般人还是要慎做期货，特别是金融期货，因为黑幕太多。

他回信说：

股票这一段不做了，但在看有关的书。国债期货我也关注了，但没有条件参与。不过，无论是期货还是股票，甚至外汇黄金什么的，我还是有搏上一搏的冲动。所以，我一直在备战，既看书也看盘。目前我的认识是，重基本面轻技术面会造成大比例亏损；重技术面轻基本面会失于犹豫不决；二者交替使用的会因为判断标准混乱而致亏损。市场永远是正确的？我觉得不然。不过从敬畏市场的角度是可以这么说的。只有当市场犯错误时，基本面派才有机会。我一直在想，有没有结合基本面分析和技术分析的优点，把两者完美结合起来的方法呢？

我有一个梦，就是什么时候我的投资境界提高了，操盘技术能兑现成真实的大数字躺在自己账户上时，领导如再敢骂我，咱就上去甩他两个嘴巴，告诉他：爷不伺候你了！

日子比白驹跑得还快，转瞬之间他上班都快一年了。这期间，他的工作全是领导交办的杂事儿。就这么一份工作，但凡认得几个字就能胜任。所以当这天肖主任告诉他院里有办公司创收的计划时，他觉得机会来了，于是当即对肖主任说：“我在校时经营过公司，并且弄得还不错，你看我干这个公司，行不？”肖主任说他个人支持这个想法。得知了张长弓的想法，赵副总对他说，年轻人有想法很好，你赶快写个方案吧！半个月后，他在电梯里碰到副院长，马上堆起笑容问我的报告您看了吗？副院长拍了拍他的肩膀算是鼓励，然后说办公司呢是一件大事，院里得专门研究才行，你先等等吧！

这一研究，就没有了下文。直到两个月后，院里成立了一家技术服务公司，采用的就是他的方案，但这个公司却与他无关。原因呢，肖主任有一次酒后告诉他，有人说你是个有案底的人，是个肄业生，于是就被否了。

这件小事深深地刺痛了他。顶着个肄业生的帽子在这里混下去太无趣了，你做得再好，别人随时可以起你的老底，在校的那件破事儿，足以被人说道几十年的。几十年太久，还不如现在就告诉院长：爷不伺候了！

当他说出想辞职时，肖主任吃惊地望着他说："你确定吗？别人想进都进不来的单位，你却想出去？"肖主任劝他三思，并嘱咐千万不要把这想法随便说给院长。

当夜他心乱如麻，不能稳睡，遂披衣出门，反复地问着自己：在这个单位，你想要的到底是什么？是安定的生活，做事的平台吗？可这一年来的经历说明，自己在这单位施展拳脚是多么的遥遥无期。更何况，自己作为肄业生，在别人心目中就是戴罪之身，再混下去，也只是像一只平庸的小狗继续嗅着主人的味道，猜着主人的悲喜。短短的一年，这驾叫作单位的战车已经把自己这点小自信咔咔地碾碎了，而自己的那点小聪明，只够保证勉强生存下去而已。

天快亮的时候，他猛地在墙上砸了一拳：还是信了古人的话吧，苟且不如了断。

几天后，他跟赵副总去重庆出差，趁机去了趟华蓥山。上山没有别的意思，只是想看看游击队当年的战场，看看人家在脱离组织的情况下是如何生存的，再评估一下自己能否脱离组织生存。华蓥山果然名不虚传，到处层峦叠翠，林木苍翠茂密，居然还有一座天然形成的双枪老太婆像。华蓥山是喀斯特地貌，石林和溶洞蔚为壮观，林中有石，石上有林，石树相依，在连绵的青山间常常会忽然出现一面高大的崖壁，巍峨浩瀚，似有双枪女侠的灵魂在徘徊。他站在山顶上鸟瞰着山里人家，再想想自己的生活场景，于是有些向往山居了。山居生活虽然不现实，但从双枪老太婆的经历中他认定：做个独行侠，是可以比待在正规军里打得更好的。

几天后他回到单位，次日就背着肖主任向院里递了辞呈。院长亲自召见了他："本来这事儿是人事处管的，但你是我们单位第一个要求辞职的，我想知道你的真实想法。""其实没有什么，这是我个人的决定，与任何人无关，也与任何事情无关。我只是感觉自己没有能力给单位做更大的贡献，所以想出去闯一闯，或许能做点事情。""这辞去公职的事情，可不是闹着玩的，开弓没有回头箭，你可要想好了。建议你先不要急于决定，我会给你一段缓冲期，你再认真考虑考虑。"张长弓决然地说已经深思熟虑过了。

从院长办公室回到宿舍发了半天呆后，他拿出日记本写道：

真的不能再继续这按谱而咏的日子了。大多数人工作是为了生存，他们选择的职业不是出于热情，而是因为找不到更好的。所以，人们只能以干一行爱一行来安慰自己了，许多人因此被埋没一生，这何尝不是一种残酷！我不想复制这标本式的生活了。我决定了。

几天后他出现在洛城。下车后先找了个小旅馆，放下行李就直接去了马超汉工作的有色金属加工厂，没有预先打电话给他。人模狗样地做了几年知识分子，突然间没有了组织，他一下子觉得自己像是个流浪汉。

对他的突然出现，马超汉有点儿意外："怎么不先打个电话？突击检查啊？你是出差来的？"张长弓拍了拍他说："你一下子就提三个问题啊？我先不回答你，一会儿外边说去，我请你喝酒。你必须得按时下班吗？"

"你稍等片刻，我去给头儿说一下就走，反正今天没多少事。"

很快，马超汉就从主任办公室走了出来，脱下工作服，直奔餐馆。坐下后还没点菜，他就迫不及待地说："这下该回答我的问题了吧。"

张长弓伸出食指在空中挥了挥说："其实你这三个问题就一个答案，你听准了——我辞职了！"

马超汉的眼睛一下子瞪得老圆，伸手就要摸张长弓的额头："不会吧？"

张长弓躲了他一下说："马工啊，您请放尊重点儿，别乱摸！听清楚了，我说的是真的。"马超汉认真地看着他说："怎么会是这样，你怎么总是这么出人意料？"

张长弓故作轻松地说："在那破单位里都快待出毛病了，一照镜子发现自己越来越有大叔样了，所以我特别想自己干点事情。虽然咱在单位里表现得已经够乖了，领导和同事也还处得不错。哎哎，你别惊讶，大不了咱还去工地出苦力呗！我只是想问问你，像咱这种无业人员，该干些什么好呢？"

马超汉摊了摊手说："这样啊。你得容我先消化一下，你这拐点太锐角了！"

"有钝角些的办法吗？"

"那就先找个工作干着，骑驴找马嘛。"

"是要找马啊，所以找到了你！"

三瓶啤酒见底后，马超汉问道："你告诉我，你想干哪个行业？"

张长弓有些茫然："我也不知道。我一门心思要辞职，可真的辞职出来了，心里还真有些没着没落的，可能再过几天就该后悔了。"

"你也有后悔的时候？不会吧！你是我们这拨人中最强悍的，别让大家的偶像提前进入黄昏啊！"

"别逗了，咱也能是偶像？说实话，现在刚开始单漂，还真是不习惯。"

"一下子落单了，反差是有点大，我能理解。其实刚到一个新单位，一定得坐一段时间的冷板凳，谁都一样。谁像你这么心急，好像是天生的老板命！不过你行的，你是文的武的都拿得起来的人，你不行，谁行？"

张长弓狡黠地一笑："你就别夸我了！现在我最大的现实问题是没地方吃住啊，这个你包了？"

马超汉一拍桌子："包了就包了，多大个事儿！今天起我们就挤一张床，一起吃食堂！这个咱扛得住，不知你张大老板受得了吗？"

"伙计你真够意思！不过我只是考验考验你罢了，咱从单位出来了，虽然无业，但也不是赤贫。我已经在宾馆住下了，你没看我空手来的吗？"

"还考验老伙计？你这小子真学坏了！你这些年还是存了不少钱的吧？"

"也没有什么钱，在学校赚的钱后期都丢得差不多了，在单位混能赚几个钱啊。"

"得了，不说这个了。哎，给你提供个信息，最近我们这块的订单特别多，都干不过来，领导多次提到想把一些小件分包出去做。要不，你就干这个吧？"

张长弓眼睛一亮："这可是个好机会啊，只是咱没有厂子，哪来的加工能力？"

"没有厂子，就办一个呗，小加工厂也花不了多少钱。"

张长弓想了想说："也是，这倒是可以干，有你在就有生意，你的脸上写着'订单'两个字呢！"

"你的脸上写着'奸商'两字！"

"奸商就奸商吧，可是办厂的钱呢？我只有两万多块钱啊，能干得起来吗？"

"先整个小的吧。找个地方租个小院子，再买些简单设备，人拉肩扛的，就可以开始干了。"

“我可当真了啊超汉，开办经费我再设法去筹，技术和订单你得负责，一定不能有闪失，别浪费了咱的创业激情啊！”

马超汉握拳用力挥了几下：“好，技术、订单！我包了！”

两双手紧紧握在了一起，郑重地摇了几摇。记忆中，他们是从来没有握过手的。

两人越谈越兴奋，凌晨一点过后，老板说太晚了真得打烊了。马超汉说：“老板，要不这样吧，难得我们兄弟两个喝得高兴，我们多坐一会儿，给你加班费如何？”

老板轻轻地摇了摇头说：“话说到这份上，啥加班费不加班费的，你们就慢慢喝吧！”

早晨五点多的时候，马超汉已经在餐巾纸上画好了车间的简图，列好了设备清单、人员配置、资金需求，等等，并反复解释了许多遍。张长弓问了几个问题后说：“你上班去吧，我这就去退房，直接开始执行项目！”

马超汉盯着他说：“这就行动了？有信心吗？”

张长弓笑嘻嘻地说：“弄一下试试呗！”

马超汉轻轻地拍了拍他的肩膀：“办工厂很有挑战性，想想再弄吧，你有两天的后悔权！”

张长弓认真地点着头，一个字一个字地往外蹦：“我——想——好——了。”

加工厂选址在哪里，两个人虽没有说但心里都清楚：非汝水莫属。这是他们的老家，人不生地也熟，离洛城也近。张长弓当天回到了县里，一下车就给小裴打了个传呼。小裴问你怎么回来了？到县城做什么？张长弓说你赶快过来吧，我们见面详谈！我回来的事情先不要跟别人说啊。

两个月后，汝水县城出现了一个铜加工作坊——长弓实业有限公司。筹备这个小厂子不容易，光是租房、改造厂房、人员招聘、几百种物料的采购等，就得跑断腿，里边的千辛万苦，不足为外人道。公司的主营业务是铜件加工，因为有马超汉的鼎力支持，业务一开始就很红火。

张长弓辞职办厂的事情开始没有敢跟家里说，小裴也很能保密，直到厂子建成运行了，他们才公开了此事。村里的人都觉得他放弃铁饭碗太可惜，最为生气的当然是娘，她觉得他这几年大学算是白上了。只有黑叔对此表示支持，他说："长弓你行的，因为你的本色还在，又有学问，比乡镇企业家起点高。你好好地干，我支持你！在本县，我还是可以帮上些小忙的。"

人一忙碌，时间就过得飞快。这年春天，厂里已经有40多位工人，设备也增加了几台。订单不仅来自马超汉，其他来源也慢慢多了起来。

订单多了当然是好事，但问题是忙不过来。虽然马超汉可以协调别的厂子代工，但这样大头都让别人赚走了，所以必须得扩大生产规模。扩大规模当然需要资金，初步预算得60多万，他们的自有资金远远不够，银行也不敢贷款给一个没有抵押的民营小厂。

既然告贷无门，那就试试用股份制的方式募集吧！股份张的思维惯性又起作用了。

几天后，在公司的安排下，全体员工都上街贴广告。县城不大，所以这招股说明书很快就传开了：

> 现为扩大生产规模，本公司拟增加股本，具体方式如下：
>
> 一、本次所增股本为优先股，金额5000元起。公司承诺保本保分红，持股人不承担风险。每年每股红利0.2元，不足一年的按实际时间折算。
>
> 二、以劳务方式入股的，每月发给生活费300元，年底根据公司收益情况分红。
>
> 三、以设备入股的，经双方协商，将设备折算成现金，年底参与分红。

与此同时，公司成立了监事会，请一位离任局长担任监事长；高丽春也被聘到公司做了出纳。

这次招股，由于有保本付息的保障，再加上监事长的官员身份的背书，所以一时入股者众。这其中，有20多个现金入股者一共拿来了40多万，还有设备折股近30万，劳务入股者30多人。事后证明，劳务入股是个好办法，因为这种股东都真的把自己当成了主人，当家做主不再是空洞的口号。这种带有原生态意味的股份合作经济，入股者平等互利，企业效益直接与自身利益相连，大家都真正地关心企业的成长，个人和企业的动力都很足。

到了年底，不但新设备顺利到位，而且也超额完成了经营计划，按约定该分红和发奖了。

由于大多数人都没有银行账户，所以就得直接发成现金。高丽春出主意说，我们可以和银行合作搞个公开分红发奖活动，这样不仅宣传了公司，银行也可以借此吸储。张长弓觉得这个建议很有价值，让他们去和银行一谈，还真是一拍即合。分红发奖活动在中心广场进行，上百份现金摆在长条桌子上，很是招摇。他们请来了张疙瘩村的剧社来唱戏，现场锣鼓喧天人潮涌动。老人们说，这阵仗比旧社会老财主娶媳妇还热闹。

县里的电视、报纸都报道了这次活动，长弓公司一时名声大噪。

厂子的红火让马超汉很高兴，经张长弓一撺掇，他就辞职到厂里来了。张长弓把厂长让给他，自己自封了个董事长。马超汉是公司创业的最大贡献者，他来当厂长是张长弓最求之不得的了，所以给他工资翻番，还有10%的干股。

张长弓从贵州的单位走了一年多，一直没有跟任何人联系过。那天得空，他突然想到了肖主任，于是就打电话过去。肖主任先问了他的现状，然后说财务科的人到处找你呢。张长弓问找我干吗？我又不欠谁钱。肖主任说，是他们欠你的钱。财务科要补工资给你，说你没有办好辞职手续就走了，工资还没有停发，这钱没办法走账，必须得发给你才行！张长弓很是惊讶于还有这种好事。肖主任说，财务科让你先写了收条寄过来，他们收到后就汇款给你。

肖主任最后又说道："院长让我告诉你，你现在还有最后一次机会回来，只需写一份检查，领一个处分就可以了。如果近期再不回来，就只能算是自动离职了。"张长弓说："谢谢关心，可是，我只能一条道走到黑了，开弓没有回头箭。"

挂了电话他吹着口哨去马厂长办公室，一进门他就说正要去找你呢。给你一篇文章，你有空欣赏一下！

他拿着剪报回到自己办公室，读了起来：

北方的寒风就是这么凛冽。

前天晚上下班回家，正缩着脖子在小区里走的时候，我感觉身边老是有沙沙的声音，一看原来是一只白色的小狗颠儿颠儿地跟着我，It just showed up from out of nowhere!它白白的，绒绒的，身上还有一片污渍。它忽前忽后的，乖乖地摇着尾巴，极尽巴结。我已经很多年没有这待遇了。

这是一只幼年狗，本该享受着妈妈的怀抱和主人的宠爱。可现在，生存的压力让它把素昧平生的我当成主人了，像极了急需五斗米者无奈的谄媚——别无选择而已，被讨好的人，你以为你是谁？

我见过这阵势，一如多年前那只主动要求被收养的猫。我同情它，喂了几次，这猫就把我视为知己，也算是一厢情愿吧。这猫，像大多数重新进入“体制内”的宠物一样，叫丢丢，后考虑到日中友好，就改称千百惠。它悠悠在我家住了几年，相处甚欢，冬天甚至还可以上床撒欢儿。后来，它和小情猫出走了，我不高兴它的重色轻友，但我尊重它的选择：钟鼎山林，猫各有志嘛。

眼前这只小白狗还发出了唧唧的叫声，表明它极其需要帮助。我知道我无法收养，因为家里没有闲人care它。没办法，先给它口吃的吧。

我狠心地关上单元门，快步冲到楼上从冰箱里拿出牛肉，下楼喂它，它却不甚领情，只是唧唧声音更大，尾巴摇得更欢了。不忍再看，又一次狠心地关上单元门，快步冲到楼上。

忽然我想到，这大冷的天，小白狗哪里去找水喝，送牛肉时怎么忘记这个了？披衣下楼再寻，小白狗却已然不知去向。

呆呆坐着，想到生死未卜的小白狗，不禁泫然泪流。小白狗，今晚你在哪里栖身？

辗转反侧中，我为它设想了以下可能：一是在寒风苦苦守望一夜；

二是冻饿渴而死；三是被好心人收留。

翌日晨，比平日早出门半小时，为的是看一看它是否还在，未果。

我告诉爱心天使小胡，如果出现第二种情况，就是它冻饿而死，我的罪就大了，等于间接谋杀了一个生命。许久，小胡才说，如果再见到它，无论如何要先收留，然后送给我来养。

我知道这是真的。

昨晚，我又特地早回家一小时，为的是找那只可怜的小狗。

它还真出现了，一定是它，因为我记得它谄媚邀宠的眼神和那块污渍。

不过小白狗已经对我爱理不理了，因为一个老奶奶正亦步亦趋地跟着它，它身上的那块污渍，还隐约可见。其实说真的，就养狗来说，这老人比我靠谱多了，是此狗之一幸。

悔。但愿小白狗长大了别咬我。

他读了几遍，内心被深深地触动，这区区一狗一事，委实令人动容。

这文章是谁写的呢？他去问马超汉，对方说你猜吧。

听他的口气，张长弓就明白了。他拿着这报纸回到自己办公室又读了两遍，心里酸酸地：“吉芬，我多希望能像那只小白狗一样有机会见到你。是我那可笑的优越和自我把你弄丢了，也把自己弄丢了。你在哪里？你还好吗？如果时光能够倒流，我愿用我的所有来换你的欢颜，就像前年在深圳说的那样——为你，我可以豁上小命。但是我走得太远了，找不到那年的路了……”

第十章　炒股冠军与女主播

日往月来总荏苒，俯仰之间，又是一年倏忽而过。这期间他忙于学技术搞经营，整得昏天黑地，把曾经痴迷的股票都忘到脑后去了。二月底的时候，他收到一封公函，说是市有色金属系统要组织一次股票大奖赛，长弓公司也在邀请之列，公司和员工个人账户都可以参赛。看到这公函，他的手有些痒痒的了，所以立马就办了参赛手续。

竞赛要比收益，所以得满仓干。到了开赛的那天，他一大早满仓买了万科，然后就忙别的事情去了。说来手气还不错，这只票三天就涨了近10%。第四天他要出差，怕行情出现回调，所以一开盘就电话委托卖掉。出差回来后，他本来想继续操作，但杂事太多使他无暇看盘，到了有空的时候，行情却是烂得要命，完全没有机会，所以只好作罢。这样一来二去，他慢慢就忘记了比赛这回事。

三个月后，他忽然接到一个电话，对方自称是大奖赛组委会，说是恭喜您得了股票交易大赛冠军！

“我？冠军？”

“是的，税前2万元的奖金，恭喜您！”对方热情地说，“特邀您于6月19日来市里参加颁奖大会，请准备好获奖感言！”

张长弓似乎恍然大悟：“我明白了，我得先拿钱交税吧！拿到税款您就消失了吧？得了，这把戏我见多了！”

“啊？什么把戏？我是大赛组委会的，你不要冠军奖了？”

张长弓以嘲弄的口吻说：“谢谢啦，奖金你们留着用吧！”说完就“啪”的一声挂了电话，心想，多么低级的骗子啊！

两天后，正当张长弓在办公室看报表的时候，小裴大呼小叫地闯了进来，手里拿着一张《有色金属报》：“老张啊，长弓啊，董事长啊，你看到了吗，你得股票大赛冠军了！”

他一把扯过报纸，一看上面的大奖赛获奖名单，第一名还真是自己！他有些不敢相信：“前天组委会打电话通知我，可我认为人家是骗子。看来骗子太多，累及好人，真是劣币驱逐良币啊！”

原来，由于这段时间行情太熊，频繁操作或做长线的大都亏损了，只有他因为小赚了一次就没再入市，反而是正收益。报纸上还评论说，张长弓先生的正收益比例虽不惊人，但能在熊市中赚钱，在风险到来之前空仓等待时机，真是师爷级的高手。报道在结尾还特别提了一句，张长弓同志高风亮节，主动要求放弃奖金。

放弃奖金？他想起来了，当时自己是说了一句“奖金你们留着用吧”，但当时是以为对方是骗子才说这话的。这不，人家在报纸上公开幽了一默，弄得自己百口莫辩。但事情既然这样了，就只好真的放弃奖金了。这什么事儿啊，都是骗子给闹的。

下午他主动给组委会打电话，对方接到电话知道是冠军来电，就直接告诉他：“你说要放弃奖金，但你有权选择把钱捐到什么地方。”

张长弓心想，这组委会真是狡猾啊，看来这钱真得捐出去了。不过他还是有些不甘心，于是想了想说：“那天，我的意思本来是……”

“您的意思我们都知道，您真的高风亮节，值得我们全系统学习。您看，这奖金捐给希望工程行吧？”

张长弓无奈：“这样啊……那么，我直接捐给学校吧，点对点捐，好让我知道钱用到了什么地方，行吗？”

“好的。你计划捐到哪里呢？”

张长弓不假思索地说：“汝水张疙瘩学校！”

张疙瘩学校是他的母校，他想，反正都是个捐，捐给自己的母校，也算是肥水不流外人田吧。

张疙瘩学校外，三四条鲜红的横幅挂在村口、校门和教学楼：“热烈欢迎校友张长弓捐资助学！”

张长弓被拥上了主席台，少先队员给他系上了红领巾。他忽然感到身子有些飘，人格仿佛一下子伟大了好多。

师生脸上都洋溢着笑容。老师中，有生面孔，也有不少教过自己的老师，娘也来了，当然还有黑叔和裴村长。

一阵鞭炮锣鼓后，张长弓讲了话，先是向领导和老师们致以敬意并勉励同学们好好学习外，然后他说：“我的捐款数目不大，不足以使咱们学校有大的改观，但我希望我的绵薄之力能引起社会关注，我的小小爱心能被传递下去！”

当地电视台也来报道了。现场的记者是个普通话很溜的姑娘，这在本县里并不多见。

“张总，我了解到您的企业也是初创，需要资金的地方还多得很。请问张总，是什么支撑您在创业的关键时候捐资助教？”

“股票大赛得奖，属意外之财，用会计学的说法叫营业外收入吧，我想，张疙瘩学校更需要这些钱。改革开放后，社会经济高速发展这么多年了，可这所乡村学校的设施还很陈旧，学生老师的生活水平还不高，所以我想用我的行动唤起全社会的关心，共同促进教育事业的发展。”

“我代表观众们谢谢您！您做股票多少年了？最重要的心得是什么，可以分享一下吗？”

“我从学生时代就涉股了，但一直没时间用心做，所以不敢谈什么心得。说实话，在这次大奖赛上，我只操作了一个回合，也就是赚了百分之几而已，根本不算什么，得冠军算是幸运吧。”

“观众同志们，还真是那句老话，越是水平高的人越是谦虚。股谚有云，会买的是徒弟，会卖的是师傅，会空仓的是师爷。张总，您在大势走弱的时候空仓那么长时间，真是师爷级的水平！”

“不敢当，什么师爷啊，我有那么老那么狡猾吗？”

“张总太幽默了！成功人士都很懂得适当的幽默！”

“您太抬举我了。”

“张总，请问您有什么话对观众说吗？”

“那就说说我们的公司吧，我公司主营铜件加工，有需要标准和非标准件的企业，欢迎合作……”

“张总真是优秀企业家啊，在任何场合都不忘记宣传。您刚才的讲话我认真听了，我想，通过您的善举，这份爱心是会永远传递下去的！我们知道，张总是一只质地优良题材丰富的好股票，希望观众们关注！”

“我的希望也是这样，谢谢！”

会后，张长弓把村长、校长还有黑叔都拉到城里吃饭。席间，校长一再说长弓有出息，我代表全校感谢你。娘很是高兴：“你这孩子辞职做生意虽然没有名堂，但今天还是做了件让祖宗脸上有光的事情。”黑叔则说：“我一再说你不要去炒股票，你却还是炒上了，不过这一炒就是冠军，还真是厉害。看来我是老脑筋了。”

当天这条新闻在县电视台播出，次日又被市电视台摘要播出，同时《有色金属报》也以整版的篇幅加以报道。

几天后，小裴出现在董事长办公室。

张长弓正歪在沙发上看报纸：“傻蛋，有事吗？”

“你才傻蛋，看看你在电视里的表现，就知道谁是傻蛋了。”

他抬了抬头：“我怎么了？”

“记者采访你的时候，你看你那神态，真是没见过美女啊！现在全县的人都在表扬你呢。”

“就这事儿啊，我还以为怎么了呢。见了美女时神态不异常，那叫目中无人，才真的是傻蛋呢！”

小裴靠近他表情神秘地说："哎，伙计，我调查清楚了，那天的记者叫谷雨，广院毕业，是为了做一线主持才到咱县里工作的，现在算是名媛啊！既能主持，又能播音，采访也是一把好手！"

"她不是本地人吧？"

"她说普通话，听不出来是哪儿的吧？她是湖北人，从广院毕业后想进个省市级的电视台没能如愿，在一家小报跑了一段新闻后，不知怎么的就扎到咱这小地方来了。"

张长弓坐着伸了个懒腰："她人长得还算是顺眼，说话也利索，只是她提的问题有点儿肤浅，实在让人提不起精神回答。"

"你以为谁都得懂股票？你观察人家的时候倒是能提得起精神，你这眼神全县人民都记住了！我觉得呢，是你手忙脚乱回答不好问题，反倒说人家肤浅。"

"其实嘛，漂亮和肤浅又不矛盾的……"

小裴拍了拍他的手臂："别说废话了，哎，你觉得她怎么样？"

"这才是问题的本质嘛……"

"嗯，你倒是干脆利落地甩出尾巴了。"

"咱是谁啊，干吗不干脆啊。帮策划一下？"

"我看行！"二人击掌为定。

正当他和小裴密谋接近谷雨的时候，谷雨却主动打来了电话，说是想请张总对采访的事情做个反馈，另外还想请教怎样炒股。

这让他有点意外，或者毋宁说是喜出望外。谷雨在这小城里是有名的美女加才女，在电视台也是采播编三项全能，但是所谓"其曲弥高，其和弥寡"，多少本地少爷都不敢接近她，胆子大找上门的，她又看不上眼，所以二十七八岁了，还是小姑独处。冯闲云在电视台做编辑，和她是同事。她们两人不但长得像，还亲如姐妹。她虽比谷雨小两岁，但已结婚一年了。她哥哥是道上有名的人物，江湖人称二马哥。此人自称是司马迁的后人，说是因为司马迁受刑，后人为避祸改了姓氏，一支姓冯，另一支姓同。

张长弓空降到县里办企业，在当地本来就是一个不小的新闻，这倒不是因为企业办得如何，而是因为他本来就是传奇人物。那天采访张长弓捐资助学回来后，谷雨就不断地跟冯闲云说起张长弓，说这个人虽是出自名校，可谈吐低调穿着简单，表面看来和乡镇小老板别无二致，真是本色的土哦。她还说，这人放着正经单位不待，一定要下海经商，这事情前景未卜，真不知道他追求的是什么。冯闲云还是不搭不理，她又说道，这个人怎么会这么老土呢，大学白上了？看着她没完没了地说着张长弓，冯闲云没好气地说，人家土不土跟你有什么关系？你有完没完？谷雨自知失言，赶快做了个捂嘴的手势，不敢再说了。

晚上两人加班后吃夜宵时冯闲云说："据说这家伙高考作文满分呢，算是个才子，真想见识见识！"谷雨说："哎哎，想见识什么？你可是已婚妇女哦！"冯闲云笑道："看把你急的，我是琢磨着帮你见识呢，你不是才女嘛，应该有兴趣鉴赏才子吧？"谷雨捅了捅她，制止她当众乱说。冯闲云可不管当众不当众："小雨啊，看得出来你对那小子并不反感，要不，咱给他个机会？"谷雨也不扭捏了："既然这么说了，就先请你把把关？""都让我把关了，可见你已经内定了啊！"

于是就有了主动打给张长弓的电话。

张长弓接完电话，对小裴说是谷雨打来的，小裴认为太有戏了："电视台不一定都得回访被采访对象啊，她又说要请教你股票，看来一定还得再请教些其他什么吧。"

张长弓坏笑道："想请教就好办！咱什么爱好你还不知道？有名的好为人师啊！"

"那是那是。我这里还有一个办法，肯定能帮到你，等你出差回来了咱就执行。"

"她可能是你未来的嫂子哦，你可得用心！"

小裴眨巴眨巴小眼睛，凑近他的耳朵："那好那好，一言为定！"

此言一出，两人同时浪声怪笑了起来，并互擂一拳。就这么一个"一言为定"，为什么会把他们乐成这样呢？原因是当年黑叔扮演刁德一，王中扮演胡司令。黑叔和王中两人一向不和，他想趁这个机会整一整王中。剧中有个情节，就是刁德一跟胡传魁一阵耳语后，胡传魁大声说：那好那好，一言为定！现场演出时，在戏台上黑叔对演胡传魁的王中耳语道：明天晚上让你媳妇来陪老子！王中只好大声照着台词说：那好那好，一言为定！下了戏台两人就干了一架，幸亏王中也不是根红苗正，要不告上一状老黑也是受不了的。

谷雨当然不知道他会有亡我之心。小城里忽然出现了这么个人，她可不想错过，于是就整天连琢磨带取经。这天冯闲云跟她说：“女追男，有许多办法，当年我还没有施展一半就成功了！这经验以后我也用不上，所以决定免费传授给你。我的基本战法是请对方帮忙，例如借书还书，请教股票，等等，更秘籍的是，一有机会见面，最好自备毛毛虫一条……

谷雨伸手做势捂她的嘴：“喂，我说二马同学，你还能更老土些吗？”

“你不是说他老土吗？那就得以土攻土。当然，咱也有洋方法。例如吧，有意打错电话扯出个见面理由，然后现场施展法术，这法术嘛，我也可以传授给你——装纯真、装妩媚、装羞涩，这三种眼神轮番攻击的方子专治老土，两个疗程就见效！”

谷雨一口水差点儿从鼻孔里喷出来，她拿手背揉了揉鼻子说：“你这都什么啊，看来不是你凌厉，而是你老公的抗击打能力太不济！”

冯闲云自顾自地说：“这个还是不行嘛，本姑娘就再赠你一剂猛药，保你一招制敌！”

谷雨迫不及待：“有多猛？”

“选一个对面不见后脑勺的月黑之夜，将这厮勾引到僻静之处施以温言软语。待其神态迷离之时，忽地一把抓住其衣领，大声喝问：老娘稀罕你，你稀罕老娘不？”

谷雨登时乐得捶胸顿足，全然没有主持人的矜持：“照你这么说，还有更猛的！你也学着点！”

“纳尼？我也不耻下问一次。”

谷雨把眼睛瞪圆看着她：“将这厮勾到幽僻之处喝上两杯，待他酒酣耳热想要仰面赋诗之时，你忽然闭上嘴巴，用你那斗鸡眼直视对方半分钟后，突然一字一顿地命令他：俄要你要俄！”

这回轮到冯闲云捶胸顿足了，四脚狂舞，花枝乱颤。

花枝止颤之后，两个人商定了一个阴柔歹毒的方案，命名为“美救英雄”

计划。设计的流程是这样的：请冯闲云的哥哥，也就是二马哥派人去厂里寻衅打砸，在千钧一发的时刻，女侠谷雨以电视台记者身份出现，不顾安危去拍摄并声称播出曝光，料可当场制止事态发展。如制止不成，女侠你就高调报警，更显伟光正。对了，在此过程中你还得忍痛遭受少许人身攻击，这叫美人苦肉计。如此这般一来，那张傻子能不跪拜你吗？”

“美救英雄”的计划就这样确定了下来，并择吉日进入执行环节。是日，潜伏在附近的谷雨正准备登场之时，忽探子来报：闹事的五个人刚动手砸东西，就被十几个工人果断按倒，直接扭送派出所！计划戛然而止，雨美人好不失望。

事后小裴打电话告诉张长弓闹事的人被带走了，他们哪里知道，这其实是一场未遂的颜色革命。他感慨地对小裴说：“看来员工持股就是不一样。他们会真心为公司着想，会奋不顾身地保护公司财物。股权激励也有这个效果。很多事，光说不练是不行的，老说工人当家做主有什么用？某革命家曾明确指出：没有米，你连只鸡都叫不来！”

张长弓出差回来后，就立即给谷雨打电话，请她明天来厂里指导宣传和营销。她心中暗喜，但还是矜持地把时间改成了后天。那天两人如约在厂里谈完后又一起吃了晚饭，当送她到了她家的街口时，她说，谢谢你送我，临别时我想给你布置一道思考题：怎么才能知道我家具体在哪里？不准到处打听哦。”说着，转身就消失在街巷里了。

次日早上出门时，她惊讶地发现门口报箱上被画了一条长长的弓！

她哪里知道，这是小裴自告奋勇地一大早起来，在整条巷子的每家报箱上都画上了这一作品。

谷雨当天在日记中写道：

长弓，熙熙攘攘的人群中遇见了你，那张长长的弓这么快就出现在我的门口，让我心悸。我一直不知道，原来你也有亡我之心！早知如此，干吗还去设计什么美救英雄！幸亏那次拙劣的表演没有穿帮。我很满足于你也有此心意，所以我愿用最大的虔诚跪拜上帝真主老天爷，让他们把你恩赐予我，这将是我此生最珍重的礼物。

第十一章 满仓怕涨的怪股民

谷雨说要找张长弓请教股票当然是借口。不过，真的要找他请教股票的人每天都有，并且是越来越多。因为很多人相信，炒股冠军是离财神很近的人。天上掉下来这个冠军奖，事实上也无意中强化了他炒股的自信。只不过，他现在没有心思炒股，因为厂里的事情天天都让他头大。

时值公司执行扩大产能计划，为此已开建标准厂房。马超汉的说法“土枪土炮成不了大气候”是对的，但为了换洋枪洋炮，就得面对资金的压力。建标准厂房的事没有招标，而是直接请了白氏建筑公司来施工，因为白老板人好，靠得住，张长弓信得过这位白叔。

正告贷无门时小裴忽然对他说：“代理炒股票，不就可以挪用些资金吗？”他觉着这是个有用的馊主意，就找大家商量。几分钟的工夫，几个人就统一了认识，一致认为这办法可以用于救急。所以他们当即就草拟了理财合作协议，主要内容是把资金集合到指定的账户，赢利五五分成，亏损10%以内由客户承担，超过10%由张长弓赔付。由于冠军的名头和老板的身份，没几天就收到了6个客户的资金，共计140多万。

从这些委托的资金中，他分数次抽走了80万用于堵窟窿。当然，这事只有他们几个人才知道。当时还没有银行托管，投资人信任他所以乐意直接拿资金过来。按约定，他得每周对客户公开账单，并以此为依据分红。由于客户不止一个，所以单个客户不会知道账户里的总资金数，这就为他从中周转资金提供了可能。

这年过了春节，沪市跌出了512点的新低之后便开始上扬，一波大行情就此拉开帷幕。到夏天的时候，股市量价齐升，电话委托都下不进去单子，没办法，他只好跑到营业部现场交易。由于行情壮观，营业部里人声鼎沸得令人窒息，据说不时有股民昏厥。面对汹涌的人群，工作人员只好拿着编织袋收单子，收完后扔进柜台交下单员处理，至于单子能否下进去，就基本靠运气了。幸亏股市已改成T+1，如果还是以前的T+0，局面就更混乱更无法想象了。张长弓仗着身强力壮去挤了三天，其间虽成功地买入了几次也有些赢利，但他哪有时间天天这么耗着。无奈他拿了些空白单子回去，填好后派人送到营业部。由于行情变化太快，有时选好股后不填价位，到营业部让下单员根据行情随便填。如此混战几个月，账户里的资金居然翻了一番多，但是，由于本金被事先抽走了大半，他还得按承诺给所有的客户分红，这样一来二去就实际亏进去30多万。

此时他的状态很是吊诡：股市里赚得越多，他实际亏得就越多，但面对大好行情又不能不去赚，要不怎么对客户交代？所以他甚至希望能赶快下跌，原因是股票亏了钱，他实际上算是赚了钱，因为抽走的那些资金没有参与亏损交易。

他可能是市场里唯一不希望上涨的股民。不过没多久，也有人不希望股市上涨了，那是管理层。这年10月，面对市场的狂热，政府连发12道金牌降温。不过面对每一次打压，市场的反应都只是小小的回调，人们似乎对政策利空免疫了，这让张长弓很是失望。最为“倒霉”的是，当琼民源从4块多涨到16块的时候，他抱着复杂的心态全仓买入，心想涨这么高了马上就得回调，被套住后他的分红负担就小了。可他做梦也想不到的是，没有最高只有更高，他一路“忍赢”几个月下来，琼民源竟一口气狂飙到26块多！他账面上赚了，腰包却被套得越来越深，真是哑巴吃黄连。好在持续赢利使他名声大振，找他炒股的人越来越多，这些后续资金使他的实际亏空得以暂时掩盖。在这种荒谬间，他无意中遭遇了中国证券史上最严重的证券欺诈案——“琼民源”案，该股票在恶庄的操纵下疯狂上攻，以虚假利润做支撑，全年涨幅竟超过1000%！时人有云：买了琼民源，不想赚钱都万难。

炒股赚了钱，但分红造成的实际亏空却越来越大。无奈之下，他只好来者不拒地继续吸纳慕名前来的资金，并大部分挪作他用。虽然他清楚地知道这些挪用意味着什么，可是厂里需要用钱的地方太多，不饮这杯鸩酒立刻就得渴死。到了年底，挪用造成的亏空竟有将近300万。

这种资金游戏很像是庞氏骗局，每每想到这里，他都会吓出一身冷汗。每次汗后他都会对自己说，这是非常时期的非常之举，等公司稍有好转，一定得先把这些钱还回去——而且，自己有工厂做支撑，和庞氏骗局是有本质不同的。

好在一年多以后，随着固定资产投资的完成，厂里业务得以大幅提升，他才腾出手来把炒股的资金退还完毕，一块石头总算是落了地。转眼到了残春，股市变得越来越有规律了，它体贴地配合着季候：绿色越来越张扬，红色慢慢隐退在绿色之间，算作点缀。后来随着天气慢慢转热，股市也适时地热闹起来了。所以有专家说，股市有其内在规律，大多数年份都是这样随季节走的。他想，如果真是这样，炒股岂不太容易了吗？现在的专家们，就是喜欢把不可知的股市规律往季节、政府换届、管理层内幕等因素上套。不过他也知道，股评是股市生态的重要一环，身居其位，人家总得说些新鲜的吧。

1997年是国民经济成功实现“软着陆”的一年。这年年初股市略做整理后，再次缓步上扬。后来经过邓小平逝世后的剧烈波动后，指数重拾升势，全年总体上涨了30%。五月份，他把厂里的200多万闲余资金都拿到股市上，由于没时间操作，所以收益平平。

这一段时间，期货市场上也是故事多多，人称庄家鼻祖的张少鸿在期货市场上布下天罗地网，用围点打援的方法击溃刘汉，一举俘获3000多万。刘汉虽然失了这一阵，但并不懊恼，反而欣赏和学习张少鸿的布局技巧，然后如法炮制击溃了大鳄袁宝璟，斩获9000多万。

那天在营业部，程大户告诉他，现在行情这么好，常规的做法赚钱太慢，所以不少人都在玩透支交易，就是一块钱可以买几块钱的股票，赚钱很快。这叫配资吧，他以前曾有过耳闻。当然他也知道这样做把风险也放大了，不过，如果有好机会的话，倒是可以放手一搏。这种方式之所以流行，他知道这是有供需基础的，因为客户能融到炒股资金，券商能增加交易量，风险嘛，又基本全在客户身上。

营业部经理知道他是长弓实业的老板，有操作经验又有抗风险能力，所以当即答应给他一倍的透支额度。连续几天，他用这个额度满仓进出，因为行情不大，所以也没有大的赢亏。一个半月后，随着行情的火爆和胆子的增大，他透支的比例也越来越大。就这样，他不知不觉地玩上了高风险，但眼里看到的却是高收益。这一段时间，有大行情的票很多，像长虹、深科技、东北电，还有权证、基金等，但他的运气没有那么好，心里很是纳闷：去年用客户资金做的时候，不想赚钱怎么就能遇上琼民源那样的妖股，现在融了资想放手一搏的时候怎么就没这手气了呢？那次他买了4万股东北电，有一天东北电发飙，他听说后急匆匆打车赶来下单出货，在5.6元左右出了10万股，5.8元出了20万股，6.1元出完。想不到的是，他刚卖完，东北电就直奔涨停而去。程大户笑他：“你步行过来多好，打什么车啊？”

不过他并不觉得与这只股票无缘。所以在一番认真的审视后，他配资300万满仓买入，次日开盘就赚了七八万。三天过去了，行情天天小涨，他的本金收益率已达到40%多了。谁知第四天一开盘，东北电就毫无征兆地直线下行，他想砍仓出来都成交不了，只能呆呆地看着绿线噌噌地向下扎。这时如果全部平仓，因为有配资，一下子把赢利全吐出来不说，自己的本金也所剩无几了，所以他只好咬牙死扛。次日大盘又惯性下跌，东北电比大盘跌得更惨，营业部为了控制风险，执行了强制平仓。他的资金只剩下不足一万，算是爆仓了。

做股票也爆仓，说出去太丢人。还交易冠军呢。

他的这次亏损使厂里的资金又紧张起来了。

为了解决资金问题，星期天他召集开会，从早上一直开到下午三点，午饭都没有吃。讨论的结果是增发优先股，承诺固定回报，且可以随时退股。高丽春说这不能叫优先股，定义不是这样的。张长弓说管它叫不叫的，我们募集到钱就行！

这种方案当然不能公开宣传了，所以他们出台了鼓励措施，这样员工们“拉业务”就有动力了。由于有企业的知名度和固定收益的承诺，不几天就有认购优先股的投资者上门了。半个月后的一天，公司里一下子来了20多个人认购优先股，财务部一时接待不了，只好让他们在会议室等候。看到这场面，他感觉动静有点太大了，于是就提高入股门槛，把原定的5万提高到了10万。

不到一个月，公司就募集到了800多万资金。资金问题暂时解决后，他把公司的管理权限分成四大块：生产、销售、财务、后勤，给主要负责人授予了比之前大得多的权力，而他自己则只管总体，不去管具体事情。

这么一来，他算是有钱有闲了，于是买了一辆宝马奖励自己，也算是给公司装装门面。作为本县的第一辆宝马，此车一时惹得众人瞩目街谈巷议，因为县领导坐的还大都是桑塔纳。所以他很是有些顾盼自雄，仿佛全城的鲜花都在为他盛开。

有了车后，他慢慢觉得带司机太不方便，于是开始练驾。有志者事竟成，没几天，居然达到要走就走，要停就停的程度。为了上路，还花钱买了个驾照。当然，这样的水货司机在倒车、坡道起步、停车入库等方面技术上还是差不少火候，但他却不屑于去下那功夫，因为有专职司机，他一遇到这些情况，就大喊司机来帮他“捋直”，然后自己再开。此特点知名度越来越高，人称“永向前”。永向前独自驾驶时，车尾常常伤痕累累，因为他的独创之倒车法则是“听到嘭的一声，就到位了”。一次“永向前”自驾外出，在一个立交桥上坡处遇到堵车，他赶紧手脚刹并用停在坡道上。不久车流开始移动了，他刚起步就熄火向后溜，差点碰到后车。由于怕当众出丑，所以立即拉下手刹，下车用砖头把车轱辘堰死，然后不失风度地向后车沉重宣布：车坏了，动不了！可怜后面的车们一个个慢慢地倒车绕过宝马，造成了一个局部拥堵。直到后面没车了，他才松了一口气上车起步，因为怕再溜坡，在松手刹的同时狠狠地踩向油门！这次倒是没有溜坡，只是可怜前面一个美丽的臀部皮开肉绽！这臀部属于一辆簇新的桑塔纳。

又一日，他自驾去外地。由于急于赶路，在红灯时问交警可不可以闯过去，反正路上也没车。交警反问，没看见是红灯吗？他一听就急了：废话，绿灯我还问你吗？交警愕然。当日席间喝了几口小酒，返程途中内急，赶紧找了个僻静之处停车办事。事毕，正好有一辆出租车驰过，他习惯性地招手上车。次日早晨下楼开车的时候，才发现车不见了。

第十二章　市值都去哪儿了

可怜那辆宝马自从跟了张总以后，就没有怎么消停过，遍体鳞伤是其常态，可他老是说不必轻易去修，等攒够一堆再修多省事儿！真道是车怕嫁给狼，那辆风光无限的宝马由于不堪蹂躏，终于在一个肃杀的秋日午后撞在大树上，几近报废。望着宝马的遗骸，他对吓得面如土灰的马超汉说：“他年若得志，咱就买辆装甲车开上，那就啥都不怕了！”

小裴是一个老实人，打小就是。近来，张长弓发现这个老实人并没有全身心投入工作，而是对自创的“国际领先”理论更上心。不过小裴在厂里也是不可或缺的，他虽没读过大学，但悟性极好，所以在马超汉的指导下没多长时间就对各种设备摸得透熟，哪个环节出了问题，他准能琢磨出办法来，这让大家不得不佩服。

小裴人虽有些点儿木讷，但心气挺高。几年前张长弓在贵州上班的时候，小裴在浙江一家小厂做过一段技师，由于技能超强所以很受主任重视。有一次他和厂里的同事们吃饭，一个女孩喝了半杯红酒后就醉了，这一醉就靠在旁边的帅哥肩上，这让小裴很不舒服，因为这女孩是他的暗恋对象。知道她不胜酒力后，恋中生智的小裴就打定主意约她喝酒。当晚两人喝掉七八瓶啤酒后，小裴扛不住了，女孩却一点事儿都没有，还大大方方地把他送回了宿舍。事后小裴百思不得其解，那次她怎么半杯红酒就醉了？后来还是室友的一句话点醒了他：“你是不是该换个角度想想？就是说，比较一下你和那帅哥之间的差距？”小裴顿悟，自此下定决心以勤补拙。

在厂里混了一年多，就在干得越来越顺手之时，他突然辞职了。原因是因“不检点”受了处分，面子上挂不住。张长弓多次问起这件事的细节，他都顾左右而言他，终于有一天酒后吐真言。说是由于他的执着，后来那姑娘开始和他交往了，不过，有一次由于他动作尺度太大，姑娘打了他一巴掌，他并没有因此而收手，动作反而更加激进。姑娘一时受惊，就高声骂了一句流氓！这场景后来被好事者捅到领导那里，结果挨了个处分。张长弓笑他道：“你小子这是太性急了，这种事儿要慢慢来，等姑娘高兴了才行嘛！”小裴听得有些迷茫：“你是怎么弄成这事的？那种事儿，姑娘还会高兴？”把张长弓笑得几乎气绝。

因为这件事情从浙江回来后，他变得寡言起来，见了异性就想躲着走。让人没想到的是，那个姑娘后来跑过来找小裴，说是认错来了。更想不到的是，刚见面一会儿两人居然相拥而泣。于是，这小子就白捡了一个媳妇。

有一次闲聊，他对小裴说：“你在技术上样样拿得起来，比我的动手能力强。可是我说啊伙计，你要是把主要精力都用到工作上，那该多厉害啊！”小裴淡淡地答道：“这些技术都是小意思，我的追求远不止这个，你就等着瞧吧，我会做出大事情的。”张长弓追问是什么大事情，他回答说：“我们从小就受唯物主义的教育，也崇拜爱因斯坦，但从未深想过这二者之间有冲突。相对论一下子颠覆了纯客观世界，也应该颠覆一下我们看待世界和事物的角度。现代科学其实产生于偶然，由于它的先天不足，里边的问题和悖论随处可见，这个你不否认吧！所以科学体系需要重建，科学方法论和宇宙观需要修正，我是有大使命的人啊！”

看他瞪大了眼睛，小裴却不以为然地说：“你别这么看着我，天生我材必有用嘛。我虽痴迷于大事，但不会耽误工作的，我在厂里干得还可以吧？何况，你做股票做期货，我的研究方法也可以帮上忙。我琢磨过，物理研究的思路可以移植到股票上来，比如场的概念就可以表述同一个股票上各个投资者所组成的环境，势能的概念描述了相对位置；又比如，估值带来的差异，或者技术性筹码分布不均衡带来的背离，这些都是机会。动力学的研究路径和驱动要素，可以解释为何股价会沿着某种路径前进，何时会改变路径……”

张长弓挥手打断了他：“证券期货投资的事儿有空再说。有一点儿我不大明白，为什么民间科学家大都只讨论数学物理，而不去讨论化学生物呢？近代化学和生物发展的历史不长，不但有很多领域可以探究，而且实用价值也非常大。我想，当然不是指你。是不是因为没有那么多科普读物描述现代生物和化学，所以不容易入门，因此民科不易进入这个领域？”

“这个是严谨的问题，搞学术研究的都得有严谨的态度，所以请让我想一想再作答。明天吧，我决定明天再回答你。”

“哈哈，还决定呢。后天回答也行，这又不扣工资。”

次日一上班，小裴就来到张长弓办公室的外间等着，待到没人时赶紧进去说：“你昨天提的问题，我已经想好了答案，这是因为化学和生物这两个学科其实都不是独立的学科，物理发展到一定的阶段，势必会统一化学和生物学科。那些学科与物理学的关系，其实就是树木和森林之间的关系。”

“你说的貌似有理，可我想呢，是不是因为凭着民科的底蕴，对数学物理还能乱写一气，而化学方程式就不好糊弄了吧，生成什么物质是不可以乱猜一气的！你别急，我想问一问，为什么民科不爱谈方程式，不爱研究制作2-羟基对二甲苯的最佳方法呢？”

“还真不是这么回事。民科这个说法本来就有歧视性，不过，考虑到民科是可恶的官科的对手方，所以就同意你这么叫着吧。民科面对的其实是真正的大课题，他们是科学发展的真正动力，当然民科里面不乏跑偏了的人，但也有真正的牛人，比如我。现在官科自己不争气，有什么资格取笑民科？民科不占用国家资源，没有功利心，这才是科技发展的原动力啊！”

“你这是不争地，不占房，工作只需纸一张啊。”

“还一不偷二不抢呢！张董事长，我在跟你说正经的呢。”

“我这也是正经话嘛。既然你这么厉害，我也总得支持一下吧。这么着，你在厂里享点特权吧，但条件是必须搞出一两样能真正提高效率的东西。当然你是很牛的，我所了解的民科大都不如你。许多民科，别人根本就听不懂他在说什么，他们往往连基本的学术范式都不懂，却用自己发明的一套术语搞所谓的研究，谁有办法和他们交流！”

“是啊，但咱不是那样的人。我反对能量守恒，这是物理学最前沿的课题，其实能量守恒在一般情况下还是正确的，这就是我要说的能量守恒运用于投机市场。我们可以把证券市场的全部看成一个系统，这个系统和外界不存在物质、能量等的交换关系，这样在这个系统内确实能量守恒。价位、势能等当然是有用的能量，但是由于市场的非正常运行，这些能量被消耗了。这些东西我会慢慢跟你科普的。社会科学，特别是股票这些事情，我想一想就明白了，太简单了。”

“你说得这么高妙，我也没有完全明白。我想问你，市净率是什么意思？银行类股票的市净率多少才有长期投资价值？”

“这个太具体太肤浅了，只要会翻书就会知道，我从来不记这些简单的东西，许多大家，例如爱迪生，也都是这样的。”

“好，那你就给我解释个复杂一些的。请听题：当股票大盘下跌时，市值大量蒸发，股民整体利益受损。其实并没有人完全拿走这些蒸发的市值，那么钱都到了哪里了？这都守了什么恒了？”

“转换为其他形式的能量了。”

“具体一点。”

“比如流动性，比如市场无序。”

“说人话，别用这些不着四六的鬼话糊弄我！”

“这个回答不满意吗？好，因为我是严谨的，所以请允许我明天回答你，好吗？”

“明天答不上来的话，就把你写的那劳什子论文都给我烧了！”

“喂，你说话小心点，你可不要做民族的罪人啊！”

张长弓狠狠地瞪了他一眼，抬抬下巴示意他可以回去找答案了。

明天其实不远。天黑了，再亮，就是明天。

对小裴来说，这个夜晚过得有些绞尽脑汁。是啊，这些钱到哪里去了呢？我不会连这个小问题都回答不了吧？

天没经任何人的同意就亮了。一夜想破脑袋都没找到答案的小裴醒来就犯难了，今天得答复人家啊。睁开眼睛左顾右盼一会儿，他突然狡黠地一笑：我是承诺了今天答复，但并不一定是白天啊，咱请个假不行吗，这一天的时间，足够想明白了吧？

电话一拨，还没通呢，他就先对着话筒咳了一阵子：“哦，咱感冒了老大！恩准个假吧？”

“你这鸟人，知道你一准儿得感冒，今天就得给我治好了！不过我感觉呢，你翻翻书打打电话再用力气想一想，到晚上感冒就该好了吧？”

这话是什么意思，小裴当然明白。话一说出口，你就成了话的奴隶了，还真是。得赶快去琢磨答案，总不能在这小河沟里翻船吧。

下午高丽春来找张长弓说财务上的事。说完正事后，她忽然问他：“小裴这人有点儿好高骛远，他谁都瞧不上，你为什么和他这么交心？而和你的马厂长，倒真有点儿相敬如宾的味道？”他回答说：“小裴是个有癖好的人。古人说，人无癖不可交，因为这样的人没有深情；人无痴不可交，因为这样的人没有真气。所以我还是喜欢小裴这样有个性的人。马超汉嘛，当然是咱厂的核心人物，但他像个机器似的只求精准，所以还是合作的成分大一些。马超汉既懂技术又会管理，做事不折不扣，是个难得的好厂长，对这样的人，敬重是第一位的。而小裴嘛，可以视为一个损友，在一起可以胡扯一气开开心，说得轻的重的都没有问题，还能起一个监督作用，更何况，人家在技术上也真的有一套。”高丽春点头称是，心里说，这个老同学现在还真是挺明白的。

下午快下班时，小裴蔫蔫地敲门进了办公室。张长弓一看到他就问：“先说说你的感冒，你决定痊愈呢，还是继续感冒下去？”

“何出此言？”

“我看你这是按需感冒的。好吧，看你这么乖，八成是没有想出答案来。说吧，准备让我宰你多少酒钱？狗屁论文烧不烧掉？”

小裴揉了揉眼睛可怜巴巴地说：“伟大的人物有时也解决不了小问题。反过来说，对待小问题，他们解决的办法有时也是出乎意料的，例如牛顿就开了两个猫洞，一大一小，供两只猫出入。常人对此的不理解，是因为没有人家这个境界。”

“扯这么远干吗？我想跟你说的是，科学和炒股票是两码事儿。科学家未必能炒好股票，牛顿还炒得血本无归呢。”

“不过我也了解到，爱因斯坦就是成功的股民。爱因斯坦和他的顾问投资几千美元，后来赚到了20多万美元，所以他是个长线高手。”

“你的意思我知道了，就是像你这伟大的科学家也有弄不明白的小事情。昨天说的问题呢，答案其实很简单，我就直接告诉你吧：以一只股票为例，它在高点的时候，大家的市值都很多，但这只是纸上富贵，你想，要是大家都要求在最高点卖掉，可能吗？因为在高位时这些钱本来就不是真实的钱，所以下跌了，市值就蒸发掉不少。这其实是价值的回归。你知道，价值和价格不是一回事儿的。当然，在高位时也会有少数人卖掉股票的，他们只是幸运儿罢了。”

“原来是这样啊，股票炒来炒去，钱还是那么多，涨高的时候大部分人都兑现不了，那么搞这个虚的东西干吗啊？”

张长弓做出鄙夷状说：“你对股市太不了解了！就这水平，还想帮我炒股啊，你是想让我把厂子都赔进去，让大伙都散伙吧？”

小裴反倒乐了：“你就扯淡吧，财经这些东西其实是很简单的，我几天便可以搞明白。”

“我对你搞不搞得明白没兴趣。你还是履约请我吃饭吧，想让我宰你多少？”

两个人边扯边笑地走进一家馆子，点菜数味，啖之甚欢。白璧微瑕的是小炒肉太咸太咸了，投诉也没人搭理。结账时，小裴执意要多付一块钱，服务员说咱这儿不收小费，小裴说：“这不是小费，是那份菜放了双份盐，所以我要加付盐钱！”无奈老板只好出来赔不是。

张长弓和小裴就是这样的朋友，他们不时会吵架甚至还会动手，而开心时总是笑到肚子痛。他们在一起有说不完的话，即使不说话也不会觉得尴尬。小裴总结说，真正的好朋友，其实就是洞察了你所有的可恶之处但还愿意和你玩的人，所以真正的朋友是吵不散的。

后来小裴媳妇怀孕做了B超，张长弓问是男孩吧？小辈回答不是。张长弓说那就是女孩！小裴揶揄他说，你真聪明，只需两次就猜对了！他们俩的无聊贫嘴，大抵如此。

他和谷雨这一段时间来往密切。因为两个人在当地都属稀有物种，所以都是格外地上心。两个人的约会地点一般不是饭店影院，而是城外的农田菜地小山坡，谈话内容也就是生活中和工作上的趣事。她喜欢叽叽喳喳地说，他则在倾听的同时偶尔点评一两句，常常是恰到好处，这又使得她更愿意说了。每次两个人分别后，他都会发短信说“我到家了，晚安！”这几个字她会看到沉沉入梦。有一次他只不过说了句“和你聊天真好”，她就激动得一夜无眠。这一段时间他变成了本地新闻最忠实的观众，有时候还会对着电视拍照，并冲洗出来收藏。

其实她早已内定了他，只是不愿主动说出来，而他呢，说话也是适可而止。两个人各自约束着心内的烈焰，只是偶尔来些小感动和小体贴。

刚过完中秋节，台里安排她去北京培训，他送她到机场。她的行李挺重，死沉死沉的摄像机，还有一背一挎两个包。路上他说：“上次我从浙江带小吃给回来，你当场就大口吃了起来，小腮帮子一鼓一鼓的，好一副馋样。”“嗯，我记得你当时还说慢慢吃没人跟你争食！”“就是啊，吃完后你小心翼翼地说，你带这么好吃的诱惑我，罪恶目的就是想毁我的玉女主持人形象。”看着她轻微而绵长的笑，还有眼角不经意间露出的一丝甜蜜，他的心也像被蜜渍了一般。他说我喜欢你开心的样子，她回答说我就喜欢这小小的喜悦。他们就这样说着笑着，直到她过了安检后频频回头，他才相信她真的要离开一段时间，于是半边心都空掉了。

飞机刚到北京，她马上就打电话报平安。他只是淡淡的一句：出门在外自己小心，等你回来！

之后，他们每天都会通电话，电话那头她总是滔滔不绝于培训中的有趣和辛苦，数说着新认识的一些同行，他则是饶有兴趣地听着，偶尔也会插播几句。

一晃两个月过去了。当她出现在机场出口时，他上前接过行李撂到一边，忽地捉住她的双手，两眼直直地看着她。“干吗啊，你今天怪怪的！”她边说边用脚尖点了点他：“公共场所哦。”他并不说话，良久才松开她的手，捡起行李就往外走，她只好在后面怯怯地跟着。快到停车场时，他突然来了一句：“小雨，我们结婚吧！”这话一出口，连他自己也吓了一跳。谷雨一愣，虽然这是她一直期盼的话，但没想到他会在这个场合说出来。

她不敢看他，更不敢答话，所以只好停下脚步低着头，一派张皇失措，全然没有了主播的从容。他意识到自己这句话没有经过大脑的批准，但是一言既出哪还有改口的道理！于是他暗自鼓了鼓劲说：“我不敢错过你了！”一边说一边盯着她的眼睛督促答案。她一下子不会说话了，赶紧把头扭向一边。这一扭头间，不知怎的手机忽然脱手落地，他赶紧弯腰捡了起来。她接到手机后终于开口了：“摔坏了摔坏了，都是你都是你！”

开车走了几分钟，快到高速入口时，他突然把车停到路边。谷雨这时正盯着窗外出神，还没有反应过来呢，他已经坐到了后排：“你……你还没答复我的话呢。”她吃力地张了张嘴，话没有说出来，眼睛却先湿润了，这一湿语言功能就丧失了，于是他不敢再催问，只好屏住呼吸等待宣判。许久，她才抹了抹泪说：“说这么大的事情，你至少得单膝下跪，我才会考虑怎么回答你。”

“以后跪的机会有的是，这次是不是就免了？”

她眼泪汪汪地笑了出来：“你一开始就要赖！你免跪了，我也免回答了！”

他一把将她揽到了怀里：“你这不就是同意了嘛！”

应该是同意了。因为他们在路边停了一个多小时，其间车欲静而震不止，车内境况，想必活色生香。

当天晚上她就出现在新闻节目上了。冯闲云说：“小雨啊，你出去学习进步这么大啊，今晚这形象太他大爷的光彩照人了！”谷雨恬不知耻地说：“不服？咱今天就是有些照人，你去挖掘原因吧。”

自从她回来后，他每天下班后就直接去她家里，除了吃饭聊天，就是执行车里的那套程序。程序执行得多了，就自然弹出了领结婚证的窗口。

“你这个老婆搞定得太轻松！”小裴说，“轻松的原因嘛，就是两个人都想忽悠对方，且时间节点也正吻合。”张长弓笑道：“其实也不一定得是双方，你在浙江时单方面忽悠人家姑娘，并经官方认定系行为不端，不是也成功得不慢嘛！对了，我还正想问你呢，你说男女那事儿，是不是还真有女方同意的？”

小裴先是抚掌继而捧腹，笑得煞是销魂。

原想结婚时不搞仪式，但谷雨那边要求来的人太多，她老家的亲朋故旧还千里迢迢地组团赶来，可能是因为她在老家也算名声不小吧。况且娘也说，娶了电视上的姑娘做媳妇，咱老张家也有今天，当然得庆贺庆贺了！黑叔也就两个字：得办。

没办法，只好搞一个婚礼了。班长老毕老六老四等人闻讯从各地赶来，准时出现在婚礼现场。当然，陈希希和老七两口子是不会来的。

婚礼的热闹超乎了张长弓的想象。湖北开过了十多辆车，和本地的车子一起排满了半条街，现场光是摄像的就有三套人马。

交换戒指前，老毕一定要新娘发表“获奖感言”，谷雨只好用播音腔说道：“爱就是给予，只要对方需要，就给予哪怕是自己最缺少的东西。情种的关爱，富人的金钱，宅男的时间，得势者的欢颜，都可能与爱无关。”

在大伙的威逼下，张长弓只好即兴赋诗一首：

真正的爱就是，只要你需要：
即使忙得天昏地暗，也要给你时间；
即使苦得天塌地陷，也要给你欢颜；
即使累得天旋地转，也要给你肩膀；
即使穷得天愁地惨，也要给你金钱；
虽然我只有一次生命啊，也愿为你拔地倚天！

被大伙批准交换了戒指后，张长弓很是纳闷于自己怎么可以当场赋出令谷雨感动，令大伙叫好的歪诗，于是赶紧让冯闲云找纸笔记下。

几年不见的兄弟们好一通狂欢，美中不足的是缺了潘高干。潘高干果然能攀，工作没几天就攀上了副省长的女儿，他去年嫁入豪门后，据说很快就脱离群众了。中午的仪式人太多，张长弓没顾得上和同学们多说话，所以晚上就开了个同学专场，大家一高兴，说是干脆明年开一个同学会吧。老六还建议，既然张长弓同学事业有成，就让他做东！

“没问题，大家伙明年还来我这里，咱们再卧谈一次吧！”

第十三章　套什么保

现在的张长弓，既有名媛做老婆，又是知名企业的老板，似乎驶入人生的坦途，怎么看都令人艳羡。

生活一安定，他就有时间为冤死的父亲感伤了，每次给谷雨提到这事，她都要陪不少眼泪。有一次做法制节目时，她忽然想到无缘谋面的公公，就跟领导说想做个节目说说这个案子。领导说这事都过去几十年了，没有任何线索你怎么做？张长弓理解领导的难处，就让她不要再提这事儿了。没想到一个月后，节目做成了并马上要播出，让他看样片时谷雨说，这得感谢郑副县长给台里打了招呼。这位郑副县长就是他上大学放假时就见过的郑局长。节目播出后在村里引起极大的反响，公安局还接到了不少举报信，被举报人有五个之多，但终因查无实据，只好暂时搁置。

不过他却没有就此搁置，在拿到这五个被举报人的名单后，他思考了几天，认为王中和吉会嫌疑最大。吉会就是吉芬的老爹，他越想越恐怖，自己竟有可能落入了爱上仇人女儿的狗血俗套里。但是，和公安局面对的困难一样，他也没有任何证据。

他把这个情况告诉了黑叔，黑叔说你可不要乱怀疑人，王中成分虽高，却是个老实人。你吉叔这个人大家都了解，他那些年一直在外地投机倒把，怎么可能。不过黑叔还是答应帮忙找找线索，并劝他以工作为重，20年前的事情了，查起来不容易。

小裴从村长老爹那里了解到，王中今年68岁，富农成分，老辈人都说他家几代都有欺负雇农的劣迹。

“不过，都说你大是实在人，王中为什么会谋杀他呢，动机是什么？”小裴问。

他答不上来，只是觉得无风不起浪，几个人都举报了他，难道都要栽赃他不成？于是他和小裴专程回了一趟村里，装作过路去和王中聊天。王中一见他俩，神情就有些慌乱，没说几句话就推说有事走开了。

这个可恶的老富农，你等着，我不信就找不到证据！

找过王中后，小裴带张长弓回到了自己家里。正巧裴村长在家，聊天时说起吉芬的老爸吉会住院了没人照顾，又不愿意通知她，所以村里正在想法子呢。张长弓心内纠结了老半天后，拿出一张卡交给小裴说，这卡里还有不少钱，你让村长用这钱支持一下吉家吧，找最好的医生最好的护理，要以村委会的名义，千万不要提到我！

半个月后，小裴告诉他吉叔叔出院了。当天，一位期货公司的业务代表慕名来访。他叫小程。张长弓知道期货交易的起源就是为了套期保值，所以这小程一定会说，你的企业生产需要铜，你怕铜将来涨价增加成本，所以可以先买入铜期货，之后铜的价格变化便不再与你有关，你的成本就锁定了。

他一边想着这些一边招呼小程坐下，不等人家开口就说：“期货不好做吧，你说说怎么能让我赚钱？”

小程说：“张总，您是现货铜的大用户，您一定知道套期保值，这个工具可以规避各个环节的价格风险，保证企业稳健经营。”

“你先说说看，我做多头的套期，就是买入期货铜。如果铜价跌了，岂不是只能认倒霉？”

“也不能这么说，铜价如果跌了，您在现货市场采购就便宜了，这就弥补了期货上的亏损。套保的意义是锁定成本，锁定了，企业就不受或少受价格波动的影响，这样才能安心经营。”

“讲个成功案例吧，得有交割单来证明哦！”

“张总，交割单我这里有，请您参考。去年三月份，我们的研究部门得出了国内铜市供大于求的结论。前年，铜的平均价位是17000一吨，去年跌到13000，之后经过一段时间的整理，两个月前开始上攻，上个月就达到之前的高位17000。面对这种形势，客户厂子内部有两种不同意见，一种认为这个价位不低了，应该卖出保值；另一种意见是铜价仍有一定的上升空间，卖空应谨慎。我们的研究部门认为17200起可以开始卖出保值，客户同意了。后来价格持续上涨的时候，他们按计划继续卖出，持仓量越来越大，套保头寸出现了一些亏损。我们并没有因此改变看法，而是按计划坚守。不久，铜价涨到18450后就掉头向下，一直跌到16400时我们及时平了仓，客户因此获利上千万，弥补了现货的损失还有富余。”

“这个案例也太悬乎了吧，如果行情再向上几天，你们的客户岂不赔个底儿掉？”

“我说这个案例，是因为他们最后获利多，不足之处就是入市早了些，但我们是金字塔加码，并没有出现太大的风险。你看账单都在这里的。至于安全地实现了套保的案例，那是多得很，只是没有故事性罢了，但这才是套保的常态。这里有几份案例资料，您可以参考一下。”

“我知道了，你说的案例基本上都是讲的现货卖方，但我们是需方，不过原理可能是一样的。我给你总结几条，你看对不对。第一，该企业应当对期价走势进行研究和判断，制定出与市场吻合的目标价，如果你说的企业在铜年均市场价为17000元一吨的情况下，将套保目标定为18200元一吨以上，则可能会无法进行套保，因为可能到不了这个价啊。在卖出套保时，如果市场处于熊市，价格在套保目标之上则可将全部产量抛出以锁定利润；而牛市时，再减少卖出套保的单量以回避市场风险。第二，做了卖出套期保值后，虽在现货和期货综合考虑的层面上锁定了风险，但也丧失了价格上涨的赢利机会，所以行情的研判还是很重要的。第三，选择恰当的套保入市时机，操作中要把握好波动，否则就有追加保证金的风险，如果套保单子被打爆，可就两头不值了啊！”

“张总对期货这么有研究？”

“算是懂一些皮毛吧。我这里是需方，是不是以买入套保为主啊？我这就把公司的基本数据给你，回头你给设计一套方案，看看我们之间有没有合作的可能？”

“需方也不一定单纯做多。这里面的细节，我们再进一步沟通吧！”

三天后，小程如约前来，同时来的还有他们的产业客户部吴经理。

“吴经理，前几天小程已给我扫过盲了，这几天我也认真想了这事儿。请您再给我讲具体些好吧？最好从操作层面上！”

吴经理答道：“公司将生产用料预算定好后，推算出需求量和价格上下界，然后就择机在期货上买进同等数量的合约，这时实际上已锁定了铜价格，因为期现两个市场基本上是同涨同跌的。这样，将来在生产过程中需要铜时，企业仍按原有的进货渠道买进现货，同时平掉期货上的合约，这样现货和期货上的盈亏总是相抵的，这就是锁定成本。另一种情况是，预算定好后，如果期货上的实际价格合适，就可买进同等数量的期货合约，至于合约的到期时间呢，还得和实际用铜的时间协调好，并注意适时交割。”

看着张长弓频频点头，吴经理又继续说：“当然，操作的风险也是有的，因为买进的期货价格可能会偏高。这个偏高不是相对于现货价格，而是期价涨得偏高。我们的对策一是时机应选在期现价差大的时候；二是对行情要有足够的把握……”

“这么说，还是行情、时机这些需要人为把握的东西更重要些！从基本原理上说当然是可以保值的，但操作起来风险也不小，所以这个过程本身也是需要风险控制的。”

“也可以这么理解吧，套保本来就是对基差的投机嘛，张总是个明白人！”

“好了，我基本上知道了，凡事都得试一试才会真正明白……好，那就先开个户，弄一下试试呗！”

次日开户后，吴经理就为他们搞出了一套方案。他们回去研究了一下感觉基本可行，所以次日就委托期货公司下套保单子。由于这段时间行情平淡，两个月过去了，他们一路操作下来并没有大的盈亏，慢慢地，大家都把套保当成买保险一样的事情，不再上心了。

转眼间结婚一年了，当时说好的同学会如期在厂里举行。

虽说毕业没几年，可大家的变化真不小，有几个还荣升了家长。全班30几个同学，有11个没来，其中有4个是因为在国外，包括老六，他两个月前到美国游学去了。潘高干又是缺席，因为他在上海又弄了个什么投资公司，一二级市场都玩，忙得走不开。

同学会后的这一段时间，集中分红用掉了一大块资金，退股也用去了不少。资金一紧张，他就满脑子都是“钱”字了。好在马超汉他们用心抓生产，产品质量非常稳定，用户的满意度还是上升了不少，因此订单增加，厂子看来很是红火。

红火永远是给外人看的，只有他们几个人听得到资金链隐约有嗞嗞的断裂声。情急之下，他只有去找贷款甚至借高利贷，这么维持了几个月，连工资都没钱发了。更头疼的是，优先股股东们似乎要验证一下什么叫墙倒众人推，越来越多的人在这个节骨眼上要求退股。

资金链如千钧系于一发，危机就在眼前。看来，他进军世界500强遇到了空前的挫折，目前的排名可能下滑到了500万名，而且稍有不慎就会被物理消灭，连排名的资格都没有了。据说，中国公司的平均寿命仅为两年半，长弓公司已超过了这个平均数，也算是没有拖后腿吧。

他开了几次会研究如何应对困局，最后形成的意见，除了催货款找资金外，还有就是全员临时下调工资，算是共渡难关。这不是一件小事，虽然厂里的工人不可能明白工资钢性理论，但突然少发钱还是不好接受，所以一时劳资关系就紧张起来了。这其中出纳员的态度最为激烈，财务部经理高丽春劝了几次都无效，厂里数位领导出面也不行，高丽春只好将此事反映给张长弓。没料到他笑嘻嘻地说：“就这点儿事啊？请她过来一下，看我怎么做思想政治工作。”

出纳理直气壮地冲进了经理室，姿势很有些彪悍：“张总，工资怎么能说降就降啊？”

“哪里是说降就降啊，我们这是说了四五天才降的。更何况，说降了不降，公司的威望何在？”

出纳诧异地看着他：“这总得给个原因吧？降了工资，家里人认为咱这是犯了什么错误呢！”

“你是搞财务的，一定知道我们现在周转不灵吧？企业总得生存，我也是没有办法。”

“这些我当然知道，只是我们和以前一样上班干活，厂里不能用这方式压缩开支吧！”

“不，你们干的活不一样。”

出纳不解：“为什么一样？”

“作为出纳，工作是有出有纳的。快一年了，你们财务部的工作只是出，没有纳，这活少干了一半，工资难道就不应该少一点儿？”

“你……还能这么讲理啊！”看了看张长弓嘻哈中透出的严峻，她捂着脸跑出了经理室。

高丽春事后对张长弓说，这个出纳其实也是家庭负担重，丈夫去年不在了，一个人养活两个孩子和婆婆。张长弓说知道了，你想办法给她明降暗升点吧。

来厂里要求退股的人越来越多了，他们大都情绪激动，一定得要个说法。正好这些天他出差在外，有人就据此认定他躲债去了。

凌晨两点出差回来，本想睡个懒觉，可电话一大早就响了。马超汉告诉他，要求退股的人很多，现在就有二十来个人围在厂门口。他们要求董事长亲自出面，并且要给个能落实的说法，否则就不客气了。

张长弓并没有慌乱，因为慌乱也没有用。他有板有眼地洗漱完毕，烤了两块面包，喝了一杯咖啡，才西服革履地来到厂里。一到厂门口，一帮人就围住了他，为首的小伙子膀大腰圆，看来不像是股东，可能是谁请来助阵的。在膀大腰圆的煽动下，人群里开始咋呼说不给说法就别想走，还有说要打人砸厂的。张长弓镇静地看着大伙，半分钟后才开口说：“请大家先不要激动。首先，公司最近周转不灵，是我们没有做好，很惭愧；其次，这些钱不是债务，而是股份，你们是股东，当然不会希望公司出现意外吧！所以我想请大家体谅一下公司的苦衷。

我们也正在努力解决问题，请各位相信，我们会很快安排妥当的！”说完，他双手抱在胸前，用诚恳的目光环视一圈后，深深地鞠了一躬。膀大腰圆说：“我们来了好多次了，今天好不容易才见到你，不给个真金白银的说法能过关吗？你哭哭穷就能赖账了？”张长弓想了想说：“这样吧，三天以内我们会出台妥当方案的。对不起，今天上午有一位重要客户上门，各位乡亲们先散了好吧？”大家听完，纷纷交换着目光。膀大腰圆可不认这个，只见他上前一步拉住张长弓的胳臂说：“想溜哇？有那么便宜？你要去哪儿，爷当你的保镖！”

张长弓任由他拉着胳膊：“好，那就到会议室去。”两个人来到了会议室，关上门后膀大腰圆压低声音对他说：“别人的事情我管不了，反正我的钱马上就得要，退了我的钱咱们你知我知，我还帮你说话，如果不给，别怪我用手段！”张长弓说：“钱一定得还，这个你放心，不过得统一安排，不能先给你。要不就坏了规矩了，所以请你稍等几天好吗？”膀大腰圆又重复问了一遍，在得到同样的答复后，突然伸手抓住他的衣领说：“我是代表我家亲戚来的，他有几十万在你这里，他是谁我就不提了，怕吓着你！今天不见钱那是肯定不行的！”张长弓故作轻松地说：“原来你是替人管事啊，兄弟还是请你松开手好好说，行吧？”他听到这话反而抓得更用力了：“松手可以，钱呢？”张长弓有点火了，压低声音反问道：“你不是股东本人，有权利找我要吗？你的股东证和收据呢？”对方不屑一顾地说：“这些都有，你准备好钱我就拿出来！”

张长弓笑了笑说：“我看你还是松手吧，要不我怎么解决问题啊？”对方不但不松手，而且又抓住他的左胳膊。听到吵闹的声音，马超汉推门闯了进来，一看这架势，伸手就要拉那小伙子。张长弓说：“马厂长，你别动手，要不人家会说咱二打一欺负人！”说话的当儿，他笑嘻嘻地伸出右手抓住小伙子的左手用力一捏，小伙子立马龇牙咧嘴地松了手。张长弓不紧不慢地说：“动武多不好！我可是多年没打过架了。如果把经济纠纷弄成治安事件，弄出了事儿，我就只好请派出所来了，相信你擦屁股的本事不会比我大。”小伙子说：“派出所能吓着谁？你骗钱不还，信不信我马上找人抓你？”张长弓伸手拍拍他的肩膀，满脸不屑地说：“对不起，你请便吧，我这就得接待客人呢！”小伙子显然是被他的表情激怒了，抓过桌上的花瓶“嗖”地砸了过来，他躲闪不及，脑袋上结结实实地挨了一下，伸手一摸左耳朵上都出血了。人都是见血眼红，他想都没想一把抓起没被打碎的瓶颈，照着对方就捅了过去，然后又趁势一脚飞过去把他踢翻在地，小伙子捂着肚子躺在地下，身上已是血红一片。不过他并不叫疼，而是立即掏出电话："叔叔我这里被人扎了，快快过来救我啊！"马超汉赶紧过来要拉小伙子起来，并说带他去医院，对方瞪了瞪眼说："没事死不了，今天我就不走了，一定得把凶手抓了才行！"张长弓让马超汉处理这事儿，自己扭头走到财务部找创可贴，高丽春说没有，并马上出门去帮他买。

等了近十分钟，他没有等到创可贴，倒是等来了两个警察，不由分说把他带到了派出所。到了派出所，一看警察对他横挑鼻子竖挑眼的态度，他就知道这小伙子背后的人肯定是公安局哪个领导了。他说打人不对，我可以赔偿，不过是他先动手的。警察说没那么简单，这是故意伤害，你就老实待着吧，说完就把他推到一间小屋子里。到了屋里蹲了一个多小时也没人搭理他，他只好用力拍门喊着要上厕所。拍了十几下后，门终于被打开了，出乎意料的是开门的警察说你可以走了！他心想不是说故意伤害的吗，怎么这么快就放了？他满腹狐疑地向门口走时，迎面碰到了膀大腰圆。这小伙子一看到他就一把拉住，同时大声问警察："你们怎么要放他呢？怎么能放打人凶手呢？"警察说："刚才接到领导指示，说张长弓是企业家，不能因为小事而影响生产，况且你们是互殴，伤情也不重。"

回到家里，他才知道是谷雨找了县里的领导，领导立即打电话给公安局才解决的。晚上吃完饭，他正在琢磨资金问题时，忽听外面有人叫他。他刚走出家门，旁边突然闪出两个人飞快地将他的胳膊反剪绑上，同时在他嘴里塞了一块毛巾，然后连推带搡地塞到车里。车子起步后他被黑布蒙住了眼睛，大概一个小时后，开到了一个农家院里。一个自称二当家的人对他说，今天我们是请你来的，不是绑架。你欠了我们老大的，所以要想离开这个地方，就得先还了钱。他心里明白，一定是那小伙子在公安的后台惹不起县领导，才出此下策的。经过同意，他打电话给谷雨要她筹赎金，二当家抢过电话说如果报警，你就会见识到什么是撕票。

连续两天，他们和谷雨通了无数次电话，变了几个交割的地方，但总是没有结果。这两天没有人给他吃的，只送来过一瓶矿泉水，他被折磨得都出现幻觉了，以前小说电影里看过的智斗绑匪的办法根本就用不上。晚上谷雨和他们又通话了，说是50万现金在城东三公里的马家楼村北小桥上钱货两清。他在电话里听得真真切切，心想破财免灾，但愿能顺利交割安全走人。但是这次他又失望了，因为二当家带着两个人开车收钱去了，但却没带自己这个人质。他心想坏了，可能是人家拿了钱还要撕票。

想不到的是，正当他心急如焚的时候，忽然间从外面闯进来一伙人，大声说道是公安局的，喝令两个看守抱头蹲在墙角，然后就给张长弓松绑并护送到车上开车就走，也不管那两个看守了。一上车，他就借手机打电话给谷雨，叫她不要交钱，自己已经自由了！打完电话后他问，公安兄弟，你们怎么知道我在这里啊？对方大笑着说我们哪里是公安！救你是我们老板的死命令，老板说你的生命比他自己的生命还重要！你想知道我们怎么能找到这个地方吧？告诉你，在本县我们的眼线可能比公安还多！我们老板是谁？别问了，我们哪敢说！

说来奇怪，他被救出来后，不再有人上门闹事了，厂里因此安静了一个多月。想不到就在一个多月里，主动上门的订单就有两家，其中一家还预付全额货款，条件只是交货要快。有了这些资金，长弓实业就这样奇迹般地平安无事了。

他有点云里雾里的，为什么会这样呢？直到前天去省里开会他才知道，这是国家加大投资力度的结果。国家刚推出了新的宏观政策支持装备制造业，这在客观上拉动了有色加工行业，整体需求的上升无意间帮自己解了困。他没想到政策推动能这么快这么直接，公司不知不觉中得到了喘息机会，真是命不该绝。看来，自己老待在一亩三分地上，对宏观环境了解得太少，和井底之蛙没什么分别。他长长地叹了一口气，深感做事的不易，甚至连运气也必须是重要因素。

缓过了这口气，他又想起了自己那波澜不兴的套保业务。前一段资金紧张，他差点把这里边的钱给提出来救急了。

这几天得空，他去期货公司。一进门就正好碰上吴经理，他说真巧真巧，我这里马上要开个座谈会，张大老板要不要过去听听？不过今天的主题不是铜，而是黑豆。这个小品种现在成大热门了！

“产区的粮食部门还是过得很逍遥，他们手中拥有大量的黑豆现货，期货价格高时，他们就猛做空，赚钱了就平仓获利，不赚钱呢，他们也有办法——因为他们有组织现货进行交割的优势，所以基本上可以做到包赚不赔！他们玩这一套时间不短了，很是拿手，主力也拿他们没办法。现在他们的胆子大得很，持仓量也越来越大，根本不认为会有什么风险！这个现象呢，从多方的角度理解，又何尝不是一个机会呢？”

“试想，他们的这种套路可以持续吗？市场能够允许这些人一直大捞特捞吗？这不是无敌空军神风战队吗？”

“做多不容易，目前多方还没有足够的实力与粮食部门对抗，空军好得意啊！”

“我认为这是多头机会！机会其实就是这样出来的，我觉得多头该有戏了！”

……

会后张长弓想，理论上说期货价格取决于现货，但如果真是这样，优势在握的粮食部门和现货商岂不是把钱都赚完了？凡事盛极而衰，看来现在还真是个做多的机会！想到这里，他找到吴经理说，自己的套保也没有什么亮点，所以想了解一下黑豆，有机会的话做点儿投机，行不行？吴经理不置可否。张长弓明白，他是不会表态的，对期货公司来说，套保客户做点投机，可以增加经纪业绩，但按照职业操守，他们似乎不应该鼓励这种投机。

跟小裴提起了想做些黑豆，他坚决地摇着头说：“套保就是套保，不要去冒险投机黑豆什么的，风险太大了，钱哪有那么好赚！我看啊，你还是多关心厂里的事情，等铜市有机会了多在套保上下点儿功夫吧。”

次日在会上说起这个，大家也大都是反对的，无奈之下他只好把投机放到一边去了。不想一个多月后，黑豆果真走出了一波牛市，并大有延续之势。他没有后悔，也不埋怨小裴和提反对意见的人，但他的期货瘾却被勾出来了。

宏观经济的好转暂时救了厂子，好像无意中的一剂强心针。但强心针不等于免死牌，它的有效期不可能无限延长。几个月后，他发现订单开始少了起来，宏观政策的红利就这么消失了吗？

原料款、分红、税款、工资福利，还有应酬送礼等说不清楚的灰色开支，处处都得用钱。这一到用钱时，各部门都会无比地想念老板。大家这一集中想念，硬就把张长弓抬举成了救火队长。几个月忙乱下来，他对救火并没有心得，倒是修炼成了一个蹩脚的魔术师，用五个杯盖眼花缭乱地盖住八个杯子。

魔术终归是魔术，掉底是必然的。终于有一天，工资该发了，11万；红利该发了，23万；税款该缴了，36万；还有，原料款209万的案子就要强制执行了。这还是不完全统计，另外一大堆杂项开支单子，他看都懒得看，哪里有这么多钱？杯盖明显不够用了。

他去财务部，说要先集中现金解决当务之急。高丽春说，账上只有几千块钱了。要部分解决眼前的这些问题，就只有一个办法。

“什么办法？”

“把期货套保的钱先拿出来。”

张长弓默默地点了点头。

第十四章　杠上开花

吴经理很是热情，问他为什么要撤这些资金?

他回答说：“公司急用。你看，还是你们搞金融的好，钱来钱去的多省心！我们经营生产性企业干什么啊，累死了！这几天到处都憋着要用钱，要是没有80万以上的现金，就过不去眼下这个坎啊。”

“哦，我知道了。可是这点钱拿回去也不够用吧，我说句话你别不高兴，有些无底洞是不能填的哦！”

“可是如果不填洞，马上就得出问题。饮鸩止渴也比当场渴死好啊。”

吴经理摇摇头：“当场渴死当然不好，但饮鸩止渴也必然要死。”

“万一有神医出现呢，万一鸩酒是假的呢？”

吴经理摊出双手，表情复杂地笑了。张长弓看他有话想说，就问道：“吴经理，你说咱这就一定得死吗，能给支个招吗？”

“这个嘛，我有一个歪主意，但不建议你采纳，咱哪说哪了吧。”

张长弓看着他，目光中满是期待。

吴经理神秘地一笑："配资，加杠杆。"

"具体呢？请你说详细点儿？"

"配资简单说来就是找第三方出资，帮助你放大杠杆倍数。不过得有一个条件，就是要接受我们的风险控制，简单说，就是在触及底线时，我们有权无条件止损。"

"你的意思是可以赌得更大，在快亏到你们账上的时候有权强制平仓呗！"

吴经理点了点头："可以这么说。"

"杠杆上加杠杆，这真是杠上开花啊！好吧，细节你就不必说了，直接操作吧，与其坐而等死，不如放手一搏！"

吴经理瞪大了眼睛，半天才由衷地说："张老板真是猛人啊，这么大的事说决策就决策！"

张长弓笑了笑："喂，大经理，你就别在这儿抒情了，操作吧！"

办配资手续，钱入账。当然，他是在风险告知书上签了名的。

他当然知道，风险告知书就是生死文书，管它呢，不知死焉知生。晚上他拉上小裴去酒吧泡到午夜，两人只是喝酒闲扯，期间张长弓还过去跟邻桌的小姑娘套了几句，结果是赔了两只起泡酒后无功而返。小裴几次提到配资的事，张长弓都不接茬。

次日黑豆高开，半小时后涨到40450，他一看图表就想放空。还没等到他下单，忽然一堆空单来袭，一时泥沙俱下，很快就跌到了停板！整个过程也就二十几分钟，之后就封死在跌停上，没有买方了。张长弓看傻了：这么生猛啊，当时空进去该多好！

跌停一个多小时了，其间他死死地盯着同样死死的盘面，空气像静止了一样，被抠掉了电池的手机无辜地躺在桌子上，它哪里知道主人的心思早已不在服务区了。他眼睛发着绿幽幽的光，与显示器上绿荧荧的数字对视着，相看两不厌。当然他没有意识到，在十米外的办公区，一个风控员正冷冷地坐着，眼睛也是绿绿的，他手下的键盘，就是一柄随时可能砍在张长弓头上的菜刀。

不知道过了多少个世纪，封死的跌停板价上突然有人撤下了几千手空单！他发绿的眼睛一下子变红了，这是什么信号？什么信号？反转信号吗？力量在哪里，勇气在哪里？墨爷佛祖长生天穆罕默德请支持我啊！他半秒钟之内想到的这么多神灵仿佛真的给了他勇气，只见他突然一跃而起，直接冲过去对着下单员大喊：买入！买入买入！！822张！！！

小裴吓了一跳："老张，再想一想！"

"闭嘴！买入822张！"

"那就少下点吧！"

"哪里有这么多讲究！822张，买入！市价买入！！下单员！"

市价单子成交就是快。看到成交回报，他直接拔掉电脑电源，然后从包里拽出一瓶二锅头，对着瓶子就是一口，接着又是一口……小裴还没有来得及阻止，瓶子里就剩下一小半了。小裴过来拉他的时候，他对小裴喃喃道：我来了，我做了，我尽力了，我把命运交给万能的上帝了！说着就歪在了沙发上，两眼虚虚地看着天花板。只一小会儿，酒就混着口水从嘴角流了出来，然后就是鼾声响起。

没过多久，一直盯着盘的小裴发现停板打开了，并很快涨上去20多点，还真赚了！几分钟后有大单量急拉，一下子又涨了50多点！小裴张大了嘴巴，正发呆呢，空方的援军杀过来了，这一杀就是30几个点。这时候他很想平仓出来，因为他感觉空方来者不善，此时平仓还可以赚几万块钱。但张长弓在沙发上睡得呼呼山响，叫不醒也推不动，他又不敢擅自下单，只能张大嘴巴看着屏幕，似乎里面能冒出火花来。之后十多分钟，行情在双方大佬的贴身肉搏下几起几落，临收盘时，在成千成千张的多单拉动下，价格直奔涨停！大厅里传来一阵阵的大呼小叫，小裴欣喜若狂难以自持："老张，老张！天上掉金元宝了！赚钱，赚大钱了！"

在小裴的如雷狂吼下，张长弓终于醒来。看到小裴和吴经理、风控员都站在旁边，他头脑里闪过一丝不祥，但瞬间就平静了下来：同志们怎么了？地震了吗，这么大动静？小裴说，我的老天爷啊，可吓死我了！你赌对了，黑豆从底部拉起来，中间反复了几次，最后封到了涨停板上！

啊啊啊？好好好！张长弓一骨碌爬了起来，一歪身子扎到电脑前。看到顶格的水平线横亘在图表上方时，他心里突突地跳着，但脸上却平静如水：还是睡觉好啊，要不，这中间的反复还不得把咱吓出尿来！小裴说老天爷啊，你可真是财神附体，我当时很想平仓出来，看来这瓶二锅头价值太大了！

张长弓也不搭话，慢慢地把头凑到显示器前，喷着酒气，看了看空白的卖方挂单，大叫：卖掉，出货，全部出货！

“别啊，明天还有可能涨啊，现在是封停板！”

“我不管这个，我现在要钱，钱，现钱！明天的钱让别人赚去！”

平仓单子下进去了。但没等成交，收盘时间就到了。

小裴面有喜色，说是太好了，明天必然又得赚一个停板。

次日一开盘，行情果然直往上蹿，浮动赢利已经是180多万了。谁知就在张长弓说要平仓的时候，突然间风云突变，成堆的空单不知从地狱的哪个角落一股脑地冒了出来，盘面拉稀般一泻千里，他赶忙下平仓单子，可几次追价都没有成交！当利润只剩下不到70万时，他大喊市价平仓，可市价单子还没有成交，就已跌到停板，没买方了。

明天一定又得刷个停板，天哪，那得回到解放前啊。他不敢多想，拉着小裴离开了期货公司。小裴一路无话，因为他觉着阻止过张长弓获利平仓，自己是有责任的。

他猜对了，次日开盘就是跌停，逃都逃不出来。第三天盘继续往下扎，风控员告诉他，根据约定，如果跌到39600，就得强制平仓，所以最好准备些现金追补进来，否则强平就亏大了。

现金？有现金谁来配资赌啊。他一边这样想着，一边脱口说出一句莫名其妙的英文：Let it be！好在市场还给了个脸面，这个39600的断头刀终没有砍下来。

次日一大早他赶到时，才刚过八点。在楼下他打电话给吴经理，说是请他下来一趟。一见到吴经理，他就晃着车钥匙说，我现金确实紧张，这个就充我的保证金了吧？吴经理说这个不可以的。不可以？那就听天由命吧，Let it be！

一开盘就直接跌停！他完全蒙了，因为在这个价位上，他倒欠期货公司80多万。他找到吴经理，对方说得强制平仓，但现在平不出来，我们也跟着亏大了！听到这话张长弓忽然闪过一个念头，于是暗自点了点头，吩咐小裴认真盯着盘并用纸笔记下封停板后的成交数据，然后请吴经理带自己去见总经理。他跟总经理说的意思是，今天我没有追补保证金，但跌停了也确实无法止损，所以我请求保留这些单子，我呢，可以立即办手续拿厂里的地产抵押，不会让你们为难的。总经理盯着天花板想了老半天后说："一会儿再给你结果吧。"

这时候张长弓反而很是冷静，因为他知道总经理会答应的——已经亏到了期货公司账上了，总经理得想办法自保。至于资产抵押的后果，他想都不愿去想，Let it be!

果然，十分钟后吴经理过来说，总经理同意了，办手续吧。当然这么快是办不出正式抵押手续的，于是他以法人代表的身份写了保证书，并把身份证押上，至于厂里的地产到底能值几个钱，期货公司的这位总经理大人也不知道，但为了自身的安全，他得先抓根稻草再说。

这停板果然封到了收市，其间只成交了几十张，小裴记录得很准确。他知道，掌握了这些数据，对方就不敢谎称强平过了。

这一夜睡得倒是挺踏实，早上醒来时谷雨早已上班走了。他挥了挥拳头，内心很是佩服自己的抗压能力。

开盘了，他没有去看盘，或者说是不敢看。他敢做的，是找来土地和房产证书，拿出作抵押。

小裴则一直在盯着盘，出乎意料的是，市场并没有延续跌势，而是高开并一直在39600上方盘整。他看得心惊肉跳，心想跌破这断头价可能只是时间问题。

张长弓办完手续一进屋，就从小裴的脸上读出了行情。于是坐下来拍着大腿唱道："单子单子飘啊飘，飘到哪里不知道，你不要像天上的云，飘啊飘啊不见了……"

"你快别飘了吧，再飘的话，整个厂子都飘到别人手里了！"

张长弓不管他，接着唱道："你飘到哪里去，也该让我知道……"

小裴懒得管他了。他就这样扯着嗓子一遍遍地唱着，唱累了就眯起眼睛斜靠在沙发上，不知是睡着了还是装睡着了。其实是梦是醒，连他自己也搞不清楚。

中午，两人都没有提吃饭的事儿。

下午眼看快要收盘了，一直闭眼靠在沙发上的他忽然一跃而起冲到电脑前。价位还是不死不活地盘着，他看了一眼就赶快挪开，仿佛那条曲线会因他的注目而飘零。

“单子单子飘啊飘，飘到哪里不知道，你不要像天上的云……”

收盘前五分钟，小裴忽然嗷地怪叫了一声，张长弓凑过去一看，多方大哥突然发力，行情急剧拉升，风卷残云般地吃掉当天的跌幅后又继续上攻，收出了一根光头长下影的大阳线！

“多方这是在发射火箭吗？这是转势宣言吗？”小裴先是诧异，然后面露喜色。

“管他娘的宣什么言，明天见吧！”

这个明天到来得很慢，这一夜，张长弓一大半的时间是在欣赏天花板。

终于开盘了。二人瞪着眼睛看着曲线一个劲地往上蹿，像是水蛇昂首吐信。刚高兴了不到十分钟，蛇头忽然向下猛扎。张长弓咕哝了一声奶奶的，猛地一转头，整个身子就重重地砸在了沙发上。

谁知十分钟后，小裴大喊有戏了有戏了！他闻声忽地起身凑到屏幕前面一看，乖乖，一阵旱地拔葱般的接力，哗啦啦地顶到了涨停板上！张长弓见状，瞳孔忽地放大了几十倍，愣了两秒钟后下死劲揉了揉眼睛，然后拿计算器一阵猛戳。当发现赢利只有五位数时，他只好打消了平仓的念头。

当日的涨停板一直保持到收盘，次日高开了200个点，之后就开始窄幅盘整。下午开盘后他咕哝着太不过瘾，不顾小裴的阻止又加了一次杠杆，新买入了500张。这次他的手气来了，买入不到十分钟多方就开始上攻，临收盘前已涨了8%还多，他一看时间不多了，突然大喊道：平仓平仓全部平仓！这下小裴不敢拦他了，立即去下了单子。确认成交了后，他盯着数字戳了一阵子计算器：“利润将近200万啊！”小裴哇哇哇叫了几声后说：“你小子昨晚是被赌神抱着睡的吧！”

吴经理闻声走了进来说：“祝贺你命大！资金马上就可以结算，明天你就可以出金了！”

离开期货公司，小裴开着车说：“老张你还真行啊，这么多年了，还从没见你这么狠过，真是猛男一匹啊！”

“我的裴总工啊，这都什么时候了，不猛一下，咱还能回厂里吗？”

“如果输了呢？”

“那就Let it be！”张长弓慢悠悠地说。

小裴不说话了，默默地开着车。几分钟后，张长弓突然大叫停车停车！

张长弓不管小裴，下车就进了路边小店。不一会儿，他拎着两瓶开了盖子的红酒回到了车上。他一坐稳就递给小裴一瓶，小裴说：“干了这酒还怎么开车？”张长弓自顾自地灌了一大口，抹了抹下巴说道：“还开个屁车，咱今晚就住这儿了！干完这瓶酒，你看到的第一家店就是咱的下榻之处！”说完后就咕咚咚几口：“长弓公司苦恼已多，再多一次又如何？”连唱三遍后，他举起瓶子和小裴碰了碰，咕咚咕咚地大半瓶就下去了。小裴还在细酌慢品之时，张长弓猛地打开车门把瓶子往地下一摔，一地破碎，一地血红：“赌神啊酒神啊，我来了，我赌了，我赢了！天不灭老张，天不灭老张，天不灭老张啊！”

当看到有路人驻足围观时，他才关上车门轻轻地说：“哥们儿，这件事咱可不要告诉任何人啊！”

“你这哪里是什么投资，只是你命不该绝而已。以后可别来这个了。”

“谁愿意来这个啊，这是在赌大小呢！不得已而为之的事情，哪有什么道理可言。”

当晚两人各自给家里打了电话请假。开好房间后，原说各自早点休息，谁知一点多钟，张长弓的精神头又来了，不由分说地把小裴拽到迪厅狂蹦了一个多小时，又去歌厅鬼吼到四点钟，直到声嘶力竭，方告消停。

醒来已经是上午十点钟了，二人去银行里查询，果然连本带利200多万，但只能取5万现金。他先把这5万取出来，然后打电话通知财务去银行通融，要求当天全部取成现金。

从银行里出来，小裴说：“给期货公司打电话问一下行情吧，看昨天平仓平得亏不亏？”张长弓说：“管球他亏不亏的，我才不想这个呢，咱这是赌大小，哪有什么必然性！今天涨啊跌的那都是别人的事儿了！”

吃过中午饭回到厂里时，现金已取好堆在财务部的办公桌上。面对要钱的各路神仙，张长弓轻飘飘地说：“我先得给大家道个歉。不过各位乡亲请别闹了，谁没有个困难的时候，不就是退股嘛，我出差办点事，又没说不让退，至于这么不给面子？”

说着，他招呼这些人去财务部。指着这一大堆的现金，出纳对大家说，钱在这儿，大家可以立即申请退钱！虽然退了股，公司同样感谢你们的支持！

在场的八位股东中，有五位拿了钱走，一共才90多万。另外三位看到公司现金这么多，都表示要长期合作，继续支持公司。再说，按照规定，提前要求退股，也得付3%的违约金。

次日又有几个闻讯赶过来退股的，总共拿走了50多万。之后的一个礼拜，又有四五个小户来过，但只有两个选择了退股。然后，就再没有人来闹退股的事儿了。

一场风波就这么过去了。事后，他把马超汉和高丽春叫过来，对他们说："我知道你们都想知道钱的来源。马厂长高经理，说真的，这事儿我对谷雨也没有说过。这钱呢，是我们的套保单子赚的，连保证金一起提出来应急了。目前资金不充裕，以后看准机会咱再套保吧。好在厂里的危机暂时过去了，别人也不知道实情，看来套保还真是有意义的。"

马超汉和高丽春听到这个解释，都没说什么。小裴的嘴很紧，所以他们火中取栗的故事就此尘封了。厂子恢复常态两个月后，那笔300多万的货款也催要回来了，资金稍有松动，他又拿了80万做保证金，把铜的套保单子恢复起来了。

这一段时间他不用救火了，所以就常常去盯解套保的操作了，有时也会到几个大户室转转看看。盯得时间久了，他觉得这一板一眼的套保太乏味。几个月后，像几乎所有的套保者一样，他更偏爱投机了。上次配资赚了小200万后，他的操作手法虽然没有提高，但胆子却是变肥了一大圈。

第十五章　期海无边

这一段时间，大家都在谈论小米期货，营业部里充斥着小米的香味。他慢慢地听出些门道了。什么铜不铜套保不套保的，小米这么火，错过了多可惜！况且现在厂里也没有需要救火的事儿。

下手试试水吧。这些天，小米的行情在1000到1100点之间起起伏伏，他天天高抛低吸，看着小钱哗哗而来，很是有些乐不可支。别人问他怎么不管厂里的事了？他说，直接去管第一线的事，是自贬身价。

小单试水后，他对现货价格和盘面动向都有了一些新的认识。他认为，小米日前1000点的价位，可能以后再也看不到了。所以不几天他就把仓位加到1000多手，平均成本在1020左右。他坚信行情一定要上涨的，因为从基本面和技术面上都找不到下跌的势能。

建仓一周多了，小米行情还是不紧不慢的盘整，他倒也不急，心想这不是坏事，横有多长，竖有多高嘛。没想到周三下午空头突然来袭，他感觉杀气太重，赶紧下单止损，这一把就砍掉了近10万元。谁知次日开盘就向上突破，成交量也不断放大，下午以1042收盘！被洗出局的感觉真难受，好比自己的婚礼却让别人入了洞房。接下来的两天，小米大幅飙升，那昂首挺胸的K线像刀子一般在他眼前晃来晃去。但是，他却没有勇气去追高。

该赚大钱的单子反倒亏损了近10万元。什么叫震仓，什么叫洗盘，他算是领教了。周一开盘小幅冲高后不久就是一个回调，他趁机买进了100张，平均价1113。还好，很快就赚了10个点。此后的几天他又追了几次，但位置太高不敢持仓，结果几个回合折腾下来，亏赢相当。

周五行情冲到了1300，他铆足了劲儿准备做空。他认为，下跌永远比上升快，做空虽不易把握，便却是重大的赚钱机会，这正是期货比股票好玩的地方。

下午摸到了1320时，多方似乎体力不支，量价都开始下降。眼看机会来了，他咬了咬牙砸进去300张空单，谁知刚赚了几个价位，多方就开始有序反攻，并迅速收复失地。这又是洗盘吗？带着这种忐忑过了周末，一开盘小米又不疾不徐地迈着小碎步向上爬，他的空单被套了几十点。不过这时他反而没有压力了，而是坚信期价已严重高过现货，所以一定得向下调整。市场会修复自己的错误，他相信。

在这个信念支持下，他坚持不止损。接下来的七八个交易日还是强势，虽然涨得并不急，但也没有下跌的势能。扛到了进入交割月的前三天，他已经虚亏40万元了！

他是空方，如果有仓单参加交割的话，虽然盘面被套也不会亏钱，但他是投机空单也就是裸空，手里连半张仓单都没有！所以，到了最后交割日如果行情回不来他就得认栽。但事情比他想象的严重，因为进入了交割月，保证金是逐步提高的，他哪有这么多钱补进去？还是认赔割肉吧。这咔嚓一刀，就割下了50多万元。认赔后，期价又冲到了1480，已远远高于现货了，到最后交割日竟到了1790！空方溃不成军，他见识了什么叫逼仓。

当然，就像上次赌对方向赚了大钱一样，这次的亏损也不能让厂里的人知道，他只能和小裴说说这事儿。

“老大，为什么你开始做得挺好，后来就不灵了呢？”

“我总结了一下，刚进入期货市场的新手，为什么往往能赚一点儿钱？这是因为：其一，新手没有任何心理负担，所以心态良好；其二，新手看盘的时候，脑子里没有定式，没有杂念，他们基本是根据本能做判断的，有些运气不差的人就可能糊里糊涂地赚了钱。这算是新人红包吧。但是，随着自己了解的深入，一些赚了钱的人信心爆棚，野心开始膨胀，不少人还依此认定自己就是做期货的料，这时候杂念就多了起来，赚钱时平仓过早，做错时死扛着不止损，这都犯了大忌。我的理解是，亏损也是交易的一部分，只要动作规范，在可控的范围内的亏损也是有意义的。所以甚至有人说，随机下单做对方向的概率并不一定比专家小，所以赚不赚钱的根本不是预测，而是交易中的控制能力。”

“我也觉得是这样的，我没有操作过，但我听人讲过，操盘的经验是没法传授给别人的，别人的经验对你只是有警示作用罢了，只有你自己经历过了，被市场的耳光扇得够清醒了，才能有切肤的体会。”

“就是就是，我自己明知道某种交易习惯是错的，也屡次痛下决心要改的，可总改不了，这里还有一个心理暗示的问题。我读了不少书，曾经以为知道了这些道理就比别人更理智，但事实上，书中说到的错误我现在还重复地犯，好像每一种错误都经历过，都不止一次地犯过。这就是知与行的距离啊。”

小裴不以为然地说：“那是，如果认识到的就能做到，圣人岂不满大街都是。”

“不过呢，这事也有个重要原因，你这人小裴小裴的，就是让人小赔。”

小裴恶狠狠地瞪了他一眼：“快别扯淡了！没有我在，你岂不是该大赔？”

“乌鸦嘴！”

“不过呢，我认为你还是有天分做期货的。因为你对数字敏感，信心足，性格也沉稳。”

“我做事从来就不缺信心，我这人嘴上说得少，但内心却很不低调，我感觉自己的悟性不低，虽受了些挫折，但却知晓了操盘的真谛，所以信心就更足了。”

“自信走到了极端叫什么？”

“傲慢。”

“对。我对傲慢有个定义：傲慢就是用二逼的做派掩饰自己的无知。”

“所以我得注意别傲慢成二逼了！不过你这个定义倒是新颖，看来小裴并不只是小赔钱啊。”

“喂，你小子以后别对裴姓说三道四了。我给你补补课吧，裴姓起源于嬴姓。在古汉语中，嬴和赢利的赢是一个意思，所以从根源上说，裴就是赢，你从发音上联想，太没文化。历史上裴姓的宰相大夫诗人有的是，所以你得扫盲了。裴九洲你知道吧，他不但没有赔了九洲，而且还身经百战，功绩卓著呢。”

“我只是开个玩笑嘛，不过你讲的这些我还真不知道。我们老张家嘛没出过多大的人物，只是玉皇大帝姓张罢了。另外，文有张仪武有张飞，科圣张衡，医圣张仲景。还有……”

“我知道不止这些，英格兰边锋就姓张，张伯伦。”

“你就知道这些臭踢球的，就不知道首相张伯伦？”

“知道啊，他们可能都是张骞的后代吧！另外别忘记了，还有大西国皇帝张献忠！”

“据考证，张献忠原姓裴，后过继给姓张的了！”

“你就扯吧！”

这一阶段操盘虽然交了些学费，但张长弓还是有些领悟的。他悟出来的就是，不能急于做单，不要老受短期波动的影响，另外，对商品的基本面一定得尽可能地去了解。

为了了解小米基本面的情况，他有空就去市场上转悠，他认为基本面才是最根本的支撑。小裴有些不以为然：“基本面啊基本面，市场动不动就涨跌停板，这是哪家的基本面？你又不专业做粮油，真能懂基本面？你要靠着基本面去做，你基本上就面了！”

“哈哈，基本上面了！但我想，期价最后总是得回归基本面的嘛，要交割现货的嘛，所以市场终究会自我修复的。”

“这些我不懂，但我想，如果真是这样的话，期货就太好做了，所以要多几个心眼才行。”

“你说这些也有点道理吧。市场嘛，还是得深入进去才行。”

就这样，他和小裴天天争论天天交易，虽是用心但无奈事不遂人愿，没多久套保资金就所剩无几了，得亏营业部没有新进来大户，要不就得被赶出大户室了。

这期间经理也不怎么来过问他的事了。也许他们知道，大部分做套保的都会兼做投机，投机的多了，最后都这结局。

小米在一波大的逼空行情后归于沉寂，黑豆又成了明星品种。

立秋是个很神奇的分水岭，溽热一下子变成干爽。虽然白天还是骄阳似火，但早晚已是凉风习习，隐隐若有秋意。虽然算是秋天，但黑豆行情却没有秋意，而是持续着慢牛。他一直认为该调整了，怎么可能会年年涨呢？不过这只是他自己的想法而已，行情就是在他质疑的眼神中牛了三年，幸亏他由于资金不宽裕而没有做空。小裴曾说过“要是一定得回归基本面的话，期货就太好做了”，这个外行说的话很朴实，也很说明问题。这两年，黑豆从2350点涨到5400多点，并长期维持在接近5000的价位上。这个大牛市的内在动力很有意思：第一年年初，黑豆价格处于历史低位，与大豆的价格差价每吨在800元左右，当时这个价差是天然的，基本上没有人为操纵。这年黑豆种植面积减少推动了价格的上涨。第二年，黑豆种植面积进一步减少，带动了价格进一步上涨。第三年就不一样的，年初，现货黑豆价格持续走高，脱离了豆类价格的总体行情急速上涨，与大豆价差扩大到了1800元/吨左右，所以黑豆种植面积一下子扩大了百分之十几，这个消息引起了期价下跌。后来产区天气的反常高温，期价一下子又重拾牛市。

张长弓于是更密切地跟踪黑豆的动向了，并多次在期货公司的座谈会上侃侃而谈，有人还根据他的思路赚到了钱。可他自己却因为资金问题而没怎么做，只是偶尔捡几个零钱而已。

眼看新的一波牛市就要形成，张长弓心里痒痒地，他多次对小裴说，我们还是用配资干一场吧？每次小裴都干脆地说，绝对不行！那是赌博！

说来也怪，他平常总是调侃挤对小裴，但在有些原则问题上，小裴一动脾气，他还真的没辙。他自己当然清楚，那次配资大赚，本质上是在博命赌大小，幸亏那天上帝看他顺眼，站在了他这一边。他心里承认，小裴虽然有点爱钻牛角尖，但本质上还是理性的。

资金紧张使张长弓不能入市，所以只有充电备战。要论读书学习的能力，他自信是无敌的。他读《专业投机原理》《股市操练大全》，还有《期货市场技术分析》《日本蜡烛图技术》和《价量经典》，等等。这些书使他越读越后怕，原来还有这么多东西自己不了解啊，有些事情原以为是自己的感悟，谁知前人早就有精辟的论断。

不过，后来的阅读更使他后怕了：法国学者巴里亚说过，在一个有效市场，行情是高度随机的，所以基本分析和技术分析都是多余的，内幕消息更加荒诞，所以入市应该抽签决定。还有人说，K线分析法并不能给投资者正确的指导，因为每一种走势，在不同专家的心目中都有不同的解释。波浪理论就更玄妙了，据说是属于大自然法则的一部分，但从艾略特自己的描述来看，即使他本人亲自数浪，也常常会十数九不同！江恩的理论似乎从未有人真正掌握过，他声称自己的理论有星象学和数学上的证明，但大家都知道星象学是基于荒诞的地球中心说的。道氏理论是从市场心理和交易量变化来推测市场的，虽然也有些独到的建树，但其信号发出过多过迟，让人无所适从。

“我本眼明，因师故瞎！”难道他们说的都是真的？

他有些迷茫。那天在营业部碰到大户老洪，谈到是否相信技术分析，老洪是这样回答的：“技术分析在实战中当然是有些用的，它不但帮助跟踪和理解市场，而且还保护你不会吃大亏，因为它会告诉你关键点位在哪里，做错了触及到关键点就必须止损。知道在哪里止损，并且能够认真执行就行。”老洪是个勤奋的人，为了更好地把握市场脉动，他一直都坚持手绘图表，所以他很有心得。老洪还说：“市场是不可测的，但它是可以理解的。从理解的角度来看，技术分析是相对有用的工具，这些工具当然是不科学的，但至少，由于庞大的信众基础，所以还会在市场上有所反映的。”

“那么，你实在没有方向感时，怎么办呢？”

“办法有两个。一个空仓观望，另一个就是回家问老婆。”

“嫂子是专家？”

“不，我说的是，问了老婆，然后反其道而行之！”

在投机市场混这么多年，张长弓清楚地知道，零和市场客观上是要求大多数人亏损的，在这里，智力远不是一切。你凭什么能够赚到别人的钱？想一想进化史，人类靠什么在弱肉强食的丛林里立足？再想一下，一个弱小的个体如何在人类社会立足和发展？一支军队要想取得战役的胜利，最核心的东西是什么？这一段的读书和思考给了他答案：规则。只有找到适合自己的规则并严格执行，才能在不确定的市场里找到确定性。

认识到了这一点，他就着手给自己设计规则。他知道，这套规则必须是自己亲自设计出来，不可照搬他人。这期间没有资金实际操盘，他就日夜模拟操盘，比如就用金叉时买进死叉时卖出，并坚持止赢止损。利用这套规则，在铜市的这一波行情中，他的模拟操盘实现了资金翻两番。

这样研究和模拟了几个月后，厂里资金不怎么紧张了，他趁机提了10万块钱。现下小米交投活跃，入金当天就用自己的规则，建了六成的仓位，还好，当天虽是震荡但没有触及止损。次日一路小涨，账面已虚赢5000多元。第三天风云突变，一条大阴线击穿前期底部，瞬间出现了死叉，赚利立马变成亏损。张长弓见状立即止损同时反手，运气还好，中午收盘前补了亏损还有富余。下午开盘没多久，多方发力，他的空单又被套住。套了50多点后，系统发出了金叉信号，无奈他只好再次止损，但刚止损完一会儿，价格却又转身向下！

“该死的金叉死叉，太害人了！”得亏，他没有反手做多。

晚上他对着图形认真琢磨了一下，得出的结论是：金叉死叉只适用于突破行情，当出现盘整行情，均线来回缠绕时就得来回止损，这样账户就会越来越瘦，以致伤到元气。所以，用什么方法，得先判断是什么类型的行情。

但如何准确判断行情的类型，是一个更大的问题。

春节前后的这一段时间，公司业务不但没有起色，而且资金链上还隐隐出现了越来越多的坏点。从元旦起，他的救火任务多了起来，无法再做甩手掌柜了。他上蹿下跳地救火救到六月份，资金问题却是越来越严重了。

能够找钱的地方都找了几遍了。

思来想去好多天，实在没有别的法子，他想还是得去股票期货上找点儿机会，因为做别的太慢了，遮不住账本上的满目疮痍。还有，这一段时间的操练，使他对做期货又增了三分底气。

恰在这时，一个股东坚持要退股，整整100万。据说这是一位副局长的钱，是用别人的名义入的股。钱当然是退不出来的，无奈，谷雨建议张长弓去请教黑叔，他会有办法的。果然，黑叔给那位副局长打了电话后，对方就同意暂时不退了。张长弓并不觉得意外，黑叔有这能量，只是他认为给他老人家添麻烦太不应该了。事后黑叔给他打电话说，你还是别做股票期货了吧，这东西让你不务正业，再整下去，就会把厂子都丢了。

他嘴上应承看，心里想不做股票期货又怎么办呢？

这天，张长弓去证券营业部溜达，由于交易清淡，不少人围在一起七嘴八舌地诉苦，他在一边听着，并不插话。

“止损啊，真得止损！我早就计划好了在这个价位止损，但操作时犹豫了一下，结果被套这么深！”

“我的技术分析是没问题的，我选定了在9.37买进，但真的到位了又没敢下手，现在涨上去了好后悔，这就是恐惧啊！”

“我天天告诉自己不可以满仓操作，但这次我认为把握很大，所以就满仓了，结果……”

“我早算好了要涨到这个价位，单子都准备好了，但临场了又管不住自己的手，平仓早了，少赚了不少呢。”

“临时起意是个大忌，可这毛病总是改不了，屡改屡犯！”

……

张长弓想，这些人说的问题都是由于贪婪和恐惧造成的，而贪婪和恐惧是人的天性。所以要想赢利，就不能与这些小散为伍，要改变小散思维，就得磨炼自己。说到磨炼或者修炼，他倒是不怕，只要方向明确，他吃得了这个苦。

这年是张长弓的而立之年。生日的当天他特意揽镜自顾了好半天，发现脸上有了细微的皱纹，这就是成熟吗？他对自己摇了摇头，又点了点头：自己算是成熟的，有条理的头脑，不少的知识储备，还有不疾不徐的性格，但是，但是这些优势怎么总不能变现呢？

第十六章　墨说投资

人穷赌瘾大，期货最过瘾。

这一段时间一个品种很热闹，多空双方在2300点左右拼死拉锯，市场传言说多方是江浙资金，空方是河南和广东的大佬。这个活跃的品种是什么似乎没人不关心，因为商品代码是F，所以大家都说是炒F。

交易大厅里人声沸腾，盘房内外都拼命叫喊，做多的做空的都无比勇猛。张长弓对这品种并没有研究，但他观察了一会儿，发现做空的人居多。要赚钱，就得和散户对着干，那就做多吧。20张！很快成交了，价位是2308。

没多大一会儿，空方就占了上风，他的单子被套20多点。止损吧，这是纪律。谁知止损后不到10分钟，行情突然掉头向上，他有一丝丝的后悔，但马上心里就有一个声音告诉他，止损错了也是对的！他拍了拍前额平静了一会儿，抬头一看挂单的情况，感觉这一次是真的要向上突破了，到了这个位置，就得根据计划分批建仓了。执行，得执行！于是他又下了20张单子。不错，还真像他希望的一样，在2300处空头虽殊死抵抗，但多方阵营更加强大，很快就到了涨停！

太好了！也太不好了！涨停了但仓太轻了，当时怎么不多买些呢！转而他又想，分批建仓是预先的计划，严格执行了就好，不可贪心。

次日开盘前他就下预备单20张，成交后如愿大涨。眼看就要停板了，空头却突然发威，几百张几百张单子往下砸，一看破位了，他立即市价平仓，平仓的结果，获利差不多相当于昨天止损亏的钱，盈亏相抵后正好够手续费。市场真是太幽默了！

下午多头又组织攻击未果，市场传言是江浙的空头资金过来了。但多方也不是吃素的，双方几番拉锯，一时狼烟四起兵荒马乱，把个张长弓都看傻了，这真是神仙打架，咱这小散往哪儿找什么方向感啊！

当天晚上吃完饭他就开始琢磨明天的交易计划，谷雨几次跟他说话他都没听见，气得她碗也不洗就上床看书，不搭理他了。他的计划是写了撕了又写又撕，折腾到两点多才算完事。天快亮的时候他忽然想到了什么，于是忽地从床上爬了起来，自言自语地说："好，你们就神仙打架吧，上天入地吧，很好，咱就来个浑水摸鱼！"谷雨被他吵醒了，问他发什么神经。他说："我准备预先把多单空单都下进去，混乱中咱的单子都成交了，岂不坐收渔人之利！我想明白了，没有问题了。我还有预案，就是一旦是单边市出现，被套了也没什么，这毕竟是小概率事件，按计划止损就是了呗！"谷雨咕哝了一句我看你是真神经了，就又沉沉睡去。

次日，他大着胆子填好多空各20张的单子，交到盘房时，下单员不解地看着他。他笑着对下单员点了点头，说咱没填错，请下单吧！

下完单子后他有点儿不踏实，于是就想出门透透气。刚走出门口就来了一辆公交车，他没看清是几路就只管跳了上去，售票员问他到哪里，他只好说去终点站。

下车后漫无目标地游荡到中午收盘时，他忍不住给盘房打了个电话，问自己的单子是否"全部"成交了。当得到肯定的回答后，他自恋地冲自己竖了竖拇指：赚了一万多元！

回到期货公司一看电脑，乖乖，拉锯这么多趟，其实自己这套办法赢利的机会多得很，只恨下单太少了。

次日八点半他就出现在盘房窗口，填好多空各40张单子递了进去。开盘不久，空单子就成交了，而且一路上涨，他的手心沁出了细汗。再涨怎么办呢，干脆止损吧！正要填单子时，他忽然想到交易要有一致性，既然自己要这么做，就得坚持，最多不过是明天处理被套空单罢了，还是得出去走走，不能让短期波动影响了交易计划。

这次出来没有遇到公交车，于是他就在路边溜达，尽量不去想单子的事情。没走多远他看到老洪迎面走来："你怎么有心意溜达啊，跌了！"老洪说。

"是吗？我看看去！"他大步跑回营业部，径直奔到盘房："我的单子全部成交了吗？"他强调的是"全部"二字。

回答是全部成交了。张长弓心里一阵得意，立即说，请按那一套单子的价位手数，马上再下一遍，我这就签名！

签了名后他头也不回就出了门，一直向西走去。约莫半个小时后，他走到了一条胡同里看了一会儿小狗咬架，然后就踱步到一个象棋摊。象棋残局这种街头赌局当然是谁赌谁输，才十几分钟就有两个送钱的带着几十个不服离开了。等到没人围观时他对摊主说，我给你20块钱，你告诉我这棋怎么赢好吗？摊主摇了摇头，他也摇了摇头走了。心里说，真是赌残局如炒股，明知大概率输钱，却要舍身饲虎。市场老虎吃了无数股民，但股民人数却有增无减，这还真应了一句老话：老的输怕了，小的长大了。

午饭时分，他走进一家小馆子要了两瓶啤酒，喝完后竟靠在墙上睡着了。两点多他才醒来，原来老板好心，看他睡得香就没有叫醒他。他谢过老板交过钱，又在外面溜达一会儿，两点半了。想起自己的单子，他实在按捺不住了，于是招手拦下一辆出租车，回到营业部一问，又"全部"成交了！听到了全部成交的消息，他立即又如法炮制了一套单子，下完单后老洪招呼他进去聊天。他们刚抽了两支烟，下单员路过大户室时随口告诉他说：你的单子又"全部"成交了！

啊，有这样的好事？

老洪说："你小子很神奇啊，昨天大家都在议论你了！再接再厉，再去下单子啊！"

张长弓慢悠悠地把半截烟往烟缸里一丢，轻轻说道："马上就要收盘了，该收手时就得收手，古人说得好，不得贪胜！"

老洪起身拉了拉他："手气好的时候，就是得激情一些，要不就对不起你的手气！再表演一把嘛！"

"也好，虽然时间不够了，咱也来50张双向单吧，算是玩一玩！"

先口头下进去再填单子，一红一蓝各一份。多单的价位太低所以一直没有成交，倒是空单一下子就成交了。眼看多单成交无望，他做好了持仓过夜的心理准备，于是就和老洪闲聊了起来。没聊几句，下单员跑过来大喊："张老板，你的多单收盘前的刹那也成交了！"

还没等张长弓说话，老洪一拳就擂在他身上："财运当头啊你小子，还不张罗晚上大宴宾客？"

"好，大宴！"

去餐馆的途中，在大家的笑闹声中他粗略算了算，今天这几个回合共赚进将近8万元！"捡钱包"策略得遇良机，只是运气太好？或者说是墨家游侠得手？前几天遇到了一个炒股高手，他说他用墨家的思想做理论基础，总结出一套规则，称之为"墨守成规战法"。这位股民用这套方法已连续赢利好几年了，了解他的人都说他的赢利是必然的，不是运气使然。这就是大家说的交易系统吗？墨子说"宁信度，不信人"，这位高手可能是把这个原则活用到实战上来了。墨守成规原来是褒义词，原意是墨子捍卫自己的智慧和劳动果实，墨翟善于守城嘛！后来这个词不知怎么就成了贬义，指思想保守，守着老规矩不肯改变。黑叔说不让涉足投机市场也有他的道理，但是，如果凡事都得以长辈的话为准，那就真的是墨守成规了。

一进包间，老洪就嚷嚷道："同志们，今天张老板请客算是回报社会，他小子赚这么多，不定是哪位赔的呢！所以大家别客气，只管黑着点，可以吗，张老板？"

张长弓挥挥手说："可着劲儿整吧同志们，但愿天天都能这么招待大家。"

推杯换盏，觥筹交错，一片喧哗中，众宾皆欢。席间，大家表扬张长弓神一般的操作，他笑着说：第一，你们这么抬举我，罪恶目的只有一个，就是让我提高请客级别，并形成习惯；第二，我这做法和赌博差不多，所不同的只不过是自己认定了这是个拉锯战，且碰巧被盘面验证了，所以这只是个局部可奏效的机会主义手法；第三，这个方法也只是个人瞎琢磨，也只是这两天有效而已，况且双向单子的价位还得把握好，还得有一个方向单子被套的心理准备。

次日开盘就是巨量上攻，张长弓市价追了3次多单，只成交8张就涨停板了。事后才知道，大量空军临阵倒戈，止损盘推高了价位，新多头又源源不断地趁火打劫。据称，这波行情是多个大佬联手策划的，他们利用的是天气和三农政策等五大利好。其实老手都知道，题材这东西从来就是被利用的，如果没有大佬挑事儿，再利好的题材也是波澜不兴。这次多头得势不说，还占据了道义的制高点，所以涨势还得延续。

果然他这8张多单连续赚了3个停板，而且都是直接封的一字板，想追都追不进去。第二个停板时他想平仓，因为他觉得“严重偏离现货价格了”，但一说出这想法，老洪就笑称咱俩私下成交好吗？手续费也算我的！张长弓回敬他说这样私通以后会说不清楚的。次日一开盘多方又是气势如虹，张长弓顾不得想别人的看法，在涨停板价下了平仓单，十点多的时候成交了。他对着封死涨停的盘面，心里还是有些后悔。第三天虽没有涨停，但也是在高位盘整，只是尾盘被获利盘打下去不少，最后以小阳收市。由于看多有点怕，看空吧又逆势，所以他当天没敢做单子。

这一波行情把营业部的几个死空头害惨了，最多的赔了200多万元。老洪赔得数量不大，但是太快，按他的说法，比真的烧钱还快。连续三天涨停后，第四天涨到快停板时，老洪果断地追了100多张单，成交后去了一趟卫生间。从卫生间回来，他蓦然发现行情断崖式下跌，于是果断地反手做空，但十多分钟后多头就杀了个回马枪，他大呼小叫地斩了仓。一来二去，30多万元就这么灰飞烟灭了。在整个操作过程中，老洪头上和手心都直冒汗，填单子时手都在抖。期货真能折磨人，持赢利单的心悬在半空，持亏损单的心沉在海底，他都不知道怎么去安慰老洪。

这波行情下来，才几天的工夫他就赚了40几万元。价格到了这个平台上以后，多方不再发威，空方也不敢下狠手打压，盘面上形成了一种诡异的平衡，张长弓看不明白双方大佬意欲何为，所以暂时休战，携战利品凯旋回厂。

回来一见面，马超汉就告诉他前几天电话里说的那个订单今天就要签，我正要给你打电话呢。这个订单光预付款就有100多万元，可以给咱们解决不少问题。张长弓心想，看来好事也是集束发生的啊，这就是传说中的运气吗？

不管是不是运气，他的胆量和豪气是真的回来了。

中午他刚说了高管们下午开个会，黑叔却忽然打来电话："我现在已经搬到城里定居了，因为两头跑着太不方便，今天下午有空儿吧，你接我到厂里吧？"

黑叔要光临，会议就顺延吧。

一下车，黑叔就仔细地在厂区走了一大圈，时而点头，时而摇头。到办公室坐定后，黑叔开口说："我发现厂子的布局很好，但应该是没有请人布过局，是无意中弄对了的。"张长弓说："是吗，我还真没有想过这个。"黑叔说："工厂坐乙向辛，开西南门，这是坤门，算是可以。不过，厂里现在的生意看似红火，其实还是有硬伤的，是这样吗？"

张长弓一惊，心里说，黑叔果然不凡，这他都知道？

黑叔没有管他的反应："厂房位于生门，这个不错，但最近为了省事儿，在厂房楼顶盖了一个简易棚子放废品，棚子的门还冲着财务部。这以后问题就出来了吧？"

张长弓一脸迷茫："盖个棚子还会生出这么多毛病？"

黑叔狡黠地笑了笑："其实这不过是些简单的常识罢了。你想，财务部冲着个废品棚子，客户看了能舒服吗？对生意能没有影响吗？但是，我的大实话就是得藏在天乾地坤这些词儿背后，不然谁会信？"

"叔，其实您这是大智慧。"

"智慧个啥。对了，你娘把你的八字给了我，我仔细算了一下，结果是厂里的业务和谋略都好，但管理方面稍弱，需要合适的人来配合。我看谷雨就不错，以后让她多管点公司的事情吧，她是你媳妇了，总不能一辈子在电视上抛头露面吧！"

张长弓点头称是。其实婚后的日子过得平静有序，谷雨在生活和工作上都能帮得到他，特别是与政府打交道的事情，她更是得力。黑叔让她多参与厂里的事情，也正合他的心意。

黑叔接着说："咱乡的书记出事了，县里还没有宣布。他的问题是太张狂，下面的人受气都习惯了，但这次得罪了上面。这是大忌啊！咱可不能干这种傻蛋事儿。另外，你现在摊子大了，社会上一定有骚扰你的吧？”

“是啊，不过没啥大问题。”

“这样吧，现在叔带你去一个地方，别问干吗，去了你就知道了。”

张长弓开上车，一路向北。过了江上村。黑叔说：“今天高兴，我唱一段小时候学的顺口溜，看你能不能听懂。黑泥捏个墨子王。披头发，大脸膛，一身黑衣明晃晃。皂角大刀别身上，两只赤脚奔走忙，天下污浊一扫光。”

“叔您还会唱民谣啊！墨子王应该就是墨家的民间称呼吧？”

“该是吧，小时候我们不知道这唱的是啥，只知道这词里说的墨子王，就是俺们黑家祖辈拜的神。老辈人说，墨爷是我家黑家的祖先，他老人家黑皮肤大圆眼，天天披头散发身带大刀，是大侠也是文化人，还是个好木匠。我还知道，墨爷是相信有鬼的，他说鬼是伸张正义的，鬼会铲除不义之人。你们年轻人信不信没关系，重要的是要知道善恶报应，好事不会白做，坏事也不会白干。”

张长弓点头称是。黑叔又告诉他：“我们要去的地方是个墨爷庙，住持是我的好朋友，这个地方不简单，了解一下对你有用。”

半个小时后他们拐到了一座山下，停车爬到半山腰，只见赤日当天，树荫匝地，满耳蝉声，静无人语。他们驻足之处是个不大的山门，匾牌是簇新的，上书“善墨庙”三个大字。进得庙内，只见庭院干净整洁，中央长着一棵苍老的紫薇，粉色花朵很是盛大，虽然无风，但树叶却微微浮动。

住持抱了抱拳算是打过招呼，然后招呼客人进屋，一边寒暄一边倒茶。黑叔喝了两口茶后，对住持说：“这就是我给你说过的张长弓，铜加工厂的老板。他办厂时间不长，社会上的事儿也不太熟悉，你这就带他过去一圈，见一些人吧！”

他跟着住持绕到屋后，走过一条竹荫下的小径，来到一扇铁门前。推门进去，只见一个偌大的院子，两旁各有十多间平房，进深很大。看到他们进来了，院里忙碌着的几十号人立马停下活路垂手直立，向他们行注目礼，住持摆手示意继续干活。住持带他去的第一间屋子里面，有十多个人正在上课，见住持来了，也是全体起立垂手行注目礼。住持说：“这位是铜加工厂的老板张长弓，是我的朋友，你们以后要多交流。好了，你们继续讲课吧，我们也听一会儿。”

老师接着讲：“刚才给大家讲的是以暴制暴的案例，但墨家绝不只是行仗义的粗人，他们中也有很多思想家和科学家，在哲学和科学等领域都有在当时领先的成就。他们在两千年前就提出了与现代机械运动一致的学说，还提出了杠杆定律，这个比阿基米德早得多。还有，墨家对几何光学也进行过系统性论述，还做过世界上最早的‘小孔成像’实验……在实践中，墨家认为‘小败未知兴衰’，适当的时候承认失败，才能保持客观清醒的头脑，你才会笑到最后。墨家还认为‘对与错并不重要，就算是对的，大部分人也不会做。’郑人买履的故事，大家都知道吧？郑人其实就是墨子的学生。他在买鞋时闹出了笑话，但墨子指出，你去集市为什么不带着‘度’？你把度忘了，说明你并不重视度。我们追求的是天下之度，凡事皆有度，这才是我们墨家的精髓。广而言之，我们要做到‘宁信度，不信人’，事情就简明多了！”

张长弓心里一阵阵感慨，小败未知兴衰！宁信度，不信人！这些跟股市投资的理念真是不谋而合啊。

从教室里出来，住持推开了另外一扇门。里面空间很大，正面墙上写着一个顶天立地的“墨”字。一群年轻人真在挥汗习武，枪刀剑杖扇靠墙一字排开。他们停下来行礼时，张长弓一眼就认出了一个熟悉的面孔，不是别人，正是那天闹事的膀大腰圆的小伙子！对方也认出了他，所以当住持介绍张长弓时，小伙子“扑通”一声跪倒在地，说自己有眼不识泰山，请住持发落。住持看了看张长弓，他赶快过去把小伙子拉起来，说住持您别担心，都是小误会，早没事了。

住持把他领到另一间房子时，他大吃了一惊，里边有许多仪器，还有几个人在组装机器人！为首的工程师介绍说，这是我们研制的爬山人，现在已基本成形了，可以负重90公斤攀爬60度的山峰，一脚踢出去有800公斤的力量，可以踢翻一头水牛。这台机器人可用于实战搏斗，也可以按指令自我引爆，杀伤力不小。

走出门外，住持看张长弓还带着吃惊的神色，就告诉他说：“你看到的只是一部分，我们的玩意儿还有很多。你是黑大爷特别介绍的，我就不隐瞒你了。我们这里研制了不少民用或军用的东西，有些还非常先进，你有时间可要多来指导啊！我们这里的情况刚才你都看到了，不过你放心，我们的人和装备，没有一样是用来干坏事的。”

回到住持室，黑叔说：“长弓是个正派的生意人，我了解到咱们这里有人欺负过他，这下大家认识了，以后谁再犯就得按规矩办。”

住持赶忙点头称是，然后对他说道：“老弟你是生意人，所以我送几句跟生意有关的话，可能对你有帮助。上利天，中利鬼，下利人，三利而无所不利，是谓天德……”

张长弓接道：“故凡从此事者，圣知也，仁义也，惠忠也，慈孝也。是故聚天下之善名而加之。”

黑叔和住持相视一笑后，住持拍手说道：“这位年轻师傅博闻强记，后生可畏，想必生意也是风生水起，既可利己又可利天下啊！”

“利天下可不敢说，做企业有许多的不容易，好在我一直在努力。”

“甘瓜苦蒂，天下物无全美。你能搞这么大，也是有功德之人了！”

“住持，墨家后来为什么衰落了呢？”

“墨家要求苛刻严厉，要求墨者得吃苦受累，要有坚忍不拔的意志，又没有天堂的美好愿景，所以追随的人数本来就不多。后来汉武帝独尊儒术，这个显学就渐渐淡出视线了。虽是如此，民间对墨家的崇拜就一直没有消失过。”

“守持墨家的传统可以成大事，但守持就得受苦，所以要经得起折腾才行。我懂了，做股票投资和办实业都是这个道理……”

下山的路上黑叔对他说：“长弓，以后如果出门在外遇到事儿，可以就近去找墨子庙。我这里有一个小本子，记着这些庙的名单，虽然不多，但不少地方都有的，国外也有几处。我现在基本上不出门，所以这本子就送给你了，你要好好保存，以后会有用的。你刚才见过的住持是个高人，叫黑水木，外面不少人知道他。”

次日他先是和高管们开了会，然后又在全体职工大会上讲了话。会后他对马超汉说，厂里现在情况还算过得去，我也插不上手。所以我还得出去，一方面找找订单，另一方面观察一下股票期货。

谷雨知道他已经彻底无法摆脱投机市场了：“你去吧，你去玩股票期货吧，只是别把自己玩进去，只吃喝别嫖赌就好了。反正厂里离了你，反而还运转得好一些。”

三天后他又出现在期货公司，和几个大户聊天中他知道了前些天这部大戏的幕后真相。原来自己入市时，11月合约的价格在2200元左右。从10月开始，来自北京的大资金就很有耐心地做多，而来自主产区的主力资金却照例做空，因为有现货有仓单，这些产区大佬们都有空头偏好，似乎天生就是空军上将。投机市场真是弱肉强食，北京来的资金这次来头很大，据说资金背景不凡，更有智囊团队支招。等仓位建得差不多了，他们就露出了狰狞的面目，发起了猛烈的正面进攻。正当空方疲于招架的时候，本地一个空头大佬范老板转身搭上了多方的顺风车，大量买进了11月份合约。真是墙倒众人推，空方一众人马这下子受不了啦，割肉认赔的有之，倒戈做多的有之。如此不几天，价位就上到了2600。眼看着时机成熟了，多方主力毫不手软地发起了总攻，同时还用各种方式鼓动跟多，最后疯牛般地冲破3000大关，一些喜欢手绘K线图的人惊呼“破图而出了”！因为他们开始手工画图时没料到会这么高，没有留出足够的位置，所以到了3000就出格了，只得在上方补上一块纸接着再画。投机市场上，事情的发展总是出乎意料，所以这些人的图纸往往会不止一次地补，隔壁房间里的图都挨到了天花板上还不够，只好揭下来整体下移半米。张长弓调侃他们是在除权，老洪感叹道，期货市场不是发现价格，而是创造价格！

空方就这么溃败了，资金补不上，即使有足够的仓单也扛不到交割日，只好高位斩仓。这也是期货区别于股市之处，仓位可以无限大，不像股市上流通股的数量是一定的。搭顺风车做多的范老板原本是空军主力，后来观察到多方的强大就反手跟了多，但他同时心里也知道，国家进行宏观调控是必然的，这个逼空投机太过分了，所以他获利后又突然反手做空。其实这时，各种技术指标还都一致向好，面对自家交易员对反空的质疑，范老板淡淡地说，这些指标和图形你们都信吗？在我看来，技术图形算个球！哄哄列兵还差不多，身经百战的将军谁会信这个？期货市场是个弱肉强食的丛林，在这里就得讲丛林法则。在这个法则下，钱就是最好的画笔，交易员就是最好的画匠，资金大佬喜欢什么图形让画匠画出来就得！众人愕然。

虽是这么说，但范老板几天来指挥他的空军战士们猛烈做空下来，价格却没有受到多大的狙击，不久他的空单就被深套了。眼看多方不依不饶，范老板只好减仓一半，割肉止损。然而可怕的是，由于他的单量巨大，所以止损的多单又把价格推高了不少，这样，剩下的空单就被套得更深。眼看就要撑不住的时候，突然“治理经济环境，整顿经济秩序”的文件在周一晚上十点钟出台了。在范老板看来，这真是救命的及时雨！果然，周二一开盘就毫无悬念地直接跌停。范老板后来说，这事真的要感谢党感谢政府，政策使他免于全军覆没，真险啊。虽然总账算下来他仍是亏损，亏了大约两成算是被咬掉了一只胳膊，但总归是存活了下来。

张长弓越听越后怕，自己的胳膊没被咬掉原来只是幸运而已！原来，内幕有这么丑陋，有这么少儿不宜！这个互殴的节奏谁能踏得准？自己这次赚钱只是因为命太好了。

从1997年年中爆发起，亚洲金融危机一直持续到1998年年底。索罗斯所到之处风声鹤唳、落叶萧萧，他执掌的量子基金业绩骄人，这么大的资金年赢利能达到30%，无人能出其右。

到了1998年年初，中国股市持续走弱，原因当然是金融危机恶化加上南方的特大洪灾。8月初，上证指数连续砸出10天阴线，从1299点跌至1043点，市场的疲态一直持续到来年夏天，才重拾升势。

之后一段时间，他的手气好得要命，买啥股票都赚。但没高兴几天，天量就把大盘推到1705点，此后大调整骤然袭来，他稀里糊涂就把半年的利润回吐殆尽。

免费坐了这么一趟过山车，他从自诩股神到买啥赔啥，不得不承认自己炒股还是望天收，没有什么必然性。他扪心自问，自己也算是资深股民，自以为掌握了金融原理，买过原始股，抢过认购证，玩过一级半，不也照样被市场搞蒙吗！这个市场也太高深莫测了——蓝筹股虽好，但股民反应过来时，却连个鱼尾巴都吃不到；都说要远离垃圾股，但许多垃圾股却是让人跌碎眼镜地咸鱼翻身；都说要把钱交给专家理财，但不少如雷贯耳的基金经理却追不上大盘。股市里欺诈上市、利益输送、暗箱操作、内幕交易太多，小散付出了血的代价，可市场却总也成熟不起来。不过呢，话又说回来，都是面对同样的市场，为什么总有一些可以持续赢利的人？看来还是有不如人的地方，还是修炼还不够，没有形成自己的操作系统。以前认为操作系统只是专家拿来唬人呢，现在看来还真不是。

谷雨其实是不希望他做股票期货的。这天晚饭后她说："你这个股民越来越资深了！你被股市弄得神魂颠倒，厂里的事儿也不管了，再这样下去，我看芝麻西瓜都得丢了！我知道你赚钱时的快乐，但我看到你沮丧的时候更多，你说这种事儿能继续吗？"

他有气无力地说："股市里大部分人都不赚钱，这是事实。但是，也有一小部分人长期赚钱，他们的持续赢利就说明市场是有规律可循的，这也正是市场的魔力所在。我对市场还是有感悟的，我有信心……"

谷雨打断了他的话："你这还真是上瘾了。因为上瘾，你就会形成选择性记忆，忘掉亏损的苦痛，只记着赚钱的快乐。你虽然是聪明人，但这些年你也是追涨杀跌过来的，并不比别人高明多少。投机市场有没有秘诀我不知道，但即使有，也是不容易掌握的吧，所以我劝你还是收收心。"

张长弓也不好说什么，战绩在那里摆着的嘛。

虽然如此，股市还是像块巨大的磁石般吸引着他。

他知道，股市这个几千万人参与的大赌局，就是个弱肉强食的丛林。在这个林子里，庄家都是食肉动物，所以在股市里赚钱，就得与庄家共舞。个股行情看似是大众买卖的结果，但事实上却是主力导演的抢钱大戏，不理解庄家行为，在市场里只能是望天收。

如何能与庄家共舞呢？带着这个问题他读了不少书，同时还认真盯盘以辨别庄家踪迹，推测他们下一步可能采取的行动，并常常自问"如果我是庄家，我将怎么办"。按谷雨的说法，他就像穷措大思考天下大势，在家里对着墙壁推演战局。

第十七章　与庄家零距离

周末证券公司有一个讲座，主题是跟庄技巧。老师是个小有名气的操盘手，参与过多次坐庄，但知道他的人都说他心怀谦卑，为人十分低调。

听他讲课，果然。

他既没有专家的空谈之语，也没有高手的倨傲之容，总是用大白话告诉大家怎么看懂盘口语言、怎么选点、怎样止损和止赢。他说，识别庄家其实不难，有不少指标可以跟踪，跟踪得多了，你就心明眼亮了。

听老师列举了这些指标后，张长弓问道："这么说，庄家岂不是钱多人傻？因为有那么指标可以发现他们，而这些指标又不难找到。"

老师说："也不能这么说，我说的只是些基本原则，实际操作中还是很复杂的，他们有时会有意扭曲指标，所以得有双鉴别的慧眼，这慧眼就是自己的经验了。"

"怎么样才能不接到最后一棒呢？"

"这个问题太大，得专场来讲。主力陷阱和庄家的伎俩很多，我先说说基本的东西吧。出货的方法，也叫派发，是最见水平的。常常是，在市场人气最旺的时候，庄家预先埋好高价位的单子，然后用消息和技术图形忽悠散户向上进攻，记住，图形是庄家画出来的，当然里面也有操纵的痕迹，但真真假假的，连巴菲特都弄不明白，所以这老先生就基本不去看这些东西。小散们冲上去了，他就趁机出货，中间有时会制造几次向上突破的假象，做出蓄势待涨的图形和指标。另一种方法就是震荡出货，这时庄家的出货和护盘动作交替进行，我们看到的震荡走势，往往就是这么来的。这时，股价总体上不再上涨，但短线机会还是相当多的。庄家为了产生人气，往往会花些成本暂时维持住人气，然后慢慢地实现出货。有时候庄家会在高位画出个旗形，像是整理形态，让人以为有继续上拉的技术要求，等鱼进来了就收网。识别庄家也许不难，但真正从他们身上拔毛，可没有那么容易，股民得自己多思考和磨炼。还有更简单的方法就是交给专家替您理财，如果您认为我算是专家的话，请随时联系，我的联系方式资料上有。”

回家的路上他想，为什么专家都喜欢代别人理财呢？

新设备上了以来，厂里连续接了几个新订单，上上下下都忙得团团转。更想不到的是，因为公司看来红火了，投资他们的“优先股”的人越来越多，外地的投资者也有慕名而来的。

几个月下来，公司账上居然积累了两三千万的现金。这数字是慢慢积累起来的，开始他不以为意，到了这么大的数字时，还真是吓了一跳，因为大部分是优先股，这些款子成本高，而且终究也是得还本息的。

1998年3月，朱镕基当选总理。之前，国际对冲基金狙击亚洲各国货币，引爆东亚金融危机，新马泰韩菲印尼等国资本市场相继失守，各国央行受到冲击，中产阶级财产大幅缩水。虽然这次金融风暴对中国的直接冲击不大，但投资者的心态还是受到了一定的影响，实体经济和股市都陷入了低迷。

对冲基金到底是什么呢？报纸上讲得太费解。那天有事正好给潘高干打电话，问了一嘴。在校时，潘高干他们两个是班上学习专业课最不努力的，所不同的是，张长弓每次考试都游刃有余，潘高干却基本靠抄。但不管怎么说，人家披着工程师马甲又能说会道，还娶到了副省长的千金。岳丈告诉他，大学里的专业只是术，真正做事要靠道，道比术重要得多。这个道是孔孟之道还是黑白两道，他虽不敢多问，但岳丈这句话却彻底废了他的专业。之后他转行投资，混进一家机构任高管，又读了在职经济学博士。他说，对冲基金也称避险基金或套利基金，基本上可以理解为“风险对冲过的基金”。简单说，就是利用期货、期权、证券、外汇等工具进行对冲，常常是跨期、跨品种、跨市场，甚至跨国交易。末了他又说，如今实体经济和股市都陷入低迷，工业品供大于求，做实业可能继续遭遇困境，你要多注意观察哦，老大!

说到实体经济，张长弓正是水里的鸭子。厂里的好日子才过了没半年，他就遭遇了订单缩水、坏账增多、成本上涨的冲击，红火又成了表面上的了。

好在他有几千万的现金。有这些钱撑着，厂子的运转还算是正常。所以到了年底，长弓公司还被市里评为先进企业。这顶桂冠戴到头上后，县里的主管领导也频频找他，希望他能接手一家国营厂子。

这件事情的背景是十四届五中全会通过的《“九五”计划和2010年远景目标的建议》，其中对国有企业改革提出了新的思路，宣布实行“抓大放小”的改革战略。抓大容易明白，所谓放小，就是将那些业绩不好的和非支柱的中小国企向民资出售。

领导要他接手的这家企业，是县农业机具厂。这家厂子以零资产转让，条件是接手所有的工人和债务。

他在厂里开会研究这件事情，大家七嘴八舌，没有个结果。后来在黑叔的建议下，他最终决定接手，反正还有一点儿闲钱，再多养活100多口子人也没问题，何况债务可以减免，厂里那一大块土地还是有些价值的。

市县两级电视台都做了跟踪报道。张长弓一下子成了国企领导，县里的很多会议，也都请他参加了。不久，在参选人大代表时，领导得知他的户口还在外地，于是就授意公安局给他补办了本地户口，以示对人才的重视。办户口的过程简单得犹如儿戏，他很是吃惊。从法律上来说，他有两个身份证号码，一下子成了两个人了，孙猴子的招数原来还可以这样使用。

那天他正坐在农具厂的董事长办公室品味国企老板的感觉时，潘高干突然来了个电话，说他想专程从上海来一趟，分享一个重大商机。

张长弓心里说，什么话不能在电话里说啊，还得像情人幽会似的专程跑过来？

潘高干隔空嗅到了他的犹豫："怎么，不欢迎我啊，老大？你现在成了科级干部，就牛起来了？告诉你，咱可是副处级！"

"是欧巴桑封的吧？"

"这你也知道？喂，老大，我在跟你说正经事儿。这是一桩大生意，还真得当面说，如果啥事在电话里都能说清楚，那飞机火车岂不就没用了？"

"好，那我就代表全县人民欢迎潘副处了！"

傍晚，机场。几年没见的兄弟拥抱良久，又在对方后背上擂了好几拳。张长弓手重，高干一巴掌推开了他。

一路上两人只是回忆过去，分享当下，生意的事却只字不提。到了宾馆安顿好，到餐厅点上菜，正经话一句没说呢，张长弓就让服务员打开两瓶啤酒，一手一瓶自己碰了一下递给老潘一瓶，并冲他点了点头。

两人一口气喝完，老潘已是满脸通红，酒嗝连连。

张长弓拍了他一下说道："这喝法如何？没有你们省部级聚会优雅吧？"

"什么省部级，那都是比着装呢。况且咱又不是那个级别的人，最多能敬陪末座而已。"

"可不能这么说，你也是多年党龄的老党员啊。说吧，什么大生意，不是贩军火吧？"

"贩军火干吗，多累啊。不跟你绕弯子了，我们在上海有个投资机构，计划要在二级市场上有些动作。这事情是个系统工程，得定计划找资金找分仓，然后事情多着呢，你大概也会知道。这是个大机会，我想让你参与进来，因为这事儿得和好哥们合作才行。"

"高干，这是做黑庄啊，违法吧？"

潘高干慢慢地把头左右摇摆一个来回："大家都这么玩儿，你明白就行了。你想，哪个股票上面没有庄家？没有庄家市场还活跃得起来吗？"

"这倒也是。你想让我做些什么？"

"想请你加盟。老大啊，这是好事，我现在还是有些资源的，不会干不靠谱的事儿。"

张长弓有些心动了。想庄家，庄家还真来了！他拿起酒瓶子在桌子上轻轻顿了顿，又轻轻地点了点头："我加盟能做些什么？我是搞实业的，哪儿会当黑庄啊！"

"什么黑庄，别说这么难听。做些什么呢，这当然要跟你商量了，要不我会专程来啊？"

张长弓白了他一眼，自顾自地啜了一口："你们以前坐过庄吗？业绩如何？"

"坐过，老实说，有成有败。"

"取胜的伟大案例我们等会儿再说，失败的原因主要是什么？"

潘高干翻了他一眼："你这小子，还是这么直达花心啊！失败那次嘛，我们选的票概念太独特，当时的研究结果是它的质地尚可，市盈率又不高，所以就开始慢慢吃货。但是在吸筹过程中，我们总感觉有两个大户好像在有意配合我们，因为吸筹太容易了，对方挂的价也很亲切。于是我们在吃个半饱的时候就警觉了，所以又对这只票做了深度调研。可是，我们的调研还没有结束，三季报就出来了，公司的业绩首现亏损！就这样。"

"哦，栽在基本面上了，你们也不知道在消息上运作一下？太初级了！"

"别说初级不初级的，这里面水深着呢，反正就这么中途熄火了。好了，不说历史了，咱们这一次呢，在上海负责的方温拿特别重视，从几十只目标股票中选中了一只，具体哪一只，有兴趣了我再跟你细说。"

张长弓看了看他："还跟我保密啊，说说看，准备让我做些什么？"

"这要看你的意思，有两个选择，一是帮我们管理点分仓；二是你自己投点钱，和我们绑在一架战车上。"

"管理分仓我没有经验啊！资金嘛，你们是专业投资机构，怎么看得上咱这点儿小钱？"

潘高干直了直身子说："老大，我是在给你说正经的。你在学校时就是大户了，分仓这点活你还干不了？另外，我还是想让你投进去点钱，收益一定比你自己炒股强多了。你的业绩我也不是很清楚，想必不怎么靠谱吧，市场生态就这样，谁也不是三头六臂。"

"这么说是让我给你们打工？"

"什么打工不打工的，这事就需要靠得住的人来一起干，人脉就是生产力。

我找你，是因为你是靠得住的兄弟，又是大牛人，哪来什么打工一说！”

张长弓笑了：“哎，老潘，快把真东西说出来，咱的赢利点在哪里？”

潘高干神秘地看了看他：“管理分仓可不只是赚那一毛半毛的辛苦钱。你想一想，你自己有些资金吧？必要时可以搭个顺风车嘛，只要下手不太黑，大家都是可以默认的，这个你懂的，机会大大地有。”

“老鼠仓啊！”

“别说那么难听，我想，你的厂里有小的们管着，你也不用操太多心，老板就得会借力才行。我说，你的资金在股市上打游击怎么能赚到大钱啊，加入咱的大部队吧！”

张长弓若有所思地拿起酒瓶子认真地看着，看够了才说：“你的大部队，其实也是小股匪徒而已。”

“你拉倒吧，你也就是散兵游勇，能上山头就是高香，还不快整点儿投名状！”

“投什么名状啊，这个有点太突然了，我想想吧。”

“还有呢，操作的时候，老大会布置些阶段性的操盘任务，超额完成就有奖金，也不少呢，当然你也可能看不上这个。”

“要完不成呢？怎么罚？”

潘高干双手抱着后脑勺，眯着眼睛说：“看你那点儿见识，工头当久了都这样。你以为是你厂里流水线上的工人，动不动就罚二两银子？张董事长，完不成暂时没问题，但要是老完不成，时间久了就脱离革命队伍呗。”

张长弓扭头看着窗外，若有所思。

“明白了还不表态？还得矜持得像小女生一样等着别人猛攻？”

“看你都什么境界！既然你说行，这事儿就弄一下试试呗！反正你是省部级的，也不至于拿我们草民当周末过！”

潘高干隔着桌子伸出手拍了他一下：“好，省部级就省部级吧。你不会纯粹跟人打工的，我还不知道你啊。喂，说点真的，你有多少资金可以用？”

“两三千万吧！”

潘高干吐了吐舌头：“乖乖，你发这么大财啊。”

张长弓伸出一根手指，示意他小声点：“嘘……这也不都是自己的净钱。”

潘高干压低声音说："是脏钱啊？"

"什么脏不脏的，看你这省部级内心怎么会这么阴暗！这钱嘛，只是我可以控制的资金罢了。"

"嗯，你这是长袖善舞啊。这钱不少了，你要参与的话，可不要搭这么大的顺风车，你弄一两个数进去，会赚不少的，至少给老婆一个像样的交代是没问题的。"

"投进去太多的钱我也不敢啊，搞这个风险也是有的嘛，咱可是资深股民啊，也见过不少庄家出问题的哦。"

潘高干点了点头，然后又狠劲摇了几下："喂，又吹上了，不就是收身份证的资深人士嘛。"

张长弓一脚踢了过去："你看你看，不管多么伟大的事情，到你嘴里都要被庸俗化。"

"庸不庸俗的另说，还是到上海看看吧？你不参与也可以，咱又不做绑肉票业务，你怕球个甚！"

"也真不怕球个甚。要不走一趟呗！"

"跟嫂子请假的程序复杂吗？几天才能批复？"

"哪像你那么复杂，咱这老婆可是夫唱妇随的乡下女子，哪像你家里那位，省优部优产品，操作程序严明着呢！"

"别扯了，我倒是要看看，你今天怎么请假？"

张长弓立马就打电话给谷雨说，说要去上海谈一个买卖。谷雨说行，我给你准备行李吧。他又说你把行李送过来，顺便也见见我们班上的领导。潘高干拍拍手说，行啊，能骗人了。张长弓说，骗什么，股票不也是买卖吗？只是她总是反对我炒股，所以我没强调买卖的性质而已。

潘高干抚掌大笑："连老婆都骗不了的人，还怎么做得了庄家，骗得了股民？"

一个小时后，谷雨拎着他的行李来了，和潘高干打了几句哈哈，当场还批准了他今晚不回家住的申请。

次日上午在飞机上，潘高干又给他讲了不少关于自己的事情，关于方温拿的事情，关于庄家的事情。张长弓不断地听他扫盲，及至下了飞机，心里竟然有了世界已了然于胸的感觉。这个潘高干果然不凡，回想起在学校时他还因不爱学习遭了不少非议，可现在人家却是全班混得最明白的人了，不只是因为省部级岳丈，更因为他洞察世事，为人练达。

从机场直接被接到一座独栋小楼，方温拿在楼前毕恭毕敬地等着，恨不得把他俩抬到楼上。看来潘高干是真正的老板了，张长弓心里说，既然如此，他为什么不亲自去机场接呢。

方温拿的办公室很是传统：三炷高香缭绕，供奉着菩萨，墙柜布置着财神爷、运财童子、金元宝、大鱼缸，案头还供着貔貅、铜葫芦、龙泉剑。这应该是经过风水设计的，满是传统元素的庄重。潘高干介绍完这个传奇的同学后，方温拿点了点头，又一次热情地和张长弓握了手，同时递过来一支雪茄。张长弓虽不抽烟，但还是接过雪茄放在茶几上。

方温拿悠悠地抽着雪茄，时而宏观时而佛学，有时也不经意地询问张长弓的个人情况。

张长弓机械地回答着，他心里很清楚，方温拿这是在借聊天观察他呢。约莫半小时后，方温拿起身拿出一瓶红酒，小心翼翼地倒了三杯："你是潘总的同学，没说的，我信得过你！"

张长弓点头道："潘总是我们班上的领导，所以信任绝无问题。咱这人没别的，就是勤劳可靠，跑跑龙套还算称职吧。"

"看来这信任也是有传递性的，长弓啊，这次我算是给你背书了！"老潘笑道。

方温拿端起杯子："张总，事情你都清楚了吧，你表个态，能干不？"

"行，弄一下试试呗！"

方温拿用请示的目光看了看潘高干，后者微微点了点头，方温拿于是把酒杯举了起来，提高嗓门："来，把这杯酒干了，咱们就成战友了！"

干完了杯中酒后，方温拿说："张总，你先陪潘总在酒店里休息两天，你们两兄弟好好聊一聊，然后咱们再进入状态，行吧，潘总？"

酒店比五星级还高级，张长弓甚至有些不适应，又是游泳又是按摩的，还有私家会所。这天，两人在游泳池边把所有的事情都说透了，关于老方，关于资金，关于分成，关于各种关系利弊。

第三天潘高干临走时，叮嘱张长弓打电话给老婆再请几天假。电话里他对谷雨说这几天有个重要的事情，需要封闭作业，手机得关机。潘高干抢过电话说，嫂子我给旁证一下，这一次真的是为了业务，不要怀疑老张干坏事哦。

谷雨乐了："这一次？这说明以前干了不少坏事？"

"以前？那不在咱的辖区啊，我只保证这一次！"

"你们都还是读书人呢，怎么都这么恶劣？"

潘高干压低声音，故作神秘地说："老张他是有点恶劣，大家都这么说，可咱老潘这品德可没问题啊！"

"你们就贫吧！我说潘总，你要监督他别去干违法的事儿，还得少喝酒！"

"这些你早培训过老张了吧，他一直自觉执行着呢，不过监督也是必需的！"

潘高干走后的一个礼拜里，老方陪他熟悉公司的情况，也谈了不少操盘的细节。周五喝酒时他说："张总啊，我知道你是大企业家，又是潘总的同学，以后请你帮忙的事情一定很多。不过呢，你刚进入这个圈子，得先从具体的事儿做起，你看行不行？"张长弓说没问题。老方说："那我就不客气了！你这几天，能不能把公司安排的2000万资金分配到可靠的几个账户上去？"

"可以，账户是指定的吗？"

"账户最好你来找，我指定的账户够多了，会引人注意的。你想办法弄几个可靠的账户，公司可以出点费用，但得要保证资金的绝对安全，这也是潘总请你出马的原因之一。"

"这个好办，我的工厂里有不少股民，他们都是很可靠的老乡，和他们合作，资金安全方面绝无问题。"

"另外呢，为了安全起见，牵扯到资金的事情就只能用座机对外联系，还必须至少三个人在场，内容也得有记录。这2000万资金需要开车送现金过去，因为转账会暴露资金来源的。"

"这个明白，但何必要跑这么老远的路送钱，我去弄些身份证来，把户开到上海不就行了？"

"不行，账户也得分散到外地，我们这么多账户都在一个地方目标太大。"

送资金的车到了汝水，他们一直都是集体活动，张长弓三过家门而不入。第三天他回了一趟家，按纪律另外两人得陪着。他当着他们的面把事情给谷雨说清楚了，谷雨表示理解，并一再嘱托别干违规违法的事。

张长弓点头称是，心里却在说，这年头不违点儿规犯点儿小法，能办成事儿吗?

事实上，张长弓参与此事之前，老方他们就买进了不少筹码，这2000万是额外追加的，是备用的冗余。

之后的两个星期，他的任务就是和主操盘手一起操作这些新账户。当然，他主要是以观察和学习为主，这也是潘高干安排的，目的一是学习，二是监督。一个月后，他们的布局也基本就绪，张长弓几次说厂子事情多，想回去一段时间。潘高干对他说，你的观念得改一改了，管理上的事情得放手让别人干，现在的实业老板大都成了玩资本的，你也得有一个开始啊。

这段时间的观察使他明白，在庄家的阵容里操盘手其实是执行命令的小角色，他们只是根据主操盘手的指令，用给定数量的资金在一定时间内把价位做到什么地方，有时候，这些一线的操盘手并不知道整体的作战意图，所以他们如果跟庄风险也是挺大的。

张长弓当时并不知道，在吸筹过程中，方温拿设计在媒体上发布了不少该上市公司的负面消息，同时在操作中也设置了技术陷阱，所以他们才能拿到较低的筹码。后来得知真相的张长弓找到了与这只票有关的大量资料，发现几个月前该上市公司就公告“中期业绩预亏”，同时好几个分析师也调整了评级，而股评家更是以八大理由看空这只股票。看来，这事情是一个系统工程，各个环节都这么步调一致，可怜小散们还一个劲儿地看指标听消息，哪知道人家都是在这儿撒网骗筹呢。

有一次他问主操盘手：“这事情进行这么长时间了，谁能保证消息不走漏出去？走漏出去了，岂不是有很多人跟庄？”

主操盘手神秘地眨眨眼睛说：“这事儿，当然有老鼠仓和外面听风跟庄的了，这是没办法的事情。不过对老鼠仓，方温拿大致心里有数，他会放一点水，这也是惯例，水至清则无鱼嘛，但老鼠们也得拿捏个度。上一次一个贪心的小子就被办了，这个不细说了吧。何况，老鼠们有时也会跟着庄家亏损，所以跟庄有风险，老鼠需谨慎！常言道女怕嫁错郎，男怕跟错庄啊。”

张长弓乐了：“男怕跟错庄，好玩儿。我知道了，庄家当然要尽量保密，不让圈子外面的人跟进，但事实上有些跟进总是难免的，不过也没事，因为市场上消息满天飞，说某某股要拉升，甚至要拉到什么价位的消息有的是，这些消息真真假假，不会有多少人当真的。”

对方点了点头：“坐庄是个系统工程，要抓的点很多，很不容易。当然，也有大资金用暴力坐快庄的，大起大落，捞一票就走，但现在不多见了。庄家与上市公司一般是有沟通的，双方无联系的情况也有，但这样的野庄总体还是有点儿悬。去年有一只股票刚刚出现一个涨停板，上市公司就知道是有野庄家来了，就急忙声明没有重组、没有股权转让、没有利好而且照样亏损，结果该野庄家只好斩仓出局。这种案例多得是，所以我们这次在计划开始吸筹之前，还是用了一些非常手法的。比如，为知己知彼，方老板还安排了自己人潜伏到该公司打工，甚至还买通清洁工在卫生间和办公室拍录对方的动静。不久，地下工作者就发现了该公司以次充好，该用德州仪器的地方改用了国内小厂的，而且还私改了商标。在掌握了这些真实的证据后，方老板就安排媒体发负面消息。上市公司当然也是消息灵通，他们动用关系让报社给顶住，结果方老板一边给报社咨询费，一边又和上市公司协调，说有点小负面没事儿，以后会给你们找补回来的……算了，不说了，真相总是丑陋的。”

这天一大早，方温拿就把主操盘手和财务总监叫过去了。财务总监是这次坐庄的资金总调度。

三人叽咕了一早上，桌子上的咖啡换了又凉，凉了又换，三人都没怎么喝。

开盘前半个小时，操盘的人员都被叫到交易室，点了点人头都到齐了，方温拿大声说：“各位，今天有重要业务，请全体起立，立正！”

方温拿一身正装，满脸肃穆：“近日大盘有上升动力，这对我们是个难得的机会。我们得拉升这只票了，目标是五个交易日内涨12%，成交量也得上去，量价齐升，指标和图表才好看。给谁看？给散户和傻大户们看，不是给交易所看的，记住了！上次的教训都别忘记了，请各位给盯紧了！上海的17个账户、中南地区的20个账户负责买入，西南和华北地区的18个账户负责卖出，明不明白？对敲的账户之间要懂得默契！在量价齐升的同时还得有弹性，这样才能吸引外部资金跟进。记得下手要快，要灵活，别让人家给吞了！”

看大家都明白了，方温拿又接着说：“老规矩，这几天都住在这儿，手机上交，打电话用座机且三人在场，走漏风声者严惩不贷！好，现在用10分钟的时间打打私人电话，然后各小组准备作战！”

张长弓暗中佩服，这方温拿真是狠角色，作战计划开盘前才宣布，一脸的冷峻一脸的决断，这人如果从军，做个团长大概能胜任吧。

开盘前的集合竞价，主操盘手一脸严肃地下了几次单子，一支烟燃尽了也没有吸一口。竞价完毕，这只票的开盘价是8.33，在方温拿设定的范围内。开盘后，大盘在利好的刺激下慢慢爬升，但这只票成交很清淡，都是几手几十手的小单子。20分钟后，盘面上出现了百手以上的买单和卖单，一成交就扫荡三四挡价位，成交量哗哗地向上蹿，这就是传说中的对敲了。张长弓心里说，这事儿散户怎么知道啊！他们只是在如来佛的战略里玩战术，结果只能是自求多福了。

这一天的交易结果还算可以，涨幅和成交量都已达标，只是被两三个中户抢走了几千手单子。之后连续两天，主操盘手守着三部电话频繁下指令，并随时去办公室和方温拿交换意见，一直是满脸的严峻。周五的下午，主操盘手也给张长弓派了点儿活，让他在两个账户里适时买进以配合主力。

周末的两天，大家依然是集体生活，除了没自由外，内容倒还是丰富：红酒、咖啡、麻将、K歌、桑拿，因为这只票如期被拉升了12%，使用的资金也在规定的范围内，方温拿的心情不错，他一高兴，当然就可着大伙疯了。

疯起来的时间过得就是快，转眼就是周一了。翻翻报纸，看看网站，发现各大财媒都出现了对这只票涨势的“揭秘”，并总结出了技术和基因面的八大利好因素。这些文章写得合情合理活色生香，张长弓心想如果自己独立玩的话，大概也得跟进了。想到这儿，他不禁对着报纸呸了一声，主操盘手向他投过会心的一笑。

股评家接连吹了几天，其间大盘也表现尚可，所以这只票就一路上扬。中国的股民真的是最好的股民，在专家们必上20元的鼓噪下，周二周三都有蜂拥的买盘，谁卖呢？当然主要是方温拿他们了。

到了周四，方温拿手里的筹码只有一万来手了，所以当他看到有个中户还在挂买单时，就立即命令全部抛出，直接砸到了11.24，快到跌停的位置了。

其实在股民看来，周四的大跌并不是无缘无故的，技术面和基本面的各种说法都有，可他们哪里知道，在庄家的眼里强势是用来兑现的。这里提一句后话，几个月后报纸又发文为这家公司正名，说当时那些负面消息经查证严重不实，这个“当时”不消说是指的他们吸筹时。为此，报社还煞有介事地处理了当事记者，并上报主管部门注销了她的记者证。当然，这女记者也不会作无谓的牺牲，她的下岗直接换来了100多万元的好处费。这似乎是一个多赢的局面，输家是谁呢？

方温拿这一次全身而退，毛利达到28%。事后他说，我们日常看到的信息，都是在出阁前就多次被强奸、变性和阉割，弄得不男不女的玩意儿！依照这些狗屁信息入市，能持续赚钱基本上相当于让小德张当爹。

其实按老潘的本意，张长弓的作用是监督方温拿他们的。这一次的操盘嘛，他告诉老潘，没看出有什么毛病。老潘说，你在这里坐着就是一切。这次“坐着”还有一个收获，就是收入了几个小钱，包括账户的分红、奖金、津贴等。这些天让他很是触目惊心，原来股票是这么玩的啊。其实方温拿他们还真称不上大鳄，真正的大鳄，算计的办法想必就更高明了。

这一段时间，厂子在马厂长和小裴几个人的操持下，运转得还算顺畅。业绩虽说没有显著的增长，但厂区面积扩大了，设备增加了，产品线加长了，于是这个明星企业的帽子算是戴稳了。再加上农具厂在他们接手后也大有改观，所以一时间政府表彰的多了，媒体帮闲的多了，拉广告的多了。同时，主动来投资“优先股”的也多了，不多时就积累了大几千万的现金，这么一来，连银行都经常上门拉存款。不过只有他们自己才知道，公司的繁荣其实是由这些“优先股”支撑着的，这些款子每年的分红就得几百万。这几百万，怎么能用这些破产品赚出来？再者，兼并来的那个农业机具厂看似起死回生了，其实也是个吃钱的小怪兽。

第十八章　黑豆组织

从上海回来后，他基本上不愿看股票而是关注期货了。黑豆远月还在一如既往地火爆，多空双方都信心满满，真是不怕你不赌就怕你不来。盯盘盯得多了，他心中就绽放开了数字的花朵。这绽放不是因为赌性，而是因为厂里看似无忧，但要甩掉包袱，必得有大的财务性收入才行。

盘面越来越热闹，多空双方都投入了重兵，持仓量之大，史所未见。张长弓并不敢马上站到多方或空方，他要看风向。毕竟，这是高风险市场，不是闹着玩的。

这几天多方占了上风，都涨到了不像话的程度，与现货价格远远脱节，创造价格的功能充分发挥出来了。

在营业部他听人说，这段时间市场上的主力是洪老板。经了解，这洪老板竟然就是以前在一起战斗过的老洪，此人当时并不显山露水，现在却忽然成了令人谈虎色变的大佬。打电话找老洪，几次都提示已停机，他只好托人找到洪老板开户的期富期货公司的总经理，对方很给面子，愿意帮忙约见。

半个月后，电话过来了，说是洪老板约酒。

洪老板出现了，硬件还是以前的老洪，表情语气却全然陌生。看来人的气场，主要取决于所处的位置。几杯酒碰下来，洪老板就直奔主题："混得怎么样了？你可是少年才俊啊，想必正春风得意的吧。"

"我要想得意，就得靠洪老板的春风啊！"

"可别这么说，我们还在一条战壕里丢过炸弹呢。我知道你不以炒期货为生，你只是玩玩罢了，所以我不赞成你投入太多的资金和时间。我经常对别人这么说，对你我也得这么说。因为你知道，炒期货成功率太低了，要吃很多苦，这都是常人所无法忍受的，更扯淡的是，绝大多数人都是吃了很多苦也成功不了。"

张长弓深深地点了点头："这是真心话。不过我做期货时间不短了，对期货有点儿认识，如果小心做的话，可能还不会吃大亏。"

洪老板也跟着点了点头："这我知道，你是聪明人，也有过几次赚聪明钱的案例，我们都很佩服你。只是，期货要想长期赚钱，光靠聪明还是不行的，所以，我想了解一下你对期货的认识，看看你到了几段了。"

"其实我想，期货市场中的多空搏击，很像两拨黑社会在打架，我们散户就在一旁看看热闹。看到哪一拨像是不行了，就及时冲上去落井下石，然后捡起地上的碎银子扬长而去！所以炒期货就是去发现哪里要打架了，在胜负快分出来的那一刻冲上去。如果是双方是小打小闹就算了，如果大打出手就可以趁机捡便宜，但要注意转身就跑，小心被对方大哥抓住挨一顿胖揍。至于他们这两派为什么打，那就跟我没什么关系了。其实咱也想知道为什么，但听点儿片言只语，有时候反而会误了自己。小散只需关心谁将会打胜，认谁做大哥就行。当然，大哥也是轮流坐庄的，小散还得会做墙头草。"

洪老板笑得双手直拍大腿："你可太会总结了，有学问的人是不一样！打架是很热闹，在边上起哄的人是很开心，看热闹不怕事儿大嘛！"

"热闹看得差不多了，就想站队参战，只是有时候会站错队啊。洪老板，还是教教我站队吧。"

"这怎么教啊，况且我也不是老大。操盘这种事，是连自己儿子都教不会的。你得自己想办法提高啊，如果能教会别人，那有钱人岂不满大街跑了！"

“我想成长得快一些，取取经还是必要的吧。我是想请你带带我，我感觉搞了这些年基本上没有长进，是不是我太笨？”

“你要是太笨，哪里还会有聪明人啊？问题是，操盘这事可能不是聪明人干的。为什么高手大都不愿带徒弟？可能他们会认为，我经过这么多磨难得来的经验，能随便传授吗？更何况如果教不成反倒害了学生。不过，从佛法角度看，逆境是增上的助缘，是成长的助力，所以在遭遇亏损时，应该用欢喜心来积极面对。期货行情是善变的，我也没有什么必胜的办法，只是要在这个市场生存，一定要总结，要反省自己。”

“其实我对黑豆也基本看得懂了，对你们弄出来的行情也做了些跟踪，只是没敢下手。”

洪老板斜了他一眼，并不接茬：“投机市场的水深得很，从国际上来看，犹太人控制整个西方的金融体系，我们都说索罗斯如何如何厉害，但很多人不知道，索罗斯的后面是整个犹太人财团，索罗斯成功做空日元，其实得归功于索罗斯基金公司的首席投资官。这个人为了提高胜算，还去日本了解首相和财相人选，而这些人选大都是希望让日元贬值的。于是，在周密的策划后，索罗斯才开始大肆做空日元。去年日元大跌时我也做空了，但这又怎么样呢？只不过是捡几个零钱而已，看到不等于做到更不等于赚到，干这事儿的综合能力决非一日之功。这是一件苦得无边的活儿，所以我劝过许多人收手。从我们一起炒期货算起，这么多年了，能持续赢利的人你见到过几个？”

看张长弓支棱着耳朵听得认真，他接着又说：“这段时间我做得稍微大一些，有些人就以为我是呼风唤雨的庄家，其实不是那么回事，这个市场我哪能控制得了！我想，如果谁要告诉你明天是涨或者是跌，你千万别相信。成功的人，常年赢利的人，都不是什么预测的神人，而是他们有一套对应市场的方法，对各种情况，无论有利或不利，都有相应的处理手法。”

“你身边真正赢利的人多吗？”

洪老板摆摆手说：“不多。不过呢，期货市场开了这么多年了，也有些人是因为手气好赚了不少，但如果不及时收手，过一段时间就没有了。更有意思的是，由于很多期货公司还是手工填单子，有些聪明人会先口头报单，看到亏了就算客户的单子，赚了算是自己的，这些人也算赚钱了，但赚的是什么钱？能学吗？”

“还有这样的人？”

“对，这些人会给自己开一个户头，一般都用亲朋好友的名字。对了，还有一种赚钱的人，你知道赵老西吧，几百万块钱赔得所剩无几，最后连死的心都有了，后来他愣是从银行骗贷了1000万元，然后拿出200万元打点关系，最后成功地跟着一个江西老板翻了本，现在他都有点儿得意于自己的聪明了。这种赚钱的方式，能学吗？”

“原来背后有这么多故事啊，看来，我是进入不了这个赢利俱乐部了。”

洪老板认真地看了他一眼：“那也不是。这得看个人的修为了，看能不能对自己狠一些了。交易者的素质与盘商有关，但与学识文凭无关，市场上高学历人群失败的比比皆是。交易过程磨炼人，跟很多行业一样，成功者大多是被逼出来的，期货操盘是个笨活，但聪明人往往不愿意去重复。”

见过洪老板后，两人一个多月都没有联系，张长弓也没想那么多。忽一日，洪老板主动约他去高尔夫球场散步。洪老板是会员，但却并不喜欢打球，他说自己太笨，没有运动天赋。张长弓呢，还是第一次来高尔夫球场。洪老板说，我只是喜欢这里的环境，打不打球不重要。

正走着说着，忽然一个小白球越界飞来，险些砸在洪老板身上。他弯下腰把这个球捡起来，抚着上面有致的凹凸说：“你看，这球都捞过界了。老弟，有个计划，你敢不敢过界捞一把？”

不等他回答，洪老板又说：“我和交易所高主任的关系很铁，这个关系至关重要，因为没有交易所的支持，大资金也没法玩。”

张长弓还真没有听说过这个，诧异地问：“怎么，交易所也会参与行情？”

洪老板世故地笑着，同时把手中的球抛出去老远：“老弟啊，按理说，交易所自身是不应该考虑赢利的，但中国特色的交易所哪里有非赢利这回事。一旦有了赢利的诉求，他们就吃相难看了。现在全国几十家期货交易所，除去那些胡来的以外，它们的利益应该是来自成交量，要想成交量大，就得让多空双方有分歧。这和股市是一样的，成交就是因为有分歧嘛，大家意见一致了，就得停在涨跌板上了，还交易个啥？所以，为了达到这个目的，交易所有时会邀请资金来参与做市，当然这得许诺一定的条件，比如分仓啦，减免手续费啦，甚至还有更‘三公’的方式。”

张长弓有些不明白：“那么，交易所支持的资金中，有多有空，让哪一方亏钱呢？”

“这个嘛，”洪老板不紧不慢地说，“这得看关系的远近和交易所介入的深浅了。实在不可调和的时候，协调的办法还有的是，例如禁止开新仓、增加保证金比例、调整停板幅度，甚至，到了关键的时候，交易所还会出面让双方主力协议平仓，让得势的一方让一步，让亏损方有个活路。实在不行，还可以拔席位上的电源！”

“协议平仓，我还没有经历过，交易所的权力也太大了吧。”

洪老板摇摇头说：“人家是赌场老板嘛。所以，和交易所没处好关系的大户都只有死路一条。其实，禁止开新仓、增加保证金比例、调整停板幅度、协议平仓，这些在表面上还都是合规的，奥妙在于什么时候干预，向什么方向干预，这就使拉偏架成为可能。一般来说，连续三个同方向停板时，交易所有权要求双方协议平仓。况且，交易所的理由有的是，有时还会用技术故障甚至停电来整治不听话的。例如胶合板9607事件，就是在天天无量涨停的9607合约，为了保护即将崩溃的空头，交易所终止了该合约的交易，提前摘牌并协议平仓。更有意思的是，协议平仓时，双方的价格还不相同，中间的差价被交易所收走，名义很好听：补充风险准备金。如果大面积爆仓的话，交易所还有接下爆仓单子的壮举呢，你想，交易所接下负数账户后，他们还会有三公吗？”

“三公变成两公了。”

洪老板不解：“怎讲？”

张长弓眨了眨眼：“公公嘛。原来市场有这么玄妙啊，看来交易所才是真的老大！人家有时还亲自接亏损单子，也算是有担当呢。”

洪老板拍了拍张长弓的肩膀说：“那你还不跟着老大干？”

“怎么跟啊？”

“我们准备做一波黑豆，已经联合了北京等地的大资金，准备大干一票，建议你尽早加入革命阵营啊。”洪老板信心满满地说。

“好，有用到老弟的地方，您就指示吧！”

洪老板点头微笑，两双手郑重地握在了一起。

当年全国黑豆减产，造成仓单数量大幅下降，价格持续上涨。到了年底，一月份合约已上涨至4600一线，空盘量积累了高达100多万张。空盘量就持仓量，也叫未平仓合约。

这天张长弓正在厂里转悠时，一个陌生号码打过来，说是洪老板要找他。这洪老板现在真牛，连电话都不亲自拨了。虽然电话不亲自拨，但洪老板还是亲自说话的，只是语气有点神秘且不容置疑：“我们想来一把狠的，你赶快参加革命队伍吧！目前价格4600左右，我们的目标价位会出乎大多数人意料的，你可以自己想象一下。”为了证明他说的话绝对可信，洪老板又说：“这个事情知道的人很少，交易所也是支持的。”不等张长弓回话，他就要求张长弓去期富期货公司开户：“只有在这家开户才能参战，我们都是部署好了的，要一切行动听指挥才能取得胜利！这件事情目前是绝密，千万不要告诉任何人。”

放下电话后，他的心怦怦地跳了几分钟，头脑却是空白的。又一个几分钟过去后，他已做出了决定：弄一下试试呗。

当天他就去期富公司开了户，入金2000万元，并在第一时间悄悄买进了300手。两天后，黑豆成交量明显开始放大，价格被逐渐拉了起来，他又跟着洪老板的指令建了不少仓。

价格很快就涨到了4700，他已经获利不菲，正当他暗自高兴时，洪老板用一个陌生号码打电话过来说，你不要私自平仓，好戏还在后面呢。私自平仓可能会影响整体计划，我们是有纪律的，你应该知道。另外，你有私自建的仓吧，这是忌讳，考虑到数量不大，你自己处理了算了，以后不要这样干了，兄弟！张长弓连声称是。

接下来的这些天，张长弓在希望、贪婪和侥幸的综合作用下，抱着单子静等着洪老板的指令，活像一具手忙脚乱的线偶。他的资金，那么大的一堆钱，现在成了端着步枪的列兵，在指定的革命阵营里受命冲锋，结果是擢升为将校还是粉碎成炮灰，只能听天由命了。现在，洪老板及其靠山亚洲豆类交易所，就是他的天。

苦熬半个月后，行情在一波三折中攀升到了4780，他一方面算着将要到手的利润，一方面想着高位的风险，最后决定还是平掉一些，因为等洪老板命令可能会太迟的，这可是关乎全厂命运的钱啊。于是，他冒着被洪老板责骂的风险下了800张平仓空单，价位是4770。可是，眼看着盘面价位已涨到4780，他的单子居然没有成交！这有什么好想的，单子并没下到场内嘛。他去找交易部经理，经理说马上给查，请他回屋里稍等。正等结果着呢洪老板的电话就来了：“老弟，你想走一些单子也可以，只是得提前说一声啊！否则算是违反纪律。我们是在同一条战壕里战斗，你这样做，我就不好办了！”

张长弓赶紧赔不是，同时也明白了——期富公司和洪老板是一条绳上的。

次日他电话约洪老板见面，想说说单子的事儿。电话接通后洪老板立刻挂掉，旋即又用一个座机号打过来：“长弓啊，手机里莫谈国事，我说过的嘛。不用见面了，你说厂里经营急需用资金？让我说什么好呢……好了你平吧，但别超过30%。”

他知道洪老板已经不高兴了，只是碍于面子没有说出重语。这次平仓很顺利，可能是洪老板打了招呼。光是出掉的这30%，他就净赚了400多万元。他把这30%连本带利出了金，立即去另一家公司开了个户，他想用这个新账户对冲一下那个账户的风险，他很担心这些高位多单，但又不敢要求平仓。于是在这个新账户上，他择机做了满仓的空单，算是锁定了老账户的利润。果然一周后空方大举反攻，价格跳水使新账户赢利不少，他不但不平仓，而且还以有大额浮动赢利为由向期货公司申请加了新仓。这样几个交易日下来，他的空单数量和老账户的多单基本就相当了。新账户赢利意味着老账户多单利润要回吐，并慢慢地亏到本金了。洪老板这时候主动打来电话，告诉他这只是一个回调要扛住，我们马上就会反攻的，不要想着斩仓给空方帮忙！

张长弓嘴上答应着，心里却想，反正我的新账户里有反向的单子呢。他很有些得意，因为套保的经验在关键时刻还是有用的。

得意归得意，行情还是不断阴跌。当探下去800多点的时候，洪老板打电话告诉他："好小子你能扛得住亏损不要求平仓，我很感谢你。再坚持几天吧，我们的大资金马上过来了，行情要回头了，你要有信心！"

"可是洪总，我都快要追补保证金了！哪来这么多钱？"

洪老板沉着地说："追补的事情你不用管，组织上自有安排。"

果然第二天，他的单子已经触及追补线，按理该给他追补保证金通知了，但期富公司只是派人找他提示了一下，并没有要求他拿钱追加。这里边的奥秘，他不愿去多想。

不几天后，他的老账户就浮动亏损了1000多万元，而新账户连本带利已经有2000多万元了。看到这个数字，他当即就把新账户全部平掉，他心里想的是，以后老账户即使全部亏完，也够本了。虽然本金无虞，但他还是不时地给洪老板打电话，洪老板的口气中虽慢慢地有些焦虑，但还是一再鼓励他要坚持，说是援军很快就要到了。

坚持，坚持个屁！要不是新账户那些空单，还不该亏跳楼了！看来组织是靠不住的，即使组织的本意并不是要害你。

听天由命了两个星期，行情终于在他的怀疑中出现了报复性反弹，看来洪老板的援军真的来了。他正犹豫要不要追些多单时，谷雨打电话说厂里这几天急需资金。这下省心了，不用犹豫跟不跟多了，他当即把这2000多万资金全部划回了厂里。

多方不依不饶地一直上攻到4850！他有点儿后悔没有追多。虽是后悔，但看老账户解套并赢利，他心里还是很高兴。到了这么高的位置，他倒是冷静了，高处不胜寒啊，是不是应该平仓出来，落袋为安？不过他转念一想，咱这个账户目前是属于组织的，平仓得经洪老板同意。那就再忍耐一下吧，反正自己的本金已经拿走了。

谁知次日开盘前传来了一个意想不到的公告，说是为了控制风险，交易所规定多空双方必须在昨天结算价4830上协议平仓！这也是为了保护空方，因为如果继续上涨，已被绑上烤架的空方就要焦煳了。

公告一出，当然是有哭有笑。虽是要保护空方，但空方还是有人扬言要炸交易所，说是价格这么荒唐了，交易所为什么不制裁多方？更有人弄来了狗血猪下水，在交易所门口“轰隆”一声炸得血肉横飞。

协议平仓让张长弓喜出望外，因为他前几天就想平仓了。现在这么好的协议平仓价使他大喜过望，因为不用受组织约束了，不但利润可以稳稳到手，连平仓的时机都不用去操心把握了。

协议平仓在空方的抗议中执行了。结果是老账户一下子赚进1000多万元，连本带利已经是将近3000万元了。

可是意想不到的事情发生了。

协议平仓以后，期富期货公司却限制出金，他们坦陈是因为周转不灵。张长弓和一干客户跟公司交涉未果，只好打电话问洪老板。谁知洪老板却说，你在账面上得到了回报，咱也算对得起朋友了，可是出金的事情不是我能控制的。你不能控制？当初串通期货公司不让我平仓，你怎么就能控制了？张长弓想到这句话的时候，脸已憋得通红，他正待用抢白过去，“冷静”二字忽地从心头冒出了。他咬了咬牙挂掉电话后，伸手在自己眼前比画了个剪刀手，算作对自己成功制怒的褒奖。

褒奖了自己没用，毕竟钱取不出来了。期货公司的态度倒是很好，经理和高管都出来叫苦加承诺，说很快就能出金。

说是很快，可一个多月了还是兑现不了。后来才知道，虽然洪老板带来开户的都是多头，但期富期货公司本身的自营却是空头，且一部分是挪用客户资金做的。在空方得势的时候他们有赢利却不及时平仓，后来多头这一折腾，自营盘被套牢了，最后不得不斩仓。

两个月后期货公司通知说，他们正在向交易所要说法，双方已经闹到了法庭上。

结果当然是交易所胜诉，无奈他们这些客户只好继续向期货公司施压，声称要联合起诉。洪老板得知后说，起什么诉啊？胜诉了有什么用呢，反正他们现在没钱。这样吧，你们在这里开户也是我引荐的，所以我得负责追讨。请大家不要急，我会和期货公司老板沟通的，一有钱就优先解决你们的问题。

小半年之后，期货公司终于开始分期偿清债务，第一期还了20%。

虽然这笔钱暂时不能全回来，但他手里毕竟还有些资金，所以对市场还是高度关注的。这几天，盘整好几个月的天胶成交量突然放大，双方激烈拉锯，一场大戏火爆上演。

之前的教训使他相信，大资金单向豪赌太激进，弄不好可能连裤衩都没了。所以这次先用双向单子试水，操作了几次还算成功，有了十几万元的小赚。不过没几天，一次亏损就把这些利润给吞没了：敲进去了一套双向单子，但只是空单成交，次日就遭遇涨停，到第四天勉强逃出来时，砍掉的尾巴比前几次赚的还多。不过这只是小资金玩玩，他并没有太在意。

一周过后，行情越来越火爆了，他预感一次重大机会就在眼前，于是把厂里的1000万资金都抽了出来，准备干上一票。有了上一次的惊心动魄，这次他不敢轻举妄动了，只是下了几十张单子试试水，虽有些赚头，但毕竟浪费了大好行情。自己这是怎么了，胆子怎么越来越小了？他仔细琢磨了一晚上，决定还是做些跨月套利，至少本金安全多了。他研究了几个月份的走势后，发现5月份和11月份的价差有点离谱，这正是套利的好机会。所以他马上动手，在5月份合约11080做多，在11月份合约12070处做空，而且不但把头寸用满，还申请超头寸下了些单子，反正是双向嘛，经理也同意给他透支。

成交后好几天行情都没有大的变化，正好厂里忙，他就不再关注那些单子了。

没想到一个星期后，期货公司交易部打来电话，说是要他追补保证金！原来，5月份这一段时间没怎么涨，10月份倒是涨了不少，由于他是满头寸且有透支的，所以再不追补就亏到公司账上了。他当然不愿拿钱追补了，况且也没有这么多闲钱，只好减仓释放头寸。这次被动减仓，他倒是没有感觉到压力，因为他认为是套利时机不对，等一下行情就会回来的，没什么可担心的。

更想不到的是，几天后他又被通知追补保证金。这一次更可怕了，5月份合约一直在涨，10月份合约一直在跌，基差扩大了一倍！太意外了，这些套利单子相当于跨在两条船上，但这两条船相背而行，本想套个逍遥钱却被扯破了裤裆！

他次日来到了期货公司时，差价还在继续扩大，他还没有来得及补救，就被强制平仓了。这一刀砍的，一下子就亏损了800多万元！

他这下可真蒙了。800多万元啊！还是套利套亏的，说出去都不一定有人相信。

10月份合约还在跌，差不多了吧，还能跌到哪里去？他问了分析师和几个大户，大家都认为下跌空间有限。况且，图表和指标也都支持他的判断，所以立即下手半仓买进10月份合约。建仓后次日就涨了39个点，他又开始高兴了，因为如果这样发展下去，亏掉的那800多万元很快就会回来的。

人一高兴，就容易缺心眼。这天收盘前20分钟，忽然量价齐升，他感觉突破的机会来了，于是立即满仓跟进！这是一把玩命式的豪赌！次日一开盘，行情先是惯性上冲一下，他还没有来得及笑一声，曲线就径直掉头向下！眼看支撑被破，他却认为这是多头洗盘，所以就沉着地盯着盘，一任单子被深套。他这不止损的侥幸心理，次日就受到了惩罚：全部月份合约大跌，他已虚亏一半了，无奈之下只好斩仓了事。

这一刀下去他的眼都红了，于是对着桌子就是一脚。电脑桌被踢得摇晃了几下，但屏幕还是忠实地显示着行情：多头发力反击了！坏了认赔太早了，赶快跟进吧！单子成交得倒是挺快，但市场就像是有意跟他作对，他的单子成交后，多方只上攻了10多个点，空方的大单子就“哗啦”一下砸了过来，快如风疾如电。这下他又被套了进去，等想起应该止损时，已经收盘了，小裴在一边看得直跺脚。

带着忐忑和侥幸熬过了一个晚上，次日一开盘，一个想象不到的局面出现了，行情直接奔跌停！在断崖式下跌的混乱中，风控专员数次手起刀落，但他的单子直到封死停板也没有平出来。他一下子被打入谷底了——怎么会这样？怎么可以乱了方寸？多年修炼的沉稳到哪里去了？真是搞不懂，为啥我一个小户竟能如此影响市场？我一买它就跌，我一卖它就涨，我一反手它也反手，难道庄家大佬们都死死盯着我这点小钱不放？

火星人快来吧，快来攻打地球吧！你们占领地球只是迟早的事，那么就请现在来吧，来得迅猛些吧，来把这劳什子的交易所都干掉吧，踏平时间和空间，来一个没有明天的今天吧！

晚上被扶回家里时，火星人已经被他抛弃，取而代之的是“是谁帮我们翻了身，是谁帮我们得解放……”声嘶力竭地一直吼到午夜，谷雨也拿他没办法。

凌晨他终于吼累了，和衣在沙发上睡了一会儿。次日上午开盘虽然没有跌停板，但还是低开了2%，这意味着他已经穿仓了。被强制平仓后，他倒欠期货公司104万元。

爆仓了。不但1000多万资金丢了，而且还被期货公司追讨穿仓的款。

下午小裴陪他摸回到厂门口的时候，他猛力摇晃了几下脑袋，居然感觉到有些神清气爽，于是亲热地跟邮递员打了招呼。到了厂里，车间还在轰鸣，销售还在打电话，马超汉还在指手画脚。径直走进办公室坐定，有人过来倒茶问好，这人是谁？他不知道。

不大一会儿又有人进来了，他抬头看了三遍，才认出是财务经理高丽春。她一来，不用说是谈钱的，因为其他钱都没有周转回来，只能指望他手里炒期货的钱了。

没等高丽春开口，他就主动说："今天别提钱的事儿，我有要事得马上办，得空了我去找你！"高丽春刚说了个可是，他就不耐烦地摆了摆手，她的嘴张了几张，终于没有说出话来，站了一小会儿才迟迟疑疑地留下一张表格，转身离开了。

高丽春走了好久，他才拿起了那张表格：

欠原料款300多万元；

应发工资，包括农具厂的，60多万元；

应分红利30多万元；

税款10多万元；

运费2多万元；

应酬费5万多元；

要求退股600多万元；

水电和其他杂费20多万元。

本来，要不是因为期货亏损，流动资金是够用的。找人借钱吧，堵不住这么大的窟窿；找银行贷款吧，那些嫌贫爱富的家伙肯定以各种理由推托。这么木呆呆地想了半天，还是无计可施，天黑透了才在小裴的催促下回到了家里。

谷雨见张长弓一筹莫展，问明了缘由后，说她可以想办法筹点儿款。次日下午她打电话说已经筹到了100万元，多亏郑局长帮忙。这位郑局长，其实现在已是郑副县长了，但他们还都习惯地叫他局长。说来也巧，钱刚拿到，洪老板就打电话说是交易所的高主任给他暗示，有一个非常好的交易机会。对洪老板的能量，张长弓还是相信的，但是，继续在期货上赌，他还是有点怯了。虽然他心里痒痒的，但他知道，如果把谷雨借的这钱赔掉了，真的就只有死路一条了。

虽然他克制住自己没有拿这100万元去赌，但毕竟还只是杯水车薪。一个星期后，上门要钱的各色人等都快把厂门堵死了，有人说要打厂长，有人说要砸厂子。

谷雨这天正在厂里牵头搞广告策划，一看门口这阵仗，立即就想到了二马哥，也就是冯闲云的哥哥。她对张长弓说，我看还是请二马哥出面维持一下秩序吧，再这么乱下去怕是要出事的。张长弓说，这样不妥吧，二马哥这人有黑社会的味道，和他扯在一起不好。谷雨说都这样了，哪顾得了这么许多，现在也只有二马哥能镇得住这场面。张长弓想了老半天才说，也罢也罢，干脆就火线任命他做公司的副厂长算了，算是不管部长，专门应付烂事儿吧。

还是二马哥有本事，不过现在大家都叫他冯副厂长了。他先是叫他的20多个兄弟轮流值班以维持秩序，然后又自己拿钱把一位局长家的钱退了，并请出局长的哥哥现身说法。这位仁兄告诉大家，厂子只是暂时周转不灵，大家再这么挤兑，厂子一旦出问题，大伙的钱可都真的没戏了！局长哥哥这么一说，气氛倒真的有些和缓了，二马哥这时不失时机地代表厂里承诺一定会尽快还款。这么一来，闹事的人群渐渐散去，最后四五个坚持不见钱不走的人，也被几个痞子小兄弟连哄带吓唬的弄走了。

事后小裴说，二马哥真是帮了大忙了！张长弓说，这真不知是福是祸，因为事情虽是缓解了，但这种涉黑的权宜之计，以后的代价可能是沉重的。小裴说，其实还好啦，冯闲云和谷雨是铁杆姐妹，据说二马哥又只听他妹妹的话。张长弓叹了口气说，这么说来，这杯鸩酒还有解药，这解药就是冯闲云？但愿吧！

由于有二马哥镇着，厂里平静了很多，但据谷雨说，有人已经到人民银行和公安局告状了，并说这事可能会以非法集资立案。谷雨从哪来听来的消息，她没有说，但他相信这都是事实，因为她的信息最灵通了。

钱荒还在不依不饶地上演着，想了几个找钱的法子都没有奏效。他爆仓的那家期货公司已经起诉讨要那104万元的款子，工人因欠薪已开始闹情绪，并且由于原料供应商不见钱不供货，生产也变成断断续续的了。还好，由于农具厂是国有企业，县里领导指示银行给贷了200万元，但对这么大的摊子来说，只不过是点了一下滚儿。

只能找黑叔想办法了。黑叔当然是有办法的，只是他轻易不愿开口求他老人家。

电话打通了，他本想说需要点资金，可一开口竟变成了想去庙里看看。两个人到了庙里，住持说："老弟，一见面我就知道你是遇到问题了，不过别着急，因为你的事情是急不得的。墨子说国有七患，你知道是哪七患吗？"

张长弓心想，都什么时候了，还给我说这些酸文假醋的！但他嘴上还是说："住持，这个七患我会背的，只是没有认真琢磨过。"

"国有七患，本意是说国家随时会面临挑战，所以要有积极的准备，才能有备无患。国家如此，企业也是如此。你面临的事情，我基本上都知道，你以为是钱的问题，也对也不对。如果不理解七患的内涵并防患于未然，有多少钱都得填坑。"

"是的，我参与风险交易，有时候用的是输不起的钱，黑叔多次说过我，我都没有引起重视，以致到现在这个田地。"

……

二人交谈中，黑叔自始至终一言未发，张长弓知道这是有意让他提高认识，然后再谈具体怎么解决问题。

果然。二人辞别了住持，默默地下到了山脚，黑叔终于开口了："长弓，道理师父刚才都说过了，我就不用多说了。眼下的问题不止是钱，再这样下去，可能会更糟糕。国有七患，你现在是厂有不止八患了。"

"师父说可能有多少钱都得填坑，但不填又怎么办呢？"

"怎么办？就一个办法。"

"什么……办法呢？"

"你出去一段时间吧，随便哪里都行，厂里的事儿你暂时不用管了，有我和谷雨、马超汉他们，天就塌不了。"

张长弓吃了一惊，因为他从来没有想过一走了之："我不想躲避，那样就算彻底认输了。""你一定得离开一段时间了，你留在厂里挡不住事儿，自身还不安全。"

张长弓正琢磨怎么回答时，黑叔拍了拍他的手背，用不容置疑的口气说："你必须走。天无绝人之路！"

"我……"

也罢，解决不了的问题不如先放放。现在的厂子就像一盘没有出路的死棋，索性先不去管它，没准在别的地方一折腾，慢慢地这块棋就借尸还魂了。

第十九章　藏地无股事

据说西藏是一生应该去的十个地方之一，在那里可以体验缺氧，可以感受极限，可以离天很近很近。更重要的，还可以与自然、与上师、与自己的心灵对话。其实很早以前，张长弓就计划过一个人背上行囊，先在拉萨盘桓几日，然后上阿里、下林芝、观巴松错、转冈仁波齐，去许多旅行社到不了的地方。早晨站在转经路上接受心灵的洗礼，白天去原野雪山品味圣洁和诗意，晚间借宿藏家，感受藏人的高亢和辽远。他还想走一趟墨脱，去一次珠峰，哪怕只是走到绒布寺，也可以与第三极零距离亲近，相看两不厌。

现在总算可以去了，虽然只是为了逃避。

临行前，他给厂里的主要人员都通了电话，说是要去运作资金，请大家齐心协力维持厂子的运转。他告诉谷雨自己要出去想办法，什么时间回来还不好确定。他不想让她知道他要去西藏，怕自己的行踪从她这里泄露出去。谷雨也不多问，心想他也许又是去参与坐庄了吧。由他去吧，他不去运作，厂子还不是得等死。

走之前他买了一个新卡，号码只有小裴一个人知道，连谷雨和马超汉找他也得通过小裴转告。他还特别交代说，不到关键的时候不准打电话。临走时，他还把厂子在什么情况下怎么处理都写出来交给小裴。这也算是锦囊吧，虽然不会是什么妙计，他自嘲说。

飞机一落地，他就迫不及待地挤到前面去了，头等舱左边一位肥头大耳的乘客白了他一眼，空姐马上示意他慢点。他知道是自己失态了，于是赶忙道歉，心想是自己太急于触到西藏的土地了。

机场到拉萨一百来公里，公路沿河而建。两边山上满是裸露的山岩，河面波光粼粼，河边不时出现盆景似的小水洼。有时也能看到藏家小院，墙壁似乎是用牛粪垒成的，孩童与藏獒在院坝上嬉戏着，野性而安逸。

到了拉萨城里，天已经黑了。这里的路灯都是暗暗的，似乎是继承了酥油灯的基因。拖着行李找了个青年旅舍，洗了一把脸就躺在床上。因为进藏第一天不能洗澡，要节省体力。虽说途中折腾了两天，他却没有丝毫睡意，打开电视也看不进去，头脑里忽而是这些天的大事小情，忽而是文成公主和宋朝干部那遥远的风流。直到最后一个台打烊，他才忽然感觉后脑勺发胀发疼，而且呼吸也沉重了起来。有人说，真正的高原反应是下飞机几个小时后才出现的。果然。高原反应是进藏的第一关。高原反应因人而异，但一般来说女士好于男士，瘦子好于胖子，矮个子好于傻大个，年轻好于年老，藏族人好于汉族人。通常情况下，吞几粒红景天，喝半碗酥油茶，过几天就没事了——如果还受不了，就可以怀疑您的前世一定是受尽折磨的农奴，今世不想在西藏多待一天。

一直折腾到后半夜才迷糊了一会儿，醒来时天已大亮。出门逛了几圈，觉得拉萨的街道寺庙不但不陌生，而且还面善如重逢。布达拉宫前挂着两条红色横幅，上面寻常的口号虽与嵯峨的宫殿极不搭调，却也无损它从大唐穿越而来的光芒。大昭寺，八廓街，转经，等身长头。天那么近那么蓝，有些不真实。这里讲藏语的似乎并不多，满大街都是普通话和四川话，连藏族人也有不少说四川话的。

等身长头是真正的五体投地，磕头时两手合掌高举过头，自顶、到额、至胸，拱揖三次，再将整个身体匍匐在地，双手向前伸直，画一个蝶泳一般的弧线向前扑倒，着地后复又起身。虔诚的信众往往从四川、青海和云南等地磕长头到拉萨朝拜，常常是行程数千里，三步一拜，一磕几年，即使死伤在途也无怨无悔。据说现在开始折中了：磕一段距离后乘车返回家，待体力恢复后再乘车到原地接着磕。定点磕长头者最集中的地方是大昭寺，信众们衣衫褴褛，却目光纯净神情庄重地反复重复着同一动作，可见其虔诚。此情此景使他心底柔软起来：人不要太过复杂，简单地信仰着、崇敬着、害怕着、期待着，是不是更有利于“和谐社会”？

浸淫在大昭寺飘出的天籁梵音中，他不禁双手合十，两眼微闭，似乎已是心若虚空。不过这种状态很快就被导游的小喇叭唤醒，他不满地摇了摇头，跟着转经的人群离开了。他漫无目的地走着，在嘈杂的八廓街缓缓转了半圈后往左一拐，面前出现了一幢黄色小楼。

这便是闻名遐迩的“玛吉阿米”酒吧了。藏语里，玛吉阿米是少女之意，借指六世达赖仓央嘉措的民间情人，虽然，她未必叫这个名字。

崇尚白色是藏族亘古的习俗，一般民宅墙壁都饰以白色，只有黄教寺庙及活佛驻锡地才可身披黄衣。这座小楼为何可以有如此高贵的颜色？他正在不解时，正巧一队游客经过，小喇叭说三百年前某个星月之夜，仓央在八廓街一个酒馆偶遇一位不期而至的少女，该女容颜似月亮般的纯美，仓央只是这么一瞥，就深深地印在了心底。从此，他常常光顾这家酒馆，期待重逢。仓央去的酒馆就是我们面前的玛吉阿米！正因为这个浪漫故事，这座小楼才有资格身披黄衣，玛吉阿米于是成了进藏的小资男女的必访之地。

这栋黄色小楼的顶部看来像个一顶蒙古包，巨大的白底蓝花的“华盖”张扬地对抗着高原上发白的日光。几百年的风雨造就了它的沧桑，华丽的藏饰烘托了它的不凡。在点缀着唐卡、油画还有古铜饰品的氛围中，东方与西方、历史与现代交相辉映，于粗犷中涌动着某种神秘和诱惑。游客指南上说，在六世达赖和情人曾经邂逅的地方，你可以在一个快意的午后，伴着几个孤独的旅者，挥洒一小截玛吉阿米式的慵懒时光。游客指南上还说，仓央嘉措1697年被选定为五世达赖的“转世灵童”，同年在布达拉宫坐床，成为万众景仰的达赖。不想在二十五岁那年，风云突变，他成了权力斗争的牺牲品，于是神圣的达赖变成了流浪的嘉措，从此亡命列国。他心里说，这六世达赖还真是不爱江山爱美人的坚定践行者，只是没有了江山的他，终究也无法再拥有美人。

慢悠悠地喝了两碗青稞酒后，他翻开桌上的杂志，里面有仓央嘉措的一首诗：

> 我问佛：世间为何有那么多遗憾？
> 佛曰：这是一个娑婆世界，娑婆即遗憾，
> 没有遗憾，给你再多幸福也不会体会快乐。
> 我问佛：如何让人们的心不再感到孤单？
> 佛曰：每一颗心生来就是孤单而残缺的，
> 多数人带着这种残缺度过一生。
> 只因与能使它圆满的另一半相遇时，
> 不是疏忽错过，就是已失去了拥有它的资格。

他不敢再去品读，因为这首由藏文转译过来已然失去了原本韵味的诗，已使他泪眼婆娑。

原来，先人早就知道人的幸福来源于反差，没有反差哪来幸福？世人是如此的卑微，卑微到会拿别人的痛苦来渲染自己的幸福，或者拿别人的幸福来反衬自己的痛苦。没有贪念就没有痛苦，诱惑自己进入投机市场的，就是这个“贪”字。回想自己在操作中的屡次失败，诱因也是这个“贪”字。

一路上咀嚼着这个“贪”字回到了旅馆，大堂里几个年轻人正在商量组团去纳木错。他眼前一亮，马上凑过去要求搭伙。

次日一大早，租来的越野车在大雨滂沱中上了路，送他们一行五人去这个高原圣湖。对，就是湖，藏语中的错就是湖的意思。纳木错就是“天上的湖”，是世界上最高的大型咸水湖。大约开了三个小时，越野车带着他们绕过了无数座大山后，一个比天还蓝、如海般大的湖从群山中闪出。司机说，这便是纳木错了！

湖边那块守望了亿万年的合掌石，是纳木错的地标；对岸那列雪雕般的群山，就是念青唐古拉山了。念山白雪皑皑云雾缭绕，如同头缠锦缎、身披铠甲的英武之神，当地人说它的最高峰有七千多米。

一块镶嵌在绿色草原上的蓝宝石，碧波粼粼，浩瀚如海。油菜花那盛大的

金黄给这块晶莹的蓝宝石配上了边饰。在阳光的辉映下，碧蓝的水面上闪烁着细碎的金光，平添了几分神秘和虚幻。他双手合十往水里走了几步，站在那里看着云卷云舒，听着湖水拍岸，一种被濯洗过的愉悦油然而生。此时的他，不必想过去，不必愁未来，在这纯粹得近乎奢侈的时空里安然寂静，心也渐渐地释然了。之前一直不明白，什么样的湖才能成为圣湖？现在他终于找到了答案。

返程在车上回望，纳木错已淡化成了背景，湖边的村落安静宁和，念青唐古拉山在右侧如影随形。两个小时后，昏昏欲睡的他忽然看到了羊八井的路标，头脑立刻闪现出高原热水井、地热发电站，还有那能够洗心革面的羊八井温泉浴。

“师傅停一下，我要下车！”

“要等你吗？”

“不用管我了，我自己回去！”

车开走了，他一个人朝着冒热气的地方走去。路边有几个身着民族服装的人在放羊，羊群虽不如想象中的白如云朵，但却很是干净肥硕。

在苦寒的高原上，沸腾的温泉是一大奇观。羊八井温泉不但海拔最高，而且有罕见的爆炸泉和间歇泉。在海拔四千多米处看着白云泡温泉，那种畅快和忘我，使他觉得骨头都要酥了。泡完后才五点多钟，当地人说已没有班车去拉萨了。他站在路边想拦辆顺风车，但半个小时过去了，无数大小车辆呼啸而过，却没有一辆肯为他刹上一脚。当一队磕长头的朝觐者路过时，他一时好奇跟着磕了起来，可是没磕几步裤子就磨破了。细看这些专业的磕长头者，人家的手臂和膝部都绑着保护垫。领头的朝觐者冲着他笑时，他赶紧问能帮忙拦辆车去拉萨吗？看他们听不懂汉语，就手脚并用地比画坐车的动作。一位老者终于明白了，呜里哇啦地冲他说起了藏语，他听不明白，只好说着谢谢谢谢转身就往回走，心想找个旅馆住下明天趁早吧。刚挪了没几步，一个熟悉的中年男子迎面走了过来，原来是刚在一起泡过温泉的。他主动打招呼，对方也认出了他，知道缘由后说你就别走了，在这里住下何妨？他点头称是，两人于是就攀谈了起来。原来这男子名唤杨四清，来西藏几个月了，今天来羊八井是为了见一位仁波切。仁波切就是活佛的尊称，或昵称。内地那么多仁波切，你为什么要来西藏见？杨四清说北京是有不少“仁波切”，不过大都是野生的，他们中基本上没有人读过哪怕一册佛经。说完他认真地盯着他问：“老弟，你为什么孤身一人来西藏？怎么这么晚了还到处转悠？因为失恋？破产？亏损？下台？”

张长弓被他说乐了：“杨老兄，您干吗不盼我点好啊？”

杨四清并不笑：“人一得志，命就特别金贵，谁会这么晚还瞎晃悠啊。我见过独自来的人多了，都是我说的这些原因。当然，探险家例外。”

“我是兼而有之吧！”

“其实小伙子，你也一定有你的伤，但我不便多问。”

张长弓点了点头说：“老兄明察秋毫，我哪有隐瞒的道理！这么着吧，既然我们有缘相见，何不一起喝两杯？”

杨四清握住他的手说：“端得是有缘人！不过你也不用破费了，我带你去一个好地方喝酒如何？你要是不反对的话，请跟我来！”他一边说着，一边带张长弓下了公路拐了两个弯来到一个院子门口，说这家是我结交的藏族朋友，非常善良好客。

院子里堆满牧草牛粪，一个藏族汉子正在收拾羊毛，他的身边是一匹龇着牙但摇着尾巴的藏獒。杨四清介绍说这是旺堆，这是新朋友张长弓。旺堆说扎西德勒，张长弓也跟着说扎西德勒。进屋的时候，他看到门口有一个炉子，炉子上的大锅正在扑扑地冒着热气，散发着浓郁的香味。旺堆汉语不灵光，需要女儿充当翻译。女儿过来给他们献上了哈达，然后宾主坐定几句寒暄后，旺堆媳妇就端来了花生乳酪风干牦牛肉等几样小菜，再给每人倒上一大海碗青稞酒。张长弓是第一次来，所以主人得先敬他。旺堆双手端起酒碗，女儿和媳妇开始拍手唱歌，只见他用无名指蘸上一点酒，敬天、敬地，又在张长弓和自己额头上各点了几滴酒，才在柔美嘹亮的歌声中开始敬酒。这套迎接尊贵客人的礼仪重复三遍才告完成，青稞酒劲儿虽不是多大，但肚子却是盛不下了。

名义上是三碗，事实上不止三碗，因为每碗要分三口喝，每喝一口后都得添酒，这叫三口一杯。三轮青稞酒下来，旺堆又从床下拖出了一箱白酒，三人边吃边喝，女儿和媳妇不时加菜上来。

早上醒来的时候，旺堆和女儿已外出放羊，只有旺堆媳妇在院子里忙活。杨四清见他醒来了，问昨天晚上喝过瘾了吧？张长弓对喝酒的事情已经断片儿，说现在满脑子只是吐酒的碎片了，好像吐得满地都是。杨四清说藏族兄弟就是实诚，必须得喝成这样才算喝好，主家才会高兴。张长弓少气无力地躺着，看到门口煮肉的炉子说："杨哥，你说高原上不用高压锅，肉能煮熟吗？"杨四清说："我也是刚刚才知道。温度不够嘛就时间来补，所以这煮肉的锅是整天在火上烧着的，西藏人几千年来就是这么煮肉的，高压锅发明才多少年？老弟，不但煮肉，万事万物都是这个道理，天分不够就得慢慢修行。"张长弓醉眼惺忪地附和着："就是啊，投资更是要比拼修行……"

"你也玩股票并因此受伤了？"

"从你这个'也'字，我猜到了你的一些经历。"

"我知道你猜到什么了！真是聪明人。实话说吧，我以前是一家国企的中层，因为想赚快钱，一时糊涂挪了公款炒股票，后来亏损了，怕事情败露就把自己家的房子卖了，又借了不少钱才算补上这个窟窿。结果家庭也因此解体了，这还不算完，后来单位财务检查还是发现了挪钱的痕迹，虽然补上了但性质严重，我还是被开除了。我破罐子破摔了一阵子后就来西藏晃悠了这小半年，还真有了意想不到的解脱和欢喜。西藏这地方太适合疗伤了。我现在没事儿了，脱胎换骨一般，等一段时间我就下山，我的人生将再一次出发。现在想来，我在股市看似失败了，实则收获挺大。为什么呢？因为这次亏损虽然严重，但也在我可以承受的范围里，如果没有这番折腾，不知天高地厚的我总有一天会摔得小命都没了。所以要懂得感恩，那波科技股大跌的行情就是棒喝我的，我得感恩。"

"我也有类似的经历啊，杨哥。"张长弓一五一十地把自己的事情讲了出来。

他们的早餐一直拖到十一点才吃，饭后两人谢别旺堆媳妇时，张长弓执意留下一条烟表示谢意。他虽然不抽烟，但却带了一条备用，这下算是派上用场了。

"我为什么来羊八井？是因为要拜见仓嘉，他是著名的拉错寺的大活佛，这位仁波切现在临时住在这儿。他不但懂佛法，还了解股票期货，因此不少人千里迢迢来请他点化。"杨四清神秘地说。

张长弓听得眼睛一亮："我可以去吗？"

"佛是讲究缘分的，我想你是有缘人吧！"

"需要从供养法和供养佛开始吗？"

“要求供养的，会是真佛吗？”杨四清当然明白他囊中羞涩。

仓嘉活佛竟然是坐在田埂边一块石头上跟他们见面的，同时来拜见的，还有七八个人。活佛六十岁左右的样子，眼睛深邃、鼻梁高挺，面部轮廓雕像般分明。四目相对那一刻，时光仿佛凝固，一个从没有过的念头闪过后，地心吸引力似乎突然强大起来，张长弓不由自主地跪了下来！正待磕头，没想到活佛起身把他拉起，用略带藏语腔调的四川话说：“磕头就不用了，都是朋友嘛！”原来活佛并不是想象中的不食人间烟火，而且还这么随和，但如此平静的外表下，却散发出强大的磁场，即使坐在石头上，也是一副高僧大德的样貌。

活佛面向张长弓说：“你是第一次见面的新朋友，有什么问题尽管说，莫要拘谨哦！”张长弓不知道该说什么，半天才憋出一句，说多亏杨四清引见才得见真佛。活佛笑而不语，手中一如拈花。

杨四清趁机双手合十，求活佛为大家加持，活佛欣然同意。活佛果然不凡，声音厚如洪钟、威如狮吼，诵经的韵律犹如天籁，而且满是慈爱。张长弓虽然一个字也听不懂，但却和众人一起跪下，激动得满眼含泪。

加持完毕，活佛让大家起来，然后风趣地说：“其实我也是普通人，小时候也和小伙伴一样打架、赌博、逃学。十四岁被认定为转世时，我怎么也不相信自己会是活佛。可是当我‘回’到前世住持的拉错寺时，我就仿佛被感召了一样，自此一心修行。可能是因为佛缘深厚吧，我的进步很快，有些佛经我似乎本来就会背一样。”

看到活佛暂停讲话，正在慈爱地扫视他们时，张长弓赶快插话说：“听说您还懂股票和期货，请仁波切给我们明示！”

活佛说：“我知道你们里边有几位是做股票的，今天咱就谈谈这个。人都得学习才行，我也一样，这几年证券市场发展得快，所以我也学了点基本的东西，你们有什么问题尽管提哦！”

“股票交易有不少人亏损，这算是伤害众生吗？”活佛左手边的女子问。

“炒股票不会伤害众生，但是如果你没有经验或者没有福报，就会被伤害的。我认为股票是从国外学来的搞活经济的好办法，它可以筹集并优化资本，对全社会是有利的，怎么会伤害众生呢？”

“请教仁波切，学佛的人是否适宜于炒股票？”

“学佛的人炒股票，和常人并无不同。常人炒股票只有两成人赚钱，学佛的也差不多。不过，从佛法的角度来讲，炒股票是跟自己的安静心斗争，跟自己的贪婪嗔恨斗争，处理得不好，就会迷失智慧增添烦恼，甚至消耗自己的福报。”

“修炼佛法可以改变炒股的运气吗？”

“可以。佛法能够增添你的福报，如果真正有了这个福报，炒股就容易赚钱，如果你没有这个福报，天天烧香拜佛也不行。有些炒股票期货的大户会请一些高僧或道长，希望能借助他们的法力来赚钱，不过这是不可能成功的，因为法力是自己修来的，而不是借来的。如果你们希望赚钱，那就从爱身边的人做起，从细节小事上严格要求自己，同时还要多做善事。积德行善是增添福报的方法，只有品行端正的人才可以事业成功，在投资市场上也是这样的。”

“佛经上说‘佛氏门中，有求必应’，那么，一心求佛就能炒股赚钱吗？”

“没有求不到的，求财就真能得到财，真的会实现的。可是盲目地请求佛菩萨保佑发财，是不可能实现的。因为财富是果报，有了财富的因才行，那么财富的因是什么？因是财布施，你尽力去布施而不求回报，到你需要的时候它自然就会来。如果你炒股赚钱了，希望能够依财布施，果报自然就会产生了。‘有求必应’不是想啥来啥，只有下功夫去做自己想要的因，借用佛的法力，才会真正地有求必应。”

“我做股票赔了几千万了，有办法赚回来吗？”

“你的钱已经赔了，赚回来不容易，但也不是没有办法。首先，你得认定赔钱也是积德行善，所以你赔钱了反而应该开心，认定这次赔钱一定是前世欠了别人的债，今世用这样方式来还。你得认为赔钱就是行了善，还得希望众生得到这笔钱就能离苦得乐，这样你就明白了金钱的轮回，就可以增添你的福报，有了福报，就有可能重新赚钱回来。当然，你还得注重在操盘方面的磨炼和升华，更得遵守市场的规律。”

“行情是可以预测的吗？”

“我是知道前世今生的活佛，但我承认我也预测不了，别人真的能预测？我没见过。”

“听说您也炒股票，可以问一下您赢利情况如何吗？”张长弓小心翼翼地问。

“按说佛家应恪守规矩，是不应该炒股赚钱的。不过我对钱没什么需求，我如果赚了钱就布施给众生，所以我炒股并没有破坏戒律。我对股票了解不多，只是依规行事，几年下来，倒也赚了些。”

“您是怎么操作的呢？”杨四清两眼有点儿放光了。

“我持戒，坚守一套简单的戒律，就是只做一只股票，只看15日均线，收盘价上15日均线则买，跌破15日线则卖。这样坚持几年，从次数上看是赚少赔多，但从总体上看就是稳定赢利。”

“这道理并不深奥，但我们为什么做不到呢？”

“这就是学佛的优势了，我能坚守，能重复简单的动作。高山原不动，浮云任去来，平日深涵养，临时见功夫。”

告别活佛后，他感觉如开天眼，心境大好，于是和杨四清互留了电话，徒步上路回拉萨。

一路上他不停地哼着歌，后来就变成了吼，曲调也变成了时而秦腔时而豫剧时而京剧：

纯净的天空中有着一颗纯净的心
不必为明天愁也不必为今天忧
来吧来吧我们一起回拉萨
回到我们阔别已经很久的家
拉呀咿呀咿呀咿呀咿呀……

傍晚时分，他拉呀咿呀地吼回了灯火通明的拉萨城时，嗓子已然沙哑。前天住的青年馆舍已没有房间了，正踌躇间，一个藏族女子过来说有家庭旅馆，一天只要40块钱，还有车接。来到了车前，看到车上已经坐着五六个驴友打扮的男女，他便放心上去了。车子七拐八拐地来到一座山下，进了一个叫作什么安居园的大院子。40块钱的房子果然比不上宾馆，但还算干净。

早上醒来已是八点多钟，同住的那几位男女都已出去了，只有房东老太太在家，看到他就热情地喊着吃早餐。早餐是酥油茶和糌粑，糌粑其实就是把青稞面粉炒熟和匀，然后捏成小面团。饭后给早餐费时，老太太坚决不收，还一边比画一边用汉语单字说，你是尊贵的客人。他明白了，藏族同胞认为客人在家里吃饭是天经地义的事情，怎么能收钱呢。

他问老太太附近有什么地方好玩，老太太回答的汉语他有些理解不了。老太太急了，索性推出一辆三轮车让他骑上，自己坐在车斗里，意思是出去了指给你看。这河是雅鲁藏布江，藏布就是河；这山上面有天葬台，不可以上去的。老太太费了半天劲儿说完后递给他一张写着地址电话的纸片，自己就骑上三轮车走了。他独自走过河边，看到巨大的鹰阵在山顶集会，心里想，这应该是喜马拉雅秃鹫了。他知道，这些秃鹫以尸为食，有秃鹫集结的地方，就有天葬台。天葬台是不许外人参观的。在青年馆舍里听说，有一个企图偷看天葬的人被当场抓获，险些殉葬。

他在山脚下漫无目标地走了许久，秃鹫在天上盘旋，经幡在风中萧瑟，满谷满坑都是莫名的异香，这使他感到心悸，感到渺小。大约一个小时后，山上的烟散尽了，秃鹫们也忽然不知所踪。远远地，他看到左手边有一座规模很大的寺庙，走近一看，才知道这就是著名的色拉寺。他一进入寺内，景致还没有看清，就听到有许多人争辩的声音。循声来到一个院落，迎面就看到十几个着红袍的僧侣，有安静地席地而坐的，也有站着慷慨陈词的。虽然听不懂，但从僧侣们的表情来看，这一定是著名的色拉寺辩经了。他饶有兴趣地看了一会儿，再详细看了看汉语解说，看累了就躺在草地上看天上的云。这云怎么这么像人脸？像吉芬的脸！于是他不敢看云了。闭了一会儿眼睛起身而去时，白云的脸已碎成几片，他的眼睛也已然湿润。

离开色拉寺走回到安居园门口，他用公用电话给小裴打个电话，一则报个平安二则问一下厂里的情况，那些债主怎么安抚了，厂子还有生路否？小裴说厂里现在还是很紧张，有人咋呼说这是诈骗，要举报让政府介入处理，还有人扬言要拍卖厂子充账。他问多少钱可以过得了眼前的关？小裴说现在得两千万了。张长弓沉默了半天才说：如果把厂子卖了能解决问题，你们就找下家吧。

晚上躺在床上他想，身上的钱已经所剩无几了，现在又不能回去，更不好意思找人要钱，所以得尽快找个落脚的地方，暂时养活自己。翻来覆去想了一晚上，天快亮时他突然想起了黑叔给他的那个小本子，上面好像有一个墨子庙是在西藏的。找出来一翻，果然有一个位于墨竹工卡县的。这个地方离拉萨不远，去那里看看吧，也许有办法的。

大巴一个多小时就到了县城，墨竹工卡，藏语意为墨竹色青龙王居住的中间白地。老乡告诉他，从这里出发向北走三十多公里，翻过两座山就是萨旺，你要找的地方就在那里，没有去那里的班车，只能步行。西藏的野外其实并不那么危险，野生动物似乎也很温柔，据走遍西藏的探险家王强说，有一次他与一匹狼在小道上不期而遇，四目对视良久，狼最后选择了绕开。其实王强手里有刀，但他知道只要一动刀，就可能会招来狼群，善意的对视反倒会人狼两便。

藏民表面看来粗犷，但他们的眼神都很和善，大多人是菩萨心肠。可能凡事皆有例外吧，张长弓从县城一路向北，走几公里后，就遇到了一次例外。

出事的那天下午天低云暗。在距日松公路边四五十米的山坡上，他看到了一辆开过来的农用车，就跑过去招手求搭顺风车。他站在公路边又是招手又是喊的，可能是因为嗓门太小，路过的农用车根本就没有答理他。正当他沮丧地蹲在路边时，不知从哪里冒出了三个人，两个藏族一个汉族。他们的身边，还有一条拴在树上的藏獒，狗视眈眈地看着他这个陌生人。他有点恐惧地看看那条大狗，又看看这三个人，汉族青年突然开口说兄弟借点儿钱花。

他见状只好乖乖地把钱全掏了出来，才1000多块钱。按说若是论打架，他未必怕这三个人，可是他怕藏獒。据说，一条藏獒可以同时打败三只狼，并且敢于以死相搏，即使面对打不过的老虎狮子也敢于亮剑。汉族青年伸手抓钱的时候，张长弓说请给留点儿路费吧，对方说可以给留200，可高个子藏族人说给100，矮个子说留50。四个人神色自若地讨价还价，好像在谈什么生意，全然不似抢劫的场景。在这怪异的场景下，张长弓正琢磨着如何脱身时，忽然不知从哪儿冒出来一个姑娘，气喘吁吁，形容紧张。张长弓一下子忘了自己的处境，大声问小姑娘怎么了需要帮忙吗？姑娘沙哑着嗓子说，我男朋友下到谷底三个多小时了，我冒险下去也找不到，手机又打不通，急死了，好心的大哥们请帮忙找找吧！

一看天上掉下来个美女，那三个人眼都直了，汉族青年说，帮忙可以，你得先说说怎么感谢兄弟们啊。姑娘说，我给你们钱，我身上的钱全给你们！汉族人使了个眼色，高个藏族人狞笑着走到她面前伸出手来，做了个要钱的动作。姑娘一看不对，转身想走，不料对方一步跨过去就把包抢在手里。她冲过去要夺包的时候，汉族小伙子跑过来拦住她说，要我们帮忙，还不该慰劳一下？说话的同时伸手就搭肩摸胸。她大叫着拼命挣脱，高个藏族人把包往地上一扔，扑过来就扯她的裙子。由于他用力过猛，裙子没被扯破人却被掼倒在地上。矮个藏族人见状也跑了过来，两人一边一个按着她，汉族小伙子立即甩掉上衣，饿狼般地压到了她身上。整个事情就这么忽地上演开来，张长弓一时间竟呆住了！当那小伙子急吼吼地开始动作时，不知从哪里来的勇气，他连藏獒也不怕了，弯腰捡起一块石头就砸了过去，汉族小伙子头上挨了一下，哎呀一声滚倒在一边。两个藏族人一惊，同时起身扑向张长弓，张长弓低吼一声，迎将上去用臂弯扼住矮个子的脖子，然后飞快地拔出对方腰上的藏刀架在其脖子上，冷冷地对另一个说，你要敢乱动，我就先捅了他！这一招果然把对方唬住了，但他只是愣了几秒钟，就突然扭头向藏獒跑去！张长弓偏头一看，藏獒正在拼命挣脱，吼声如雷。他真有点怕了，如果藏獒被解开，那自己可就是死无全尸了。说时迟那时快，当那人奔向藏獒的刹那，蹲在地上的姑娘突然一跃而起，扑过去抱住高个子的腿！他被掼倒在地后立即又爬了起来，姑娘死命地拉着他的衣服，他回头一拳打过去，她本能地躲了一下，脸上还是挨了一记重拳。张长弓见状大吼一声：你敢放狗，我就杀了他！说着用刀在那人脖子上拉了一下，鲜血立即染红前胸，那人怕了，拼命用藏语向同伙大喊，同伙果然不敢去放藏獒了。三人僵持了约十秒钟，被刀逼着的那人用不流利的汉语说，朋友，我们不要打了，钱还你，我们都忘了今天的事儿吧。说话的当儿，趁张长弓一分神，那人忽地往下一蹲唰地挣脱了他，高个子见状拔腿就跑向藏獒！

藏獒一被解开，忽地就往前扑，像只发怒的狮子一般。在这一刹那，姑娘捡起一条粗大的树枝就打了过去！但藏獒并不在乎这一击，只是狠狠地斜了她一眼并抖了抖脖上的毛，就直扑张长弓而去！看来藏獒也知道谁是主要敌人。它扑过来时，他本能地在地上摸了一下，装作捡石头砸过去的样子，虽然没有捡到石头，但藏獒却吓得立即止步。看来老辈人说的“狗怕一摸，狼怕一托”是有道理的，这一托是指作势举棒子打狼。藏獒回过神来，见他手里并没有石头，就又“呼”地扑将过去，他又是往地上一摸。如是者三，它认定他手里没有武器，直接就扑了上去。藏獒扑向他的一瞬间，他的头脑里竟然想到了一句话：再笨的人，你也不可能连续骗他三次。他一躲没躲过去，它就伸出前爪抓在他肩上，并顺势一口咬在头上，张长弓哪里顾得了疼痛，情急之下伸出左手锁住它的喉咙，同时用膝盖猛顶它的腹部。它被顶急了，甩头就要咬他的左肩，他见势不妙，扬手一刀就扎在它的脸上！藏獒被彻底激怒了，伴着一声极短极低沉的吼叫，迎着刀就咬住了他的右臂。鲜血马上就流了出来，在他看胳臂的当儿，藏獒一跃就把他扑倒在地，他立即就地打了几个滚儿，然后抬脚就来了个兔子蹬鹰。这一蹬虽是猛烈，但藏獒被蹬倒后一骨碌就站了起来，龇着牙又是猛力一扑，他再次被扑到。

在这千钧一发之时，姑娘松开捂着脸的手，捡起一块大石头就冲向藏獒。谁知，她的石头还没有砸下去，忽然“嗖”地飞过来一支带着红尾巴的箭，“咣当”一声插在了张长弓和藏獒之间的地上，双方都吓得一愣。还是绝境中的张长弓反应更快，只见他趁机一跃而起，挥手一刀刺中藏獒的眼睛，藏獒一急，顺口咬住了他的右腿。他疼得大叫一声，正待挥刀反击，“嗖”的一声又飞来一箭，这一箭擦着狗脸飞过，扎中了它的尾巴，它吓得立即松了口。得此机会，张长弓赶紧挥刀刺向藏獒，红了眼的藏獒并不畏惧，而是后退半步，作势再扑。它的动作刚做了一半，猛听到一声断喝，它立即丢开张长弓，回头奔向自己的主人。张长弓抬眼一看，几步远的地方站着一个满脸杀气的年轻人，箭在弦上，满弓对着藏族小伙大吼：“管住你的狗，要不老子立马射死你！”

三个劫匪和藏獒立即撒腿就跑，看来他们是被弓箭吓坏了。年轻人赶紧跑过去问姑娘伤着没有，姑娘并不答话，而是弯腰捡起自己的上衣，大哭着跑过去给张长弓包伤口。小伙子见状立即丢下弓箭，跑到路边拦车。20分钟后，终于有一辆小货车停了下来，司机是看到了伤员才肯停的。小货车把他们送到最近的诊所，立即清理了伤口并打了狂犬疫苗和破伤风针。经检查，张长弓身上多处咬伤，左腰右腿，还有头皮上都有深深的牙印，右臂一块皮肤被撕裂。

这男孩正是姑娘的男友，射箭爱好者。他们两人都是来藏支教的大学生，当时在山上玩耍时，他坚持要到谷底拍摄，姑娘不敢下去，只好独自在上面等他，不想竟发生这一幕。由于诊所没有住院条件，他们安排张长弓去他们任教的学校里住着养伤，这一住就是将近一个月。其间，他还应邀给学生们上了三次物理课，师生都很高兴。他走的那天，学校派唯一的一辆吉普车送他，那一对支教的男女同车陪着。

离寺庙最近的山村坐落在一个峡谷之中，这地方虽是哥伦布未辟、麦哲伦不到的地方，但却是沟壑明丽，花木美秀。在当地一个会讲汉语的老太太的指点下，他们爬过了一座小山包，果然见到了一处中式山门，不显眼的匾牌上写“墨爷庙”三个大字，下面还配有一排整齐的藏文。在藏区竟然还有内地都不多见的墨爷庙，他是眼见了才以为实。那对青年男女千恩万谢地告了别后，他独自一人进了大门。庙院里空荡荡的，各房间里似乎也都没有人，他喊了几声，应答的只有回声。往里面走了几步，发现东厢房边上一个小门内似乎有动静，走过去一看，果然是别有洞天。门内是一个不小的院子，十来个人正在忙着干活，有汉族也有藏族，但所有的人都没有要搭理他的意思。靠墙边的几排架子上满满的都是盆盆罐罐，有藏式花盆、酥油茶壶、深沿土锅等，大约是他们做出来的。远远望去，这个生产场面质朴原始，如同工美系的实践课。

见没人搭理自己，他只好走近一位汉族模样的中年人，开口问主事的是哪位。中年人回答他的是藏式汉语，重复了几遍他都没有听懂，于是就把他领到一位正在角落里干活的老者面前。老者的汉语很是流利，一听张长弓是专程来访，就赶紧洗了一把手，在身上蹭了蹭，热情地领他进屋。

这老者就是住持了。这里没有方丈，住持是最大的官，方丈是大型寺庙才有的。到了屋里，住持请他坐在蒲团上，并用粗瓷大碗给他倒上了水，说这是从山上取来的泉水。住持倒完水后脱掉鞋子，盘腿坐了下来，动作和老农没有任何区别。住持问他怎么找到这里的，张长弓掏出那个小本子，他看了看，点了点头，又寒暄了几句后就问：“你能用一句话描述一下墨家吗？”

张长弓一愣，这个最善于总结的人，一时竟不知道怎么回答。想了好一会儿，他才轻声说道：“是不是兼爱非攻尚贤……”

没等他说完，住持一摆手就打断了他的话：“你说的这都是书本上来的，是学问人的话。墨家是源自下层百姓的，一开始谁会懂这些非攻尚贤？其实呢，墨家就这么几个字——平时种地，急时用义。”

张长弓用力点了点头说：“嗯，我也这么想过，可就是总结不了这么好。我知道，墨子认为动物依赖自然生存，人是依赖劳动生存，这是人与动物的根本区别。所以墨家认为务农当官其实都是劳动，人不能不劳动，一天都不能不劳动。”

“小伙子你很有学问啊。梁启超说墨子是劳动人民的大圣人，鲁迅说墨子是中国的脊梁，毛主席说墨子是个劳动者，是古代科技的伟大实践者，你觉得是这样吗？”

“这些大人物说的不见得都是真理，但都视角独特。还有一点，谁都得把必要的体力劳动当成本分，把劳动当作良好的生活状态。只有真正地从内心认识到了这些，才能快乐工作，才能把重复的劳动提升成有创造性的劳动。”

住持伸手拍了拍他的肩膀说道：“你说得很好，但不知你干活如何？”

“实在不瞒您说，我虽然是经营企业的，但很喜欢劳动，目前我遇到了些困难，所以就来西藏游历了。”

“好的，不必细说了，我只问你一句，你是参观一下就走呢，还是能多住些天？”

“我想我可以住一段时间，想跟您学学墨法，我可以干活的，什么活都行！”

住持轻轻地点了点头。

晚上干活的人都走了，庙里只剩下老住持和一个小徒弟。晚餐很简单，就是风干牦牛肉和大饼，还有一桶青稞酒。

张长弓醒来的时候，天已大亮，桌子上摆着的早餐，居然是油条豆浆。他往门外一望，住持已在张罗着干活了。张长弓吃了两口东西，就出去要求派活，住持并不客套，立即安排他去搬运原料和成品。这活可能是他们这儿最累的活了，搬重物不说，还得小心轻放。午饭时，一个藏族工友告诉住持说，这个新来的干活真是一个顶俩啊！

一连半个月干下来，住持只是晚上和他喝酒闲聊，并不打听他的事情。聊了些天他发现，住持对墨子的了解，要接地气得多：“墨子并不擅长说理，他的思想很朴素，认为凡事都得干了才真正了解。在具体事情上概念的定义，思想的统一，都不是空谈能解决的。你想，假设墨子遇到孟子，他会被孟子挤对死；遇到庄子，他会被庄子噎死；遇到荀子，他会被荀子说死；遇到韩非，他会被韩非气死。”

真是说者无意听者有心，张长弓心想，做股票期货，不是也需要从战争中学习战争吗？不从做好计划并严格执行上下功夫，天天研究波浪理论，研究江恩，研究约翰墨菲，最终也不过是嘴盘而已。

转眼他在这儿已住了快两个月了，一天晚上，两人照例喝着青稞酒，老住持问他：“我知道你不会长期在这儿干活的，你公司的债务问题解决了吗？你还能再住多长时间？”他有些诧异于老住持怎么会知道这些。对方说，这当然是有人告诉我的了。你可能不了解，这个小本子上印的庙子，都是有关联的。其实按规矩我是应该直接帮助你的，现在让你干活，只是想试一试你的诚心，没想到你这当老板的也能干那么好！”张长弓说干活是自己的本分，然后又说自己这几天就得回去了。

他想回去，是因为下午他给小裴打了个电话，问厂里怎么样了，谷雨怎么样了。

“情况还是不好。”

“你详细说说吧。不要报喜不报忧。我躲了几个月，厂里欠人家那么多钱，有那么多人告状，通缉我没有？”

“通缉倒是没有，不过你现在如果出现，政府和债主都不会放过你的，所以你还是在外面混一段时间吧！你走后不断有人来闹事儿，黑叔和二马哥给顶了不少。虽然厂里看似平静了，但还是不断有人举报，说我们搞的优先股属于非法集资。人民银行来调查过几次，说是限期整改，不要闹出群体事件，以两个月为限。期内如果没有实质性的整改，性质就变了，就可以视为单位犯罪。我们也不敢给你打电话说这个，知道你压力也挺大。”

“有进展吗？不行就让黑叔做主把两个厂子都卖了吧。”

“这事儿已告诉了黑叔，他正在与有关部门斡旋，所以暂时还不会出大事儿。”

“其实我也在想办法，有个同学答应我到万不得已时帮我兜底，所以你们别怕。还有什么要紧的事儿吗？”

“还有就是郑副县长出事了，现在正在羁押中。还有……还……”

“还有什么？你倒是说呀！”

“我说了你可要挺住……”

“嗯？”

“郑副县长这事情闹得太大了，你媳妇谷雨是从犯，已被拘留好多天了！”

“她是从犯？”

“是啊，谷雨和老郑是情人关系，是他把她安排到电视台的，这事儿官方已经证实了。”

“啊？”

听到这个，他连话也说不出来了，心想自己真是糊涂得可以，如果他们没有特殊关系，郑副县长怎么会帮忙借来一百万元？嗯……那笔钱算是赃款吗？

小裴连问几遍你怎么不吭声了，他才慢慢地说：“我得和黑叔通个电话，你让他老人家用公用电话打过来吧。”

黑叔的电话很快就打过来了：“我之前就知道一些她的风言风语，真后悔没有替你把关。现在说别的都没用了，一个工厂被你搞成玩钱的平台了，要解开这个疙瘩儿，我看你还得继续玩钱才行。我现在跟不上形势了，想出来的办法都太笨太慢。也好，你就用这两个半死不活的摊子作筹码弄弄吧！”

临走的前一天，住持递给他一个信封，里面不但有一沓钱，而且还有一张机票！不明白他是怎么知道自己的身份证号的。见他疑虑的眼神，住持笑笑说，你是黑水木先生认可的人。

次日一大早，住持安排的小皮卡就过来送他了。他正要上车的时候，门口突然出现了三个人和一只藏獒。是一个汉族人和一高一矮两个藏族人，藏獒是个独眼龙！

怎么会在这里碰上了？四人相遇，大眼瞪小眼，谁也不开口说话，藏獒一见仇人就作势要扑，被高个子厉声喝住。住持疑惑地问张长弓，你们怎么会认识？张长弓说何止认识。住持说，现在我这里事情多，你又要走了，所以我叫他们来帮忙，没想到你们竟然是熟人！他对住持点了点头，转身看了看这四个恶人恶犬，心里一阵电光火石。

空气像凝固了一般。恶人恶犬尴尬地站着，好像在等张长弓的报复和住持的惩罚。

良久，在住持质询的目光下，张长弓的眼睛慢慢地放出了平和的光，双手一摊故作轻松地说："没事，只是前些天我们一起遇到一桩小事儿，没事的，我早忘了！"汉族小伙子赶快就坡下驴："就是就是，年轻人火气大，对不起对不起！"

张长弓抱拳一笑，在住持将信将疑的目光里上了车。在车起步的一刹那，汉族小伙子突然伸手把车拦下，然后和另外两人用藏语嘀咕了几句，三人就赶快各自掏出钱包。汉族小伙子把三人的钱叠在一起递给张长弓说："想不到在这里碰上了，感谢那天的救命之恩，这钱算是一点心意，无论如何请收下！"看着住持疑虑的目光，张长弓坦然地收下了钱，还说了声谢谢。心里想，这对他们还真算是救命之恩，我要是告诉了住持，按照墨家的规矩，还不得私刑处死？

车开了，张长弓一回头，恶人恶犬都齐刷刷地跪在地上。

飞机落地后，他给小裴打电话，小裴说，你先别回来了，昨天晚上还有人吵嚷着要找你，并且政府那边也要找你问话。张长弓说，我出去这么长时间了，老不出面也解决不了问题，不如直接面对算了。小裴说这是黑叔和大家的意思，你就执行吧，千万别回来逞能。

见张长弓不说话了，小裴又说，现在我告诉你一个号码，你立即打过去。当然，为了安全起见，他们之前约定在电话里说的任何数字，最后六位数字是颠倒的。

电话是黑叔接的："我这里有一笔钱，是谷雨预感到出事的时候，把卡交给了我，里面有30多万。我给你娘留了两万，剩下的这些钱，你赶快找个可靠的卡号给我，我给你汇过去。这笔钱算是你的活动经费，你运作一下吧。对了，你以后有事就打这个电话，我不在的话，不管谁接到你留话就行。"

撂下电话后，他想到了谷雨，心里既是恶心又是同情还有担心。结婚几年她都没有怀孕，仿佛也有了答案。他本不想要这个钱的，但转念又想这本来也是自己的钱，还是先拿了做事情再说。

既然没法回去，就先去上海看看吧。

第二十章　沪上的江湖

潘高干对张长弓的突然出现并不惊诧。他知道，做企业的一玩上钱，基本上都得成瘾，一成瘾就会自觉革命。张长弓缺钱，在潘高干看来正是合作的好时机：一则可以帮他摆脱困境，二则可以利用他的才干和彼此的信任，联手做些事情。

公司里还是那些人，他们最近没有什么行动，天天都在培训。张长弓白天听听培训课，晚上和老潘老方他们吹吹牛。不久，他对上海投资圈的情况也算是扫盲了。

现在手里有30来万的资金，他左思右想，觉着还是得从股票期货入手，因为别的太慢，况且也找不到门路。在培训课上他听老师讲，期货市场现在很活跃，有几个品种的操作空间很大。提到期货他立即就想到了洪老板，洪老板这人虽然做事专断一些，但还是有些能量，也愿意分享信息，应该说，他的信息来源还是可靠的。

洪老板接到电话后有些惊讶，说好久都找不到你人了。听张长弓说还想做期货时他说："现在的期货市场很奇特，单兵作战太困难了。现在全国几十家交易所，有些并不是中立的平台，它们有时会利用风险管理的规则来左右市场方向，这其中不乏内幕，甚至是黑幕。交易所有时也会上场踢球，几乎成了市场的第三方力量。今年年初，有个品种涨幅过大，被交易所以风控名义提高多方保证金，多头大部分被迫出场。但奇怪的是，不久又来了新多头，他们竟斗胆在这种情况下继续疯狂做多！结果这些资金还赢利不菲，真让人心惊肉跳，奥妙吧？"当他得知张长弓只有几十万元时说："资金太小了，我还是帮你提供点消息吧，等你的资金规模上来了，再参加我们的大兵团！"

算了，咱还是当独行侠吧。这天他来到期货营业部时，大厅里一位学者模样的中年人正在侃侃而谈："黑豆上升空间还很大，当然要持有，这是几年来的一个特大机会，错过了，以后就很难遇上了。"一个听众问现在还能做多吗？学者说："你说呢？刚才我讲过主升浪还没展开呢！况且现货价这些天还在爬高，能不在期货上反映出来吗？"

张长弓听完后回去翻了翻报纸，发现各大财媒也以看多为主，打电话问洪老板，对方也是这个看法。可是，如果真是这样的话，谁做卖方？难道卖方都是傻子吗？当大多数投资者的看法都归于统一的时候，是不是就离反转不远了？

为了验证自己的想法，他次日开盘不久就挂了20张卖单，当天收盘时被套了30多个点。第二天行情还是没有往下走的迹象，下午临收盘时已冲到了他的止损位，他斩仓时犹豫了一下，最后只斩了一半，亏4万多元。

第三天一开盘就径直上冲，他左手狠狠地打了右手一巴掌，昨天执行斩仓太手软！市场认准的方向，应该说就是趋势，趋势是不会轻易改变的！眼看分时图汹涌向上破了自己的心理价位，他毫不犹豫地下了双倍的多单：止损，同时反手做多！

哪知市场跟他开了个不大不小的玩笑。他的多单刚成交不久就开始赢利，可是没等他的笑容完全展开，一颗炸弹就突然出现在盘面上：几百手上千手的空单猛然砸来，"哗"的一下就打下去50多点，然后就停在这个平台上盘整，似乎是在向多方示威。

他心里仿佛被重重地夯了一下。有时候判断对了方向，但卡不准节奏，比看错方向更惨。想什么呢，止损吧。止损后他也不敢反手做空，只好怏怏地观战。周一黑豆直接跳空低开，并在空方的肆虐下节节下滑，同时成交量也迅速放大，他认定的几个重要的技术关口也没能产生支撑。大厅里一阵惊呼：哎呀呀，破位了！

他没有单子，所以有时间胡思乱想：就人性来说，人本来都是好斗的，没有了炮声的和平年代很是乏味，于是人们就换着花样斗，在竞技场上争，在投机市场上斗。这其中，期货无疑是最惨烈的一种。这么大的风险，是什么魔力让人们前赴后继地舍身饲虎？

行情直到下午两点钟才算企稳，从均线上看有强力反弹的迹象，他立即半仓买入。此后到收盘并没有大的波动，可能双方都不敢轻举妄动，他也就持仓过夜了。晚上美盘大跌，受此影响内盘早上跳空低开8个点，然后就惯性下滑。这一折腾，又被套进去了两三万，他的信心有些动摇了，没办法，还是先出来一半吧。下午空头继续肆虐，他彻底绝望了，一狠心，把单子全部平掉，并反手做空。他想，事不过三，咱手气不至于这么背吧！

这次还手气还真不背。次日跳空低开后，他很快就开始赢利，不到十一点就跌破支撑位了。可是他还没高兴没几分钟呢，行情就止跌回升，到中午收盘时，获利已全部吐出而且被套。他有点儿懊悔，刚才有赢利时怎么不平仓呢。下午一开盘，他看到盘面滞涨，数次遇到5日线就回落，所以就把剩余的头寸全部补了空仓。看到成交回报后，他才感觉自己有些孤注一掷了。不过既卖之则安之，为了不被盘中的震荡所扰，他索性关掉电脑到大街上溜达去了。下午快收盘时，他带着忐忑回到营业部一看，价位基本上没有变化。

次日一醒来，他忽然预感到今天会有大行情，所以连早饭都没吃就跑去了营业部。公司一开门他第一个闯了进去，打开电脑一看，满屏都是美盘大跌的新闻，他心想这一宝算是押对了。好不容易挨到开盘，果然空方气势汹汹，一口气打破了两个关键价位，并将多方压在一个新的平台上才暂时收手。在这个平台上对峙的一个小时里，他并没有闲着，而是认真地观察挂单、撤单和成交量的情况，从这些盘口语言上，他读出了空方的势能。果然，下午开盘不久空方就开始疯狂打压，临收盘前封死了跌停板，他的账面上已经有近50万的市值了。

次日开盘，空方持续发威，价格已经远离均线，没有任何回升的迹象，但他看到账面上已有60多万元时，心想股谚云有暴利要结算，还是落袋为安吧。谁知平了仓不到半个小时就跌停板了，行情重重地打了自己一记耳光，干吗要出来那么早呢！

观察其他品种，还是铜的波动大些，这个品种是自己熟悉的。他注意到，铜连续多天都是高开低走，高开是跟着伦敦走的，低走是受到国内市场低迷的影响，这个很有意思。他知道，国内的基本面和国际的基本面近来都不会有大的改变，但国内行情终究会跟着伦敦走的，所以应该适当建些多仓。这天行情并没有像以往一样走低，他认为国内的利空要消化完了，所以就根据计划两成仓位试探买入。第二天果然高开，之后就是一天的盘整，但在临收盘前他注意到了空头有大量的撤单，于是赶紧满仓买进。当天晚上外盘不温不火，可次日上午开盘不到10分钟空头就来了劲儿，第一个支撑位都快被打破了。这一天，他是在巨大的压力下度过的，因为行情整天都没有像样的反弹，搞不好明天就得追补保证金了。次日还是没有反攻的迹象，他索性关上电脑出门，心想追补通知来了，我就砍仓释放头寸。中午他回来一看，离跌停板还有145个点，这已经到了追补线，但公司却并没有通知他，这是不是说明公司也看多？不过他马上又否定了这个想法，公司是赚手续费的，人家怎么会管你这个。

下午开盘后不久铜就跌停了，追补通知也送来了，他没有办法，心想还是砍掉一半仓位算了。填好单子后他握在手里老长时间，脑门上汗津津的，一直不甘心下这张单子。谁知正犹豫时，封死的停板上忽然被打开了，但上去了一个价位就马上被打回停板。认真盯着挂单的情况，他发现封停板的空单量减少得很快，远远超过了成交量！这说明空方在大量撤单，向下的势能已经不足了。果然，收盘前5分钟，停板被打开并很快回升了60个点，这下他的浮亏有所减少，因此就不用砍仓释放头寸了。今天侥幸过关，真是天助啊！

当晚的梦境极不连贯，里面有父亲，有工友们，还有吉芬，这些人忽而出现在白宫晚宴，忽而被非洲野狗追咬，忽而飞到空中抓八哥。梦醒后才两点多钟，他睡意全无，于是打开手机打了几局贪吃蛇。丢下手机后，他觉得自己还真是贪吃蛇，贪吃到常常首尾不能兼顾，是时候检讨自己了。怎么检讨呢？先罚自己说

100遍“我是贪吃蛇”吧。早上醒来的时候，他想起了半夜罚说100遍贪吃蛇，结果说了不到20遍就睡去了，真是没心没肺。

虽然他没敢看外盘，但不影响纽约市场行情的演绎。由于美国采购经理人指数超预期，美盘铜市一下子被注射了兴奋剂，一个劲儿地往上蹿。这一次内盘和外盘联动了，早上一开盘就上攻，一个小时后他就解套了！谁知下午空方开始绝地反击，一度又套住了他。他虽然不紧张，但也不愿去看空方的表演，所以就到隔壁讨了一支烟，叼着去外边悠悠地溜了一圈。回来后盘面虽然没有回升多少，但空方却是明显的消停了，直到收盘也没有敢动手打压。次日双方在几个来回的肉搏后，空方举手投降，下午开盘不久就涨停了。这次他没有敢贪心，收盘前十分钟，当他发现封停板的单子越来越少时，就赶紧下单子平仓。遗憾的是他的手慢了些，单子没成交停板就打开了，于是赶紧用市价平了出来，虽然比涨停价少赚了两三万，他的账面上也已经有80多万元了。

厂里的事情已发展成群体事件，二马哥也罩不住了，政府为了维护社会稳定，还专门设了一个办公室来处理此事。按照政府的要求，厂里推出一个方案，就是把每位客户累计领到的红利全部扣除后，以剩余的本金为准兑付，数额10万元或以上的分期兑付，如果承诺两年后退股，则红利照发。这个方案是反复讨论交流过的，各方面的代表都还能够接受，因为大家也没有更好的选择。实施这套方案需要七八百万的现金，他们当然也拿不出来，但如果不做这个承诺事情就会升级，就只有按非法集资和扰乱金融秩序走刑案程序了。果若如此，公司的主要人员都可能面临刑责，所以他们只好硬着头皮抛出这套方案，至于能不能执行，就只好另想办法了。

张长弓闻讯后也是一筹莫展，只好把自己手里的全部资金汇给小裴，说是把这钱打发闹得最凶的小户，剩下的再想办法吧。他想的办法是，实在不行就向老潘开口，但老潘是否答应，他心里也没有数。这样忐忑了几天后，小裴忽然打来电话说事情有转机了，黑叔同意出面担保，而且股东们基本上都能接受。因为他们中不少人相信，黑叔的面子还是值钱的，以他的能量，直接拿出这么多现金都是没问题的。

事后小裴告诉他，黑叔的担保简单极了，他只是对着股东代表们拍了拍胸脯，说这些钱张长弓如果还不了，找我老黑就行，我兜着！连个字据也不用写。张长弓听后感慨道，这才真的是无冕之王啊。

没有资金做期货的时候，他就天天趴在公司听课，课后就常和老潘老方他们聊天。他们说坐庄其实很辛苦，当看到别人的大单子进来时，庄家都是又惊又喜的，虽然需要资金捧场，但这些大块头都不是吃素的。让他们分一杯羹吧，庄家又不情愿，所以他们就会震仓洗盘。如果震不走，在条件允许的情况下，庄家会设法调查资金的来历，然后主动找对方联系希望达成默契。但有时候，这种资金并不满足于分一杯羹，有些甚至是来抢庄的，这时候就得用非常手段来对付。什么手段？多得很，用编造基本面消息吓唬都是小儿科，有些狼庄呢，用黑手段拿人性命的事情都干得出来。话又说回来，坐庄这回事从长远来说也得以德服人，所以狼庄也是无法长期赢利的。还有，因为人的贪心，所以一玩上大钱，就不可避免地会有老鼠仓，这个基本上无法根治。但是，谁玩老鼠仓都不能过分了，因为庄家心里清楚着呢，真想收拾谁，还找不到个办法？在这个圈子里，主要有四种人利用老鼠仓赚黑钱，一是团队的高管；二是上市公司及相关机构；三是具体执行的操盘手；四是记者和分析师。第一种人，他们在庄家行动前就抢先建仓，但人数少筹码也少，老板一般都门儿清，因此他们不敢造次；第二、三种人对庄家是威胁，他们不但自己赚钱，而且还会泄密，打乱庄家的部署。第三种人还相对好对付一些，因为他们只是干活的，而且也不了解整体作战意图。至于第四种人，就是记者和分析师，他们虽然只是庄家利用的工具，但往往会知道不少真东西，这些人还真不敢得罪，所以只能和他们耍心理战玩智商，在真真假假中哄着他们干活。

这形形色色的庄家中，还有一种雷锋庄家。谁会当这庄家呢？当然是能够动用国有资金的腐败分子。这种票其实也不少，一大群老鼠建好仓，就动用国资当冤大头往上冲，这真是好生意啊！这种票往往是屡创新高，但没有几个人能染指，因为正常人都恐高。所以，许多强大到能从头赚到尾的，不是股神，只是鼠神而已！

他们还说，大家并不明白庄家赚钱的手段是和散户不同的。有时候到了顶以后，庄家会连砸几个停板，但他们的货也出不完，干吗要砸跌停套自己？因为如果不砸跌停，见顶之后散户也会跟着出，这样庄家的货是出不掉的，缓慢下跌则损失更大。砸跌停可以吸引眼球，跌到一定程度时，技术上超卖出现应该反弹了，所以散户、大户一哄而上，庄家的尾货就被消化了。有时也有其他协同私募参战的，在盘面上演双簧，然后和庄家分享利益。

这些事儿听着热闹，但张长弓知道与自己的事情还是搭不上边的。老潘当然知道他的心思，前些时候在西藏打来电话要求支援就说明了一切。他对张长弓说，我知道你的厂子着急，但我想呢，你努力去救活这么一个烂摊子，还不如在我这里待一段时间，一则熟悉熟悉资本市场，二则找一些机会。我们的事儿做成时，你就会明白资本运作的重要，你就会知道你那破厂子真没什么可留恋的。张长弓当然知道老潘的意思，一则他不愿为自己出钱，二则在他看来实业就是永远填不满的坑。

这段时间他们都比较闲，趁这个空当，潘高干帮他引见了投资圈里的几个朋友，包括号称大鳄或股神的人若干，还有几位财经记者和研究员。这些人中，有一个叫青又红的让他印象深刻。她在券商作酒类研究，人长得很干练，言谈也很智慧，而且30大几了，还是未婚且无男友。第一次见到她，他就拿着名片端详老半天，心想青又红这名字听来就有点儿剩女的味道，青叶子都变红了嘛。他正瞎琢磨呢，她忽然扭过头对他说，你一定对我的名字好奇，告诉你吧，我的名字很简单，就是又红又专的意思，你这年龄，不会没听说过又红又专吧？他尴尬地笑笑，说不是不是，你的名字很个性很有色彩感的。

后来，二人又在不同的场合遇见过几次，说话还算是投缘。在一次听完她在中期策略会上的报告后，他鬼使神差地说："你讲得真棒，我算是开了眼界了！明天周六，我可以请你喝茶吗？"

第二十一章　女研究员

青又红是金牌研究员，年薪近百万，穿着时尚举止不俗，表面看来基本上没有什么缺点。可正因为这些优点，随着年龄的增长，她视野可及的男子就越来越少了。潘高干曾提醒过他，这种女子大都是结婚狂，你在小地方住久了，没见识过吧，可得注意安全哦！张长弓说，结婚狂也得看对象啊，你看咱这造型，虽然比你帅不少，但安全系数也高着呢。

其实他约青又红，还真没有目的性，只是想聊聊天而已。每想到她，他就会想起一句话："男人通过吹嘘来表达爱，女人则通过倾听来表达爱，而一旦女人的智力高到某一程度，她就几乎难以找到男友，因为在她倾听的时候，内心必然有嘲讽的声音在响动。"是啊，女人自身指标太完美，就会在心里嘲讽大多数男人，这样怎么会爱上别人，怎么会不剩下呢？

他只在体育馆门口等了不到五分钟，周边地形还没观察清楚呢，一辆白色帕萨特就"吱"的一声停到他面前。她打开窗户后并不说话，只是招招手让他上去。一上车她就问，叫我出来干吗呢？去哪里？

他还真不知道想去哪里，只好说道："你这么新的车，先兜兜风，好吧？再说，出来就非得干点儿嘛？就不可以让一个青丝来表达一下景仰之情？"

青又红回头瞥了一眼后座上的他，疑惑地问："青丝？"

"就是青姑娘的粉丝。"

"呵呵，哈哈！"她大笑道，"那么，还可以称红丝的，这样就离月饼不远了。只有景仰之情？没有其他之情吗？"

"如果组织需要，都是可以有的！"

青又红这一下真乐了："呵呵呵，你可真逗！方老板说你是个很传奇的人哦。"

"别听他胡扯！传不传奇的另说，今天咱可真是来景仰你的哦。"

"好，那就开始景仰吧。先说说景仰的罪恶目的？只要不是让我推荐股票，其他的，天文地理数理化剩男剩女白骨精什么的都但谈无妨！"

"那好，景仰之前，我先发几句牢骚吧！我近来拜读了你的几篇报告，发现你给了'推荐'评级的股票，都不是很妙啊。你是酿酒行业的大牌研究员，盛名在外，但你的评级已超过了我的理解能力，所以想找真人版当面请教！"

"这说明……嗯，你对投研的认识，和你的形象倒是很相称哦！"

张长弓笑道："我长得有那么量化吗？先给我评上级了！"

青又红回头扫了他一眼，淡然一笑："接着说，我们允许景仰者说错话。没事儿，咱不扣帽子，不打棍子的。"

"关于原酒宝，你有三篇研报。第一篇中，你给出了'推荐'评级；第二篇给出了'增持'的评级，同时将其6至12个月目标价定为19元；第三篇你将该股目标价直接调升至28元，给出了'强烈推荐'的评级。借助资产注入和朦胧的上游概念，原酒宝在今年1至2月份走出一波火爆的行情，并于2月27日创下该股近十年来的新高14.1元。我觉着，你这三篇研报，目标价位像坐火箭一样上蹿，但支撑的逻辑却没有改变哦！"

"还有，"他又说，"而就在2月27日当天，你们公布了一份研究报告，署名作者就是青又红大人您啊。研报称，原酒宝意向收购标的中的窖池群估值为20.23亿元；对比市场对同类标的估值的中位数，该标的非常合适，预计后期运营成本也会相对较低，所以您说，一旦该项收购顺利完成，原酒宝将成为国内首个拥有大型上游资源的酒类公司，未来公司在规模、业绩增长上也有望出现爆发性的增长。所以预计收购完成后，保守测算公司每股资源价值为20多元，基于这些理由，你们在最新的研报中预测：未来一年内的目标价为35元，我被吓着了！”

她听完后不由得又回头看了他一眼：“你怎么比我记得还清楚啊？”

“如果你真没有我记得清楚，只能说明一个问题。”

“什么问题？”

“你们的研报不是独立研究的结果，而是按图索骥做出来的。”张长弓笑嘻嘻地说。

“别这么尖锐，好不好，你对证券行业还需要进一步了解哦，我的传奇人物！”

张长弓没有理会她，而是自顾自地说：“不过，市场并未买账，原酒宝此后反而掉头向下，看来，钱都是聪明的啊！”

青又红有点不高兴了：“你说的也不能算错。不过，你去看看其他人的研报，才会吓死人呢！有一篇是《原酒宝：掌控窖池稀缺资源，一骑绝尘》，文中不但对原酒宝给出了‘强烈推荐’的评级，而且还将目标价调至40多元，你比较一下，就知道谁说的靠谱了！”

“你们写报告会独立到不受上市公司的影响吗？你们在研报发布前，会先向他们透露报告内容吗？”张长弓并不接她的话头。

青又红沉吟了一下说：“你懂得还真不少呢。哪个行业不得有点儿不成文的规矩？别问这个了，如果什么都弄清楚了，你幼小的心灵就会被污染了哦。”

“这说明你承认了。执业规范明确规定在证券研究报告发布之前，制作发布证券研究报告的相关人员不得向证券研究报告相关销售服务人员、客户及其他无关人员泄露研究对象覆盖范围的调整、制作与发布研究报告的计划，证券研究报告的发布时间、观点和结论以及涉及赢利预测、投资评级、目标价格等内容的调整计划。”

“这你都会背？以前在证监会哪个司待过？”

张长弓敲了敲自己的脑门：“那倒没有，只是记性太好是咱的一个小毛病，一直改不掉。”

“看来应该是我景仰你了。不过呢，你背的那是成文法，但左右日常行为的却是习惯法。这种习惯的集合，大概就是行业文化吧。目前评价券商研究员绩效的指标主要来自于买方机构，买方决定了研究员的地位和收入，你年终奖拿多少，得看这些大爷们的评价。在这种格局下，你不放下身段去讨好，大爷们就会把神圣的一票民主给别人，身在这个行业内，你还能怎么样？”

看他不答话了，她又接着说：“首先你要明白，研报不是给股民散户看的，而是给基金等机构看的，是要卖钱的，是要赚基金分仓钱的，所以我们的视角和小散是不一样的。别生气啊，我觉着你对这个行业的理解，还停留在看股评的阶段哦，有没有？”

“看你说的！我是来景仰你的，哪里会有生气的份儿！并且，咱的生气神经有点儿欠发达，正想锻炼提高呢！”

“不过这并不是说专业的研报对散户就没有价值。投资者要懂得从中汲取精华，首先是宏观的、行业的，其次是趋势的，这些都是极有价值的信息。我想，散户应该重视研报的基本逻辑和分析方法，从中学习一些推理能力，而不是咬牙切齿地把我们都摧残成算命大师。再说，我们的服务对象是机构，至于散户们的感受，还真的是无暇顾及。再者，真正有价值的研报是不会在第一时间让散户看到的，而且一般来说，研报对大众公开之时就是其无价值之日。”

张长弓听到这一番话后才算老实，不敢再插话了。

她接着说：“当然，从商业的角度来看，高水平的研究员应该能够预测趋势。然而，人类的经济社会系统十分复杂，未来存在着相当大的不确定性，以我们现在的智慧水平，基本上无法准确预知。换句话说，成功的预言多少都有一些运气的成分。在社会生活中，不论是什么领域，当家的在决策前都会找谋士来探讨利弊得失，这些谋士就相当于研究员。所以，诸葛亮就是最牛的研究员，但若让他去杀伐决断，就不一定灵了。这一点，高善文有过详细论述，建议你上他的博客看看。”

看到张长弓无话可说了，她忽然打住话头，转而问道：“我是不是把你说烦了？你原计划请我去什么地方呢？我这人就是一吹牛就忘了吹前的目标了，这是毛病，得改！”

“我听得都入神了，真得向你学习。去哪里呢？我没有据点，还是听你的吧。”

“哦，好。你看，那边有个茶馆，过去坐坐如何？”

二人来到茶馆坐定，青又红问他喜欢什么茶。

“一切适宜于人类饮用的茶咱都喜欢。”

“哦，这么说你放弃选择权了，不过你这叫没个性。黄山毛峰如何？”

张长弓伸出右手做了个OK状。

“换个话题吧，你最近在琢磨什么事情？”点好茶后青又红说。

“没有，我在学习你们证券圈里的东西，目前正处于小学阶段，你还是继续刚才的话题，好吧？”

青又红听罢笑意盈盈地说：“看来你真是合格的听众啊。据说，以巴菲特为代表的大师们都是自称从来不看研究报告的，这不是故弄玄虚，是因为他们已经有了成熟的估值准则，而且都是被证明行之有效的，所以他们不需要用别人的看法来强化自己的信心。”

“也是，成熟的投资者不会用自己的钱来验证别人的判断。”

“对，”她继续说，“研究员专注的是估值，而股民注重的是涨跌，二者的诉求有很大差异。由于视角不同，所以骂我们的人很多，他们骂的有些也有道理，但有不少纯粹是误会。我听人当面说过，能在正确时间推出正确研究报告的研究员，在国内基本上还没有出现过！呵呵，我一笑了之。因为大家不是干的同一件事情，强求别人理解你，这本身就不现实。我认为，只有刚入门的人，才会拿预测股票的准确度去考量研究员。”

“对，其实我也知道，经济学对现实的解释和指导都有很大的欠缺。基于某种理想化的定义构建起来的模型，由于其先天的缺陷，不但不能准确预测甚至不能恰当描述，这也是你们这些人广遭诟病的根源之所在吧？”

“有道理。任何层面的投资人，如果读研究报告是为了追随作者的预测方向，就一定会栽跟头的。”

“这是为什么呢？不看方向看什么？”

“其实研究员的重要使命之一，是在于消除信息不对称，虽然不可能真正被消除。我们经常要筛选信息，去除噪音。信息过量是有害的，更何况市场里充斥着或真或假、或有用或无用的信息，有的干脆就是谣言！”

“这么说来，研究员真实的作用是许多人不了解的。”

“其实嘛，研究员是行业链条上必需的一个环节，是为机构投资者提供决策咨询的，我们这些参谋人员的意见是否采纳，如何采纳，当然还是投资者说了算，我们的研究只是用来参考，不是用来迷信的。你说呢？”

张长弓已经对她刮目相看了，所以伸出手来啪啪地拍了几下。

青又红被他逗乐了：“其实证券研究人员的终极任务，并不是向投资者提供关于行情方向的答案，但为了迎合，我们就不得不违心地去做。其实说实话，我根本不知道行情是向左还是向右，因为影响行情的因素太多，变量多到不可解。所以，我们的工作是去收集和挖掘数据，然后用理性的方式引导投资者去思考。在表达过程中，我们还经常袒露自己思维的纠结和战栗，甚至写出自己内心深处的无奈，而不是为证明自己才去拼凑论据。先开枪后画靶子的文章，即使其结论被市场验证是正确的，也乏味透顶，也会断绝了读者与之心灵共振的可能。因为，预判正确一两次并没有什么，牛二都有可以猜对一半呢。行情预测的结论嘛，无非是涨或跌，谁需要你来替人猜谜！如果读者能与你的思想产生共鸣，能参与你内心对趋势的纠结以及为什么纠结，不论你的结论如何，都会受到欢迎。决策需要投资者自己去做，结论需要投资者自己去寻找。所以，研究的魅力在于对选择困境的洞察以及寻求解决途径的尝试，而不在铁嘴神断。”

“这下我就明白了，成熟的投资者看重的是投资思想、投资思路、创新探索以及启发他们和研究员一起思考的逻辑。一个本来智慧但说话看似弱智的人，背后一定有深刻的原由，这是外行人所看不懂的，所以有心智的研究员是不屑于对外行作解释的，更不会搭理别人的说三道四，是吧？”

“是的。作为专业人员，还得花大量时间去研究财务报表。其实有时候，读财报对做股票并不一定有用。但是，为了维护自己的专业性，必须得来一通PE、PA、PB、PEG。绝大多数散户都愿意根据专家的分析去预测走势，殊不知，赚钱的内核不在这里，而在你自身上的修为，功夫在诗外嘛！”

“作为多年股龄的资深股民，我必须认同这个。我的看法是，只要你知道做对了怎么办、做错了怎么办，就可以了。”

青又红瞥了他一眼说：“你还是有些感悟的。哎，说了半天，茶喝了不少了，想吃点什么？张老板你太健谈了。”

“我健谈？我一直听着你谈呢，看来你们这些人是随意对人估值的，逻辑嘛，有时可以编造。”

青又红佯装生气：“得了，我发现你是只能被专政而不能被训政的一类。好了，去吃饭接着批判你！”

离开茶馆，开了十几分钟车，二人来到了一家餐馆前面。在停车场远远看去，一个杏黄的幌子上，写着“江东小厨”四个字，正正方方的宋体。走到馆子后，他觉得自己的衣服湿湿的，嘟囔说怎么搞的，又没下雨衣服怎么湿了？她说，飘着细雨的，好不好，你是想哪个美女了，心不在焉吧！张长弓呵呵地憨笑两声，心里想，还真是美女给闹的。

二人坐定后，青又红并不说话，只是望着窗外的雨丝发呆。

张长弓不是一个喜欢冷场的人，看她呆呆地望着窗外，就赶紧招手叫来跑堂的，让青又红点菜，说自己不会点菜。她说既然这样你就听我的吧：虾蟹二鲜、碧螺虾仁、响油鳝糊、铁板烧鱼。来点儿黄酒吧？

“可以可以，弄点黄酒试试呗，我这北方佬还真没喝过黄酒呢。”

服务员走后，他说：“我只在书里看到过黄酒。《红楼梦》中宝玉要喝黄酒，说是只爱喝冷的，薛姨妈说‘吃了冷酒，写字打颤儿’。薛宝钗则说，‘亏你每日家杂学旁收的，难道就不知道酒性最热，若热吃下去，散发就快，要冷吃下去，便凝结在内，拿五脏去暖他，岂不受害’。看来古人一直是赞成温酒的。”

青又红有些惊讶，认真地看了看他说：“我前些天才看过这一段，但看看就忘了，只记得大体意思，你倒是倒背如流啊！”

张长弓装出一副骄傲的样子：“倒背还真不会，不过正着背呢，还真可以自傲一下，有人说咱是过目成诵，其实也不尽然，只是对喜欢的章节看得多了，自然记得！另外，好东西不用你去记，它自会赖在头脑里的！”

青又红盯着他端详了一会儿，似乎他多长出一个鼻子：“遇到记忆神人了，你学工科真是念错了经啊。”

“你的意思不就是咱的专业没学好呗。算你说对了，来，干一杯！”

二人你来我去，小半坛酒被消灭后，青又红的脸上出现了一酡红，显得更加圆润了，很有几分楚楚之魅。张长弓呆呆地看着喝着，慢慢觉得浑身血脉贯通，一种暖暖的晕乎，和喝多了白酒完全不是一回事儿。

“哎，美女美酒研究员，据说白酒有不少勾兑的假酒，你说黄酒也有吗？”

“黄酒是酿制酒，用酒精勾兑是不合法的，不过现在也有不少造假的，用酒精和焦糖色素糊弄人。而白酒是蒸馏酒，用酒精勾兑是合法的。只不过，纯的食用酒精很难喝，只有添加香精香料这些化工品才能入口。有些小厂子为了模仿高端酒的品味，就会搞过量添加，所以对人体有害。”

“那么，怎么鉴别呢？”

“实验室的方法其实鉴别不了，所以只有专家的感官鉴别才有效。普通人鉴别呢，有个破坏性实验的损招，就是喝醉了看次日的感觉，如果有头痛口干浑身乏力等问题就是酒精勾兑酒无疑。我研报中推荐的原酒宝就是纯正的固体发酵酒，经得起这种破坏性实验……”

菜上来了，是典型的江南风格，量小而精致。他们要离开的时候，张长弓问，你喝了这么多酒，怎么开车呢？青又红并不答话，只是招了招手。一个服务员马上跑过来说，青姐，还是让夏经理给你开车吧？她点了点头。不一会儿，西服革履的夏经理就过来了，胸前的牌子上写着会员部经理。看来她是常客了，还不是一般的常客。

方温拿真是个老道的投资者，有着守株待兔的沉着。终于有一天，兔儿还真被他等来了：大盘深幅下跌。时值1999年年初，不但亚洲金融危机和海外股市下挫，而且千年虫也来捣乱，坏消息是你下台来我登场，股市只有用狰狞的暴跌来释放风险。

方温拿认为千载难逢的好机会就在眼前。中国政府在这种形势下一定会稳定货币，稳定市场，所以他不信市场会跌到千点以下，如果真的千点以下，那就更得买买买！他给老潘说想动手，老潘的回答很干脆：你说能行，就弄呗！

干这事，他们得从记者开始。“由于公司今年最大一单合同的甲方违约，四知堂第二季度营收同比下降20%，来自供应商的消息说……”

这则利空消息一发出去，股民们纷纷在恐慌中交出手中的筹码，方温拿则指挥操盘手们借机吸纳，单量不大但成交频繁，散户们在恐慌之余回头一看，股价其实并未跌下来多少，全天只跌了区区0.7%。

次日一开盘，大盘就开始下滑，方温拿命令抛出8000手筹码，这一动作马上引发了大量抛盘，但他却并不去吸纳，任由光头阴线收盘，似乎该股没有出头之日。第三天，在大盘继续下跌时，他们撤掉卖单，并悄悄地分批买入，所以该股只比大盘稍显抗跌，总体看来还是波澜不兴。第四天，趁着大盘下跌，他们落井下石，陆续抛出2000手筹码，马上又引发抛盘，当天又以一根光头阴线收盘。

大盘连续下跌了一周，这正遂了他的心愿，所以周五下午浑水摸鱼建了不少仓，成本价低得连他自己都不敢相信，但图表上还是收出了小阴线。张长弓问他，要是下周再下跌怎么办呢？方温拿不慌不忙地说，下跌说明便宜了，那就再买呗！

媒体上这几天发表了多篇评论，说是由于四知堂业绩严重低于预期，所以该股出现了连续的阴跌，技术指标看空，均线系统呈空头排列……

狗日的！张长弓对着这张报纸冷笑了几声，感慨自己竟然信了多年。什么是散户？散户就是永远是被蒙住双眼且执着的人。

方温拿这几天心情特别好，老潘夸赞他，他说这是潘总该成大事了，大盘也来帮忙啊！

做法还是老套路，张长弓这次负责管理三个账户共四五千万资金，不但要根据计划进行攻防操作，还要观察外来大单子的情况，并判断大中户的动向。这个活儿只有对数字超级敏感的张长弓能干好，并且他观察后分析的结果可信度很高，团队据此打退了多家搭顺风车的资金，老方高兴地告诉老潘说，你这同学真是个活电脑啊！

活电脑今天也高兴了，所以晚上就去找青又红喝茶。自从那次见面后，两人就熟络了起来，所以又多次你来我往，约茶吃饭。

“方总他们老是说买方研究员、卖方研究员，这二者有什么区别呢？”

她反问：“你的理解呢？”

“我的理解可能不对，说来供你当个笑料吧，但作为交换，你笑完以后得给我讲讲。”

青又红先笑出声来了："好，那我就先透支点笑声吧，哈哈呵呵！"

张长弓也傻傻地跟着笑了："你可真会及时行乐，这就提前把我给消费了！我的理解是，一种研究员是建议卖出股票的，一种是推荐买入股票的。"

青又红听了一半就捂住了嘴："你不要太娱乐，好不好，乐死人啊，我得先猛笑一阵子再说，请稍候……你的理解太可爱，我快不行了！哈哈呵呵，呵呵哈哈……"

张长弓被她笑得摸不着头脑了："笑够了吗？就算免费娱乐你了，所以你该给咱扫扫盲啊！"

前仰后合的青又红半分钟后终于止住了笑："张总啊，你要明鉴。像我这种的是卖方研究员，主要是效力于证券公司研究所。而买方研究员，一般来说，是基金自己的研究员，也有在证券公司自营或者资产管理等部门服务的。"

"这样啊，我懂了。看来是卖方的日子不好过，像是我们工厂的产品一样，得推销自己，是职业乙方吧！"

"孺子可教！虽然你不明白买方卖方，但这段时间我也发现你还是有些头脑，不像那些听消息赌重组的小散哦。"

张长弓满是得意："才知道啊，咱要干研究员，有些人得下岗了！"

青又红故意作出鄙视状："你还真不缺少自信，看来我们这些人都得跪谢您老的不杀之恩啊！"

"那是当然！"

"你可真是皇帝的娘，太厚啊！"

离开茶馆二人上车，她没说去哪里，他也不问。一路上他们说笑嬉闹。大概二十多分钟后，她对窗外扬了扬下巴说我家就住这里，他说住这里挺好。停好车后，她虽没有邀请他上楼喝咖啡，他却自然地跟着她回了家。这是一个两居室，家里陈设很简单，但每样东西都十分精致，包括那条叫声很嗲的松鼠狗。一切俗套都不需要了，她正在洗手时，他就从后面抱着了她，她像个小羊羔似的抵抗了两下，就被抱到沙发上放平吻上了，她一时呼吸窒息，任由他粗糙的大手撕扯内衣，肆意揉搓践踏。他的践踏使她迷醉，她的迷醉使他动作更猛烈。没想到他刚步入深水区，那条松鼠狗呜呜地叫了几声后，扑过来照准他的屁股就是一口！这小狗虽然没多大威力，但终究还是有些疼。他翻身下来赶小狗的时候，她才从迷醉中醒来，看到他捂着屁股，她一脸纳闷地说，不好意思是我掐痛你了吧！他大笑着指了指还在叫着的小狗说，不是你，是你的小帮凶！她看了看小狗，又看了看他，一时忍俊不禁：不过你也不能怪它，它怎么能分辨出主人是受到攻击还是别的？翻过来让我看看咬得怎么样，去打狂犬疫苗吧？

“我才舍不得现在去打什么鬼的狂犬疫苗！我都被藏獒咬过的，还在乎这小家伙？”

她把小狗拴好后躺到床上，张长弓问道：“你这么优秀，敢追你的男生得多大压力啊！”

“也不是。我呢，剩都剩习惯了，破罐子破摔吧，现在反而不急于结婚了。当年追得最紧的男生本身也不错，但我却不愿嫁给他，不是不喜欢他，只是因为我那时不想结婚。当时没这个想法，所以谁都不行，于是他就被误伤了。他并没有做错什么，只不过是出现的时间不对。事后贴标签，这算是缘分未到吧。当时有人跟我讲，把男朋友IPO成老公是高风险投资，因为：第一，当初的招股说明书开始露馅；第二，粉饰过的财务报表终究经不住审计；第三，那个叫婆婆的机构会深度介入，人家是战略投资者，有很大的话语权；第四……忘了！”

这话把张长弓逗乐了：“原来这职业病害死人啊。你想想，其实不IPO的风险更大，因为随着企业发展的需要，你就得借壳或等待重组，或者，甘心做小股东！”

青又红用胳臂肘捅了他一下：“胡说，你才借壳呢。”

张长弓：“我就这么一比。还有一个选择，就是建个老鼠仓，悄悄地！”他模仿着日本鬼子的口吻。

青又红这下真乐了，笑得应该是花枝乱颤，但在黑暗中他看不到，只感觉到了床垫的乱颤，结果是抱上她又是好一通折腾。

他睁开眼的时候，天已大亮。她早已起床，餐桌上一大堆牛奶面包，还有奶油咖啡什么的。他心想，这些说好听些是西式，说难听些就是懒人餐。一个这么讲究情调的女人，怎么会爱上那冰冷的牛奶面包，还要那奶酪——英文叫气死。

他从洗手间走出来时，映入眼帘的她身着灰色套裙，小波浪的秀发自然披散，眼波流转之间很是迷人。他过去要抱她时，却被她一把推开：“喂，怎么没有个够啊，衣服弄皱了我怎么见人？”说完后拎起包就走，关门前以不容商量的口吻说：“我上班去了，你吃完后把剩的东西收拾放冰箱里，走时锁好门！”

他还没有反应过来，她就消失了。那“嘭”的一记关门声，许久才归于平静。

他胡乱吃了几口后，才注意到被拴着的小狗，于是赶紧过去把它解开。它撒了一圈欢儿后走到狗盆边上嗅了嗅，摇着尾巴跑过来咬着他的裤角把他拖到狗盆前，极谄媚地汪汪了两声，并侧身留出了个位置，大概是示意让他过去吃。他笑得肚子都疼了，原来它是在为昨晚那一咬表示歉意。

自此以后，他就经常到她这里来。老潘得知后有些惊讶，说老张你这么做太“不可控”了，你完全可以按需消费嘛。张长弓说按需消费是省部级的享受，咱可不敢。

事情进行得挺顺利，在一系列媒体评论和盘面表演之下，散户的积极性被调动了起来。没多久，价格就涨了50%以上，这是业内认为比较合适的派发位了，但老方还不收手，而是一如既往地和散户一起狂欢，一起“赚钱”。

话说他和青又红虽是缱绻，但平时却不怎么联系。他几次打电话给她，她都冷言敷衍，但见面时却是热情有加。这个女人的身子对他越来越不神秘了，但她的行为对他却是越来越神秘，张长弓感到有些费解，但转念一想，可能大龄才女都有些另类吧。

周二刚收盘，她就在网上约他。晚上见面一番活动后，她就说有件正经事儿得请你帮忙，你借给我一个股票账户。他说这算啥大事，现在我就给你。她说你把里边的资金都转走吧，要不然亏到了你的钱就不合适了。

又是一个周五。这天的行情波澜不兴，他管的账户只是反复挂单撤单，算是充当疑兵，并没有成交多少。离收盘只有不到20分钟了，双方都无心恋战，成交很稀疏。他正在想着周末和青又红去哪里玩时，电话突然响起，是一个不认识的号码，接通后是她的声音：“你现在账面上还有3千万资金吧？好，有就好，你立即买入德泓绒业。可着你的资金买吧。这股不在股票池里不能买？你不用管这个，我会给老潘解释的，赶快赶快，难得的赚钱机会，机不可失！别请示老方啊！”她的口气不容置疑。

好吧，那就买吧，反正能赚钱老方也不会说什么。他刚试探性地挂出100手买单，马上就有个神秘的卖方冒出来成交，很是默契。到收盘时，近3千万资金妥妥地买满，平均价正好和收盘价一样！他打电话给她，还没有开口她就说你打错了，然后直接挂掉。

晚上又给她打电话，她的手机总是关机，直到周日晚上也没有联系上。他有点担心，给老潘打电话说此事，老潘说你应该早跟我联系啊，3千万资金也不是小数。张长弓说当时来不及，她说她会跟你解释的，老潘就没再说什么了。

周一德泓绒业高开，她主动用陌生号码打电话说，今天你别动股票，我自有安排的！不等他答复就挂了电话。此后行情一直小幅波动，成交量也不大，这样维持到了中午。午饭时老潘打来电话说和她联系过了，但她只是含含糊糊地说你放心吧，我心里有数。我感觉呢，这事情有点蹊跷。张长弓说，现在卖了吧又不合适，她说了不让动。这样吧，如果股票有什么意外，亏损了我担着。

下午行情急转直下，他惊得张开的嘴巴还没合上，就已经砸到跌停了！青又红这时发来一条短信说别动，没事。他将信将疑地转告老潘，老潘说知道了，就挂了电话。听口气，老潘有点不高兴了。

接下来两天都是直接跌停板，她还是说没事，老潘倒也没说什么，张长弓知道他心里一定更不高兴了。

周四终于没有跌停板，他也不敢平仓，因为她和老潘都没说话，况且已亏损了30%多，就是1千来万。亏这么多钱怎么办呢，他得做好最坏的打算，于是收盘后他给黑叔打电话说捅了娄子了，如果实在不行，就只好拿厂子做抵押整点钱出来。黑叔说别急，等事情有了结论我再帮你想办法。放下电话后他又打给老潘，说股票跌成这样子，我有责任，我会想办法承担损失的。老潘说，承不承担损失另说，她要我转告你，今晚要和你在老地方见面。

一见面他就小心翼翼地问："有没有办法捞回来啊，1千万进去了。虽然咱也是久经战阵，可这也太快了，老潘好像不太高兴。"

没想到她并不急于解释，而是轻描淡写地说："干吗，你要兴师问罪吗？"

他马上摆一摆手说："哪里哪里，我有那么小气吗？我没事，只是怕影响和老潘的关系。"

"呵呵，你还真是强大，我没有看错人啊。你别担心，但也别假装镇静了，我告诉你谜底吧。”

他疑惑地问：“这个能有什么谜底？我不就是听专家的话套住了吗？有办法解套就行，真的解不了套，这亏损我扛了。”

“呵呵，你真行，堪当大任！”她拍了拍他的肩膀，又盯着他看了老半天，然后才慢悠悠地说，“其实让你买入的时候，我就知道得套住你。”

他有点纳闷：“明知道还要套我？你这是唱哪出啊，大研究员？”

“看看，看看！真不经夸啊，刚还说你大家风范呢。你大概不会想到，你那天的买入对我很重要，我是不得已才这么做的，很是对不住。那几天，我的一个账户不小心买得多了些，就被人盯上了，他们就拼命地打压。如果打到停板上出不来，我就得被动举牌。举牌你不懂吗？就是如果你持有的股票超过流通股的5%，交易所就要公布出来，不需要征求你的同意。要真举了牌我就暴露了，后果不是一千万能打得住的。那几天我被跟踪和监听，所以不方便见面也不方便在电话里说。好在我和老潘相互有基本的信任，这次的唐突希望你们理解。亏的钱我会补给你们的。”

没等他说话，她就拿出一个本子，翻了几页后指着一串数字说：“这个是你借给我的那个账户吧？这账户上现在有1000多万的市值，归你们了。等以后股票平仓后多退少补，而且，我会给你1个点子作为补偿的。”

看着他困惑的眼神，她点了点他的鼻子说：“这些足够弥补的了吧，改天老潘来上海了，我专门请客谢罪！”

看着他的脸色慢慢缓过来了，她忽然脸色一沉，正色道：“不过，通过这件事情你也得长个心眼，你太信任我了。要是遇到同样的事情，我就坚决不帮忙！在这个市场上，对谁都不能绝对信任。看什么看？如果你需要绝对信任，建议去养条狗，还得从狗娃娃养起！”

“我是可信的吗？你真正了解我吗？你认为两人有了床第之欢就可以互信？请你记住，从此以后对任何有法律后果的事情，都得事先评估风险，不论对方是谁！”

张长弓听得一愣一愣的，手心里额头上都冒出了细汗。在回家的路上，他满脑子都是一句戏词：这个女人不寻常！

当晚梦中，他被一个阿三用枪指着头：“如果你需要绝对信任，建议去养条狗，还得从狗娃娃养起！”他被吓醒了，一边念叨着这句话，一边大汗淋漓地频频点头。

谁也没想到的是，接下来大盘帮他们忙的程度，远远超预期了。

1999年5月19日，是注定要被中国证券史记住的一天。这天出现了著名的519行情。此前不久，上证一度跌到1047点，不少人认为很快要跌破1000点。没想到当天，在没有任何先兆的情况下，在中信国安、厦门信达等网络概念股的带动下，大盘放量上攻，此后又大涨四天，涨幅超过20%。就这样，一轮井喷就在猝然展开。这种涨法，连青又红都没有预料到。她有点后怕地说，幸亏自己没有在近期的报告里唱反调。其间，美国Nasdaq网络神话也在客观上刺激了中国股市，上证成功地攀上了1756点的历史新高。

这大盘虽是威力持久，但他们的四知堂却是小碎步上涨，因为方温拿在指挥收网了。收网是最不容易的，老方说，坐庄嘛，就是趁老虎不注意时骑上去，但从虎背上下去，可就没那么简单了。

此间在老方的设计下，媒体上和各大股票论坛上都出现了四知堂要翻一番以上的评论。虽然四知堂是家绩优公司，但张长弓当然知道，这是掩护队伍撤退的烟幕弹。

第二十二章　只有浦江知道

这个周末二人无事，青又红提议开车出去郊外走走。

早餐后一下楼，她就把车钥匙交给他，但并不告诉他要去哪里，他也不问。时值梅雨季节，沐浴在淅淅沥沥中，在她的指挥下开了近两个小时，一看路牌，已进入浙江境内。下了高速公路，景致就完全不同了，烟雨迷离的乡间树木葱茏，一派地蓬勃向荣。七拐八拐地又开了十几分钟，停车之处是一家宾馆，她说我们今晚就住这里了。

中午吃完饭，她说我们去爬山吧，不打伞的，敢不敢？他说这哪有什么敢不敢的！

小山小水，细雨霏霏，山道边的灌木被润得闪闪发亮，叶片间还夹杂着密密麻麻的小红果。一阵湿漉漉的风吹过，雨中的她身子半湿，比裸身更多姿更诱惑。两人牵着手登山渡水、过榭穿花，几乎忘了今夕何年。

雨到若有若无的时候，她提议坐下小憩一会儿。他从后面抱着她，像蚌壳一样把她包在怀里，鼻子在她耳边厮磨。雨虽是快停下了，但树上还是哒哒地滴着水，她说衣服湿了，要脱下来拧一拧，让他背过脸去。她刚脱掉上衣，他就转身扑过去抱住她一阵乱吻，手也在她身上不停地游走。他们忘情地吻着摸着扭动着，直到他仰面躺下，把她紧紧地环在自己身上。两个人在泥水中肉搏了不知多长时间后，她的身体突然变得有些僵直，紧接着一阵抽搐，随着一阵撕心裂肺的叫声，身子开始有节奏地痉挛。一群小鸟惊叫着飞出了窝，和她的娇喘汇成和声，在他听来犹如天籁。

两个人一身泥水地回到宾馆时，服务员们都看呆了，有单独偷笑的，有捉对私语的。直到洗澡的时候，他才觉着后背生疼，她过来一看，背上竟然扎着几根草刺。两人洗完后胡乱吃了几口方便面，就并排躺在床上，他感觉周身通泰，犹如升仙。

在这种通泰中，两个人逐渐沉沉地睡去。他醒来的时候，发现床灯开着，她正在怜惜地抚着他的后背。他翻过身抓住她的手摩挲了许久，都不说话。

静默了不知多长时间，他忽然开口说："我想问一个敏感的问题，你不愿回答就说no，没关系的，我只是有点儿好奇。"

她懒洋洋地把手缩回去说："问吧，哪来那么多前戏。"

"我感觉你很是有些钱的，不是一个白领的收入所能匹配的。况且，你平时在电话里惜字如金，我能了解一些真相吗？"

她伸手关上床灯，想了一会儿才轻声说道："我是有点钱。因为我的收入不低，而且，还难免会有些灰色的。哎，你不是纪委的吧！"

张长弓轻轻捏了捏她的手说："你不要太自恋了，好不好？你一介草民，哪犯得着纪委管！"

她甩开了他的手，娇嗔道："好像也是哦。其实呢，从个人角度来说，不瞒你说，我的钱够花几辈子的，但我还是得捞钱，甚至有时候会用些非常手段。"

他伸手拍了拍她的脸蛋："你这姑娘怎么会这么贪？你在我心目中可是聪明知性的美女哦，怎么还会用非常手段捞钱？"

她把他的手轻轻推开，换上正儿八经的语气说："我想，这个市场上，大家玩的其实是抢钱游戏罢了，不过正是这种抢钱游戏活跃了市场，润滑了交易，使募集和流通这些基本功能可以进行下去，所以投机也是有正面意义的。但投机过度是个问题，我当然明白。我们不是管理层，没办法抑制它，不过捞点钱还是可以做到的。为什么我要用非常手段捞大钱呢？我的逻辑是，钱在好人手里和在坏人手里的意义大不一样。因此，我不愿看到钱被有些人捞走用于挥霍甚至大量流失国外，这是其一。其二呢，我贪婪地捞钱抢钱，是为了完成一桩姥爷和妈妈的未竟心愿。你当然会问是什么心愿，我会告诉你的。说来很简单，就是办一所免费学校。”

没等张长弓插话，她紧接着说：“透露些革命家史吧。我姥爷是民国时期著名的青清工专的创办人，老人用毕生的精力办起了这所学校，为此还变卖了国内国外的所有产业。他的目的很简单，就是让付不起学费的孩子有机会上学，以免一些可造之材因家境被误。经过老人家千辛万苦的努力，青清工专很快就得到了社会的普遍认可，有许多学生不远千里来投读。由于贫寒家庭的孩子能吃苦，学生又是优中选优考进来的，所以毕业生质量很高，企业都很愿意接收。这使姥爷感受到了莫大的成就感。妈妈说，那些年是他最幸福的。由于坚持免费，不久后学校财力渐渐有些不支，校友们得知情况后纷纷捐款，有人甚至为此倾尽家财。这么一来，再加上来自社会各界的善款，一时青清工专财力雄厚，名气也更大了。

“正在姥爷享受善举带来的快乐时，抗战开始了，学校被日军炸成了平地。校舍没有了，姥爷带着三百多名师生转战川南山区，后来在颠沛流离中不幸去世。他给妈妈的遗言是，让她接过这副担子，把青清工专恢复起来。他说，孩子你不要怕苦，青清工专本来就是从无到有的，干吗不可以再办起来？况且，我们的几千名校友就是我们复校的最大支撑。

“抗战结束了，在海外亲戚资助和社会捐款的支持下，妈妈历尽艰辛把学校恢复了起来。解放初期，学校被接管后合并到公立学校，妈妈就在其中做一名普通教员，她不但勤恳敬业，而且甘之如饴。她说，作为资本家的后代，能站在讲台上自己就知足了。可是知足并不代表能够常乐，后来‘文革’开始了，妈妈被莫名其妙地打倒了，几年后病死在干校里。去世前泪如涌泉，洇湿枕头：红红，这个社会病了，我想不明白，得去找你姥爷汇报了。社会病了总会痊愈的，但我这次怕是不行了……红红切记，以后但凡有机会，青清工专你得恢复起来，我就不信善举会没有善报。如果真有复校的那一天，你一定得去坟前烧告，让我好向你姥爷交代……”

青又红哽咽着说不下去了。少顷，她茫然地看了看窗外后，“扑通”一声把头砸在他的身上。他的胸口很快就被沁湿了，他只是轻轻地拥着她，一任泪水流成小溪。

良久，她哽咽渐弱，断断续续地说：“长弓……你听到了吧，这就是我……为什么疯狂捞钱。”

张长弓说不出话来，只好抱紧她，而他自己也早已满脸泪水。

等泪水半干时，她拉起被角擦了擦两个人的脸，慢慢恢复了正常语调：“我个人其实并没有兴趣用太多的钱，所以我有时会给缺学费的孩子捐钱，只是我得直接捐到学生手里。捐钱都是到现场的，但出面的不是我，捐款人的名字也不是我，而是一个叫吴屯河的女人，她是我的一个马甲。

“吴屯河？喜欢新疆屯河所以改的名吧？”

“你可真会联想，哪跟哪啊，她出生时哪会有新疆屯河这公司？人家本来就叫这名。”

“代理人帮你办事当然属于正常了，但为什么捐款人名字也不是你呀？

她淡淡地说：“这点小钱儿，我不想抛头露面，我相信吴屯河，她一准把钱捐到学生手里，而外面的那些慈善基金我信不过。光捐款远远不够，我还得办学，只有这样才能批量帮助学生，也可以告慰亲人。我的设想，学校要办成可复制的模式，如果能在全国复制几所，受益的学生能达到一定的数量，我此生的使命就算完成了。为了这件事儿，我会想尽一切办法的，哪怕付出生命代价。”

“别乱说，付出生命代价了谁来办学！我理解了，钱在什么样的人手里就会发挥什么样的作用，所以得设法把钱抢到咱这种人的手里。真了不起，我对你们这三代人肃然起敬！”

她并不说话，默默地拍了拍他。

他知道该换话题了，免得她再次伤感。于是他换了个随意的口气说：“哎，青这个姓很少见啊！”

“是不多见。给你科普一下吧，青姓起源于元代，先祖为铁木真的后裔，原姓孛儿只斤。后来改姓青就说来话长了，有空再跟你细说吧。另外告诉你，我是跟妈妈的姓。”

“这样啊，能问一下你爸爸的情况吗？我有些好奇。”

青又红犹豫了一下，旋即轻轻地说：“他一直在国外，后来就客死他乡了，我对他基本上没什么印象。”

“噢，对不起，不问了。大户人家，一定都是有些传奇故事的。”

不知什么时候，二人说着说着又沉沉睡去，至午后方起。

半个月后的一个早晨，一阵急促的电话铃声把他从梦中吵醒，是青又红。她的声音很平静，说是这几天特别忙，就不陪你了。他心想，你也没有天天陪我的义务啊，这样想着还没答话呢，她紧接着说，把你的衣服都拿走吧，我妈妈要来看我了。你妈妈？他心里一阵紧张，不是早去世了吗？难道她在说梦话？不会，这里面一定有蹊跷！想到这里，他镇静地说知道了，需要我帮忙时随时打电话。她紧接着又说，我给你的股票书看了吗？他回答说看了一点。她说，慢慢看看吧，看不懂就问我。宝贝，乖乖的哦！说完就挂断了电话。

宝贝？我成她的宝贝了？她之前从没有这么叫过。他拿着手机发呆了许久，心想，青又红这么聪明的人突然说出这些不着四六的话，必然是出了什么大事儿，好在自己多了个心眼没有在电话里乱说。

他相信，她打电话时边上一定有人听着，或者是她已知道被监听，所以才故意这么说的。至于妈妈来看她的假话，监听的人未必知道她妈妈是否在世，如果真知道，解释的办法也很多。想到这儿，他立即下楼打车直奔她的单位，但坐上车几分钟后又觉得不妥，于是下车给潘高干打了电话，说青又红可能出什么状况了。老潘笑道，你和她的关系原来近成这样了啊，怎么，有事儿了才想到问我？张长弓说，老潘这都什么时候了，你别开玩笑，快给问问吧。

还是潘高干办法多，没多久他就回电话说青又红还真是出事儿了。原来操纵德泓绒业的事情被人捅出来了，青又红正接受证监办调查，电脑也被贴上封条抱走了。

她是主谋吗，算是犯罪吗？他心里一阵紧似一阵地沉重，几次拿公用电话打给她但一直都是关机。到了吃晚饭的时候，一个陌生号码打了过来，他迟疑一下接了起来，正是青又红。她没有说别的，只是让他马上去“第一次见面的茶馆”。他知道，这地方是他们偶然路过的，她可能也只去过那一次，所以监听者是不明白的。至于是否会有人跟踪她，他自身有没有安全问题，他并没有多想。赶到茶馆等了老半天也没有她的影子，正在左思右想时，一个陌生的女子走了过来。这女子30岁左右的样子，穿着中性，一脸逼人的英气。她过来搭话，问你是张先生吗？他点了点头，心里纳闷她怎么认识自己。她说我叫吴屯河，是青姐叫我过来的，她那儿有些麻烦事，虽然暂时没被限制自由，但这次可能不好过关了，所以想请你帮点忙。别怕，你不是圈内人，没有人关注你，这个地方也没有别人知道。

张长弓点了点头，心想这女子见面刚半分钟，几句话就把事情交代得这么清楚，真像是电影里的女特工。

吴屯河接着又说："她这次的事儿，我得大概给你说一下。张先生你知道她是搞研究的，也算是业内名人，她的研报可以影响到机构的买卖。在研报送交客户之前，她有时会用自己控制的几个账户秘密买入，算是做老鼠仓吧。另外，我得给你讲实话，她还参与了一个私募，在那个平台上她运作了更多的资金。这一次被查，就是那个私募操作德泓绒业出事儿了。这个事情我们现在都插不上手，相信她自有办法。她想请你帮助的事情，就是管理她的几个账户，要求很简单，就是择机平仓，有机会也可以用里面的股票做做差价，但不要买别的股票。这些账户平仓完以后，请你把资金归集起来交给吴屯河——就是本人。请注意，平仓不可以操之过急，以免让他人抓到把柄。这些资金你一定要好好管理，因为这是将来用于办学的款子。处理好这些事儿，我会给你一个点子作为管理费的，这是合理报酬，你不必客气。"

她说了这么多，才轮得上张长弓开口："账户在哪里，怎么处理？"

"账户不就是几串数字嘛，你先答应了，我就会告诉你的。"

张长弓挺了挺胸，郑重地说："我愿意。管理善款就是结善缘，我怎能拒绝！"

她认真地打量了他许久，才从包里摸出了一个纸条，上面密密麻麻地写满了数字。

她把纸条递给他，郑重地说："市值一共有大概一亿八千多万，是青姐多年苦心弄来的，比她的生命还重要。我不敢说这些钱都干净，但相对来说还算合法。现在出了这事儿她并不后悔，她信任你，多次说你行的。”她一边说着，一边拿出一部新手机：“这个没启用过的号码归你用，我以后只拿公用电话打这个号找你。在事情有结论之前，记住，千万不能再给她打电话了，那是害她，你要记清楚了！”话一说完，她转身就离开了。

张长弓赶紧付账走人。当他手里攥着那张纸条走出茶馆拐到小巷口时，两个警察忽然出现在他面前，对他说请接受例行检查。他要求警察出示证件时，一个警察突然夺过纸条问这是什么？他被激怒了，正要发作，想不到这两个警察转身就跑！他拔腿追时，哪里找得着人影，那两个警察早已消失在小巷里了！他知道遇到假警察了，赶快掏出手机就要报警。

他刚按完三个数字，正要拨出的刹那，眼前突然出现一只手，飞快地将手机抢去。他伸手要夺，手腕却被稳稳地拿住，挣脱不得。

“你手劲不小嘛，可惜只是蛮力。”他一惊，抢他手机的人居然是吴屯河！

“要报警啊？你不想混了？”

“啊？原来你一直在啊，你这么好的身手，假警察抢我时，你干吗不帮我？”

“这两个人一直在跟踪我，刚才看到我给你那张纸条了，就想抢走。他们一直想得到这些账户，但他们不敢动我，所以选择了抢你。这两个笨蛋上次找青姐动粗，结果一人吃了我一脚，从此知道厉害了。”

“他们要这账户干吗？钱又提不走的！”

“你想，他们老板如果得到这些账户密码，就会把股票对敲到自己账户里，因为他们想低成本做大股东，青姐又不同意。”

“那怕什么，我们赶紧改密码，改了他们还怎么用？”

“他们一旦得到，会抢先改密码的，我们再改回来就难了。”

“那怎么办，这不失控了吗？”他着急了。

她往他身边凑了凑，压低声音一字一句地说：“那张纸上每一串数字，都是我用7乘过得到的结果。除法他们可能不会。”

看到他张大了嘴巴，她慢慢地从包里摸出一张纸条：“这是复印件，一模一样的。”不等他回话，她扭头便走：“除法你会的，保重！”

他的嘴巴张得更大了，心里说，这个女人也不寻常。

此后的几天里，张长弓六神无主。青又红至少是被限制了，或者更严重，他既不能联系她，更不敢联系吴屯河，真是想送牢饭都找不到衙门口。

五天后的一大早，像往常一样，他习惯性地打开电脑。谁知刚点开证券新闻，就赫然跳出一个通栏标题：知名证券研究员青又红畏罪自杀！

证券研究所酿酒行业研究员，知名财经评论员青又红投江自杀！前天晚上，在浦江K2493处发现一具女尸，经法医鉴定和知情人辨认，确认死者是青又红。另据报道，在出事地点的上游江边发现了死者的车辆和用品，经鉴定属于死者本人。据知情人士透露，青又红涉嫌交易欺诈、操纵市场和利用未披露消息牟利，目前正在接受调查，所以可能属于畏罪自杀。

他头脑里“轰”的一声，面部和手脚顿时都僵住了，只几秒钟，整个人已是木了大半边。

几分钟后他的意识稍有恢复，嘴里喃喃说道：“上天啊，原来故事还可以这样落幕？”

这下事情闹大了，自己的电话以前和她有不少联系，所以一定会被调查取证的。如果真被调查怎么办？对，只说与她的情事，这也是她那天打电话暗示的。至于她捞钱的事，一定得扛住不说；另外，吴屯河给的那些账户还没有动过，没事吧？

这个突然的变故，使他更不敢轻举妄动了，所以他只好开着吴屯河给的新手机等她联系，老手机则干脆关机，只偶尔打开看看短信。这天夜间他无法稳睡，就打开老手机想看短信，谁知刚开机就有电话进来，是青又红！他一看吓得魂都没了，忽地一下子坐了起来，浑身汗毛直竖，一直竖到铃声自己停止。他把所有的灯全都打开，满屋乱窜了一个多小时才想出个合理的解释：可能是专案人员研究她的手机时误拨的吧。

这么说来，专案组还是有可能会找自己的，所以吴屯河交给他的那些账户，现在算是遗产吧，得小心处置。于是他把那张纸拍成图片，用一个自创的方式加了密，存到一个新申请的信箱里，然后把原件烧掉揉碎，放水冲走。

怕不怕都没有用，该来的总是得来。两天后的早上九点多，他刚打开手机，就接到了一个陌生电话，对方说是公安局的。

“青又红自杀，我们已初步探明是涉嫌证券犯罪，根据我们掌握的线索，你和她来往密切。希望你能配合我们的调查，这也是一个公民应尽的义务。”

张长弓镇静地回答：“好的，我需要怎么配合？”

“揭发她参与操纵证券市场等犯罪行为，否则知情不报，也是犯罪。”

“这些政策我都明白。我先要声明的是，我不可能和她一起操纵什么市场，我自己是开小工厂的，与青又红的圈子风马牛不相及。”

“那么你和她为什么来往那么多？”

“和她接触纯属男女私情。何况，你们也不想一想，操纵市场这么大的事儿，人家会用公开的电话联系吗？所以我不可能卷入其中，也没有资格卷入其中。”

“你说的任何话都会被记录，并有可能成为证据，希望你如实回答。”

“我很如实。”

“你现在什么位置？请你来专案组协助我们一下。”

张长弓汗水“唰”的一下就下来了。他犹豫了一下，有点含混地回答道：“我在江苏。”

“你说谎了。你说的地点和我们掌握的不吻合。请如实回答。”

“……我是如实的啊，可能，可能我在的地点是在江苏上海的交界吧。”

“你的位置在世纪大道，不要狡辩。我们专案组设在三分局，限你下午三点钟之前到。”公安说完，就挂了电话。

他放下电话，僵了几分钟后才感觉自己从头皮到脚底都是汗，而且还是凉巴巴的。他寻思，要是真到了专案组，自己能扛得住吗？要扛不住的话，可能就会把事情都说出来，这样青又红的资金就无法保住，她们三代人的心愿就无法实现，况且自己还得承担相应的责任，会罚款吗？会因同案而坐牢吗？

怎么办呢？他在餐巾纸上写了四种方案：一、关机，一走了之；二、不关机，也接电话，但拒不去专案组见面；三、去专案组见面，但要扛住不说账户的事；四、去专案组说出账户的事。

第一、二种方案很快就被否定了，自己还在心里骂自己怎么会有如此笨蛋的想法，人家定位你，抓你是手到擒来。

第三个方案，问题在于很否扛得住。据说公安的谈判专家都不是吃素的，他们会在和你的交锋中观察你，去发现你的蛛丝马迹，然后在心理上击败你。如此，自己的下场就必然是被迫交代问题。更何况，还有严刑逼供一说呢，虽不合法，但据说很流行，自己能像革命志士一样坚硬吗？别被打个二级残废，最后还得交代问题。想到这里，他感觉头脑里如有猫爪，手想挠墙，脚想揣墙，头想撞墙。

只能用第四个方案了吧？是的，第四……第四种。他看了看自己写的第四方案“去专案组说出账户的事。”对，说出账户的事，自己解脱算了，反正青又红已经不在了，这事儿没有人会知道。解脱？刚想到解脱，青又红立即就出现在他面前，她从哪里来？好像是从窗户飘进来的。对，西方人说，人进出门鬼进出窗。他也不知道害怕了，直着眼看了看她，从她的眼睛里分明读出了这样的话：三代人的血泪！三代人啊！他揉了揉眼睛，正要回答说你放心，她却忽地不见了。他恍惚了半晌，颤巍巍地从冰箱拿了一瓶冰水，猛喝了一口后，把剩下的咕咚咚地都浇在了头上。

要不，采用第五个方案，就是去专案组接受调查，视情况周旋一下再说。想到这儿，他怀着悲壮的心情动手收拾日常用品，他已做好了最坏的打算。

到了分局门口，一看手机，才两点半。很少抽烟的他买了一包烟，点着猛吸两口，几声咳嗽后，他故作镇静地在分局门口踱着步，心肠慢慢地坚硬起来：爱怎么着怎么着，反正该来的都得来，何况咱又没从中得过好处。

一支烟快吸完的时候，一辆警车“吱”的一声停在面前，两名警察从车里钻了出来。他见状若无其事地迎了上去说，你们是找我的吧，我按时来了！警察问，你是谁？干什么的？张长弓答道，我是来配合调查的。警察不耐烦地挥了挥手说，谁约的你，你找谁去！

原来这警车不是找自己的，可能是警匪片看多了，把自己设想得太重要。想到这里，他居然有一种莫名的轻松。于是他笑了，笑两声后突然“哎呀”一声，原来是烟烧到了手指。他刚甩掉烟头手机就响了，一看是个座机号，估计是催他去专案组的吧。一接电话，是个女声：“请你回头往电话亭看！”他一回头，发现十米开外处站着笑吟吟的吴屯河。

他满脸狐疑地走向她，两个人一打招呼，吴屯河立即收住了笑容问道：“投案来了？怎么不先知会我一声？”

张长弓更纳闷了，她怎么会在这里？怎么会知道投案的事儿？他心里这么想着，嘴里却回答道：“也不是投什么案，是来协助他们调查，因为我不能不来。可是，可是你是怎么知道的？”

吴屯河一脸严肃：“我当然最知道这事儿了！自称公安的那个电话是我让人打的，我的本意是试试你的反应，谁知你竟会上这种当！”

张长弓如梦初醒：“一时糊涂，真是愧不可当啊！”

吴屯河板着脸，依然口气冷冷地：“受人之托，忠人之事。我并不怀疑你的能力和诚信，只是感觉你太疏忽了。”

他微微但不失诚恳地点了点头，浑身上下如有芒刺。吴屯河见状口气缓和了一些，但还是一副正色：“重任在肩，我想对你说这几点。一、你的老手机总是不开，会让人生疑的；二、你的新号码公安怎么会知道，你怎么会相信对方是公安了？三、这么大的案子，公安不会在电话里跟你求证问题的；四、值得肯定的是，你的回答还算是镇静，说明青姐还算没有看错人，但你还得更冷静一些才是！”

看着呆若木鸡的张长弓，她换了稍微轻松的口吻说：“这件事情不是我要整你，我原以为你会当场识破的，谁知你竟会笨到来投案。”

好久他才缓过神来——原来“公安”打的是新手机，这号码他们怎么会知道！自己只知道是接了个电话，却没想是哪个号，真是昏了头。

此后不但公安没有找他，吴屯河也没有找过他，看来自己真的没那么重要。

一个多月后，他在手机报上看到，青又红案一共抓了8个人，收缴涉案资金两亿多。知道此案已经了结，他赶紧从信箱里找出来那张小纸条的照片，花了大半天时间去一一核实。还好，这些账户全都安然无恙，里面的股票有七八种，包括德泓绒业。

这段时间大盘进入高位盘整期，这给他提供了一个卖出股票的好机会。于是他不动声色地用十几个交易日把股票卖了一半，比当时的价格还高不少，他有些得意。可想不到的是，得意了没几个小时坏消息就来了，小裴打电话说，月底厂里欠的钱就得执行第二批兑付，人民银行和公安的意思是，如果你们再违约，就只能走法律程序了，公司高管都会面临刑责。需要多少钱？300多万！

这钱不是个小数目。现在两个厂子都被挤干了，上哪儿去找这么多钱？月底，就是十几天以后。左思右想了一晚上，次日十点多钟，他决定先跟老潘求援，于是拨通了他的电话。

“老张，真是心有灵犀啊，我刚想着打电话给你呢。先说你的事？”

“其实也没什么大事。”张长弓临阵改口了。

“没大事就好，我得求你帮忙了。”

“什么事情老潘，你说吧，咱除了没钱，什么都有。”

“你必须得有钱。这次你得帮我想钱辙。”

“我？”

“简单跟你说吧，我这里出了些问题，没现钱过不了关。我手头只有那些股票了，但也不容易出手变现，因为这么大量一卖，就会封得自己都出不来。”

“那我能怎么办呢？老潘，我也没有资金啊。”

“你有资金，你受托管理的账户里有资金吧？当然现金你也提不出来，那你就在盘面上接一下吧，我对敲给你！”

“你怎么知道这事的？”张长弓有点糊涂了。

“青又红出事了，我猜那些账户就得交给你管，那些账户开户的券商跟我说账户有人动过，他们提供的IP正是我们公司的，这更印证了是你老张了。我跟这家券商很熟，这都是无意中得知的，你别误会。”

“我怎么会误会呢，可是老潘，我没有权力买原酒宝啊！”

“权力嘛……老张，我的话就说到这儿了。我现在有要紧事，回聊吧。”

这天是周五，下午和周末两天老潘都没有再打电话，他也憋住没给他打。

周一早上八点多，老潘的电话打过来了。没等他开口，张长弓就说照你说的办吧。电话里老潘沉默了几秒钟，只说出“哥们”二字，就挂掉了电话。

这天整个交易时间里，张长弓高度紧张地盯着盘面。由于老潘那边指令明确，所以对敲很是默契。对敲完成后，他认真地看了看图，跟两个月前启动时对比，现在的价位已经是快翻番了。

管理的账户上忽然集中了同一家公司这么多的流通股，张长弓这才发现，自己算是稀里糊涂成了大股东了。

这几天他的心里真是七上八下，一是月底厂里没钱就会出大事，二是擅自动用青又红的账户救老潘，况且，这些高位的股票，以后怎么出手，怎么向吴屯河交代！正在愁肠百结之时，几天没联系的老潘打电话说自己腾出手来了，我们和老方得一起设计救那个票，一定得让青又红的资金顺利出来。其实我也知道你厂里在等着用钱，所以这几天我就给你安排一两百万备用，你看够不够？得知老潘要帮自己，他心里想起的也是“哥们”二字，不过他没有说出来，只是打电话告诉小裴，厂里需要的钱有着落了。

两天后媒体上就出现了原酒宝的五大利好，论坛上也充斥着买入此票的八大理由，他心里纳闷，这个老套路为什么总是有人信。为此，老潘还动员了不少资金准备参与空中加油。他说，我得让这个票拉得你能脱手，如果不行，我无论再紧张都会补给你的。

这天是27号，离月底大限只有3天了，所以他一早就给老潘打电话问资金的事，但对方总是关机，问老方，老方说潘总可能是没起床吧，没关系，借给你的资金他已经安排今天就转的。老方的话让他暂时安下了心，于是就准备挂单出货的事情了。11点许，他的手机响了，一看是老潘。万万没想到的是，接通后讲话的并不是老潘，而是自称某分局的人，询问了他几个问题，他不明就里地胡乱敷衍了几句，就赶快借故挂掉。问老方，老方也是一头雾水，于是他赶紧给老六打电话，老六虽人在美国，但消息却是灵通得很。他说，我也是刚得到的消息，老潘他进去了，是他岳父这条线出问题了，站错队真可怕，就跟你们炒期货一样一样的。

老潘出事犹如晴天霹雳。张长弓想，厂里的事情马上可能被立案，如果这样自己的安全就成问题了！上哪儿找一笔钱解燃眉之急呢？找吴屯河预支管理费吧，可又怕她知道擅自买原酒宝的事情而飞来一脚。收盘后一筹莫展的他只好给黑叔打电话，不料黑叔却说："你就别去发这个愁了，就是你真打过来百八十万也没用了，现在的局势都变味了，不是你能挡得住的！"

"那我回去自首吧，该咋就咋，免得连累了大家。"

"你就是坐牢，也不可能一了百了，事情很有可能升级成集资诈骗，这算是单位犯罪，两个厂的领导都得有事儿，谁保他们呢？"

"那怎么办呢？我倒是不怕，叔，还是拜托您伸伸手拉大伙一把吧！"张长弓声音小得似乎自己都听不到。

但电话那头的黑叔却听到了："既然你要拜托我，那就听我的话。很简单，就两个字：消失。没有其他好办法了。你不要再跟这边任何人联系了，就这样吧！"

没等他说话，对方"啪"的一声就撂了电话。

消失容易，但青又红的这些账户怎么办啊，总不能一走了之吧。正踌躇间，吴屯河打来了电话，说要马上见面。去见她的途中，他悲壮地做好了吃她一脚的心理准备，因为他猜她一定知道了买原酒宝的事儿。两个人一见面，她果然说你犯规买了外面的股票，但那一脚终究没有飞过来，只是说得扣掉你的管理费作为处罚。这个处罚还不算完，你还得将功补过，怎么补呢？就是配合我归集转移这些钱。剩余的股票你赶快卖掉吧，除了原酒宝。这些账户里的钱必须全部转移出来，还得要现金。

这些用买来的身份证开的户，平时买卖和转账都没有问题，一下子提这么多现金，就没有那么简单了，这些身份证的主人需要出面。这十几个人都是常州乡下的村民，他们按图索骥找到这些村民，承诺每人给1000块好处费，村民们就一个个地配合他们老鼠搬家似的，把这些钱从证券公司搬到一个神秘兮兮的公司。他当然知道，这公司就是地下钱庄了，这些钱得在这里洗合法了才行。

好不容易搞到第九个账户时，吴屯河突然说立即停止行动，因为据内线说我们都已被盯上了，所以你得马上消失，事情全部交给我就行。

又一个人要求他消失。

第二十三章　大仙与大盗

一个行李箱，三百元钱，就是他的全部家当。

他拖着箱子走到路边，正考虑消失到哪儿呢，忽见迎面来了一辆长途大巴，他想都没想就挥手拦下，心想先离开上海再说。

售票员："这位去哪？"

他还真没有想好去哪，只好说不知道。旁边的旅客都乐坏了，售票员并没有乐，人家见过的奇葩乘客多了去了，所以她面无表情地重复道："去哪？"

"让我想想。你们去哪？"

"车的终点站是邯郸。"

"邯郸哦，这么远。我也不确定要去哪，这是50块钱，你看能到哪儿？"昏昏欲睡的乘客们一听这个就来了精神。一个小伙子打趣地说道："喂，这位大哥失恋了吧？"在乘客们集体嘲笑声中，售票员还是四平八稳："50块钱可以买到鲁水。你这样的乘客不多见啊。"

张长弓不好意思地乐了："不多见就好，那就鲁水吧。"

破旧的车厢里人满为患，他有幸在售票员的监督下将一位中年妇女的行李从座位上移开，于是他有了一个最后排的、靠近发动机的座位。车上的大包小包比人还多，它们跟乘客挤在一起，满满当当密不透风，他很久没有这样出行过了。车厢里没有空调，但不知为什么窗户还紧紧地关着，他们是在模拟烤鸭子的闷炉吧。比闷炉更糟糕的是，车厢里汽油味、脂粉味、汗臭味和脚臭味媾和在一起，恣意地挑战着他的嗅觉。但奇怪的是，不一会儿这味道居然让他感觉踏实了些——赚钱玩钱的日子，反不如在这逼仄的闷炉里踏实，这就是传说中的解脱?

不知胡思乱想了几个世纪，售票员提醒他该下车了。出得站来，茫然无措地望着这个小城，他一时竟想不起它的名字。来这里干什么，他不知道，所以只好先坐在车站外面的台阶上，回忆着这些年过往的人和事，一阵阵的唏嘘。在这个随缘来到的地方，身上只有区区两张票子，生活该怎么继续下去呢?

可老潘身上连半张票子也不准有。一想到这个，他的心就隐隐作痛。为什么作痛？就因为老潘是当年说“我作证”的那个唯一的人。想到这里，他立即起身找了个公用电话，从老毕那儿问到了陈希希的电话。她接到电话很是诧异，说了一堆话他都“啊啊”地应付过去，等她说完了，他才开口说了几个字：“你必须得捞一下老潘！”说完就挂了电话。

要不先去干粗活吧。

还是去工地干活靠谱，这个事儿自己熟悉，何况也用不着复杂的聘用程序，如果必须要身份证，当时领导特批办的那张假的真身份证正好派上用场。因为即使真要通缉他，领导也一定会用他以前的身份信息的，看来多一个马甲就是好。

于是他买了一份当地的报纸，一边看一边往热闹的地方走。运气还真好，他居然在报纸上看到了白氏建筑的广告。他知道白老板在河北也有生意，所以想必这就是他熟悉的白老板的公司。

一个电话打过去，当他确认工地还在招人时，就不管是不是那位白老板，打个三轮去了工地，因为他相信一定得是。

果然是!

一走进项目部办公室，迎面就碰到了白老板！他下意识地叫了一声白叔。白老板一看是他，惊喜地一把拉住他的手："长弓，还真是你小子啊！怎么想到来这里了，你可是发了大财的啊！"

这真是巧了。他知道白老板的生意做大了，鲁水应该只是个项目部，他可能一年都来不了几次，所以就根本没想到会遇到他。

两人寒暄了几句后，白老板让他坐到里屋喝茶，自己三言两语把事情跟孙经理交代了，然后不由分说地把他推到车里，拉到一家饭馆。坐定后他一看时间，才下午四点多。

"白叔，我这次来是找活儿干的，没想到会见到您！"

"也真是巧了，我很少来鲁水的。要找活儿干？你要做工程了？"

张长弓轻轻地摇了摇头说："什么工程啊。白叔，实话跟你说吧，我的厂子现在快不行了，所以我就躲了出来，出来总得混饭吃吧，所以我今天真是来应聘的。"

"不会吧，别逗你叔了。你这大知识分子，哪能干这粗活呢，况且瘦死的骆驼比马大，即使厂子真倒了，你也不至于这么惨吧。"

"我是说真的啊。现在的我，就是想干一段体力活调整调整，至少可以休息一下头脑。白叔，想不到咱俩会这么有缘！"

"看你看你，都说到哪里去了！如果你不是开玩笑的，你就暂且在我这里待着吧，说什么打工，有老白在，还会少了你吃的啊！更何况，你可是咱们公司的骄傲啊，我多次提到过你，公司里不少人都知道你呢。"

"还骄傲啥啊，现在只求有饭吃就行。"

"我想请你还请不来呢，我的业务这几年还算可以，有几个大项目同时在上，正缺项目经理呢，你来了，就算一个吧！"

"白叔您也知道，我只是会窝钢筋铲沙子，项目管理可是一窍不通啊，还是给我分派点粗活干干吧，这个我能行。"

白老板当然是不会让他再去干粗活的。两天后白老板走了，孙经理就安排他下工地熟悉施工安全，同时也和监理方打交道。两个月后，张长弓已经成了一名合格的安全员了，和监理机构也混得很熟。监理员对孙经理说，你们的安全员懂得真多，估计会是个中专生呢。

这天孙经理外出，工地上又没有什么事儿，他用经理室的电脑打开邮箱，看到小裴给他的信，说是厂子的危机暂时被掩盖住了，叫他不要太担心，但也不能回来；另外谷雨在狱里给他捎了封信，她承认与郑副县长有不正当关系，但那是以前的事儿，婚后就再没有以情人身份来往过。我也相信她不至于这么荒唐。她还说，自己一时半会儿也出不来，纵然有一千个不舍，还是离婚吧。

干活的这一段时间，他越来越感受到简单的快乐了，心里的沮丧越来越淡，他开始认为，只要自己扛得住，以后有的是重整旗鼓的机会——“看得见的伤口，迟早会痊愈的。”

就这样，他白天在工地干活，夜间黄卷青灯地读书，不知不觉间，已是三个月过去了。三个月时间不短了，该换种活法了。他想去找孙经理谈辞职，对方感觉到有点意外。因为白老板交代了他要照顾好并用好张长弓，所以人家就格外帮忙。白老板听说后倒也没有刻意挽留，他知道张长弓也不是长期干这活的人，所以就交代孙经理多给他开两千块钱。他当然是死活不要，因为无功哪能受禄。

其实干了这几个月的活，他手里只存下一千多块钱，他执意离开，一是不愿再给白老板添麻烦；二是自己早晚都得出去混。长期待在这工地上就什么机会都没有了——想我张长弓，有学问，有体力，有经验，能吃苦，凭什么不可以从头开始！想到这里他笑出了声，并冲着街边一座灰头土脸的雕塑挥了挥拳头。

在大街上边溜达边想心事，他不时下意识地摸摸兜里的钱包，只有感觉到硬硬的还在时，心里才会踏实。第十多次摸到这硬硬的家伙时，他看到电线杆上的小广告，说是月租120元，这会是什么样的房子啊，这么经济适用。约好房东过去一看，原来是间地下室，还有简单的生活设施。地下室就地下室吧，他当即掏钱租下，然后去小店花几十块钱买些日用小零碎。在去工地取行李回来时，他顺手买了一塑料桶二锅头和一袋花生米。在这几个平方的地下室里，他坐在床板上，就着花生米喝着二锅头，不一会儿就进入状态了：

古来圣贤皆寂寞，唯有饮者留其名。

君子住地下室，何陋之有！

可不能把文化当成包袱背……

他唱了又喝，喝了再唱，不觉已醉卧床边。夜半醒来爬到床上，他两眼盯着汗津津的天花板，反复琢磨着下一步该怎么走。现在没有钱，什么项目可以零资金启动呢？除了出卖劳动力以外，就是忽悠了，可是，忽悠也是要专业技能的。黑叔说他自己在走投无路的时候干什么来着？哦，算命，黑叔会算命。自己也学过不少算命的套路呢，要不去实践一把？算命嘛，不就是一套什么词儿，再加上察言观色顺杆子爬。人类最恐惧的是不确定性，所有的算命先生都自称能够供给确定性，这算是满足了人们的心理需要，所以这个行业才能存在于古今中外。

那就弄一下试试呗！

准备道具吧。算命先生一般都得是盲人，要不年纪轻轻身强力壮的怎么有人信你。那就装盲人吧。买一副墨镜，10块钱；设计打印一幅周易八卦图，30块钱；几本算命小册子，25块钱；扇子竹签等杂物，50块钱。花了两天的时间观察风水，最后决定把办公地点设在长阳路立交桥下。长阳路，多讨口彩的名字，炒股票的住在这里最合适。

第三天一大早他就吹着口哨上任去了。到了办公地点，他摆起签子铺好八卦图，戴上手套架上墨镜在后边这么一坐，活脱脱一尊半仙。

不过他并没有算出来，今天会不会有客户。

做任何事情都得先做好功课，即使落魄至此，张半仙做事的信条也没有变，因为他坚信，做大事和做小事的基本路数是一样的。在没有客户的时候，张半仙努力做功课，回忆或创作套话，设计场景——言辞高傲者，必是顺途，所以得夸人天庭饱满，地颌方圆，一定会大富大贵宏图大展；说话殷勤者近来必非佳境，所以得怜惜此人虽抱奇才却无命，忍得苦难必有后福。他自己当然知道，这些其实大都是废话，但不说这些，怎能显示半仙的高明呢。

他反复喃喃着这些套话，心想这怎么跟股评一个套路啊，今天金叉死叉阴包阳，明天随机应变顺杆爬。看来，先做一阵子半仙，积累的基本功足以去做股评了。念经解签和股评是异业同道，但是这种基本功做研究员就不胜任了，根据青又红的说法，研究员还是需要些真东西的。

新张开业一个多小时，戴着墨镜的盲人张半仙便迎来了一位30岁出头的女士。她一站定，张半仙并不问东问西，直接开口说：“虽然看不到您的面相，但你一站在这里，我就即时起了卦，先送您几句吧：先历困苦，后得幸福，霜雪梅花，春来怒放。女施主现在心里一定有些小不痛快，不过……七天内你准能发一笔财。”他本来想说七七四十九天，但因业务不熟说溜了嘴。对方问他：“我不痛快的事是什么，你先说说看，说准了我们继续。”张长弓说：“这样吧，先看发财的事是否能兑现，兑现了，你再来找我，你的不痛快我自能破解。但现在机缘未到，多说无益。”几句话下来，该女面色缓和了不少，问该付多少钱？他头也不抬地说“随喜”，神情自若俨然老僧。该女留下20元钱谢过走人，他拿着钞票端详了半分钟，心里想这种钱真不难挣啊，我的词儿还没背全就得了20元，这要是背全了，施主一多，还不得日进斗金！更重要的是，还事儿又不带拖欠的，现在拖欠农民工问题多严重啊。端详够了，他才想到自己刚才那些顺嘴胡扯的话——如果七天内人家没有发财呢？

十分钟后又过来两位老太太，但她们并不算命，而是东家长西家短地跟他聊起了天儿，他闲着没事，也乐得胡扯几句。这通胡扯引来了另外两个人驻足看热闹，听众一多，这个盲人半仙就越扯越勇。直到半小时后，忽有一阵风吹了过来，盲人下意识地用脚踩了踩铺在地上的八卦图，动作精准。踩完后他就意识到露馅了，所以偷偷地从墨镜后观察听众，果然有个人满脸疑惑，并伸手在他眼前晃了几晃。他闭上了眼睛，直到对方不再晃了，才微微低头同时下颚内收，把眼珠子夸张地往上翻了几番。

这几个人散去后，他的紧张情绪一扫而光，感觉装盲水平已足以乱真，于是自信满满地开始主动招呼路人了。不多久的工夫就有四五个人停下脚步和他聊了起来，其中两个给了钱，一个4块，一个8块。

第二天一上午无人问津，他坐着无聊得要命，又不敢看书看报，煞是难熬。所以中午吃饭的时候，他在地摊上买了一部旧收音机，12块钱。听了一下午收音机，只有两个人和他搭讪，但并没有产生现金流。第三天还是只见来人说，不见钱袋响。眼看着擦黑了，他正准备收盘，忽然一个中年人在他面前蹲下，并不说话，只是定定地审视着他。张长弓装模作样地念叨了一番，对方还是无动于衷，他心想，这人一定是想检验盲人的洞察力。他于是开口说：“这位施主，听走路的动静您一定是年富力强的、不寻常的先生。”说话的同时，他隔着墨镜偷偷地审视着。那人说："先生不敢当，是爷们儿不假。"张长弓说着伸出手来，慢悠悠地照那人脸上摸去，那人并不躲避。张长弓摸完后慢吞吞地说："我虽然看不到，但我摸出了您天庭饱满定非凡人。您这样的贵人，后背上一定有一颗痣，在左上或右下，左上的为富，右下的为贵。您先说一下有没有？还真有吧？那就对了，目前？嗯，目前您有财运，准能发一笔大财。"张长弓说发财的时候，这位并没有高兴的神色，只是说你这算命先生和别人不同。张长弓并不搭他的话，自顾自地又念了一通鬼话。刚才说人家后背上的痣，是他临时想起来的，鬼才知道那人是不是有痣中年，先这么说着呗，或许人家真的有呢。看对方沉默了，张长弓接着又说："先生您对发财不感兴趣，说明您不是凡人，不过您不止是发财，而且还可能有更好的事儿。"中年男子这下高兴了，从兜里摸出100块钱递到他手上。出乎意料的是，张长弓并没有接这个钱，而是不屑地说道："我虽是穷算命的，但收钱却是看缘分，我们缘分尚浅，钱就免了吧。今天咱们先谈到这儿，有缘再见。"那人道谢而去，张长弓扭头一看，他快步走过了路口，左拐弯后又走了几步，钻进了一辆黑色的车子里。

没想到那人上去后，车子调了个头从张长弓面前呼啸而过。透过墨镜，借助后车的灯光，他看到了车牌号，就一下子记住了。记的时候没想过有什么用，但当他收拾道具并卷好捆牢塞到桥洞里后，脑子里突然闪出一个念头。他一边想一边往回走，到了一个交警岗亭时，他对自己会心一笑，抻抻衣服拢拢头发，把墨镜挂到衬衣口袋外面，一脸灿烂地过去递给交警一支烟。交警说不会抽而没有接，主动问他是否需要帮忙。可能是因为这里不是要道闲得无聊吧，交警很有兴致地和他闲聊起来，并告诉他那个车牌是属于县政府的，具体哪个局委未知。他道谢后立即跑到县政府，见着门卫就敬烟开聊。说到那个车牌，门卫说他也不清楚是谁的车，何况即使知道也不能透露。张长弓一听就明白了，于是他暂别门卫，跑去小店花一百多块钱买了两条烟，回来塞给门卫。门卫告诉他，我刚查到的，这是范局长的车子。这门卫查得还真快，他心里一笑。

离开政府大门，他到对面馆子里点了碗面条，一边等饭一边琢磨着和范局长的高峰会晤，情景对话早已设计出好几个版本。面条上来了，他抬头朝服务员致谢的刹那，正好看到门卫交接班！他立即撂下十块钱说我马上就回来，冲出餐馆直奔马路对过。

他站在大门东侧等了四五分钟，门卫才推出自行车哼着小曲出来了，车筐里放了个塑料袋，这当然是那两条烟了。张长弓迎了上去说，下班了？真巧又碰上了！门卫也挺高兴碰到他，两人有一搭没一搭地聊了几十米远。到了拐角处，眼看周边没有路人，他轻轻地对门卫说自己是做工程的，很想结识一下这位局长，所以想问问他的具体情况。门卫说自己只知道这位领导姓范，司机是小王，别的就一无所知了。张长弓道了谢，塞给门卫一张钞票，门卫推辞了两下就收起来了。张长弓说，你帮我了解一下范局长的详细情况吧，等工程的事情成了，一定再酬谢你！门卫哪里受过贿，受宠若惊地说一定尽力一定尽力，还说自己姓赵，并把自己的电话给了张长弓。

这次调研使他信心百倍，认为自己哪里是什么半仙，整个一便衣神仙，特来指点凡人的。想到局长将要对自己膜拜的场景，他猥琐地笑了，笑得迎面走过的胖妞赶快揪了揪领口。指点凡人？这个使命连他自己都快相信了。使命感是个极具驱动性的东西，现在就驱动着他和麻衣神相摊主聊了好半天，为了学真经不但极尽吹捧之能事，还献上了十大元钱。吹完后回到自己的地下室，坐到床上才想起不但自己点的面条没吃，而且还押了十块钱呢。算了吧，这点小钱算什么，局长一定会来送钱的，数量可能得买得下这面馆。他一边泡方便面，一边学着麻衣神相的口吻念念有词，这架势，比大学期末考试用功多了。

当晚他念念叨叨直到破晓方睡——范局长是个官员，但从本质上来说，官员和门卫都是贪财的，这是人性，没什么奇怪的。但跟官员说话就该少提发财多说升官，应该说您应酬太多工作压力又大所以有些睡眠不好，您很上进快拿到博士学位了，您还有大的升迁机会但要当心小人当道，等等。

醒来已是半上午了。上午就不去了吧，反正局长这会儿也不会去找他。躺在床上又温习了几页书，过了两遍设计的情景对话，然后才一个鲤鱼打挺起了床，拿上东西想去水房洗个澡，可是里边有人。于是转身就对着水管用冷水洗了头，念叨着君子居之何陋之有，大步走出地下室去“上班”。

刚上班并没有业务，他就在心里反复彩排与局长的对话。四点多的时候来了一个客人，站到他面前半天，他都没有察觉。彩排了两三遍后，他感觉台词缺乏冲击力，于是就取下墨镜翻起书来。一边站着的客人诧异地问，盲人也看书吗？

张长弓吓了一跳，赶紧说是摊主不在，我是帮忙看摊的！来人摇着头走了。真是的，过程管理混乱致使客户流失，以后得注意了。眼看要擦黑了，局长还没有影子，倒是一个也有着局长架势的人走了过来，什么都不说，先递给他20块钱。张长弓并不接钱，只是念叨一番后问先生想咨询什么？来人说，我给你20块钱不是让你算命的，我就想问你几句话，你如实回答就得。

“这不还是咨询嘛，问吧。”

“兄弟，你真的会算命吗，你自己信这个吗？”

张长弓反问道：“你是做什么的？问这问题干吗？”

“我是研究民俗的，对民间的东西都有兴趣。”

“嗯，你是个明白人，我就直说了吧！其实我不会周易，也不会六壬神课这些术数，但我有两大法宝，一是谁都不懂的套话，二是察言观色。套话可以把人带入你的语境里，察言观色可以顺着客人说话。”

“这么说，你自己也承认这一套东西是骗人的吧？”

“也不能这么说，这事情从本质上说是安慰人的，所以这也算是心理咨询。人在犹豫不决的时候，总得信点什么，就算是骗，你不骗他，他也会去别的地方受骗，这也是刚需嘛。刚需应该得有满足的途径吧？你会炒股票吧，股评这东西，和算命区别大吗？照你的定义，这也是骗吧？”

来人并不接话，只是频频点头，所以张长弓接着又说：“好的算命先生甚至比许多心理学家还高明。每一个人的信息其实都是写在脸上的，相由心生嘛，就看你会不会读。其实欧美国家也有各种算命的，很多美剧中都会出现fortune teller的牌子，这不就是算命的地方嘛。人们希望预知自己的未来，破解烦忧，所以希望有人能给自己指一条明路，并认为这么小的代价就可以免灾。这是我的理解，老师您以为呢？”

“好的谢谢，我算碰到真大仙了！不过我也算出来了，你不以算命为业。”那人说完，意味深长地笑笑离开了。

天黑了，局长还没有来。

第二天还是没有来。

第三天是个星期天，他醒得早，来到“办公室”坐定一看，才七点刚过。他自已笑了，这个点儿谁会来算命？谁知他刚打开收音机，有个老太太就来问孙子上学的事情，接着一个老头来问女儿的婚事，他胡诌了一通，两个老人分别给了他两块钱，像是事先商量好的一般。老人们走了以后，还不到八点，周边也没有什么人，所以他想拿出书来看一会儿。正在这时，远远走过来一个人，离他还有几米就大声说道："记得前几天晚上那个来问过你的人吗，就是当时给钱你不收的那个？他想请你过去一趟，我是他的助手，不会让你白跑的。"说着就站到了他的面前，递过来两张百元钞票。张长弓一摸是钱，就推开说无功不受禄，我去就是了，你帮我把东西收拾好放到桥洞里吧。收拾好后，那人拉着他的衣袖，伺候他上了车。张长弓有点后怕，幸亏当时没有看书，要不大客户就会因虚假信息而流失了。

车开了半小时许，拐进一处农家小院。进得院内，迎面是一客厅，里面坐着七八个人，其中一位似是老道。张长弓假装盲人，所以"不敢"看到。司机并没有把他介绍给大家，而是直接领到了厢房。没多久进来了一个人，他知道，这正是那天见过的范局长，但他还是"不敢"看到。范局长说，知道我是谁了吧？张长弓说人瞎耳朵灵，我当然记得你的声音。范局长说，那天偶遇你，见你气度明显不同于普通算命先生，给钱你又不收，我想你必有来头，不知出自哪座仙山？

张长弓坐着不动，半晌才面无表情地说："万法缘生，皆系缘分。本来今天我想上山去，可忽而又决定不去，正巧您就招我，这就是缘。天雨虽大，不润无根之草，佛法虽广，不渡无缘之人。"

"果然高人！那我就失礼直接请教了！"张长弓面无表情地点点头。

"我是个生意人，想问问财路和运程。"

"请报您和父母高堂的生辰八字，还有您的出生地相对于这里的方向。"

他报过之后，张长弓沉吟片刻说："此命五行水旺缺木；日主天干为火；必须有土助，但忌金太多，此命为人品性不刚不柔，心所无毒，自当自担，做事有始终，如帛如风，劳心费力多成败。初限运寒多驳杂，祖业破败，重新白手成家，至三十五六方能成家立业，四十开外，如船遇顺风，五十多岁安稳，末限滔滔事业兴，妻宫硬配子媳伴架送终，寿元七十五，卒于五月之中。"

范局长听完后哈哈大笑："怎么和那位大师说的一样呢，你们可能师出同门吧！"

张长弓依然是面无表情："想听点不一样的？"

"那是当然！要不请您来干吗呢？"

"首先，客官您没有说实话，您的命理里有从商的因，却没有从商的缘，所以没有从商的果，不知别的大师们告诉过您没有。"

范局长这一下不笑了："您说我不是商人，是什么呢？"

"领导。"

"对啊，我是公司的领导。"

"贵人不诳瞎子。您定是在衙门当官的，这是命理，这是果。您要不承认事因事果，不说真话，那就无缘了。您现下一定不是为求财，您这种命理，财多反而有害。您求的是仕途运程，但您不确定该信哪位师傅的话，对我也是先考试考试。"

范局长这下子严肃起来了："先生说得极对，佩服佩服！"

张长弓轻轻地晃了晃脑袋："您实言相告了，你我的缘分就可以继续了。您的姓氏，必是有水有草的，这姓氏与您的八字配合，就是有从商之因但必有当官之果，这都是天机。"张长弓本来想直接说姓范的，但临时改了口。

范局长的瞳孔明显放大了。张长弓接着又说："您是副职。扶正之日嘛，我得另找缘起之时再跟你解。您是靠学业走入官场的，修业的地方在此西北方。"

范局长这下傻了，这一刻，要不是看到门口站着人，他一定会跪抱的。

是时候了，关子卖得差不多了。

"领导，草民告辞了，有缘再会！"范局长意犹未尽："何不一起吃个饭，顺便再请教一二？"张长弓还是面无表情："罢了，心善面和惹人爱，若如风雨思痛亭。兰香余留且指过，花开逢春如竹青。有缘再会吧。"范局长听后，赶紧请他再念一遍并拿笔记下。记完后，范局长一招手，司机拿过来一个信封，范局长接过来递给张长弓说："一点小意思，一点小意思！"张长弓接下信封，从中抽出一张说："今日心意，半两足矣，有缘再会！"说着把信封交还范局长。

路上司机一言不发，到了桥下分手时说了一句话："大师您天天在这里吗？"张长弓说这得看缘分，说着掏出一张纸条给他，说这是邮箱，有事请电邮。盲人还用邮箱？司机这么想着，意味深长地摇了摇头。

司机一走，他立即打电话给赵门卫，说晚上请他喝酒。一见面，张长弓就塞给他几张票子，说我想求范局长办事，请帮我打听打听他的详细情况，主要是家庭成员的情况，单位的情况，提拔是否有望，他的个人爱好，等等。只有了解这些，我才能跟他拉近距离，他才会给我生意。门卫当然是和盘端出，当他提到上级想把范局长调外地扶正时，张长弓心里有想法了。

此后连续两天，他故意不去“办公”，而是到处找人了解本地官场的情况。第三天他过来坐了一上午也没人搭理，于是就拿出书来学习业务。这一学习就入了神，正当他摇头晃脑地读着“甲乙丙丁戊阳时，神居天上要君知”时，突然有人“咦”了一声，他被惊得一抬头，原来是前几天给过他两块钱的老太太。她一看张长弓在看书，立马就感觉被愚弄了：“你年纪轻轻地怎么装瞎子骗人？赶快退我钱，不然我叫联防队来抓你！”张长弓一看这架势，连忙递过去10块钱说我也是生活所迫，请原谅请理解。下午五点多钟，有个年轻人过来坐下，说想问点事儿，你看10块钱够吗。张长弓一看这孩子一副萎靡模样，开口就说：“小兄弟，你就是学习成绩不怎么行，不过别灰心，干别的事情也许会成功。”年轻人说我刚考上一本的啊。张长弓心想不好，这一下行情看反了，原来努力学习和努力打游戏的孩子，表面上看来并没有区别。不过张半仙当然不会认错：“学习好与不好，是相比而言的，你一定是其中分数最低的，不信，你报到后就知道了！”学生一听，二话不说气哼哼地起身就走。

学生刚一走，司机就过来了，说怎么老找不到人呢，老板今晚想请您过来一趟。他点了点头，司机递给他一部手机说，这是老板的意思，为了以后联系方便。张长弓执意不接，说一个瞎子哪会用这个。路上他想，今天还是得以云山雾罩为主，不时还得露点儿真东西。多天的实践使他相信，算命和评股其实真是一个套路，你连续几次说对，人们就会信任你，都认为你下一次还要说对，所以就会在你身上押注。

司机牵着他的衣袖一进来，范局长就介绍这位是某某大师，那位是某某先生，但并不透露这些人的具体身份。喝茶的程序真复杂，他还真没见过。张长弓虽然有些忐忑，但他一言不发地端坐着，别人也看不出深浅。茶过三巡后，范局长说闲言少叙，请吉嘎大师指点吧！

吉嘎大师开口并无客套，一上来就是一通经文，张长弓半句也没有听懂。他心想，与这位大师比这个自己连门儿都没有。大师念完了经，张长弓微微一笑，连声说桑桑。桑桑就是善哉的意思，这是他在西藏学会的。吉嘎大师听了一愣，用汉语说献丑了。一听他不懂藏语，张长弓心里就有数了，说自己曾拜过许多师，入过许多派，现在反倒是无师无派了，大师您多指教！吉嘎大师忙说客气客气，并示意张长弓说下去。张长弓把在西藏学到的咒语念了一遍，然后又照着藏语的腔调胡乱咕哝一番，他知道反正这些人也听不懂。念完后他偷偷地看了看大家，发现了几道崇敬的目光，包括来自吉嘎大师的两道。他知道这开场的效果不错，心里想，别人听不懂的东西原来也会是有效的，正如西洋绘画中那些莫名其妙的背景。

接受注目礼10秒钟后，他才悠悠地说："刚才那经文我天天都念，因为它可以带来与佛的沟通。领导，大家今天想谈些什么？"局长说："上次您说得让在下佩服之至，所以想请您再指点一二。"张长弓说："您跟我说一下您办公室的布局吧，我可以帮您调整调整。"局长说："这个先不说，好吧？"

张长弓摆了摆手说："恕我直言，领导您一定是怕言多必失被我猜到什么。我帮你说吧，你的办公室坐南朝北，办公桌上有两个盆景，没有电脑，但边上另有一张电脑桌。这种摆法看似正确，却有一个小小的但关乎仕途的疏漏，现在是网络时代了，你跟上级领导的网络联系不能被放到一边儿。正因为是这个原因，上级可能有把您外放的想法。"听到"外放"两个字，局长大吃一惊，对着旁边的大师一阵耳语。张长弓当然是不能"看到"的，所以继续说："这里不是你的正宅，你的正宅是套房。套房的陈设以后有缘我再说，我要说的是，当领导的院子里需要有一棵树，这个院子虽不是正宅，但因套房无法种树，所以这个院子里应该有树，最好是槐树。槐树木质坚硬，代表禄，汉代朝廷种三槐九棘，面对三槐者为三公，因此槐树在众树之中品位最高，又可镇宅。各位大师明白北京为什么有那么多老国槐了吧？另外，目前您的顶头上司是个女人，所以宜用阳气来对冲。这话以前不会有人跟你说过吧？因为不少人都没有学到精髓，讲的都是套路。还有，如果人在现实中做得不好，风水怎么设计都没用，因为地理要服从天理。女领导不会把工作和情绪分开，她常常会依着性子滥用职权，所以您更得小心，因为她决定着您的仕途。其实，搞定她并不需要多大的付出，只需时时关注她的情绪相机行事即可，切记，不要动她的电脑更不要帮她修电脑，只有做到这些，我的这张禄符才能起到作用。”

范局长接过符后不住点头，张长弓趁热打铁说：“领导，草民还有些话，不过得借一步说。”局长拉着他的衣袖来到厢房，张长弓说：“领导最近红鸾、天姚同度且同宫，主婚外情且不止一件。”范局长听罢一时语塞，张长弓趁机又说：“情事隐秘也，我就不往深处说了，这事夫人知道事小，上司知道事大。还有，近期西北方向来的外财不能接。我就说这么多了，做到了这些，你就仕途坦荡。”范局长听得一愣一愣的，如遇神仙真人。当他又问孩子上学的事情时，张长弓说今天不是谈这个的缘分。

临走时范局长塞过一个纸包，他这次不推辞了。下车后打开一数，整整两万！他激动地按住胸口，心里说，这钱取之于民用之于民，他不给我也是得给别人的，所以咱这不能算骗。况且，按青又红的说法，钱掌握在我们手里比在坏人手里强。总结这次成功，他认为和炒股票的道理是一样的：摸清基本面，找好入市时机，不为小利所动，一定要坚守到合适的点位平仓。如果开始给的蝇头小利都要的话，就相当于赚两个价位就平仓，对不住大好行情！

事后，他给自己放了几天假，暂时不去“上班”了。这天他去网吧看邮件，发现除小裴写的报平安的信外，还有范局长写的感谢并要求再见面的信。小裴的邮件里说，政府介入厂子里的事情，差点儿定性为非法集资，幸亏忽然出现了一个投资人，拿出一千万现金入股，这才算暂时稳住了局面。目前政府还没有追究你这个董事长，不过你也要注意安全，做好反侦察工作，千万不可露面。他还说，自己和黄老师刚到上海，准备在投资行当里混碗饭吃。他好生奇怪：小裴这种工程师脑袋，也可以搞投资？黄老师怎么也改行了？这世界变化真快啊。

他没有给范局长回信，他心想，即使以后局长怪罪下来他也有话可说，因为盲人看邮件不方便，需要麻烦别人帮忙；更何况，见咱这样的神仙得看缘分，不可能有求必应。

过了几天，他再次打开信箱时，看到孙经理写信说，白老板好长时间没到我们这里来了，这几天工人因拖欠工资闹事，白老板说让我们自己想办法。为什么发不了工资？原因是甲方单位拖欠，那是个政府机关，负责这个工程的是个姓杨的副科长，我们都叫他杨科长。一年多了，虽然他也不少从咱们这儿拿好处，但仍然找借口拒付工程款，多次求他也不行。这眼看都快过年了，我都快被逼疯了，再没办法就只好去他们门口静坐了。

张长弓马上给他打电话说，静坐也解决不了问题，人家要拒付，有一千个理由，主要原因就是想索贿呗。这样着吧，你出来我们见见，如果必要，我给白老板打个电话，请他多替你这边想想办法。

一见面孙经理就说："杨科长这人实在是太贪了，我先后给过他30几万了，他还不算完，听他那口气，再给30万也打不住。我就不理解人为啥能贪成这个样子，他自己三四套房子，据说家里光是金条就有一大箱，他无聊时还会打开饮料倒掉，仅仅是为了看瓶盖是否中奖，就这样他还要敲我们的竹杠，你说可恶不！反正我是豁出去了，他不让我过年，我就和他杠上了！长弓啊，你在咱这里干过，也是白老板的朋友，你就帮我想想办法吧，我真的要扛不住了！"

"这样啊。我先了解下这个人的情况，看能不能帮上忙吧。"

孙经理把杨科长的情况详细地讲了讲，末了还给他一张照片："就是这个人！我去过他家，他老婆孩子早就移民国外了，他现在和情人住在上东花园6号楼412。"

琢磨了大半夜，张长弓觉得白老板多少年来都在关照自己，这次一定得设法帮这个忙。可是，自己人生地不熟的，从正面帮恐怕有困难，不如去杨科长家里整些值钱的东西出来，先帮工地度过年关再说。偷东西这事儿他虽然没干过，但他有一手开锁的绝技，黑叔教他的时候说这个小手艺只能应急不能用于干坏事，他只在大学里因为忘带钥匙而用过一次。偷东西需要有个帮手，他能想到的只有赵门卫了。得知此事的赵门卫面有难色，说自己得上班，况且也不敢干这种事儿。张长弓掏出5000块钱拍在桌子上，并告诉他这不是干坏事，事成之后还有好处。赵门卫当场就说愿意为这事儿请假。

赵门卫蹲守一天后，告诉他说杨科长早出晚归，而那个女人整天都窝在家里，只下楼买过一次东西。第二天还是这个情况，张长弓想，要想得手，就必须把他们骗出来。他问赵门卫怎么骗，赵门卫说那座楼是可视门铃，你一按她就看到人了，连门都骗不开呢。

可视门铃？有办法了！

第三天上午，他让赵门卫去买一些冥币和面具，要挑最狰狞的。下午四点多，那女人终于下楼出门了，他自己在下面站岗，让赵门卫上楼在她门上贴一张符。张长弓上楼查看的时候，赵门卫打电话说那女人回来了。张长弓想这又是一个机会，所以就迎着她往下走，在和她擦身而过的一刹那，他把两张冥币塞到她的购物袋里。你这一弄，赵门卫说，她一定吓得不敢在屋里待了。

可是他判断错了，一直到晚上十一点多杨科长回来，她都没有出窝。十二点半，他让赵门卫望风，自己瞅个四下无人的机会走到单元门前，戴上鬼脸面具按下了门铃。门铃响七八声后，一个女声懒洋洋地问谁啊？他学了一声鬼叫，同时对着摄像头晃了晃脑袋，门铃里立即传出一声惨叫，他又晃了几下，听到叫声更加凄厉，这才躲到大树后面观察。约莫半个小时后，杨科长和那女人下楼开车离去，女人一副惊魂未定的样子，上车前还频频回头看那门铃。

张长弓对赵门卫说，这一下，那女人才真的不敢来住了。话音刚落，一个保安走过来问你俩是业主吗？这么晚了怎么不回家？二人只好离开小区，约好明天择机动手。

次日上午，他打电话确认了杨科长在办公室里，二人才大摇大摆地来到小区。他让赵门卫在楼道里望风，自己来到杨科长家门口，掏出一把异形钥匙捣鼓了一番，门就被打开了。

既然进来了，当然就不用客气。他戴着手套翻了老半天，并没有发现传说中的金条，于是把他认为值钱的东西装了一大包，临走的时候他看到茶几上有一个小箱子，拎一下沉甸甸的，打开一看居然全是现金！得手后他让赵门卫继续盯着杨科长家的动静，自己拦了一辆三轮赶忙离开。三轮钻进胡同里七拐八拐一番后，他确信没人跟踪，就下了三轮换上一辆出租，让司机直奔工地。他在途中打开箱子数了数，里面的现金约有八十来万！

工地上，一大群人正围着孙经理嚷嚷，听得出来满是火药味。

孙经理态度诚恳："这也不是我的错，原因都给你们说过了。不过，我也在积极想办法，保证你们拿钱回家过年。"

"那是你的事儿，我们干活的人只知道到时候该领工钱了！一年了，大伙总得回家过年啊！”

“容我再想想办法。兄弟们，我老孙就是去偷去抢，也得让大伙回家过年！”工人们才不听这个，七嘴八舌地嚷嚷着今天不见钱就把车弄出去卖了。

孙经理正在犯难时，忽见张长弓走了过来，身背一个大包，手拎一只小箱。他一走到大家面前，就说请伙计们稍等一下，我要跟孙经理谈一谈，谈解决工资的事儿!

他们两个人一进到办公室，工人们就到门口团团围上了。

一关上门，张长弓就说：“孙经理，工资的事儿我有办法了！”

“啥子办法？”孙经理好像抓到了一根稻草。

张长弓不慌不忙地打开箱子说：“你看，这是我以前做生意别人欠我的钱，刚要回来，你先用着吧。”

孙经理不敢相信自己的眼睛和耳朵，这么多钱啊!

张长弓回去的时候，突然想到司马迁的《游侠列传》，里边的游侠们都有一种赴人之危厄救人之急难的行事风范，他们其实就是墨家中人，只不过司马迁对墨家也不甚了了，所以就被称作游侠了。虽然后来墨家作为一个与儒家齐名的流派几近消失，但他们的精神与行为风范却依然植根在民间，这在黑叔身上能体现出来，自己现在也有些游侠味道了。

游侠！他对着橱窗玻璃照了照自己，甩了甩头发诡异地笑了。

得手后赵门卫一直在那个小区“值班”，见杨处长家并没有什么动静，就报告说事情还没败露。晚上他想，杨家还有许多值钱的东西，机不可失，明天何不再去走一趟呢。没想到刚潜入杨家正在拿东西的时候，忽听一声怒吼：“可抓到你这小毛贼了！”他愣神的刹那间，楼下又传来了赵门卫的惊叫声和激烈的撕扯打骂声。不好！有人躲在家里，自己的哨兵也被人家摸掉了！他还没来得及做任何反应，就被两个小伙子给按了个结结实实，双手也很快被绑住了。被绑后他倒是镇静下来了，心想有人潜伏在家里，自己居然都不知道，这情报工作做得太差了！此时，一个中年人厉声问你是什么人？你那跑掉的同伙是谁？一听这问话他放心了，因为赵门卫脱身了，自己的回旋余地就大多了，所以他选择一言不发。正巧，那人这时接了几个电话，之后和一个人耳语了一番后就匆匆离开了。那人走后，张长弓被押到了保安室，“哐啷”一声关进小套间里。大约一个小时后，他听到有人对保安说，失主的电话打不通，我们把小偷送到派出所算了吧，因为保安拘禁人是不合法的。张长弓不怕去派出所，因为那里讲程序和证据，他可以一口咬定昨天不是自己偷的，今天又属于盗窃未遂，想必派出所也没辙。

到了派出所就被投到一个小黑屋，除了送过一瓶水和两个烧饼外，没有人搭理过他。他倒是想得开，又吃又喝的，甚至还眯了一会儿，静等着人家发落，心想即使真有问题，白老板、孙经理他们也会救自己的。

这么待了大概一两个小时，一个警察开门进来了，身后还跟着一个光头。警察说，这位认识吧，他要保你出去。

保我出去？这光头是谁，是孙经理派来的吗？不对，孙经理不可能知道这事儿啊！他正低头纳闷时，光头对警察说那就办手续吧，我就是失主，这事儿真是个误会，麻烦你们了！这人不是小偷，而是我们家亲戚，因为纠纷赌气拿了点东西，怎么会是盗窃呢。张长弓被搞糊涂了，自己哪有这门子亲戚？不过能出去毕竟是好事儿，自己还是少说为妙，所以他梗脖瞪眼作出生气状，一言不发地等着“亲戚”帮他办手续。

他按了指纹后，就可以离开了。刚出派出所大门没几步，光头忽然低声呵斥道：“跟我走，不然你还得进去！”张长弓怕他咋呼惊动警察，只得跟着他来到一条小巷子。巷子里没有行人，只是零星地泊着几辆车，其中一辆里面坐着一中一青两个男子。被要求上车的时候，他因为不了解底细所以没敢反抗。上车一看，那中年男子正是杨科长，他和保镖把张长弓夹在中间，那光头开车。

车子七拐八地来到一个僻静的路口，停下来后杨科长终于开口了：“说！你偷了我多少东西？都弄到哪里去了？”

张长弓并不慌乱，他心想，都抓到派出所了为何不让警察处理，还要保我出来？

“偷了你多少东西？你自己不知道吗？”他大声反问道，因为他知道这些东西一定来源不明。

“你个小偷还敢嘴硬？快说！”

“老大，那点东西对你是小意思，对我就不一样了，所以还是请高抬贵手吧！”

“高抬贵手没那么容易吧，不想坐牢你就老实点！”没等杨科长开口，光头就厉声喝道。

张长弓不紧不慢地说：“跟你们这么说吧，第一，没有足够的证据证明是我偷的；第二，即便是我偷的，你也犯不着这样，有公安有法院啊；第三，如果你有本事让我坐牢，还保我出来干吗？”

光头不屑地哼了一声：“你一个小偷还一二三条的，反了你不成！今天不把东西还回来，你就别想全乎着离开！”

张长弓淡淡地说：“领导，您的这些宝贝可能来源不明吧？您保我出来，就说明您怕扯出来其他事儿。所以呢，我还是劝您放我一马，我也是生意亏损走投无路才出此下策，以后有机会的话我可以还您。”

杨科长听罢恶狠狠地说：“这小偷口条不错啊。看来不给点颜色看看你就不知道老子是干啥吃的！”说着，他朝保镖递了个眼神，坐在旁边的保镖立即伸手搭向他的肩膀。

他哪里知道张长弓还真不怕这个，他那多年料理钢筋的手可不光是长得狰狞。当保镖的手搭在他肩上时，他猛然抓住狠劲一捏，保镖立时“哎哟哎哟”地要缩回，但哪里能缩得回去！杨科长见状，立即伸手要掏家伙，张长弓猛捏住他的手说：“别在这里动私刑了吧。这点小事，还是请您高抬贵手，你我两便吧！事情弄大了你还怎么当官？”

正当这二人被捏得龇牙咧嘴之时，令人惊讶的一幕发生了：光头忽地从包里摸出一把手枪对着他的头！张长弓心里虽然很紧张，但还是狠捏着两人的手，对光头低沉地说：“请把枪收起来好吧？你要敢开枪这事儿就大了，我这条乞丐命换你们的皇帝命，你觉得值吗？”说着又狠狠地捏了杨科长一把，对方又是一阵龇牙咧嘴。

光头的手哆嗦了，遂把目光投向杨科长。几秒钟后，杨科长咬了咬牙，又狠狠地瞪了保镖一眼：“放他走吧！”

安全离开后，他很是有些后怕，因为对方可能会开枪，也可能会开车撞他，幸好他们没那么大胆子。这工地是不能去了，因为怕连累了孙经理他们。他回到自己的地下室胡乱收拾了一下，然后给孙经理打电话嘱咐他还得加大要钱的力度，免得杨科长生疑。孙经理说：“我这就安排工人去静坐，等会儿我们见个面吧，我得跟你说点儿事。”

一见面，孙经理就说：“兄弟你真是帮了大忙了！这事儿我还没有跟白老板说，钱我也不知道什么时候能还你。”

“没事儿，先不必告诉他吧。另外，我想马上离开此地，因为实话说吧，我把杨科长家给橇了，才有了这些钱物，这更不能告诉白老板了。”

“我不会的。黑他的钱就对了，反正他这也是从我们身上敲的竹杠。”

“不管怎么说，我待在这里是不安全了。”

孙经理拿出一个小包说：“兄弟，这是解决完问题后剩的钱，二十几万吧，你无论如何拿上。别的钱等公司转得开了，一定尽快还给你。”

张长弓笑道：“那些现金工地上用了就得了，反正也是赃款嘛！”

孙经理也笑了：“我怎么觉着你偷来的钱很干净啊！虽然来路奇特了些，但至少算是杀富济贫吧！济完贫，自己也沾一点，算是保持可持续性嘛，想梁山当年，不也就是这么回事！”

“偷钱这种事儿经你一说还挺理直气壮的，怪不得你能做经理，看问题就是有高度！”二人相视大笑。

笑完以后，孙经理说：“这样吧，你要走我也留不了你，不过你去车站坐车不安全，因为他们可能会埋伏你，不如我开车送你吧！”

“好的，那就麻烦你了。我要去北京，因为北京地方大，至少碰到杨科长的概率基本上没有。”

快开到泊头的时候，他看到路边有公用电话，就请孙经理停了车。他下车后给高丽春打了个电话，因为他想，到了北京再打电话就暴露区号了。

高丽春说惊喜了：“哇噻！是老板你啊，还记得咱的号码！听说你移民外星球了？”张长弓说：“什么外星球，咱是无脸见江东父老，出去混饭罢了。我在什么地方不重要，告诉大家咱还活着就行。”当他问到厂里的事情，高丽春说：“还是黑叔有办法，关键时刻疏通了政府关系，凑巧外面又进来一个投资人，现在表面上是捂住了，两个工厂还都在运转，不过你暂时隐蔽些也行。另外，谷雨被保释出来了，她正跟法院申请离婚，可能是没脸再和你一起生活了。还有，我不知道该不该说，马超汉现在和她走得挺近的。”张长弓说：“这都物是人非了，爱谁谁吧，你有空跟我老娘报个平安就行了。”

老潘的事情他一直没有追问陈希希，只是通过老毕知道她跟进得挺努力，班长他们也都在想办法。现在方便打电话了，她接到后诚恳地说：“我已尽了全力，老潘无罪是不可能的，我的目标是轻判。另外，我还帮他安排过从看守所逃脱，可他胆子小，不敢走出敞开着的大门。”

“不逃脱也对，你也算是费心了！他自身不会有什么事儿，只是岳父的事情受了连累而已。”

“这比他本身有事儿还复杂，你还不懂这个？”

第二十四章　京华岸边

三个多小时到了榆垡收费站，到了这里，外地车就需要进京证了。他们把车停到路边，张长弓把行李拿下来，就让孙经理返回了。他在路边张望一会儿，有辆车开到面前问他坐车吗？他知道这是黑车，不过还是坐上了。

到北京什么地方呢，他还没有想好，所以只好让司机先往进城方向开着。过了四环，他看到一辆公交车上写着广安门，马上就想到清朝时广安门是外地人入城的必由之路，咱这外地人也到那里下马吧！司机问他到广安门什么地方，他哪里知道，只好说到广安门公交站。到了公交站，他拖着行李四顾茫然，心想要不先去看看广安门长什么样子再说吧！这么想着走了几分钟，广安门没有找着，倒是看到宏源期货公司的牌子。他盯着牌子看了好久，心里就决定了租住在这一带，因为现在自己手里也算有几个小钱，就从做期货开始在北京的生活吧。

去找旅馆的路上，他遇上了一个房屋中介的摊位，扫了几眼房源广告，看中了一套一居室。到现场一看，干干净净而且设施齐全，他很满意。交钱租下来，房东离开后，他打开包慢慢地清点了一下，都是些珠啊玉的，还有一个小金佛和两根金条。欣赏完后，他把这些宝贝小心翼翼地放进壁柜，在床上躺了一会儿又觉着不放心，就出门去买了个小保险柜装上。他心想，这些宝贝应该值不少钱吧，落入咱的手里应该会物尽其用，放在杨科长那里呢，只能使他睡不安稳。想到这里，他笑得流出了口水，并一直流到沉沉睡去。

一觉醒来，已是早上八点多了。他起床到外边胡乱吃了几口早餐，就直接来到了那家期货公司，办开户手续。

开户当天和次日还不能交易，直到第三天，他才正式坐到大厅里做起了期民。

多天没有看行情了，一时还没有感觉。要想有感觉，就得参与进去，所以他没做任何分析，就下了两张黑豆的多单。先试试水吧，有单子和没有单子，对行情的关注度当然是不一样的。

下进去单子后，他的瞳孔立即就放大了，心情也跟着曲线起起伏伏。他认真地盯了半个多小时后，行情却开始了横盘，所以他的瞳孔也慢慢恢复了常态。接下来的两天，这两张单子还是不死不活地飘着，他好像也没有理由平仓出局。算了，就飘着吧。

市场虽然是波澜不兴，但他一直担心的事还是发生了——杨科长找到这里来了，和三四个警察一起。他们踹开屋门，不由分说地把他铐上，然后拉下楼直接塞到车里，开到派出所，“咣当”一声就关进一个铁笼子。笼子外，无边的黑暗中他看到了杨科长那喷火的目光。张长弓大声咳嗽了两声，算是给自己壮壮胆，然后才大喊一声：“干吗？你贪污了多少自己不知道？你还敢报案？小心我把你的事情都给捅出来！”杨科长说：“我现在不是科长了，已经归反贪局管了，现在当官的都怕我，我想让谁进去谁就得进去！你虽只是小偷，但也暂时入了我们的编制，所以你就等好吧！”张长弓听到这话怒火中烧，伸手抓住他正要揍时，一个蒙面人忽地冲过来，一掌把他打得脑浆直迸，“啊”的一声栽倒在地上。

这一声怪叫让看盘的客户们着实小吃一惊，保安过来一看，说是新来的客户梦中受惊吓了。张长弓自己被这怪叫惊醒后，才想起自己刚才是靠在长椅上睡着了。杨科长已不知所踪，摸摸自己的脑袋，好像还挺完整。

他于是没心情看盘了，只好起身离开。

可能是因为单量少，他连续三个交易日都没有去想这单子。第四天他过去一看吓了一大跳，这两张单子居然已度过了一次生死轮回——就是昨天上午，一根大阴线把单子套了个结实，下午却又涨了回来。他有点庆幸，也有点后怕，还是平仓出来吧。平完了一看账户，好像还赚了几十块钱，他忽然对这醉汉漫步的曲线没兴趣了，可能是因为在鲁水的装神弄鬼坏了投资的兴致吧。

不做单子很无聊，做别的事情也没有方向，于是就买了个笔记本电脑窝在家里看看新闻打打游戏。这么蹉跎了半个月，他感觉骨头都要生锈了。这天晚上他上网胡逛，10点多钟，新浪网突然跳出一条突发新闻："北京时间今晚近9时，美国一架飞机撞上纽约世界贸易中心大楼，大楼上部被撞出大洞，并引发爆炸！"

啊？老六正是在纽约世贸上班！打电话到他在纽约的办公室，不通！打手机，不接！他心里一下子紧张了起来，反复拨着电话刷着新闻担心到12点多，老六终于回电话过来了。一接通他就问："你是人还是鬼？"老六答道："我好好的，你咒我呀。"原来老六真是命不该绝，他已于一个月前因和老板不和离开公司了，他卷铺盖走人时还恶狠狠地诅咒了老板，现在看来这诅咒可真灵啊。

当天美国各证券期货市场停盘，欧洲市场没有停盘但也遭到重挫，全球外汇市场大幅震荡，美元瞬间创出新低。"国际资本市场乱套了，国内也应该会有大行情。"这个想法让他兴奋了一整夜，真是看热闹不怕事大。

早上一开盘他就全仓买入大豆，心想恐怖袭击会造成不安的预期，这下农产品该值钱了吧。不料买入后大豆并没有暴涨，只是冲高到前期上涨通道的上沿就开始盘整，似乎在等待国际市场的消息。盘了两天后，芝加哥期货恢复交易，大豆的上涨引起国内的跟涨，他的持仓两天赢利了近五万。想不到这行情只是一日游，之后大豆便开始振荡下行，不几天他就被通知追补保证金。他哪里有资金追补，所以只能选择减仓释放头寸。谁知空方不依不饶，逼得他又减仓两次，到了第六天，他的资金就只剩下三四万了，看着跌跌不休的盘面，他再也不敢恋战，只好认赔出场。

9·11的这架飞机，不期然把他心中的大厦也撞坍塌了。他很后悔自己的草率，但并没有觉着痛，因为一是这钱来得容易，二是这些年的金来银往使他早就对小钱麻木了。他认真地反思后，总结出几条教训：一、事件性行情不可持久，因为基本面没有改变；二、不可随便满仓；三、趋势一旦形成，就很难改变。

此后，他跟老六的联系就多了起来，其实他的北京号码，也只有老六知道。得知了他的现状，老六极力撺掇他到美国来混混，他说还没有这心理准备。既然不打算出国，他想了几天，觉得还是得做期货，因为别的行业见效太慢，怎么能迅速爬起来？

做期货，这点儿资金太少了，不过那些黄金珠宝应该值些钱吧？翻出一条项链拿去典当行，对方出价3500。他想了想感觉不妥，借口价钱低走开了，因为他还被要求留下身份证信息。走出典当行后，他到处打听收购黄金饰品的地方，最后找到了一家，不要任何手续，出价4800。这下他摸到门道了，连续几天分别在几个地方把那些黄金饰品出手，换了近20万。就先卖这些吧，因为他只对黄金有一点儿估值能力，其他的东西看似都是挺值钱的，可他因为弄不明白所以不敢贸然出手。

“9·11事件”后的十几个交易日，大豆先涨后跌，很快就回到了熊市的调调，这使他又一次受伤。其实当时他也想买铜的，现在回过头来看，要是买了铜，结果会更难看一些。无数次的失利证明，自己想当然地赌方向，一般都得失败。这不，原本在下降通道中的铜受事件影响出现了两天的涨势，然后大震荡后就又回到了原来的下降通道。这一下他更不敢轻举妄动了，一直等到了10月上旬，消息说美国有可能对阿富汗动武，铜又是重要战略物资，所以一定有大的上涨空间。他这次学乖了，只买入了四成仓位。但市场并没有如愿猛涨，而是连续阴跌了起来，他反而被套几百点。好在这一次仓位轻，他一直扛着没有止损，心想止损也不总是对的，反复止损就会起来越瘦。再者，反正这钱也是白来的，真亏完了就算了！带着这种死猪不怕开水烫的心态，他连盘都不怎么看了，装死坚持了一个月。机会终于被他等来了，11月初，铜终于补涨并形成了上升通道。他分三次把仓位加到了八成，不几天后又补成满仓，到月底，他的资金就翻番了。12月3日，他的账面上已有60多万市值了，此时铜的价位已逼近前期高点，现货市场也开始滞涨了，他决定收网了。由于这不是第一次赚快钱，他不但没有狂喜没有膨胀，而且还计划离开市场几天，用于休息调整和总结得失。

这么些年了，自己做股票期货总的来说是败多胜少，其中的根本原因是什么呢？他感觉自己对市场的理解还是欠一些火候，而且也不够专注。自己虽然也算有些小聪明，但还是流于浮躁，谁说的，聪明的人偏偏需要有最笨的坚持。

那就坚持吧。

坚持，就从复盘开始。之后的几个月，他用轻仓观察理解市场，认真看盘坚持复盘，每次都坚持到合乎标准才下单。这些标准是自己设置的，是基本面和技术位置平衡的结果。随着对市场的专注，他的盘感也有了明显的提升，慢慢地他觉得已经迈上了一个新的台阶了，但他知道，要想有本质性的突破，还得持续修炼自己的心性。半年之后，他虽没有赚到多少钱，但明显地觉着能感知市场的脉动，因此信心也慢慢升腾起来了。

信心归信心，但他深知期货的钱太难赚了，一个例证是，营业部里有几个员工都是从客户转过来的。在这个营业部，许多客户其实连门儿都没有入，基本上都保留着股市听消息追涨杀跌的习惯，所以和他们基本无法深入交流。唯有一个人有些与众不同，这就是狄军，他虽然并不是土豪大户，但他对交易总是有独特的见解，与张长弓相谈甚欢。

狄军的人长得挺精神，穿着也不俗，只是感觉说话淡淡的，行为怪怪的，对交易以外的很多事情很是无知。张长弓开始并没兴趣搭理他，只是有一次听营业部的王总说，狄军原来是做超短线的，几年来成绩都不错。超短线是期货才有的手法，就是随时买随时卖，持仓时间甚至以秒计算，依靠良好的盘感积小胜为大胜。

哦，原来如此。做超短线的，那就不能按普通的逻辑来考量了。

想起自己，就更不能正常考量了。这些年一直是头重脚轻踉踉跄跄的，现在扔下两个生死未卜的厂子，用“赃款”做经费潜伏在这里，也真够非典型了。自己要东山再起，眼下看来还只有期货一条路了。但是，做好期货谈何容易！多年的教训使他知道，要想在这个市场里生存，不付出百倍的艰辛是不行的。这个行业很奇怪，付出了也不一定会有回报，甚至付出了大量金钱你却连经验也得不到，所以许多人交了无数次学费却永远毕不了业。

这一段时间他过得很平静，天天醉心于看书研究看盘做单，操作上永远坚持轻仓，而且不论亏盈都坚持按预设的标准进出。说来也怪，可能是要奖赏自己的坚持，他的资金不久就超过了100万。难道他们说的都是真的，有计划的交易，限制住风险，利润就会不请自来？

周六晚上靠在床上看了两三个小时但斌的《时间的玫瑰》，似有所悟，于是赶紧起身去拿笔记本。记完笔记后他随手拿起一本杂志翻了翻，忽然看到了一篇散文，署名居然是吉芬：

> 地球村动物管理局有一个科，科员是老虎猎豹狮子等，科长是猫。
>
> 遥想六千万年前，猫科长起家之时，人类还披着灵长类的马甲，在某个角落做着春秋大梦。古埃及的好事者最早驯养野猫，后来驯猫自埃及而罗马而英伦，筚路蓝缕，一路和亲，家猫系遂一统江湖，野猫逐渐沦为非主流。所以猫科长看似偶像派，实则实力派，人家从山林里一路混过，既与人类合作，又与鼠类妥协，持续分享着社会分工的好处，智慧使然也。
>
> 家猫除了分为黑猫白猫暹罗猫外，就其生存状态来说，又可分为流浪猫和宠物猫。这种分类，对应到人类社会，像极了“体制内”和“体制外”的人等。体制内的宠物猫是油光水滑优雅体面的，所以是幸福的，至少猫主人会这么认为。其实被宠之猫的真实感觉如何，因为“子非猫”，所以还真说不清楚。我常常想，假如没有人来豢养，猫们也完全知道该怎样生活。它们会在自己的地盘上活灵活现地出没，或伏或跃或扑或滚，饥则食渴则饮，春天来了还要谈情说爱。这种用从音色上称作“叫春”的行为，主观上延续了猫类的种群，客观上丰富了人类的词库，自然参与社会分工，不可谓不和谐。当然，这种原始的生存状态，如若按人类的思维路径考量，一定是乏善可陈的。
>
> 我在锡山认识一只流浪猫。其实我不愿用流浪来形容它的生存状

态，因为从它身上，你无法看到流浪者惯常的沮丧和不堪。按说，锡山流浪猫满谷满坑，之所以能认得它，是因为它那目空一切的派头和脑袋上赫然着的“王”字。第一次在蒙养园见到这只猫时，它正远远地蹲在忙于争食的猫群背后，满不在乎，简直酷毙。我注意上了它：高高佻佻，颀颀长长，黄白相间的毛色干净利落。唯一不和谐的是它脑袋上有一个清晰的“王”字，似乎是用烟头烫成，所以我叫它“王科长”。其实，因了它安之若素的范儿，我更愿意叫它猫不群。

第二次见到“王科长”，是在上云寺金鱼池。这个有几百年历史的池子，东西两侧各有一个半米长的石兽首伸入水中，只露出一小截在水面上。这次见到“王科长”时，它正狡黠地笑着，悠悠地绕池数匝后，一个轻灵的猫扑，跳上兽首，伏下身子，贪婪地瞪着扎堆的金鱼。我还没有看清楚怎么回事，它的右前爪上就多了一条胖胖的金鱼！只见它用三只爪子轻灵一跃过了栏杆，将鱼摔到地上又用嘴叼起，在众目睽睽下理直气壮地离去，用它那真正的猫步。

第三次见到“王科长”时，它正冲一只小花猫龇牙咧嘴，这使我颇有些诧异。卓尔不群的它如此风度尽失，应该是花猫主人手里的鱼罐头刺激了它。小花猫被主人抱走后，“王科长”在草地上忧郁地伏了一会儿，然后就盯上了来来去去的麻雀，一双眼睛有了老虎般的凶狠，可能对鱼罐头无法释怀的它，决定弄点野味安抚一下自己了。

近来一年多没有见到它了，也许“王科长”的王后终于出现了，两只猫“从此过上了幸福生活”，也未可知。我没有在意：钟鼎山林，猫各有志嘛。

从“王科长”颇有些教养的做派来看，它原是体制内的宠物猫，一不小心落草后，附丽权贵乘时邀宠之功尽失，睥睨众生抓鱼捉鸟之功见长，活得越来越像个猫样了。设想，如果它一直过着千娇百宠的生活，想必连老鼠也不会捉了。就像多年前一个普通工人告诉我的：正式工谁还干活？活儿都是民工干的！国企的普通工人尚且如此，况肉食者乎？

我想，就本性而言，一只小猫如果有选择权，它多半会选择做宠物猫的；就像现今社会，一个人如果有可能，多半会选择做公务员一样，本无可厚非。只是这种制度性导向，宠坏了无数创新性人才，降低了社会整体的创新能力，资源就这么被不当配置了。长此以往，这个群体在国际竞争中，优势会不断被削弱。

在这个世界上猫是渺小的，它们无法把握自己的命运。做宠物猫难，做流浪猫难，由宠物猫转流浪猫更难，由流浪猫转宠物猫难上加难。其实，贵为猫主的人类，又何尝不是如此？

作者署名吉芬，但并没有身份和单位名称。是她吗？虽说天下重名的人多了，但从文风上来看，还真的很像。他剪下了这篇短文，反复读了许多遍，差不多背下来了。

他想过跟编辑部打电话找作者，但马上又否决了：真的是她又怎么着，能联系她吗？联系到了又怎么样？想到这儿，他的眼睛有点潮潮的，心情直接跌到了停板。

也罢也罢。

账面上盈亏的情况，除了狄军外，他从来没有跟别人讲过。即使这样，他稳定赚钱的事情还是不胫而走了，所以有个平素很少说话的客户主动请他代理操盘，这人有300多万的资金，说好三七分利，亏损不用担责。不知是运气来了还是自己的策略奏效，这笔代理的资金做得极顺利，只有过几次个位数的回撤。四个月后，这个账户实现了翻番，正当他志得意满准备大显身手之时，客户突然说要把资金移作他用，于是这个合作就只好暂停了。这个客户很守信，按约定分给他近100万。

事后营业部经理告诉他，那位客户前期赔了不少钱，你帮他赚的钱已经弥补了他的亏损还有富余，所以他就决然地撤资销户了。经理还说，那人做事很有原则，自己操作的经历使他认定了期货赢利不易，这次借他人之手捞回来算是侥幸，所以坚决销户走人。

这位客户的形象在他心目中瞬间高大了起来，这得有多强大的自控，才能干脆利落地见好就收？要不是经理以实相告，他还真以为人家急用钱呢。不过，对这位客户说的“侥幸”捞回来，他还是有些不以为然。直到半个月后，他自己的账户亏损了近三成。

也可能是老潘被判6年的消息压低了他的心情指数。

还是休息一段时间吧。

第二十五章　山寨英语泡洋妞

休息就是到处溜达，有野外，有大街小巷。

这天溜达到东直门时已是饭点儿了，他走进一个小馆子排队点餐时，发现三个洋鬼子排在自己前面，两个洋小子，一个洋妞。他们用生硬的中国话点炒饭和小菜，国产服务员听得一脸纳闷儿，双方鸭同鸡讲，已涉嫌谋杀排队者时间了。

他心想，这时候该出来见义勇为了吧，反正闲着也是闲着，他仗着受老六影响刚练了几天口语，操起似乎比洋鬼子汉语流利些的英语，提出义务帮忙。

他的本意当然是节省大伙时间，并获得在场土洋人士的好评。谁知人家并不领情，洋小子和洋小妞都转过头了看他，洋妞还不失礼貌地对他说："请不讲英约（英语），women（我们）承认，我们可以说话清楚在jili(这里)，用汉语，谢谢！"排队的一众男女哄堂大笑。

如今鬼子都成精了！要不是考虑到人总是要吃饭的，他真想夺路而逃。

吃饭时才发现，那两个洋小子并不是和洋妞一伙的，看到洋妞单坐一桌，他礼貌地用汉语问，我可以坐这里吗？她点了点头。他大大方方地坐了下来，一边吃饭一边套近乎，最后还互留了电话。

张长弓在大学里学英语只是为了应付考试，毕业后基本上都还给老师了。这件事让他迷上了英语。从此不用老六督促，他天天早上起来读，晚上躺在床上听，就连走道也是念念有词，一副好好的耳机就这样被听坏了。要说张长弓还真不是凡人，记性超强加上兴趣高涨，几个月下来他的阅读能力迅速提高，但口语似乎依旧是山寨套路。

这段时间，股市很是热闹。先是银广夏虚构出口、虚构报表的揭露后造成的12个跌停，然后是庄股的大面积覆灭，再是亿安科技以及庄家吕梁的中科创业股票操纵案，接着是股市第一强庄德隆系的陨落。了解到这些内幕后他有些庆幸，心想干吗股票没有做空机制呢，如果能够做空，妖们就不至于这么猖獗了。

这天一大早，他就戴着耳机奔香山而去，戴耳机当然是听英语。他爬山不爱走正道，专门挑别人不去的小道，走走停停，一会儿看书，一会儿嘟囔英语，煞是惬意。傍晚的时候他正坐在石梯上休息，忽见两个小洋妞叽叽喳喳说着话经过，声音很是悦耳。他见状立即收起耳机，颠颠地跟在洋妞后面，支棱起耳朵听人家说话。

自认为听力了得的他，竟然半句都没有听懂！搓了搓听僵了的耳朵，还是听得一脸茫然，于是忍不住问边上的小伙子：“她们讲是的什么语，不是英语吧？”

“是英语！”一个洋妞用汉语抢答，同时回头看了看他们。张长弓心想，说的英语？听来不太像啊，她们可能是东欧人吧。管她是什么地方的呢，当发现这洋妞能说点汉语时，他就高兴地凑上去问东问西了，对方也乐于回答，想必人家也想免费练汉语吧。

查户口般地互问了几个回合，双方就都没词了。为打破尴尬，他慌不择言地猛夸人家的包包，说的当然是好看之类的了。夸完后又没词了，只得没话找话。常言道，没话找话容易说出脑残话，还真是，他忽然想问这包包是什么皮的，所以就冒出一句：Make of pork or beef？洋妞冲他无声地一乐：“在纽约，猪肉和牛肉只是用来吃的哦！”

听说洋妞来自纽约，他更兴奋了：“我知道纽约有个Long Island（一日兰得），是富人区！”洋妞说没听说过。“怎么会没有，I know（克闹），就是那长长的‘一日兰得’，四面都是水的干活！”

边上的小伙子笑得蹲到了地上，洋妞却摊了摊手，表示没听懂。这么有名的地方，纽约妞儿能不知道吗？也许她们是阿尔巴尼亚人，欺负咱没去过纽约呢。

别管人家是哪儿的，谁没有个吹牛的时候呢。于是他不再说一日兰得了，而是用汉语追问道：“纽约东边有个地方，住的都是富人，不是叫长岛吗？”洋妞恍然大悟：“我以为你说的是哪儿呢，原来是长岛啊！这个词不读一日兰得，应该读‘爱兰得’。况且，这长岛也不是四面环水，只是三面而已！”

不会吧，is能读“爱”？他一边想着，一边拿出了词典，在昏暗的路灯下翻了起来。

洋妞咯咯地笑着看他翻词典。他一边翻一边想，她们的笑声和咱们倒是没什么区别。终于翻到那个词了，他定睛看了三遍，才相信还真读“爱”，于是只好承认她的英语水平是要高一些。

这么一来，他这些天背的英语就一句也想不起了，只好嬉皮笑脸地说：“我教你们汉语吧。”于是，他们用汉语聊了一路，中间他讲了一个小故事，可重复几遍洋妞就是听不懂，他只好英汉结合手舞足蹈，她们才勉强挤出礼貌性的笑声。

下得山来，眼看要分手了，为了保持泡该洋妞的可持续性，分手的时候他想问人家的号码是多少，于是说：How many is your number？一边说一边晃着手机，因为他不知道手机的英语怎么说。

洋妞向她的同伴投去质询的眼神，后者摇了摇头，她迟疑了一下才怯怯地说：just one，我就一个号码，你有几个？

一个也行，告诉我好吗？

交换了号码，他又说道，我的MSN是“zhang圈a msn.com”有空网聊！洋妞问道：what is圈a？他回答说：圈a就是圈圈里面有个a！洋妞：全全？全是a？how many？

张长弓和洋妞真是达到谁不明白谁的境界了。想必，此后的某一天，他会对小裴吹牛说自己的口语和老外战成了平手。

张长弓邂逅了两个洋妞，后来还和其中一个天天在MSN上见，所以进展神速，另一个当然就不和他联系了。到了一定的火候，终于，张长弓决定请洋妞吃饭了，地点定在肯德基。他跟她解释说，这是因为肯德基点菜用的汉语不复杂，逗得洋妞咯咯直乐。

刚坐定喝一口可乐，张长弓就开始长篇大论了，当然他知道，自己还是讲中文为妙：美国没有什么饮食文化。比萨是学中国的馅饼学反向了，汉堡包其实就是中国的肉夹馍，至于意粉，就更莫名其妙了，面条还整成空心的，不实诚嘛。

“肉夹馍？什么是馍？”

“馍就是这个这个（比画着）……白白圆圆的，英语叫steamed breast（bread之误）。”

“Breast? ……chicken breast? （鸡胸肉？）”

“No，不是chicken breast，就是圆圆的白白的，可以吃的breast！”说着，还张嘴做出吃的动作。

洋妞疯了：“So you mean milk? （是牛奶吗？）”

“No！你的悟性的大大地不行。我说的就是breast嘛……哦，不不，说错了，是bread！”

洋妞惊得嘴张开老大，基本上能塞得下一只肉夹馍，同时还伸手在胸前画起了十字。

张长弓搭上洋妞后，生活多彩了，学英语更有动力了。比如，为了自己口语的“去山寨化”，他努力背诵日常用语，甚至还弄明白了go ahead是表示同意，而不是“去你个头”。

这天他答应请洋妞吃火锅。不过，就这么个破玩意儿，张长弓竟调研了两天，最后选定西三环边上一家火锅店，不为别的，只为那里有传说中的10块钱一位的小火锅。虽说他现在并不差钱，但是他认为，在洋妞身上多花钱就无法表现出我党一贯的节俭传统。虽然他多次想混入党内未遂，却也不妨碍人家以党员标准要求自己，尤其是在做东时。

到了现场，他给自己点了10元一锅的套餐，并花了20秒钟向洋妞推荐，说这个大大地减肥，还说这是本店的特色special color。可洋妞搞不明白special color是什么的干活，所以问color在这里是什么意思？张长弓说是特色之意。洋妞想，这个东西特别color，咱不知道到底是什么所以不敢随便享用，因此就坚持点了那个贵了几倍的虾锅。他有点儿不悦但嘴上却说不出来，只是自此说话难免没好气，所以很快就有些言语不和。这么说了没几个回合，该妞的洋脾气上来了，说看来我们不投缘，以后就别联系了！他想这洋妞怎么说翻脸就翻脸啊，只好硬着头皮说那就算了。听他说算了，洋妞却认真了起来："张，现在我们分手了，这虾锅我还可以继续吃吗？"张长弓的正确英语终于用上了，脱口而出："go ahead！"然后起身去了卫生间。

他从卫生间回来后，发现洋妞正呆呆地看着火锅里的虾们，又不像不愿吃的样子，于是问道："怎么不吃？"

洋妞一脸无辜："你刚才回答的意思是可以吃，还是不可以吃呢？"

"当然可以吃，我说go ahead，你没听到，还是没听懂？"

洋妞瞪着无辜的蓝眼："我是没理解！从你的英语套路来看，我实在不知道go ahead是同意呢，还是吃你个头！"

哗哗！她说到这里，邻桌傻小子听得一口半糊状东西喷薄而出，张长弓刚斥资洗过的西服当场五彩斑斓。

此后二人还是经常在网上聊天，聊得多了，就忍不住又要见面。

见面不只是吃饭逛逛街，他们还可以相互学习，他教她汉语，洋妞教他英语，似乎是双赢的事情。但有一天，他约她去咖啡馆聊天，说到两个人相互学语言算是双赢时，洋妞认真地看着他说："我想好了，你得付给我钱。"

"为什么？"

"我是说真的，虽然我们是相互学习，但问题是，在北京能教我汉语的中国人有两千万，能教你英语的英美人却可能连一万个都没有，所以教和学的供需是失衡的，因此我的估值远远高于你的估值，所以张先生，你能不能付我每小时200元的学费？"

他愣了一下，虽然他知道美国人说起钱来都是直来直去的，但第一次发生在自己身上，他还是小吃了一惊。原以为这美国妞喜欢上自己了，谁知道人家是把咱当成了潜在客户。

“没问题！”客户就客户吧，反正她要的也不多。

于是他把600块钱给了洋妞，说这是今天的。她说声“谢谢”就大大方方地接了过去。二人离开咖啡馆前，她认真地看了看账单，拿了自己的一半放在桌子上，示意让他拿去付账，他也当然是恭敬不如从命，但心里却是别别扭扭的。

这些天和洋妞一来二往，时间过得飞快，连春节都是不知不觉过去的。

春节过后，他觉得自己疯得差不多了，该干些正事了，就又恢复了去期货公司看盘，并开始少量做些单子。也许是闲散得太久了，他一点儿盘感也找不着，总是跟不上市场节奏，不几天就赔了小10万。

没办法，情场失意，赌场失意，还真是这样的。这句话大家平时是开玩笑的，但做期货还真的是这样，天天过得声色犬马，一定会影响交易心态，因为期货市场放大了善和恶，你心态一乱，市场这看不见的手立刻就会猛抽看得见的耳光。

自己和洋妞算是情吗？可以算是吧，因为从开始付她学费起，他就特别想花这个钱。上周五下午两人去郊外踏青，他抱了她还吻了她，她很配合很放得开，没有中国女孩惯常的假拒绝。她太真实了，喜欢就是喜欢，不过这也让他感觉少了点什么，就像吃不惯西点一样。玩到下午六点多的时候，他提出要回去，因为得准备看外盘，但洋妞玩得正疯，不愿意离开，于是他就逗她说：“不行不行，我付不起你学费了，今天已经四个小时了！”

洋妞拉着他的手，认真地看了他好一会儿：“不，现在是我需要你留下的。所以我不会收你的钱，相反，从现在起我付给你200元每小时！”

他知道她说的一定是真的。但他不知道该不该拒绝，迟疑了一下，还是点头表示同意了。

这也算是财色兼收吧。

洋妞付费请人陪，她自己并没有一丁点儿的不好意思，反而诚恳地谢了他，拉着他向山头冲击，他当然也不甘示弱。登顶后洋妞口无遮拦地说：“你体力太好了，我的几个中国男朋友都不如你厉害，你是中国猛男吧？”

他笑得不行了，洋妞也跟着疯笑。他不敢问，她说的男朋友和猛男，到底是不是中国人所理解的意思。

做了一个多小时猛男后，他慢慢地感觉体力不支了，但洋妞却步履轻盈，还不时回头拉他一把。他是真的累了，真的赶不上她了，所以只好承认她是美国猛女。

她问：“喂，你说的‘猛女’这个词，我没有听说过，是不是和猛男一样猛啊？”

他不敢问答，谁知道她说的猛女的内涵是什么啊，所以只是一阵大笑后点了点头。

她这下高兴了：“太好了，我是猛女了！”他被雷倒了，只好再次把自己笑疯掉，以免她继续提出神问题。

下山的时候天已经黑了。两个人回到城里吃了个晚饭，当然还是各付各的账。分手的时候她说：“今天我们是相互服务，时间都是相等的，我们都不用付账给对方了！”

望着她离去的背景，张长弓点了点头又摇了摇头，心里想，这妞真的有点儿猛。

他不得不承认，和她相处是快乐的。虽然每次都得花几百块钱学费，但英语水平提高神速，心情更是愉悦。

这一段时间他一直在做交易，单量虽然不大，但总是赔赔赚赚的。之前的策略和系统，还有对市场的感觉，都统统找不着了。他更深切地感受到，做投机交易如果不专注，就无法实现持续赢利。

是时候跟洋妞说再见了。

不是他花不起付给她的学费，而是花不起付给市场的学费。

整整一个星期，他都没有搭理她。到了周末，洋妞主动打电话来了，他实话实说，现在交易太忙，实在抽不出时间。她说没问题的，我完全理解，你有时间就打电话给我吧！

半个月后的一个晚上，她忽然打电话过来：“我决定一个月后回美国了，因为有一个好的工作机会。可以见面告别一下吗？”

他犹豫了一下，她立即就说：“这一次是朋友告别，我不收你学费的。”

张长弓笑得差点把手机掉到地上。

两人在紫竹院一见面她就说：“张，我真得走了，不过我希望你跟我一起去美国。”说着扑过来就是一个大大的拥抱。

他想都没想就回答：“那好，我去！”

为什么会答应得这么痛快，他事后也没有找到原因。是因为这一段交易的迷茫？还是想去美国看看？还是……舍不得这个洋妞？

看来是因为本能了。想到这里，他大义凛然地对自己说：“既然本能地答应了，那就跟着本能走吧！”

去美国干吗呢？可能连游学都算不上，也就算游历吧。

等签证的那几天他没有心思做事，于是只好上网闲逛。无意中发现了一个同城网站，上面有不少免费赠送物品的，有送猫咪狗仔的，有送旧电脑二手书的，甚至还有送全新运动装备的。

这天他看了一个赠送鹦鹉的帖子，便不辞劳苦地亲临南四环。鹦鹉主人说，这只鸟很健康很活泼，又能吃又能玩，唯一不好的地方就是有点儿爱骂人。

骂人是可爱嘛，并且教育好了，更是好鸟一只。他谢过人家，就带鹦鹉回家了。

途中逗鹦鹉说话，可鹦鹉并不搭理他，他想可能是转会初期还不适应新老板吧。鹦鹉啊理解吧，鸟在江湖混哪能不转会？你可真是的。回家给它喂食，它不吃，他一急就打它一巴掌，它一急就说些谁也听不懂的鸟话。

过几天鹦鹉适应了，吃东西了，也变得可爱了不少，但只是不爱学话，嘴里总是重复着几句自己的话。他把鸟语总结了一下，除了一些分不清音节的词以外，该鹦鹉主要的语言是“爱浪斯给”，发音相当于英文的I long ski（渴望滑雪？）还有就是“撒浪”，听来约等于so long（再会？）难道人家是洋鹦鹉，满口英文？

他连续多天教它“您好”“再见”等文明用语，可它总是学不会，倒是一来二往，“爱浪斯给”和“撒浪”，成了他自己的口头语。一日，他携鹦鹉到一家新疆饭馆吃饭，点菜时他每一句话都要插入一个“爱浪斯给”，服务员大为不悦，但也没说什么。后来老板娘过来了。他说，爱浪斯给，你是老板娘吧？老板娘说你怎么骂人呢？他说，“爱浪斯给”怎么是骂人了？

也许是看热闹不嫌事儿大，鹦鹉也大叫“爱浪斯给”，老板娘脸色越来越难看，后厨的一个小伙子见状持菜刀跑了出来。一看这阵势，他一边说着“撒浪！so long”，一边就要夺路而逃，老板娘更怒了，立即指使小伙子把他推搡到仓库里。在里面，他连连道歉，说不知道哪里得罪你们了。

看他不像爱骂人的混混，老板娘这才告诉他，你说的这些话都是新疆骂，爱浪斯给相当于国骂，撒浪相当于混蛋，如果愣要和外语扯上关系，就约等于小日本说的八嘎！

可人家怎么也不会相信，他这骂人话是跟自己的鹦鹉学的。都是这矬鸟惹的祸！一有了这念头，他就越发讨厌它这鸟样，于是干脆说这鹦鹉就送老板娘您了，心里想，还是你们有共同语言。

人鸟告别之时，不知是不舍还是高兴，鹦鹉对着他连声大叫：撒浪、撒浪、撒浪！

第二十六章　美国的股

他们在东京转机时，看着成田机场有条不紊，服务人员彬彬有礼的样子，张长弓说日本其实是个有着大优点的变态国家。洋妞说对这个国家她没有认识，所以评价不了。跟她谈中日战争，她竟是一脸茫然，基本上不知道有这么回事。是不是美国人都这样自我中心，不去关心别家的事情呢？

看他不说话了，她从包里摸出一沓票子晃了晃，说这是我给朋友带的艺术品，不贵，你看还好吗？他接过来一看，眼珠子都快掉出来了——原来她拿的是一沓冥币！他笑了半天，然后跟她解释说这是祭品，怎么好送朋友呢。她瞪着迷茫的蓝眼睛说，给死人的祭品就不能是工艺品了？那么，唐三彩算是什么呢？兵马俑又算是什么呢？他一时语塞，只好看着她小心翼翼地把这“工艺品”放进包里。

从东京起飞后，洋妞不但不跟他讲中文了，而且还引导他和邻座老外聊天。他知道，这是逼他讲英语呢。

十几个小时后到了纽约，他并没有疲惫的感觉，她也是兴致极高，这得归功于二人一路的嬉笑和牵手。下飞机后，他们就不能再牵手了，因为她走的是美国公民通道，一晃护照就通过了。他走的通道要经过移民局，几个大陆人包括自己都被盘问了才盖章放行，而台湾人则都是直接盖章通过。他很是气愤，心里骂了几句老美后，赶紧跑到出口处找洋妞，这时候他知道什么叫依赖了。

肯尼迪机场离城里不远。他们上了地铁转了一次车后，在一个大站换上了火车。奇怪的是，这火车上没什么人，座位基本上都是空的。半个小时后他们到站了，车站外面有人接，直接把他送到了旅馆。这旅馆是她帮忙预定的，安顿好后，她留了个手机号码就走了。

天亮的时候他睁开眼睛，感觉还挺精神的，时差不会就这么过去了吧？看看手机上的时间，现在是晚上八点差十分，中美还真是昼夜颠倒啊。得吃早饭了，他顺着指示牌来到了餐厅，琳琅满目的自助早餐，并没有人要他出示餐票或房卡什么的，只有一个风度翩翩的老侍者问了一声早安。饭后他出门瞎逛，计划逛上半个小时折返。昨天下车的地方叫Huntington，离这儿不远，所以这一带应该就叫这个亨廷顿了吧。这中文名字听来洋气，其实不就是猎户屯嘛！华盛顿本意是洗衣屯，纽约嘛，其实该译成新乡。这一带很安静，除了偶尔遇到几个跑步的外，几乎没有行人，车也不多。街道的两边全是带大花园的独栋，好像每栋房子都刻意要标新立异。绿茸茸的草坪上点缀着不少古树，沧桑而茂密，松鼠蹿上跳下。这就是传说中的富人区了，老六说长岛是纽约富人的后花园，果然。

返回的时候，他不想走回头路，因此设计了另一条料想可以绕回酒店的路。不过这么绕他心里也没底，所以下意识地摸了摸裤兜，摸到了酒店的卡片硬硬地还在，于是放心了。这条路左边，有一个大大的高尔夫球场。这高尔夫就这么随随便便地建在路边，全然不见国内高球的神秘。溜达的时候，他还捡到了一只全新的高尔夫球和5美元钞票，这是美国人民的见面礼吗？

这条折返路设计得还好，他顺利走回酒店时，迎面就看到了坐在大厅里的她。她说我等了你半个小时了，今天正好是周末，我带你到纽约城里看看吧，后天我就要报到上班了。

出了酒店的门，她带他上了车，开到了火车站停下后说，我们得乘火车进城，曼哈顿的停车费太贵了，何况路上也可能堵。火车上她着重介绍曼哈顿，她的英语他听了个似懂非懂，只知道她讲的是纽约的历史和景点。知道大概就行了，反正又不会讲人杰地灵和光荣革命传统。

纽约看起来并不生疏，可能是美剧里看多了。

第五大道人流如潮，人行道上的花岗岩被踩得光嗒嗒地，两旁排列着古朴的铁艺灯柱。全球各大奢侈品牌都将这里作为展示窗口，似乎只有这里才有资格引领时尚。到了LV的店面，他买了一个钱包送给她，这花了他二百多美元。递过去的时候她背过手不接，说是要往钱包里装一点钱才够礼貌，这是美国人的习惯。于是他往里面装了那张捡来的5美元钞票，心想怎么还有这习惯呢。

她接过礼物很高兴，当众在他脸上吻了一下。店员和顾客都没有看他们，可能是因为这一幕每天都得上演几百次吧。

百老汇、世贸原址、时代广场、自由女神，当然，还有华尔街。

从自由女神像坐船回来，走路不一会儿就到了中国城。张长弓说这里有一座孔子大厦，想去看看。洋妞说我不知道具体在哪里，你自己去问路吧。他问了两个本地人模样的行人，未果，遂跑去问一黑人警察。他用英语说了几遍，这警察还是听不懂，洋妞不但不帮忙，而且还在一边坏笑。当他继续口讲指画时，这黑哥儿们突然说：哩识唔识讲广东话？他惊讶地下巴都快掉地上了，虽明白这是问懂不懂粤语，但却不会用粤语回答，只能说No、No。黑警察没办法，只好耸了耸肩准备走开。这时，在边上看笑话的洋妞走了过来，几句话就问明白了，原来孔子已进入了英文词汇，是Confucius，不是汉语发音的孔子。

中国城边上是小意大利，这个意籍移民聚居地风情独特，和意大利本土很是类似，街道邋遢但不显粗卑，意大利人很是引以为豪。狭窄的街道上，餐桌都是从餐厅排到门外，食客们坐在遮阳伞下用餐，满脸上都是慵懒的惬意。洋妞对他说，意大利移民喜欢过大家族生活，习惯聚居，所以住得看起来都有些拥挤。他说，这一点倒是和中国人的习惯挺像的。

晚上洋妞把他送到酒店时，已经11点多了，告别时约好明天10点钟再来找他。说来也怪，这时差对他也像是无效似的，洋妞走后他倒头便睡，直到次日一大早。醒来后他想，对时差不敏感，可能是多年来看外盘练就的功底。早餐后他没有出门，而是歪在床上认真读美国地图。读到10点钟，洋妞准时来了，但两个人谁也不提去哪儿玩，只是坐在床上聊开了天。两个人聊着聊着，不知道怎的就黏在了一起，一番热吻爱抚后，他就试探着扒她的衣服，洋妞推开了他，三下五除二地把自己脱了个精光，并起身从包里拿出了一只套套说，这东西的昵称是French letter，但不是法国来信。正猴急猴急的他哪管得了什么来信不来信，直接骑上马正要上弓之时，洋妞用力把他扒拉了下来，亲手给套上那封法国来信，然后抱着他轻轻地说，你真斯壮，我太爱你了。他顿时力从心生，翻身上马，好一番淋漓尽致的冲锋。事毕他困意顿起于是下马平躺，洋妞则把脸凑过来困惑地问："Are you ready（准备好了吗）？"这句好懂的英语，立马把他的自豪摧残成了无地自容。看到他尴尬的神态，洋妞安慰道："你一定行的，你很棒，休息休息倒倒时差就会OK……"

迷迷糊糊地睡了一会儿，醒来看着光身躺着的她，想起Are you ready时，不由得想笑。因为怕惊醒她，所以只好憋着气笑，这动静把床垫子弄得一颤一颤的。不知颤了多久，她忽然翻了个身，把屁股朝向了他。他从后面抱住她，只一会儿就蠢动起来，于是从敌后展开突袭，可战斗刚打响，她就咿呀有声地醒来了。两个人忙乎半小时后，她的咿呀声逐渐高亢，继而平缓，好长时间后才平复。看她老实了，张长弓凑过去做了个夸张的热身动作，对着她的耳朵小声说：Are you ready？本来已玩得缺氧的洋妞这一下又被激活了，浪声大笑直至抽搐。这浪笑使他又ready了起来，于是再一次把她摆平，撮合交易几百回合方告收盘。

周一老六过来看他，多年未见的兄弟激动得只能用酒来表达了。

酒劲和胡话过去后，张长弓说："老六，你是老移民了，帮咱指条路吧，能养活自己就行。"

"我看你也不缺饭吃，在国内你长期做投资，所以你还是先研究一下美股吧。"原来，老六来美国这么些年，正事没有做多少，倒成了美股的资深股民。

"美国股市和中国股市的区别很大，你还是学学吧。美国人炒股赚了钱要纳税，亏损了可以抵税。所以可以说，炒股亏损了政府会为你分担一部分。美国上市公司大部分比较优质，上市不以圈钱为目的，所以再融资现象不多。而公司现金富余的时候，他们会回购自己的股票，他们很珍惜股权，普遍地爱惜羽毛。"

"据说是T+0，还没有停板限制？"

“是的。由于持股时间越长税就越低，所以股民都会多持有一段时间。因此，虽然美国股市是T+0，但真正短炒的却不多，没有涨跌停板，但暴涨暴跌也不多。”

“你这么资深，那你说说美国的股市里有庄股吗？”

“不能说没有，但确实少见，可能是因为犯罪成本太高。况且，美国股民大都是通过机构投资股市的，而机构都是研究基本面的，所以操纵难度较大。”

“美国是技术分析的发源地，他们重视技术分析吗？”

“据我所知，他们的技术分析大部分是用来忽悠外人的。比如，道氏理论的国内信徒极多，但美国人很少有信这一套的。至于巴菲特，他那一套谁也学不来，因为他又和政要熟悉，自己又有评级机构，资金又大到能影响市场。这还真不是乱说，不信你让他到中国试试价值投资？”

张长弓大笑：“这么说来，美国股市相对简单，股民又傻得可爱，这点可能是从欧洲老家带来的习惯吧。不过长此以往，美国国民的整体智力水平将远远落后于中国国民，这万恶的金元帝国早晚会退化的。如果哪天人民币国际化了，中国团队大规模入侵美国股市，美股一定会被折腾得够呛，美国证监会一定会被迫承认自己的制度设计不利于股市长远发展，美国股民也必将会受到百炼成精的中国庄家的愚弄！”

“你倒是自信！不过从长期来看，炒美国股票还是妥当些，因为美国上市的主要是绩优公司。我有一只高分红美股，过去一年不仅涨幅喜人，而且每个季度分红，全年股息率就可以达到6%以上，比存银行都合算。这样的股票美国股市有的是，所以美国人愿意长期持股，有些股票可以持股几十年。”

“我发现，虽然美国有全球最大的赌场和股票期货外汇市场，但他们赌性远远不如亚洲人。美国人经历过多次大股灾，对股市风险的复杂性有更深的体会。虽然美国大半家庭都做投资，但方式主要是把资金交给专业机构，这算是间接炒股，所以美国的基民是多于股民的。在美国，一个专业在家炒股的人，会被认为不正常。”

“这不仅是文化和习俗方面的原因，还有一个因素，就是美国股市发展历史长，所以投资者心态更成熟。不过要是论暴利，中国股市的机会还是多一些。”

“是啊，普通美国人对宏观经济无知到了可爱的地步，不像我们国内满大街都是经济学家。在美国看不到大街上有几家证券营业部，敢于个人直接炒股的，一般是富裕人士，他们用的是大多都是赔得起的闲钱。”

“据我的了解，美国上市公司的报告很注重保密，为上市公司做报表的会计师在关键的时间点上会被禁止与外界接触，相当于被软禁。所以在报告公布前，连上市公司总裁也不知道内容。真的是这样吗？”

“差不多吧！美国对内幕交易的打击十分高调，罚款坐牢没商量。所以从这个意义上来说，在美国炒股似乎更公平一些，更基本面一些，所以才有巴菲特们的生存空间。中国特色的全职炒股、学生旷课炒股、卖房炒股、贷款炒股，他们会很不理解，就像看发生在火星上的事情一样。”

“像咱这样的老外，炒美股怎么开户呢？”

“外国公民在美国开股票账户，首先得有社会安全号SSN。合法入境的，最好是有工作许可的，都可以申请到社安号。有了SSN后，你就可以打电话给券商提出申请，然后传真护照、驾驶证等个人信息，审查通过就可以开户了。”

他是合法入境的，SSN号和股票开户手续办起来并不费劲。

HREI这只票不错。公司的订单多得都接不过来了，所以在72块的价位入市，六个交易日后涨到了78，他初战告捷，赶紧出货。不几天，这只票又回到76，他再次杀入后，涨到了85后卖出。又一个不几天，涨到89后又跌回到85，他满仓杀入后不几天就涨到了99，他赶紧卖掉，整数关口嘛。谁知卖掉后的第三天，这只标票直冲到了108！唉，出早了，看来做美国股票真应该有长线思维，如果不是这一番折腾，岂不是赚得更爽。

几天后这只票又跌回到了90，他趁机又买了回来，谁知刚买完就开始疯跌。他根据图表找了支撑和阻力位，分别是74和99，然后预设了止损止赢单子——美国股市是可以进行多日有效挂单的。三天后股价触及到了止损位，前期的赢利吐出来还不够，又搭进去了3000多美元。几个月后，他无意中看到这只股跌到了48，不住地摇头。

止损后次日，他又在20.93的价位上全仓买入了MNYD，这次他不急于卖出了，入乡随俗嘛，这股票得持有一段时间再说。

半个月后，由于经济数据亮丽引发大盘上扬，他的MNYD已经涨到25块多了。有了上次的教训，他不想再去重蹈进进出出的覆辙，所以有了浮盈后继续观望，因为他看好这只股，计划持股到35以上再说。

这天晚上和洋妞在海边疯到了十一点多，两个人并排躺在沙滩上气喘吁吁时，他说："我的股票最近做得不错，我已经适应了美国股市的节奏，你的资金可以交给我打理啊。"

洋妞侧过头看了看他："张，你怎么会有这样的想法，你不是股票经纪人，也不是CFA，你想犯法啊？"

他尴尬地点了点头，干笑了几声。

洋妞看他不自在，就自嘲说："其实啊张，我哪里有钱投资股票，我的钱是每月都花光的，因为有各种社会保障，所以我是不会存钱的！"

说完后她轻轻地推了他一把，他也认真地看了看她，心里一阵感慨：虽然两个人可以赤裸相向，但本质上她还是典型的老美，两个人对事物的判断何止相差千山万水。

没想到这几句话会成为两个人关系降温的导火索，原来文化差异会表现得这么具体啊。

原以为中国股市不规范，谁知美国的股市同样莫测，他浮盈了百分之十几后，心里反而越来越恐慌，出清吧不合乎美股的投资逻辑，继续拿着吧又怕重蹈HREI的覆辙。这点小钱，比他操作几千万的资金还上心。

转眼间炒美国股票已经快一年了。同期，上证涨了百分之十几，而道琼斯指数却徘徊在一万点左右，他的账户总体还有1000多美元的小亏。有一次和洋妞去华尔街听演讲，他听了个半懂不懂，洋妞帮他总结说，中国经济对世界经济的拉动作用明显增强，中国是处于工业化加速时期的发展中大国，有着快速发展的市场容量和潜力巨大的发展空间。中国良好的投资环境，正在为各国投资者提供了创业和贸易的机遇。

原来最大的发展机遇在中国！要不还是回去吧，老六也说过自己再混一段时间有些积累就回国。

老六还说老潘的刑期满了，刚从里面放出来，只是暂时联系不到他。

第二十七章　大西洋的筹码

股票清仓后，他感到生活越来越单调，于是就更想见到中国人了。这天一大早他被洋妞放了鸽子后，闷闷不乐地来到法拉盛，这是新兴的华人区。法拉盛只有一条主街道，华人把它称为缅街。两边的小店主要是中国人和韩国人开的。东兴楼，好中国的名字。香港超市，牌子好大。逛了一个多小时，正感觉无趣想回去时有人塞给他一张传单，说是去大西洋赌城的，免费坐车，免费吃饭，免费送筹码。有这等好事？他将信将疑地跟着发传单的人来到班车旁边，不容多想，就被热情地邀上车了。

只有最后一个座位了。是他的幸运，还是赌场的幸运？

大西洋赌城离纽约的车程约两个小时。大巴不紧不慢地在高速公路上跑着，窗外的景致很生动。说是免车费，其实还得付10块钱，只是到了赌场，会发给25元的兑换券，可以换成筹码，筹码也可以随时换成现金。他纳闷为什么要白发给筹码呢？这样岂不是每人都可以白赚15块钱？如果不参赌的话真的是白拿钱啊！他问旁边的华人老伯，老伯说赌场并不傻，人家这叫“不怕你不赌，就怕你不来”。当然白拿钱不赌的人也有，以中国人和韩国人居多，也有美国人。赌场才不怕贴这点小钱，只要有人气就好。

赌场沿着海边一字排开，他随便进了一家，发现光大厅里好像就有成百上千人之多。暧昧的灯光，闪闪烁烁的电子屏，赌桌、轮盘、电游，叮叮当当的筹码和一惊一乍的赌客，一时把他眩得不知所措。

不知所措了十多分钟，他想起的手中的兑换券，就赶紧去换好筹码，走到牌桌边。不用和任何人交流，他一看就明白这是押大小，于是“哗啦”一声把这白送的筹码全押了进去。不一会儿，他就赢了十几块钱，得见好就收了，因为这样赢钱没有必然性。他知道，及时收手是不容易的，之前的那位期货客户就是这么一位知进退的人，很值得自己学习。

揣着这几个无本生意赚来的筹码，他在赌场里溜达了几圈，观察了老虎机、德州扑克、百家乐、轮盘赌和掷骰子。玩老虎机的多是些老头老太太，其他赌台以年轻人居多，气氛显得火爆刺激。一个玩百家乐的年轻人歪着脑袋叼着一支粗大的雪茄，斜视着围观者，一派漠然和超脱，仿佛尖叫声和大堆的筹码都与他无关，看得出来他很是享受。这一刻张长弓明白了，赌博就是娱乐，是另类的生活方式，输赢还在其次。投机市场不也是这样吗？股票期货也有不少赌的成分，只不过经过高明的设计，人的赌性可以被利用起来，使资金在再分配的过程中产生某种功用，但真的在股市里赚钱的人能有几个？大多数人其实也是在消费投资的过程。

回去待了两天，正无所事事时，洋妞打电话说她把老板炒了，已找到了一个新的公司，所以有几天的空当，可以带他出去玩，条件是要他支付油费。

他说没问题，那就去赌城吧，我想研究一下赌博。

洋妞沉默了一小会儿说：“If it’s gonna happen, it’ll happen（该来的，就一定会来）！我知道你们搞投资的都有赌性，都梦想着战胜赌场，果然。赌场老板这下子该高兴了，因为又有新人去送钱了。好吧，那就去吧，我还真没去过赌场呢。”

一大早洋妞就来接他了，两个人厮磨了近一个钟头，然后开车直奔大西洋城。出城后上了高速，她要求他换到前面，一是陪她聊天；二是每隔10分钟就猛掐几下她的大腿，以免开车犯困。

因为是自己开车来的，所以没有人给送筹码了。不过和洋妞一起来真好，他一边观察一边和别人交流，洋妞做义务翻译。她的英语怎么会那么好，什么话怎么都能听得懂。溜达了半个小时后，他们站在二十一点的赌台前定格了，观察琢磨了好半天。他想这个游戏是和真人玩的，不会像电脑一样设计好程序来耍你，所以可以玩。他仔细想了想，这个赌法的规则要求庄家爆牌了就得通赔，其实是不利于庄家的。既然于庄家不利，为什么大多数人还是会输钱呢？旁边一个华人妇女告诉他，原因是一般人都是输了就结束，赢了还接着赌，直至失败。来赌的绝大多数都是偶尔来玩的新手，大都能接受输点小钱换个乐呵。当年曾有高手研究其中奥秘，然后屡屡得手，庄家当然不干了，就不允许这些人进入赌场。但这样的专业玩家太少太少了，不然赌场还怎么开？

他对洋妞说，真他奶奶的，这就跟股票市场一样，能真正赢利的高手少之又少，大多数人都是输钱陪玩儿的。她说，怎么又扯到股票上了？他回答说，这两种玩意儿真的是差不多。她一听高兴地说，中国人不都是数学天才吗？我的中国同学好像都是数学超级厉害哦。你仔细研究一下，看能否战胜赌场！听说某赌场有过数学天才组团来赌，时常会赚不少钱。对这些人，赌场有时会送些钱给他们，让他们不要再来搅局。对不识时务的搅局者，赌场有的是方法来收拾他们，据说，拉斯维加斯城外沙漠里面，不时能发现数学家的骨头。”

“你别吓人了，何况我也不是数学家。”张长弓吐了吐舌头。

“和电脑赌不行，因为程序设计的就不利于赌客。和真人赌，赌技好的还可能会赢点钱，二十一点等少数游戏就是和真人赌的，规则设计也还算公平。我会玩二十一点，有时也和同学们玩。这个游戏赌场永远是坐庄的，A可以算1点，也可以算11点，其他的牌面是几就是几点。每人先发两张牌，然后根据自己牌面总点数的大小，决定是否补牌，补完牌后点数相加，谁的总点数大算谁赢，两张牌正好21点就赢两倍，手里要了5张牌后，点数不超过21点的，翻五倍。赌客点数不够12点必须补牌，庄家点数不足16必须补牌。赌客前两张若拿到20点以上，也就是拿到A、10、J、Q、K的其中两张，有权将其分拆成两副牌，同时要求补牌。若两副牌的总点数均大于庄家，赢两倍筹码，反之则输两倍，一胜一负，视为平局。明白了吧？”

“这倒是不难，和我们小时候玩的十点半差不多嘛。”

“可能吧，反正我也不知道什么十点半十一点半的，你说是就是呗。还有一些细化的规则，比如加倍和保险，也很有意思，多玩玩你就知道了。”

张长弓点头说可以弄一下试试。

洋妞来兴致了：“要不，现在就去弄一下？”

“我才不干那傻事儿呢，我又不是到此一游，抢时间试手气是游客干的事儿，我得弄明白了再拿真金白银来作战。”

“你真是一只狡猾的狐狸啊！”

说完他们就跑到二十一点赌桌边，认真观察了一个小时，没有下半个赌注。中午吃饭的时候他说：“我觉得吧，这个赌法看起来算是公平，还是有可能赢钱的，但还是需要认真研究才行。要想赢钱，就得通过分析和有计划的操作降低输的概率，这真的要用上股票期货操盘的套路。因为这两种玩法都是在一个混沌的赌局里捞钱，必胜的手段当然是没有的，所以得设计一套方法，一套精当的对策系统才行。”

“其实要想靠概率在赌场打败庄家，还是有点悬，因为赌场是做过专门设计的。有一部电影叫twenty-one，就是说这个事情的，你有空可以看看。”

饭后他们去小店里买了两副扑克，两个人席地而坐，模拟作战。洋妞仗着以前的经验，开始时老是赢，但一个小时后，摸着点儿门道的他赢的就多了起来。后来她才意识到这不是手气的问题，而是他熟悉规则了，赌技也有所提高。又是一个小时过去了，他明显的有了压倒性的优势，洋妞就要赖不跟他玩了。停战后她说：“你出牌时是专注思考的，我承认，你是用脑子打牌的人，你行的。”

两个人停住了打牌，张长弓若有所思地发了一会儿呆后慢慢地说：“这还算是个相对公平的游戏。如果再充分利用赌场送的筹码，加上些深入的概率计算，就很有可能从庄家身上赢钱。另外，和炒股票一样，要能做到手气差时少输，手气好时多赢，这样就可以加大赢的概率。”

下午三四点钟，他们换好筹码径直走向赌桌。赌桌周边乱哄哄地围着一帮人，筹码拨拉来拨拉去，煞是热闹。长期做股票期货使他养成了冷静的习惯，所以面对这热闹的场景，他慢悠悠地赌了两局，结果都赢了。随后的三局，他却都输了，最后还是庄家爆牌使他侥幸赢了一局。收到这次赢的筹码，他数了数发现总数还多了一个，于是对她说收手不赌了。

“时间还早，干吗不玩了？”

张长弓神秘地眨了眨眼睛：“今天是试玩，我不但没赔而且还赚了一个，再赌下去又没有必然的方法赢，所以就此打住，等研究清楚了再说。”

“是不是再赌下去就得输钱了？”

“也不一定，我只是心里没数，因为他们比我熟练多了。在赌局中，如果你半个小时没有发现谁是傻瓜，那么这个傻瓜一定是你自己！”

“你头脑很冷静，做什么事情都那么有条理，那就听你的吧！”洋妞由衷地说。

“这个游戏看似简单实则很复杂，我不一定会成为高手，但我感觉不会输大钱的。常胜的办法谁也不可能会有，要想胜率高，就得设计出一套对策，并不断加以完善。”洋妞用崇拜的眼神看着他，频频点头表示赞同。

收起筹码，二人在大厅里饶有兴趣地观察周围的人：有的因为手边堆满了筹码而欣喜若狂，好像随时都愿意给别人赏钱；有的垂头丧气战战兢兢，连下注都不敢了；有的两手空空却流连赌桌傻傻地看人下注；有的人无论输赢都是面无表情，有的人动不动就喜形于色。这一切，和股市人生是何等的同构！

大厅外面不远处有一家书店，不用说是以卖赌博书籍为主的。进去一看大喜过望，因为还有不少中文的。当晚，他迫不及待读了一宿，总结出了大多数人输的原因：一、赢了继续赌，输了就收手；二、庄家经验丰富，各种情况都门儿清；三、双方爆牌，算庄家赢；四、赌客会受场内气氛影响而下大赌注甚至孤注一掷；五、赌客为两张明牌，庄家为一张明牌，客观上有利。因为没有手续费，所以这个才是真正的零和游戏，而股票期货市场实质上是负和游戏。

他想，但凡和真人赌博的，双方都不会有必杀技，要想赢庄家就得有一套系统的手段，这个和炒股票期货差不多：在充分熟悉规则的前提下，做好资金计划，强化操作纪律。二十一点是可以算出概率的，由于变量相对较少，可能比股票期货的确定性还要大一些，所以知赌懂赌，理性参赌，其实是“非赌”。

这几天，他仔细研究了几本书上的出牌策略，并用电脑编了个小程序，夜以继日地模拟。程序运行的结果还算靠谱，他认为只要进一步优化策略，是可以用大数定理赢赌场的，这使他踌躇满志。他设计的赌法基本原则是这样的，一、每次只带一定数额的钱，比如200美元，好处是风险可控；二、获胜时就将所赢筹码压到下一盘，输了不加倍，因为虽然从理论上讲，下一把牌输赢的概率是相等的，但事实上如果这一把输了，下一把输的可能性就更大，这就是手气，手气就像是股票的趋势，一旦形成就会持续一段时间；三、12以上算是中值，此时不宜再要牌，而是要等，赌庄家爆牌；四、要根据表情和肢体语言来判断庄家的手中牌，他相信，无论庄家心理素质再好，都是会有些蛛丝马迹的，就像操纵股票的主力一样，虽然他们在盘面上会耍许多虚招，但细心观察还有迹可寻的；五、当手气不好的时候就暂停一会儿，没有谁会强求你下注的，这是赌客的一个选择优势，而庄家则无论手气好坏都得连续赌下去。

他认真研究了书上的策略表，在此基础上优化形成自己的策略表，并背得滚瓜烂熟。虽然记忆力强大是他的一大优势，但他知道这不是全部，要想赢，靠的不仅仅是算牌和策略，更重要的是临场的感觉。在投机市场上身经百战的他当然知道，实操能力是靠经验和教训累积起来的。

这么折腾了好几天，几副扑克牌被他蹂躏的稀烂，是时候去实操了。现在自己已不再是撞大运的赌徒，而是赌市投资者了，他心想。

第一天去，他用200美元在台面上输输赢赢，竟然玩到了下午班车返程时还剩下几十块钱。第二天还是200美元，但几个回合下来就输了个精光，他不恋战，默默地走开，心里认为今天自己的应对并没有大问题，只是庄家的手气太好了。同桌的赌客也大都是输，只是自己输得太快了点，原因是手气差时没有减少下注数量，就像在股票弱市时没有管理好仓位。

来得多了，他也认识了几位常客，其中有一位是台湾大叔。据说此人的绝招是能精准地记住出过的牌，能够算出下一张要到什么牌的概率有多大。台湾大叔说，虽然庄家从来都是不苟言笑的，但他们拿到好牌和差牌时的表情，也有细微的差别，这相当股票的盘口语言，认真观察是有规律可循的。

这天老六打电话说，和老潘联系上了。张长弓说，我现在暂不和他联系，你设法帮我给他汇点钱吧，10万人民币，我给你等值的美元。

在赌场泡了一个月后，他算了一个总账，结果是输了1000多。不过，他认为这笔学费并没有白花，因为自己的算牌和察言观色能力都有所提升。他意识到，庄家的赌术并没有多高，只不过是有概率优势，还有对规则的熟悉，然后就是傻瓜太多，当然也有手气问题。所以，感知对手和自己手气的走势，也是有重大意义的。赌谚有云：连赢要冲，连输要缩，这和炒股票说的顺势而为是一个道理。

手气只是由上帝决定，还是符合某种自然法则？他不知道。他知道的是，手气忽好忽坏是一种波动，其中有趋势也有拐点，这和股票的图表是一样的。因此他潜心记住每一把牌的输赢，并据此画出手气走势图，然后按技术分析的方法加以研究。他对这“手气走势图”很是得意，认为是天下独此一份，借此可以预判手气趋势，把握不确定性。

对了，庄家也有个手气问题，于是他开始留意庄家的手气走势。

又是三个礼拜过去了。这期间，他特别跟踪了一个鹰钩鼻子荷官，并描出了他的手气走势图。为了画这张图，他有意识地和这位荷官同步工作。他每次下注，都得等鹰钩鼻子的手气曲线进入下降通道，而自己的手气曲线进入上升通道，这有些类似于交叉信号。这么跟踪了一个月，他算了一下总账，结果是净赢了近2000美元，胜率确有提高。

这么说，赢钱是不是有了必然性呢？他认为应该是。根据我军打胜仗后要认真总结的原则，他连续三天没去赌场，而是窝在家里梳理这套赌法必赢的理论依据。总结的结果并不令他满意：概率是提高了，但还是没有必然性，所以还得勤学苦练。次日他又到赌场“上班”了，这一天净赢了近1000美元，但第二天刚赌一个多小时就输了个精光，第三天赢赢输输，结果只赢了10美元，真是像下围棋一样，大砍大杀小输赢。第四天，他事先测算了一下手气，在得到手气今天独好的暗示后，下注凶狠，当天奇迹般地赢了5000多美元！

他了解到，麻省理工团队之所以赢了赌场，关键在于运用了一种独创的算法，该算法只不过有百分之二的概率优势，根据大数法则却能够总体取胜。虽然自己的计算能力比不过人家一个团队，但他发明的手气曲线和捕捉庄家肢体语言，对单打独斗者说，也是很实用的。有一次那位女荷官连续工作了16个小时，他一直奉陪着，坚持在对方手气盛时回避手气衰时下注，最多时竟赢了6000多美元，后来回吐了一些，最后还赢了近5000美元。

算牌不容易，书上写的只是别人的经验甚至设想而已，与正确算牌、适当下赌注的距离还很遥远。据说，索普的算牌书很流行，许多读过此书的人以为自己能掐会算了，就踌躇满志地去下注，结果总是被赌场照单全收。所以有人开玩笑说，这本书是赌场整出来的反向广告，老板欢迎自以为是者去算牌。虽然这么说，他还是认为书中介绍的算法是有一定价值的，至少人家的思路可以借鉴。做了几个月的专业赌徒，他真真切切地感受到，赌博和股票期货的套路其实是一样的，大道至简，高手取胜的武器其实只是几条简单法则。但对初学者来说，知道这些法则没有用，你必须得从繁入手，经过反复的磨炼后由繁入简了，才能感受到“大道”。

和投资一样，在赌场里能感受到大道的人少之又少。在赌徒的眼里，赌场就像一条有无数沙金的河，总也淘不完，每个人都抱着淘金梦而来。在赌场老板眼里，赌场也是一条河，他们引诱赌客下去淘金，自己却稳坐岸边钓鱼，赌客就是鱼，赢钱就是鱼饵。赌客们明知有鱼钩却照样奋不顾身，他们吞下的鱼钩，铸成了赌场辉煌的宫殿——股票期货市场何尝不是如此！

这天从赌场出来，路过常去的那家中餐馆时，他看到门前挂着转让的牌子。他忽然想到，要是能盘下这家馆子多好，忙时做生意，闲时赌博，革命生产两不误。老板是个香港人，说这馆子生意很好，但他因事一个月内得回香港，所以只好忍痛割爱了。老板开价8万美元，带所有的设备和半年房租。他对这价格没有概念，问洋妞她也是一无所知，问老六，他则说你个门外汉搞餐饮，是要给自己挖坑。虽然如此，他还是想把馆子盘下来。为了了解情况，他向老板提出自己想在餐馆里义务帮几天忙，弄明白了好接手。老板说你的想法很奇特，我还真没见过你这样的。张长弓则说我是诚意的，愿意交5000美元诚意金，其间你也可以转让给别人，二十天内我不接手的话，这钱就归你。于是这餐馆就多了一个特殊的员工，什么杂活都干还不要工钱。他倒也乐得这么做，因为一则有吃有住，二则也可以天天去赌场溜达，况且更重要的是，他对餐饮的运作也慢慢熟悉了。

谁知天有不测风云，在餐馆干活的第六天晚上，正当客人离去，老板和大家一起准备打烊时，一群人忽然闯了进来，声称是查非法劳工的。张长弓百口莫辩，当即被带到移民局等候处置。

移民局并没有想象中的可怕，录了口供后就被告知可以找人作证或交保出来。他打电话给洋妞，谁知她决绝地说你非法打工，我保不了你。他想不到她会这么无情，无奈之下只好交了保金，等待移民法庭判决。

虽然不愿保他，但在等待开庭的这段时间里，洋妞反而更关心他了，不过始终没有对他表示过歉意。他明白了，这就是美国社会的法不容情——她无法理解他的非法打工，自然不可能为他作保。

这天是周五，她打电话说家里要搞Party，邀请他去参加。参加Party总得带点礼物，所以他买了一瓶五粮液。这漂洋过海的中国酒竟然比国内还便宜。

洋妞开车过来接他。从大路上拐出来，是几百米长的私人公路，两边都是盘根虬枝的古树。她家周边围着矮矮的木栅栏，足球场大小的草坪上，一群鸽子或动或静，几只松鼠上蹿下跳。再往里走，是一个清亮的小湖，她说这是游泳池，他沉着地点了点头，其实还是被吓了一大跳：这么大的私家泳池啊。车库外面有两棵桦树，伞盖巨大，树下一派幽静荫翳。旁边摆着几品茂盛的盆栽，盆栽后面摆着两栋小楼，一黄一蓝，形似积木。

Party主题是今年的新酒，满屋老外，就他一个中国人。问候的英语他听了个半懂不懂，不过这都是些客气话，点头微笑即可应付。大家客气热闹一阵子后有专家开始讲酒，他听不明白所以就挪到一个角落里坐下。看着身着晚礼服的她，心想以前怎么没想到她是富家女儿呢？从大家的言谈中他得知她父亲是知名酒商，身家还上过什么排行榜。

他带的五粮液分给每人一小杯，大家虽称赞连连，但大都浅尝辄止。他心里明白，老外对白酒大都是不识货的，让他们品五粮液，也算是焚琴煮鹤，蹒玉蹂香。

等待开庭的日子，他很平静，大不了遣返回国嘛。只是因此连累了餐馆老板被罚了8000美元，他有些过意不去，主动说自己的5000块钱诚意金就充当罚金了。此后他在赌场又混了半个月，赌得不亦乐乎。眼看着赌技见涨，他的5000美元也快赢回来了，移民法庭却通知开庭，他当场被判限期离境。

一夜细雨带来了秋色。早上他一开窗户，凉风扑面而来，虫儿也起劲地悲鸣着。秋天是离别的季节，洋妞也适时地赶来送别了。她事先并没有打电话，这好像不符合美国人的习惯，也许，这是要给他惊喜吧。

一上午两个人一直在床上厮磨。他第二次醒来的时候，洋妞早已穿戴整齐：“一路保重，我们会再见面的！”

第二十八章　炒单部落

2005年10月，首都机场。

在免税店里走了一大圈，认真看了几样东西，但想了想又放下了，不是舍不得花钱，而是没有人可送。取了行李慢悠悠地走出航站楼，打车去了预订的酒店。酒店虽是简陋了些，但还有免费宽带，这超过他的期望值。

打开电脑连上网，感觉这个世界和自己又有关联了。他发了一条博客说浪子回国了，没带回一丝云彩。一个小时后打开再看，没有任何人阅读评论。股市期市现在怎么样了？需要补一下课，这才是正事。

这大半年的新闻，券商关张是个重头戏，共计17家，有南方、大鹏、亚洲、五洲等。

3月，信贷资产证券化试点正式启动；4月，股权分置改革试点正式启动，沪深300指数推出；6月，上证指数8年来首次跌破千点大关，国资委出台股权分置改革指导意见，沪深交易所推出权证管理暂行办法；7月，权证管理暂行办法、权证交易规则正式发布；8月，宝钢权证上市；9月，证监会发布《上市公司股改管理办法》，全面股改正式启动。期货方面，国际金属走强，伦敦铜连创新高，中国国储铜事件爆发，刘其兵的20万空单让国储局坐上火山口。再往前翻，2004年险资获准直接入市，上交所推出ETF，深交所推出LOF，中小板也启动了。同时，期货保证金安全存管体系和期货公司净资本管理体系建成，期货保证金被挪用的现象被杜绝了。从大盘来看，股市还在做调整，人气很是不足，论坛里都说要离场观望，看来一时还没有机会。

美国股票没有玩转，国内股票也暂时玩不成了。同样不能玩的还有自己的手机号，当时没有办停机，查了查不知怎么的就欠了3000多的话费，他无奈只好换了个新号。他本不想换号，但这狮子大开口的话费政策明显是在逼良为娼。

他现在手上还有些钱，暂时算是生计无忧，但总不能闲着吧。

想来自己也不是做实业的料，虽然曾经有过些成功的运作。自己好像就是做投机的命，从上学时就开始混迹市场，不但做过大户，而且还参与过坐庄，不可谓不资深。虽然资深，但他感觉并没有找到持续赚钱的路子，教训倒是不少。要说感悟也有一点，就是他深知在投机市场里混，真正有用的、胜算高的方法似乎还得靠自己设计，别人穿着舒服的旧鞋子，毕竟不适合自己的脚。

以前的操盘经历，想来都是懵懵懂懂的，还不如在美国赌博时来得有条理。虽然没有在赌场上赢得大钱，但却算是摸到了门路。赌场的经历使他感到，找到一个高胜算的操作方法并不难，难就难在执行上。其实这些年来，自己对市场的研判准确率并不低，设计的操盘原则也算是博取了众家之长，但整体结果却仍然是亏损！这其中的原因当然很多，但本质上还是知行没有合一。认知能力、思维方式、操盘经验等只能算是基本功，最终的战绩，还得取决于个人的心性。操盘其实是一个人的战争，只有内在的自己战胜了外在的自己，才能实现持续赢利。

博客还是有人看到的，他晚上刷新时就看到了老潘的留言。他觉得有点儿蹊跷，自己开博客时老潘还在号子里，而且博客也不是用的实名，老潘怎么会知道？他回复了老潘的留言，并问你是怎么找到我的博客的。老潘很快就回复了：你到上海来，我告诉你。

虹桥机场，还是那个熟悉的出口，潘高干来接他了。这次接机不同于以往，潘高干说声“又见面了”就伸手接过他的箱子，点了点头后自顾自地抬脚就走。张长弓跟着他上了大巴，二人又沉默了半晌后张长弓才开口问：“潘高干，下山后干得还行吧？”

老潘轻轻地摇了摇头：“以后叫我老潘吧，高干这两个字害死人。”

张长弓虽然知道这高干是在校得的绰号，与他入狱并没有关系，但显然几年前高干的圈子害他不浅。又是几分钟的沉默后，他才轻轻地开口：“高干圈子不好玩。现在一切都明白了，虽然太晚了。出来后我什么圈子都没有了，只好自己炒股，现在搞了个工作室代客理财，也算是私募吧。目前手下只有两个小兄弟。”张长弓说这挺好，安安静静地做自己的事才最踏实。老潘若有所思地点了点头，二人又不说话了，各想各的心事。

到静安寺下了大巴，老潘伸手拦了一辆车，十多分钟后到了一家连锁酒店。

放下行李洗了一把脸，二人走出酒店，老潘把他带到一个中档小区。他在这里有一套三居室的房子，现在是他的住处兼办公室。

“这房子是出事前买的，由于隐蔽得好，所以没有被查处充公。”

张长弓点了点头说：“挺好，成你的复兴基地了。”

桌子上摆着一盘炸花生和一盒鱼罐头，厨房里还有事先准备好的半成品菜。不一会儿两个菜就弄好了，老潘从柜子里拿出两瓶茅台，说这酒也是以前的遗存，现在可舍不得买了。

张长弓感到一阵悲凉。曾几何时，老潘还是富甲一方的准高干。

“在监狱里一千又六十四天，像过了几辈子。”

张长弓不知道说什么才能安慰他，想了老半天才说：“雨果说过，没有进过监狱的人生不能算完整的人生。好在都过去了，想开些，往前看吧。”

老潘苦笑道：“如果这样算是完整，那就请雨果下辈子待在里边吧。如果说痛苦的经历是一笔财富，我愿意一贫如洗。”张长弓自知失言，马上转移话题问他身体还好吧。老潘说自己身体还行，在里边其实并没有受多少罪，只是心里憋屈生活清苦罢了。当然，能享受特殊待遇，还都是用钱打点好的。

老潘问他在美国的见闻和感受，他回答得很详细，但老潘只是机械地点着头，频频举杯大口灌酒，也不管张长弓喝不喝。一个小时后张长弓晃晃瓶子，发现只有一点点了，就赶紧按住了老潘端杯的手。当他试着谈股票时，老潘有些愿意说话了，甚至开始侃侃而谈。谈到资本市场未来的机会，那个胸有成竹的潘高干仿佛又回来了。

谈到他出事前让张长弓买四知堂的事情，他先是表示了歉意，然后说自己出来后就多次有意买过这只票，虽然他查过十大股东，已经没有青又红的那个账户了。张长弓说这个事情已经过去了，我们也操控不了，别提了吧。

张长弓回到酒店就一头扎到了床上，醒来时已是上午九点多了。他喝了几口矿泉水，看到台子上摆的饼干才八块钱一袋，还不算离谱，就打开一包，边吃边去找老潘。

天很蓝，无风，一大早上就很闷热。上海还没有秋天的味道。

老潘还没起床。张长弓向办公室的两个人做了自我介绍，然后就和他们谈天论地，不几句就谈到了股票。正谈得热闹间，一位不速之客突然来访，自称是老潘的朋友。他一落座就高谈阔论宏观经济，语气毋庸置疑地做出了五大判断。后来张长弓听明白了，这人是卖信息的，自称曾准确判断了每一次顶底，欲知后市如何，请订“涨涨停”手机报。看大家都不接话，他又说，且不说我判断准确与否，单说订阅涨涨停的人多了，对市场走势也会产生影响的。张长弓心想这么厉害的判断干吗要告诉别人？转而他又想，也可能是人家不善操作，但真的是研究深入且市场感觉超准，是一位青又红心目中的分析师，也未可知。于是他以请教的口吻问道：“你推荐股票的依据是什么？”

“我的依据多了。基本面上，我不但了解1000多只股票的行业背景，而且还有高层的消息来源。技术上，我是波浪理论专家，国内无人能出我右。目前是下降C浪的第三小浪，大盘机会马上就来，至于哪些行业和哪些个股有机会，订了我的手机报你就知道了。”

波浪理论？张长弓心想，这理论有几个人真的懂啊，反正自己就不懂。据说发明人是个退休医生，没怎么做过股票。不过这理论追随者甚多，因为它总是有理，对过去的走势能分析得天衣无缝。但对未来的走势的判断，那就基本靠猜了，反正大浪套小浪，小浪套子浪，实在不行还有延伸浪，直到浪对了为止。眼前这个“涨涨停”，在他自信满满的言辞后面，似有些神秘的味道，这是骗别人信呢，还是自己真信？

他正琢磨时，老潘走过来了：“哎呀，大师来了，这么好的东西，3000块钱不贵嘛！不过，怎能证明你以前判断的准确率高呢？”

“涨涨停”说：“有博客记录为证，咱的博名是涨涨涨涨再涨涨，你可以看看，哪一次拐点咱没有预测到？”

老潘说：“那就对照一下2005年年初的行情吧，当时你是怎么看的？”一边说着，他一边调出上证的K线图，找出2005年月3月份的图形：“涨涨停先生，打开你的博客对照一下预测吧？”

一对照，这一段时间的博客上果然写着世纪大行情将要到来，中国股市遍地黄金！满仓加耐心，一定大发利市。老潘又找了几个关键的时间节点，一对照，还真是八九不离十。

“你们预测这么厉害，干吗不自己投资啊？”

“革命分工不同，各赚各的钱嘛！我这个人就是不善操盘，看对不一定做对，就像高善文说的那样。操盘嘛，还得看你们这些高手的！”

一番话把潘高干说高兴了。这个“涨涨停”很懂得知和行的关系嘛，也算是明白人。“好吧，”老潘说，“那就订一份吧，3000块钱嘛，不就是一个价位的事儿！”

那人收了钱走后，张长弓谷歌了一下网民对这个“涨涨停”的评论。不想这一搜索，除了他们自己搞的软广以外，一片骂声，说这人的博客上说得头头是道，每一次都对，原来是每一天都写上两句，然后根据行情实况再做删改！老潘还是有点儿将信将疑，吩咐手下天天记录涨涨停的新博客，看他到底篡改了没有。

后来老潘自己也承认自己是上当了。张长弓笑道，任何骗术，无论多么拙劣，都会有成功的时候，因为你这样的好同志挺多。其实老潘以前也多次说过市场是不可预测的，做投机的关键是建立交易系统，知道做对了怎么办，做错了又该怎么办，并严格执行。

第二天他又到公司“上班”，老潘和两个助手把自己的研报和股票池打开给张长弓看，让他帮助提提意见。正当他们交流得热闹的时候，忽然有人敲门。

进来的人竟然是小裴！

更想不到的是，小裴一进来，老潘就说，这是我留给你的惊喜！小裴虽然是你的发小，但你需要重新认识他了，人家现在是股票专家，还到处讲课写文章，都算名人了。张长弓有些吃惊，这才多长时间啊！

小裴以前是个地地道道的股盲，但几年不见，他完全一副颠覆传统的架势，老潘对他说话的口气，竟然是请教式的。

"从信息循环的角度看，涨势为阳，跌势为阴，牛市和熊市都需要在盛衰交替后达到阴阳平衡的混沌阶段后，才能再起来一波新的行情。在我看来，牛熊分界线是81日线。为什么是81日线，我自有自己的逻辑，这逻辑已经被市场反复验证。一旦大盘跌破81日线。熊市就开始了。不要迷信机构投资者，一旦重仓后，市场上有许多因素是他们无法控制住的，所以不要跟风，要有自己的主见。况且，他们的逻辑我们也无法追踪，因为套路不同，并且忽悠的成分也不少。潘总，现在行情不好，在市场上赚钱太难了，如果实在控制不了入场的欲望，那就做次优选择的题材股。股票分为金木水火土五类，在当前这个阶段水类股票有投票价值，这类股票集中在在哪些板块，你们比我更清楚吧！"

"小裴你现在进步这么大啊！"

老潘抢过话头说："何止是进步，人家现在都成知名人士了！"

"知名不敢，略懂一些吧，老张你是我的领路人啊。我的理解就是让规则看守财富，投资最重要的就是不要过早行动，不要和市场对抗。很多投资者亏损，不是因为缺少技术分析能力，也不是因为没有消息来源，而是因为没有规则或者不善运用规则。调整是一种循环一种轮回，这时候应该控制仓位并卧薪尝胆寻找机会。不要去抱怨市场，而应该修炼自己。"

老潘接着问："你对选择入市点有什么建议？"

"价格不重要。股票永远交易的是思想，期货有时候交易的是情绪，但从来都不是价格，因为价格只是表象而已，执着于价格，你就输定了。"

"现在的大盘你怎么看？"

"目前的大盘是这样的，30分钟图上走出了标准的a—A—b，b还没有完成，A就是上下上的三笔。当b完成时，与a相比，背驰概率很大。b的结束位置在2840附近，这个点就是乐观者的买点。稳健者可以等60分钟线向上笔和接着的向下笔。”

这个小裴，又是哲学又是缠论的！张长弓有点儿插不上嘴了。

晚上他们一起喝酒，老潘坐了一会儿就回去了，说是昨天的酒劲还没下去，想早点休息。老潘走后小裴告诉他，厂子后来被政府托管了一阵子，后来忽然冒出来了大资金入了股，不知是不是黑叔找来的。后来我就离开了，马超汉也走了，你也被以失踪的名义剥夺了法人资格。现在董事长、总经理、厂长都换人了，详细情况我也不太了解。不管怎么说总算没有出大事，恶性的债务基本上给堵住了。从法律角度讲你没事了，政府不会再找你的麻烦，不过有些个人债主还是得防着点儿。

张长弓不愿在上海长住，因为他总感觉上海是自己的伤心地，况且，如果和他们几个一起搞股票，自己恐怕得当跟班。士别三年，都这么长进了，自己在国外倒好像什么都没有学到。所以他决定返回北京，那里有相对熟悉的环境。

回京当天他就租了一套房子，二居室的四千多，并不比美国便宜。

一个人独居很是无聊，于是他养了一只小猎犬，作为生活中的调剂。闲散的日子里，他除了看书就是和老潘小裴电话吹牛，其间还见了吴小苏一面。

吴小苏很容易联系得到，因为她一直在那个单位上班。她现在已经是一个小学生的妈妈了，一副温良知性的样子，与入学第一天看到的“室友”形象相去甚远。时间会改变一切，此言不谬。

见面地点就约在他家附近，吴小苏见到他的时候，他穿着短裤背心牵着狗。吴小苏见这小猎犬很可爱，就关心地说，狗狗不小了，该去做个绝育，要不给它找个伴侣？他坏笑着说，什么伴侣不伴侣的，它的主人都还忍着呢！她笑道，这样不狗道。他说，每当它去追逐美女狗时，我都会瞪着它说请理智点！它就老实了。吴小苏笑喷了，说你怎么还是一点正形都没有啊！

刚扯了几句工作，她就把话题转到家长里短上，这和校园里的吴小苏判若两人。当他提到自己的住所还像学生宿舍一般乱时，她关心地问，就你这德行，怎么给狗狗洗澡啊，是送宠物店吧？

他耸了耸肩：“哪那么多毛病，我洗澡时让它站在一边就得！”

她憋着没笑出来，他问你干吗憋着笑，她一本正经地说："我是想，你洗澡前得喂饱它，以免……"

张长弓一把抱住她的肩膀用力晃了几晃："你现在也学坏了啊！"

她矜持地推了推他，说都这么一把年纪了，干吗呢。他不但不松手，还飞快地在她的脸上亲了一口，又腾出右手抚了抚她的头发。吴小苏脸都红了，这使他想起了她以前的样子。

"刚才亲你这一下吧，算是礼貌之吻，要不显得你多没魅力啊！"

"瞧你那德行，不补这句话会死啊！"

宏源期货公司的生意比以前好得多，据说是因为股票没行情，胆子大的都来做期货了。刚开始看盘他就先下了两手棉花多单，其实他也不知道为什么看多，只是想有个牵挂，这样就可以看得更投入些。虽是这么想，但奈何连续几天都没有行情，他也就兴趣阑珊了。

几天后，一个熟悉的人出现在营业部，是狄军。前天听营业部王总说，狄军这两年到外地做超短线去了，他不但能从交易中赚钱，还能从交易所得到返点，积少成多，目前已成大户了。狄军他们做的这种超短线，也叫炒单，是期货特有的手法。炒单手以极高的频率在日内反复买卖，博取价差，他们速度极快，赚赔都是立马平仓，从不恋战。这些人目前已形成了一个部落，他们凭过人的盘感和速度，从市场中浑水摸鱼，财富积累的速度很惊人。

狄军虽然不爱交际，但遇到张长弓话就多了起来，因为他们早已是老聊友了。这次重逢不一会儿，他们就聊到了超短线。狄军说，做这个没有什么秘诀，但是大多数人都做不好。不过我觉得你行的，你性格沉稳又不怕吃苦，所以是可以试试的。

想不到王总对超短线这事情不是很认可。他说："你可以和狄军多交流交流，但你不一定要学炒单，因为市场上炒手已经不少了，管理层肯定会限制的。真要是被监管死了，学这本事也就成了屠龙之术。

"炒手的存在，我也有所耳闻，只是没有深入了解。这几年炒手们传帮带出了一拨一拨的高手，目前交易所也注意到他们了，所以有时会针对性地提高手续费来限制他们，以防市场生态被破坏。不过这帮人的生存能力还是很强的，他们一旦被盯上，立马就会转战别的交易所别的品种。

“无论怎么说，炒单吃掉了市场里大量的资金，这对一个健康的市场是不公平的。你想，我们一个营业部辛苦一年也挣不了几个佣金，而高水平的炒手一年就可以弄几百万甚至几千万，所以经纪行业都感觉很不平衡。”

张长弓听后，说：“既然存在，就会有合理性。炒单润滑了市场，也是有一定积极意义的。更何况炒手这么做也不算是违规，期货的特点之一就是方便短炒。”

王总笑了笑：“有人开玩笑说，炒手就是市场里的小偷，是卑鄙的搅局者。不过他们的财富积累确实很惊人，炒得好的都有几个亿了。其实呢，由于存在着监管风险，不少炒手现在都开始转型了，狄军也在寻求转型中。”

“嗯，我知道您的意思了。不管怎么说，炒单是个合法赚大钱的好办法，如果真能做得到，有什么不可以的，卑鄙一次又如何呢？”

王总摇着头笑了。他知道，以张长弓的性格，这个市场上可能又要多一条食人鱼了。

三十出头的狄军不爱说话，神色总是淡定冷酷，好像世上所有的荣辱和他都没有关系。张长弓觉得他很有些杀手气质，怪不得能真刀真枪地从市场里抢到钱。

两个人一坐定，他就对狄军说：“没想到你做期货做出这么大名堂，羡慕你啊，我得向你学习。”

“张总你千万别客气，我也是幸运才熬出来的，炒单子虽然积累了些资金，但我觉得太累了，正在谋求转型做波段。再说你是企业家，在社会上混得开，我们这些人真的还是羡慕你，很多方面得向你学习呢，所以我还搞了个公司叫标点富民。我们只是炒单赚了些钱，又没有读过多少书，在社会上没有什么地位，不少人甚至还有些小自卑啊，真的真的，别不相信。”

“我也想这么自卑一下，你帮帮我哦。有什么办法可以让我自卑起来？我也做过许多年期货了，赔赔赚赚，总是不得要领，惭愧啊！”

“其实期货嘛，做长线做趋势没有什么可说的，主要是研判好市场选点入市，然后就是坚守，当然，这得有足够强大的耐压能力，因为市场总是起起伏伏煎熬人。按理说，短线是最见技术的，但我用的技术却并不复杂，只要对几个问题吃透就行。”

“哪几个问题？”

“首先就是那个老生常谈的问题，就是要有自己的止损止盈原则，这个原则只能自己量身订制。该止损时要能坚决止损，即使止损后发现错了，也是应该的。在你的潜意识里如果没有主动止损意识，别的细节也就没有意义了。赚多少是市场给的，亏多少是自己控制的。要真心地从感情上接受止损，因为亏损也是交易的一部分。其次，交易这东西从理论上说都差不多，终究要解决的还是人自身的问题，就是要有强大的自我管理能力。”

“我下的功夫真的还不够。炒单应特别注意些什么呢？”

“初级炒单者，要真正理解顺势和止损，具体方法就是顺着市场走势做，错了止损，不幻想，一直这样做。慢慢地，你感觉亏损可控了，赚钱就是很自然的事情了，真的就是这样简单。”

“你的交易核心理念是什么呢？”

“我的理念简单极了，就是刚才说过的顺势加止损。期货行情在90%的时间里是盘整的，所以设定好一个区间低买高卖，严格止盈止损就行了。市场运动本来很简单，不要想得太复杂了。操盘不是聪明人干的事情，所以要学会简单。”

“你的理念听起来简单，但很受启发。”

“我这都是真心话，只是听了也不会马上提高，操盘得自己磨炼，自己感悟。”

“就是，这事就得干中学，那我就开始吧，弄一下试试呗！”

“你先找找感觉吧。不过在北京做超短线速度上没有优势，好的炒手都是在交易所驻地干的，就是上海、郑州或大连。”

“速度上会差很远吗？”

“你这么想吧，虽然理论上都是每秒30万公里的速度，但你的机子离交易所的服务器更近一些，岂不更‘时间优先’一些？”

“是这个道理，要不会有人说恨不得骑在服务器上，按美国人的说法就是co-location了！”

“正是！”

这一聊就是两三个小时，临别时狄军客气地说："张总，你很有社会经验，我呢就懂一点点操盘，所以我们相互学习的地方很多，希望以后多多交流！我的网名叫敌军，敌人的敌。你可以加上我，咱们得空可以网聊！"

"谢谢谢谢，常联系！"

当晚一回去，他就上QQ查找"敌军"，一下子搜索出几百个同名的，他根据地域和年龄等信息，确定了自己认识的狄军。

次日他和宏源期货营业部的王总谈了这个事，王总痛快地答应了手续费优惠，条件是他的资金至少每天得跑五个以上的来回。他试着做了几天，亏损倒是不大，只是还找不到头绪。

想找狄军聊一聊，但他不好意思打电话，在网上说吧，连续多少天都不见"敌军"上线。不是自己加错人了吧？

晚上九点多钟时，他对着灰色头像的"敌军"说了一句你好。

不承想，灰色"敌军"马上闪烁起来："好！同志们好！"

"你在啊，我以为加错人了呢！"

"我一般都在啊，只是隐了身，因为我不敢太分心了。不过对张总我可是开放的，随叫随到！"

"好啊好啊，我真荣幸！"

"哈哈！被荣幸的感觉真好！直奔主题吧。"

"狄军啊，你一般单子能拿多长时间？"

"平均能拿几分钟吧，最短的只有几秒，一般每天进出几十上百次。这得看是什么行情，没人给你定指标的。"

"当行情盘整时，高抛低吸，见利就走，这还算是简单。但如果遇到了突然行情，是不是该多拿一会儿？还是必须按炒单的做法，尽快止盈？"

"炒单就得有个炒单的样子，得守规矩，不可以捞过界了。我就是严格按既定标准止盈的，不能什么钱都赚，这叫作一致性原则吧。况且，当时你认为是突破，其实它很可能回头套住你。当然，如果突破得太强势了，你也可以偶尔多持仓一两次，但我基本上不这么做，我认为做这事得固执，得一根筋。"

“明白，只是感觉放过机会太可惜。”

“我想，你要是利用这种机会多赚一两次，慢慢地你就会养成坏习惯了，总有一天，你就得挨套，这就是手法不一致应受的惩罚。操作的原则就应该包括放弃不合乎标准的或然赢利，拒绝诱惑。要做炒手，就只赚属于自己的小波动，不需要有大局观，不需要暴利，只关注盘面细微的变化，完全凭直觉交易才是正道！炒单绝对是个不完美的工作，经常会让你吃了几个点后，放掉后面的大段利润。但是别后悔，你只拿你该拿的，这是原则。”

“哦，还真是这么回事。你判断短期趋势的依据是什么？有具体的方法吗？”

“依据是K线啊，盘口语言什么的。盘口语言其实很简单，就是在盘面上看到的成交、挂单、撤单、持仓等数据的变化，根据经验瞬间判断主力意欲何为。这些得修炼成自己的直觉才行，一眼看上去觉得涨就是涨，是跌就是跌，就这么简单，人工的高频交易，没时间想太多的。”

“您是看什么周期的K线呢？”

“1分钟为主吧，也看5分钟的。”

“您炒单水平这么高，是不是总能踏准波动的节奏？”

“这可不一定。做单子，不管是短线中线，还是长线，你都无法准确把握市场的波动，解决这个问题的办法就是设定自己的规则。就像开车，司机根据路况和信号行驶即可，不必判断下一个路口是红灯还是绿灯。”

“我想了解一下，您是依据什么下单的？不会是跟着感觉走吧？”

“在实际操作中，还真是跟着感觉走。说得专业些呢，就是顺势，顺着当前的势走。错了就止损，对了不贪心，这就是用确定性的手法应付不确定的市场。当然了，细节上怎么去把握，谁也教不会你，得看自己的修炼了。”

“你对势是怎么理解的？”

“虽有智慧，不如乘势嘛。势的定义很多，很复杂，但对于炒单手来说，谁强就跟着谁走，错了就砍出来甚至反手，就这么简单。”

“在止损的时候，你是对着盘直接下单，还是挂预备单？”

“都可以，这得看当时的情况。我常常是对着盘直接下单，这样最痛快，感觉这是把负面的东西干掉了，然后轻装去做新单子。不怕错就怕拖嘛，本来擦破点皮的小事，有时候会拖成壮士断臂，何必呢。”

“嗯，感谢了，您说的这些对我都是新东西，我得消化消化，有机会再请教。”

“这不是请教不请教的事，这得自己琢磨，认真管理自己，慢慢地可能就行了。等着听你的好消息啊！”

“谢谢啊！不骚扰您了！”

中秋节时，在京同学集会，他是从老毕那里听说的。其实除了老潘和吴小苏外，没有人知道张长弓住在北京。那天吴小苏无意中提到你们班可能要一起吃饭，他就“无意”中给老毕打电话说自己正好出差在京。

虽然不止一个人不希望他出现，但席间在老毕的插科打诨下气氛还算和谐，张长弓也频频举杯问候陈希希两口子。当谈到老潘是怎么减刑时，她说是表现好且有发明专利。老毕说，就他那不学无术的样子，还发明专利？她端起杯子说，这年头牢里混得好的，谁还没有几项专利？大家大笑，张长弓也笑了。

酒到半酣时，他突然站起来对她说：“谢谢你的帮忙，但是，老潘的事情你到底尽心没有？他怎么坐那么长时间？”

“老大明鉴，判6年是我和老爸翻脸才得到的结果，要不至少10年。另外，减刑最多只能是刑期的一半，3年已是极限了，你还要我怎么着？”

班长赶快劝张长弓喝酒，陈希希却来劲了：“你干吗为老潘的事情死逼于我？”

“就为他当年说的三个字‘我作证’，就你这德行，八辈子都理解不了！”

“这事情我办成了，我们扯平了。我本来不想说，为了捞他，我欠下了别人四五百万！我虽有些关系，但钱能少花吗？你还想让我怎么着？”

老七见状瞪着张长弓正要开口，他忽地站起来指着老七的鼻子说：“兄弟，这没你的事儿，你穿着警服怎么着，信不信我削你？”

陈希希一拍桌子站了起来：“姓张的，你别欺人太甚！就那么件破事儿，你要记我多少年？”

“一码归一码！捞老潘的钱我帮你还，别的事儿另说！”

其实狄军说的这些他并不陌生，有些甚至属于常识。问题是执行力，没有强大的执行力，什么真理都是白搭。所以有人说，我们掌握了无数真理，却过不好这一生。

又是一个月过去了，这个月资金损失了百分之十几，执行能力倒是有了明显的提高，但他心里还是没有底。还是骚扰一下狄军吧：“我这些天还是不得要领啊，你能不能给我讲一点细节，我自己慢慢揣摩一下？”

“我讲一点点我的做法吧，不一定适合你。每当即时图形看涨，空单又被不断主动吃掉时，就得果断做多。看跌时，思路也是一样的，当然方向是相反的。盘整时，均线转弯向上就果断做多，反之就做空。这些真的都很简单，重要的是应对能力。”

“你一般亏损多少个点砍仓呢？”

“得因品种和行情而定。现在我做大豆，一般情况下亏盈两三个点就平仓。有时候感觉走势不对，也有原价位出来的。为此我还发明了一个顺口溜，三分到手，揣兜就走！”

“看来真没有多复杂，主要是我的定力不够啊。”

“没事，刚开始就应该多练，这样才可以获得盘感。炒单就是这么一种枯燥的重复，懒、省事是不行的。行情震荡当中有数不尽的机会来来回回，我们在这个市场上做这些大概率的事情，是可以有生存空间的。”

又做了两个星期，他的账面上还是亏损，不过他心里似乎有些谱了。这天晚上，狄军主动跟他打招呼：“是不是还没有赚钱啊？”

“没啊。其实赚的单子比亏的多，只是一扣手续费，就不行了。”

“把你今天的成交记录发给我看看。”

记录发过去一个多小时，狄军才回话说：“你的技术现在差不多上道了，亏的原因除了细节处理不精准外，还有手续费不够低和网速不够高。”

张长弓真没有想到网速有问题：“那怎么办呢？”

“这一段时间你做单子属于负重越野，我是有意让你去感受的。你的单子我认真看了，负重越野的成绩还算及格。”

“你的意思是？”

“手续费可以谈低一些，但网速是在北京无法解决的。你得去交易所驻地进修进修，那里下单有优势。大连上海郑州，你三选一吧。”

张长弓有些感动：“你真是有心人啊，真不知道该怎么感谢你。”

“感谢就免了吧。你愿意去吗？这三个地方我都有炒手朋友，他们可以帮你。”

“哪个地方氛围相对好些呢？”

“郑州。郑州不但是中国期货发源地，还是炒手的发源地。”

“好，那就郑州吧！”

狄军给了他一个电话号码。那人叫丁力，三十多岁，短线高手。

又见郑州。他这次来跟谁都没有联系，在酒店里住下后就去未来大厦一带租房子，这里离交易所近。两天后，它在金水花园租到一套小房子，算是安顿了下来。

因为是周末，一个电话丁力就过来了。

丁力个子不高，说话慢条斯理，虽然眼睛里布满血丝，但眼神还是很犀利。

“狄哥的朋友，就是我的朋友。”丁力一见面就说。

“我是来请教的。”张长弓一脸虔诚。

“请教谈不上。狄哥是我的老师，我能有今天的小成绩全仰仗他了。你不要客气，我这里要人有人，要钱有钱，要车有车，有事尽管言语！”

“感谢感谢！别的都不需要，只想请你帮忙找个公司，手续费低网速好就行！”

接风的饭局十分奢华，丁力叫来的朋友都是期货高手，有长线有短线，这就是他们的圈子，狄军以前就在这里面混过。饭局中有一个叫秦国兴的说见过张长弓，原来几年前在同一家公司做过期货，就是欠保证金不给的那家，好像是叫期富公司吧。

“超级短线高手应该有狙击手的气质，他的工作就是集中精力搜索目标，发现后立即开枪，打得好一枪毙命，打不好立即回头，绝不恋战，否则就会成为对方的目标。狄军说得好，三分到手，揣兜就走！两点被套，转身就跑！”老秦说。

丁力说：“狄军最善于总结了。期货其实是个小众市场，和证券市场相比，做期货的基本上没有什么社会影响，虽然有的人也赚不少钱，但却被边缘化了。”张长弓心想，赚这么多钱还边缘化，让别人情何以堪。

恭维，喝酒，吹牛皮，这是务虚。务实的话只有一句，一般都得在酒后说：“张哥，明天你到未来中心3023找我，你说的事我安排人办，没问题！”

未来中心是期货炒手的集中地，这座知名的大楼紧挨交易所。周一上午，老秦请期货营业部的总经理张颖过来现场开了户。中午收盘后，丁力打电话约他和张总吃午饭，吃到一半的时候，老秦也来了。次日开盘的时候，张长弓已端坐在自己的下单室，享受着高频炒手的待遇了。

他没有急于下单，直到收盘前半小时，他才试买了两手白糖，然后很爽地在涨了一个价位后平了出来，因为算上手续费返还，涨一个点就可以有赚头。今天不再做了，这两张单子就算是个彩头吧。

看来狄军对自己的负重越野训练很奏效，去掉负重后，跑起来就有飞一般的感觉了。这周的后四个交易日，他都是赚钱的。他想，如此下去，在北京训练时赔的那些钱，很快就可以回来了！况且，那也不叫赔钱，叫负重越野。

想不到的是，周五下午狄军突然来郑州了，是老秦告诉他的。老秦说，狄军近来转型做波段不太顺利，所以趁周末来郑州见见兄弟们找找感觉。

狄军来了，当然是得接风，这次张长弓一定要做东。还在原来的地方，还是那一班人马。

席间狄军对张长弓说：“老秦是一个成功的炒手。以前他用家里的60多万炒期货，最惨的时候只剩下不到1万，单子只能一张两张地做。后来他转做经纪人，但因为没有从业资格，就好挂到别人名下，可怜巴巴地分一杯羹。虽然压力山大，但他还是没有放弃。直到去年年初，他才在大家的影响下做短线交易，并且很快就摸出了门道。今年以来，他的账户上已经有了七位数的资金。是不是啊，老秦？”

老秦说：“这多亏了狄老师和丁老师指导！摸索出一套系统是需要时间和资金做成本的，但是很多人付出了大量的时间和资金成本，却是出师未捷身先死，所以做期货成功太不容易了，我算是幸运吧。狄老师，你也给大家传传经呗！”

“其实我对理论懂得不多，所以从来都不去预判行情，也不看指标，反正就是套了就止损，赚了就止盈，尺度可以调整，纪律不能松懈。其实很多事情到了一定境界后都得凭直觉行事，预测反而会带来犹豫。”

接风变成经验交流会了，这一晚上大家聊得很开，似乎都忘记了喝酒。

狄军这次来郑州，使张长弓更深入地了解了这个圈子，而且也给他带来了莫大的信心，更相信自己也是行的。不过，信心归信心，接下来的一周五个交易日，竟然有四天是赔钱的！吐出之前的赢利还不够。这是为什么呢，什么地方出了问题?

他在网上给狄军说自己都有些凌乱了，狄军就回了一个字：忍。

是的，得忍。

墨家说“轻生死，忍苦痛”，世上的万事万物是相生相克的，懂得忍才能行得百年之船。忍是无敌心法，是大智大勇的智谋，很多伟大都是忍出来的。

是时候对自己狠一些了。他给自己定了几个规矩，主要是当天如果亏掉总资金的3%就立即停止交易；还有就是滴酒不沾保持清醒，守身如玉保持定力；同时还规定交易时间关机，收盘后长跑5000米，晚上八点到十点复盘，然后静坐一两个小时后睡觉。

几个月来，他一直坚守这严苛的规矩，几乎与外界隔绝。有时，他会想起电影《少林寺》，李连杰饰演的小和尚光头皂衣汗如雨滴的形象，很像当前的自己。

事实证明，做这个小和尚还是值得的。在郑州的第一个月，赚赚赔赔，总资金减少了1万多；第二个月，总资金又减少了近1万；第三个月，回本了4000多；第四个月，本钱全回来了，还节余两三千。

第五个月到来的时候，小裴回老家经停郑州时，他买了一大堆年货让小裴带给老娘，还有一份是给黑叔的。小裴在郑州借了一辆车开着回家，说是要证明自己在外面混得还不错。张长弓很羡慕他，因为小裴可以从容地还乡，虽然身无锦衣。反观自己，混了多么些年却是无颜回乡，内心一阵阵地刺痛。

小裴要启动车子的那一刻，他忽然拉开车门钻了进去，因为他已经太久没有见到老娘了，他已经顾不得什么面子了。快到县城的时候，他忽然对小裴说，我还是不回村里吧，你帮我在城里最好的酒店开两个房间，晚上把我娘我妹接过来。

晚上九点钟，小裴敲门，娘和妹妹来了。

老娘直直地盯着他看，拉着他的手许久不松开，说他瘦了老了，问他晚上吃饭没有，我这给带了个锅盔。他含泪啃着锅盔，给老娘汇报了这几年的经历。老娘认真地听着，对他做过什么事情不关注，而是反复追问饭怎么吃，衣服怎么洗，被子够不够厚，有没有找到媳妇，等等。真是儿行千里母担忧，张长弓虽面无表情，内心却是热泪千行感慨万端，倒是一旁的长娟听得泪水涟涟。

晚上他和老娘住一个房间。夜里几次醒来都发现老娘没睡着，他只好装着睡得很香，心里直恨自己的数年不归。

临走前小裴告诉他，其实老潘现在挺痛苦的，他近来在股市上亏损严重，天天借酒浇愁，自怨自艾，我们都不知道该怎么安慰他。另外，老潘从那件事情里老是走不出来，总是说自己是劳改释放犯，该下地狱。

和小裴一分手，他就给老潘打电话让他一定到郑州过年，我们必须得聊聊了。

春节前三天，老潘出现在新郑机场。

两人深聊半夜，抵足而眠。

次日中饭后午睡片刻，老潘醒来的时候，发现张长弓收拾好了两份行囊。问他收拾这些干吗呢？张长弓说别废话，赶紧背上东西出发！

“去哪里？”

“你别管，客随主便，你跟着走就行了！”

两个人冒着凛冽的寒风，有一搭没一搭地说着走着，一个多小时后，已快走出城区了。

“你这是唱的哪出啊，老张？”

“你给我听好了，这个春节我们两个的角色都是流浪汉，流浪方向是西边，还得是步行！嵩山是第一个目的地，如果走出感觉了，龙门就是第二个。”

“老张，如果感觉更好，我们该不会去西天取经吧？”

“那可说不准！”

天快要黑的时候，两个人走进一家小馆子，两个小菜两碗羊肉汤。几杯小酒后，两个人谈到了围棋，张长弓说：“人生就像一盘棋，棋手要遵守一条纪律，就是不得贪胜。布局时如果下错了一步，并不意味着满盘皆输。如果走错了棋，盘面上一定是损了，你就得用非常手段努力往回扳。人生也是一样，走错了虽不代表全盘皆输，但如何扳回来，还得需要非常之功。”

“这些道理是对的，只是不容易走出来。”

“我当然明白，因为我也是失败者。”

饭后，两个人背上行囊，借着过路车辆的灯光顶风而行，真有负重越野的味道了。

将近12点的时候，他们在新密住下，一夜无话。

次日醒来，已是上午10点。老潘说，昨晚倒下便着，多少年没有睡这么踏实了。张长弓说，有你踏实的在后面呢！

走到登封城的时候，已是除夕之夜。小城到处张红挂绿，噼里啪啦的鞭炮声不绝于耳，两位疲惫的旅人仿佛也沾上了喜气。

喜气归喜气，只是找不到吃饭的地方，所有的馆子都闭门谢客了。

两个人讨饭似的一路问着吃饭的地方，一直问到了一家宾馆。可是，宾馆不但没有饭可吃，而且也已经住满了。多少钱一天？服务员说价格是200多，可是房间早就没了，现在外地回来过年的，都喜欢住宾馆。

我出500，你给我找一间如何？

没有房……500？好，好，我给你看一下。

一会儿服务员过来说，不行，没有人愿意出让。

800！张长弓面无表情地说。

服务员马上离开前台，说这就去想办法。不一会儿她回来说可以的，已说服了一个家在本地的客人让一间房出来。

老潘高兴了，笑嘻嘻地说，看来没有什么是不可成交的，只是价码不够而已。张长弓点头称是，然后又说：“其实也不尽然，我就听说有宗生意死活也成交不了。”

“不会吧，什么生意？”

“一个美国人和梵蒂冈教皇密谈，说准备捐出一笔巨款给教会，但教皇始终不答应，从100万提高到1亿也不行。一旁的枢机主教问教皇这是一个亿啊，何必不成交呢？教皇说，那美国人是阿迪达斯的，他给钱让我们答应祈祷结束后，不说‘阿门’而改说‘阿迪’！”

“哈哈，这是成交不了！”老潘乐了，乐得很放肆。

“所以呢，这个世界上的许多事情是金钱无法摆平的。”

“许多的了不起，和钱没关系！”

到了房间，两个人一边啃干粮，一边看电视。春晚味同嚼蜡，两个人说了一会儿话后，老潘说还是洗洗睡吧，累死了。浴缸里早放满了水，可谁都没力气洗澡，老潘象征性地擦了一把脸，张长弓在里面涮了涮脚，算是应付了睡前的功课。

天刚亮张长弓就被吵醒了，外面噼里啪啦硝烟弥漫，仿佛是阿富汗前线。大年初一想必不会有馆子开门的，所以他只好摸出几片饼干充数。半小时后老潘醒来，话都没说就先抓起两块饼干，然后欠起身来抓起张长弓的杯子灌了半杯水。

“唉，这待遇还不如在号里呢，号里过年还吃顿饺子呢。”

“号里过年不拉练是吧？咱今天可是要拉练的！”

“拉什么练，困死了……”一句说没说完，老潘居然又打起呼噜来了。

这一呼噜就是12点了，得赶紧退房奔少林寺。少林寺西去城里10多公里，他们走了两个多小时才到了山门。本来打算当时就上山的，但当地人说山上没条件过夜，劝他们在山下找个落脚的地方，明早再做计议。

大过年的游客还这么多，转悠了老半天才找了个农家院，房东说不但能住，还可以搭伙吃饭。晚饭后房东家打麻将，只有一个70多岁的老者在一边叼着烟袋闲坐着。二人无聊。就主动凑过去聊天套近乎。

“大爷，少林寺为什么叫少林禅寺呢？”

“就是禅师的寺吧。”

“什么是禅师？”

“禅师就是大和尚吧。”

“什么是禅？”

“这个嘛，嗯……”

“禅就是知了！”看大爷答不出来了，老潘打趣道。

三个人相视大笑。笑完后老潘扭过头看着张长弓：“那你说说，什么叫禅呢？”他也答不上来。大爷还挺认真，说是给你们找个和尚来问问吧！说完就去打了一通电话。不一会儿，大爷过来回话说，熟悉的几个师父都在喝酒呢。

老潘说："要不打电话问问小裴吧，他天天在说什么禅与股市的关系。"

电话那头，在一阵阵麻将的哗啦声中，小裴答道："禅嘛，这个嘛，禅师禅寺……"

张长弓知道他该胡编乱造了："好了好了，祝你手气好多点炮！"

一大早，他们出现在少林景区门口。

寺院里的景象他们早就熟悉，因为他们这代人都看过不止一遍的同名电影。天王殿、大雄宝殿、钟楼鼓楼、立雪亭、初祖庵、碑林塔林，还有三教合一碑。往山上走，就很陌生了，好汉坡、悬天洞、连天吊桥，哦，这里也有一线天？

这里的道路随着山势蜿蜒，或挂于峭壁之侧，或卧于山脊之上，忽入沟壑忽上栈道，让人叹为观止。远处山梁上白雪皑皑，雪里露出的岩石千奇百异，据说这是几十亿年前嵩山地质形成期的见证，看来造物主不薄嵩山。

大路人挤，他们就找小路走，约莫一个小时就走到一个深幽的峡谷。翻过一块大青石，树下有一个出家人正在打坐。他怎么不在寺里打坐呢？他不怕冷吗？

老潘有些好奇，顺手拿出照相机拍下了这一幕。也许是被闪光灯晃了眼睛，师父抬头冲他们笑了笑，算是打招呼。老潘赶快连声道歉，师父说不妨不妨，出家人讲究缘分，你们既然来了，就定是前世修得之缘，甚好甚好！

"师父，既不碍事，我问几个问题吧，师父可否指点一二？"老潘蹬鼻子上脸。

"可以称您为禅师吗？"

"按规矩是不可以的，但现在大家都这么说，禅师也就变成了一种统称了。禅师就是和尚，和尚是堪为人师的师父，不是出家人都可以称和尚或禅师的。不过现在不那么讲究了，所有的出家人都被称为和尚或禅师了。对了，以前称呼德高望重的女师父也可以叫和尚的。"

"我想了解一下，什么是禅？"

"禅是佛教来到中国后，和本土文化融合后出现的一个宗派。禅是一种境界，是不能用言语说清楚的，所以有人说禅的境界是言语道断，心行处灭。"

"那么，怎么参禅呢？"

“常言道留心即学问，留心就是参禅。知道李白、苏东坡、李清照、蒲松龄、曹雪芹吧，他们都是在生活中参禅的，他们都是居士。”

“对，李白号青莲居士、苏东坡号东坡居士、李清照号易安居士、蒲松龄号柳泉居士、曹雪芹号芹溪居士。”

师父抬头认真地看了看张长弓：“这位施主学问了得啊！”

“我这只是些皮毛，您这才是境界啊。对了，师父，我们是做期货投资的，能不能从禅的角度明示我们一二？”

“期货我了解一点点，郑州有全国最大的期货市场嘛。我天天上网，看得到股票期货的新闻。参禅可以提高人的境界，到了一定的境界，对生活和工作都可以有所领悟，对投资当然也是一样的吧。禅可以启发智慧，引导人进入超脱的自由世界，所以，虽然对投资我是外行，但我认为参禅的人在交易中就会有敏锐的直觉，这是心灵的力量，可以穿透外界的噪声。禅定也就是止观，止是放下，观是看破，是让人从混乱的市场信息中平静下来，专注一境；洞察本质。”

张长弓和老潘交换一下眼神，表示对师父说出这样的道理感到意外和敬佩。

师父接着说：“一切金钱交易中，如果有禅定的心态，就能保持冷静，就能在市场发生重大变化时也可以按照规矩办事，这样的人才能成功。我虽然不懂专业，但我告诉你们一个原则就是要忍。《金刚经》里说，一切法得成于忍。人在尘世间，怎么能事事顺我心意？所以就必须忍耐，方能在道业上有所成。”

张长弓插话说：“对，我小时候在老家时，性子很是毛躁，长辈指点说，你这毛病只能用忍功来治，生活中不急不慢、遇事不慌就是在忍，干重活也是在忍。这还真管用，我就是忍了几年，最后考上了大学了，后来也办成些事，不过也遇到了不少挑战。”

“指点你的这个长辈是高人。坚持隐忍，才会等到好运的到来。人一生下来，智商就已经定了，你有什么修为，就决定了你能有什么作为。”

……

他们三个人谈得越来越投机，不觉天已经黑了。二人谢了师父，准备摸黑下山。

师父想了想说：“你们知不知道这地方是在景区的外面？现在虽然天没有黑

透，但这里地形复杂，你们也是会迷路的。有两个办法，一是我送你们回去；二是如不嫌弃的话，今晚就到寒舍同榻论禅，如何？”

不等老潘说话，张长弓就抢答：“好的，那就叨扰一下师父吧！”

二人跟着师父顺小道往山崖上走，半小时后来到一个岩洞口，师父猫身进去，老潘有些犹豫，见张长弓进去了，也咬了咬牙钻了进去。

说是寒舍，其实并不寒冷。洞内面积不小，可能有二三十平方米，简单的生活用具中，最显眼的就是一张大床，看来禅师并不都是睡在一根独木之上的。师父说，自己虽然出家但不是少林寺的人，以前曾在少林学过禅，现在是自由禅修者。

山洞里没有通电，师父却有一台笔记本电脑。进洞招呼二人坐下后，师父就打开电脑看起了邮件。师父一边看一边说，我有三块电池，充满一次电就可以用好多天。

师父看完后说要准备做饭，张长弓说师父您不用忙乎啦，我们带着不少吃的呢。师父说不麻烦的，我只给你们做一个山珍六和。

所谓山珍六和，就是各种干野菜蘑菇合烩，满满一大锅。

做菜时师父说，自从几年前住在这里后，自己就再没有吃过外面的菜，因为山里什么都有。如果不是坚持吃素，山里还有不少野兔和山鸡呢。

三个人边吃边谈，老潘说见好菜就想喝酒，张长弓制止了他，师父却说，但喝无妨，但喝无妨！我以前也喝酒，在少林寺里也喝过，只不过我现在要抵制这个诱惑，这是禅修的一部分。你们做交易也是会有许多诱惑的，这得抵制，抵制嘛就需要定力，没有这个定力，成功者就总会是别人。做什么事都需要有淡泊的心态，要心如止水，这就需要禅定，禅可以帮助人进行深入思考而获得智慧，有了禅的智慧，就能保持清晰的思路，与行情保持和谐，这样成功的机会就大多了。”

老潘说：“师父这么说，我就不喝酒了。我最近因为交易不顺利而想得有些极端，不知怎么办才好。”

“对期货股票，我听别人说得多了，也知道些简单的道理。很多投资者失败的根源，就是自己的主观判断太多，一厢情愿地判断行情，这就是太以自我为中心了。和社会一样，市场也是不以个人意志为转移的，当心里无我时，境界就会有很大的提升。不顺利时，应该把它当做对自己的考验，这样就可以坦然面对，人一坦然，哪还会有什么痛苦。”

“怎么才能无我呢？”

“无我就是心无杂念，是充分实践后达到的至高境界。心已完全化为无，空即为无，这时候，所有的动作都是无意识的，是靠本能无意识进行的，只有战胜自己的弱点，超越了自身极限的人才能达到这个境界。禅定就是对心的力量的训练，心是自我的基础，没有受过训练的心，会容易紊乱容易被激怒，这会引起动作的变形。有了心的训练，就有了智慧，有了智慧就无往而不胜。这种训练，可以从静坐开始。”

说了这么长时间，张长弓才发现师父一直是盘坐在床上的，所以也跟着他盘坐，而老潘则听得东倒西歪。师父说这就是禅修，我可以这样坐着谈一晚上，甚至不说话也能坐一晚上。师父正说得热闹时忽然停了下来，因为他看到老潘身子僵僵地歪着，双眼微闭面有惧色。张长弓拍了拍他的肩膀，他立即双手抱头躺了下来。张长弓心想，和他在一起这么几天，自己总是睡得太死而没有观察过他，这可能是他在号子里落下的毛病。想到这里，张长弓心里一阵悲凉。

师父压低声音说：“这位施主内心缺少安详，一定是受过大惊吓。张长弓说是的是的，有办法吗？师父说，让他学学禅宗，一年便可心安，心安便可无惧。另外，作为他的朋友，你得引导他倾诉并给他心理疏导，心病必需心医。”

看老潘慢慢睡着了，师父对张长弓说：“真正理解了工作与禅的关系，就能调控好自己的心态，快速释放压力，缓解焦虑。这样，你就不会受外界的迷惑和干扰，就可以按规矩去等待和利用机会，这样你就与市场和谐了。有了这种和谐，你就会发现原来成功是很自然的事情。不过我还要说一句，我不喜欢为钱而贪婪的人，钱这东西够用即可，多了就只会让人显露贪嗔痴的本性。”

“是的，师父，我也这样认为。师父，如果让您重新选择，您还会修禅宗吗？”

“这个还真不一定。修哪个宗派，其实也是看缘分的。你在少林寺里看到三教合一碑了吗？这碑上刻的是对先贤的崇尚。中国传统文化的主体是有儒、释、道，这碑表现了三家思想信仰并存和谐圆融，你中有我我中有你。三教虽然各树一帜，但到了高境界以后又是相通的。所以宗派无高下之分，但信徒有功力的差别，我想做投资可能也是这样的。”

“我明白了，就像西方人说的一样，没有不好的宗教，只有不争气的信徒。”

师父又是笑而不语，似乎睡着了一般。张长弓一时想不出新的问题，渐渐就睁不开眼睛了。

早餐时师父说：“禅的问题昨天说得不少了，本来禅的意境是不能言说的，但因为你们是有缘人，所以我就再多说一句——禅其实就是自然而然，禅并无隐藏任何东西。再简单些说，禅与大自然同在，禅即生活。”

告别师父往回走的路上，老潘一个劲地念叨：禅就是生活，投资也是生活。

回到农家院，二人又说起了以前在校的许多事情，老潘兴致越来越高了，高干的影子又回来了。说到高兴之处，他甚至还说起了号子里的趣事，张长弓听得直笑，老潘自己却泣不成声。

张长弓劝他说：“人要学会淡忘，因为人需要往前看。不但往前看，而且得试着站在未来看现在，站在未来你会发现当时天大的事情其实都只是一朵小浪花。人生百年，哪能事事如我意，一有不如意就压抑自己，其实是对不起自己。”

这一晚他们都没有怎么合眼，两瓶白酒伴着老潘痛哭了几场，张长弓也陪他流了不少泪。天快亮的时候，老潘说自己把几辈子的泪水都流干了，当年在号子里面也没有哭过。

次日睡到中午，该返程了。老潘赖着不愿意步行，张长弓坚决不准。路过中岳庙时，老潘说这里的签很灵，一定要去抽一抽。他抽了上上签，解签的说他已度过劫波，要踏入顺途了，这使他很高兴。张长弓上次来中岳庙时见过这个老道，他记得这老道的签全是上上，他心想，这种骗，应该叫作善骗吧。

离开中岳庙再往前走，老潘反而不累了，直往张长弓前面抢。假签老道功莫大焉。

到了郑州，老潘坚持直接去火车站买票。买到票后他说，真想步行回上海。

张长弓舒心地笑了，这个春节他没有白忙活。

第二十九章　凶手的末日

交易仍然是枯燥和紧张的，但他现在感觉是在玩某种机械的游戏，钱只是数字而已，他只重视过程，不再纠结于盈亏了。这么操作了一个多月，账面虽然出现了小亏，但他不怕亏损了，因为这是可控的。

他在电话里对老潘说，成功的交易不是来自于判断方向，而是来自于承认错误的勇气。大部分人都是不愿意认错的，我前一段时间就是这样。现在有点儿明白了，不完整才是常态，会认错才是境界，死不认错的人终究会等到账户上的大片江山易帜，这找谁说理去?

这一段时间市场很活跃，流动性好，他的单量也逐渐上去了，从两张放大到80张，而且日成交量有时能上5000张。有一次做上多单后，他感觉市场气氛有向上突破的可能，就没有按计划平仓，破例多持仓了20多分钟，果然多赚了80点!这比炒来炒去赚得多啊。

市场往往是现世报的，当他两天后他持空单故技重演时，盘面忽然拐头向上，荒乱之间止损时近100点没有了。这就是报应，因为短线炒手不及时止盈就是不守规矩，算是捞过界。所以短线就是短线，一定得遵守一致性原则。

他总结道，其实新手和老手在操作的套路上并没有本质的不同，只是老手操作更细腻更执着而已。接下来的这一段时间，他坚持执行自己的交易思路，紧跟趋势且严格止盈止损，所以每周至少有三个交易日净赢利。

他越来越相信这句话了：正确的单子不一定赢利，赢利的单子不一定正确，但只有坚持做正确的单子，你才能在市场里长期生存。

正当他感觉自己的交易技巧和心理都已日渐成熟，只需继续坚持即可实现持续赢利时，一个霹雳把他炸蒙了。

黑叔被捕!

是黄老师打电话告诉他的，说郑副县长的案子正持续发酵，前任县长也被双规了。黑叔据说有命案在身，是黑社会性质组织的头目，和出事的领导们大都有交集。

去探监的路上他头脑一片空白，耳边反复萦绕着四个字：怎么可能!

还真的可能。隔着玻璃一见到穿着看守所马甲的黑叔，不等张长弓开口，他就说："探视的时间只有5分钟，所以你只管听我说就行了。我知道你会来的，所以我才会等到现在。他们指控我涉黑，也不是完全没有道理，身在江湖，有时候必须得用些手段，这些手段不但帮过很多人而且还帮过你呢。说我有命案在身，也对也不对——说不对，是因为"文革"以后我自己就没有出过手；说对，是我确实害死过人，但被害的人不是他们所指控的。你听清楚了，我害死的那个人不是别人，正是你大，你老爹！你别激动，探视时间有限。我快活到头了，这件事情是我平生最大的心病，我不想把它带到墨爷那儿去。"文革"期间，我组织过一个行动小组，专门收拾那些欺负地主家属的人。那时候，地主家属太惨了，常常被人戏弄甚至迫害致死。我的这个小组也是为了自救，所以有人叫它是保命团，当年真的教训或除掉过一些恶人，保护过不少高成分的受害人。对付恶人，我们一般是装成死去的老地主吓唬他，用鬼话警告他不准再作恶，当然也打死过几个胆子大不怕鬼的。1977年8月13日晚上，我带两个人去山腰的仓库找邻村的一个造反派，想装神弄鬼收拾他一顿，好让他以后收敛些。我们在离仓库半里地的路口等着了他，用磷火照着鬼脸把他吓倒，然后揪住就打，他被打急了大喊大叫起来。我一听，怎么是你老爹的声音！我慌乱中说老张你咋来这里了？没想到这句话害死了你老爹。你老爹一听是我，声音都变调了，大吼道你这个坏分子黑五类为啥要害我！我没退路了，因为根据规矩不能留下活口，要不我们一暴露就全完蛋了，所以我脑袋一热就动手了……好了，我的话说完了……我在这里给你们老张家跪一个！”

黑叔说完“扑通”一声就跪在地上！张长弓浑身的毛发似乎都竖了起来，嘴张得老大但说不出话来，挥拳“咣当”一声砸向了玻璃。狱警大喊时间到了，黑叔起身说了声“再见”，猛然跑了几步后一头撞到铁门框上！一声闷响后他的身子顺着门慢慢地出溜在狱警脚下，鲜血溅得到处都是。

不几天新闻出来了，说是黑老大在看守所畏罪自杀。

他内心的秩序完全被颠覆了。关了手机在屋里长吁短叹了整整三天，其间只和庙里的住持打过一次电话。住持说了两句话，第一，老黑是条有智有勇的刚烈汉子，你们的恩怨到此为止，好吗？请你看在墨爷的份上宽恕他吧，好让他安心上路；第二，我也在反思，墨家不讲法制只讲恩仇，这种游侠精神好像不符合现代社会，墨家世界大同的理想也是看上去很美但不容易实现的，所以也需要与时俱进。

直到周日上午，老秦因打不通电话上门找到了他。之后，老秦又带他去参加了几次饭局，他才渐渐被激活了。

这些活动使他进一步加深了对这个圈子的了解。在这个圈子里，频繁交易和满仓交易是常态，这颠覆了一般人对交易的理解。由于短线炒手人数极少，所以外界基本不知道这个行当。事实上，这是个暴利的行当，最好的短线炒手可以操作千万以上资金，能够影响日内小波段的走势，每月可赚几百万；一般的炒手也可以操作几百万资金，每月能赚进几十万；初级炒手都是几十百把万的资金，不会影响到行情，但每月也能进账几万。照这个标准，自己连初级阶段也没到，只能算是刚开始上道，稳定性也不及格。

又专注地过了三个月，他基本上可以稳定赢利了，只是利润率还不够理想。到了年底，根据自己对交易的体验和理解，他写了个自动炒单的程序，命名为

"张弛神指"。这个程序很简单，单量是事先设定的，交易状态下敲哪个数字就是以当前的哪一档价位下单；平仓就更简单了，因为已有开仓，点数字几就是以开仓价为基准加减几个价位平仓，连回车确认都免了，敲数字0，就是原价平仓。当然这个小工具只有自己才会使用，所以没有考虑复杂的场景和友好的界面。这个工具帮他省去了大量的重复动作，更重要的是，机器执行命令不会出错，所以还真帮了他不少忙。由于简单所以效率高，这个高效率有一次还帮助他在突发封板时精准地逃了一命。

几十万的资金不过瘾了，元旦过后，他把资金增加到了200万，这样每月基本上可以赚10万以上。转眼他炒单已有一年多了。看到近七八个月以来的资金曲线稳定向上，他为自己竖起了大拇指。

为自己竖大拇指的还有老潘。在艰难得近乎绝望的时候，他赶上了一波直冲6000多点的大行情，即将裸奔的他迷迷糊糊地咸鱼翻身，心里十分感谢张长弓带给他的信心。

超短线炒单为他赚进了不少真金白银，一个代价是，他错过了批量制造股神的行情。这就是机会成本。

这一年是神奇的2007年，全民总动员了一年的股指期货仍在演习中。去年秋天中国金融期货交易所就成立了，由三家期货交易所和两家证券交易所共同发起设立，是专业的金融期货交易平台。

这一年，中投公司诞生，因为管理层意识到，1.5万亿美元的外储不应该再死守美国国债了。不过中投的市场表现，使人感觉到不但个人理财不容易，国家理财更不容易：投向黑石，就赶上了次债风波。

这一年，既有因印花税触发的5·30暴跌，也有6124点的疯狂以及随后的大面积裸奔。开始许多股民看不懂巴菲特为何突然抛售中石油这只全亚洲最挣钱公司的股票，就是因为这种不懂，硬生生将自己定格在48元的山峰上。

这一年，大妖股杭萧钢构连续大半年被操纵，公开的数据说这起荒唐的内幕交易共捞走了4000多万的黑钱，事实上还不止这个数。这期间，名不见经传的刘芳牛起来了，比一般股神牛多了，中国最牛的几只重组股里都能看见刘芳。虽是芳名，但却是男的。

幸福的日子总是过得飞快，正当他用“张弛神指”大捞特捞之时，交易所忽然宣布提高手续费，同时停止给高频交易者返还佣金。这政策当然是针对炒手的，他的“张弛神指”也扛不住高昂的交易成本，一个多月就亏出去了四五万。事后他统计了一下，交易毛赢利事实上还是上升的，手续费这座大山压坏了他的神指。

当然，受影响的不止他一个，几个炒手都外出度假了，老秦也开始尝试做波段了。

他决定回北京一趟再说。

回北京？是的，必须得用“回”字。因为，他好像没有什么地方可以回了。

第三十章　女小子

赚到钱真好，他心想，其实捞到真金白银还在其次，最重要的是此役强化了自己的信心，有了这种信心和经验，不做超短线同样也可以赢利的。管他手续费提到多高呢，现在得暂时放一下，得过几天没有行情的日子了。

在北京租的那套房子空了近两年，但他一直交着房租，一是因为收入的大幅提高，二是因为可以随时“回去”。回，对他来说，是一个必要的符号。他像一只落单的大雁，权且把这里当作了窝，当作可以随时回的家。

空置的房子满是灰尘，他把钥匙交给家政，花300块钱请人家彻底给收拾一下。他决定去坝上走一走，像个有钱人一样，发上几天呆，把自己晒黑。

本来他想直接打车去坝上，让出租车全程陪同自己，不过转念一想，虽然钱不是问题，但这种烧包的做派却太不应该了。其实他也想过骑自行车，但因为没有伴儿，就只好作罢。

还是火车吧。

围场县城没有火车站，所以火车得坐到四合永，这个站去围场的各景点都还方便。K275是快车，几个小时就到了。要在坝上玩，没有车是不方便的，所以他租了一辆车去塞罕坝。这里出租的没有像样的车，一辆极破的越野还得每天600。

塞罕坝就是看树看草，别样的清新与安静。围场的树木并没有什么诗意，花草也不会唱歌，这跟别的草原别无二致。前朝皇家狩猎的遗迹早已荡然无存，唯一值得欣慰的是，当年“三百里野花无人采，三百里野果无人摘”的生态依然健在。

一说想骑马，司机马上就带他到一个地方，貌似价格还挺高，不过这不是问题。给钱痛快，服务也痛快，不但马年轻，而且还给配了个年轻的牵马人。张长弓说，这破马还牵着干什么，我自己能行的！没等牵马人回答，司机就说没人牵你会跌下来的！张长弓说没事儿，跌下来不管你们的事儿！牵马人说那好吧，不过千万别穿艳色的衣服，怕马受惊。于是他把红T恤脱了下来，光着上身飞身骑上。

这马还真老实。骑了十多分钟后，他觉着马太老实了也没意思，所以就动手拍打它的肚皮，马于是走得快了一些。后来还是嫌慢的他下手不断加重，马被拍急了忽地就尥起了蹶子。他紧勒住缰绳也不管用，一时急得大喊“吁——”惊马听不懂他的意思，忽一个腾空外加侧身，“扑通”一声就把他给扔了下去！他还没反应过来就吃了一嘴的沙子。幸亏有这些沙子，要不，还不得弄个骨折什么的。他定了定神，一看那马，人家自顾自地撒着欢儿跑掉了。真不敬业，他骂了一声，起身踏草踩沙踟蹰而行，好长时间才气喘吁吁地返回原地。牵马人说你没事就好，别担心那马，它会自己回来的。张长弓说我没事，别让我赔你马就行！想不到牵马人连连说是自己失职，你可千万别告诉老板，我请你射箭表示歉意吧。牵马人真朴实，至少比这司机朴实，同是驾驶员，差别咋那么大呢。想来骑马总是得冒着被尥下来的风险，就像做期货一样，亏损总是难免的，但你要亏得起的才能下单，比如今天骑马，地下是厚厚的细沙，所以亏损可承受。

由此他想到了蔡宏图。蔡老板及其家族拥有台湾金融业龙头企业，他有这么大成就与其从容稳健的性格是分不开的。一次他和堂弟蔡明忠等人在不丹度假，一群人骑着骡子走在山路上时，突然蔡宏图从骡子上摔下来，脸差点撞到地上。大家都还没反应过来时，他就已经不声不响地站了起来，就像什么事都没发生一样。后来，蔡明忠描述说，当时蔡宏图“摔倒的姿势非常优雅……所以他是临危不乱，不会出错的人”。

嗯，摔倒的姿势非常“优雅”！自己从马上摔下来的姿势不但不优雅，而且还弄了一嘴沙子，离蔡老板的临危不乱还差得很远。他转而又想，临危不乱也是对操盘手的基本要求。交易中要保持清醒和理智，不但要按规则去应对亏损，同时还得注意亏损时的姿态：理性从容，不慌不忙，甚至满是优雅。人在市场混，哪能不亏损？面对无法挽回的亏损，如果能有一个“优美的跌倒姿态”，你在市场上才算是成熟了。

下一站是将军泡子。满语管湖叫作泡子。将军泡子就是一个小湖，周边一大圈露着底，远没有宣传的那么大那么美。这是当年抗击噶尔丹时，康熙皇帝的舅父佟国纲将军殉国之地。这里也有租马的，由于刚才没有骑出感觉，他就在这儿又租了一匹。这次他不敢打马屁股了，因为掉到泡子里边比跌停板风险还大，且不可控。

骑马回到原地后正待招呼司机上路，司机却一脸无奈地说：“车子抛锚了，暂时也没办法修好，只好请老板再找车了。”

那就再找车吧，本来他这破车开得也悬吊吊的，不叫人省心。

不承想，找车远没那么简单，草原上哪比得了北京，招手就是车？没有车的他，就像脱离了组织，感觉很像是股票踏空。他问了一圈儿未果，湖边的人却是越来越少，再不离开恐怕就得与狼群为伍了。当他心急火燎地问到一辆摩托车时，车主说可以给带到旅馆，300块钱。钱不是问题，问题是摩托车的成色比刚才那辆破越野还悬。

摩托车手淡定地躺在座位上抽起了烟，可能他在想，猎物终究是跑不掉的。他想了半天，好像也没有别的选择，于是就想对车手说，300块钱照付，但是我开车你坐后面。像所有的驾驶员一样，他也认为自己开车最有把握。

他还没有开口，忽听不远处有刹车的声音，循声望去，一辆大切诺基四门大开，司机正在招呼一男一女上车。他立即咽下了想说给摩托车手的话，快步跑到大切前面，对着司机拱了拱手说：“不好意思，可不可以搭个顺风车，我去查晒旅馆。”看到那一男一女已上车坐稳，他赶忙追加一句：“或者，我去你们住的旅馆也可以，要不，我给你们加满油作为回报如何？”

后排的姑娘咯咯地笑了：“这位大哥，司机师傅是在判断你是否是逃犯，有无凶器呢！”张长弓也乐了：“这个好说，我可以接受安检！”

司机沉默了几秒钟，然后下重大决定似的点了点头。他如遇方舟似的坐上副驾，心怀感恩地对司机说今天算是碰到好人了，司机又是点了点头，还是不说话。

路上他不敢问人家要到哪里，只是说了自己的遭遇，司机还是只点头不说话，后座那两位敷衍了几句很快就呼噜有声。车子不紧不慢地跑着，看着冷漠的司机，他试了几次也不敢要求人家送自己到查晒旅馆。管它呢，能离开了这个鸟不拉屎的地方就行。不知过了多长时间，在半梦半醒间他感觉车停了下来，睁眼一看，竟然正是查晒旅馆！他忙说谢谢谢谢，还把我送到了地方，怎么感谢你们啊，下来吃饭，吃了再走吧！

“吃饭可以，可我们吃了也不走了，我们也可以住在这里的，不行吗？”开车的终于开口说话了，他吃了一惊，原来是位短发妹子！见他诧异的样子，她笑道：“这位乘客把我当爷们了吧？你不觉得在野外穿男装安全系数高吗？”

请三个人吃了晚餐后他回房间躺在床上，满脑子都是白天骑马的场景。马背的起伏就像是市场的曲线，骑手就是操盘手。今天不了解情况就敢两次骑上马背，不说明自己胆大，只是因为马是已经被驯服了的，已有了箱体震荡的预设。摔下来的原因是自己老是打马，人为制造出的波动也把自己害了，得亏这种亏损算是可承受的。

次日又跟着他们走了几个景点，慢慢地混熟了，才知道他们都是长信证券的后台人员，对操作股票其实也只是一知半解。虽然这样，他们对证券圈内的轶事和内幕还是了解得不少，比如江苏琼花“委托理财”案，新实行的保荐人制度怎么就没有保住江苏琼花；德隆三驾马车，就是新疆屯河、湘火炬、合金投资，怎么会全线跌停，曾经的国内最大民营资本帝国怎么会轰然倒塌；庄股神话为什么会破灭，证监会某官员为什么会被捕；还有，四大券商的堕落和四小券商的覆灭，证券公司怎么会面临诚信危机；孙成钢和安源事件的那些不得不说的故事，等等。听得张长弓都傻了，真是天上一日地上十年，自己几年不玩股票，对这个圈子已是太陌生了。

扯得多了，他才了解到这三个人只是玩伴，并没有情侣关系，而且那个男孩是被她们抓的差，不过他却是什么活都不干，车也很少开，可能只起到了一个符号作用，让草原狼望而止步而已。看他们不把自己当外人，张长弓说，真有缘搭了你们的车，我近期赚了点小钱，所以这一路上油钱我全包了！这么一来二去，三个人对这位湖边捡来的大哥开始有好感了，那个小伙子虽被他抢了风头，但却并没有因此而不高兴。才这么一天多的时间，他和这三个人就混熟了，于是四人白天穿州过县，晚上打牌吹牛，疯得几乎忘掉今夕何朝。

承德除了避暑山庄外，还有著名的外八庙，包括乾隆帝为达赖所建的小布达拉宫。他们在普宁寺、普乐寺、安远庙等名刹拜完了菩萨，棒槌山就离他们就越来越近了。此山本来不高也不险，之所以深得皇帝老儿喜欢，是因为山顶上竖着的那根棒槌石，在这里建避暑山庄，与这根大棒槌不无关系。

承德虽不以美食著称，但在草原上野人似的混了几天后突然进城，再家常的东西也香得不像话，更不用说这些野味了：鹿肉、狍子肉、野鸡、野兔，还有已是保护动物的青蛙。吃饱喝足后在车上歪了一小会儿，大家的精神头就又来了，一致同意去亲近一下棒槌石。乘索道上得山顶，不用说就是一通猛拍，假小子做拥抱棒槌状要小伙帮忙拍照时，小伙子坏坏地说女孩子不能抱这个！假小子说哎呀呀，你个老土真没见过世面，这棒槌哪比得了广东的那个什么石啊！噎得小伙子不敢接话。张长弓知道，她说的是广东丹霞山的阳元石和阴元山，按她的理解，这些石头都是够流氓的。和这些没心没肺的小年轻们在一起真是开心，而他这位大哥，在人家三个人心里不知道会是怎么个印象，不会傻得像石棒槌一样吧？

驱车回到北京，已是晚上七点多钟了，张长弓请他们去东来顺狂喝猛涮了一顿后，找了个代驾把大家一一送回去，各回各家各找各妈。

临别时，大家都交换了手机号码和QQ号。记手机号时他才知道，这个假小子的名字叫姝然，婉约得跟假小子根本就不搭界。

他当晚写了日记，谈到了游承德外八庙的感悟：

明修长城清修庙，修长城是被动防御，修庙才是文化自信。明朝为修建长城花费了巨额银两，大大地增加了百姓税负。清朝的外八庙则建立了文化认同的平台，降低了农耕民族与游牧民族的交易费用，一劳永逸地解决了边患问题。

交易上也是这样的，要想对付“贪婪和恐惧”这两头怪兽，最有效的办法是在自己内心修起一座理念的庙，这样才能长期地与市场共存。

现在的条件不适宜于炒单了。做股票吧，暂时也看不到大的机会，所以还得跟期货较劲儿。做期货就得转型，要不就像狄军那样，转做波段交易？他请教狄军，对方说没问题，如果波段交易做得好，利润率其实也很可观。

末了狄军还说，其实，大部分短线客最终都得回归中长线，做波段或趋势。

他现在已经有2000多万的资金了，所以并不急于赚快钱。仔细想一想，炒单之前的那些年其实就是做波段的，但他没有意识到，更没有系统化。以前做了那么多交易，却懵懂地连个定位都没有，哪能持续赢利。

他认真地总结出了以前波段交易的得失。他知道日内波中的杂波较多，主力有时还会突然洗盘，所以得捕捉较大的波段才行。他还认真地研究了波段大师们的心得，并在实战中不断摸索验证。

正因为花了这些工夫，他转型的代价还不算太大：一个月内亏了30多万。虽然如此，他发现自己能感觉出市场的强弱，风险也基本在可控范围内。

做交易真是心态决定成败。接下来的三个星期，远月份黑豆一直表现强势，他一路做多上去，30多万的亏损就基本上回来了。谁知他刚松了一口气，市场就露出了狰狞的一面。这天收盘前几分钟多方表现强势，他的500手空单到了止损的位置，但敲了平仓单后按确定键竟然没有反应！再敲，就收盘了。难道这是天意让自己持仓的？晚上外盘不温不火，直到收盘，也是波澜不兴。他有些放心了，心想明早一开盘如果空方没有表现，就全部止损出来。

让他想不到的是，早上一开盘，多方又是强势上攻，全然不受外盘的影响。他犹豫了一下，没有下平仓单子。这次犹豫马上就付出了代价，不多时，就已涨上去了两个点，他两次追着平仓都没有成交，只好市价平了出来，结果是亏损了40多万。下午多方又是猛烈的上攻，中间只是有过几次波折，但收盘时还是涨了将近5%，他傻呆呆地看着，没有敢追涨。他并不后悔，因为自己的交易系统没有给出买入信号。

这笔亏损本属正常，但早上平仓时的犹豫太不应该了，作为惩罚，市场马上就扇过来一记重重的耳光。去年的炒单练就了他不折不扣的执行力，现在做波段交易却有些松懈了，看来还是修炼不够。

修炼永远是有用的，于是他重新用在郑州定的清规戒律来要求自己。这种坚持不久就获得了市场的褒奖，他已连续五个月赢利了，资金接近翻番！

狄军看了他的交易记录，称赞他的执行能力太过硬了。面对赞誉他淡淡地笑了笑，心里知道这执行力是从无数次天堂地狱中悟出来的，是经过了无数次摔打才固化在大脑里的，是在无数次求道中得到的“术”。这个术，如今已经可以保证自己“有必然性地”赢利了。难道，这千呼万唤的“必然性”就这么来了？难道自己已经拥有传说中的合法印钞机了？他不确定，但却感觉像是捅破了一层窗户纸，豁然开朗了，一些迷惑自己的问题也不再是问题了。这算是开悟了吗？

他不确定。孔子开悟其实就是“七十而从心所欲，不逾矩”，是指可以随心行事也不会逾越规矩；索罗斯开悟后，说投资的最高追求是反射动作，如吃饭走路一样正常。这也是交易的最高境界了：不知道存在交易系统这回事，而在操盘中却处处表现的是交易系统的内涵。

周五的晚上，他看了一会儿外盘正要开始例常的静坐时，一直隐身的QQ突然来了一条加好友的要求，昵称“女小子”，留言就两个字：姝然。姝然是谁？他正犹豫着要不要加对方，屏幕上又弹出一条临时会话：坝上为您开过车的假小子，真姝然。

他一下子想起来了，怎么不昵称假小子呢？这女小子读来真是拗口。

“姝然好！怎么知道我在线？”

“我有透视神器，假装不在的在咱这儿都得现出原形。”

“这么神奇啊，我以为你是误打误撞的呢。”

“呵呵，你猜对了，还真是误打误撞！你上当了吧？”

“你说的那什么神器，真的存在吗？”

“当然存在了，我以前用过，但用了几次发现太打击人了，所以果断卸掉。

因为人家不愿意被打扰，你又何必强求？”

“那也没必要卸掉这么决绝啊。”

“不卸掉可能会受意外打击。上个月我就通过这个软件发现有一个傻货把我设成‘对此人隐身’，可气不？”

“可气什么啊，此人此举才叫果断！”

“对，我也这么认为！只是别让我知道了啊。”

“真相总是丑陋的，所以不要那个神器也罢。”

“算你说对了。”

看张长弓许久没有回话，她又来了一条：“哎，你怎么就忘了搭救过你的好心司机了，这么久了，连个信儿都没有？”

此时，美盘的波动加剧，张长弓心想，可能又是高盛在搞鬼。他一边盯着盘，一边打字：“我正想找你呢，你就来了！”

“少装啦！你在干什么呢现在？”

“在和你聊天啊！”

“什么德行！承德一别，音信全无，你就没有歉意？请如实回答。如果没有歉意，那么OK；如果有歉意，何不设宴表达？”

“假小子，都几点了还设宴？”

“对不起，我叫姝然。不才10点嘛。好了，如果你在30秒内不强烈反对，就算是接受邀约了！我就要组团宰你了！”

张长弓无意识地打出几个字：“好，你组团吧！”

发出去这条消息后，张长弓狠狠地打了自己一个嘴巴：“怎么，不看盘了？这么晚了说出去就出去，这是哪条修炼上说的？唉，谁让自己不经大脑就同意别人组团了……不过，契约精神必须得有吧。”

“那就簋街见！你不用梳妆打扮，带上钱就OK。”

“要是不带钱呢？”

“那就KO！”

打了辆车直奔簋街。簋是食器的意思，读作鬼。不过这地方以前真叫鬼街，就是早市的意思，后来改成簋街的，就像王寡妇大街改称王广福大街一样。

路上他想，深更半夜的，咋会那么容易组到团？

果然。他走进大堂一眼就看到了她，单独一人。“组的团呢？”她指了指自己的鼻尖：“全部团员都在啦！”

“哦？你真行，才周五就拿我当周末过啊？”

“被当周末过有什么不好，说明你受欢迎，谁不喜欢周末？”

“这么说咱算是大众情人了？”

“大众情人？嗯，你倒是不缺自信。可是，你见过独自去草原溜达差点喂狼的大众情人吗？”

“这叫生活方式。你不就是笑我姥姥不疼舅舅不爱嘛，我同意，你满足了吧！”

她竖了个剪刀手，同时叫了服务员。

“我本来不吃夜宵的，可被你这一闹，还真饿了，点菜吧！”张长弓说。

“喂，有钱人，咱有团购券，今天是最后一天啊。团餐是不用点菜的，都是事先配好的，一会儿就上来。”

“这样啊，谢谢有好事想到我。古人云，约人吃饭，提前三天叫请，提前两天叫邀，提前一天叫凑，随时电招过来的，那叫提溜。”

“能提溜过来，可见咱是魔法无边啊！”

团餐的配菜并不难吃，他又额外点了一瓶红酒，算作答谢。

吃到将近一点钟，二人走出餐馆后她并没有走向停车场，他有点纳闷儿：“你的大切诺基呢？”

“那是借来的，我自己买车的话，会买那么傻大的车吗？”

“你家在哪里住？我叫辆车子送你。”

“我走路十分钟就到家。喂老大，你干吗不买车啊，那么有钱的主儿！”

“我？”张长弓想了想说，“有车太不自由了，你得时刻操着它的心，太累，我是一个人在战斗，没有什么应酬，也不需要靠这个来提高形象。况且，你怎么认为我很有钱？”

“猜的！”

两人说着走着，走着说着，不知不觉间半个小时就过去了。

“喂，你家不是10分钟就到吗，几个10分钟了？”

她呵呵地笑了两声："都是你话唠，害得我南辕北辙了。"

"那就赶快南辙吧！"

由于方向正确，不一会儿二人就来到一栋旧式公寓，她家就在楼上了。

"不邀请我上楼喝点咖啡吗？"

"深更半夜喝什么咖啡？你懂得真不少啊！"

张长弓坏笑了了两声："还是你懂得多！我说的是字面意思啊。"

"好啦，那就字面吧，晚安了您！"

他目送着她上楼后，又在原地站了一会儿。

手机"嘀"的一声，溜进来一条短信："我看到你还在楼下，瞻仰什么呢？请回吧，我已安全抵达！"

他有些尴尬，被人看到自己的傻了："好的，我也将安全抵达！"

他刚发完短信，手指还没有离开键盘呢就收到了她的回复："准了！"

此后，他每天登录QQ，虽然别人只能看到他灰色的头像，但他却是每天都和她扯几句。这颇有些费时间，但不可否认的是，她的出现给他单调的交易生活带来了一丝亮色。此后他主动请她吃了几次饭后，这种亮色就变成了不可或缺。这是动了凡心了吗？会影响到交易吗？

可能会的。正确的做法是把她打入冷宫，让她直接消失。可是自己不知不觉地习惯了和她网上说笑，网下喝茶吃饭。这太不应该，这是违背交易员修炼的基本原则的。他当然知道这些，但就是下不了手——生活和交易，都是知易行难吧。

他必须承认，和她的交往是快乐的。这快乐的代价很快就来了，他的资金曲线开始下降了。他知道做交易需要有禅定的状态，需要有八风不动的定力，否则就无法专注于市场。不专注了，怎能把稳市场的脉动？

多年的苦修，自己面对盘面似乎能进入某种禅定，可是这"女小子"的闯入，就像牧羊女惊动了禅定。

他翻了翻自己的日记，一边看一边摇头，有时也点头：

1月3日：今晚送她回家的路上，过马路时她无意（？）拉住了我的手，说刚才那车开得好吓人。怎么自己像个毛头小子一样，这无意中的拉手会使自己心里痒痒的？今天做单时头脑很清晰，只两个回合，资金就增加了近3%。如此神勇，是得益于她传递的能量吗？

1月4日：今天晚上刚开始看外盘，心里就想到了她，于是想打电话。我还真得佩服一下自己，虽然心这么想了，但手却没有得逞。

1月9日：今天是周末，晚上她开了辆车过来，说是要出去兜风。一股脑开到了昌平城里，吃了一碗难吃无比的酸辣粉，她却很开心。

1月14日：今天没有她的消息。

1月15日：网上我问她，怎么没音信了？相亲去了吧？她回答说，才两天没联系就这么想我？我真要是去相亲，你会怎么想？我回道：尊重你的人权。她不理我了。伦敦盘面正热闹，我再没理她。

1月16日：发信息过去，她没回复。

1月17日：发信息过去，她没回复。

1月18日：发信息过去，她没回复。打电话过去，她说正在看电影。三个小时了，也没有回电话，有这么长的电影吗？

1月22日：连续几天没有音信，还真有点儿想她了。

1月22日：和她在网上聊了几句，双方都是漫不经心的。有点儿失落。

他复习了一下这些天的日记，做了个统计，结果是，和她交往的日子，包括见面和网聊，做单子的胜率就低。这不是偶然的吧？是她这个牧羊女打破了自己做单的“禅定”了吗？

还真是。

不行，得删去她了，得删去一切能打破禅定的东西了。不过这么决绝，岂不成了不正常的人了？对，成功的操盘手就得与常人不同，说是不正常也行，否则点键成金的富豪岂不是满坑满谷？

对她的一切，我很不了解，我们彼此的故事还很陌生，这时候删去她还伤害不到彼此。她值得留恋，但自己现在还没有留恋的资本，所以只能决绝了。想到这里，他心一横，发出短信说要到外地工作了，以后有缘再见吧。

本以为她会质问的，谁知她的回复出乎意料的简单：“可。”

哦，原来你在人家心目并不算根什么葱，是自己太把自己当回事了。

原以为和她要有一番感天动地的告别演出，谁知预想中的受虐落空后，他倒是来劲了，于是就打电话约她出来吃饭。不过一放下手机，他却抽了自己一嘴巴：这么放不下，还怎么禅定？

她来了，笑吟吟地："要荣归故里了？是父母之命呢，还是阿娇的呼唤？"

他不忍心骗她："我期货股票几起几落，如今刚有些小成，所以不敢不专注了，否则就会功亏一篑，如果这样，你也会看不起我的。"

她有些不解："难道，专业操盘的人就不需要有人陪伴了？"

"这个我一时也说不清楚，反正有大成的人，一定是这样的，至少在修炼时是这样的。"

"最是无情操盘手啊，只操盘不操人。"

张长弓不敢接话了，因为他拿不准她的操字是大写还是小写。所以他顿了一会儿才说道："投机市场是考验人性的实验场，随时奖励人性的光辉，惩罚人性的弱点，所以成功的交易员是经历无数次奖励和惩罚之后才完成蜕变的。"

"别的行业不是也有这样的要求吗？"

"对，只是投资行业的要求更高更具体，奖励和惩罚来得也更快。做盘如做人，操盘手的人品不过关，他做盘的水平和境界就一定上不去，只有德才兼备者才能在市场上长期成功，没有哪个行业对个人修养有这么高的要求。'情场得意，赌场失意。'这句话我们总是当玩笑话说说而已，但在投机市场还真的是这样。所以要在投机市场生存，客观上要求在情感生活和社会活动中，随时检点自己，这样才能专心，不专心马上就得受惩罚。"

她有些不解，问道："交易也能上升到品德层面上来吗？这好像不是一码事哦！"

"我说到的人品，其实只是一个综合的说法，它的内核是良好的性格、涵养和修为，并不一定是指侠义的道德品质。所以可以大致认为交易员的涵养远比一般人好，性格远比一般人靠谱，但你如果要去拷问他们老婆和老妈都落水了先救谁，或者重刑之下会不会出卖自民党的根本利益之类的大话题，就严重地超范围了。"

"你说的这些貌似有理，但能够这么苦着自己的人，是不是就没有人性了？"

“也不能说没有人性，不过也确实得有些反人性的做法。期货市场的奖惩是被杠杆放大了的，所以市场会用倍增的方式奖赏所谓的好人品，比如谦卑自律冷静，同时也会更严厉地惩坏人品，比如冲动浮躁懒惰。由于这种导向，操盘手的好习惯会被强化，坏习惯会被克服。然后呢，好习惯就自然地移植到日常生活中，所以他们的人品也就会越来越好了。你想，如果愿意花时间去琢磨邪的歪的，他哪有时间去专注交易？而不专注交易的人，很快就会被踢出市场的。”

她若有所悟地点了点头：“有点明白了，其实在实体经济里，好人品也会得到正回报，坏人品也会带来负回报，只不过时间周期长一些而已。借用佛教的说法，这些来得太慢，不一定是现世报，更不是现时报。我基本上明白了，并完全支持你的革命行动，祝你成为发大财的机器人！”

说完，她慢慢地喝光了杯中的红酒，大大咧咧地跟他握手话别。

他坐着没动，目送她离开。透过窗玻璃，他看到她掏出纸巾拭泪。原来她并不是不在意。看着她的背影渐渐远去，他的鼻子变得酸酸的，心也早已空了半边——她一定会认为，自己是遇到钻进钱眼里的怪胎了。

回去后，他干脆限制了她的手机号，拉黑了她的QQ。决绝地做完了这些后，他用力拍了拍太阳穴，躺在地板上长吁短叹。

躺了老半天后他自言自语地说，特洛伊英雄尤利西斯怕自己意志薄弱，经不住女妖歌喉的诱惑，便让别人把自己绑在桅杆上。今天自己总算是成功地自缚了一次，可贺吗？难道成功都得以人性和真情为代价吗？

他不敢回答。

敢不敢回答不重要，重要的是接下来的七八个交易日，他神情沮丧不在状态，市场之耳光马上就扇了过来——就这么几天，100多万不见了。

第三十一章　气象交易

他想他的身心需要一次调整了。

次日一开盘，他想都没想就斩掉了全部持仓。

总算是了无牵挂了，出去走走吧。当年在贵州工作时连黄果树都没有去过，现在应该去补补课，去体会大瀑布飞流直下的势能，去思索一下自己遇到的问题了。飞机上有本旅游杂志，他顺手一翻，看到了一个小景点的简介。景点虽小，但一个名字却触动了他，那就是王阳明，真正的佛为心、道为骨、儒为表的心学宗师。阳明先生龙场悟道的地点就在贵州，他出发前并没有意识到，现在无意间看到了，真是缘分不浅。

这么想了一路，下飞机后他已把瀑布的势能忘到了脑后。看了看地图，龙场离贵阳只有几十公里，这种距离徒步最合适。徒步不但能追踪阳明先生的足迹，而且自己也憋得太久了，急需来一场折腾。要了解阳明先生，得买两本书看看，要不到了现场也只能看热闹。到了城里找到一家书店，发现关于阳明先生的书还真多，他挑了《心学》和《王阳明的龙场》。

原来，明朝的龙场驿位于今天的修文县，正德初年王阳明被贬至此，没想到在这蛮荒之地他完成了一个伟大思想体系，之后历朝历代都有大批追随者来此膜拜，缅怀这位思想上和行动上的巨人。这看书一着迷，就挤占了例常的静坐时间，所以他只好杂念纷飞地坐了半个小时就上床睡觉。次日天刚亮他就背上行囊上路了，一路上满眼都是小山包，长得样子还都很接近。路过一个小山村时，一条小狗从村头把他送到了村尾，始终尽职尽责地向他吠叫着。一走过六道拐，远远就看到“修文人民欢迎您”的横幅，路也变得好走了些。走到县城时天已擦黑，他在路边摊吃了两穗烤苞米后就找去旅馆，一进房间就开始读那两本书。

刚翻了几页书，手机就响了，是老潘打来的。他说，最近和陈希希一起参与了一起大宗商品交易，现在形势有些微妙，你帮我分析一下吧！张长弓大致了解一下后说，我今天太累了，再找时间聊吧！

原来这龙场镇就是修文县城。一提到龙场，就会想到悟道。“龙场悟道”是阳明心学形成中的重大事件，若不经过此番大彻大悟，王阳明断无如此境界。阳明先生早期经历复杂，后被荒唐的正德皇帝发配到龙场，正是在这个清静之地，王阳明得以静心梳理过往的大事小情，并结合各派学说寻求其中的必然性和偶然性。苦思冥想多日，终于在一天夜里顿悟，感觉如生天眼，拨云见日，世间万事万物一下子了然于胸。

这就是阳明先生的龙场悟道了。这次悟道，阳明先生到底悟到了什么，这种“道”对投资人有帮助吗？对了，阳明先生本名王守仁，字面意思可以理解成王者也要遵守规则吧，套用现在的话，就是把权力关进笼子，在交易中把下单的权力关在规则的笼子里！如果生在当代，阳明先生一定是投资大家。有人说，投资高手一定得有军人之纪律、商人之精明、诗人之想象、僧人之淡泊。用这些标准来考量，王阳明无疑是一流的。翻完书后他总结道，阳明先生在这几个方面都是有大成者。

军人气质：悟道之后的王阳明在不费朝廷一兵一饷的前提下，选练民兵，平定了大规模叛乱；而南赣剿匪、征广西思田等战役，更是体现了王阳明伟大的军事思想和实际的作战能力。僧人气质：王阳明的龙场苦修是一个高峰，他的基本功从年少时就非常扎实。十七岁时他奉命到南昌与诸氏成婚，可在新婚的当天新郎却失踪了，原来这天他偶遇一道士在打坐，就去向人家请教养生之术，并与道士通宵相对静坐，直到第二天岳父才把他叫回家去。诗人气质：王阳明从小就有诗才，一生写诗600多首，都是大彻大悟的智慧闪光。商人气质：王阳明虽然没有直接经商，但他对商道却有着深刻的领悟，把传统观念中一直视作贱业的工商摆到与士同“道”的高度，并在行事上处处体现着商人的精明和大气。

所以阳明先生的这种修为，如果用以搞投资，一定会有大成。由于注重知行合一，他的学问和事功，都为后人所津津乐道。阳明先生强调知行互为因果、事功也是学问，就像告诉今天的股票期货投资者，不论你是什么流派，只要能坚持思考和磨炼并能持续赢利，都算得上是“大学问”。龙场悟道的发生不是偶然的，而是阳明先生三十年儒释道兼修，加上不断探究的结果。所以交易也是学无止境，不断在境界上提高自己，才能在具体操作中有所作为。

次日一大早他去龙冈山时，还遇到了一处纪念薛仁贵的小庙，原来龙场这地方还和薛仁贵有关联。与龙场有关的还有张学良，少帅半世被羁却能乐观通达，一定是得益于阳明心学。沿着石阶走了半小时，终于到了“王阳明读书处”，这是一块倾斜的岩石跟地面形成的天然空间。阳明先生曾在此研读《周易》，故起名“玩易窝”。这个从玩易窝里出来的智者，终于玩残了一窝小人。时人都说，与王阳明作对就等于找死。

在君子亭下的岩壁上，刻有“知行合一”四个大字，是中正手书。对着崖壁站立许久，他想，理解市场就是“知”，操盘就是“行”，虽然知道并不等于做到，但也不可忽略知道的重要性，知行合一才是投资的最高境界。还有，阳明先生的“存天理，去人欲”之说，套用到投资上，就是“用理性去克服人的弱点”。阳明先生精确地描绘了成功者的心理图谱，“此心不动即为术”，内心的强大才是真的强大，这不正是投资者所需要体悟的吗？

坐在阳明先生塑像下，他详细回顾了自己这段时间交易的失败，认识到这不是技术的问题，而是心性的问题，明白了一切但管不住自己。他也忽然明白了《天龙八部》等武侠著作中，为什么每一套功夫都得配有一套心法。

正在冥想之时，忽见前方扯起一条横幅，是欢迎阳明先生第十七世孙的。不一会儿，在一群年轻人的簇拥下，一位长者来到了横幅旁与人寒暄拍照。张长弓走上前去，听到一个官员模样的人在问："听您的心学讲座，每次都津津有味，偶尔会恍然大悟，但是我工作忙，不能抽出太多时间来修行怎么办？难道要放弃工作？"

老者答道："修行就是修行，干吗要放弃工作？"

"在工作中也可以修行？"

"阳明先生有训，做事即是修行！"老者斩钉截铁地回道。

"一边工作一边修行，也是力不能逮啊！"

"心学必须与实践相结合。如果抛开事务去修行，反而处处落空，得不到心学的真谛，所谓事上磨炼就是这个意思。你要服务群众，就得从具体事情上学习心学。要有一颗无善无恶的心，不能因为个别人的无礼而恼怒，更不能为其巧言令色而高兴；不能因为其不顺眼而存心整他，更不能因为同情对方而屈意宽容他。"

"老师，您做股票吗？心学可以与投资结合在一起吗？"

"可以的。投资也需要事上磨炼，简单说就是要多实践，在纷繁复杂的股市沉浮中磨炼自己的心性，做到动静皆定，泰山崩于前而色不变，麋鹿兴于左而目不瞬，以此沉着冷静，进入'不动心'的境界，坚决执行既定策略。存天理、去人欲，就是克制甚至忘掉自己的喜怒哀乐，在交易过程中克己练心，在应对波动上致良知，那就是最好的事上磨炼，时间久了，自然就会有好的结果。"

……

他一直没有开口提问，但听到这些对话，他心里的一扇门被打开了。

次日起床，腿疼得有些抬不起来，所以就在房间里待了一天，写了一大篇笔记：

这次拜龙场，感受甚好。做投资不容易，磨炼不够或悟道不深的人，是常常会在操作中犯错的。虽然自己的耐心要强于很多人，但由于期货浓缩了人生，也浓缩了对人内在修为的要求，所以成功者甚少。人不可能不犯错，也不可能没有贪念，所以必须用铁的纪律来克制贪欲，通过修身养性来控制无妄杂念，努力使得每一手买卖都能够契合投资的基本“天理”。几个世纪以来，人类的投机智慧本质上并没有多少提升，各路高手都是胜在自我管理能力上的。要想管住自己，首先就得设法把屡改屡犯的坚冰融化。做股票期货，其实许多聪明的人都不成功，可能是因为越聪明的人越自信，越自信的人越容易感官冲动，这样疏忽或失误就产生了。高手之间的差别不是技术，而是投资哲学和境界，优秀操盘手的境界往往堪比哲学家。

傍晚的时候，老潘的电话又来了。

“老张啊，我现在才知道，当时为我的事情花的几百万是陈希希垫的，后来你还给她了。哥儿们，我真不知道说什么好！陈希希说，她也是没办法才收下你的钱。不过这钱我得想法还你。你可能不知道，她现在挂职西山市副市长，据说是镀金待提拔的。”

“那是她的事情，我没兴趣。还钱的事你就不用提了，因为我现在也算小有钱了。哎，你和她怎么搞在一块了？”

“什么叫搞在一块？是她分享了一个赚钱机会给我。事情是这样的，西山市委孟书记谋求升副省级，各方面指标都过得去，唯独环保有些问题，市里现在关停了不少可能产生温室效应的产能。这样，如果年平均气温能再降下来半度，孟书记的指标就完美了。这事儿只有她和少数几个人知道。”

“这跟咱有个球关系？”

“是这样的，降气温是个硬指标，孟书记既然说了，当然就能做得到。这是个非常重要的信息，因为有个环球气象交易所，就是做气候指数交易的，交易标的是城市年均气温，每一个基点100元，每年有四个交割月，现金交割，和股指期货有点儿类似。本地前5年的平均气温是15.20度，孟书记的目标是14.70度以下，这等于是我们预先知道了期指交割价！她说在合适的位置做空就是包赚不赔，并说想让我参与，算是拉我一把。”

“这事儿听来还行！”

“陈希希说，此事不能让任何人知道，当然也包括你。”

他第一次听说还有气象交易所。他更没有听说的是，这些年准期货交易所遍地开花，标的不但有常规商品，而且还有葱、姜、蒜、土豆、萝卜等奇葩品种，姜你军、蒜你狠都是这些平台的贡献。

由于西山当地的持续高温，环球气象交易所XS09合约已连涨四个停板，达到了惊人的15.90度，创有历史记载以来的新高。孟书记有点坐不住了，布置了临时关停都没有奏效，陈希希则下了几千手空单，老潘也用600多万的资金跟进了1000手。陈希希跟老潘说，我们得同进同出，否则就会打乱整体计划，至于交易所那边，我能控制住。

半个月后，老潘的单子虚盈了130多万，张长弓认为趋势还没有改变，于是用一张特意办的叫潘元的身份证开了户，买入XS09合约。真是天遂人愿，他买入后被套了几天后，西山又一次出现反常高温，一举平了前高，所以期货价格就冲上了16.22。眼看九月下旬了，离最后交割日只剩下了8天，孟书记怕升迁节奏被高温打乱，陈希希怕单子被套，两位领导都坐不住了，所以孟书记指示她不惜一切手段降温!

高温还在持续着，离交割日只有6天了，被意外关停的厂子也开始请愿复工。她找孟书记汇报说只有两个办法了，一是人工降雨；二是干预气象观测点。

孟书记点头后，她刚去通用航空安排好人工降雨，天居然自然降雨了。这雨一下就是两天，两位领导都高兴了，因为这样的低温如能保持到最后一天，不用花这几百万来干预年均气温也达标了，对升官和发财都有利。

谁知天不遂领导愿，第二天晚上雨就停了，气温也开始回升，省台预报10天内都是晴好天气。看来只能人工降雨了。哎，这好好的天气怎么又下起来了？再下都要涝了！西山论坛里说，这可能是人工降的，因为有不少人看到了飞机群听到了炮声，这在本地没有先例。老潘是乐意看到下雨的，因为他的空单可以解套了，他对张长弓说。

张长弓想，天呈异象，必有妖孽。省台预报是晴好天气连续高温，这西山市难道是小生境？于是他连夜赶到西山，瞒着老潘直奔通用航空公司。一调查，确实是执行了人工降雨。他佯装要租用飞机，搞清了人工降雨确系陈希希和孟书记的安排，于是暗中采集了不少证据。他打电话问吴小苏，这种荒唐事要不要制止。

她一听是陈希希所为，就立即说一定得制止。怎么制止呢？我父亲现已调纪委工作，如你说的属实，可以让父亲出面。张长弓说再想想吧。没料到第二天，在航空公司“谈合同”的他发现，执行降雨任务的飞机在就绪后迟迟没有升空，打电话问吴小苏，她说父亲已通过正常组织途径制止了此事。吴小苏对制止此事这么上心，其实是为了打压陈希希，他明白过来后，直骂自己迟钝。

眼看只有三天了，接孟书记指示的陈希希安排手下去找气象局，要求适当调整最近几天的观测记录和预报，只要每天下调3.36度即可。张长弓虽然不了解内情，但现在天气实况和公布的气象数据悬殊太大，分明是被做了手脚的。他觉着此事被操纵得离谱，盘面已不可控，于是赶快把单子止损出局，同时用各种方式记录下了气象实况。

倒数第二个交易日开盘没多久，价格就被打到跌停板上！当前室外是34度的高温，日均气温怎么着也得在20度以上。这得弄出多低的平均温度，才能使期价贴水啊！看来有人还在继续动手脚。果然，次日一早他在网上看到，昨天的平均气温只有13度！这太诡异了！更诡异的是，由于这几天的持续“低温”，西山市全年的平均气温正好是14.70度！这是最后交割日，空方最终获胜，陈希希和老潘都有不少赚头。

张长弓并没有纠结于自己的亏损，他只是惊讶于这造假也太精准了。另外，昨天直接打到跌停板上，从成交量推算，得有5个亿以上资金量。这么小一个盘子，怎么可能一下子来这么多资金？这难道是传说中的虚拟资金吗？他把自己的怀疑告诉吴小苏。她说，这还不简单，我托人到银行的结算中心查一下就明白了。

查的结果次日就反馈给他了：那个交易日，这个平台上的总资金也只有3个多亿。

人工降雨、篡改气象数据、虚拟资金操纵市场，这些事儿孟书记和陈希希做得真是太绝了。

确凿的证据在握，他和吴小苏商量后，决定向纪委报案。老潘得知后连说不妥不妥：“得饶人处且饶人。况且，这事儿是我走漏的风声，她知道了还不吃了我？还有，我也是参与者，弄不好得二进宫的！”

张长弓没想到这一茬，所以沉吟片刻后才说：“你说的这些，我都有办法应对，你放心吧。”

“不行，千万不能这么办！”

“老潘，这事儿还真得这么办，不是因为我亏进去的那几个小钱，而是他们的行为太荒唐了！这些贪官一手遮天，真是太可怕了，这次你得先听我的。”

“你真想让我二进宫？而且，陈希希她也是救过我的！你真要这么办，咱这兄弟就没法做了！”

第三十二章　网戒与色戒

环球气象交易所的闹剧结束，该回归交易了。

现在网络上的东西越来越丰富了。网上的世界虽然是虚拟的，但有时比现实世界更诱惑，往往会不露声色地把人诱进无穷无尽的链接里，而这些链接的背后是更多的链接。

这天股市盘整，期货也没有什么动静，趁这个机会，张长弓想上网了解一下市场动向。

谷歌了一下，几家国际大投行都说，国际铜市疲软的主因是中国买家的观望。刚浏览了个大概，就有一个链接吸引住了他，是讲交易与中国古老信仰的，貌似很有高度。刚扫了几眼，更吸引人的标题出现了，是希特勒的一生最信仰什么。点击进去一看，哦，虽然希特勒出身天主教家庭，但他抗拒天主教而接受达尔文主义及泛日尔曼主义。文章正看得津津有味，可突然间……

啊？不对，黑豆怎么一下子拉起来了？还有几千手空单子呢，交易计划中的止损位是多少？该斩仓或者锁仓了吧？就这么一犹豫，行情就冲上去了100多个点，他来不及做任何动作，就被套在里面了。

真是的，这都是在网上瞎逛给害的！

早说过得戒网了，但总是没有行动。那就现在吧！他一狠心，唰唰唰卸掉了所有与交易无关的东西，包括浏览器！要行动就得一步到位，网上的新闻以后也不看了，最多看看交易软件里面的财经新闻。

管不住自己，还干什么大事？操什么盘？

张长弓决意要举报孟书记和陈希希。既然说服不了老潘，就只好偷偷地把证据传给吴小苏。老潘察觉到后铁青着脸找上门来，等他一通发作后张长弓用双手按住他的两个肩膀重重地拍了几下，然后掏出一张身份证递给他说："这是我帮你的办的假的真身份证，从此以后你就叫潘元了，什么希希不希希的都找不到你了。这个叫潘元的账号也归你了，里边还有点剩余价值，算是对你新马甲的支持。"

"你这是什么意思？要我改名？"

"哎，老潘，你以前的身份有污点，放弃不可惜吧。"

"可是……"

"多保重，潘元同志！"

专注交易的日子虽然枯燥但也过得飞快，不知不觉间，时间已进化到2008年。

这一年发生了汶川大地震和绿色奥运，股市的大幅下挫引发期货市场的联动下跌；

这一年，黄金期货上市，但地下炒金还是"方兴未艾"，吵嚷声音最大的张卫星炒金爆仓；

这一年，中信泰富外汇交易巨亏，深南电深陷对赌合约，中国国航、东方航空在燃油市场折戟；

这一年，融资融券试点启动，期市成交创新高，期货市场在恢复中增长；

这一年，老潘的财富大幅缩水，但他的心态并没有缩水，张长弓很为他的强大而高兴；

这一年，过着单调日子的张长弓发现，他的账面上竟然有了7000多万；

这一年还有一个在全国并不显眼的新闻，就是西山市的孟书记和陈希希副市长被双规了，正在走法律程序。

因为他的业绩稳定出色，宏源期货营业部王总多次邀请他去公司给期民讲课，他不好拒绝，所以就讲了两次。和他一起讲课的还有一位投资高手范总。老范身家过亿，但言行都非常低调。老范说，干我们这行业的人本来就少，由于需要高度专注所以大都是索居离群，因此圈外人对我们都不甚了解，说我们是被边缘化的有钱人。

“是啊，”张长弓说，“我们必须把时间用在跟踪市场上，再说，处理复杂的人际关系对我们也没有直接用处，所以咱还是纯粹些好，边缘化就边缘化嘛。”

“我认识一个叫何军的操盘手，专注交易以至于不闻窗外事，他甚至说下辈子就不结婚专心去做股票期货！这人太有定力了。”

“是啊，不过也没有办法。我观察了一下，做交易这个行当，品性太重要了。仅有技术的人即便赚到了钱，迟早也会送还给市场，这是因为如果品性没有真正的超脱和升华，就不会有驾驭财富的大局观。所以，优秀的操盘手一定得克己行事，生活上中规中矩、交易中坚守规则。那些能同时在生活上和交易中都品行端方的人，一定会受到市场的祝福，一定能够实现持续赢利。”

“就是！期货市场奖惩都来得快。不过，你觉得用禁锢自己来换取成功，是不是代价太大了？”

张长弓想了老半天才回答：“代价大不大，每个人的标准是不一样的，同一个人的不同时期也是不一样的。”

他知道，自己之所以要不顾代价地死磕期货，是因为肩上和心里的包袱。为了卸下这些包袱他别无选择，只要能成功，付出什么样的机会成本都行。

坚守和付出总会改变些什么。一个周六的晚上，他静静地复盘这一周的行情，心如止水，好像整个世界都为他静默了。复到了一半的时候，他忽然感觉眼前的窗帘消失了，一个全新的世界出现在自己面前。但仔细再看，这个世界也没有大的不同——原来，这个世界一直都在，从来没有变过，只是自己观察它的眼光更专注了；原来，这块将整个世界挡在外面的窗帘，竟是自己的迷茫和游离，他终于明白了。这算是某种突破，或者……是开悟了吗？

当然不是。随后的交易告诉他，你专注的时候，窗帘就没有了；你不专注的时候，它就又会出来挡你的视线。社会生活中的一切不也是这样的吗？只不过，社会大学判卷慢一些罢了。

这么坚守的结果是，是此后的一年内，虽然不敢说赢利有“必然性”了，但基本上没有亏过大钱，资金增长得很稳定，他暗自为自己高兴。

所以他在日记里写道：

> 有人说，人必有所执，方能有所成有，这是前人总结出来的。所执，就是有梦想有坚持。无数经验教训表明，做投资就是走钢丝，只有放弃世俗念想才有可能成功，虽然你会因此在别人心目中有些不正常，但是你不放弃这些念想，你的账户就会不正常。

可能是自我禁锢的时间太久了，这个春秋正盛的男子难免会想到山下的老虎。人可以彻底禁欲吗？当然他的自制力保证了他能做得到，但年纪轻轻的就自废武功，多不正常啊，所以时常心有戚戚。有时看到窈窕的女子，他会紧张也会兴奋，似乎又回到了盲动的打工年代。有一天他看到一个女孩在前面走，身姿很是撩人，就忍不住跟了上去，一直跟到一条小巷，一直等到人家上楼回家。事后他在原地站了老半天，一种深深的罪恶感萦绕于心，不过那种熟悉的欲望也更加澎湃。已经多长时间了？他深居简出，小狗成了他唯一的伙伴，右手成了他忠实的情人。这样日复一日，难言的孤寂就在心中发酵了。做交易，就得变成这么怪怪的？答案好像还真是这样，不克服人性的弱点就无法登堂入室。

这样单调地做着交易，虽然得到了数钱的快乐，但内心却不免荒凉。家务没人做，乱得还不如学生宿舍，还是找个钟点工吧。据说菲佣干的活不错，所以就打电话让家政公司帮忙找一个。

她来了，和一个中国人一起，她叫玛丽亚，中文名字叫菲菲，那个中国人是菲佣的翻译。由于他的活儿少又肯给钱，所以双方一拍即合，当即谈好每周一次三小时200块钱。试用了两次，他发现这个菲菲还真职业，连抽屉里也弄得整整齐齐，这显然是花了心思的。有时他也会用英语和她聊天，知道她今年28岁，老公还在菲律宾国内。她干活的时候，他偶尔也会打量她两眼，嗯，这个菲律宾姑娘虽是身材娇小皮肤稍黑，但胸部突出臀部浑圆，很有些健康活力。当问她为什么出国做工而不在老家待着时，她回答说，我周边的人都出去打工了，为了生活在哪里工作不都一样嘛！朋友介绍说北京有钱人多，收入也高，所以我就来了。她的英文有东南亚味道所以不太好懂，但人家说得很流利，用词也还准确，他觉着比自己的口语水平高多了，心想这也算是无意中找了个口语陪练吧。

那天晚上她拖了两遍地板后，走过来问还有什么活儿要干？他说好像是没有了，你不用忙了吧……要不，你帮我捶捶背吧？她二话没说，立即就动手捶了起来，手法很是熟练。他由衷地说，你的服务真是职业，值得称赞，其实看你的工作态度，去做别的行业也一定行的。她说，要不是因为家里穷，谁会出国打工呢，做别的我又不会。张长弓一时生了怜悯之心，竟背过一只手抓住她的左臂说，别难过了，有困难可以告诉我。她感动地用右手按在了他的手背上，说先生你真是好人。不承想她的手会有这么大魔力，一瞬间他的头脑就凌乱得发不出指令，但却伸手把她拥入怀里。虽然不是美女，但贴近时她身上的气息却也是别样的迷人，可能是因为他当兵三年吧。她象征性地挣扎了两下就顺从了他的拥抱，他粗重的呼吸和心跳也使她的眼睛迷离了起来。当把她压在沙发上，隔着衣服揉搓乳房时，她知道他已经刹不住车了。揉搓了一阵后他吻上了她的嘴，她则不自主地抱住他的腰，身子也开始扭动了起来。正当二人忘乎所以的时候，他突然停止了动作，静止片刻后说了声“对不起”就慢慢地爬了起来。她抬头一看，发现他的裤子上湿了一大片，自己的裙子也被弄湿了。她什么也没说，只是起身轻轻地拍了拍他的脸，冲他做了个鬼脸，拢了拢头发，就不失礼貌地告别了。

菲菲走后，他感觉刚才太不应该了。这原始冲动能驱使自己出格，从根本上说，还是自控力不够。如果要为自己找点理由的话，那就是苦行僧般地专注市场实在是太苦了，真的要为市场这个天道灭了自己的人欲吗？

可是，不灭人欲怎么办呢？现在找女友吧太分心，找玩伴吧又太费时间，所以……是不是可以让菲菲客串短期情人？从她刚才的反应来看她好像对这事儿并不反感。如果她能同意，自己就可以既不用分心也不必禁锢。只是，她会同意吗？多加点工钱行吗？

一周后，她又像往常一样如约而至，并且一来就开始干活，没有一句多余的话，好像什么都没有发生过一样。她收拾厨房的时候，他坐在沙发上看着她凹凸有致的侧影，早已是心猿意马。终于，她忙完了厨房里的活，他立即喊她过来帮忙捶背。刚捶没几下，他一把就拉住了她的手，同时转身抱住了她的腰。当她的手主动搭在他的肩上时，他的大手就伸进她的内衣忙活起来，她嘴里含含混混地说不要这样，身子却软软地贴上了他。她这一贴激励了他，他三下两下就粗鲁地扯掉她的上衣，解开内衣，急吼吼地吻了上去。她一下子瘫软在沙发上闭着眼睛，嘴巴微微开合翕动着，双手紧紧地环着他的腰。当内裤被扯下时，一直瘫软的她忽然推了他一把说请稍等，然后光着身子爬起来从包里摸出一包套套："我知道你想要，为了不让你担心意外，我来之前就准备好了的。"

一番肉搏后，轮到他瘫软了。平静下来后他道歉说自己刚才太鲁莽了，没想到她柔柔地拉着他的手说，张先生我喜欢你，我很高兴你能喜欢我，真的很高兴。张长弓半梦半醒地躺着，菲菲则一直在他身上摩挲。没多久两人就开始第二次折腾，这次他的动作舒缓多了，近一个小时还没有暴风骤雨，但她的动作幅度却忽然大了起来，喃喃地说张先生您快点好吧，我还有另一家的活要干呢，再晚就迟到了！

这月结工钱的时候，他多给了她1000，菲菲有点不好意思，但还是收下了。

连续几个月，两个人每周都重复这同样的事情，他没觉着有负罪感。因为这完全是原始的满足，并没有什么牵绊，所以不但不会分心，而且心态还因此更稳一些。虽说这算不上多光彩的事情，但是这样似乎并不损害别人的利益，况且，她在这个过程中好像也挺享受的。所以他认为，和她的这种关系舒缓了身心，也没有破坏专注和禅定，虽然只是"花和尚的禅定"。禁锢的生活加上这么一种色彩，他似乎更安心了。

这种色彩在他的小屋里飘了一年多。菲菲每周都如约而来，虽每每跟雇主加特别班，但家政的工作量却不曾稍减，真是敬业，怪不得菲佣能誉满全球。这是一种特殊的平衡，他日以继夜地看盘做单，身心却能通泰旷达。在这种别样的平衡中，他的账户在慢慢地长大，速度虽不太快，但稳定得连他自己都不敢相信。

这天是周末，菲菲说老公从菲律宾来北京了，要请个假，张长弓说没问题。放下电话后他无聊地想，这菲律宾哥们儿跟自己算是什么关系呢?

家里现在其实并不需要打理，菲菲不来他只是觉着加不了特别班而已。今天没有交易，全世界都在休息，咱也偷得半日闲吧。

没有具体的事要干，他随手搬来几本旧杂志，懒洋洋地卧在沙发上，翻到哪页算哪页。沙发虽破，杂志虽旧，但既无市场之乱耳，又无交易之劳形，卧之读之，快乐何似!

翻完了杂志，他在手机上又读了一遍小裴原创的诗：

悬崖上的花越芬芳越无常，
在云中黑色的海洋，
蜘蛛在意味里洗淌。
没有北的北方，
前世的故乡。
罂粟花开在手机上，
卑微风身穿过隧道的流浪，
什么才是最后的信仰。

他连看了两遍，颇觉无法置喙。这个小裴也怪，这几年怎么会进化得如此深邃，不再是那个呆呆的民科工程师了。

小裴前天在电话里说，自己还有更大的进化计划呢，就是做一款投顾机器人，名字都想好了，叫君阳，就是祝君天天阳线。

换好2010年挂历的时候，他盯着地上的老挂历，有些感叹时之易损、年之难留。这一年，由于4万亿的刺激，证券市场涅槃重生，上证指数摸高3478点。之后政府又陆续出台了区域振兴规划，于是“炒地图”成了常态，这么一路炒过，赚钱效应不断显现。到了2010年，资本市场推出了不少政策创新，甚至融资融券的获批，就一度被市场解读成利好。但投资者不曾想到，获批当天的指数竟是全年的山顶。

这年4月，股指期货正式推出。股指期货是天然的做空品种，况且当下股市又在一个相对高位，所以他开始尝试小单量做空。方向是做对了，但没想到一大波跌势席卷两市，自己因仓位太轻而没赚到多少。等到他重仓出击时，不想获利盘汹涌而至，堪堪地把价位推高到他的止损位。之后，股指回稳并长期盘整，眼见机会不多，他只好重回股票和商品期货。

还是熟悉的品种胜算高，所以年末的时候，他的资金已突破亿元大关。虽然这点资金在市场里只能算个大散户，但他终于敢对自己说他的赢利是“有必然性的”，与以前误打误撞搏来的那些钱，性质是有霄壤之别的。

这几天股市成交清淡，他关注的几个期货品种都没有行情，美盘也是牛皮盘整，市场乖得让人没有脾气。一松弛下来，他就会想起公司还欠着“优先股”资金两千多万。虽然小裴和高丽春都告诉过他，这些事情从法律上与自己已经没有关系了，但他觉得这就是一笔实实在在的债务，哪能运作一下就抹了呢。这些年来，公司的许多事情他都是稀里糊涂的，因为不方便了解，而且了解了也没用。现在手里有了些资金，数量也足够，是时候搬掉心头的那块石头了。

第三十三章　吉芬品

想到这里，他当即关上电脑，拎上行李直奔机场。

由于走得匆忙，他没有来得及订票，那就撞到哪班算哪班吧！一出门他就打电话让高丽春通知现任董事长，心想他不在也没关系，可以先回老家住几天。

只有头等舱了，价格两倍都不止，他虽然没有这个消费习惯，但也没有犹豫：2000多，在盘面上只是一个小小的脉冲而已。

头等舱果然待遇不同，在柜台上刚买好票，立即就过来一个戴船形帽的姑娘把他领到了贵宾室。嗯，这是第一次坐头等舱，虽然自己不止一次有钱过。以前他想都没有想过头等舱会跟自己有什么关系，反正又不会先到。

飞机一落地，大家纷纷打开手机。虽然，按规定这时候是不能开机的，但大家都开机了却也没人干涉。既然规定执行不了，干吗不修改呢？其实现在许多法规都是这样的，所以每人都在无意识中犯规甚至犯法，但通常情况下没人会跟你较真。这种文化是不是可以这样理解：如有必要，完全可以按需找任何人的麻烦？

短信的滴滴声打断了他的胡思乱想，是受命接机的司机发来的。他有点儿不习惯。做了这么多年的孤魂野鬼，他对接机之类的礼遇已然陌生。

赎回那些“优先股”，绝不是一时之想，他出走那天就下了这个决心。赎回其实就是还债，因为他对投资者一直心存愧疚，虽然，负疚感这东西现在已是稀缺品。当然，也可以溢价买回部分股权，然后让公司用这笔溢价款来还优先股。

他所了解的情况是，自己出走之后，公司在即将崩盘时是黑叔出面才暂时稳住的；之后，有一笔意外的资金进来，公司算是免予被清算，个人也免予被追刑责；再后来，公司重组时进来了一个大股东，就是现在任董事长。

正想着这事儿出神呢，司机轻声提醒道：“张总，我们快到地儿了！”

车窗外出现了一家酒店，这酒店以前似乎并不存在。董事长亲自在门口迎接，陪同的还有好几个人。到套间里一番寒暄后坐定，张长弓正要开口提正事，一个女人走了进来，他一下子惊呆了，嘴努力地张了几张，但说不出话来。

是吉芬！

董事长并没有注意到他的诧异，而是介绍说，这是公司的第二大股东吉芬。他机械地站了起来，吉芬一边对董事长说我们是老同学了，一边趋前和他握手，不见一丝凌乱。想必，她也是为股权的事来的，只是她怎么成股东了？她和这事儿怎么扯上关系了？

除了吉芬外，没有人察觉到他心有问号。当董事长征询的目光投向他时，他的思绪马上回到正题上，稍做思量后说自己想赎回剩余的优先股，或者溢价收购部分股权，溢价的倍数可以商定，只要溢价部分能覆盖当年的优先股债务即可。原因呢，一是对自己创办的公司怀有感情；二是想通过这个渠道还掉当年的债务。董事长首先表示感谢，然后又征求大家的意见。大家问了细节后都没有异议，并且当场商定了2.8倍的溢价。当董事长吩咐主管财务的吴经理办手续时，吴经理有些犹豫：董事长啊，这么多钱要用于还债，账目上怎么走呢？是分红还是应付账款？好像都不对劲啊！董事长白了他一眼：“你就喜欢摆弄这些破词儿！反正是张总投入这笔钱来处理问题，怎么走账那是你的事。这么一件好事，你也能想出问题来？”吴经理赶忙点头称是。

看到吴经理的尴尬，张长弓解围道：“这事儿真是麻烦您了！其实我也想过找到投资者当面还债，但后来一想，这是公司所欠，不是我的个人行为，所以让公司去还显得更合理些；再说，虽是还账，我还是有些不敢去面对，毕竟都这么些年了！”

董事长安排去大富豪酒家为他接风，这是本城最好的馆子，曾经那么熟悉。但他因为担心碰到熟人，就坚持说在楼下随便吃点算了。

饭桌上军人出身的董事长带头喝酒。酒不错，张长弓好长时间没这么放开喝了。吉芬不喝酒，她一直忙着给大家服务，比服务员还殷勤，脸上始终挂着那种社交式的微笑，这笑容他以前不曾看到过。

失联多年又遇到吉芬，他大感意外，做梦也想不到会在这种场合重逢。他越想越觉着蹊跷：吉芬竟然是公司的第二大股东，她怎么这么有钱？怎么会和自己的公司有这么深的渊源？他越想越不明白，于是拿出手机，想打电话问问小裴。刚找到号码要拨时，一个本地电话打了进来了，是高丽春。由于大股东换人，她现在降职成出纳了。

“你们谈完正事了吧，我现在去找你？”

十几分钟后高丽春出现了，和她一起来的，还有谷雨的好友冯闲云。一见面高丽春就说：“你们今天敲定的事情我都知道了，我一直相信会有这一天的，老同学你太争气了！不过呢，钱这种债容易还，但你要想还清冤亲债主的所有欠债，就必须要断恶修善才行。”张长弓一边给她倒茶，一边点头称是，心想她怎么也佛气十足呢。

“真凑巧，吉芬前几天回来了，你们缘分不浅啊。唉，吉芬挺好的一个人，就是波折太多，你可能不知道，胡三龙已经去世了。她刚跟我打电话说，你和史玉柱的情况差不多，都是因为对自己有信心，所以不愿留下历史污点。因为有还债的决心，他的巨人集团才一直没有申请破产，不破产就是不愿逃避债务。”

“可咱这公司本来就不规范，想申请破产也不容易啊！所以咱这是无意间效仿了史玉柱。”

高丽春点了点头：“你是什么样的人，大家心里都明白着呢。好了，咱不说这个了，我跟你说说吉芬的事。其实这些年你最对不住的不是你娘，也不是股东们，而是……”

见她顿了一下，他心里已经明白了七八分，但还是问了一句，是谁啊？

“你真不知道？”

张长弓一进语塞，窘得双手捂住了脸，脑袋几乎碰到了大腿。

“老同学啊，吉芬和你的事情，村里的人都知道，不过她为你做了些啥，只有你是最不明白的了。你去西藏避风头那一次，还有前几年公司快要倒闭那一次，你知道最后谁给堵的枪眼吗？是吉芬！”

“啊！？”

“啊什么？那个神秘的投资人其实就是吉芬，只不过她是委托别人代持的。所以我说很多事儿你都是最后一个知道的，你说你有多不长脑子啊！要是没有她投进去的那些钱，咱们几个都可能进局子！”

我真糊涂！张长弓瞪大了眼睛木木地说：“我怎么连想都没想到过呢？”

高丽春喝了一口茶，脸上忽然出现了笑容：“真是善有善报啊，她当时为救急投入的钱，现在都快翻番了，因为不但这两个厂子活了，光地价就涨了两倍都不止！”

张长弓的眼睛瞪得更大了。高丽春敲了敲桌子说：“别瞪眼了，还有更大的事呢，你找她说去吧！”

这句话犹如一个键盘命令，瞬间就把他大脑里无数个信息碎片激活了——吉芬，神秘股东，富商胡三龙，深圳，香港……又一个瞬间后，这些碎片无缝地缀合在了一起，一切都有了合理的解释。

瞬间到来的解释把他的视线扭向了天花板，时间似乎窒息了。等他的视线回落到地板上后，一直没开口的冯闲云说：“由于谷雨出事儿，我也被迫从电视台离开了，现在和高丽春是同事。谷雨出来后满是自责，可我敢保证，她婚后肯定没有做对不起你的事儿。”

“她现在呢？”

“她觉得没脸见你，所以就咬牙去法院起诉离婚，你算是缺席。判决下来的当晚我一直陪着她，陪着她哭得死去活来。她不止一次说，失去长弓，三十岁的我已是垂暮了！现在她去了加拿大，是和马超汉一起去的。”

“马超汉？”

他的眼珠子都快要蹦出来了，嘴唇当即就咬出了血。

许久，高丽春侧过身来拉了拉他的袖子说，别发傻了，你娘和长娟现在都在城里，所以你就不用回村里见她们了。没等张长弓的表情变成惊讶，高丽春拿出手机就拨，开口只报了个房间号就挂掉了。

几分钟后娘和妹妹出现在了门口。娘一进门就说：“长弓你什么都别说了，回来了把人家的账还清了比什么都好，老张家总算抬起头了！”

虽是几年没见，娘和妹妹还是坚持不让他回村里，说是见了面就好，你现在时间紧，下次再回家吧。他从北京走得匆忙，没给娘捎什么东西，所以就打开包把随身带的三万块钱塞给了娘。娘也不推辞，示意让长娟接了这钱。因为她老人家知道，他现在不缺钱了，而长娟的家境现在还是不行。

娘掏出手帕给他擦了擦脸，又拉住他的手说：“你怎么瘦了？现在有钱了，多吃点，买几件好衣服。你怎么还没有二孬穿得好啊？还有你得赶紧再找个媳妇……”长娟打断道：“娘你就别说了，俺哥都四十多了，他啥不知道！”娘说：“你们不管几十多了，也是孩子啊。”

张长弓呆呆地看着她们离开，自己回到房间后，才忽然明白高丽春她们为什么这么快来，又这么快要走了！

他立即给吉芬打电话。这号码还是中午吃饭时才交换的。

吉芬的口气很平静：“我也在这个宾馆里住，你有空的话欢迎过来。”

吉芬房间里还有一个男孩子，瘦瘦高高的，一副中学生模样。一见面，吉芬就对孩子说：“弘弘，这是你张叔叔。”孩子只一句叔叔好，转身就要走开：“我去网吧看个东西，你们说完话电我哦！”

吉芬拍了孩子一巴掌：“这孩子就跟网吧亲！”

两个人对坐，一时找不到话说。她似乎有些局促，他更是不敢正眼看她。

房间里静得可以听到隔壁的私语。在这寂静的空间里面对着吉芬，二十年前的数据库忽然找到了密码，一串串的数据争先恐后地弹跳出来。

其实中午吃完饭后短短的几分钟内，他还为单独见吉芬设计了台词的，可在这真实场景下，他却忘记了那些词儿。他有点生自己的气了：做股票期货时间一长，经过交易纪律的反复洗脑，情商都进入下降通道了。

搜肠刮肚老半天找不到台词，末了却突然冒出一句没经过大脑的话："吉芬，我得给你鞠个躬！"说罢立即朝她弯腰施礼。

吉芬显然没有料到他会这样，心里想笑眼里却泪水盈盈，于是赶快背过身去说："你干啥哩，出啥洋相！"

他尴尬地搓了搓手，再也找不到一句应景的话了。

吉芬慢慢地转过身子："多年不见，讲讲你自己吧，过得还好吗？"

"还行吧，我之前的事可能你都知道了，总之是九死一生，好在算是活过来了，这些经历我都不好意思跟你提。"

说这话的当儿他才抬头看了看，感觉她既熟悉又陌生，不见当年的青涩，也没有大股东的矜持。

"快别说得那么惨了，我知道你行的。一个有能力有品德的人要是不行，这个社会也就太不行了！"

"你这是批评咱哩，咱有啥能力啥品德啊。"

"哎，还不好意思了！好，咱不说这个了！谈点正经的吧，我知道你现在赚了不少钱，这次主动来还良心债，就说明了你的品行和实力。老实交代，你这钱是怎么赚来的？"

吉芬果然不凡，只一小会儿情绪就过来了，话儿也开始鲜活起来。他于是也收起木着的脸，把这些年的经历跟她大致说了一遍。当听到赚这些钱主要是靠期货时，她有点紧张了："你是靠赌方向发财的吧？我身边炒期货亏损的人太多了。你要是这么赌来的话，劝你收手吧，千万不要再赌了，多吓人！"

"不是的！"他认真地说，"我现在做期货是有真东西的，赢利是可持续的，因为……"

吉芬听完他对投资的理解和修炼，抬起头认真地看着他说："这样子啊，你也太厉害了，大亏后还能站起来，并可以修炼到持续赢利，真没有几个人能做得到！对了，还是我的判断厉害吧，我说了你行的嘛！"

"其实我也是背水一战，为了赢利就必须得逼自己，这是没有退路的事情，好在上天没有抛弃我。"

"你真是百炼成精了，可我做不到，不知是经验少还是智商不够。其实呢，我这些年也一直在做股票，期货也做过。不过我一直是亏多赚少，幸亏投入的少，还没有伤筋动骨。”

“这跟智商没有什么关系。我问一下，你是怎么选股的？”

“我主要是听消息，因为和几个上市公司熟悉。不过，我觉得听消息炒股好像不行哦，即使消息事后被验证是真的，几个回合的洗盘下来你也不信了，也就扛不下去了。”

“经验之谈！我对这个最有感触了，只有把跟风的人吓出来一批，行情才会真的启动。所以真正的高手大都不会打听消息的，即使来源很正的消息。其实，如果消息属实，也不过是主力当时的作战计划，但行情能走到哪里他们自己也保证不了。有些人预测得很准，但操作总是失败，这是为什么？当然了，如果谁能保证在什么时间走到什么位置，傻子也能赚到钱，但不管预测者还是市场操纵者，都无法为别人保证什么，因为他们自己也得面对各路神仙。零和游戏就是这么个要求，市场一定得用各种办法证明大多数人是错的。”

她赞许地冲他点了点头，然后问道：“那你是怎么做得到持续赚钱的？”

他缓缓地回答说：“管不住市场，但可以管住自己。但是你知道的，管住自己很难很难。”

“这就是所谓的修炼了吧？”

……

两个人越说越热闹，老情人重逢竟成了投资交流，不过这样也好，全然没有了刚见面时的生疏。谈起这个来，张长弓的词儿就前仆后继了，这些词儿在吉芬的配合下把时针推向了七点钟。她打电话叫孩子回来吃饭，小伙子回答说这么晚了才想到叫我？我等不及了刚在网吧点了碗面。吉芬轻轻摇了摇头：“这孩子一玩起来理由就多了。”

这个电话终止了两个人即兴的投资交流，他说：“都这么晚了，我们吃饭去吧？”

“好的，我们去找农家饭吧，酒店里的东西不好吃。”

酒店大门不远处停着一辆三轮车，二人相视一笑，跳了上去，让车夫往城外方向走，一直到了环城路口，发现有一家红薯面条小店才下车。他们进去叫了两碗，不一会儿面条就上来了。吉芬先是凑上去闻了闻，说还真有一些童年的味道。张长弓大呼过瘾，很快吃完后又加了一碗。饭后两人顺着来时的方向往前走，不几步就看到了一片麦田。一站在田埂上，马上就感觉到跟城里的不一样，空气中似乎多了些水分，各种不知名的虫子在卖力地聒噪。不过这些叫声中好像少了当年的蛙鸣，这些年环境变化太大，连青蛙都没有立足之地了。

“吃了老家的饭，想到小时候了吗？”

“当然。”

“这些年，我知道你不容易。”

“吉芬，我想跟你说点真心话，这些年来我没有主动联系你，是不敢打扰你。其实对你的愧疚一直存在于我心里的某个地方，并不时地刺痛着我，提醒着我。我知道，这种愧疚不是金钱能消除的，尽管这些年来我满脑子都是钱，而且经常设计怎么用钱补偿你。到现在我才知道，你一直并不缺钱，但你却历尽了另一种磨难，这种磨难比缺钱更不好受。”

吉芬偏过头来瞟了他一眼，并不接话。当然，黑暗中他没有察觉她表情的变化。

看她半天不说话，他伸手轻轻推了她一把，她还是没有反应。他不知道自己说错了什么，更不知道怎么安慰她，只好接着说：“这些年随着财运的好转，我越来越感觉到许多问题是钱解决不了的，人只有缺钱时才会认为钱是无所不能的东西。我现在最大的遗憾是人到中年，却没有一男半女，所以我是很羡慕你的。”

她还是不接话，只是停下了脚步，抬起头直直地望着星空，许久许久。看着她安静的样子，他不敢再说什么了，只好陪着她客串仰望夜空的雕塑。今晚的天幕很纯净，挤挤挨挨的星星像是天幕的底纹，上面隐约着一道银白色的主线，那就是银河了。看到脖子疼的时候，他侧过头来看看吉芬，发现她还是纹丝不动，只好揉了揉眼睛又继续看。这次他看到的星空更深邃了，更黑白分明了，极像一副围棋残局，无数棋子撒豆成兵，中间有着无数个眼儿，这块棋是谁也提不走的。一时间他有些恍惚，仿佛忘掉了吉芬的存在，喃喃自语道：“星星上真的有人吗？他们做投资吗？他们有悲欢离合吗？”

她似乎一下子被惊醒了：“你在说啥呢？神经了？”

“要是真神经了就好了！”

“我看你基本上达标了。”

“你是怎么想到投钱救这个公司呢？你不怕钱收不回来吗？”

“说这干啥，这不收回来了嘛，真收不回来也死不了人。”

“吉芬……”他自知说错了话，所以声音一下子低了几度，“其实我上高中的时候就喜欢你，但我不敢跟你说。那时候每次听见你的声音，心里的那个我就奋不顾身地奔向了你，但现实中的那个我却连一句话都不敢多说。记得高二那年暑假我在外面乘凉，无意中看到你从家里走出来，披着湿漉漉的头发，白裙飘飘，那一刻，我好希望时间能定格。后来我在工地干活的时候，你去看我，说是正好路过，我那时候傻到相信你真的是路过。上大学后我反倒变得更傻了，都不知道自己做了些什么。再后来，你知道的，一切都太晚了，我没有机会了。”

她把脸转向他，等着他说下去。

“是啊，在大学里那些年其实我什么都没想明白，包括和你的关系。到了大二，我懵懵懂懂地做着校园小老板，还以为是你不愿跟我联系了呢。在深圳的那几天，以及后来的那件事情，是我太缺心眼了，没有认真想过你的痛苦、你的未来。现在每次想到这些就后悔得不行，你为我付出太多了。多少年了，我一直想当面说一句对不起。”

听到这里，她故作轻松地拍了他一下：“都是些旧事了，提它干什么呢？”

“真的，我欠你的太多，这终究是不能忘记的。但我不知道怎么才能弥补。”

吉芬打断他说：“快别说什么弥补不弥补的，我哪受得起！当年的你比现在傻多了，你那点小心思我当然知道，但没办法，那时候感觉与你的距离太远，不敢影响你读大学。其实那是我最无助的一段日子，那时的我就是一只不知到哪里越冬的孤雁，没有御寒的羽毛，没有头雁的引领。”

“是我不好，我都不敢相信我当时咋那么自私。”

“其实也不是。我心里很清楚之所以你当时对我关注不够，是因为一个服务员和一个名牌大学生之间的差距实在是太大了，我理解。虽然我心里对你一如既往，但却不敢让你知道。我自己天天都在左右互搏，我有多矛盾，你不会知道的。”

“是我太笨，年少轻狂大大咧咧，不知道换位思考……”

吉芬又一次打断他说：“你考上大学我也感觉有面子，似乎跟我也有关系似的，那时候上大学的人少，谁不仰慕啊。但我只能和你保持距离，那一层纸一直恰当地隔在我们中间。直到那一次你去深圳炒股票，那层纸一下子就被击穿了，我知道你当时并不想真正接纳我。我知道，但我愿意，我什么都愿意。”

他又不知道该说什么了，沉默了好一会儿才低下头说：“那是我长这么大，做得最混蛋的一件事儿。”

他明显地感觉到吉芬在黑暗里瞪了他一眼。他还没有来得及反应，吉芬又说道：“但是无论我走在哪里，你都牵动着我内心的阴晴圆缺。我不知道该怎么办，只有暗中更关注你，更愿意你好，但有时感觉你飞得太高太快了，真希望你能停下来，或者受点儿小教训什么的。后来呢，后来又发生了许多事儿，有些你知道，也有些至今你还不知道。”

他很想问那件至今自己还不知道的事情是什么，但终觉有些唐突，只得接道：“对不起，你去学校里找我那次，我没有任何思想准备，我不知道该怎么办，后来你单独把事情扛了，又很快嫁了人，从此我只好把对你的歉疚深深地刻在心里。从那件事情后，我错误地认为你恨我了，所以决意要疏远我，以为你和我再也不会有交集了。不过我一直对自己说，将来你如果有什么事儿，我会义无反顾地迎上去，不管什么情况，哪怕付出生命都行。这是真心话，我一直这么告诉自己。”

吉芬听到这话转过身来，抬起头沉默了几秒钟，忽然身子一歪倒在他怀里，任由泪水吧嗒吧嗒地滴到他肩上：“你还记得我啊！”

“那当然！”

“真记得？”

“真的真的，说假话是小狗！”

“还是小时候的骗人话，到现在都没有升级！”

他不知道说什么了，只好干笑了两声。

“其实……其实你在工地上干活的时候你就是我的唯一心愿了，我从来没有想过要一个多么成功的人，我只是想找一个我愿意为他奋不顾身的人。我知道你就是这样的人。只是当年的我太自卑，所以还是我错了……”她断断续续地说着，声音小到几乎听不到。

“不，是我错了。”

“不是……”

快两点了，他还没有一点儿睡意，于是拿出日记本。

高丽春今天说的好像不止一个意思。她到底要说什么呢？没明白。

吉芬说还有些我不知道的事情，到底是什么呢？没敢问。

这次回来，经历了太多意外。封存的黑白旧照，居然一下子变成了彩色。看来，陈年旧事无法被埋葬，它一直都存在于某一角落，会在适当的时候自主复活。

原来公司两次出事，背后那个神秘的支持者竟然是她！我怎么想都没有想过？

我亏欠她的越来越多了。

可是，她怎么那么有钱？应该是老胡留下的吧，是的，应该是的。如果这样，支持我的钱就是来自她的亡夫，我这算是无意间吃了大软饭啊。

一时间，感恩、愧疚、悲哀、激动、郁闷、伤感交织在一起，只有长太息以掩涕兮。

长吁短叹中他想起了李敖的一句话：爱情突然中止，一方突然离去甚至死亡，其实是最美的结局。那时他认定事情已经走到结局，已经定格了。李敖真是混蛋，混蛋才需要这种凄美。

年少时的感情算爱情吗？他不确定。那个香港人老胡，老胡的孩子，老胡的钱……又是一声长长的叹息。无论怎么说，自己还是欠她太多了，黑夜里看不清她眼里装载的泪水，却能感受到她浓缩了多年的苦痛。

自己在股票期货市场里混迹多年，终于明白怎样等待机会，而不能因为手痒而临时起意。人生的道理，也大致如此吧。那时候自己以为什么都懂，但在娘的眼里却是一个需要呵护的孩子，在黑叔眼里是一个读书太多的半残疾，在吉芬眼里是个不成熟的大男孩。投机是疯狂的抢钱游戏，作为一个小小的持续赢利者，自己似乎对钱已经麻木，对生活也越来越淡漠。他真真切切地感受到，成功的操盘手必须得把自己修炼得摆脱了人性的弱点，只是，这么下去，自己还是正常人吗？纵然拥有了全世界，但最终丧失了自己，又有什么意义呢？

几轮辗转反侧，几通胡思乱想，躺在精致的床上他却如芒刺在身，于是索性披衣下楼。

没想到的是，一出电梯口就发现吉芬坐在小吧里，面前搁着半瓶红酒，一包香烟。看到他走了过来，她下意识地把烟挪到椅子上，动作虽稍显慌乱，但语调里却不带诧异："明天就要走吗？"

"对，要走，我那边还得做交易。"

她慢慢地给他倒上一杯酒："真的有做投机长期赢利的人吗？"

"当然有，有人持续赚了十多年。我这算是小打小闹，持续时间也不够长，比我牛的人有的是。当然，成功者的比例还是很小很小的。"

她自顾自地抿了一口酒问道："你觉得你会永远做这个吗？"

"应该是的吧，干别的咱也没优势。"

她面无表情地说："那就好，我看好你。"

"你的生意做得这么好，我更看好你。"

"其实没什么，中国人爱吃，所以生意好做罢了。"

他想问问那些自己不知道的事情到底是什么，但嘴张了几张，却终于没敢开口。

于是两个人都不再说话，只是慢慢地喝酒。喝完第三杯的时候，吉芬大着胆子把烟拿出来点上一支，他也伸手取出一支点上。

"好，早些睡吧，明天还得赶飞机，有空我去北京看你。"

"好的，我等你。这次别是顺路啊！"

吉芬白了他一眼，独自上楼去了。

整个飞行途中，他所有的思绪都集中在吉芬身上。她隐形关照了自己这么多年，就算真的是用老胡留下的钱又怎么着？自己是不是太小气了？可是……他一边想，一边点头摇头，得亏旁边的姑娘一直对着杂志较劲，没有注意到这位怪叔叔。

回到自己的小窝里，一放下行李他就从冰箱里拿了瓶啤酒灌下，然后才给娘打电话报了平安。洗把脸歪在沙发上，满脑子又都是吉芬，越想越乱，越乱越想，直到脑袋里糨糊一团。

次日一早菲菲就来了。他才想起来，今天是她来干活的日子。开门的一瞬间，他想自己不再需要菲菲了，干这活和干那活都是。

菲菲一来就张罗着干这干那，他则像个木头人似的歪在沙发上发呆，没有像往常一样和她练英语。干完活后，菲菲解下围裙洗好了手，走到他身边说张先生你好像刚回来哦，他说是。菲菲抱过来的时候他躲了一下说，我老婆要来了，我不能继续请你帮忙了，我会给你一万块钱作为违约补偿的，对不起啦。菲菲倒是很痛快，不但说没问题而且还表示违约金少一点也可以。说话的同时她拿起茶几上的纸笔写了一行字，说这是我的邮箱和菲律宾的电话，张先生您是好人，如果需要，任何时候都可以联系我。

他有些感动地点了点头。菲菲又凑过来抱他时，他没有拒绝，两个人滚到床上来了个告别秀。完事后他感觉心里怪怪的，好像是在自责自己“出轨”了，出谁的轨呢？想到这里，他慢慢地推开光身子贴着自己的菲菲，她什么也没有说，只是在他额头上轻轻地吻了一下，穿衣走人。

听到她的脚步声越来越弱，他真的后悔自己“出轨”了。人在日常生活中控制自己太难，做投资也是如此，知道一切却管不住自己。

这几天他没有做单，因为他知道，心情指数大幅波动是交易的大忌。

一晃两三个月过去了，他虽然一直在琢磨和吉芬的事儿，但两个人的关系却并没有升温。

一个周五晚上，吉芬打电话说她在北京，住京华大酒店公寓。去酒店的路上，他又想到了老胡和老胡的钱。快下车的时候，他对自己的太阳穴擂了一拳，告诫自己少想这些混球东西。

公寓的专用电梯设在负一楼。她在电梯口候着，领他上楼后掏钥匙的时候他才注意到，左边的墙上挂着一方精致的铜牌“吉芬餐饮管理有限公司”，原来这里是她的公司啊。

进屋坐定，几句寒暄后他就主动切入正题：“吉芬，这么多年，你一直暗中支持我，不知道是因为你太傻了，还是我太糊涂了。”

她抬头看了他一眼，若无其事地说：“没什么，每一个成就大事的人背后一定得有一个傻子，你背后的傻子碰巧是我而已。”

“感谢上帝送给我这么一个傻子，可我更傻，差点把你弄丢了。”

“这么大一个人哪会丢哦！不过说你傻，倒是真的。举个触及你灵魂的例子吧，你别生气！”

“没事儿，你就赶快触及吧。”

她想了一会儿才轻声说道：“你一定认为我投进去的那些钱是老胡留下的，所以怕别人戳你的脊梁骨，是吗？”

还真被她说中了，他在心里偷偷地点了点头。

她显然感知到他的点头了，于是揶揄道：“看你这小心眼！其实我的那些钱，大都是连锁店积累下来的，你想不到咱也挺能干的吧？老胡当年是留了些财产，但主要是不动产，他的遗嘱里说明了是给孩子的，不可擅动。你可能不知道，他有数不清的直系要求分遗产，我不和他们争，因为我觉着争这种钱是一种不自信。”

“原来是我小气了！虽然咱也算是吃了软饭，但毕竟这软饭的品质还不错，心里的疙瘩小了一大半！”他的眼睛一下子亮了起来。

“什么软不软饭的，别说这么难听！你的这种想法其实是你内心的大恐惧。不过我还得感谢你，因为我投的那些救急钱后来翻两倍了，这叫福报吧！上次我真的没想到会遇到你，但我相信你迟早会还掉这块债务的，虽然法律上与你已经没有关系。我上次回去，本意是想找个机会把股权卖了收缩战线，可做梦也想不到会遇到本尊哦……”

张长弓突然打断了她的话：“哎呀哎呀，你的名字太不一般了！”

她被吓了一跳：“干吗这么激动？我的名字怎么了？这是俺爹妈给起的，他们根本就不识字。况且村里叫芬的至少也有十个八个的，从几岁到几十岁的都有。”

“不是的，我说的是吉芬，不是张芬米芬司马芬，我说的是吉芬商品！”

“我的商品？”

“还真是你的商品，是以你的名字命名的一种特殊商品。其实在大学里听经济学讲座时我就想到了，只是当时没有告诉你，后来我一直鸡飞狗跳兵荒马乱的，就忘了这一茬儿了。西方经济学上说的吉芬品是一种特殊商品，就是那些价格上涨而消费者对其需求量不减反增的商品。吉芬商品是否存在，经济学界一直在争论。现在不用争论了，我眼前就存在一个嘛！”

“价格上涨而消费者对其需求量不减反增的商品？这个嘛……你看，股票不就是这样的吗？越涨就越有人买，股谚说买涨不买跌呢！不知道经济学还争论个啥。”

“对，他们是在胡说八道，还是你举这个例子有意思，不论股票是不是商品。所以啊，你就是我的吉芬品，是必需的且不可替代，你行情看涨，我对你的需求却是越来越强。”

吉芬笑了：“需求啥？我这名字还有这么大学问？”

“就是这个需求！”他一下子揽住了她的肩，同时在她脸上亲了一口。

“这么大人了，一点儿正经都没有！”她推了他一把。

“那就说点正经的吧！你经营这么大的生意，真是太能干了，太出乎我的意料了！”

“啥能干啊，我不过是因为家境不好所以自立得早些。你上大学的头一年冬天，我忽然明白我该懂事了，所以就在那条小河边烧掉了日记本，陪葬的还有那只妈妈给我缝的布娃娃。我知道，自己再也不能任性了，我该承担起自己的义务，再也不能去做不切合实际的梦了。”

“嗯，你比我懂事儿得早，那时候你都挑起担子了，我还在天天傻乐。”

“不过在你面前我好像总也成熟不了，我傻傻地注视着你，但你走得太快太专心，没有注意我的存在。”

“那时我什么也不懂。现在懂了，却已经物是人非二十年。后来我误入股票期货市场，几次折腾就把公司和自己的名声都赔进去了，两头儿都没有顾上。做企业不容易，炒证券期货更不容易，我就是伴随着一次次的失败和沮丧长大的。每一个成功的人，不论是做实业还是做金融，在这个如履薄冰的过程中如果还有人情愿陪伴着，那一定是真心爱他支持他的人，这个人就是不离不弃的糟糠之妻。我虽然是匹马单枪，但我心中也有一个陪伴着我的人，这个人就是你，你就是我心灵上的糟糠之妻。”

吉芬一怔："是我？糟糠都是生活逼出来的，还可以糟糠在心灵上吗？"

"是的，就是的，你一直是我心灵上的糟糠之妻。"

她低下头，像个羞涩的小姑娘，喃喃地重复着："糟——糠——之——妻……"

重复了几遍后，她自觉失态，赶忙抬起头来笑了笑："喂，糟糠，我们出去走走吧。"

亮马河的傍晚没有了白日的喧嚣，两岸的高楼向河里投射着各色光斑，冰面妥妥实实亮亮晶晶的，几只不知道名字的小鸟在上面叽叽喳喳，不知它们在争论着什么。

"这些小鸟怎么喝水啊，到处都是冰。"她问。

"怎么喝水？嗯，这个问题好像小学时你就问过我。"他说着，扭头瞥了她一眼。

"是啊，从小到大都没有想出答案。"

"我也不知道。"

"这个不重要，因为它们肯定是有水可喝的。对了，你相信爱情吗？"

他没想到她会问这个："相信不相信的，爱情肯定是存在的。"

"既然说存在，就是相信嘛。爱情真是奇怪，它能让人幻想泛滥，能营造出最深的痴迷，使人一心就想着扑火。以前我对你就是这样。"

"我想，人的一生必须有这样的经历，虽然长大后会不理解当时的痴迷，但人生若缺少这点胡辣味道，那也是白年轻一场了。"

"本以为我是白年轻了，现在老之将至倒落了一顶糟糠之妻的桂冠，也算是傻有所得……"

鸟儿不吵了，她的啜泣声清晰可闻。

半晌，他才如梦方醒般地拉起她的手说："你不要哭，这样不漂亮，我知道这些年你一定哭得够多了，是我对不起你。"

她慢慢地停住了啜泣，但并不说话。

"我想，"他把她揽在怀里说，"我们各自漂泊了这么些年，其实呢，我想我们都不是单身，我们一直有一个共同的隐形的家。我想，这个家得变成有形的了……我不想再迷失了。我们都才四十出头，四十不算老吧，我得一直守候着你，让你快乐得像那些小鸟。"

她用双手各攥住他右手的两个指头，依然是一言不发，俄而又开始啜泣。

他也说不出话了，两个人就这样一直走着，直到河边的水泥路变成了土路她才说，回去好吧？

当然是回到京华公寓。两人下了出租车，她并没有请他上楼，他也没有问她，就这么牵着手走进了公寓，像是回到了家一般。

小小的沙发床被超负荷蹂躏，吱呀吱呀的响声慰藉着十多年的苦恋。好一通六合乾坤、颠鸾倒凤。

战后她揪着他的头发哭了，不是啜泣，而是放肆地哭了。

他轻轻地拍着她说："这些年我明白了，没有经历大磨难的人不足以了解世事，没有经历过生死考验的人，哪会明白什么是真情。我想知道，你内心经历过怎样的挣扎，品尝过怎样的滋味，才能这样无私？"

她喃喃地说："你还诗意起来了。其实我哪里是无私，我是最自私的，自私到只能容下你，为了你，我可以不分青红皂白。"

"不分青红皂白！这真让我惭愧。年轻时觉得自己聪明有才，自视很高，但几次折腾后，却发现什么也兑现不了。有人说自己像玩儿一样就成功了，这都是吹牛或者空想，或者是，人家有一个无所不能的老爸。通过这些年的苦苦参悟，我悟出来的其实只是些简单的道理，就是没有人随随便便会成事的。所以要跟自己较劲儿，如果善于写作，就得每天坚持写上几大篇；如果能唱，就得每天练它个嗓子痛；如果会养猪，就得每天恨不得抱着猪睡在猪圈里。"

她用劲拽了一把他的头发说："胡说啥，你才抱着猪睡呢。"

他乐得一下子坐了起来："你说得还真对，我还真是抱着猪睡！"

她自知失言，伸手恶狠狠地掐住他的小臂嗔道："你才是猪呢！"

他"哎呀"了一声："你说得也对，我这些年过得也真像猪，天天把自己圈在屋里。你知道，无论做什么事情，到了一定程度就会觉着乏味透顶，但是，只要咬牙坚持下去，某一天你就会突破，好像到了一个新天地，这就是成功了。古人说土中有水不掘无泉，人要做成事，就得不偷懒不找借口。现在我在交易上如果还算成功的话，也是因为'认真'这两个字。这一认真呢，咱也算成为高手了吧！"

吉芬拍了拍他的脸颊："又吹上了不是？当年你高考失利去工地干活，同学老师们都为你惋惜，只有我偷偷高兴。聪明绝顶的你也得打工干活，你的那种落魄，全世界好像只有我才愿意看到，我很阴暗吧？那时我觉着自己有资格缠着你了。那次我去工地看你，你那满身的泥巴和汗臭让我踏实，也让我高兴，真的真的。不想后来你竟然带着汗臭考上了中国大学，大家都为你高兴，我也必须高兴。不过我知道我其实不高兴，还偷偷哭了好几个晚上，因为从此我们就不是同类了！你走上了大路，我还是路边的小草，跨过这条路你就不会再回头了，而小草还得继续活在那里。当然我想，你迟早会忘了小草的模样，或者说根本就没有注意过。”

他慢慢地躺了下去，轻轻地抱了抱她：“我在你心目中就是个变脸演员啊？”

她说：“你这是渐变的，连你自己都不知道，这才是真正的坏人。其实，我知道你能文能武，成功对你来说是理所当然的，所以我并不盼着你好。”

他推了她一把：“你盼我完蛋啊？”

“我盼有啥用，你才不会完蛋呢。不盼着自己喜欢的人成功，这个世界上好像只有我了，我是不是很变态啊。我盼的只是你健康平安，按我的理解，这才是最大的好。你能健健康康的，我的人生才有盼头，哪怕是天各一方。高中时你顶撞老师，我盼着你被学校除名，因为这样我就可以俯视你了；知道你一边打工一边准备高考，我盼着你考不上，这样我就能去工地看你了；那年你疯狂炒股，我盼着股市下跌，因为你比我强太多了，再发了大财，谁还能见得着你？那年你公司经营不利，我盼着你把公司关了，这样我就有理由罩着你了，让你还敢藐视我！”

他在黑暗中乜斜了她一眼，装作恶狠狠的口气说：“原来你一直亡我之心不死啊！”

“当你的公司真要出事的时候，我有些暗自高兴，心想你没了钱我们就基本拉平了。但事情的发展出乎我的意料，因为公司真关张了你可能得扯上官司，所以我才偷偷出手的，这事儿只有高丽春知道……”

“原来你在我身边发展特务啊！”

“什么特务，那是我的革命同志！”她掐了他一把，“那时我有多纠结，你永远都不会理解。我只是害怕你的成功使我们之间的距离扩大。你这些年干的坏事，有人随时会告诉我的，包括你自己玩失踪的那些年的光荣历史，都有人给我告过密的。本以为有机会在底部收了你，谁知你竟是一只不死的孤鸟，栽倒在地上后扑棱几下又飞起来了。我总设想，你要老是赚不到钱该多好，这样我就可以突然出现在你面前，以救世主的姿态逼着你去做学问了，我会用高高在上的口吻说，小张啊，你是读书的好材料，可惜迷失在金钱里了。”

“你这么阴险，还想当救苦救难的观世音菩萨啊？”

“快二十年过去了，我一次一次的失望，因为你似乎是猫有九命。做梦都想不到的是，历经九九八十一难后，你最后把自己变成了一台赚钱机器，合法印钞机！你活过来了，我是既高兴又失望，因为我的小心思彻底死了。”

他握紧了她的手说：“可惜每次都死得不够彻底！”

她不接他的茬，继续说：“这么多年我不愿盼你的好，是因为我的全部希望，都寄托在你我距离的缩小上面。这些年我一直想见到一个健康却不成功的你。我够小气吧？”

他用食指点了点她的额头说：“你都什么人啊，天天咒着别人落魄。”

吉芬一侧身，把双手环在他的脖子上：“对于你，因为喜欢，反而得选择远离。虽然远离了这么多年，可我也总认为我们一直有一个无形的家，而且你终究会回家，会回家的……”

她开始哽咽，很快就泣不成声了。他紧紧地攥着她的手，任自己的泪水偷偷流淌，幸亏黑夜给了他流泪的权利。

许久，她止住哭泣：“每天早上醒来，我都会想到你，有时我会对着你所在的方向问一声你还好吧！我知道总有一天，你会听得到的。我时常想起当年我们在老家时的样子，记忆中都是一些小小的幸福，就像我哭的时候你在一边关切地守着，我摔倒了你拉我起来反复问伤着了没有，还有，你和别人掰手腕时每一次胜利我都在一边高兴地直跳，对，你从来没输过。对了，还有还有，有一次我的布娃娃沾上了墨水，我一口咬定是你干的，你握着拳头咬着嘴唇不说话，其实我明知道不是你，只是想找茬赖你一下。这件事我很后怕，我那么耍赖，那么惹你，你这双大拳头砸过来可怎么办！”

他嘀嘀两声，不知是哭是笑，她也不知道。嘀嘀过后，他用被子抹了抹泪水：“你这小赖皮也知道怕啊。”

“这以后我就真有点怕你了。其实我想呢，你也会有许多的怕。”

“是吗？”

第三十四章　亲子鉴定一对多

整个周末，他们都腻在一起，仿佛昏天黑地一般。

周一她要去沈阳，准备在那里租房子开新店，冬天是那儿房租最便宜的时候。

她这一去就是半个月。其间高丽春打电话来，说是你的事情在县里边传开了，电视台也播了新闻，你又成传奇了。末了她又说了一句："你要好好地待吉芬。不知道该不该告诉你，其实只有我才知道，当年她得知你可能出事急得哭了几天，为了凑钱救你，忍痛把自己的旗舰店都贱卖了，为此还和加盟商打了几年官司。"他内心感慨万端，却不知怎么跟吉芬说，只好在心里刻上了几辈子的愧疚。

根据他的规则，在这种情绪波动下，是不宜做交易的。不交易的时候，他就天天盯着盘面发呆。这天刚收盘，她的头像忽地变成彩色的了："我其实前天就返回北京了，还住在老地方，一是因为忙，二是怕影响你交易，所以没告诉你。昨天孩子已经放寒假了，我让他明天晚上到北京。这几天你忙吗？"

“不忙啊。”听到“孩子”这两个字，他还是想到了老胡，心里有点儿小堵。

“太好了，你不忙就好，你找个时间帮我办点事儿吧。”

“什么事儿？”

“你帮我联系一个做亲子鉴定的地方吧，有一个朋友要做。”

“这事儿啊，没问题！”

次日他联系好了一家生物医学鉴定中心，打电话告诉她时，她说你辛苦了，明天上午来一趟，好吗？

京华公寓。是那个瘦瘦高高的男孩开的门，是叫弘弘吧。因为上次已经见过面，他大大咧咧的一声“叔叔好”，然后就和手机较上劲儿了。

中午饭后她对他说，我想让你一起去那个鉴定中心走一趟。

下楼时她递给他一把钥匙，说地下库里有车，你去开出来，我和弘弘在出口等你。

到了鉴定中心，并没有见到她说的需要鉴定的朋友。她什么也不解释，只是让孩子去取了个样，完了又对张长弓说，你也去取个样吧，别问为什么。他一愣怔，旋即内心开始沸腾，似乎一个天大的秘密就要被解开。

从中心走出来后，不等他开口，她就说自己和孩子要去看一个亲戚，让他自己回去。他心里一会儿激昂一会儿拥挤，整个晚上也睡不着觉，深圳的一幕和她去学校看他的桥段，交织在一起争相重播。他几次给她打电话，她总说有事太忙，过几天见面再谈。

这几天对他来说，是一个喜悦的煎熬。他明知道结果，却还是急于看到这张纸，就像毕业生急于看到自己的文凭一般。

结果出来了：他是孩子生父的概率为99.999%!

这是他预想到的结果，但他还是选择在此刻流下了悲喜交集的泪。一走进京华公寓的房间，他就迫不及待地抱住她和弘弘，孩子有点儿意外，做了几个挣脱的动作。不想这几个动作让张长弓失控了，不止是流泪，还有近乎无声的号啕，几度哽咽。十几年前的文档，如同从压缩包里解压到桌面一般历历在目。而之前多年，这些数据一直被他加密封存，还差一点儿被拖到了回收站。得亏，他心中的硬盘还没有被格式化。

她和孩子拒绝了一起吃饭的要求，他也没坚持，因为孩子需要有个适应的过程，这一切对这个中学生来说太意外了。

他一进家门就径直从冰箱里拿出一瓶啤酒，咕咚咕咚一饮而尽，然后猛力把瓶子往茶几上一墩。“当”的一声脆响，两种玻璃竟是相安无事，真结实，就像自己和儿子的缘分一样不会破碎。他越想越激昂，于是抄起瓶子就地跳了几十下，然后跑到窗口大叫：“我有儿子了，我有儿子了！我有儿子了！！”

天上掉下来的儿子。

他蹦够了吼累了，才想起给老娘打电话说这个飞来的喜事。不想娘却平静地说，其实村上的人早就这么说，娘也不好问你，这事你是最后一个知道的。他一下子呆住了，原来自己真的是一个没心没肺的混球啊。

晚上他照例打开电脑，却没有心思看外盘。11点多，她的头像忽闪闪地变成了彩色，可能是孩子睡着了吧。他还没有来得及打招呼，屏幕上就蹦出几行字来，看来是早就敲好，这会儿才发出来的：“当年怀孕以后，因为你正在读大学，我不愿因这件事儿影响到你，所以就决定自己承担，这也是为什么我会那么快和老胡结婚。老胡先天不育，但又想养个孩子，所以就立即要求和我结婚，还宣称这孩子是他亲生的。其实，如果没有凑巧遇到老胡，我也会把孩子生下来，不为别的，只因我自己的心太小，住不下别人。”

他连字都打不成了，打错了又删，删了又打错。打电话过去吧，吉芬立即就挂了，当然她是怕吵醒了她的孩子，不，是他们的孩子。

于是他点了一个表情发过去，发完后觉着不过瘾，又连发了几个。

收到一大串夸张的表情后，吉芬说：“不就是白捡个儿子嘛，看你那没出息的样子！”

又是一大串夸张的表情。

她回复道：“睡吧，来日方长，你就别瞎激动了。”

他终于打出字了：“我不是瞎激动，我是真高兴。”

“好，你就高兴着吧。给你出个考题，我把孩子起名叫胡弘，是什么含义？”

“嗯，这个我得想想……”

“你想吧，明天晚上一起吃个饭，算是正式的认亲吧。”

“好，你找地方，就照着最猛烈的来吧，张某要改邪归正，正式升格为老爹了！”

“看你美的！早点睡吧。”

弘弘，对，弘弘。整个晚上，他从电脑椅想到沙发上，想到浴室，再想到沙发上，又想到床上。这一通胡思乱想下来，天已发亮，但还是没有想透这名字的玄机。听到窗外早起的鸟儿已经开始吊嗓子了，他忽然不再纠结弘弘的名字，而是开始对这胡姓咬牙切齿了。转念一想，这事儿怎么也赖不着人家老胡家，于是就扇了自己的两个脆生生的大嘴巴，然后又双手捂脸笑了起来。天大亮的时候，他想到胡弘其实可以理解为名字，让孩子叫张胡弘不就得了？胡弘用作名字也不算奇怪，秦二世的名字就是胡亥，他姓嬴，全名应该是嬴胡亥吧。这一下他算是想通了，满意地闭上了眼睛。恍惚间，他和秦二世觥筹交错上了，宾主皆欢饮耳。

这欢饮一下就到了下午四点多。

起床洗漱时他就开始想今晚该穿什么衣服，可拉开衣柜一看，就那么几件运动装，都试了一遍也不满意，都人到中年了，他还是第一次为穿什么犯愁。

见到她和弘弘时，他有点儿吃惊：母子都是红色系的上衣，吉芬是一件羊线大衣，弘弘是一件运动装。她说今天去甲十五会馆，你得买单哦，准备了几个价位的钱？

挤在长长的车流中，他恨不得自己开的是飞机，心想如果是在无人的街上多好，这时刻肯定值得飙上两百迈。这么想着误触了按键，雨刷哗哗摆动起来，吉芬拍了拍他，让他注意安全。到了餐馆停车场下车后，她递给他一个纸袋，说换上这个吧，你好歹也算是个小财主，穿得别太淳朴了！他接过来一看，是一件和弘弘一模一样的运动上衣，只不过是大了一码。

甲十五号商务会所其实是星坛的一部分，里面宅深巷静，青砖黑瓦，是名流大佬们的交际场所。眼下虽是隆冬，但院里依然是幽林丽景，花木扶疏。弘弘看了一圈说，这是当年大典时帝王休息的行宫，从这些纷华靡丽的雕梁画栋中，可以想象到当年的繁华盛景。张长弓心里感叹，弘弘能说出这么雅致的词儿，一定是吉芬教的。

服务生给他们带到预订好的房间后，吉芬熟练地点酒点菜点饮料，他才发现原来她是这里的常客。她说："今天高兴，咱们吃的就讲究些，我点了古法扣大网鲍、清酒鹅肝、花胶蟹肉烩燕窝、龙虾天使面，汤就素一些吧，青菜豆腐汤。你的白兰地，我的蜂蜜柚子茶，他的可乐。"

三个规制不一的杯子碰在一起，都是一饮而尽。

服务生马上走了过来，吉芬说："还是我们自己倒吧，需要时再叫你。"

服务生回避后，吉芬给三个人满上："这一杯，算是庆祝你们父子正式认亲，弘弘啊，这是你亲爸爸，他现在回归祖国了，你高兴吧？高兴就叫一声爸！"

弘弘一边低头玩着手机，一边敷衍了一声爸。张长弓夸张地应了一声，一扬脖就灌下去一大杯。小伙子一直怯生生的，天下忽然掉下来个亲爹，谁知道这个初三学生的内心是如何的翻江倒海。

其实更翻江倒海的还是张长弓自己。他一会儿给弘弘夹菜，一会儿倒可乐，手忙脚乱，吉芬看在眼里，乐得泪水涟涟。他一番手忙脚乱的结果是，小伙子盘子里堆积如山，而他自己却几乎没吃东西，只是大口大口地灌着白兰地。注定的缘分，天赐的重逢，现在竟如这杯满满的白兰地，馥郁清亮。

吉芬开车把他送了回去，他一进门就把自己扔到沙发上，心里一阵儿狂喜一阵儿酸楚，给她发了个短信："你是上帝给我特派来的天使，你保全我的面子，延续公司的生命，还为我生养了儿子。这么大的付出，报答的办法不是来世当牛做马，而是今世就做，立即就做！"

一会儿短信回过来，就一个字：傻。

"可是，孩子为什么起名弘弘？我太笨，实在猜不出来。"

"给你个提示吧，拆字法。"

他傻傻地高兴几天后，菲菲的一个电话，把他的心从云端拉了下来。

她说自己怀孕几个月了。

张长弓拿着手机僵在原地，心想，该不会是我的吧？

菲菲接着说："我老公一直在菲律宾国内，之前只来过北京短短几天，所以他认为孩子不是他的，我也不敢说出硬气话，因为怕万一是张先生您的呢，我真有点儿怕，虽然可能性不大。不过张先生您请放心，如果做了DNA，孩子真是您的话，我也绝不会纠缠你。我的意思是，如果不是您的就好了，因为我又没有其他的男人，这样就可以用硬话回击老公了，也可以和他去做DNA了。”

张长弓问：“孕期也可以做亲子鉴定吗？”

“可以的，我咨询过了，16周以后抽取羊水就可以鉴定。只需要几毫升，不复杂的。”

他脑子一阵嗡嗡乱响：“没问题，我明白……我会配合的。”

得亏接电话时吉芬不在跟前，要不，这怎么解释呢？为了自己的欲望而欠下的跨国孽债？

次日他和菲菲在鉴定中心门口见了面。她说如果是张先生您的，我也不会提出任何要求，可以先签个合约表示我的诚意，我真不是来找麻烦的。他说没问题，如果是我的，我愿意负担应尽的义务。

这人怎么又来做鉴定了？接待员满脸狐疑，可能她在想，这种业务也会有常客吗？要申请会员价吗？张长弓倒是大方：“我知道你们在想什么了，我的指标有存档，总可以打个折吧？”前台的几个女人笑成一团。

菲菲取完样，二人就离开了中心，临分手时她又重复说不会影响到张先生您的。

结果出来了，张长弓是孩子生父的概率为0.000。他的神经一下子松了下来，摇头晃脑地吹了几声口哨后，主动要求送她回家。

她在车上说：“张先生您太man了，真是敢于担当的男人。我服务您这段时间真是我的幸运，可惜您不是我的先生，在我们菲律宾好像也找不到像您这样man的人。”

看他专注地开着车不说话，她又说：“其实说心里话，我对张先生您已经有了依赖，真心把您当成老公对待，虽然我知道根本配不上的。”

“菲菲你也许不明白，我的职业要求我必须专心，我承认那段时间我对你的要求主要是肉体上的，可这并不妨碍我认为你是个有教养的好女人。”

她不好意思地说：“我必须得承认，我在肉体上也很依赖您了，和您在一起我也特别满足，因为我毕竟是年轻女人，也需要男人的温情，但您还为此特别付钱给我，您真是太好了。不过，即使真的是您的孩子，我也不会提出额外要求的，请相信，我说的都是真话。”

分手后张长弓想，菲律宾这个国家老是发生奇形怪状的事情，但从她身上看来，菲律宾人也是不乏真诚的。

真是虚惊一场。对了，如果真的是自己的孩子，该给起个什么名字呢，张菲？张律宾？或者，叫菲律普斯点张？

还是第二个有内涵些。想到这里他笑了，笑得很是猥琐。

这个春节是三个人一起在北京过的。

几天朝夕相处下来，弘弘不再拘谨了，三个人越来越像是一家人了，张长弓对他言听计从，恨不得把欠了十几年的父爱一股脑地补给他。适应了这个突如其来的爸爸后，弘弘就开始缠着他问这问那，问得多了，对他就钦佩了起来："爸爸你怎么什么都懂啊？"吉芬一脸灿烂地说："你爸爸可是中国大学的高才生哦！"

幸福的日子总是过得飞快，刚适应了爸爸的弘弘就要开学了。吉芬送孩子回深圳上学，一个礼拜后又返回北京，这一次她不住酒店了，而是直接搬到张长弓那里。

吉芬住过来的第三天晚上，二人正在闲聊，他的手机忽然响了，是一个陌生的本地号码。电话接通，居然是洋妞的声音！你来中国了？她回答是的。为了不让吉芬生疑，他用英语说自己现在不方便，能否改天再说？洋妞说，明白，哪天见面呢？明天有时间？好，那就来我住的酒店吧。放下电话后他满是后怕，心想掌握一门外语是多么的必要啊！

次日吉芬要去办公室，他说自己下午要去见个朋友，还是个外国人。吉芬说，是个洋妞吧？张长弓笑道就是就是！你也一起去见识见识吧。吉芬冲他做了个鬼脸说，你单独去吧，你那点本事我还不知道！

她住在一家经济酒店里，美国富二代真是寒酸。两人一见面，洋妞说她生了个混血女孩，但不确定生父，想请他配合做鉴定。

他一听"鉴定"两个字，心头先是一紧，旋即失声大笑，笑得捶胸顿足。

洋妞觉着他笑得太过诡异，赶紧说："张，你别紧张，我不是来找你麻烦的。我想，这孩子是个混血，当然不是我现任男友的，他是白人。现在我特别想确定孩子爸爸是谁。"

他有点儿小紧张了："这孩子不是白人，那就一定是我的吧？"

"那也不一定，我还有另外一个中国男友，只是联系不上他了。但我想，找你鉴定了，如果你不是孩子的父亲，那他就一定是。这是一个推理问题，相信你也有这个逻辑能力。"

他笑得腹肌都快掉下来了，原来，她以为自己是推理高手啊。

当洋妞问他在哪里鉴定，怎样鉴定，具体程序是什么，以及其他细节时，他熟练地用英语回答她。回答完毕后，洋妞突然"啊嗷"一声，十分惊诧地问："张，你为什么对这类英语单词这么熟悉？你老是做这种鉴定吗？"

张长弓知道自己说走了嘴，干笑了两声后装糊涂道："谁说的？懂得多有罪吗？"

虽是说么说，但洋妞的洞察一时使他脸红得发热，她则笑得前仰后合。他心想，你给咱留点面子，好不好？这老美喜欢把什么都往透明里说，往裸体里说，真真太万恶了。看来一个人想掩饰自己太难了，他会说这些英文词汇当然是跟菲菲学来的，他刚跟她谈过这些。

他越发感触掩饰得不易。例如，有人要掩饰自己的年龄，但谈到小时候学什么课文，高考作文是什么题目，或者无意中哼哼什么歌，都会暴露无遗。

次日两个人来到鉴定中心时，正好有一位客人在场。前台的姑娘看到他又来了，憋住没敢笑出来，只是表情怪异地说"欢迎光临，请稍候"。在那位客人签字的时候，他看到前台姑娘专门背过脸笑了一下，又赶快转过头来，装作一本正经。

那位客人离开后，前台姑娘问："先生要办什么业务？"

没等张长弓答话，洋妞就认真地说："打扰了，我和他是来鉴定的。"姑娘看洋妞听得懂汉语，就不敢调笑他了，所以几次捂嘴，努力把笑意噎将回去。

申请手续很快办完了，这一次不用取样，因为洋妞带着孩子的头发，张长弓在这里留有档案。洋妞去洗手间的时候，接待员推给他一张单子，上面写着：原价2680，团购价1800。他看了看，表示不解其意。接待员说："张先生您这情况呢，属于是常旅客，不对，常旅客是坐飞机，就这意思吧。您这是一对多，所以我在系统里帮您申请了优惠！"

“姑娘，你这是帮我呢，还是损我？嘘，国际友人来了，话题中止，谢谢！”

他心里感觉很可乐，这接待员姑娘也做理财吗？还知道一对多！

把洋妞送回酒店后，他一个人在大街上越笑越销魂，后来实在停不下来了，只好蹲下来捂着肚子笑。这叫啥事儿啊，一对三！看来小概率事件也会集中发生的。

因为要谈加盟，吉芬又得返回深圳。

他恢复交易了，但仓位只有一两成，因为他知道自己目前不在状态。

老潘周末来北京出差，他现在积累了不少资金，脸上早没有了前几年的阴霾。张长弓为他接风时特意叫上了私募大佬高峰和他漂亮的太太小买。一见面老潘就说：“你们两口子搞投资真是太搭了，她一买，就直奔高峰！”

大家笑了一阵子老潘接着说：“今年能打这么个翻身仗，其实我自己也没有想到，所以这些财富都是上天赐予的，自己的才能和努力只是催化剂而已。我想吧，我们只不过是财富的信托人，把财富用于感恩上天造福世人，也许才是终极意义。”

张长弓先是揶揄了几句，然后才说：“老潘你这话绝非鸡汤那么简单，你现在真是又豁又达啊。”

老潘说：“哪里哪里，这几天读《围炉夜话》，记得‘家之富厚者，积田产以遗子孙，未必能保，不如广积阴功，使天眷其德或可少延。’还真是这样。”

高峰说：“老潘你真是融汇了佛教与儒家，我真有点儿敬佩你了。”

“你敬佩个啥啊，每个人对财富的理解不尽相同，有人觉得财富用来炫耀和奢华的，但有人认为财富不加善用，就等于做了财富的奴隶。”

小买点了点头说：“是啊，把自己禁锢成赚钱机器，这样的人生有意义吗？”

张长弓若有所思地说：“到了我们这个年纪，是该思考一下人生和财富的关系了。

老潘走的次日早上一开盘，他像往常开始认真盯盘，但不知道怎的，今天数字的跳动和曲线的脉冲勾不起他追踪的欲念，他多年迷恋的盘面搏杀似乎变成了来自另外一个平行世界的数字游戏，和自己了无关联。他知道，是老潘的到来打破了心的禅定，颠覆了财富观，所以他暂时无法平静无法融入了。不过他并没有因此而责备自己，因为他现在是轻松的，是喜悦的。

于是他干脆关了电脑，直奔香山。

进东门顺着大路走了不一会儿，他熟悉地拐入岔路，一路攀爬上了香山古道。这条本由山民货郎踏出的便道，清朝时成了皇帝游山的御道。这里游人罕至，依山而就的小道时宽时狭，两边深壑峭壁，残雪戴帽。在小道上兜兜转转，想起近日发生的事情，心里一阵阵的傻乐，于是他时而欣赏左边的山脊，时而看看对过山梁上挤挤挨挨的游人，时不时地还吹两声口哨。路过一块顶上长着松树的岩石时，他停下脚步看了许久，琢磨着到底是树撑破了岩石，还是岩缝里长出了树。看着这岩缝他想到了那笔还掉的债，似乎是从心内的褶皱里抽出了一张泛黄的账单，不过有许多账单是无法这样抽走的。佛说放下，是因为只有放下才会从桎梏中解脱，然后你就真正拥有了，你的灵魂就赶得上生命的脚步了。想到这里，他对岩松竖了竖大拇指，吹起口哨向香炉峰奔去。

下山路过双喜园，他信步而入。园子南侧峭壁上有两块形似蟾蜍的巨石，张嘴鼓肚，昂首西望，这便是乾隆皇帝命名的蟾蜍峰了。他爬上去站了许久，顿觉这里古朴静谧，真是修身的好地方。对修身他有自己朴素的理解，那就是通过自省来修正自身，而儒墨法道各家，只不过是具体的实现路径而已。他多年坚持的修身，就是每天晚上写日记自省，再加上例常的静坐。正冥想中手机响了，他看都没看就直接挂断并关机，双手合十闭目调神，几分钟后就进入深呼吸状态。意念中清新的气息徐徐导入，轮回过后又缓缓吐出，慢慢地，身体的重力感不强了，双手的接触感也不明显了。须臾间，他眼前已变作白茫茫一片，身体的重力感突然消失，好像被一团暖暖的气息包围着浮在了空中，氤氲之气在丹田悠扬旋转。此时的他，心无尘杂一派浑圆，一切喜悦和烦忧，都已不复存在。

这种安详和从容，他以前从没体会过。这次经历以后，静坐就变成了一种享受，而不是枯燥的克己。自此，为了这种了无尘杂的体验，为了这份别样的静和空，他每天早晨都去一趟蟾蜍峰，然后再回去看盘做单。慢慢地，他做单的水平恢复了正常，并感觉与市场更加贴合了，所以自然就加大了单量，收益曲线也光滑地向上爬升。

第三十五章　青清的重生

周六上午他一打开信箱，又看到那封来自陌生人的邮件，它已经是多次不请自来了。顺手删掉之后，他猛然觉得标题里好像有一个字眼似曾相识，赶紧恢复出来一看，说是青清工业专科学校招生。青清？

这名字好像跟青又红有些关系吧？她好像说过，她姥爷民国时办的学校，就叫青清工专。他赶紧打电话问学校的情况，对方说是民办。问董事长和校长的名字，回答说是一个姓王一个姓蒋，这和青又红都扯不上关系。也是，青又红已死去多年，青清大概只是个名字的巧合罢了。

虽是这么想，但青清这个校名连日来还是盘桓于心，一种莫名的好奇驱使他想一探究竟。这天晚上和吉芬打电话提到这件事儿，她说，要不我们一起过去看看吧！其实我也有过办学的想法，咱们去走一趟，一则满足了你的好奇，二则也算是取取经。

三天后，两个人在天湖机场会合，吉芬事先安排好的车直接把他们送到了长江边上这个叫作青清的学校。

大雪初停，寒风凛冽。校外衰草凄迷，落叶堆积，校内却是一派活力，仿佛一个温暖的小生境。

接待老师很是热情，当得知有合作办学之意时，就立即打电话请董事长来见面。

二人在会客室坐了一小会儿，茶水刚端上来时，接待老师过来说王董事长到了。

当王董事长出现在门口的时候，他惊得茶杯盖子“啪”的一声掉在地上，碎屑溅起老高——这王董事长竟是青又红！

双方都吓了一大跳，当然张长弓被吓的程度更深。青又红死而复活了？

她瞬间就从惊愕中恢复了过来：“张总，想不到在这里见面了！”

原来你们认识？吉芬大为诧异。

青又红大大方方地说：“您是张夫人吧？我和张总早就认识，算是做股票时的战友吧！”吉芬心里虽是有些不解，但旋即职业式的笑容就浮现在脸上，握手问好，礼貌周到。

看着仍带惊恐之色的张长弓，青又红做了个鬼脸：“你以为是见到鬼了吧？你真以为我死掉了？其实，当年跳江只是一场戏，是事先设计好的一场戏而已！只有物证是真的，其余的一切，只是认定一个人死亡的法律程序而已，只要是程序，就当然是可以运作的。你这样聪明的人也相信了，看来这场戏可进军奥斯卡了。”

一阵电火石光后，他才如梦方醒地说：“幸亏不是晚上单独在哪儿遇上，如果那样的话我这半条命可能就被你斩仓了！你太能运作了，这是狸猫换太子啊！”

“换太子的本事咱可没有，但是小伎俩咱还是会一些的，自我保护嘛。任何事情闹大了，死亡都是最彻底的了结方式。据说当年希特勒就是这样玩的，说是自杀，其实是跑到南美安度晚年去了。当然，这个说法本身大有争议，不必当真。”

吉芬听得一头雾水：“你们这是演的哪一出？现代聊斋？”

青又红马上做出个神秘的表情，歪着头看着她说：“不好意思不好意思，我这是惊着二位，特别是惊着嫂子了！”

他抢过话头说：“到现在我还有点儿怀疑你是穿越来的。哎，说正经的，当年你被查后，账户为什么不直接让吴屯河运作，而是交给我呢？你不是更了解更信任她吗？”

“张总你这是聪明人装糊涂啊。吴屯河和我在一起多年，目标多大啊！你记得出事儿那天早上给你打的那个电话吗？我知道有人监听，所以就将计就计地打电话给你，目的是让别人相信你不是我们团伙的人，而只是一个追求我的色鬼。吴屯河是个功夫女，是我的好友兼保镖，对外我们以表姐妹相称。当年那个圈子很复杂，我们运作的有些资金是涉黑的，这是火中取栗的事情，但为了快速积累资金，我必须和他们周旋。当和他们有大的利益冲突时，道上的人会使黑招的，所以我有过几次遇险，多亏了吴屯河的身手。很多人不知道，表面光鲜的投资圈子其实满是凶险，有时候计谋无法奏效，就得用拳头说话，这都是被逼出来的，没有这一套，恐怕早就被灭了。”

“记得出事后的第二天我电话让你去茶馆吧？为了安全，我是换了一张新卡打给你的。但赴约之前，我临时决定让吴屯河代我去了，如果我本人去的话，就会把办案人员招去，你可能也得陪绑哦！”

“你身处险境还不忘保护同志，真是个称职的地下工作者，虽然你也犯了一个小错误。”

“什么错误，严重吗？”

“你虽然换了新卡给我打电话，但每部手机有一个唯一的IMEI串号，通过这个串号，你的新号和老号就联系起来了，这在后台一查一个准。”

青又红夸张地吐了吐舌头：“我也料到这个了，所以我选用了高端大气的山寨机。这种神机的串号不唯一，一批机子都是同一个串号，所以不容易查到哦。”

“这么防患于未然？你这反侦察攻略真是高端大气啊！”

“呵呵，你们两位说说，我这样捞钱是不是太不择手段了？”

吉芬看了看他，他答道：“其实之前我一直认为你太贪婪了些，直到今天亲眼看到了重生的青清学校。”

“其实疯狂捞钱的人多了去了，在这里面我还算是胆小的。不过我捞钱的目的不是为了挥霍，更不会转移海外，从这个意义上讲，我这是在跟恶人争资源，然后把资源用到有益的地方。”

吉芬插话道：“我明白了，你是想多捞些钱，用到办学上，看似贪婪，实则是为了筹善款，这样的人一定会有福报的。”

“还是嫂子理解我！我是学校的董事长，但注册的名字不是青又红，嫂子你俩别惊讶，我有不止一张身份证，而且还有外国身份呢。”

张长弓笑道：“你这是一根毫毛变出几个孙猴子啊！原来几年前江湖上香消玉殒的女研究员，被王董事长借尸还魂了！”

“你别说得那么吓人，好不好？其实在这个婆娑世界，每个人都得被迫戴上面具，在这个面具后面是行善还是造恶，自有因缘果报的。”

“就是！换个话题吧，王董事长还做股票吗？”

“现在基本上收手了。当时那些股票你卖得还行。你买的原酒宝后来也被大盘托起来了，出来后持平还略有节余。”

“买那些票本是想帮老潘倒一倒手，不想他突然出事了，这件事情我很内疚。”

“没问题，原酒宝这只票质地还不错，更何况，当时咱也用老潘的资金买过我的票，正好扯平，所以这事儿我理解。我积累的那些钱后来大都用在学校了，所以现在很少做股票，只是偶尔会小炒一把。现在我在市场上也是陪绑的小散，就算过过手瘾罢了。”

他有些不解：“你这么厉害的金牌分析师，应该是大概率赢利吧？”

“张总有所不知啊。谁都不是三头六臂，脱离了券商、基金、上市公司以及大资金构成的立体平台，我也只是个普通小散，袖子再长也舞不起来了。”

“是吗？看来，做股票和做实业一样，环境、合作、平台都很重要啊。就像有人说的，在西藏你再努力也烧不开一壶水，在网上打牌你手气再好也干不过用看牌软件的。不过凡事都有例外，有些事情就不需要这些环境啊平台什么的，我做期货就是这样的一个特例。”

她眼睛一亮：“怎么特例了？你发大财了？”

“以前我在期货上亏了不少钱，也吃了许多苦头，最后总算是悟出了一套系统，认真执行会有较高的胜率，可以持续赚钱。具体方法说来也简单，就是个简单熟练的过程。我用这套方法在期货市场上积小胜为大胜，慢慢就也积累了些资金。”

“几年不见，你已是期货高手了！真不容易啊，我知道做期货的成功率是很低的。”

“高手还谈不上，不过现在赚钱真的是有些必然性了！不说这个了，你的学校办得好像挺红火嘛！”

“说来也是一言难尽，办学是件挺花钱挺累人的事情，何况我们还坚持免费。这不，才刚开始运转，经费就有些不足了，这不是因为我使用资金没计划，而是因为实际花费比预算多出了不少，很多灰色的开销事先想都想不到，有些官员真是什么钱都敢要，好像此路真是他开的一样，连免费教育他们也好意思敲竹杠！不过这真是没有办法的事，为了办学，不得不和这种人周旋，就像下海状元张謇说的那样，伍平生不伍之人，道平生不道之事。”

“现在资金有困难吗？”

“现在用的钱，主要来源于捐助。我们不收学费，但有些家长是会主动赞助的，为了生存，我们也只能来者不拒了。”

“这也正常，赞助和捐款是私立学校的常规经费来源嘛。”

“只是太少了。张老板啊，是不是可以借一借你的大脑，帮我们做做期货，把资金运作得大一些？”她说道，同时向他投过期盼的眼神。

吉芬也抬头看着他，希望他能答应。

“我倒是愿意效劳，只是这样目的性太强，带着这种压力去操盘，就不一定能赢利。我看这样吧，你需要资金的话，我可以先借些给你。”

“我说今天喜鹊在叫什么呢，原来是财神来了！”

“你做这么大的善事，你才是这里的财神呢。”

“谢谢了，不过现在还用不着拆借。我这里现成有一个期货户头，里边有百十万的资金，你能帮助操作一下吗？别有压力，你放松做就是了。”

“这我得想想怎么去做。另外，王董事长，你把当年那事情的真相透出来了，不怕我们去报料吗？”

青又红乐了：“首先，我了解你所以知道你不会，她是你的太太所以她也不至于；其次，我要是欲言又止，嫂子会觉着我们之间有什么蹊跷，她还不找你算账？我这也是保护同志啊！”

他笑着点了点头，心里感慨她真是心思缜密。吉芬冲他俩挤了挤眼睛，会心一笑。

青又红过来添茶水时，吉芬伸手摸了摸她的外套说："你这是今年杰尼亚的新款哦，可我没有发现有这种面料的，你在意大利买的吧？"

"你真是识货啊，我这是用德泓的羊绒精纺，在杰尼亚订制的。"

"我说怎么不一样呢，江南女子就是精致！"

晚饭后吉芬说，看来这董事长和你不是一般的熟，她也是你的崇拜者吧？张长弓说，什么啊，人家可是书香门第名校博士知名研究员，你也太高看我了吧！说完他心里想，女人在她们的世界里永远是斗士，随时都会把别的女人当假想敌。

次日，青又红安排一位女老师陪吉芬出去玩，张长弓则同意在电教室里操盘。

这一天下来做得并不顺利，跑了两个回合，结果是小赚大亏，第二天也没有起色。青又红说："没问题，慢慢来吧。这个账户我自己也操作了一段时间，结果是以亏损收场。我承认，我在上海时的赢利是利用了自己的市场地位和内幕消息，没有那个平台，我也没有必然的赢利办法。可见如果没有了背景，谁都不是股神。不过期货不一样，期货什么时候都有赢利机会，你又是高手，相信你能做好的。"

"还高手呢，这不就赔钱了嘛。这样吧，你要是信任我，就把账号给我，我回去后静下心来帮你做做。"青又红当然是求之不得，当即答应。

第四天，他和吉芬一起出发回北京。机场分手时吉芬主动说："董事长，你要是有困难的话，一定不要客气，我们会设法帮你的！"张长弓看得出来，她说这话并不是很由衷。

回来的当天是周六，两个人窝在家里过了两天，相看两不厌。周一他开始帮青又红交易，连续几天下来，他又进入忘我的做单状态，常常是自己一个人关在屋里，白天做单子晚上盯外盘，对她的关心自然就少了一些。

这天晚上还是让她先睡，他关上门和盘面较劲。当晚美盘波动激烈，他一直观察到收市才关电脑。到卧室看到吉芬时他想，她会不会认为受冷落了？他之前没有想过这个，因为她总是一副开心的样子。毕竟，吉芬不是普通女人，她是小有成就的老板，不会把什么都挂在脸上的。

其实再成功的女人，内心深处依然还是小女人，还需要从男人这儿得到关怀和温暖，还有赞许和支持。吉芬表面上成熟练达，好像什么都拿得起放得下，但骨子里她也会脆弱，也需要关爱。记得前些天和青又红单独闲聊时，她问操盘手是不是都有些特立独行，都有些冷落身边的人？青又红当然明白她的意思，因而回答道："做期货中短线的操盘手，大都是两耳不闻窗外事的主儿，因为做这事儿呢一定得十分专注才行，如果分心，很快就会受到市场的惩罚。所以他们看上去有些冷漠，这是职业的要求。以前我有个操盘手朋友就说，他留给家人的时间太少了，所以下辈子想做独行侠，心无旁骛地交易。"她又问，为了交易就得冷漠起来，这样的成功有价值吗？青又红意味深长地说，有些人就是为交易而生的。

他也是这样的人吗，为了交易的成功会冷漠，会放弃一切吗？她不知道。她所知道的是，他一开盘就把自己关在屋子里，收盘了还是若有所思，这几天和自己说话时，也是几句话就扯到了交易上。吉芬知道他这是憋着劲儿要赚回前些天在青清学校赔的钱。怪不得他老说操盘要专心，一专心就会冷落别人，希望她理解。

这样的日子过了将近一个月，他已经把亏的钱都赚回来了，还有三十多万的富余。

她很高兴："你果然厉害啊！要不要再帮她赚一些？"

"人不可过贪。不是我厉害，而是这段行情合乎我的判断，因而比较顺手罢了。不过呢，人在手气太好的时候，也得适当调整一下，否则很快就可能把利润吐出来。"

她似懂非懂地望着他："这一次你如果赚不回来这些钱怎么办？"

"以我现在的功力，只要专注地去做，就肯定能赚得回来，只是时间问题而已，因为得看有没有行情。不过这些天我也经受了很大的考验，虽然她的资金量不大，但操作这种资金很影响发挥，因为这资金本身是有使命的。我想呢，她的账户就这样了，她如果资金太紧张，我就入些股好啦。"

"帮她赚钱可以，我不准你给她入股！"她一反常态地噘起了嘴巴。

他一下子明白了，所以笑着摊了摊手。

两个人沉默了好半天，她才开口说道："这些年来，你每天都是这样子过来的吗？"

“你不在的时候，我看盘复盘用的时间更多！除了爬山锻炼，基本上是足不出户。”

她认真地看了看他：“你这么努力赚钱，目的是什么？要永远这样下去吗？”

他不知道怎么回答，只好说：“别的行业咱也不懂啊。另外，我还有两个心愿。一是给黑叔上一次坟，二是把陈希希捞出来。”

“怎么会？这两个人的下场，都是你希望的啊！”

“学不会放弃仇恨，心就永远在地狱里。”

第三十六章　为你撤单

其实张长弓也想过，自己现在算是可以稳定赢利的人了。这样的人，是市场里的狙击手，是市场生态中的食肉者，也是一部分投资者的天敌。持续赢利，换个角度看就是长期蚕食场内资金，这算是市场的害虫吗？但如果自己不去赚，市场生态会更好一些吗？

当他把这个想法告诉吉芬时，想不到她却说："我看不能这样理解，投机市场是需要高手的，有了高手市场才会更健康。何况，从大的方面来说，在国内操练出的高手可以去国际市场赚钱，可以真正地创造价值。"他有点惊讶，她的理解确实有些高度。

虽然她说得有高度，但他转而又想，如果做一件事情的目的只是为了赚钱，那么赚到的钱够多的时候，再做下去算是贪婪吗？他打电话向师父求教。师父说："你在可以捞大钱的时候有了这样的思考，说明你有慧根。很多人是不懂得适时收手的，这是因为他们内心深处有大恐惧，这种恐惧来源于贪婪。但是，你想过为什么要赚那么多钱吗？况且你赚钱还要以禁锢自己为代价。所以，在适当的时候急流勇退，其实是从更大的尺度上克服恐惧，然后呢，把这些钱用到有意义的地方去，你就圆满了，你就是人生这个大市场的真正赢家了。”

他跟老潘说这个想法的时候，老潘说：“这两年我也在想，其实富人都是欠了穷人债的。因为富人能够积累到财富，一是由于他天生的禀赋和努力，二是因为他有比穷人更好的运气。所以富人要懂得感恩。我经历过一个轮回了，对财富和人生就自然会看得开一些。”

他又想到了墨家主张的交相利，从兼爱推出的交相利。墨子虽然很重视功利，但他提倡交利，通过自利达到互利。想到墨家就会想到了黑叔，他内心又是一番感喟。这个杀父仇人虽是文盲，却是墨家思想的现代践行者，只可惜墨家的大同思想是无法实现的。

自己的这种赚钱方式，不算是交相利吧？

他想不明白，晚上索性外盘也不看了，而是早早就上床休息。

“你为了陪我而不看盘，岂不是耽误赚钱了？”

“我现在有些矛盾，难道为了赚钱就得封闭自己，放弃社交，冷落亲情？”

“这个我可说不准，你得自己把握。你的梦想很大，但我的梦想却很小，就是和你过个小日子。但这个小梦想也不容易实现，老天让我等了这么多年，结果我也被逼成了东奔西忙的小老板，这是我没有料到的。”

张长弓握着她的手沉默了好半天，才决定了似的说：“我不想把自己的余生以赚钱机器的形式度过，所以我现在有了放弃做投资的想法，真的。”

“说实话，我也有把公司交给职业经理人的想法，我想去大学读读书。”她说。

借助路灯隔着窗帘投射进来的微弱光线，他认真看了她好半天才慢慢地答道：“我们俩现在的想法有一个共同点，就是活着不能只为了赚钱，是这样吗？”

“我就是想做个普普通通的正常人，过个安安生生的小日子。”

“过安安生生的日子当然好，但却不是我的全部愿望。我很想作一个有着非凡修为的、可以‘交互利’的人。”

“这是终极追求吧。哎，我跟你说，几年前我也在期货公司做过客户，在那里见到过一个做期货上瘾的人，备受冷落的老婆多次问他，你是要家庭还是要期货？他被逼急了脱口说出要期货！他这么一说，老婆反而不敢再要挟他了。结果他还是赔了个底儿掉，以家庭破裂收场。”

“你这意思是让我做选择题？”

“看你，都想到哪去了！我只是突然想起个好玩儿的事情，哪会逼你二选一！你还是自己再考虑考虑，我是很尊重人权的，包括你的人权哦！”

“这还能上升到人权的高度？这些天我做了不少单子，手顺，有不少赢利，但我好像也高兴不起来。其实呢，我现有的这些钱够我们过几辈子小日子的，所以我想，何必这么拼呢？从市场上捞钱虽是合法，但按师父的说法，这也是一种‘业’。”

“什么业不业的，这总归是干净钱。哎，我这几天在看小说，冒辟疆说自己一生的清福都已经在和董小宛共处的九年中享尽。这个才子认为，通常情况下，人的福分是一定的，苦尽了就会甜来，相反，过早享了太多的福不一定是好事。”

“董小宛是秦淮八艳之一，有人还传说，她就是顺治皇帝宠爱的董鄂妃。甚至还有人说，《红楼梦》的真正作者不是曹雪芹，而是冒辟疆。”

她有点吃惊：“你怎么什么都知道啊？怪不得你不愿意看电视剧。”

他伸手刮了一下她的鼻尖说：“谁什么都知道，你这不是骂人吗？我只是凑巧看过冒巢艳史而已。”

“表扬的话也叫骂人？你这个人就是爱看个艳史什么的嘛。我一直觉得你是天上的事知道一半地上的事全知道。长弓哥，其实这么多年来，我对赚钱的期望不是特别高，我最大的心愿就是让孩子有个完整的家。”

“这些天我想了很多，我现在理解的幸福也是过过平安日子，还一还欠你和弘弘的债。我这些年一直做期货，做这个就一定得专心，但专心交易就意味着没有时间陪你们。”

“交易时间以外也不行吗？”

“这就是问题的所在，交易完了得复盘总结，晚上还得看外盘，每天都得保持旺盛的斗志，这要花去绝大多数时间。因此操盘手大部分都很内向，都深居简出。”

“可是，如果不赚大钱，你的成就感去哪儿找啊？”

他叹了口气："我之前是想长期做下去赚大钱的，只是这样做要付出很大的时间成本，并且许多人还是付出了健康代价的。我想，虽然我赚了些钱，但从人生这个市场着眼，我是在持有一张长期亏损的单子，亏掉的是亲情和爱，还有其他机会成本。"

吉芬轻轻地推了他一下："你就别叹气了，权衡得失是最难的，咱就先不说这个了。其实我想要的生活，就是等孩子上大学后，我们两个人开上一辆宽宽大大、结结实实的车，拉上自己的行囊，还有很多很多的物资，一边游历一边支教。我们现在的经济能力也够帮助不少人的，所以我们可以画一张支教地图，做一个二十年的移动支教计划。一发现合适的地方，我们就住下来了解需求，量身定做捐助计划，自己的力量不够的话，还可以发起基金来支持。"

"其实我也有过类似的想法。我们还年轻，这事儿我们做得到。我想明白了，给予其实是高层次的快乐，也是心身康健之源。"

"你能理解我就感觉踏实，感觉满足。在这半世漂泊后能回到梦中的家，真是梦想成真，可见上天诚不欺我。我现在最大的希望就是你和弘弘健康快乐，我知道你的快乐要建立在成功之上，但如果成功要以透支健康和消耗功力为代价的话，就该重新评估了。所以我只想做个正常人，做弘弘的合格妈妈，做你的糟糠之妻。"

"这也是我希望的！我这些年过得稀里糊涂的，可你的心却随我走了十几年，想起来我就羞愧难当。"

"你就别羞愧了。我终于等到你了，我等到你们父子相认了，我这十几年值了。感情这事虽不能用风险收益率来衡量，但是我想，付出终究会有回报的。要不是那天碰上你，要不是高丽春撺掇我把事情谈开，我还能等，一直等到你明白的那一天。"

"你能等一辈子吗？"

"用不了一辈子吧，我知道你不可能让我等一辈子的。"

国庆中秋同一日，难得连续几天休市。

去侣岛吧，她建议。

侣岛是一个不大的岛屿，由三块隐隐相连的巨礁组成，鸟瞰恰成侣字。

从机场到港口一个小时，上船又漂了三个小时才到了这个传说中的缘分之岛。船上十几对情侣，大都是小年轻。张长弓说，看人家多年轻！我们来得太晚了。她说，只要有心，永远都不会太晚！

登上侣岛时天色已晚，海面上泛着薄雾，海浪的声音慵懒而纯净。回望陆地，隐约间只有山影如黛，银波粼粼。正前方的海面上，一条铺满碎钻的光带伸向月亮升起的地方，仿佛通往月宫的大道。

挽手在月光沙滩上走了许久，他才开口说："我曾经认为自己命中没有家庭幸福，也找不到相知的人。对不起，我以前低估你了，总觉得你上学不多，会存在沟通问题，没想到你现在不但生意经营得好，而且对世事的理解也比我深入。"

"哪有什么深入，我只是社会大学的合格学生罢了。"

"这样看来，上个好大学只是学生时期的成功，一个人要想成事，还得靠自己对社会的洞察，还有实操能力和韧性。"

"还得有运气的成分。"

"运气，对。做投资也有运气成分在里边，我做投资首要的一条是控制风险，只有这样才能在市场里活下去，活下去才能等来好运气。好，不说这个了，说说你写的文章吧，高中时你是公认的才女，原以为没考上大学你的才情就会作废了，真没想到你现在驾驭文字的能力越来越厉害。我想，你要是专业去写作，现在一定是大腕级的人物了。"

"你就别夸我了，我有了你和弘弘，比什么成功啊大腕的都重要。命中有啥不可强求，人得学会知足，要不就是无穷的不满足带来无穷的痛苦。"

"是啊，得知足。知足不是懒惰也不是被动，而是一种境界。我现在知足了，我的心不再有锈斑，我能从终点回到起点，就是因为你和弘弘回来了。哎，对了，我还得问，弘弘的名字我实在猜不出来含义，也不知道怎么拆字。"

"真是笨死你了！弘字拆开一边是你，另一边是私。"

"我的私……哎呀，我还真的笨死了！"

"虽然你这么笨，但从一开始我就内定了你，所以也谈不上什么坚持，只是跟着自己的心往前走罢了。我知道，世界上有这么一类人，他们的生命就像是一个疗伤的过程，受伤，痊愈，再受伤，再痊愈。伤到绝望后坚持下来，就等于重新活了一次。我就属于这一类人。”

“看来我也是这一类的。四十大几了我才明白，人生就是做不完的选择题，我现在就面临着选择，我说要放弃做投资，但总是舍不得，你帮我拿个主意吧。”

“我不能帮你做选择题哦。其实人生最大的挑战在于发现你是谁，你做出的选择是否忠实于自己的梦想，这才是最重要的。你要从投机市场撤单，就得想好这个选择是否忠实了自己的梦想。”

“你说这些话真有些人生导师的意思啊。人应该在年轻的时候做一些疯狂的事情，而不应该是追求四平八稳的生活。人生最大的风险，我想，就是不冒险。我们现在还算年轻，应该换一种活法了，这也是一种冒险或者挑战。真是没有想到，我原来一直有一个家，有一个糟糠之妻，还有一个这么好的儿子。这个家，可能是上帝赐予我的期权，是你替我支付了权利金，维持着这份看涨期权的仓位，如今终于在内涵价值最高的时候兑现了。”

“什么期权不期权，改天你得跟我好好讲一下，因为我的公司也要搞期权激励。不说这个了，现在的我，特别想买一栋房子，成为我们家的具象。”

“什么房子？”

“就是你当年在工地上干活时建的那房子，我最记得那时的你。”

“看来你是早有预谋了！”

“预谋就预谋呗，凡事预则立嘛。当时我和老胡结婚，感觉自己是忽然被塞进飞机里的一只小鸟，透过舷窗我可以看到外面有许多飞机，你就在其中一架里面。于是我明白了，两个人能否在一起，最关键的是时机，如果我真能飞过去，你的飞机里也得正好有座位才行。当年我出现在你最没条件过安定的生活的时候，这就是时机不对，怪不得任何人。不是吗？那时你是大学里的小老板，你对这个世界充满了好奇，你的视野远到我无法设想，所以我的努力注定是徒劳的。”

“不徒劳啊，要不怎么会有弘弘？”

她嗔道：“有点正经，好不好？当年我远离你，故意和你失联，就是想证明给你看，我并没有靠这一层关系要挟你。我怕你误会，怕你瞧不起我。所以我愿意忍受一切苦难，不能让你把真情误解成纠缠，我做到了，我庆幸。”

“这都是我不好。当年许多人为你惋惜，但从结果上看，你没有上大学可能不是坏事，你看你都成大老板了，许多才女却熬成了小职员，熬成了主妇。”

“什么老板啊，其实我只想做一个主妇，做你的主妇。多少年来，我想象中将来和我在一起的人，一定是你，你的大手会拉着我奔跑。我即使跟不上节奏，也乐意跟着，摔倒了再爬起来继续跑，一条道到黑。”

“对不起，我真让你摔倒了。”

“我在痛说光荣历史呢，又没有让你做自我批评。那时我高中毕业在外打工，真的一派仓皇。那时我想，世界这么大，我总得相信点什么，总得相信一个人。在我最无助的时候，我会渴望有一双大手拉我一把。二十年来我一路寻觅那双大手，却无数次的失望。所以你结婚的时候，我基本上绝望了。多少年过去后，我突然发现那双大手原来就长在自己身上，我自己成了小企业主，也能拉着别人奔跑了，但我的心却一直是靠你这双大手支撑着的。不管有多苦，我坚信命运总有一天会眷顾我的，还好，这一个轮回下来，那双支撑我多年的大手终于回来了。”

他一时说不出话来，只好把她的手握得更紧了。她接着说：“一直认为，你身上藏着一种本该属于我的能量，它能牵引我走过一生，但我也知道我的力量太小，无法把这份能量激发出来。这些年来，我的生意虽有小成功，但我的内心却一直在挣扎，因为不挣扎我就会失去重心，就激发不出自身的能量。”

“我真是太幼稚太糊涂，以为失去的就是不应该属于自己的，是没有缘分。现在才知道，有没有缘分都是事后才知道的，缘分不过是事后贴上的标签而已。所以当年你决然不和我联系，我以为你恨透我了，这一辈子都不会搭理我了。到现在我才明白，真正属于自己的东西，即使被短暂忽略，也必然会回归。”

月亮越爬越高，海风慢慢地有些凉意的时候，他们才发现海边只有他们一对了。

钻进帐篷后她说：“在这个世界上人人都无法逃避，所以我们不要想得太多，只需顺着自己的心就好了，我们简单了，我们的世界也就简单了。”

“可是，我怎么能简单起来？吉芬，你当年为了救我贱卖了旗舰店，高丽春前些天告诉我的，她本想保密，但实在是憋不住了。你这么毁家纾难，让我说什么好呢……”

“别提这个了，你说过如果我有难你可以拼上小命。我，也是。”她轻轻地说。

他说不出话来，只有死死地抱着她。

这一刻，他决定了。

从帐篷里出来时天已大亮，风轻轻地掠过海面，阳光照在白白细细的沙滩上。

远处岸边，一个高大的石柱下面，两对情侣正在争论着什么。走近才听到他们在说不该在这里留影，因为上边刻的大字“之死靡它”不像是祝福。吉芬见状一笑，拉着张长弓站到石柱前，请别人为他们拍照。十几张照片拍下来后，他犹犹豫豫地说，这四个字到底是什么意思？吉芬答道，这是诗经里的话，意思是至死不变。情侣们听罢立即开始猛拍，一个女孩说，如果穿上婚纱就更有感觉了。

张长弓听到这话，默默地走到一边掏出了手机。

跟着导游在人字形岛上摘水果捕鱼虾闹了半上午，大家围着炉子开始了自助烧烤。吃完后躺在沙滩上听涛声的时候，远处传来了飞机的轰鸣。大家抬头一看，天空中出现了一架直升机，不多时就降落在岛中心的空地上。

“哇，太炫了，这是哪个富豪来了吧？”她说。

“也许是来给我们惊喜的呢。”他答道。

大家不约而同地跑到直升机跟前时，舱门正好打开，一个穿礼服的小伙子捧出一个大袋子问：“哪位是吉芬？”

她一愣，不知道发生了什么。张长弓指了指她对礼服小伙说：“这位就是。”

“这是您的婚纱。”礼服小伙说。

她一下子明白了，不去接递过来的袋子，一下子扑到他的身上。

掌声四起，盖过了海浪的声音。机长走下来，敬个标准的军礼。

直到返回北京家里，她一直飘着的身心才复位：“直升机送婚纱，我这辈子的幸福都在这一刻绽放了！不过，这浪漫未免太奢侈了吧？”

他答非所问：“钱以流通为贵。有钱时，花钱是一种美德。”

次日醒来的时候已是九点多钟，他习惯性地打开电脑，一场资金肉搏正在上演。看了看昨天写的交易计划，已经到了建仓位，所以他立即敲进去1000张多单。

单子下进去后并没有成交，只差一个价位，却总是到不了。他静静地等着，他有这个耐心。数字闪烁中他突然想到了什么，于是“啪”地一拍键盘，狠狠地瞪了一眼屏幕，然后决绝地站了起来，一只手按在鼠标上，另一只手握拳砸了下去！

“咚”的一声闷响，屏幕上显示撤单成功。他关上电脑，走出房间大声喊道：“我撤单了，我做到了！”

“永久撤单了？”

“永久撤单了！”

后　记

这本书偷偷摸摸写了三年。

按理说文章乃千秋之事，笔者虽不敢妄称以文立言，却也不止是为浮名薄利，何以鬼祟至此？细想原由，还得赖这些年的行情：不知从哪个交易日起，真金白银常遭沽空，著书立说几成贬义，斯文的不如扫地的。在此基本面下，即使笔头千字胸中万卷的大家，也时有逃离书斋者，咱区区小散还不该偷偷摸摸？

业余写作不容易。这期间，笔者既要直面市场的残酷和生活的琐碎，又要挤出大块时间与键盘较劲儿，故而常感事杂时仄，屡想中止。得亏坚守二字使得这些中止成为未遂，因此这部文字才得以苟全，历三载方成——个中艰涩困顿，实不足为外人道。

感谢不期而至的股灾，使笔者有机会闭关数月最后完成此书。

人类史据说是从一群聪明的猴子开始的，至于你信不信，反正达尔文是信了。几千万年悠悠而过，猴子演化成了人类，时间演化成了故事。这些故事中，真事儿由老天爷记着，杜撰的以某种存在被铭记着，真假莫辨的则被凡人反复演绎着。老天爷记着的，人类迄今还没找到解读的密码；杜撰的虽经常被念叨被膜拜，却不会让人真心相信；最有活力的倒是那些真假莫辨的，它们盈千累万错综其数，往往最能靡费情绪，最能害人入戏。若依人和事两个要素来分，这些故事大抵可分为四类：真名假事叫历史，假名真事叫小说，假名假事叫神话，真名真事叫日记。在这个框架下，笔者的这部文字既不是历史又不是神话，当然也不是日记，倒是更接近于"杂取种种，合成一人"，这种体例大约应该算做小说。

那就叫小说吧。反正书中故事大多历历可考，基本上经得起对号入座。

当打电话告诉某诗人这部小说取名《撤单》时，该人听成了扯淡，并惊诧于笔者取名的尺度。虽然笔者也惊诧于他的听力，但觉着对这位视投机为倒把的诗者，自是不必去更正他，免得乱了人家的诗耳。事后转念一想，不少有意义的东西原本就始自误读，所以理解成扯淡倒还真有几分贴切，如果没有语言洁癖的话——扯淡是动宾结构，常见于坊间吹牛，偶见于脚踩两只不愿靠拢的船，还真暗合了书中主人公的几番套利。

置身经济社会大变迁的舞台二十余年，各种可惊的、可喜的、可怕的、可笑的事情不由分说地轮番推送，不以你我的意志为转移。所以作为忠实的参与者，笔者的说道来源于亲历，故事来源于生活，支撑来源于曾经的阻力。笔者以为，写小说就是讲故事，只有故事讲得好才有脸面在里面植入些画外音，例如装装世故、发发宏论、掉掉书袋，寓有意义于有意思之中；反之，故事没讲好就忙于植入，约等于耍流氓。

扯得太远了，得上点干货。

虽然宏大叙事不会、怀金悼玉嫌累，但本着知无不扯扯无不尽的两项基本原则，书中着重扯了市场脉络、大鳄小散，还有世道人心，当然也顺嘴扯上几款饮食男女作为点缀。故事由三经三纬构成，三经是时代、市场、社会，三纬是创业、投机、情缘。主人公经历了多次身份转换，多元的经历背后虽时有功成，但却屡屡饮恨，以致亡命天涯、辗转海外，赌过博算过命当过强梁。后来他潜心研究交易，通过拜师和悟道，终于炼成了持续赢利的吸金大法。故事的结局，是主人公在赢利能力的巅峰时撤单收手，如此自废武功，是因为参透了财富的本质，还有那竟然存在的爱情。

故事的背景虽是枯燥的投机市场，但笔者却致力于讲得有声有色有盐味，有鼻子有眼有体温。虽是勉力为之，但还是试图用几折悲喜揉历史和故事于一卷，熔高蹈与粗卑于一炉，把各色人等攒成一台，借以临摹中国资本市场二十多年的进化之一斑。笔者不才但却是用功之人，所以本书虽论术不如秘籍，论道不比鸡汤，但至少是一锅用心熬得的杂粥，不求佛为之跳墙，只求入味养胃。在这锅粥熬成之际，笔者还想再唠叨几句：个人都是逐利的，能把个人之私汇成市场之公，这个时代才是伟大的；凡人是欲望的，能把凡人之欲疏导为切肤之爱，这个社会才是人本的；操盘手是嗜血的，能在血气正旺时刀枪入库，这个操盘手才是有真气的。

是为后记。

刘海亮
2015年仲秋于北京定慧寺